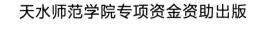天水师范学院专项资金资助出版

民族国家复兴中的
女性境遇和女性话语

中国现当代女性文学与
妇女解放思潮互动关系研究

马超　张学敏◎著

中国社会科学出版社

图书在版编目（CIP）数据

民族国家复兴中的女性境遇和女性话语：中国现当代女性文学与妇女解放思潮互动关系研究 / 马超等著 . —北京：中国社会科学出版社，2022.1

ISBN 978 – 7 – 5203 – 8675 – 3

I. ①民… Ⅱ. ①马… Ⅲ. ①中国文学—现代文学—女性—人物形象—文学研究②中国文学—当代文学—女性—人物形象—文学研究 Ⅳ. ①I206.7

中国版本图书馆 CIP 数据核字（2021）第 126705 号

出 版 人	赵剑英	
责任编辑	张　林	
责任校对	闫　萃	
责任印制	戴　宽	

出　　版　中国社会科学出版社
社　　址　北京鼓楼西大街甲 158 号
邮　　编　100720
网　　址　http://www.csspw.cn
发 行 部　010 – 84083685
门 市 部　010 – 84029450
经　　销　新华书店及其他书店

印刷装订　三河弘翰印务有限公司
版　　次　2022 年 1 月第 1 版
印　　次　2022 年 1 月第 1 次印刷

开　　本　710×1000　1/16
印　　张　24.25
插　　页　2
字　　数　385 千字
定　　价　138.00 元

目　　录

绪　　论

法国空想社会主义者夏尔·傅立叶指出："某一历史时代的发展总是可以由妇女走向自由的程度来确定，因为在女人和男人、女性和男性的关系中，最鲜明不过地表现出人性对兽性的胜利。妇女解放的程度是衡量普遍解放的天然标准。"这一见解被马克思、恩格斯认为是"傅立叶关于婚姻问题的精辟的评述"。① 李大钊 1922 年在《现代的女权运动》中也非常响亮地指出："20 世纪是被压迫阶级底解放时代，亦是妇女底解放时代；是妇女寻觅伊们自己的时代，亦是男子发现妇女底意义的时代。"② 中国民族国家由近代向现代演进的过程中，特别是以戊戌变法维新、"五四"风起云涌的启蒙运动，救亡图存的民族抗战，新中国的建设与发展为标志的伟大历程中，中国妇女不断地挣脱锁链获取解放，而且以"半边天"的实力和勇气，谱写了中华女性发展史上灿烂夺目的华章。与此同时，中国文学中过去被遮蔽，被忽视的女性文学也与百年来伟大的变革时代同频共振，书写了独属于女性自己的辉煌篇章，发出了自己或相融或独异的声音。

一段时期以来，女性文学研究成为学术研究的热门领域，特别是改革开放以来，随着西方女性主义思潮的大量译介和传播，人们对女性的历史境遇、女性的本质属性、女性写作、女性阅读、女性形象、女性批

---

① ［德］马克思、恩格斯：《神圣家族》，《马克思恩格斯全集》第 2 卷，人民出版社 1957 年版，第 249—250 页。

② 李大钊：《现代的女权运动》，《民国日报》副刊《妇女评论》第 25 期，1922 年 1 月 18 日。

评等话题展开了前所未有的理论探讨，取得了丰硕的成果。在这些研究中，从性别的视角看世界和在世界历史与文明的演进中看女性性别群体成为两种并存的路径和方向。至于研究方法，既有伍尔芙、西蒙·波伏娃、凯特·米利特等经典女权主义思想及其方法的影响和浸染，也有对解构主义、后现代主义女性理论的介绍和借鉴，更有从生物学、社会学、精神分析学、历史唯物主义等角度的研究。这些研究和译介，大大丰富了近代以来中国的妇女解放思想，为从更新、更系统的理论视域认识中国女性的历史境遇和现实诉求，为建立富有广阔发展空间、深远历史意义的"女性学"研究提供了强大的思想资源，同时也为中国女性文学尤其是20世纪80年代以后蓬勃兴起且长久不衰的女性写作提供了理论指导和思想启迪。如果说改革开放40年以来，中国在思想界、文艺界的各个领域各个层面都取得了开拓性、突破性累累果实的话，那么在"女性学""女性文学"等学科领域，其理论探索及其理论成果所达到的深度和高度、所涉猎的广度都是空前并引人注目的。谁都不能否认，"女性主义文学""女性主义批评""女性学学科建设"都成为哲学社会科学研究的重镇。就本书所涉及探讨的领域来说，其成果也是非常丰厚。

一　关于现当代女性文学的研究

1. 系统译介国外性别理论，构建多维理论视野。20世纪八九十年代，国内学者朱虹、张京媛、鲍晓兰、康正果、王岳川、盛宁、王政、杜芳琴等大量译介西方女性主义理论，这些资源的有效引入，将西方女性主义批评比较系统地植入了中国当代文学批评的话语体系。21世纪以来，学者戴锦华、陈顺馨、林树明、张岩冰、宋素凤等更是进行了富于理论深度的思考，为有关女性文学研究的知识重组和科际整合提供了有益的借鉴，为中国文学研究打开了新的视野，提供了新的思想资源。

2. 在文本细读基础上探讨性别与文学之间的复杂关联。如学者盛英、乔以钢、阎纯德、李玲、荒林、王光明、赵树勤、屈雅君、徐坤等的论著，还有杨联芬、王绯、张莉、贺桂梅、曹书文、陈骏涛、王侃等的论文，或侧重影响研究，或侧重文化学分析，或侧重男权批判，或侧重文本审美特征，多方面构筑了女性文学的话语体系和对话平台。

3. 对女性文学进行整体本土化观照、思考。20 世纪 90 年代以来，一些学者立足中国本土经验，对西方女性主义理论如何与中国本土的批评实践相结合的问题进行了前瞻性的研究，拓宽了女性文学研究的视域。如陈志红辨析西方女性主义批评的传播和被改造，并最终本土化的过程。贺桂梅注重结合具体的历史语境对女性主体的文化建构、女性社会化与婚姻家庭制度、女性主体性实践场所、性别政治的重要理论问题进行探讨，屈雅君、董丽敏等探讨了女性文学批评理论与中国本土文化环境之间存在的差异，指认了其中自觉显示出的本土批评话语。此外，盛英、戴锦华、李小江、李玲、杜芳琴、张莉、杨莉馨等相似路向的研究，为女性文学提供了一种赋予新意的分析框架。

4. 女性文学的学科建设。21 世纪以来，学者开始对中国女性文学的学科建设进行较为系统的理论思考。此方面着手最早着力最多的当数刘思谦和乔以钢，而林丹娅、屈雅君的研究也涉及这一问题。她们对女性文学学科建设的必要性、合理性以及如何构建学科体系等问题进行了深度探讨，可谓高屋建瓴。同时，编著女性性别学科教材的工作也在有序有效地进行，乔以钢、林丹娅、尚静宏等编著的教材填补了这方面的空白。

5. 拓展新的研究空间。进入 21 世纪以来，女性主义文学批评不断吸纳其他学科研究领域的新颖视角和方法，开拓出一些新的研究空间，其中女性主义伦理学研究、生态女性主义文学研究、女性网络文学研究等，意义重大、成果引人注目，构建起了新的学术空间。

二　关于中国妇女解放思潮的研究

1. 许多学人从社会学或历史学的角度观照百年女性解放思潮。如学者罗苏文、陈文联、陈顺馨、戴锦华、王绯、王政、陈雁、罗雄飞、王涛等的论著、编著都将文化学、社会学、伦理学和历史学等学科的研究方法相结合，在中国近现代史的宏阔视域里，把社会性别史研究和社会史、妇女史进行跨界结合，以多元化的新视角和方法来考量中国妇女解放思潮，有些研究甚至突破了单一意识形态的拘囿，从时间上打通了近代与现代的分野，将百年来的中国女性解放史放在中西文化大交汇的背景下进行了贯穿性的学理考察。

2. 一些学者着眼于建构符合中国国情与历史传统的妇女解放思想理论体系。如李静之、谭琳、王思梅、张文灿、高小贤、左际平、宋少鹏、郭于华、肖扬、王涛等，他们的研究"无论在研究视域、研究方法还是在叙事方式上均呈现出新的变化趋向，这些变化主要源于对中国当代史学最新研究成果的借鉴和社会性别研究的影响"，① 带有较强的实践性和现实性特点。

3. 对妇女解放思潮中杰出人物的研究始终是一个非常有吸引力的话题。夏晓虹、丁娟、杨树标、杨菁、张瑾、袁玉梅、李仲明等学者近年来对秋瑾、吕碧城、宋庆龄、宋美龄、郭隆真、向警予、刘清扬、蔡畅、邓颖超、康克清等都有全面的研究；同时对男性精英知识分子陈独秀、李大钊、胡适、鲁迅、周作人、马君武以及国家领袖人物毛泽东、周恩来、江泽民等的妇女解放思想的研究也是一个热点，成果丰硕。

4. 新中国成立以来的中国妇女解放研究，常常被视为中国共产党党史研究的一部分，新中国成立后出版的《马克思恩格斯列宁斯大林论妇女》（1978）、《蔡畅邓颖超康克清妇女解放问题文选》（1983）、《毛泽东周恩来刘少奇朱德论妇女解放》（1988）、《毛泽东与中国妇女解放》（1994）、德国奥古斯特·倍倍尔的《妇女与社会主义》（1995）、《中国妇女运动史资料》（1991）、《世界社会主义视域下的中国妇女解放》（2015）、《新中国成立后妇女解放的问题研究》（2017）等著作，都关涉中国现当代妇女解放思想的发展演变。

21 世纪以来，以上两个方面的研究也出现了令人欣喜的变化，一些学者开始注意并研究中国妇女解放思想是如何影响中国现当代女性作家的创作路径和创作倾向，以及"五四"前后开始崛起，20 世纪 50—70 年代一度低落，而新时期再度勃兴的中国女性写作是如何反映并表现中国女性的历史命运，女性的现实观照如何或隐或显地影响中国广大女性迈向解放自由之路的。这方面的成果虽然不多，但值得特别关注。比较有

---

① 肖扬：《2001—2005 年中国妇女运动史研究述评》，《山西师大学报》（社会科学版）2007 年第 5 期。

代表性的有王绯的《空前之迹——1815—1930：中国妇女思想与文学发展史论》，该书追踪并梳理了从太平天国运动到大革命时期中国妇女解放思想与妇女文学书写的演变发展过程，第一次从文献到史实探讨了中国近现代妇女解放运动与文学发展交融相生的互动关系。姚玳玫的研究以"女性形象"为观察点，对上至晚清下至张爱玲等小说文本中女性形象进行解读，对文本不仅进行"诗性观照"也着力于社会学视角的研究。张莉的《浮出历史地表之前——中国现代女性写作的发生》考察中国现代女性文学发生学方面的相关问题，学者王富仁对其评价很高，认为她发现了"中国近现代女性文学首先是在女学生中间发生的，因而中国近现代女性解放运动和中国近现代女性文学，特别是在开始阶段，也带有鲜明的女学生的文化特征"① 这一重大事实。王富仁、贺桂梅等认为应该在更为开放的历史和现实视野之中，即中国社会现实和文化现实中来研究和审视中国女性的解放之路和女性文学作品，并在女性主体身份多样性（诸如阶级、民族、时代等）之间寻求适度的结合点。傅书华的研究也涉及女性解放与社会进步的关系问题，其论述更多关涉当下进行纯粹女性文学研究中存在的疏漏和危机。

　　尽管中国现代女性文学和中国妇女解放思潮的研究成果已经十分丰富，但由于现代学科分类的壁垒，中国女性文学思潮的研究和中国妇女解放思潮的研究都不同程度地忽视了对两者在发展过程中互动关系的研究，尤其对女性写作中呈现出来的妇女解放的路径和存在的困境问题缺乏深入探讨。许多学者研究中国女性文学，更多聚焦在对近现代以来女性文学发展轨迹及其审美特征的梳理与审视，并未从文学的角度突出探讨百年来中国社会历史演进历程中凸显的女性解放与女性文学的互动相生问题；而有关中国妇女解放思潮的研究则主要在社会历史学的层面展开，学者大多关注妇女解放的"被动性"与"主动性"问题，而较少关注妇女解放中的"缺失和原因剖析"，最重要的是鲜有学者对中国现当代女性文学与妇女解放思潮互动关系进行深入的探讨。这种探讨和研究既

---

①　王富仁：《从本质主义的走向发生学的——女性文学研究之我见》，《南开学报》（哲学社会科学版）2010 年第 2 期。

要搞清妇女解放运动如何发生，它是如何影响和推动着中国近现代女性文学的生成和发展，又要搞清"浮出历史地表"的中国女作家是如何在文学中表达她们的性别意识、主体意识和翻身解放的诉求，这种不断强化的表达又是如何实质性地影响着中国近现代各个历史阶段妇女的自觉、自醒、自为以及妇女地位的提升。

有鉴于此，本书希望通过对中国妇女解放思潮和中国现当代女性文学的双重梳理，"既可认识中国妇女在迈向现代化过程中所经历过的艰难、曲折、矛盾、困惑，以及所付出的代价，也可以从更深的层次上认识中国现代女性文学促使中国女性在'人的自觉'和'女人的自觉'的双重自觉与双重解放中达到的高度和留下的遗憾"。①

本书的逻辑起点建立在对人类历史长河中男权中心文化统治下女性历史境遇和话语的认识上。男女两性关系本来是人类诸关系中最悠久、最自然的基本关系，它本应是一种和谐共生、协调发展、自然互补的关系，可是自从进入男权（或曰父权制）社会，女性便处于一种无主体、无话语、受歧视、受压迫的地位，是一个被统治、被规定、被掩盖、被言说的性别群体，也是一个长期以来沉默着的性别群体。父权制的意识形态可谓根深蒂固，正如美国女权主义者阿德里安娜·里奇所说："父权就是父亲的权力，父权制指一种家庭——社会的、意识形态的和政治的体系，在此体系中，男人通过强力和直接的压迫，或通过仪式、传统、法律、语言、习俗、礼仪、教育和劳动分工来决定妇女应起什么作用，同时把女性处处置于男性的统辖之下……"② 在中国由于封建专制主义一整套伦理观念的文化规约，妇女的历史境遇更加悲惨。因此，在民族国家走向现代化的历史进程中，广大妇女的解放和觉醒就显得尤为重要。

庆幸的是，处在社会底层又深受多重压迫的中国妇女迎来了"千年未有之大变局"，即建立民族民主国家的历史机遇。民族国家复兴的历史进程不能没有女性的参与，从戊戌维新到五四启蒙运动，那些在历史潮

---

① 张学敏、马超：《梳理与反思：20 世纪中国妇女解放思潮与女性文学之互动》，《当代文坛》2016 年第 1 期。

② ［美］阿德里安娜·里奇：《生来是女人》，康正果：《女权主义与文学》，中国社会科学出版社 1994 年版，第 3 页。

头奔走呼号的男性启蒙精英们在对中国文化进行深刻反思，对封建主义进行彻底扫荡的时候，无不意识到妇女解放的深远意义。这时只要一遇火星就会点燃，19 世纪起源于西方社会的女性解放运动（或曰女权运动）就是这样的火星。因此中国妇女解放运动的兴起以及与此相伴相生的第一代中国现代女作家"浮出历史地表"就是历史的必然。

与西方女权运动相比，中国的妇女解放运动虽然受西方思潮影响，但也有其自身的特点。其一，它更多地显现为一种"思潮"而非声势浩大的运动，它依附于中国近代以来各种政治社会变革或运动，而未形成独立的运动。其二，它是先由男性知识精英或思想先驱者发动和倡导，而非由女性站出来寻求自我解放。综观百年来的中国妇女解放史，我们似乎看到了这场妇女解放演出是先由男性领唱，而后男女合唱，最后也许更多的是女性的独唱或咏叹了。所以处在历史大变革、大转型时期的中国女性，起初是"被解放""被唤醒"的对象，某种程度上呈现出"被动性"特征，而后才是觉醒、呐喊、求解放，显示出女性的自觉和主观能动性。其三，中国的妇女解放始终与阶级的解放、民族的解放这些标志民族国家复兴进程的运动相伴生。在很多时候，女性的阶级意识、民族意识、政治意识总是高于或超越其女性的主体意识和性别意识。正如一些学者所指出的，中国百年来的女性解放，基本上是"由男性社会所主导的'女性解放'，从一开始便将女性置于了一种十分不利的尴尬境地——只能是'听将令'唯男权话语的马首是瞻。"① 中国现代女性作家在意识到自己的性别角色后，一方面发出了现代新女性"我是我自己的"呼号呐喊，强烈要求社会认同女性性别身份来实现自我解放；另一方面，后来者在社会历史的激荡与裹挟下，努力地把性别意识融入社会革命的洪流中，试图与男性一样以参与民族国家复兴的方式来实现女性自身的解放。这是中国妇女解放运动的独特现象。

值得特别强调的是，这种历史的发展逻辑也正应和了马克思主义妇女理论学说和中国共产党人的一系列妇女解放思想。马克思、恩格斯在他们合著的《神圣家族》《共产党宣言》等论文和书信中都谈到了妇女问

---

① 宋剑华：《"娜拉现象"的中国言说》，人民文学出版社 2016 年版，第 2 页。

题，它们与恩格斯的《家庭、私有制和国家的起源》一起早已成为讨论
妇女问题本源性的经典。在人类发展史上，随着社会生产方式和劳动分
工发生变化，私有制和阶级对立逐渐产生，母权制因此过渡到了父权制，
妇女被压迫的地位从而逐步形成。所以马克思和恩格斯认为妇女受压迫
的根源在于私有制，而妇女要获得根本解放的唯一途径就是消灭私有制。
马克思、恩格斯通过对妇女运动与工人运动关系的考察，确认了妇女运
动只有和无产阶级的阶级解放运动结合起来，妇女才能获得自身解放的
命题。同时，他们还认为没有妇女解放就没有无产阶级自身的解放，也
就没有全人类的解放，马克思说"每个了解一点历史的人也都知道，没
有妇女的酵素就不可能有伟大的社会变革。社会的进步可以用女性（丑
的也包括在内）的社会地位来精确地衡量"。① 这一观点深刻地揭示了妇
女在社会革命中的地位和作用。马克思和恩格斯从社会解放的高度来认
识妇女解放，中国早期的马克思主义者李大钊、陈独秀、李达、向警予
等也都是从社会解放的角度探索了中国妇女解放的意义和路径。中国革
命的历史进程、中国妇女解放的历史足音、中国女性文学的繁荣发展几
乎是在同一个历史轨道上滚动发展的。当我们把研究放在更宏阔的历史
视野下，我们看到，中国女性的境况在 20 世纪发生了天翻地覆的变化，
甚至毛泽东主席在 20 世纪 60 年代就向全世界宣告，"时代不同了，男女
都一样。男同志能办到的事情，女同志也能办得到"。② 的确，新中国的
女性从奴隶到主人，从"物体"变成主体，从"他者"变成自己，享受
着许多发达国家妇女迄今为止还在争取的政治权利、经济和社会地位，
但也应看到，时至今日中国女性解放仍然是不充分的，解放的程度是不
高的，女性的主体性大旗并非处处高高飘扬。在社会生活的各个层面，
不同形式的性别歧视仍然存在，女性更深层次的思想解放和精神解放依
然任重而道远，"家庭、婚姻、两性关系，成为当代妇女问题的中心，也
是当代最触目的社会问题之一。"③

---

① ［德］马克思：《马克思致路德维希·库格曼》，《马克思恩格斯全集》第 32 卷，人民出
版社 1957 年版，第 571 页。

② 《毛主席刘主席畅游十三陵水库》，《人民日报》1965 年 5 月 27 日第 1 版。

③ 李小江：《人类进步与妇女解放》，《马克思主义研究》1983 年第 2 期。

因此，立足于以上逻辑和思考，本书的研究就是力图在充分吸收借鉴四十年来女性文学与女性文化研究优秀成果的基础上，以全球化语境与中华民族复兴的历史进程为背景，通过对以"维新""启蒙""革命""救亡""斗争""发现""新变"为主题词的百年来各个时期妇女解放思想脉络的梳理，通过对各时期女性文学中所反映的中国女性的命运轨迹、解放意愿、价值诉求及其解放路径和存在的困境的考察，试图寻找带有普遍性、规律性的问题。这样既可以弥补单纯的女性文学研究或单纯的妇女运动史研究的不足，也可以对 21 世纪中国女性解放与中国女性文学的发展有所裨益与借鉴。

基于上述梳理和认知，本书聚焦于中国现当代女性文学与中国妇女解放思潮互动关系，从研究对象本身的内在逻辑和我们的研究思路出发，把近现代妇女解放思潮影响下的女性文学划分为以下七个阶段："亡国灭种"焦虑中的女性呐喊（1895—1916 年）、个性解放浪潮中的女性合唱（1917—1927 年）、时代激流中的女性变奏（1927—1937 年）、民族磨砺中的女性奔波（1937—1945 年）、阶级话语中的女性沉浮（1945—1978 年）、多元语境中的女性反思（1978—2000 年）、全球化进程中的女性足音（2000—2020 年）。

第 一 章

先声:"亡国灭种"焦虑中的
女性呐喊(1895—1916)

　　封建时代由于传统思想观念的钳制和掌控,中国妇女整体被剥夺了受教育的权利,两性之间严格恪守等级秩序,安于男尊女卑的境遇和现实,自然就失去了参与国家政治、社会管理的机会,这就导致中国的妇女解放并不是女性凭借自身主体意识觉醒后的自觉自为行动,而是源于早期接受西方先进思想的男性精英的倡导和启蒙。

　　甲午海战的失败使中华民族危机加剧,引发了维新语境中的男性精英知识分子"亡国灭种"的焦虑。出于对国家现实和未来的深切忧虑,他们在探求救国救民之道的同时,开始关注在封建纲常伦理重压下妇女的生存和发展。他们以国家富强、民族复兴为诉求,以"戒缠足、兴女学"为突破口,倡导男女平权等思想,借此希望把妇女变成国家建构中一支不可或缺的积极力量。在他们的影响下,秋瑾、吕碧城等近代妇女解放的先驱者开创性地形成了自己关于妇女解放的思想。这些女性先驱者们积极地组建妇女团体,在男性启蒙者的导引之下创办了女子报刊,撰写文章呼吁和启发妇女觉醒,通过这种形式引发了中国历史上前所未有的妇女解放思潮。这一切投射在女性文学创作中,催生了中国近代第一批以反映婚恋悲剧、爱情自由和女性解放为主题的作品。但维新时期关于妇女解放的文学表述,基本上被镶嵌进男性思想先驱者的社会政治改良构想的大框架之中,男女平权、妇女解放的话语是与救国图存、国家振兴、民族解放等宏大构想结为一体的,文学表述的路径比较狭窄。

第一节　近代妇女解放思潮的发生

我国妇女解放思潮的思想萌芽可以追溯到太平天国。历时 14 年的太平天国在政治、经济以及社会地位等方面破天荒地提出了一些男女平等的构想,在其各项制度法规中都有一些明确的规定,以保障妇女拥有自己的权利。

一　肯定男女平等,让妇女享有土地权

著名历史学家陈邦直先生曾经坦言:"太平天国政治上唯一的特色,就是'男女平等'"。[①] 关于男女平等的思想,在太平天国领袖洪秀全早年撰写的《原道醒世训》(1852 年刊行)中有明确的表达,他说:"天下多男人,尽是兄弟之辈;天下多女子,尽是姐妹之群",[②] 这是中国历史上国家意识形态首次对妇女与男子有同样的人格和地位的肯定。"尽管这是基于'天下一家'的宗教理论基础之上,是洪秀全试图改造世道人心与实现政治理想的精心设计,但毕竟包涵了女性平等的思想。"[③] 这种强调世人都是兄弟姐妹,借助虚拟的无差异无等级的称谓,既化解了社会上层与下层之间的隔膜与矛盾,也迎合了下层民众期待被尊重的普遍心理,所以范文澜先生高度评价道:"在太平天国境内,确实出现了伟大的妇女解放运动。太平军把妇女看作姊妹,与看作兄弟的男子平等"。[④] 此后的 1853 年,太平天国在颁布的《天朝田亩制度》中规定:"凡分田照人口,不论男妇",这就开创性地把妇女纳入分田人口,这说明"天朝"在当时试图从民众最关心的土地问题入手,满足农民对于土地的渴求,

---

① 陈邦直:《太平天国》,新民印书馆 1944 年版,第 56 页。

② 洪秀全:《太平诏书·原道醒世训》,《太平天国印书》(上),江苏人民出版社 1979 年版,第 15 页。

③ 张学敏、郭文元、马超:《维新语境中妇女解放思想述论》,《天水行政学院学报》2013年第 1 期。

④ 范文澜:《范文澜全集·第 9 卷·中国近代史》(上),河北教育出版社 2002 年版,第101 页。

虽然由于多方面的原因致使这种构想在后来的实践中没有付诸实现，但给予女子与男子同样的土地，同等的地位的构想的确是历史的一大进步。后来，洪仁玕也在其《资政新篇》中提出了一些改善妇女地位的思想，"于是太平天国妇女，由家庭生活走到社会生活了，从事于劳动生产工作了。这是太平天国男女经济地位平等的开端"。①

二　太平天国建都后推行废止缠足法令

顺应男性畸形审美心理的中国妇女缠足的陋习，自唐代开创以来，经过宋、明两代的推行至清代非常普遍和盛行，这样的做法不仅束缚了妇女的身体，而且极大地摧残了妇女的心灵和精神，也限制了妇女参加社会活动。虽然清朝统治者顺治、康熙等曾多次下令禁止妇女缠足，但由于妇女深受封建观念影响，导致皇家法令无法实施。而太平天国定都天京（即南京）之后，明确规定"妇女不准缠足，违者斩首。已缠之足忽去束缚"。② 在《资政新篇》中，对于"女子喜缠脚"的风习，洪仁玕提出"在上者"要把它当作"可耻之行，见则鄙之忽之，遇则怒之挞之"。③ 这种以法令或者类似法令形式的禁缠足作为，不仅使妇女解除了身体之苦，而且为妇女与男子一样能够自由地参加社会生产活动提供了可能性。当然，此类法令的确立除了受到客家女子天足习俗影响之外，更重要的是有现实性的功利因素在里面，是考虑到妇女抛却"弓鞋罗袜"后能够立即当差，在现实生产中能够参加各种劳动，承担天京城的防御工作，甚至必要的时候能够参战，缓解战时的人员不足问题。但该法令的施行确实解放了妇女肉身的痛苦。

三　设置女馆，建立女官制度，吸收妇女参加政治、军事和后勤工作

在开国初期，太平天国即开始实行男女分馆分居制度，"女的住进女

---

① 郑鹤声：《太平天国妇女解放运动及其评价》，《文史哲》1955 年第 8 期。

② 张德坚：《贼情汇纂》卷 12，中国史学会主编：《太平天国》第 3 册，上海人民出版社、上海书店出版社 2000 年版，第 316 页。

③ 洪仁玕：《资政新篇》，中国史学会主编：《太平天国》第 2 册，上海人民出版社、上海书店出版社 2000 年版，第 525 页。

馆，从事生产辅助劳动和集体手工业劳动"，① 还设置了女营，建立女官制度，有意识地吸纳妇女参与国家建构的工作，可谓是革命性的举措。天国为鼓励女子读书，把《幼童诗》规定为男女学童的课本。还专门从女性里遴选出管理女馆的官员和识字能书的读书人到各王府处理批复公文。1853 年，在东王杨秀清的主持下，太平天国破天荒地举行过一次女试，专门招考女子出任官职，在当时招考女官的考试中，傅善祥等三位女子被招录为鼎甲，还有一些女子被选入各王府任女掌簿之职。事实上，统领各级女馆的官员主要由太平军中的首义女子担任。据清代张德坚的《贼情汇纂》记载，太平天国女官的人数曾经达到 6584 人，女兵 10 万人，女绣工 8000 人，女史 5200 人。② 可见，女性参与政治、军事、后勤的人员众多（暂不论这些女子是被迫还是自愿），女子可以和男子一样作战并立功扬名，比如苏三娘就是其中最为著名的一位女性战将。尽管与男性官员的实质性地位相比，女官仅是无足轻重的政治点缀，但在一定程度上提升了妇女的社会地位，催生了妇女解放思想的萌芽。

四　废除买卖婚姻，推行"一夫一妻"制，尝试婚姻革新

买卖婚姻的现象在当时非常普遍和盛行。在传统观念里，人们视强制性买卖婚姻为天经地义：男子娶妻惟三茶六礼才能聘定，女子出嫁仅视财礼多寡论定。这导致男女丧失了婚姻自由，女子成为交易商品，在婚姻中所处的地位极其低下。太平天国推行男女婚姻平等主要体现在对买卖婚姻习俗的废除上。《天朝田亩制度》中强调"凡天下婚姻不论财"，即不因财产的因素而谈婚论嫁，排除了婚姻关系中财产的因素，这是解除人身依附的前提。从太平天国的政策全局来考量，这也是一种废除私有财产的举措。而且天国还宣布："男有男行，女有女行，男习士农工商，女习针指中馈，一夫一妇，理所宜然"。③ 除了明确提倡一夫一妻制，

---

① 赵俊编著：《太平天国》，中国国际广播出版社 1996 年版，第 23 页。

② 张德坚：《贼情汇纂》卷 11，中国史学会主编：《太平天国》第 3 册，上海人民出版社、上海书店出版社 2000 年版，第 309—310 页。

③ 《国宗韦、石革除污俗诲谕》，《太平天国文书汇编》，中华书局 1979 年版，第 90 页。

在其他法令告示中，天国还禁止纳妾，凸显出把女子的权利试图提到与男子同样地位的设想。

五　下令取缔娼妓，禁止官兵强暴妇女

娼妓制度在旧时中国存在久远且门类较多，究其实质，是男性欲望、权力的外显，也是妇女地位不平等、经济受压迫的表现。早在建都初期，太平天国就通过告示的形式颁布禁令："娼妓最宜禁绝也"，还严令"倘有习于邪行，官兵民人私行宿娼，不遵条规开娼者，合家剿洗；邻右擒送者有赏，知情故纵者一体治罪，明知故犯者斩首不留"。[①] 由上述法令可见，太平天国禁止娼妓的律令是非常严厉的。一些资料显示，当时在天京等地经过整治后娼妓现象基本已消失殆尽。这样的戒律整肃了军纪，革除了陋习，切实保护了妇女，值得称道。

尽管太平天国有关妇女解放的一系列律令还处于初始建构阶段，许多制度和政策虽然颁布但并未得到真正的实行，与广大妇女事实上应该具有的解放还相去甚远，但上述一系列比较进步的举措，无疑改变了部分妇女（尤其是客家女）的处境，使妇女解放思想的萌芽悄悄根植。所以，历史学家罗尔纲高度评价太平天国"是妇女解放思想的第一个实行者。这样广大彻底的妇女解放运动，在俄国十月革命以前，世界历史上不曾有过，真是人类最光荣最先进的运动"。[②] 无独有偶，历史学家郑鹤声也认为"太平天国根据人类平等自由的原则，做出了伟大的妇女解放运动，决然无忌的摧破中国旧时代妇女的许多传统的束缚，使中国数千年来束缚妇女的锁链无情的斩断，在世界妇女解放运动史中放出一种奇异的特彩，开妇女解放的先声"。[③] 上述论述虽然产生于阶级观念鲜明的时代语境，但把太平天国视为中国妇女解放的萌芽期，对太平天国给予妇女的具有革命性的政策和新地位进行了肯定，也为后来的研究定下了主流基调。

---

① 《国宗韦、石革除污俗诲谕》，《太平天国文书汇编》，中华书局1979年版，第90页。

② 罗尔纲：《太平天国的妇女》，《太平天国史事考》，生活·读书·新知三联书店1955年版，第340页。

③ 郑鹤声：《太平天国妇女解放运动及其评价》，《文史哲》1955年第8期。

但是,我们仍然看到,一方面,由于中国封建观念的壁垒坚厚,倡导者因现实功利性考虑,没有针对妇女自身的境遇进行变革,他们关于妇女解放的一系列构想相当有限,不可能达到近代思想所要求的深度和广度;另一方面,处在当时历史境遇中的广大妇女由于形成的"被奴役"思想根深蒂固,她们普遍习惯于原有的受奴役生活,根本不可能形成自觉的妇女解放意识,致使一些超前的妇女解放思想在现实生活中不可能被贯彻落实。太平天国无力挣脱传统制度的六道轮回,无法打破男尊女卑的传统格局,正如沈渭滨所言:"太平天国无法摆脱压制妇女、歧视妇女的封建道德观念的束缚,不可能真正实现男女之间的平等和妇女的真正解放"。① 夏春涛也认为,太平天国仍然是"一个纯粹以男性为中心、妇女完全依附于男子的社会。事实证明,洪秀全等人根本就没有也不可能萌发近代意义上的男女平等、妇女解放意识"。② 尽管如此,太平天国颁布的各项关涉男女平等的举措,却破天荒地成为中国近代历史上妇女解放的先声和前奏。所以,学者王绯评价说:"太平天国革命划时代和超时代的强制性立法实践,昭示了妇女从法律上死亡到复活的全部可能性和可行性,这个举措甚至直接同近一个世纪后中国共产党所实施的男女平等政策接轨(如土改政策),它在客观上为中国妇女解放提供的原创性思想经验,构成了这一历史发展的重要开端"。③

太平天国的历史虽然短暂,但其关于妇女政策的颁布和实施,关于妇女解放方面的可能性和可行性的尝试举措,在历史的烟尘中留下了它清晰的印记和不可磨灭的价值。它就像一粒深埋于土壤中的种子,到春天总会萌发,使清末民初维新派的妇女解放思潮得以抽芽。

第二节 维新话语中的妇女解放思潮

我国"最初提出具有近代意义的妇女解放主张的是早期维新派",这

---

① 沈渭滨:《天国寻踪:太平天国一百问》,上海远东出版社2000年版,第45页。
② 夏春涛:《太平天国妇女地位问题再研究》,《清史研究》2004年第2期。
③ 王绯:《"中国妇女思想与文学发展史论"述略》,《文艺研究》2003年第1期。

基本上是学界达成的共识。以 1895 年的"公车上书"事件为标志，以维新派为代表的中国新兴知识分子登上历史舞台，他们以"强国保种"为诉求倡导"女权"，推进"男女平等"，从而拉开了中国妇女解放思潮的帷幕。

一 维新话语中男性的妇女解放思想

维新派引进西方近现代的思想资源，在政治思想文化领域进行全面启蒙的同时，也积极广泛地宣传妇女解放思想。其代表人物郑观应、宋恕、康有为、梁启超、金天翮等"吸收西方男女平等思想，批判旧中国有关妇女的种种恶俗，大力提倡戒缠足兴女学等主张，与太平天国的提法有本质的不同"，[①] 他们的男性身份以及提法虽然不自觉地流露出了男权中心立场，却开启并导引了中国现代妇女解放思潮。

（一）西方"天赋人权"观念下以"救亡图存"为诉求的妇女解放思想

晚清，维新派围绕时政变局，顺应"救亡图存"的时代召唤，借鉴西方"天赋人权"及"进化论"等思想，以救国新民为目标，强调女性对于国家命运拥有一定的责任。以此作为立论的支点，他们开始关注在封建纲常伦理重压下的广大妇女。他们普遍认为体弱无知的妇女是国家走向强大的负担和拖累，因此他们以国家富强为目的，以妇女解放为手段，把兴办女学和创办女性报刊作为突破口，来倡导引领妇女解放思潮。

第一，为种族繁衍和国家强大，废除妇女缠足。

以康有为、梁启超为代表的维新派，以民族国家利益为最高原则，把国家的贫弱与妇女躯体的孱弱相联系，为了种族的繁衍和国富民强，他们倡导妇女"废缠足"，以此来塑造健康的女性。他们普遍认为："今者欲救国，先救种，欲救种，先去其害种者而已。夫害种之事，孰有如

---

① ［韩］金庆惠：《晚清早期维新派的妇女解放思想》，《北京师范大学学报》2003 年第 3 期。

缠足乎！"① 在这样清晰的国族叙述影响之下，深受缠足之害的女性自身，沿袭着这种思路来痛斥缠足，刘瑞平指斥："此实中国国权之大关系，而我黄帝子孙神明汉裔之大耻辱也"，② 她以救亡图存为终极目标的阐述，指认缠足是"亡国灭种"的罪魁祸首。梁启超（1873—1929）在《戒缠足会叙》中说"男女中分，人数之半，受生于天，受爱于父母，匪有异矣"，③ 他认为占天下人口一半的妇女，其生命和获得的"爱"都与男子无关，因此不应该受"缠足"之苦而成为男子的"玩好"。他的确把"戒缠足"整合到了保种、救国的宏大架构之下。柳亚子从培植女性独立意识着眼提倡"放足"，他的《黎里不缠足会缘起》一文表达了当时启蒙思想家对压制妇女肉体和精神观念的批判。他说，"我可怜之同胞，亦且久而忘其丑，忍其痛，争妍斗媚以为美观。蚩蚩蠢蠢，喁喁累累，乐于俎，颂于牢，謌于槛，庆于罗；母训其女，姊劝其妹：一若以缠足为我同胞一生莫大之义务，莫大之荣誉，虽九死一生，终不敢稍动其抗力"。④ 在社会习俗和社会心理的影响之下，女性深受其害而执迷不悟地争相效仿缠足是当时的普遍现象。事实上妇女数千年来被压制在社会底层，严守缠足的风习是女子奴性意识的表征，缠足可谓为虎作伥，缠足成为妇女解放道路上最大的障碍。所以，早期维新启蒙者们认定放足是女性获得独立与解放的起点。确如学者夏晓虹所认为的，"在一个国家危亡的时代，女性身体解放的私人性一面往往被忽略，而其与国家利益相关的公共性一面则被凸显出来和刻意强调"。⑤

第二，为改良人种，提高"女国民"素质倡导"兴女学"。

早期维新派的代表性人物郑观应（1842—1921）在"变法自强"的思想架构下关注"兴女学"的问题，他特别强调"女教"在其中的重要

---

① 曾继辉：《不缠足会驳议》，中华全国妇女联合会、妇女运动历史研究室编：《中国妇女运动历史资料（1840—1918）》，中国妇女出版社1991年版，第12—13、71页。（原文刊于《湘报》第151号，1898年9月10日。）

② 香山女士刘瑞平：《敬告二万万同胞姊妹》，《女子世界》1904年第7期。

③ 梁启超：《梁启超全集》第1集，北京出版社1999年版，第80页。

④ 吴江女士倪寿芝：《黎里不缠足会缘起》，《女子世界》1904年第3期。（此文实为柳亚子所撰，是他替"黎里不缠足会"的发起人倪寿芝女士代写的一则启事。）

⑤ 夏晓虹：《晚清女性与近代中国》第2版，北京大学出版社2014年版，第124页。

性。他认为重视"女教"首先要破除传统观念对女子的限制，他在《女教》中说，"朝野上下间，拘于'无才便是德'之俗谚，女子独不就学，妇工亦无专师。其贤者稍讲求女红、中馈之间而已"。① 试图为创办"女学"破除既有障碍。在《致居易斋主人论谈女学校书》中他不仅对"女学"推崇备至，而且详尽地论析了母亲在孩子教育中不可替代的作用，他说"是故中国而不欲富强则已，如欲富强，必须广育人才。如广育人才，必自蒙养始；蒙养之本，必自母教始；母教之本，必自学校始。推女学之源，国家之兴衰存亡系焉。……凡衣服、饮食、嬉戏、步趋，皆母得而引导焉、指授焉、勉励焉、节制焉。故自有生以来，其对于母也如是其久，如是其切。使母之教而善，则其成立也易；母之教而不善，则其子之成立也难"。② 可见，兴女学与否，母亲接受教育与否，关系着民众是否愚弱，关联着国家和民族是否兴亡，所以要培育人才，一定要从孩童抓起，而要让孩童有良好的教育，一定要重视"母教"，一定要倡导"女学"。郑观应突出强调了在教育子女的过程中，母亲施行教育行为的迫切性，因为母亲如果有比较良好的教养和素质，对孩子进行引导、教育、鼓励和约束，时间久了，孩子耳濡目染，长大后肯定会成为有所作为的人。很明显，郑观应一开始就把"兴女学"提高到国家兴衰存亡与民众智慧的高度来探讨。

清末维新派其他重要的思想家也都以民族国家复兴为立足点，把国不富、民不强的根本原因归结为"女子无学"，因而主张妇女要接受教育，这样社会才可能进行比较全面的革新。宋恕（1862—1910）以西方国家的女性为参照，认为"西国女人皆识字，中国则绝少。人之生也得母气居多，其幼也在母侧居多；故使女人皆读书明理，则人才、风俗必大有转机"。③ 指出"兴女学"对女性个人的发展、国家人才的积累和社会风俗都有很大的改观。康有为（1858—1927）针对"举国女子殆皆不学"的社会历史状况，指出这种现状产生的必然结果就是："女不知学，

① 郑观应著，夏东元编：《郑观应集》（上），上海人民出版社 1982 年版，第 287 页。
② 郑观应著，夏东元编：《郑观应集》（下），上海人民出版社 1988 年版，第 264 页。
③ 胡珠生编：《宋恕集·上》，中华书局 1993 年版，第 17 页。

则性情不能陶冶,胸襟不能开拓,以故嫉妒偏狭,乖戾愚蠢,钟于性情,扇于风俗,成于教训,而欲人种改良,太平可致,犹却行而求及前也"。① 所以,出于对民族国家的"自立"与"人种"的考虑,他主张妇女应该通过接受教育来获得独立自主的权利。他说:"故为人类自立计,女不可无学;为人种改良计,女尤不可不学"。② 这一构想的目的是显而易见的。梁启超在《论女学》中指出"天下积弱之本,则必自妇人不学始",③ 他明确站在"保国""保种""保教"的立场上来倡导"女学",因为在他看来,"治天下之大本二:曰正人心,广人才。而二者之本,必自蒙养始。蒙养之本,必自母教始。母教之本,必自妇学始,故妇学实天下存亡强弱之大原也"。④ 为激发社会精英"兴办女学",梁启超还撰写了一系列"觉世"文章进行舆论引导,并极力促成了经元善组建"女学堂"的实践行动。1898 年经元善在上海创办了中国女学堂(后更名为"中国女学会书塾"),开启了由我们中国人自己经办新式女子学校的先河。到 20 世纪初,一些有识之士在各地相继兴办"女学堂",发展女子教育事业,振兴"女权",从而达成了女子教育成为振兴女权的当务之急的基本共识:"欲女子之有学识与道德,舍教育其奚从?盖教育者,女权之复之预备也"。⑤ 经过艰难的尝试探索与发展,1907 年 3 月,清政府把女学堂纳入到官方的教育管理体制中,这是中国教育事业划时代的事件,也是中国妇女解放具有里程碑意义的事件。

第三,倡导男女平等,让女性承担和男性同样的责任和义务。

康有为是最早倡导男女平等的思想家之一。他的《大同书》历数千百年来中国"妇女之苦",认为过去对妇女是"抑之制之,愚之闭之,囚之系之,使不得自立,不得任公事,不得为仕宦,不得为国民,不得预

---

① 康有为:《大同书》,上海古籍出版社 2014 年版,第 104 页。
② 康有为:《大同书》,上海古籍出版社 2014 年版,第 104 页。
③ 梁启超:《梁启超全集》第 1 集,北京出版社 1999 年版,第 30 页。
④ 梁启超:《梁启超全集》第 1 集,北京出版社 1999 年版,第 32 页。
⑤ 丹忱:《论复女权必以教育为预备》,《女子世界》1905 年第 15 期。[本期《女子世界》出刊时间据学者夏晓虹考证,大概在"乙巳年十月至十二月(1905 年 10 月—1906 年 1 月)"。此说见夏晓虹所著《晚清女性与近代中国》第 2 版,北京大学出版社 2014 年版,第 87 页。]

议会，甚且不得事学问，不得发言论，不得达名字，不得通交接，不得预享宴，不得出观游，不得出室门，甚且斫束其腰，蒙盖其面，刖削其足，雕刻其身，遍屈无辜，遍刑无罪，斯尤无道之至甚者矣！"① 中国的妇女可谓是灾难深重，所以他声言要为广大妇女鸣冤叫屈，彻底改变女子"为囚为奴"的不平等境遇，他说："故以公理言之，女子当与男子一切同之；以实效征之，女子当与男子一切同之。此为天理之至公，人道之至平"，② 他以天地间天理与人道和谐统一的理论来确认男女应该平等，女子应该获得自立、自由的权利。女权启蒙者金天翮（1874—1947）1903 年出版的《女界钟》专门伸张女权，详细阐述他对女性问题的见解，是近代中国第一部论述女性问题的专著。该书引用西方天赋人权、民主自由等新概念，以男女平等为理论的基础呼吁解放妇女。在教育问题上，他强调应该培养女子的独立人格。由于他鲜明地支持女性争取"女权"，试图帮助女性建立全新的道德观，所以当时有人把金天翮称为中国女界的卢梭。

第四，主张给予妇女人身自由、婚姻自主的权利。

被学者熊月之评价为"近代改良派中系统批判'夫为妻纲'的第一人"的宋恕，他在"《六斋卑议》的《旌表》《伦始》《救惨》等文中，以愤激的笔触，揭露了广大妇女在封建纲常名教压制下的悲惨疾苦，批驳了尊男卑女的传统教条，宣传了男女平等、婚姻自主等思想，提出了解放妇女的具体设想"。③ 他从底层女性的切身利益出发，反对封建伦理纲常，批判包办婚姻，把妇女解放提到关乎社会进步、国家兴亡的高度来认识。他指出宋、明以来理学家"假君权以行私说"，他们所宣讲的"纲常名教"成为禁锢妇女的教条，对妇女形成专制和压迫，使社会"乱伦兽行之风日炽，逼死报烈之惨日闻"。④ 康有为受西方自由主义民权思想的影响，明确倡导给予妇女婚姻自主与独立自由的权利。他说："男女婚姻，皆由本人自择，情志相合，乃立合约，名曰交好之约，不得有夫

---

① 康有为：《大同书》，上海古籍出版社 2014 年版，第 98 页。
② 康有为：《大同书》，上海古籍出版社 2014 年版，第 99 页。
③ 熊月之：《中国近代民主思想史》，上海社会科学出版社 2002 年版，第 208 页。
④ 胡珠生编：《宋恕集》上册，中华书局 1993 年版，第 149 页。

妇旧名。"① 他认为妇女"学问可以自学,言语可以自发,游观可以自如,宴飨可以自乐,出入可以自行,交合可以自主"。② 这样的倡议试图解除妇女行为举止和某些活动方面的禁忌,让妇女与男性一样可以获得独立、自主、自由的个人权利。这一构想显然应和了"强国保种"、促进民族发展的时代诉求。而以伸张"女权"为意旨的《女子世界》主编丁初我则认为家庭是国家的基础,"女权"和"民权"有直接的关系,因而"婚姻自由"应该是"女权革命"的第一要务。所以,他特别强调:"种种天赋完全之权利,得一鼓而光复之。有学问而后有知识,有交际而后有社会,……终之以婚姻自由,为吾国最大问题,而必为将来发达女权之所自始"。③ 梁启超则是从"强国保种"的角度出发,以进化论为理论依据倡导晚婚晚育,驳斥为了传宗接代而实行早婚的行为,他强调:"凡愈野蛮之人,其婚姻愈早,愈文明之人,其婚嫁愈迟"。④ 而且人口的"优劣之数,常与婚姻之迟早成比例"。⑤ 由此观之,以康有为、梁启超为代表的维新派把"兴女学"和婚姻自主的倡导有意识地与"强国保种"嫁接在一起,不仅为他们的政治思想革新寻找到了有力的支撑点,而且为其妇女解放思想找到了突破口,对当时启发妇女觉醒、形成妇女解放思潮产生了深远的影响。

(二) 重新解读"男降女不降"而确立"女中华"的宏大命题,⑥ 从而推进妇女解放思潮的发展

"女中华"命题的提出者是金天翮(金一),他在其《女界钟》(1903 年出版)里转引 1902 年《选报》上刊载的一则报道里有类似的说法后,在 1904 年《女子世界》第一期发表的《女学生入学歌》中直言"新世界,女中华",呼唤在中华大地上出现一个由"新国民"组成的

---

① 康有为:《大同书》,上海古籍出版社 2014 年版,第 129 页。
② 康有为:《大同书》,上海古籍出版社 2014 年版,第 106 页。
③ 初我:《女子家庭革命说》,《女子世界》1904 年第 4 期。(初我为丁祖荫)
④ 梁启超:《梁启超全集》第 3 集,北京出版社 1999 年版,第 621 页。
⑤ 梁启超:《梁启超全集》第 3 集,北京出版社 1999 年版,第 621 页。
⑥ 在学界,这一命题的提出和研究方面用力最多成果也最丰硕的当属学者夏晓虹,本书在此沿用了她的提法。

"女子世界"，将创造新中华的任务寄望于这个世界的理想女性——"女学生"。"女中华"命题遂成为一个时代所呼唤的新命题。在对"女中华"命题的构建过程中，承载着历史记忆的"男降女不降"被发现，并通过柳亚子、陈去病、高燮、章士钊、高增、师南等的反复诠释，成为建构女性的一种有效尝试。据学者夏晓虹的考证，"男降女不降"本源于"明清之际"的历史记忆，是"国民主义"者以"排满"为目的的一种言说，与"生降死不降""老降少不降"一起在民间流传较广。自 1903 年蔡元培《释"仇满"》一文中提到"所谓'生降死不降'；'老降少不降'；'男降女不降'者，吾自幼均习闻之"① 开始，在 1903 年至 1905 年，"男降女不降"形成了言说的高峰。诸如吹万《女中华歌》所咏"野蛮宰割共牵连，何以男降女否世争传？吾意女界当时必发达，力能撑持群己排羴膻。"② 又如挽澜《同情梦传奇》中精心塑造了一位"思救同胞""复整女界"的女子尤素心，她在梦境中的"演坛"借助"人死心不死，男降女不降。我们女人，原是贵重的"③ 来向世人宣讲"放足"思想，阐述她重整女权、构建"女中华"的愿望。

对此命题阐释最为着力的柳亚子，他在其《女雄谈屑》的篇首讲到自己编辑明代以来拒绝投降清朝的女子们义烈故事的原委时说："须眉男子，低首伪廷者，何止千万！独女界豪杰，发愤民族，或身殉故国，或戮力新邦，事虽无成，抑愈于甘心奴隶者万万矣。编次佚事，发潜德之幽光。自今以后，二万万女同胞，更有缵'男降女不降'之遗绪，而同心协力，共捣黄龙者乎？中国万岁！女界万岁！"④ 从柳亚子写作缘由可知，试图鼓励当时的女性仿效义烈女子，与男性一起反抗清政权，从而完成革命大业。因此文章中他有意选择了明清之际颇有"种族思想"，誓

---

① 蔡元培：《释"仇满"》，《苏报》1903 年 4 月 11、12 日。

② 吹万：《女中华歌》，《女子世界》1904 年 4 月第 4 期。（吹万为高燮）

③ 挽澜：《同情梦传奇·行梦》，《女子世界》1904 年 8 月第 8 期。[关于"挽澜"，有三种说法：一说为陈伯平，见赵山林等编著的《近代上海戏曲系年初编（1840—1919）》，上海教育出版社 2003 年版，第 184 页；一说为陈伯平妹，见搜狗百科·陈伯平：http://baike.so.com/doc/9456656 - 9798386. html；一说为俞天愤，见夏晓虹《晚清女性与近代中国》第 2 版，北京大学出版社 2014 年版，第 172 页脚注①。]

④ 亚卢：《女雄谈屑》，《女子世界》1904 年 9 月第 9 期。（亚卢为柳亚子）

死不降而"为民族殉身"的女性:李成栋之妾、湖南女子某氏、赵北燕南邮亭驿壁间题诗的多难女、秦淮女子宋蕙湘、吴中女子赵雪华、福州女子邵飞飞、① 钱塘女子汪端、白莲教齐王氏、广西会党党魁某氏女等,② 以及续篇中的章钦臣妻金氏、庐陵女子刘淑英、云南女子杨娥、太平天国洪王王后徐氏等,③ 她们在作者看来都是"男降女不降"的卓越楷模,持有"与其奴隶而生,无宁自由而死"的慷慨悲壮气节和"振女界之钟"的气魄。把这些女界豪杰与同在国难关口却沐猴而冠的须发男子洪承畴、吴三桂进行鲜明对比的意图显然不言而喻。因此,在《为民族流血无名之女杰传》中,他又专门为上文中的"李成栋之妾"立传,详细叙写那个松江女子劝说李成栋"反清复明"的英雄事迹,有意强化"百万好男儿,不及一女子"④ 的事实,来极力彰显"男降女不降"的历史记忆,从而弘扬女性的人格荣光,以达成"女中华"的构建理想。

其后舆论进一步对"男降女不降"大做文章。诸如出现了更充分的断言,"今日之世界,女子之世界也;今日之中华,女子之中华也"。⑤ 让女性成为能够为民族历史增光的国民,为民族国家抗争的"女中华"。比如,有人就认为女子被束缚在家中,不受考试做官这类鄙陋之事的羁绊,反而更容易专心治学,从而完善自我品格,进而承担起挽救国家的责任。"女子幸亏没有这种鄙陋的事,扰累他的心思,正可以认认真真,讲求学问。将来能远过于男子,亦未可知;中国的灭亡,挽救于女子,亦未可知"。⑥ 此类说法一反"尊男卑女"的旧说,构建出"尊女卑男"的新说,将女子的品德有意置于男子之上,将时代所需的最激进的思想寄托

---

① 据学者夏晓虹考证应为"邵飞飞",在《女雄谈屑》一文中柳亚子误作"赵飞飞"。见夏晓虹《晚清女性与近代中国》第 2 版,北京大学出版社 2014 年版,第 155 页。

② 亚卢:《女雄谈屑》,《女子世界》1904 年 9 月第 9 期。(亚卢为柳亚子)

③ 亚卢:《女雄谈屑》,《女子世界》1904 年 10 月第 10 期。(亚卢为柳亚子)

④ 松陵女子潘小璜:《为民族流血无名之女杰传》,《女子世界》1905 年第 11 期。[潘小璜为柳亚子;关于本期《女子世界》出刊时间,据学者夏晓虹考证,大概在"乙巳新年(1905 年 2 月)后"。此说见夏晓虹所著《晚清女性与近代中国》第 2 版,北京大学出版社 2014 年版,第 87 页。]

⑤ 松江女士莫虎飞:《女中华》,《女子世界》1904 年 5 月第 5 期。

⑥ 夜郎:《劝女子入学堂说》,《女子世界》1904 年 10 月第 10 期。

在女子身上，试图塑造出崇高的新女性形象。在这样的表述里，其实也实现了当时激进的民族主义者潜在的复兴民族国家的主题预想，即"张大明季女性自杀与被杀的意义，目的却在激发处于社会主导地位的男子，使之确立'民族思想'，进而争取'民族独立'"。①

由此观之，在对"男降女不降"行为的反复述说和重新解读中，早期思想者们构建了明、清两代"宁死不降、坚贞不屈"的女性行为和形象，既张扬了传统女性的气节忠义和民族主义情怀，更寄寓着对男性崛起有所作为的预想。构建"女中华"的原色和基础，应和了时代特殊的需求，从妇女解放的角度而言，这种基于现实需要的时代言说和想象最大化地利用了历史资源，对处于弱势的女性有意拔高，一定程度上提升了女性的地位；重新认定与建构女性理想价值，增强了女性的自尊心和自信心，也成为妇女解放过程中有效的思想资源，推进了"女界革命"，使得女性解放问题成为 20 世纪初中国社会所关注的一项大事。

二　与西方妇女解放思想的比较

我国最初提出妇女问题的是晚清"危机意识"中反思民族历史问题的男性思想先驱者，从发生学的视角来看，这是一场自上而下的被动式思想解放运动，与西方以性别觉醒为前提的自下而上自发的女权运动有所不同。

（一）以性别觉醒为前提的西方妇女解放思想

西方国家在现代化的进程中，由于各种现代性因素互相促进、互相制约，妇女解放思想自然而然地生发出来。其中法国当之无愧地承担了首发任务，这主要归因于 1789 年 7 月法国爆发的资产阶级大革命，此次革命运动为女权思想的诞生提供了决定性的契机。在"天赋人权"说的启示下，一些法国妇女挑战既有的社会秩序，萌发出自主意识，从而提出"男女平等"的构想，以女性代表奥兰普·德古热 1791 年 9 月发表的《女权与女公民权宣言》（简称《女权宣言》）为标志性事件，从而拉开了世界女权运动的帷幕。之后英国女作家玛丽·沃斯通可拉夫特（Mary Wollstonecraft）于 1792 年发表《女权辩护》，宣告西方女性主义肇始。

---

① 夏晓虹：《晚清女性与近代中国》第 2 版，北京大学出版社 2014 年版，第 159 页。

　　19 世纪后半叶的英、法、美等国，女性群体由女性自身发起并领导的世界第一次妇女解放运动，从一开始就比较鲜明地指向社会性别结构，表现出自觉的女性意识，并在 20 世纪之交形成了第一次妇女解放的浪潮。基于女性在政治上的无权事实，早期的女权运动提出男女平权思想，要求两性平等，包括男女之间生命全历程的平等，还包括公民权、参政权、受教育权、就业权等的平等，争取家庭劳动与社会劳动等价、政治权利同值。西方妇女争取女子与男子一样享有尊严、人格和自由。不同于中国女子被幽囚在闺阁之中，丧失了行动的自由，西方妇女除了政治权利受到限制以外，其他的行动所受限制较少，她们相对比较自由，所以她们争取妇女解放的第一步是要求与男子"平权"，即追求平等的社会角色地位。而后，许多国家的妇女参与进来，她们自发地形成颇具规模的女权运动。到第一次世界大战之后的 20 世纪 20 年代，英、美等大多数国家的女性基本都获得了政治权利。此外，越来越多的女性也争取到了受教育权和就业权。

　　在 20 世纪 20—60 年代的第二次妇女解放运动中，欧美的女性深入广泛地展开了在社会的各级秩序之中争取具体权利的抗争，妇女运动进入男女平权阶段和稳步推进阶段。女性向男权社会发出抗争的声音，要求获得婚后拥有财产权、自由支配工资权，以及免受丈夫虐待的权利和获得产假（带薪）的权利，甚至发展到为妇女争取儿童抚育费和堕胎权等。此阶段最具代表性的思想家是西蒙娜·德·波伏娃（Simone de Beauvoir），她在 1949 年出版了被誉为"有史以来讨论妇女的最健全、最理智、最充满智慧"的女权经典《第二性》。该书观照整个女性世界，向性别歧视宣战，标志着西方女性背离政治的姿态，在强调女性"性征"的自然自在的女性意识状态中开拓出女权的新疆域。波伏娃认为妇女必须获得自由选择生育的权利，并向中性化过渡，才能获得真正的解放。第二次女权运动的"基本点是争取两性寿终平权，彻底消除女性受歧视剥削压迫乃至误对（Abusement）的坏状况"。① 这次运动直接促生了性别研究即女性主义学术研究的兴起。

----

　　① 搜狗百科·女性主义：http://www.docin.com/p–159961106.html。

到 20 世纪 60 年代末，西方第三次妇女解放运动兴起，这次妇女运动也被称为后现代女性主义。后现代女性主义"对现存一切秩序体制的确定性和稳固性提出了质疑"，① 以福柯、拉康和德里达等的后现代思想为资源。以茱莉亚·克里斯蒂瓦（Julia Kristeva）、埃莱娜·西苏（Helene Cixous）、露丝·伊利格瑞（Luce Irigaray）等女性人物为代表，她们挑战本质主义，拒绝完全忽视了女性存在的宏大叙事、普适性理论、客观性，反对对性别、种族、阶级、民族和性倾向等作宏观的分析，重新审视社会所有法则和原理的合法性；反对性别两分和性别不平衡，强调并高度评价性别的差异，大谈身体的重要性及肉体的各种体验；她们建立了一整套女性话语，发出了"女性"的声音。法国著名女性主义者莫妮卡·威蒂格（Monique Wittig）认为，在理想的新社会里没有女人和男人，而只有"人"，真正的妇女解放是要消灭作为阶级的男人和女人。② 而以茱莉亚·克里斯蒂瓦等为代表的一方，力图在文学、历史、艺术等层面植入存在主义哲学来探讨女性问题，试图为女性意识争取合法性。这些努力自有它不可低估的积极效用，但它使西方妇女解放所倡导的"男女平权"走向了偏狭的"男女对抗"，其间的消极性也是显而易见的。

（二）中西方妇女解放思想的区别

中国产生妇女解放的语境与西方完全相异。鸦片战争后，外侮迭至，中国面临被"瓜分豆剖"的空前危机。接踵而至的甲午战争使中国不断受到内外压力的巨大撞击，致使社会结构发生变化，于是"强国保种""救亡图存"成为时代的核心命题，民族国家的复兴与建构成为首要目标，民心思变成为最紧迫的历史情境。为救治羸弱的民族、振兴积贫的国家，男性思想家们首先提出了妇女解放问题，在他们的导引和激励之下，女性先觉者们开始冲破封建阻挠谋求自身的解放。其中，男性先觉者康有为、梁启超等受西方进化论、人性论、"天赋人权"等启蒙思想的影响，从民族国家建构的需要出发，认识到妇女的愚弱是造成国家积贫积弱、国运不昌、种族退化的重要根源之一，于是从解放妇女的现实立

---

① 转引自搜狗百科·后现代女性主义：http：//baike. so. com/doc/9122956 - 9455960. html。
② 转引自搜狗百科·后现代女性主义：http：//baike. so. com/doc/9122956 - 9455960. html。

场出发,把平等自由、自立自主的思想有意识地汇入女性解放思想,确定了妇女解放从属于民族独立和政治解放的基本方向。

相较而言,西方妇女解放首先是启蒙女性从思想意识深层产生自主意识开始的,可谓是从"头"开始的解放。有意味的是中国妇女解放不是从"头"开始,而是从"脚"开始的。男性先觉者首先倡导女性"戒缠足",因为解放了"脚",妇女就挣脱了身体的限制,获得了行动的自由。在"戒缠足"的同时,也从"兴女学"入手倡导男女平等、婚姻自主,从而对封建传统进行批判。

西方国家的妇女解放思潮是以女权运动的形式掀起的思想浪潮,它从一开始就非常鲜明地指向社会的性别结构,争取一个又一个具体的妇女权利并对不合理的社会机制进行渐进式改良,它的特点是不触及现存的社会制度。而中国妇女解放问题被近代男性知识分子作为近代化的重要课题提出来,他们积极倡导女子觉醒,与男子共担救国责任,因而把妇女解放作为民族复兴和解放的重要组成部分,并且试图让妇女负担起相应的"国家"责任。这种被动的植入式解放,附着在国家主权的独立之下,在广阔的社会层面,成为"国族"独立、救亡图存的政治注解的一部分。女性把自身的解放和命运的改变与民族国家的独立和救亡图存连接起来,将争取"女权"纳入争取"国权"的民族解放的轨道之中。最终是要改变现存的社会制度,推翻阶级压迫,构建一个民主、平等、文明的全新的现代国家,并在这样的国家制度的保障之下,彻底地实现妇女真正意义上的解放。这其实构成了中西方妇女解放思想最大的区别。

不过,我们也应该看到,我国的妇女解放运动是在近代特殊的"救亡图存"的背景下产生的,为顺应民族解放的历史需要而被提出,其后随着民族解放的实现,妇女也获得了作为人的解放。但是,这样附着在民族、阶级解放之上的妇女解放,在某种程度上又忽视了女性性别的特点,遮蔽了女性主体意识的觉醒,没有从根本上消除掉性别等级秩序,因而在相当一段时间,中国的妇女解放又是不完全、不彻底的,甚至一度走入误区。

三 振聋发聩的历史作用

维新时期所肇始的妇女解放思想由于其产生的历史语境、独特地位和历史特点，决定了其具有振聋发聩的历史作用。

（一）宣传与构建了妇女解放的早期理论

维新派把妇女解放看成维新救亡事业的组成部分，在进行政治改革的同时，将批判的锋芒直接指向封建的纲常伦理、夫权和宗法关系，对中国妇女进行最初的启蒙，成为妇女解放思想的开端。

在具体的宣传过程中，他们以西方进化论和民权学说为理论武器，借助"天赋人权""男女平等"的思想，主张为了种族繁衍和国家强大，废除妇女缠足；为改良人种，提高人口素质"兴办女学"；为了让女性承担和男性同样的责任和义务，倡导男女平等；主张给予妇女独立自由、婚姻自主的权利。他们在各类报纸和期刊上开辟了数量可观的妇女专栏、专页、专号等作为舆论倡导和宣传妇女解放的阵地，利用这些女性刊物提供的交流平台发表反映妇女生活、讨论妇女问题、主张妇女解放的文章，这些文章和主张构建起了中国妇女解放理论的雏形。

（二）促使部分妇女逐渐走向觉醒

维新语境中的男性精英以其政治远谋倡导妇女解放，是建立在使女性体格强健、传宗接代、辅佐丈夫、富有知识、教育子女，做合乎规范的贤妻良母，从而达到强国保种的真正目的，这样的阐发及其社会实践虽然有限，但使得此前尚属朦胧的妇女解放思想豁然开朗，产生了较大的社会影响力，妇女问题作为政治改革一环逐渐被进步人士接受。而且在新思潮新观念的影响下，一部分最先觉醒的知识女性挣脱了套在身上几千年的封建枷锁，开始勇敢地走出家庭，迈向社会。她们或者参与报刊工作，写作启发妇女觉醒的文章；或者进入学堂接受教育，传播新思想，实现了女性梦寐以求的受教育的权利。她们的这些作为不仅造就了一批女报人，而且培养了一批妇女运动活动家和妇女理论家，推动了妇女解放运动的进步和发展。尽管近代妇女的这种解放仍有种种的不足，但它使中国女性第一次脱离了封建纲常名教的束缚，这是史无前例的巨大成就。

(三) 确立了中国妇女解放的基本路径

中国的妇女解放思潮是基于民族国家独立富强、社会转型发展的需要而被提出的,并被早期的倡导者们作为救亡图存的手段而提倡。维新语境中的男性思想家在亡国灭种民族危机深重的 19 世纪末,通过深刻的反思,在探索民族、阶级问题的过程中,确定了要建立一个强盛的新中国的宏大目标。他们把妇女解放与民族国家的富强联结起来,他们认为妇女解放是实现国富民强的重要环节和内容,要救国必先解放女性,让她们解除缠足、接受教育,成为符合时代需要的国民。在救亡图存、国家建构意图的支撑之下,为寻找新的政治生力军,从而把中国妇女作为具备巨大潜力的人力资源来开发。于是,他们大力宣传西方资产阶级妇女解放的新思想、新文化,介绍西方妇女解放的实际情况,沉痛批判封建传统观念,把"抵御外辱、振兴中华"不仅推送到知识分子和平民百姓那里,更是推送到深藏闺阁或沉浸于油盐酱醋中的女性群体面前。可见,早期知识分子向女性国民强有力地发出"救亡图存"的爱国主义召唤,激发女性觉醒,使女性国民的思想逐步得到提高,并积极参与民族国家兴旺与富强的建构之中。

(四) 推动了近代女学的发展

维新派男性精英们对女学的高度重视,使近代女学迅速兴起。经元善于 1898 年在上海创办了中国第一所女学堂——经正女学;商务印书馆于 1902 年开始编印女学的教材;清朝政府于 1906 年正式将女学纳入近代教育之中,[①] 女子学堂在各地逐渐兴办并推广。"兴女学"成为促进妇女自身觉醒,提高妇女素质,增强女子觉悟的重要手段,女子教育成为近代社会革命的重要课题和妇女解放运动争取的目标之一。

女子学校的发展为妇女参加政治、经济、文化活动以及提高社会地位开辟了道路,为女性成为与男性同等的社会改革主体奠定了基础,形成了中国历史上最早具有女性解放意识的知识妇女群体,她们中的佼佼

---

① 事实上,继 1906 年女学被正式纳入近代教育之中,1907 年,清政府连续颁布了《女子小学堂章程》《女子师范学堂章程》,要求各省设立女子小学堂、女子师范学堂,目的是培养女子小学教员。这一举措在中国教育史和社会发展史上具有不可忽视的意义。

者诸如秋瑾、林宗素、唐群英、陈撷芬等后来都成为辛亥革命时期妇女解放运动的核心和基础力量，对推动妇女解放运动具有重要的意义，并对后来辛亥革命时期和"五四"启蒙语境下的妇女解放思想产生了深远的影响。

（五）提高了女性在家庭和社会的地位

中国封建社会发展到宋、明时期，占统治地位的儒家思想设置了一整套严格的规范，"名教"被看作"天理"，成为禁锢人们思想言行的桎梏。对女性而言，"三贞九烈""女子无才便是德"等观念更是在道德、行为、修养等方面进行规范约束，形成了无法突破的礼教堡垒，致使女性在家庭和社会的地位极端低下。在整个的婚姻家庭中，男耕女织的生产结构方式，致使女性在生产中的重要性下降，导致女性处在卑微的从属地位，没有丝毫自主权利，更谈不上人格和尊严。维新语境中妇女解放思想的传播，婚姻自由思想的倡导，加之女学的兴起，直接促进了妇女自身的觉醒。女性可以走出家庭读书，甚至参加社会工作，这促使妇女挣脱封建婚姻束缚的想法变成了一种可能。有部分女性知识分子办报刊、办学堂、当先生，她们在社会上取得了成就，为家庭做出了贡献，也就获得了家人的尊重，无形中提高了自己的家庭地位。妇女在家庭的地位其实就是其在社会上地位的缩影，所以，从家庭地位的改观反观出了女性社会地位的逐步提高。

总之，面对西方列强压境的民族危机，中国先知先觉的维新思想家以"救亡图存"、实现中华民族的复兴强盛为旨归，关注到在封建纲常礼教重压下呻吟挣扎的广大妇女，在他们的引领之下，早期妇女先觉者们开始发出妇女解放的呼声，勇敢地争取女性作为"人"的权利，引发她们对新女性、新人格的热切呼唤和解放自身的强烈诉求。

四　维新话语中女性自身的觉醒与呐喊

在中国近代维新话语中，争取男女平等权利和女子受教育权利成为当时妇女解放运动的趋势和潮流，"张女权，兴女学"成了妇女解放高扬的口号和时代目标。在西方妇女解放思想影响和男性精英的引导之下，中国妇女解放运动的女性先驱者们怀着强烈的爱国热情，接受了男性启蒙者的思想启迪，批判封建思想、积极创办女子报刊、组建妇女团体、主张妇女去除对男性的依赖心理，从而养成独立的精神，并认同把民族、国家的命运与女子自身的解放紧密结合的构想。

在维新派刻意营造的妇女解放的舆论氛围中，与维新派关系密切的上层知识女性，首先发声倡导"女权"。康有为的女儿康同薇在《女学利弊说》中从"兴女学"切入阐释自己的女权思想。文章开篇她从自然物理的角度起笔论说"兴女学"的重要性，她说"凡物无能外阴阳者矣。光有白黑，形有方圆，质有流凝，力有吸拒，数有奇偶，物有雌雄，人有男女，未有轩轾者也"。① 她以男女不同的自然之理为思考的根基，从天赋人权学说出发，把欧美、日本重视"女学"引发的强盛局面作为参照，指出"女学者所以端本也，本端则万事理"的道理，并剖析了国家因废弃"女学"所形成的流弊，从根本上抨击男尊女卑的封建"陋风"，最终落笔到"兴女学"可以救女性出"囚狱"而进入她们的父辈们所期望的"大同"世界。像梁启超的夫人李惠仙，还有黄谨娱、裘毓芳、李闰、康同碧等，她们也参与到妇女问题的探讨中。这些知识女性勇敢地冲破"戒外言、内言这块大招牌，这堵旧围墙"② 的阻挠，创办报刊，撰文表达她们的诉求和愿望，并且在维新派协助下，成立近代中国第一个女子社团——"中国女学会"，③ 并以《女学报》为核心，形成了中国第一代女性解放的"先声"，在中上层的知识女性中产生了较大的辐射作用。卢翠在该报发表的《女子爱国说》中提出："方今瓜分之局已开，国势日危，有声同叹。……夫民也者，男谓之民，女亦谓之民也。凡我同

---

① 康同薇：《女学利弊说》，《知新报》第 52 册，光绪二十四年闰三月二十一日（1898 年 5 月 11 日）。

② 上海女士潘璇：《论〈女学报〉难处和中外女子相助的理法》，《女学报》第 3 期，1898 年 8 月 15 日。

③ 事实上，"中国女学会"是在康有为等的直接帮助下由早期女性精英李闰、李惠仙、康同薇、裘毓芳等于 1897 年成立的中国第一个女性社团，1898 年 7 月 24 日，该团体创办了《女学报》，这是中国近代第一份女子报刊，以提倡女学、宣扬男女平等为宗旨。当时许多女性在《女学报》发文呼应妇女解放思想，社会反响比较强烈。《女学报》在早期妇女启蒙中起到了非常重要的作用。

辈亦可以联名上书，直陈所见，以无负为戴高履厚之中国女子也"。① 呼吁女性要与男子一起，担当国家兴亡的社会使命。王春林在《男女平等论》中一针见血地指出了中国几千年形成的现实，"男有权而女无权。天下之事，皆出于男子所欲为，而绝无顾忌；天下之女，一皆听命于男，而不敢与较"。② 表明先进的知识女性开始意识到正是由于男权的规训，才使女子长期处于不平等的从属地位。上述吁求凸显出女性先觉者们已经认识到在家庭之外，女性不仅应该掌握知识，而且要关心国家的兴亡，要担当起一定的社会责任的思想。

当时无论从哪个方面来看，《女学报》在中国妇女解放思想中的领头羊作用都是当之无愧的。它集中了一大批女界精英"论说男女平等，号召妇女们'联名上书，直陈所见'，以此唤起女界觉悟，表达了女性对自身处境的反思与反抗，显露出了女性自身求得解放的一丝曙光。这些思想主张，在19世纪末至20世纪初的历史文化过渡中，直接唤醒了沉睡中的知识女性秋瑾等人，对后来的中国妇女解放运动起到了重要的启蒙作用"，③ 铺就和导引了20世纪初的女性解放和女性文学，可谓影响深远。

随着西方女权主义思想越来越多地被介绍进来，中国的妇女解放运动进入了一个新阶段。1903年前后，马君武翻译了斯宾塞、约翰弥勒等关于宣扬西方妇女解放思想的著作，④ 这对维新语境中形成比较系统的妇女解放思想理论起到了指导性的作用。随之，中国《女界钟》敲响，提倡天足、兴办"女学"、主张男女平权、做爱国民等，成为当时妇女解放思潮的中心话题。而这些主张和话题的展示大都依靠报刊媒体。紧随《女学报》，在清末出现了近三十种女报，以《女子世界》《中国新女界》《中国女报》《天义报》《留日女学会杂志》等影响较大。⑤ 一些女性先觉

---

① 新会女史卢翠：《女子爱国说》，《女学报》第5期，1898年8月27日。

② 王春林：《男女平等论》，《女学报》第5期，1898年8月27日。

③ 张学敏、郭文元、马超：《维新语境中妇女解放思想述论》，《天水行政学院学报》2013年第1期。

④ 马君武翻译了斯宾塞的《女权篇》，约翰·弥勒的《女人压制论》和第二国际的《女权宣言书》等。

⑤ 女子报刊的数据和有影响报刊的名称，参见郭延礼《20世纪初中国女性文学四大作家群体考论》，《文史哲》2009年第4期。

者以女报作为宣传"女权"的阵地和展示自我的平台,倡言女权革命,既改变了妇女在思想领域长期与世隔绝的沉默状况,也推动着女性解放与女报发展相偕同行的艰难步履。

1904 年 1 月 17 日,丁祖荫(号初我)创办《女子世界》,他在《女子家庭革命说》中坦言"欧洲十八九世纪,为君权革命世界;二十世纪,为女权革命世界"。可是,反观我们国家,家庭中的"父母""兄弟""姑翁"和"夫"成为压制女子的四大主导力量,所以"纵观女权削弱之原因,半由亲族爱情之羁勒,半由家庭礼法社会风俗之浸淫",① 从而指出了实行家庭革命的必要性。金天翮、柳亚子、蒋维乔(笔名为竹庄)等先后撰文伸张女权,认为 20 世纪女子的命运将发生翻天覆地的变化,女性将成为历史的主角。《女子世界》还吸纳了一些女性作者,杜清持、汪毓真、刘瑞平、赵爱华、张肩任等是其中的佼佼者,她们借《女子世界》为"争女权""兴女学"竭尽自己所能。譬如,张肩任在《欲倡平等先兴女学论》中,敢于对女性进行自我反省和批评,她评价女性说"吾辈之学界浅陋,脑力未优,一切知识皆不男子若,试问有何能力可与男子平权,有何品格可与男子同位,物必自腐而后虫生之"。正因为女子被拘囿在家庭之中导致丧失了与男子平权的能力与品格,所以要通过教育使女性"尽个人义务也,与男子等;谋家室生计也,与男子共;享一切天赋之权利也,无不与男子偕。如此即不争而自争,不平而自平"。② 此论可贵之处不仅在于具有自觉的反省意识,而且强调女子通过"女学"的途径培养自主性和谋生的能力,从而争取和享有与男子一样的权利。刘瑞平《敬告二万万同胞姊妹》非常清醒地将女性自身纳入批判的对象之中,在剖析"国危种弱"的原因时率先承担起责任:"吾亦不暇责乞怜异族甘心暴弃一般之男子,吾惟责我种此恶因,产此贱种之二万万同胞姊妹。吾今敢为一言以告我诸姊妹曰:今日国危种弱之故,非他人之罪,而实我与诸君之罪也"。③ 她把女子受男性压制的原因归结为女子自身

---

① 初我:《女子家庭革命说》,《女子世界》1904 年第 4 期。
② 十六龄女子张肩任:《欲倡平等先兴女学论》,《女子世界》1904 年第 2 期。
③ 香山女士刘瑞平:《敬告二万万同胞姊妹》,《女子世界》1904 年第 7 期。

"不读书""不知卫生""无自立职业"与"无家庭教育",这份自我反省的勇气不仅显示出道德的力量,而且带有身体力行的意指,故而打动了读者。杜清持在《男女都是一样》中认为女性"复女权"的当务之急是"不裹脚"与"读书",前者的实现"是复回他天赋的权利",关于后者她强调"要读些有用的新书,靠读书来明白人间的公理"。[①] 只有办好这两件事,女子才能尽到自己作为国民的义务,才能创建出一个新的世界。还有赵爱华的《保种歌》(1904 年第 6 期)、汪毓真的《女国民歌》(1904 年第 9 期)等,她们的论述都以救国救民为旨归,构想比较宏大。

为凝结全中国的妇女,1907 年 1 月,秋瑾等创办了《中国女报》宣传妇女解放思想。当时《中国女报》《中国新女界杂志》和《天义报》形成了潮流号召之势,团结妇女为自身的权利而斗争,掀起了 20 世纪之初中国妇女解放的大潮,形成了近代女性文学与女性解放思潮互动的最初景观。1907 年 2 月,中国同盟会河南分会主办的《中国新女界杂志》在日本东京创刊(共出刊六期),由留学日本的女学生燕斌(笔名炼石,又称炼石女士、娲魂等)任主编,该刊以"发明关于女界最新学说"为刊物的首要宗旨,目的是"改变旧女界""建设新女界",要把妇女教育为"女子国民"。由于该刊竭力宣传女权思想,成为近代妇女运动史上一束耀眼的曙光。在创刊号上,燕斌发表《女权平议》一文,借用西方天赋人权的学说阐述自己的女权观点:"夫世界人类,既只有男女,男女之数,又常平均。可知造物生人之本意,其视男女,皆人类而已,无所偏于男,无所重于女。其所以分为男女者,不过以为滋生之妙用,非有所尊卑强弱之别于其间。后世不查,压制女子之风,日以加甚,积之既久,成为习惯"。[②] 她认为天地之间男女的数量是一样的,男女之间原本就没有尊卑强弱的区别,故而女子要争取上天赋予的与男子"对等"的权利。1907 年 6 月,何震与她的丈夫刘师培也在日本东京创办了《天义报》,在该报上发表了大量宣传"女权"的文章,她以男性为革命的对象,激进地试图通过倡导暴力革命来推行女权思想。

---

①　广东女士杜清持:《男女都是一样》,《女子世界》1904 年第 6 期。

②　炼石:《女权平议》,《中国新女界杂志》第 1 号,1907 年第 1 期。

这一时期，秋瑾等早期的女权主义者将妇女解放与救国图存、民族复兴融为一体。作为中国早期妇女解放理论和实践方面的标志性人物，秋瑾不仅创办了女子报刊、学堂，还撰写了大量的诗文倡导女权，为女性解放奔走呼号。紧随其后，吕碧城发表《论提倡女学之宗旨》《兴女学议》《教育为立国之本》等系列文章，提倡以"兴办女学"作为实践妇女解放的途径。汪毓真在《论婚姻自由的关系》中"力倡婚姻自由"，她果敢地向世人宣告"婚姻为儿女第一切肤事情，与父母无干，更与媒妁无涉"，为此她列举西方国家女子恋爱自由的新鲜事例，向女性宣传婚姻自由的新思想，认为"婚姻自由，是与女学关系最密切的。女子本来是社会的主动力，再济以学问，还她自由，家庭自然整饬了，国本也就强固了"。① 期望女子通过"改装饰（缠足、穿耳等）""崇实业（手工、经济等）"，从而达到争取"婚姻自由"的目的。陈撷芬的《独立篇》（1903年），张昭汉的《争约劝告辞》（1905年）、《班昭论》（1906年）等文，以西方女权者信仰推崇的"自由、平等、人权"等口号为启蒙语，均从不同的侧面或声援或发力或引导女性加入到自我解放的阵营中来，从而争取自身的权利和解放。

维新语境中的妇女解放思潮与推翻清政权的大方向一致，在文学文本和社会实践层面也是高度统一的。它们从理论上借鉴西方"天赋人权"思想，把"戒缠足、兴女学"作为妇女解放的突破口，试图建构"新民"来凝结人心，以拯救危难之中的民族国家。在这样的启蒙预设之中，以秋瑾为代表的早期妇女先觉者们勇敢地站在时代的风口浪尖，抨击封建传统，发出解放自身的呐喊，对中国传统的女性观形成有力的冲击，具有不可否认的先锋引领作用，其启蒙意义不可低估。

第三节　维新话语中女性的文学表达

在文学领域，晚清以女性为创作主体的女性文学创作比以往任何一个时期都要发达，形成了一个文学与妇女解放思潮互动的良好局面。这

---

① 女士汪毓真：《论婚姻自由的关系》，《女子世界》1904年第9期。

一时期的女作家主要有秋瑾、吕碧城、燕斌、陈撷芬、张昭汉、何震、唐群英、幻影女士、刘韵琴、吕逸、黄静英、毛秀英、林宗素、曾兰、张竹君等，她们的创作涵盖诗词、政论文、小说等文体。并且女性书写中开始涌现出越来越浓郁的新元素，诸如反抗意识、自主意识等。到了维新语境中，秋瑾等的文学书写中更加强烈地体现出了妇女解放的诉求，秋瑾代表女性喊出了争取女权的愿望。她们的书写带来了 20 世纪初叶文学变革的新亮点。

一　争妍斗放的各式女性书写

从题材上看，这一时期女性书写以反映家庭生活、女性教育为主，也涉及法律、经济生活；从体裁上看，在新文体、诗词曲以及小说等方面取得了比较大的文学成就；从主题上看，涉及批判旧伦理道德、感慨女性命运、争取男女平等、自由恋爱等方面。这些书写均很好地呼应了这一时期的妇女解放思潮。

（一）古体诗词——旧瓶新酒释女权

由于妇女长期被禁锢、拘囿在狭小的家庭之中，所以自古女子的书写多局限在诗词歌赋这类创作上，而且格局与视野相对比较狭窄，多跳脱不出离情别绪、恨春悲秋的闺阁小女子情怀，也因而女性写作被世人指责为走不出"裁红刻翠，写怨言情，千篇一律"的窠臼。这在吕碧城看来，女性不能够"传经续史"不是因为天生才智薄弱，其根本原因是当时教育的不均衡。她认为就词章而论，女性写作，贵在有"真性情"，一定要"推陈出新，不袭窠臼，尤贵格律隽雅，情性真切，即为佳作"。① 写出"性情之真"，是指女性写作尤其要体现出性别身份和性别特点，因为"女子爱美而富情感，性秉坤灵"，② 尽可以如"诗三百"般"言情写怨"，展现出属于女子的这些"本色"特质。如此鲜明地强调女性性别身份的写作，吕碧城无疑是第一人。对此吕碧城身体力行，书写了许多率

---

① 吕碧城著，李保民笺注：《吕碧城诗文笺注·女界近况杂谈》，上海古籍出版社 2007 年版，第 476 页。

② 吕碧城著，李保民笺注：《吕碧城诗文笺注·女界近况杂谈》，上海古籍出版社 2007 年版，第 476 页。

性、情词恳切、性别身份明确的诗词,其中不乏许多真切地抒发对民族国运深切忧虑和关注的上乘佳作。如《书怀》中写道:"眼看沧海竞成尘,寂锁荒陬百感频。流俗待看除旧弊,深闺有愿作新民。江湖以外留余兴,脂粉丛中惜此身。谁起平权倡独立,普天尺蠖待同伸。"① 认同男女平权是解放妇女、国家强盛的唯一路径。因而面对社会时局的动荡变乱,她积极地宣扬男女平权,提倡女学,一改女性古体诗作内容的单一和狭小。又如《满江红·感怀》中的"晦暗神州,欣曙光一线遥射。问何人,女权高唱,若安达克?"② 借用古体曲词来传导新兴的女权思想,情感真纯激越。吕碧城为中国古体诗输入了新血液,注入了新生命。

这一时期,用古体诗词摹写女子处境、呼吁女权、倡言妇女解放的女性诗人与诗作不断涌现,以秋瑾和吕碧城作品最多,成就最高。除她们二人之外,也有一些女权意识鲜明,比较有代表性的诗人与诗作。

袁枚《随园诗话》中记载,杭州的赵钧台到苏州买妾时有一位美貌而脚大的李姓女子(姓名与生卒年不详)来面试,赵钧台给她出了《弓鞋》的诗题,李姓女子当即作诗:"三寸弓鞋自古无,观音大士赤双趺。不知裹足从何起?起自人间贱丈夫。"③ 诗作酣畅淋漓地抨击男权社会病态的审美观,直戳裹足陋习的深层文化心理。

更有无名女子的题壁诗表现出对国家命运的担当和强烈的爱国情怀。据《庚子记事》记载,清朝光绪二十六年(1900年),八国联军入侵北京,有一无名女子带领着"一姥一仆"逃难避祸,逃难途中她有感于国难当头,就在客店墙上题了四首诗,其中一首写道:"无计能醒我国民,丝丝情泪揾红巾。甘心异族欺凌惯,可有男女愤不平?"(《题壁诗三首》其三)④ 1840年以来,清政府多次签订不平等的卖国条约,使国民受尽外族欺凌,这首诗里无名女子表现出对列强入侵的强烈愤慨,可谓是一

---

① 吕碧城著,李保民笺注:《吕碧城诗文笺注·书怀》,上海古籍出版社2007年版,第1页。

② 吕碧城著,李保民笺注:《吕碧城词笺注·满江红》,上海古籍出版社2001年版,第499页。

③ 葛晓音选注:《中国历代女子诗选》,北京大学出版社1995年版,第164页。

④ 葛晓音选注:《中国历代女子诗选》,北京大学出版社1995年版,第177页。

曲号召世人奋起反抗列强的愤激誓词。

还有吕湘（约 1875—1908）的《庚子书愤》四首（选一）："中原何日履康庄，从此强邻日益张。四百兆民愁海共，百千亿数辱金偿。迂儒未解维时局，毅魄谁期做国殇，寄语同胞须梦醒，江山满眼近斜阳。"[1]指斥列强日益嚣张，偌大的中国只能以屈辱地赔偿百千亿数的金银换得暂时的安宁！祖国大好河山，眼见就要日暮途穷！因而她呼吁人们要不惜牺牲，奋起挽救危难中的国家！

汪毓真由于在政论文中宣传妇女解放思想引起关注，事实上她还通过古体诗歌传达自己的女权思想。在读《东欧女豪杰》后她写下了这样的诗句："慷慨苏菲亚，身先天下忧。驰驱千斛血，梦想独夫头。生命无代价，牺牲即自由。可怜天纵杰，不到亚东州。"[2]赞扬西国女豪杰苏菲亚心怀天下，梦想砍下独裁者的头颅，用牺牲自己生命的方式来获得自由，借此感慨自己的国家缺少这样驰骋纵横的女豪杰，从而达到呼唤中国女界豪杰登上历史舞台的诉求。

除此之外，杨令莱的诗集《莪怨诗吟草》四卷，曾懿的《诗词篇》等，都选择用古体诗词的形式来展示自己的家国情怀和妇女解放思想。

上述由女性创作的古体诗词虽然形式比较单一、刻板，但在内容上却张扬了女权意识，凸显出女性对国家命运和前途的忧虑，以及女性自身的尊严和自强意识，这是古代女子写作中绝无仅有的新质素，也是文学与社会思潮互动的必然果实。

（二）弹词——超越传统诉女声

弹词是明末清初江浙一带出现的一种"韵文体长篇小说"，也叫"弹词小说"，题材多取自恋爱与婚姻问题，对中国世俗社会的女性生活产生过非凡的影响力。值得注意的是，"在弹词的作者、听众与读者中，妇女特多，即唱者也如此；而且其中主脚常是女扮男妆，取功名，建事业。这可说是妇女逐渐有冲出囚笼的幻想的反映"[3]。维新时期到民国初年，

---

① 葛晓音选注：《中国历代女子诗选》，北京大学出版社 1995 年版，第 178 页。
② 葛晓音选注：《中国历代女子诗选》，北京大学出版社 1995 年版，第 180 页。
③ 陆侃如、冯沅君：《中国文学史简编》，作家出版社 1957 年版，第 269 页。

女性作家承接了这一文学样式的写作，一方面继承了传统；另一方面适应时代的要求，在其中融入时代所要求的妇女解放的新思想，有意识地呼应当时新生的妇女解放思潮。这就使弹词既不失古雅又以通俗为要义，使其成为女性展示自我人生状貌以及伸张女权的重要书写形式。代表性的作家作品主要有程蕙英的《凤双飞》、彭靓娟的《四云亭》、周颖芳的《精忠传》、沈清华的《醒愁篇》、咏兰女史的《侠女群英史》、姜映清的《玉镜台》和《风流罪人》等。这些弹词小说大都描写女性历史人物和塑造女性艺术形象，通过叙述一些奇女子女扮男装的曲折故事和姐妹情深的故事，反映封建"一夫多妻"制度下女性群体的生存状态和生活困境，从而使女性命运和生命价值受到关注。

程蕙英的《凤双飞》于 1899 年刊行，由于故事情节曲折离奇，人物形象生动传神，一时洛阳纸贵。《凤双飞》虽然选择明代中叶作为人物活动的背景，主人公郭凌云和张逸少虽然是两位男性，但是作者却以女性视角观照，传导出超越时代的女权意识。这主要体现在对其中的女性人物的塑造中。比如在对真大雅的刻画中，突出体现了她身上的多重反抗精神。真大雅出身卑微却"清才大笔如中男"，家中发生变故历经坎坷之后编修《女史》，凭借着出众的才华获封博士。她"虽然是个女孩儿，竟能自把门楣立，耀祖荣宗世上奇。一世才情真不枉，何消再去做人妻"。[①]小说不仅突出了真大雅身上传统才女所具有的才华、清丽和优雅，更突出了她不攀附权贵、有主见、婚姻自主、生活自立等这样一些新质素。所以真大雅是一个由旧向新过渡性的女性形象。在文本中作者还塑造了新式女性鲍五儿、何淡烟、慕容珠以及番邦女子山琪花等女性人物群像，她们大都性情豪爽坦荡有主见，具有男子般的气魄和胸襟。从《凤双飞》对诸多女性形象的塑造可以看出，作品突破了传统弹词惯有的"英雄救美""才子遇佳人"等世俗的"弱女"情节模式，把女性放在与男子一样"强大"的位置来叙述。凸显出程蕙英对婚姻自主、女性自立和男女平等的思考都比较超前。

---

① 程蕙英著，林岩、黄燕生、李薇、肖蕴如校点：《新编凤双飞》，人民文学出版社 1996 年版，第 1455 页。

署名咏兰女史创作的《侠女群英史》（1905 年）也是一部"处处为女性张目"的作品。这在心庵氏为此书所作的序中有明确的表述："中国无女权，故女子为最卑弱，即或有光明磊落，志趣不凡者，亦狃于闺阁之琐屑，习俗之相沿，而不可革。是必立一说以挽回卑弱之习，使天下女子足以鼓荡其心胸，活泼其心志，而中国之女权乃出。"① 可见，该书是想要有意识地改变世俗世界中对女性的定见，以激励女性"振兴女权"。所以文本塑造了女扮男装的文仙霞、秦庚香、张月娟、庞玉龙等侠肝义胆的女侠群像，通过她们夸张的离奇故事，展示出她们不仅自主自立，追求个人幸福，同时还参与到救国救民大业中的家国情怀和民族意识，以此来唤醒闺阁中的卑微女子，激励她们积极地争取和振兴女权。

秋瑾的弹词《精卫石》更是集中呈现了她的女权思想和观念。在第一回"睡国昏昏妇女痛埋黑暗狱，觉天炯炯英雌齐下白云乡"中，她不仅重构出拥有男女平权思想的瑶池宫西王母的形象，还把那些中国历史上的奇女子、女英雄和男性豪杰召集起来，派遣他们齐心协力到下界的"华胥国"去整顿江山，强国富民。小说中作者特意为女主人公黄鞠瑞（黄汉雄）、梁小玉、鲍爱群、左醒华、江振华等铺设了一条冲出封建家庭牢笼，东渡留学，成就日后英雄豪杰事业的宏图大道。可惜的是，由于作者就义，弹词没有写完，只能从"拔剑从军男儿编义勇，投盾叱帅女子显英雄"等回目中感知并探视作者的创作意图。

总之，晚清女性弹词"处处为女性张目"，在塑造女性人物形象的时候，十分钟情于女豪杰形象的塑造。这些女豪杰共有的特征是机智、聪明、才高、貌美、情深、义重，且巾帼不让须眉，能够安邦治国，被学者评价为"弹词通过类似'白日梦'的想象故事来展示女性非凡才华和实现经国大略抱负，寄托心目中的男女平等图画以及与男性共同营造较和谐关系的遐思"。② 所有的女性弹词书写中，一个有意味的现象就是喜用"女扮男装反抗模式"来塑造女性。究其原因，这与当时女性被幽囚

① 转引自鲍震培《闺中无静女——晚清女作家弹词与"振兴女权"》，《华东师范大学学报》2004 年第 4 期。

② 鲍震培：《闺中无静女——晚清女作家弹词与"振兴女权"》，《华东师范大学学报》2004 年第 4 期。

在深闺之中不得随意出入的奴隶处境有关，也与女性自我觉醒后无力反抗现实存在只能借助想象来抒发和满足自我的女权诉求相关，更因为"女扮男装反抗模式可以看作女性书写的一种特异形态，表现出强烈的男女平等意识和追求自由理想境界的奋斗精神"。① 所以，女性弹词写作中表现出了比较强烈的妇女解放意识，与正在萌动的妇女解放思潮形成了良性互动关系。

（三）政论文——女性伸张女权的新文体

为了推动女权运动的发展，中国第一代知识女性依赖报刊这一新的传媒形式，采用"文界革命"倡导的新文体——"政治论文"向男权社会发声，以此来唤醒二万万女性同胞，向她们传播男女平等、男女平权的思想。在对男权文化中男尊女卑观念的批判中，政论性的文章成了最主要的文学形式，几乎大部分女性写作者都采用这一新的文体形式表述自己的女权思想。其中秋瑾、吕碧城、燕斌、陈撷芬、林宗素、胡彬夏、何震、杨季威、唐群英、张昭汉、吴弱男等，是这一文体书写的佼佼者。

吕碧城将她的妇女解放思想投入社会实践中，对中国的女性解放思潮的发生和发展起到了积极的助推作用，而且她在妇女解放层面的现实实践与文学创作中的倡导是互动相通的，她的政论文大都传达出强烈的妇女解放思想。在 1904 年至 1908 年，她借助自己主编的《大公报》这一阵地，为振兴女权发表了大量的政论文和诗词，积极地提倡女子解放与女子教育，从而表达对国家命运的忧虑与关怀。如在《论提倡女学之宗旨》一文中她指出："民者，国之本也；女者，家之本也。凡人娶妇以成家，即积家以成国。故欲固其本，宜先树个人独立之权，然后振合群之力"。② 以"救亡图存"为出发点，阐述女性解放对于"家"和"国"的必要性与合理性。需要注意的是，与秋瑾选择激进的投身革命救国的道路不同，吕碧城选择了教育兴国的道路。在宣传女性教育的文章《教育为立国之本》中，她认为"教育者国家之基础，社会之枢纽也，先明

---

① 鲍震培：《闺中无静女——晚清女作家弹词与"振兴女权"》，《华东师范大学学报》2004 年第 4 期。

② 吕碧城著，李保民笺注：《吕碧城诗文笺注·论提倡女学之宗旨》，上海古籍出版社2007 年版，第 129 页。

教育，然后内政外交，文修武备；工艺商业诸端，始能运转自由，操纵如意。若教育一日不讲，则民智一日不开；民智不开，则冥顽愚蠢，是非不辨，利害不知。所知者，独自私自利而已"。① 在《兴女学议》中，她首先指出"兴女学"的目的是让接受教育的女子"对于家不失为完全之个人，对于国不失为完全之国民"② 的"宗旨"；再详细地从"管理""法律""教师之选聘""学生之资格"四个方面提出具体实施的"办法"；进而从"德育""智育""体育"等课程的设置方面，阐释了她的办学思路；从而得出了通过教育使"人人有国民之资格，国民有统一之精神"，③ 国家才能臻于富强的"结论"；最后她还特别强调了要迫切地"培植初级师范之材于现在"，以确保学习者将来能够为国家尽到教育义务的举措。吕碧城没有把"兴女权"单纯地作为救亡的工具，她从女性自身的权利出发，期望通过女性思想解放与教育实践来提高全体女性国民的素质，并且把它作为立国之本。故而她参与建成我国最早的公立女子学校——北洋女子公学，以实践其教育救国和妇女解放的主张。吕碧城胸怀远大理想，顺应时代潮流，坚守女性立场，以知行合一的行为，走出了一条自强自立，对其他女性有启示和感召作用的人生之路，为迷惘中的近代女性做出了表率。吕碧城是不可多得的具有女性意识、女权观念的启蒙者和实践者，故而英敛之先生称赞她说："诚以我中国女学废绝已久，间有能披阅书史、从事吟哦者，即目为硕果晨星，群相惊讶，况碧城能辟新理想、思破旧锢蔽，欲拯二万万女同胞出之幽闭羁绊黑暗地狱，复其完全独立自由人格，与男子相竞争于天演界中"。④ 赞赏她心怀救国之志，"办女学、兴女智"的那份勇毅和坚持。可见，吕碧城的政论文书写和她的女权实践形成了鲜明的互动关系。

---

① 吕碧城著，李保民笺注：《吕碧城诗文笺注·教育为立国之本》，上海古籍出版社 2007 年版，第 144 页。

② 吕碧城著，李保民笺注：《吕碧城诗文笺注·兴女学议》，上海古籍出版社 2007 年版，第 147 页。

③ 吕碧城著，李保民笺注：《吕碧城诗文笺注·兴女学议》，上海古籍出版社 2007 年版，第 161 页。

④ 英敛之：《吕氏三姊妹集序》，见吕碧城著，李保民笺注《吕碧城词笺注·吕氏三姊妹集序（节录）》，上海古籍出版社 2001 年版，第 524 页。

曾懿是清末民初具有维新思想的女教育家，也是一位著名的以行医救国的女中医，著有《古欢室》丛书。从其中的《女学篇》和《诗词篇》可以看出，她受到西方进化论和改良主义思想的影响。她认为国家要富强自主，必须先强壮种族。此种思想比较集中地支持了以康梁为代表的维新派强国保种的思想。陈撷芬的《女界可危》等文，倡导妇女要为国家恪尽义务，然后才能争取自身的权利。此外，王春林的《男女平等论》、张肩任的《欲倡平等先兴女学论》、刘瑞平的《敬告二万万同胞姊妹》、杜清持的《男女都是一样》、燕斌的《女权平议》等文，以及秋瑾和其他女性的政论文，形成了声势浩大的推动妇女解放的强大推力。

学者郭延礼对这一时期此类文章进行了这样的评论，他说："女性政论最主要的两大特点：时代性和普适性。所谓时代性，主要指政论文的内容是服务于当时的女权运动和资产阶级民主革命的宣传需要，具有鲜明的民主主义（反封建/反男权）、民族主义内容，犀利的批判精神和强烈的战斗色彩。所谓普适性，主要指女性政论为适应现代传媒的需要在形式上所产生的一些特点"①，可谓是切中肯綮。这一批女性知识精英倡导妇女解放思想的政论文，基本囊括了当时所有的时评、社说、论说、公启、宣言书、演说词、请愿书等，这些文章不仅有比较高的文学价值，而且在主题和语言方面已经凸显出比较浓烈的女性性别色彩，是女性文学在初期与妇女解放思潮双向互动最得力的文本，因而在社会上产生了比较大的影响。

（四）小说——妇女解放书写的新世界

20世纪初，由于梁启超等人提倡小说界革命，小说被赋予了"改良群治"的重任；而西学东渐，以林译小说为代表的翻译小说大量涌现；再加之近代社会男女平等意识的普及和女权运动的发展，都召唤女性作家自觉地与男性作家一样利用"新小说"来书写妇女解放的志向和故事，也说明女性作家以这种大众更易接受的形式，对男权为中心的文化场域发起了全面的攻击。这一时期的女性小说基本上以白话为主，主题多涉及女性社交、家庭、理想、国家、教育、恋爱等方面，这在一定程度上

①　郭延礼：《20世纪初中国女性文学四大作家群体考论》，《文史哲》2009年第4期。

有利于女性通过小说质疑和反抗旧有的封建伦理制度，凸显妇女解放主题，张扬新女性特征。这可以说是近代中国女性主体精神的第一次群体显现。

这一时期的女性小说主要有黄翠凝（1875？）的长篇《姊妹花》、短篇《猴刺客》和《离雏记》等，问渔女史（邵振华 1882？）的《侠义佳人》，吕逸的《彩云来》《狸奴感遇》和《花镜》等。据学者郭延礼考证，幻影女士这一时期写作的小说数量众多，"仅目前所见就有 17 篇，主要的有《声声泪》《贫儿教育所》《慈爱之花》《别矣》等。"① 杨令茀（1886—1978）著有《瓦解银行》等；毛秀英有《髯翁之遗产》和《杀妻》等；徐赋灵有小说《桃花人面》《德国诗集》等；曾任《女界报》主笔的曾兰（1875—1917）著有小说《孽缘》（1912 年）等；陈翠娜（1902—1968）发表长篇哀情小说《情天劫》（1917 年中华图书馆出版）和传奇《焚琴记》等；黄静英在《小说月报》等刊物发表短篇小说十多篇。这些女性作家通过她们的作品传达出渴求妇女解放的心声。

幻影女士面向妇女现实生存危难，显明妇女解放意识的小说主要有《贫儿教育所》《灯前琐语》《农妇》等。《贫儿教育所》通过主人公幻影的视角展现了接受教育的重要性，说教意味浓厚。小说开篇描写了一个凄风苦雨之夜，两个卖唱瞽女滑倒在地，却被众无赖嬉笑围观羞辱，幻影女士因而悲叹"无赖幼未受教，残忍如斯"。② 接下来小说又展示了一个叫茜乡的村子，村里的人没受过教育，所以"风俗愚顽，贫不聊生"，于是某女士特意来茜乡设立了贫儿教育所，免费收儿童入学读书。几年后"茜乡于是乎富庶，人知爱国济人，无奢靡之风。贫者富而富者仁，无赖盗贼以绝"。③ 茜乡的风俗教化大变，人人富庶、仁义而且懂得爱国。显然，幻影女士认为通过施行教育可以根治农村的贫困落后，还可以移风易俗。小说开篇未接受教育的无赖欺辱盲女的情景和接受教育后的乡村盛景互相衬托，凸显出以作者为代表的女性教育救世的理想。更为可

---

① 郭延礼：《20 世纪初中国女性文学四大作家群体考论》，《文史哲》2009 年第 4 期。
② 幻影女士：《贫儿教育所》，《礼拜六》第 61 期，第 46 页。
③ 幻影女士：《贫儿教育所》，《礼拜六》第 61 期，第 47 页。

贵的是，作为理想国的贫儿教育所实现了男女平等，女童在里边不仅学习"算学""国文""修身""地理""体操"和"洁净"等课程作为应世之用，还修习"缝纫烹调"，几年以后学成的女子都"能持家事"。洋溢在小说中的男女平等受教的思想具有积极的意义，与当时维新派倡导的"兴女学"的妇女解放思想形成了互动。但我们也明显地看到由于作者受时代和视野的限制，小说中女子接受教育后长大成人不是独立于世界寻求自立，而是回归家庭，做了传统理想中的"贤妻良母"。与《贫儿教育所》中女子的归宿相类，《灯前琐语》中的人物"妇"也有类似的思想。《灯前琐语》中的人物和情节相对比较复杂，其中环境描写对人物心绪和遭际的衬托和铺垫作用运用得也比较好。故事的核心是姊妹俩(小说中称作"女郎"和"妇")在夜深人静的时候坐在灯前的一场对话。主人公"女郎"是一位感时伤世，悲悯女性悲苦遭际的知识女性，她由于看到自己的姊姊在婚姻中忙碌于管理家事无暇读书而引发感慨，而姊姊的回答非常典型地代表了退归家庭的曾经的知识女性的普遍观念，她说"不为人妇则已，既为人妇，即当尽妇职，不敢为一己之学问放弃家庭之责任也"。[1] 这样的思想更是引发了"女郎"对自己相熟的女性命运的悲叹:"故旧凋零存者十一，或早寡，或夭折，或遇人不淑，或失足堕落"。[2] 妇女的这些遭际恰切地囊括了维新时期知识女性的不幸人生。为证明这些女子的不幸之真实可信和凄苦惨烈，"女郎"特意向她的姊姊讲述了她的挚友卢妙仪的故事。卢妙仪原是妓女的弃女，被妓院的一个梳头女佣收养，这个女佣专门收养此类弃女养大后嫁入豪门为妾谋利。卢妙仪幽静娴雅，勤敏好学，精通汉学和英文，由于才学过人，18 岁时被学校推荐报考牛津大学，但她却放弃了参加考试的机会。原来卢妙仪在 12 岁时被自己的养母悄悄以三千金聘给了一个富翁做"待年妾"，卢妙仪对此一无所知，仍然勤奋地读书学习，以为自己能够赢得自己的人生。但是她在参加牛津大学考试前知道了真相，也清楚地知道了富翁希

---

[1]　幻影女士:《灯前琐语》,《礼拜六》第 81 期,第 23 页。
[2]　幻影女士:《灯前琐语》,《礼拜六》第 81 期,第 24 页。

望她考中牛津后再娶她，为的是"得一大学生头衔，以骄人耳"。① 可怜
的卢妙仪知道此生学业无望提升，此时唯一的反抗就是放弃考试，粉碎
富翁的名利幻想，把自己嫁给富翁做第七妾，投身火海，终究落得"红
闺泣血，黄土埋香"的结局。小说比较真切地揭示了出身卑微的女子被
设置的凄苦命运。让人欣慰的是，小说中有对女性自身的反思和揭示，
比如梳头女佣"彼只知图利，不顾身受者之惨苦。先启其智识，而后投
入苦海，诚可恨也!"② 都是女性，而且同是下层卑微的生命，却没有应
有的同情和怜惜，把抚养弃女作为谋利的手段，让其接受教育的目的仅
仅是日后卖出更高的价钱，这个女佣的做派无异于妓院里唯利是图的蛇
蝎老鸨。小说里不仅对妇女自身的卑劣有一定的反思，对富豪家庭也有
考量，认为当时中国的贵族富豪家庭多碌碌无为，"家长主妇"多赌博成
性，借"女郎"之口表达对国家的忧虑："中国家庭如是，尚何望乎振兴
矣!"③ 显示出知识女性开始站在国家的层面来思考问题。比如卢妙仪对
来探视她的同学朋友们勉励的话语："愿诸姊妹努力前途，他日整顿家
庭，光辉祖国，毋以妙仪为念也"。④ 卑微的女性在当时具有如此的家国
情怀难能可贵。而《农妇》则通过一名医院看护的视角，描写了一位遭
遇难产的农妇悲惨的人生。她为了生计，在生小孩之前，还在帮丈夫担
砂石压田;生小孩时，由于乡村里的"收生妇"不讲卫生导致她感染细
菌而死。让我们看到，在贫穷落后的乡村，妇女所处的非人生活场景和
悲惨的命运。

这一时期的女性小说家也比较关注男女婚姻问题。黄静英的《阿凤》
和《拾翠》、琴韵的《心印》、忏情女士的《小玉去矣》等，大都描写新
式学堂中女学生的婚恋悲剧。比如毛秀英的《死缠绵》中，女主人公素
贞由于不能得到满意的婚姻，决心用利剪刺喉以死相报。而黄静英的
《钓丝姻缘》描写了一对青年男女阿塞来史和利立由于受到传统卫道士的
阻挠，只得用钓鱼竿传递"情书"，可喜的是最后有情人终成眷属。但此

---

① 幻影女士:《灯前琐语》，《礼拜六》第 81 期，第 25 页。
② 幻影女士:《灯前琐语》，《礼拜六》第 81 期，第 25 页。
③ 幻影女士:《灯前琐语》，《礼拜六》第 81 期，第 23 页。
④ 幻影女士:《灯前琐语》，《礼拜六》第 81 期，第 24 页。

类以自由婚恋、喜结良缘为结局的作品比较少见。

二　女性书写中的新现象

处在民族危机的维新语境之中,这一时期的女性文学与妇女解放思潮的互动关系就显得格外密切,女性书写中凸显出其他阶段所从未有的别样风景。

(一)假借女性作家的男性创作

也许是男性精英们痛感女性世界创作过于沉寂,女性文本乏善可陈,且过于温婉柔美;也许是嫌弃女性作家宣扬女权缺少力度,影响寥落;也许是他们急切地想要通过女权的宣扬唤起沉睡的女性,迫切需要她们投身民族国家建构的宏愿使然,致使这一时期出现了一个独特的有意味的写作现象:一些男性作家热衷于假借女性作家身份进行女性写作。[1]反之,也有某些女性作者在发表作品时故意署男性化的名字。无论他们的初衷如何,毫无疑问的是,这些男性创作以比较大的格局和视域宣扬女权、塑造新女性,起到了很好的引领和导向作用。

譬如,罗普(岭南羽衣女士)的《东欧女豪杰》[2]就是以俄国女英雄苏菲亚为主人公创作的一部小说。描写俄国彼得大帝的后裔苏菲亚在彼得堡组织革命团,后来到乌拉尔山矿区向工人宣传革命理论,最后在佐罗州的一个磨粉公司演讲时被捕的故事。全书共五回,小说虽未写完,但从未完稿可以看出,在苏菲亚英雄事迹的影响下,秋瑾、张竹君等成了中国的苏菲亚,她们积极地传播女权思想,投身革命实践,把当女豪杰作为人生的理想。就张竹君而言,她后期担任上海医院院长,亲自筹设"赤十字会",在辛亥革命中率领120名"赤十字会"会员奔赴武汉救

---

[1]　据学者郭延礼考证,陈渊发表《女英雄独立传》时署名挽澜女士,罗普发表《东欧女豪杰》时署名羽衣女士,张肇桐发表《自由结婚》时署名震旦女士,香港《有所谓报》的主编陈树人发表文章时署名美魂女士,近代小说家顾明道发表小说时署名梅倩女士,南社诗人柳亚子发表文章署"松江女子潘小璜",周作人早期发表翻译文学作品时署名为"碧罗女士"等。见郭延礼《20世纪初中国女性文学四大作家群体考论》,《文史哲》2009年第4期。

[2]　岭南羽衣女士:《东欧女豪杰》,《女子世界》1904年第4期。

治了 1300 名伤员，她自己也负了伤。[①] 苏菲亚等西方女性英雄的事迹，在当时对促进中国妇女解放产生了积极的作用。

陈渊（挽澜女士）在《中国女报》上刊登的小说《女英雄独立传》，塑造了女英雄豪杰黄英娘的形象。小说喻示人们，这个世界上所有世事的轮回都会消溺于历史的尘埃之中，唯有势力强大的"强权"二字最终留了下来。但是万事万物又都是相生相克的，由于"三从四德"残忍地将女性束缚于封建纲常礼教之中，于是人们就创造出"平权"这个折中的词汇，而且天地间突然就生出一位大英雄为所有女同胞扬眉吐气，使广大妇女走上男女平权的道路。

所以，在当时众多的"女英雄书写"的影响下，武汉三镇光复后，19 岁的女子吴淑卿获得军政府批准，组建了数百人的"女子革命军"，她成为时代召唤的女英雄，真正参与到了民主革命与女性解放的历史进程中。

（二）重塑古代"女德"典范形象，达成"古为今用"之效果

汉魏时的班昭在《女戒》中以"妇德"为本，对男尊女卑、"三从四德"的大义进行了系统的阐释，并以此来规范女子的行为处事方式，"教女子做人的道理"，它成了当时及后世名门闺秀的经典教科书，成了女性自己给自己套上的牢不可破的锁链，可是历代却将其奉为"女圣人"。20 世纪初，在西方女权思想的渗透下，一些女性对《女诫》展开批判性的阐述，从根本上动摇了"男尊女卑""三从四德"等封建思想。娲魂所编的小说《补天石》就有意虚构班昭悔悟的故事，故意让班昭现身说法，自行拆解和肃清她在《女诫》中约定的规范和流毒。小说叙述道，班昭去世后被传说中炼石补天的女娲派去拯救、感化天下被压制的女子时说："昔日我在生时，虽然略知礼教，终因无超拔的学识，为社会所拘，以为女子是应该服从的。所以《女诫》七章，虽为世人所遵，自今思之，却自悔孟浪，遗误后人，弥觉汗颜了。……原来女子与男子，同是一个国民，皆负有相当的义务，即皆应享有同等的权利。男既不当服从于女，自然女也不应服从于男。这世界上的社会，原是男子与女子

---

① 葛晓音选注：《中国历代女子诗选》，北京大学出版社 1995 年版，第 180 页。

共同造出来的"。① 班昭这一自我悔悟的情节，明显寄寓着作者宣扬女权思想的理想和预设，有利于肃清男尊女卑的封建传统思想的流毒，这样的女性书写对刚刚推进的妇女解放思潮无疑会产生重大影响。

无独有偶，在悲秋的《谁之罪戏曲》中也虚构出类似的情节：秋瑾在世时"大倡平权之说"，被杀后她在天界主持审判班昭，让班昭改过自新。而受审的班昭最终彻底醒悟，自己承认了她书写《女诫》为女子制定不合理的规矩，贻害千年，表示愿意重新做人。最后秋瑾宣读判词，命班昭将功折罪，"脱身下界，振起女权"。上述两部作品中将班昭塑造成为倡导"男尊女卑"论的蟊贼和祸首，从她身上开刀狠批她所尊奉的封建道统，最终班昭悔过自新，接受女权思想，成为一个宣传女权的"古人"。学者夏晓虹认为"连提倡者本人都早已认《女诫》的'卑弱'之说为谬误，改奉'男女平等平权'为真理，盲从者更没有道理执迷不悟。这也是晚清作者一再要班昭自表悔悟的真正原因"。② 此番改写，否决的是旧礼教，张扬的是新思想，这样的有意改写与当时妇女解放思潮以及民主革命进程是十分吻合的。

（三）学习西方爱国女性典范，争做"女豪杰""女英雄"

在西方妇女运动的历史和理论被介绍到中国的同时，西方著名的女权人物以及她们的事迹也被译介到了中国。当时最为流行的《世界十女杰》《世界十二女杰》《近世第一女杰罗兰夫人传》等译作中，出现了法国大革命之母罗兰夫人、俄国虚无党领袖苏菲亚以及圣女贞德等人的事迹。通过对这些"女豪杰""女英雄"事迹的有意传播，促使早期的知识女性开始觉醒，确立新观念、新思想，激励她们以西方女性为榜样，勇敢地以拓荒者的姿态宣传男女平等，推进妇女解放运动。而在那个特殊的时代，"晚清国难当头，易生慷慨悲壮之情，因而侠风激扬，为一时代的特征。杰出之士，无论男女，均倾慕英雄行为，向往留名青史，于是

---

① 娲魂：《补天石》，《中国新女界杂志》（2—3 期），1907 年 3—4 月。（学者夏晓虹等人认为娲魂是燕斌的笔名）

② 夏晓虹：《古典新义：班昭与〈女诫〉在晚清的歧义》，见《晚清女性与近代中国》第2 版，北京大学出版社 2014 年版，第 203 页。

舍生取义，惊世骇俗，无不可为"。① 出于对女性命运深切忧虑的柳亚子，也极力呼吁"与其以贤母良妻望女界，不如以英雄豪杰望女界"，他期望的女英雄豪杰是接受了"民族主义""共和主义""虚无党主义""军国民主义"② 教育的女性，是与时代召唤相呼应的。因而晚清在社会改良的特定氛围中，无论是男性的女权文本，还是女性的创作中，具有女英雄情结的作品比较普遍。在这种高昂的世风驱动之下，秋瑾以花木兰、秦良玉自喻，而且在各类文章中都传达出自己想做英雄的构想，到后来她投身革命，为"光复之事"毅然赴死，彰显出"鉴湖女侠"舍生取义的英风豪气。

创办于 1914 年的《香艳杂志》是民国初年的妇女刊物之一，由"鸳鸯蝴蝶派"作家王文濡担任编辑，共出 12 期，于 1915 年停刊。在第六册第 11 期上刊载了徐畹兰女士所著小说《周莲芬》。小说女主人公周莲芬刚出生就被父亲"则以非男，不珍惜"，③ 后来父亲被绳妓（绳伎）赛燕娘迷惑，周莲芬的母亲和父亲相继被赛燕娘设计害死。背负父母仇恨的周莲芬在一个偶然的机遇中习得一身绝技，再后来因缘巧合杀死自己的三个仇人。我们可以看到，周莲芬由独处深闺之中手无缚鸡之力的弱女子，通过习武成为报仇雪恨的英武女侠，这一形象与当时正在传播的超越传统性别定位的妇女解放思潮有某些契合，因而产生一定的影响力。

吕筠青（逸初）女士的《女魂》（载《女子世界》16/17 期合刊）选择古代女杰李素贞、秦小罗等作为今人的典范，突出展现她们的爱国思想，以启发女性成为为国族牺牲的新女性。当然，清末献身于国家的女豪杰形象和民初舍生取义的侠女形象都具有强烈的时代意义，让我们感受到了清末民初这一特殊时代女性写作者的性别想象与理想，足见"女权"思想对 20 世纪之交的中国女性产生了强烈的影响，也展示出女

---

① 夏晓虹：《晚清女性与近代中国》第 2 版，北京大学出版社 2014 年版，第 365—366 页。

② 安如：《论女界之前途》，《女子世界》1905 年第 13 期。（作者安如为柳亚子，关于本期《女子世界》出刊时间，据学者夏晓虹考证，应该在"乙巳年，即 1905 年 5—10 月间"。此说见夏晓虹所著《晚清女性与近代中国》第 2 版，北京大学出版社 2014 年版，第 87 页。）

③ 徐畹兰：《周莲芬》，《香艳杂志》1915 年第 11 期，上海中华图书馆。

性文学与社会思潮之间的紧密互动。

三　女性书写中存在的问题

在充分梳理中国近代文学文本中妇女思想的同时，不可否认，这一时期文学文本中表述的妇女解放思想其实非常有限，并且存在着时代的局限性。她们以为女性的解放就是单纯地追求与男性的平等，把向男性讨回公道作为妇女解放的目标之一，这代表了中国近代女性在当时的情境下对妇女解放的认知程度。因为中国近代女性在寻求解放的过程中对自己的性别角色产生了厌倦和憎恶，故而试图模糊男女的界限和分工，行为处事停留在对男性的简单模仿层面，有时甚至把自己与男性完全等同起来。这样简单化的理解迫使女性对自己的性别角色淡化，丧失了女性自我的性别认同，实际上又是一种变相的对男性的仰慕与屈从。

（一）妇女解放表述仍从属于男性思想先驱者的社会政治改良构想

20 世纪初的中国国情决定了妇女解放问题不仅面临着来自家庭、社会和政府的严酷阻挠，更来自文化传统和女性自身的重重阻力。觉醒的妇女解放先驱者大力倡导女权，争取妇女解放，但她们的倡导都站在国家民族的制高点上，真正关注女性本体处境的很少出现。比如秋瑾，她短暂的一生中，积极投身革命，先后参加三合会、光复会、同盟会等政治组织。她的妇女解放思想主要是基于推翻封建王朝统治而致力于民主国家建构的诉求。譬如她在弹词《精卫石》中，号召男女平权，共同担负起振兴国家的责任，她说"扫尽胡氛安社稷，由来男女要平权。人权天赋原无别，男女还需一例担"。[①] 秋瑾借助西方"天赋人权"的观念，认为国家危难之时，无论男女都有参加革命、拯救国家民族的义务和权利。作为中国最早觉醒的女性，秋瑾勇敢地为妇女解放摇旗呐喊，并将其与救国图存、强国富民融为一体。这种思路虽具有鲜明的时代性、革命性，但出发点和立足点并非完全落在改善女性的境遇，切实推动女性自身的解放上，仍然未跳出男性知识分子的社会政治改良构想框架，这一点与西方女权运动有着本质的区别。

---

① 秋瑾著，郭延礼选注：《秋瑾选集》，人民文学出版社 2004 年版，第 192 页。

（二）　文学表述的对象多局限于知识阶层女性

由于时代局限，当时参与文学表述的女性数量有限，而且大都是家学渊源深厚的上层知识女性。比如康同薇和康同碧是康有为的女儿，李惠仙是梁启超的妻子，李闰是谭嗣同的妻子，黄谨娱是康广仁的妻子，裘毓芳是裘廷梁的侄女等。她们是中国第一个妇女团体"女学会"和第一份以妇女为对象的报纸《女学报》的中坚力量，在中国早期妇女解放运动中贡献卓著，具有开拓性的意义。又比如秋瑾，祖父和父亲都是举人，都出任过知州等职，自小家境富裕。与秋瑾并称为"女子双侠"的吕碧城，其父吕凤岐虽然去世较早，但他是清朝光绪年间进士。这样的出身与身份决定了她们把关注的视角定位在了与她们有共同地位和身份的上层女性身上，那些更多的挣扎在生死线上的社会下层女性并没有进入她们的关注视线。即便是上层女性，有意识地争取妇女权益者也可谓凤毛麟角，所以秋瑾的《满江红》中有这样悲切的抒怀词句："身不得，男儿列。心却比，男儿烈！算平生肝胆，因人常热。俗子胸襟谁识我？英雄末路当磨折。莽红尘，何处觅知音？"抒发了作为早期中国妇女解放先驱者知音难觅，同道稀疏的孤独与寂寞的心境。由此可见当时妇女解放思想在女性中回应者的空缺和稀少。

（三）　民初女性文学中女侠形象及"贤妻良母"形象的过渡性存在

民初女性文学中的女侠形象具有一定的积极意义，学者范烟桥指出，"辛亥革命之后，'父母之命，媒妁之言'的传统婚姻制度，渐起动摇，'门当户对'又有了新的概念，新的才子佳人，就有新的要求，有的已有了争取婚姻自主的勇气"。① 由于辛亥革命动摇了封建统治的根基，兼及思想界革新观念的推波助澜，封建礼教对女性思想的压制开始松动。因而以塑造女豪杰、女英雄为目标，旨在借女权运动来唤醒女国民身份认同的女权叙事就成了女性文学叙事的一种必然。

但是在声势浩大的女英雄叙事中，往往交融着"贤妻良母"叙事的洪流，这类叙事在形塑女界英豪时也不忘着力探寻家庭中女性面临的种

---

① 范烟桥：《民国旧派小说史略》，魏绍昌主编：《鸳鸯蝴蝶派研究材料上·史料部分》，上海文艺出版社 1984 年版，第 272 页。

种"新的要求"，但最后终结性的观念却无一例外地把女性最后的归属指向家庭，让那些濡染过启蒙思想教育的女性再度退归家庭操持家事、相夫教子，做"贤母良妻"。这样的叙事并没有从根本上摆脱封建等级制度下的男权中心思想，但也表现出了中国社会从传统走向现代过程中女性艰难行进的轨迹，也为"五四"时期女性家庭小说的出场提供了直接经验，是女性解放从近代向现代过渡的中间地带，可谓是女性文学与妇女解放思想双向互动的过渡性存在。

这一时期（1895—1916）第一代女性作家的创作，无论在文体、语言风格，还是叙事模式上，都较以往的创作有很大不同。正是这些创作实践，为"五四"时期新文学女性作家陈衡哲、冰心、庐隐、冯沅君、凌淑华、白薇等的脱颖而出提供了文体样板，奠定了丰厚的思想与文学基础。

第四节　个案研究：近代妇女解放的先驱与斗士——秋瑾

无论是就妇女解放思想的传播还是女性文学的创造而言，秋瑾都是一个独特的存在。她关涉妇女解放思想的文学作品，也是她践行妇女解放的宣言和证言。在秋瑾的引领和影响之下，当时女界掀起了一股妇女解放的思潮。作为一个标杆性的人物，她可谓在等级森严、弱肉强食的男性世界，以开拓者的姿态披荆斩棘，杀出了一条妇女解放的血路。秋瑾的创作大声呼唤女性的觉醒和解放，也因此与时代同频共振而最具先锋性、代表性和实验性，她的文学作品是真正意义上的女性文学。甚至在整个中国近现代的女性文学中，没有哪一个作家的写作能像她一样最早、最完整、最彻底地表达出千百年来中国女性求关注、求解放的情感诉求和文化诉求；没有哪一位作家把妇女解放的愿望通过文学手段表达得如此酣畅淋漓；更没有哪一位作家将思想上的自觉，文字上的表达与自身的社会实践紧密结合，在黑暗如漆的旧中国划出了一道大写的人、大写的"女人"的耀眼光芒。所以在这一点上，秋瑾的文学创作既和同时代男性先觉者的妇女解放思想互动相生，又与自身先锋性的妇女解放思想产生联动效应。

秋瑾的创作按照体裁来分,主要有诗词、政论文和书信,另外还有一部未完成的弹词《精卫石》。秋瑾的作品中,闪烁着爱国主义和妇女解放的双层光辉,她所设想的妇女解放的途径一是"兴女学",二是"争女权"。这虽然跳脱不出同时代男性先觉者富国强民的构想,但在当时一片沉寂的妇女世界中却恍若灿烂明星,以女性独有的言说和行动,导引并开拓着中国的妇女解放之路。

一 爱国之情、忧国之思的激昂表达

秋瑾把争取妇女解放和推翻封建王朝的斗争结合起来,在她的古体诗《剑歌》《红毛刀歌》《如此江山》《满江红》等作品中明显蕴含着一种新的时代精神元素——既反抗封建礼教又呼唤女性觉醒,既充溢着崭新的"女权"思想又宣扬着激进的"女性意识"。

爱国思想是秋瑾妇女解放思想的基础,她早年的诗作已经流露出强烈的爱国之情。1894 年,年仅 18 岁的秋瑾有感于甲午海战的爆发写了编年诗《赠曾筱石》《旧游重过有不胜今昔之感》等表达了强烈的忧国忧民之情。"海气苍茫刁斗多,微闻绣幕动吴歌。绿娥蹙损因家国,系表名流竟若何"(《赠曾筱石夫妇并呈殷师》)。[①]"南地音书频阻隔,东方烽火几时休?不堪登望苍茫里,一度凭栏一度愁!"(《旧游重过有不胜今昔之感》)山河破败、烽火不断、家国危亡让她情何以堪,于是凭栏眺望忧思纷纭而至。这对当时静处闺阁的少女来说,能够因国事而忧虑是非常难能可贵的。第二年中日战争结束,中国战败,暴露出清政府的腐败无能。秋瑾所居的湖南,1895—1898 年陈宝箴任巡抚,黄遵宪任按察使,江标担任学政,他们大力推行新政,一时新学盛行,学会林立,新报频出,维新变法的思想广为传播,这对秋瑾爱国救亡思想的形成产生了一定的影响。1900 年北方兴起了义和团反帝爱国运动,秋瑾更是为国事担忧,写下"幽燕烽火几时收,闻道中洋战未休。漆室空怀忧国恨,难将巾帼

---

① 秋瑾著,郭长海、郭君兮辑校:《秋瑾诗文集》,浙江出版联合集团、浙江古籍出版社 2013 年版,第 34 页。

易兜鍪"（《杞人忧》）。① 秋瑾以"漆室女"自比，表达自己受制于封建礼教的束缚，无法走出闺房卫国杀敌的遗憾和悲愤之情。诗中既有作者对祖国命运的热切关注，也凸显出自己空有一腔忧国报国之心，却无法杀敌疆场的抑郁无奈之情。同期的《感事》写道："竟有危巢燕，应怜故国驼！东侵忧未已，西望计如何？儒士思投笔，闺人欲负戈。谁为济时彦？相与挽颓波。"甲午之战以来日本对我们国家的侵略一直没有止息，西方帝国主义列强的豆剖瓜分之势又日益加剧，祖国民族危难之中可叹国人尚未觉醒。而国难当头之际匹夫有责，那么妇女也不例外！所以呼吁匡乱扶危的英雄豪杰们一起共赴国难，力挽衰退的国势。全诗字里行间洋溢着秋瑾浓郁的家国情怀。

1904 年 2 月，秋瑾在北京参加由京师大学堂副教授欧阳弁元的夫人和吴芝瑛发起的"妇女谈话会"第二次集会，认识了后来对中国女子教育有一定贡献的日本女性服部繁子，萌生了赴日留学的念头。赴日本留学前，她南下绍兴，其间在上海小住，一方面她亲眼看见朝廷腐败，民族深陷危机，祖国大好河山被掠夺，国家满目疮痍；另一方面又看到在上海这个半殖民地的都市里人们仍然过着奢侈豪华、纸醉金迷的生活，这种境况更加勾起秋瑾对国势时局深深的忧虑和对现世生活的不满，于是写下《申江题壁》一诗，"几曾涕泪伤时局？但逐豪华斗舞衣；满眼俗氛忧未已，江河日下世情非"。国势衰危，世人却只知道沉湎于娱乐享受，无人来关心这岌岌可危的国家时局，心中更加烦闷与忧伤。而在去日本的船上，当日本人石井向她索求唱和的诗歌时，她写道："漫云女子不英雄，万里乘风独向东……如许伤心家国恨，那堪客里度春风"（《日人石井君索和即用原韵》）。此诗集中表现了秋瑾对祖国命运的热切关注和胸中洋溢着的爱国主义精神。因此，从上述感时伤世的诗作中，可以体味到秋瑾思想中蕴含着一以贯之的爱国主义情感，这也是她后来献身革命，成为为民主革命流血牺牲的女英雄的思想基础。

---

① 秋瑾著，郭延礼选注：《秋瑾选集》，人民文学出版社 2004 年版，第 94 页。（本节所引诗词文大部分出自该著作，故文中其他出自该书的部分引用没有另外作注，诗词仅标注出所引的题目，散文和弹词仅标明页码。）

二　婚姻自主，人身自由的热切呼号

个人婚姻家庭的不幸使秋瑾对封建婚姻制度有着深刻的体验和认识。1886 年秋瑾遵从父亲之命在湘潭与仕宦之子王廷均结婚。她的丈夫王廷均是典型的封建没落家族的纨绔子弟，性格怯懦软弱，秋瑾的性情显然与丈夫格格不入，因此夫妻两人志趣不投，感情不和，她的诗句"可怜谢道韫，不嫁鲍参军"（《谢道韫》），借感慨谢道韫不幸的婚姻来表达她对自己婚姻的不满。在弹词《精卫石》中更是哀叹自己婚姻不幸，所嫁非人："性情暴虐庸夫蠢，岂识梅花优雅枝？知己不逢归俗子，终身长恨咽深闺"，① 道尽了自己以及天下女子的婚姻之苦。也正因为婚姻不幸，在封建家庭中身受摧残和压制，促使秋瑾在痛苦中觉醒，毅然与丈夫和封建家庭决裂。显然这也成为她日后投身妇女解放运动和民族解放事业的重要动因之一。也因此秋瑾呼吁废除封建包办婚姻，主张"此生若是结婚姻，自由自主不因亲，男女无分堪作友，互相敬重不相轻，平日并无苟且事，学堂知己结婚姻"。② 坚定地倡导男女恋爱自由，婚姻自主，投射出男女平权、夫妻平等的现代意识之光。

秋瑾的伟大之处还在于，她冲出家庭超越了一己的不幸遭遇，不再是仅仅争取个人的人身自由，而是为处于被压迫被奴役状态的千千万万妇女奔走呼号。她首先鼓励妇女解除缠足，争取自我人身的自由权利。她说"可怜自从缠了双足，每月只能坐在房中，不能动作，往往有能做的事情，为了足不能行，亦不能做了，真正象个死了半截的人"。③ 由于缠足，长期以来使妇女幽禁在家庭、闺阁之中，丧失了自由行走的权利，导致妇女"一世幽闺闭此生，有主何能做一分，寸柄毫无惟受制，宛似孤儿把主跟"。④ 受制于封建家庭和家长的女子，既没有发言权，更谈不上自主权，只能听凭摆布。而如何才能使女子获得人身自由，秋瑾认为"兴女学"是最为基本的解决路径，所以她鼓励女子进学堂接受教育，她

① 秋瑾著，郭延礼选注：《秋瑾选集》，人民文学出版社 2004 年版，第 227 页。
② 秋瑾著，郭延礼选注：《秋瑾选集》，人民文学出版社 2004 年版，第 235 页。
③ 秋瑾著，郭延礼选注：《秋瑾选集》，人民文学出版社 2004 年版，第 188 页。
④ 秋瑾著，郭延礼选注：《秋瑾选集》，人民文学出版社 2004 年版，第 228 页。

认为"国家养就人才,非学堂不可,须要普设学堂;女子为文明之母,家庭教育又非女子不可,男女学堂非并兴不可"。① 如此前瞻性的谋虑与当时男性思想家的构想显然形成了某种同构关系。

三　以身许国、为"女"请命的慷慨陈词

秋瑾憎恨男尊女卑的封建礼教,她认为女子与男子一样也能掌管国家大事,因此,在诗歌中她多次表达出对女子拥有着超越男子的智慧与勇气的赞美。从事革命活动后,秋瑾自觉地把争取妇女解放与革命救国事业联系起来,更加积极地号召广大妇女振兴女权,肩负起救国救民的重任,并且谋求自身的解放。1903 年秋,在北京寓居时秋瑾写下《满江红·小住京华》,下阕说"身不得,男儿列,心却比,男儿烈。算平生肝胆,因人常热。俗子胸襟谁识我? 英雄末路当磨折。莽红尘,何处觅知音? 青衫湿!"词作抒发了她不甘心于做一个女子,而敢于与男子一争高下,决心匡国济世、为国捐躯的凌云壮志,全词充溢着豪放、慷慨而又愤激的感情。

作于 1906 年的《柬徐寄尘二首》:"祖国沦亡已若斯,家庭苦恋太情痴。只愁转眼瓜分惨,百首空成花蕊词。""何人慷慨说同仇? 谁识当年郭解流? 时局如斯危已甚,闺装愿尔换吴钩。"秋瑾劝勉她的好友徐寄尘,在国家危亡的关头,不要窘缩在家庭中填词赋诗,因为诗词写得再好,也不过是亡国之音,而女子应该脱下闺装,参加到轰轰烈烈的革命斗争中去。

1904 年,秋瑾到日本不久写了《鹧鸪天》一词:"祖国沉沦感不禁,闲来海外觅知音。金瓯已缺总须补,为国牺牲敢惜身? 嗟险阻,叹飘零,关山万里作雄行。休言女子非英物,夜夜龙泉壁上鸣。"② 开篇即点出国内"沉沦"的政治局势是她此行日本的缘由,因为列强的入侵瓜分,堂堂礼仪之邦的中国山河已不复完整,词人发出了"金瓯已缺终须补,为国牺牲敢惜身"的理想告白,慷慨激昂,掷地有声。而且作为一名女子,

---

① 秋瑾著,郭延礼选注:《秋瑾选集》,人民文学出版社 2004 年版,第 206 页。

② 秋瑾著,郭延礼选注:《秋瑾选集》,人民文学出版社 2004 年版,第 161 页。

改换男装，踏破关山万里，越过层云几重，不畏前路艰险漂洋过海，以身许国的气魄和决心是何等的勇毅。而"为国牺牲敢惜身"的誓言，犹如洪钟巨响，足以振聋发聩，发人思索，催人进击，也足以让许多男儿汗颜！

当然，秋瑾不仅仅停留在歌诗文章里抒发她的家国情怀，她常常将这份忧愤之情转化为果敢激进的爱国行动，将"天下兴亡，匹夫有责"的社会使命融入自己的生命之中，投入社会革命的大潮，达到无畏生死、为国献身的生命境界。同期写作的《有怀》一诗，慨叹中国女界当时死气沉沉的真实情境："日月无光天地昏，沉沉女界有谁援？钗环典质浮沧海，骨肉分离出玉门。放足湔除千载毒，热心唤起百花魂。可怜一副鲛绡帕，半是血痕半泪痕！"（《有怀》）当时女界昏聩无人援手拯救，秋瑾于是毅然决然地抛家别子，典当首饰筹集学费，离开祖国奔赴日本去寻求反清救国和妇女解放的道路。其中"热心唤起百花魂"明确显示出她想要拯救女界的宏伟蓝图，而"放足湔除千载毒"中勇敢放足的细节，折射出秋瑾艰难地飞出家庭的樊笼，敢为人先，勇敢地冲破千年来戕害妇女的缠足陋习，以自我身体的解放来唤醒处在灾难深处酣睡的姐妹。这样的书写和自身的果敢实践，有力地呼应着、配合着当时维新派禁止妇女缠足的呼吁，是妇女解放历程中浓墨重彩的一笔。她在《致王时泽书》中说："吾自庚子以来，已置吾生命于不顾，即不获成功而死，亦吾所不悔也"。[①] 在《赠蒋鹿珊先生言志且为他日成功之鸿爪也》中也说："危局如斯敢惜身？愿将生命作牺牲。"在《失题》中说："粉身碎骨寻常事，但愿牺牲保国家。"其中既有关心祖国命运，壮志难酬的沉痛慨叹，也蕴含着救亡图存的坚定信念和不惜牺牲自我生命的大无畏革命精神，诗句中的壮志豪情和英雄气概的确感天动地，响彻云霄。

1904年中秋，秋瑾在日本创办了《白话》杂志，在第2期上刊发了她在妇女解放史上非常有影响的《敬告中国二万万女同胞》一文。文章以通俗易懂的白话语言，从女子一出生就遭遇到的不公平讲起，一桩桩、一件件地罗列家庭和男性强加给女子的不平之事，批判了男尊女卑、女

---

① 秋瑾著，郭延礼选注：《秋瑾选集》，人民文学出版社2004年版，第37页。

子无才便是德、夫为妻纲等传统的封建观念,控诉了封建礼教对妇女精神和身体的摧残和戕害,明确主张妇女要有志气,要号召起来勇于抗争。秋瑾在文中也给不同年龄阶段的妇女指出了努力的方向:"……把从前的事情,一概搁开,把以后事情,尽力做去,譬如从前死了,现在又转世为人了。"① 所以女人振作起来,要学习文化,求得一个可以谋生的职业作为自立的基础。同年十月,秋瑾与同样留学日本的陈撷芬、潘英等重组了"共爱会",陈撷芬任会长,潘英任书记,秋瑾任招待。她们确定"共爱会"的宗旨是"反抗清廷,恢复中原,主张女子从军,救护受伤战士,一面通信国内女学,要求推广"。② 在该年的冬天,秋瑾致书湖南第一女学堂,对学堂遭遇顽固派的破坏表达了深切的关怀,并且鼓励全体师生"切勿因此一挫自颓其志,而永永沉埋男子压制之下。欲脱男子之范围,非自立不可;欲自立,非求学艺不可,非合群不可"。③ 文章最后鼓励妇女来东洋日本留学,学成一己之艺,以备将来"扶助父母""助夫教子",从而实现国家强大的宏伟理想。

1904 年 12 月,秋瑾与林宗素、潘英、刘震权等中国女留学生在中国留学生会馆举行了徐毓华追悼会,会上秋瑾发表了演说,内容主要是号召广大妇女争取女权,为救国救民做出贡献。1905 年 2—3 月秋瑾回国,同年夏天,她在绍兴刊印《实践女校附属清国女子师范工艺速成科略章启事》,号召女子出国留学,"而毕业以后委身教育,或任教师,或任保姆,灿祖国文明之花,为庄严之国民之母,家庭教育之改良,社会精神之演进,无量事业、无量幸福,安知不胚胎于今日少数之女子"。初秋,秋瑾在日本召集全体女留学生大会鼓励陈撷芬反抗包办婚姻,迫使她的父亲解除把女儿许给富商做妾的婚约。这一年年底,秋瑾回国。在给留学日本的同学王时泽的信中说"且光复之事,不可一日缓,而男子之死于谋光复者,则自唐才常以后,若沈荩、史坚如、吴樾诸君子,不乏其人,而女子则无闻焉,亦吾女界之羞也"。④ 很显然,这一时期秋瑾已经

---

① 秋瑾著,郭延礼选注:《秋瑾选集》,人民文学出版社 2004 年版,第 4—5 页。

② 徐双韵:《记秋瑾》,《辛亥革命回忆录》第 4 集,中华书局 1963 年版,第 209 页。

③ 秋瑾著,郭延礼选注:《秋瑾选集》,人民文学出版社 2004 年版,第 31—32 页。

④ 秋瑾著,郭延礼选注:《秋瑾选集》,人民文学出版社 2004 年版,第 37 页。

做好了要为民族大业流血牺牲的思想准备。以此来看，日本之行开拓了秋瑾的视野，提高了她的认识水平，坚定了她争取民族解放和妇女解放的信念。使她从一般的具有爱国主义思想的家庭妇女成长为一名自觉的、坚强的民主战士，树立了勇做中国第一个资产阶级民主革命女英雄的理想。

四 中国近代女性世界的空谷绝响

1905 年，秋瑾在创作了《红毛刀歌》《感时》（二首）、《如此江山》《叹中国》等爱国主义诗词之后，开始写作弹词《精卫石》，直至 1907 年就义，其间断断续续写成了五回，第六回未写完，按作者最初设想本书应该有 20 回，可惜没有完成。这是一部阐释秋瑾女权思想、"唤醒女界""振兴女权"，宣传妇女解放的集大成之作，几乎囊括秋瑾关于妇女解放的所有思想理论和主张，《精卫石》也标志着女性弹词在思想上达到了一个新的高度。

这是一部带有自传性质的作品，主人公黄鞠瑞（后改名为黄汉雄）正是以秋瑾自己为原型塑造的。在《精卫石》中，别有意味的是为了宣扬妇女解放思想以及增加说服力，作者在第一回仿照传统小说的套路，设计了一段天界因缘，把中国神话故事中以封建专制闻名的西王母改写成一个倡导男女平等、妇女解放的新形象。西王母在天界看到了"华胥国"女子生活在地狱般黑暗的处所，于是召集中国历史上历代杰出的女性和男性英雄豪杰，让他们领命下界转生到"华胥国"去拯救女界和国家。故而才有了弹词中女主人公黄鞠瑞（黄汉雄）降生，她在家中读书、反抗包办婚姻，后来偷偷地与众姐妹逃离家庭出国留学，向大家阐释女性解放对于民主革命的重要性等故事；也才有了梁小玉、鲍爱群、左醒华、江振华等奇女子振兴女界的豪迈故事。弹词中的女主角黄鞠瑞才貌卓异，却被许配给苟家的纨绔无赖子弟，但她坚决反抗不自主的婚姻，幸运的是黄鞠瑞的塾师俞竹坡具有维新思想，他最喜欢做的是扶危济困，在他的指引下黄鞠瑞决心逃婚到东瀛去。她的结拜姐妹梁小玉虽长在香闺绣阁，却因为是庶出终日要受梁夫人的气和兄长的凌辱。当这些女儿们聚到一起时，她们悲叹男尊女卑的社会习气，痛诉女人婚姻不自主，深感手中没有"尺寸权","女子生为牛马般,受苦受囚还受气,一生荣辱靠夫男"(《精卫石》第233页)。她们向千百年陈陈相因的封建礼教发出强烈的质疑:"世事言来尽不平。最恨古人行毒制,女何卑贱子何尊?"(《精卫石》第229页)号召女性从现在起自立自强,"但愿我姊妹人人图自立,勿再倚男儿作靠山"(《精卫石》第234页)。于是黄鞠瑞与众姐妹商量放足,在私塾先生和丫鬟秀蓉的帮助下一同出走东瀛。黄鞠瑞和诸位姐妹在振兴女权的时代洪流中意气风发,作者也忍不住赋诗为她们赞叹:"踏破范围去,女子志何雄?千里开楚界,万里快乘风。引领人皆望,文明学必隆。他时扶祖国,身作自由钟!"(《精卫石》第243页)黄鞠瑞的诗把振兴女权与光复祖国密切联系在一起,应和了弹词中通过西王母之口所构建的男女平权、共挽国难的和谐图景:"男和女同心协力方为美,四万万男女无分彼此焉,唤醒痴聋光睡国,和衷共济勿畏难"。①这一图景蕴含着妇女的解放必须和当前的革命斗争相结合,为了革命事业,女子应该和男子并肩战斗的宏大构想。

　　1907年1月14日,秋瑾筹创的《中国女报》问世,在中国早期的妇女报刊中,它以其"提倡男女平权,宣传民主革命"的宗旨而别开生面、独树一帜,在社会上和妇女界中产生过广泛的影响。秋瑾撰写了发刊词,她鼓励全国妇女要团结起来,振兴女界:"……使我女子生机活泼,精神奋飞,绝尘而奔,以速进于大光明世界;为醒狮之前驱,为文明之先导,为迷津筏,为暗室灯,使我中国女界中放以光明灿烂之异彩,使全球人种,惊心夺目,拍手而欢呼"。②这是对中国妇女解放宏图的勾勒和展望,何等的自信和豪迈。在同期的女报上,她还发表了用通俗白话写成的《敬告姊妹们》,文章生动鲜活地描述了女子被幽禁在闺阁之中,身处奴隶之境而毫不自知的情境,这样的奴隶地位,出身上层的妇女也不例外。于是她引导妇女要学会"自立":进女学堂学习"科学工艺",学成之后可以"做教习,开工厂",这样女子就可以自己养活自己。如果妇女做到了经济上的独立,才能逐渐求得政治上的解放。在其后发表的《致女子

　　① 秋瑾著,郭延礼选注:《秋瑾选集》,人民文学出版社2004年版,第192页。

　　② 秋瑾著,郭延礼选注:《秋瑾选集》,人民文学出版社2004年版,第8页。

世界记者书》等文中，都表达了与上述观念一致的妇女解放思想。秋瑾不仅为中国的妇女解放指出了正确的方向，而且还指出了妇女获得经济独立和人格独立的必要性。

《勉女权歌》是秋瑾宣传男女平权、妇女解放的一首歌词，刊行在《中国女报》第 2 期上，在当时产生过很大的影响。"吾辈爱自由，勉励自由一杯酒。男女平权天赋就，岂甘居牛后？愿奋然自拔，一洗从前羞耻垢。愿安作同俦，恢复江山劳素手。旧习最堪羞，女子竟同牛马偶。曙光新放文明侯，独立占头筹。愿奴隶根除，智识学问历练就。责任上肩头，国民女杰期无负"。[①] 歌词铿锵有力，明确传达出秋瑾的妇女解放思想。她认为女子首先要明了自己的历史使命，要想摆脱封建枷锁求得解放，争取妇女人格的独立和经济的独立最为重要，必须依靠妇女自己来解放自己。这一思想闪烁着时代的光辉：女子要投身于时代的革命洪流，"驱除鞑虏，恢复中华"！这对其后的辛亥革命时期女子从军参政都有一定的积极影响。

总之，秋瑾是以个人的方式表达了当时中国千千万万妇女翻身解放的诉求，同时她又是以文学创作与思想观念互动的方式来号召和动员的，而且她不仅是唤醒妇女，更重要的是身先士卒，以身许国，以亲身的革命实践推动中国妇女解放和民主革命的进程，她真是黑暗中一颗璀璨的"启明星"，是响彻在中国女性天空中的第一声春雷。

---

① 秋瑾著，郭延礼选注：《秋瑾选集》，人民文学出版社 2004 年版，第 176 页。

第 二 章

启蒙:个性解放浪潮中的女性
合唱(1917—1927)

辛亥革命催生的中华民国标志着中国现代国家的建立。作为一个在封建废墟上建立起来的现代民族国家政权,民国政府在民族解放、国家利益、人民权利的提高等方面都比清政府有实质性的进步。但民国政府初期,无论是孙中山还是袁世凯等,都没有将女性的政治要求纳入宪法,随着国内社会政治形势的急剧动荡和变革,思想界对"女权"的认识和要求也发生了变化。维新话语中女性拯救民族危难、救国新民的诉求逐渐被争取女性自身的独立自由、争取政治选举权的启蒙话语替代。"五四"运动的开启使启蒙话语一跃成为引领大众的主流话语,启蒙精英们继续发展维新派"强国保种"的理念,一开始仍然将女性的角色设定为"良妻贤母",在经受了新文化运动的淬炼之后蜕变成"超良妻贤母",鼓励女性走出家庭,走向社会,从而争取女性自身的解放。启蒙语境中的倡导者仍然是站在国家民族的制高点上倡言妇女解放的,他们高举个性解放的大旗,开始关注女性自身的生存境遇和命运,表现妇女作为"人"的主体意识的觉醒,并对妇女解放道路上反叛家庭、追求自由婚姻的妇女给予充分的肯定和热情的礼赞。但是启蒙语境中建构理想女性的意识往往会遭遇现实无情的拆解,女性现实境遇中"梦醒了无路可走"的困境随处可见,女性文学文本中也流露出更多感伤颓废的情调,甚至浓厚的宿命论倾向,这在一定程度上削弱了这一时期妇女解放的锋芒。

无论是清末民初的维新派,还是新文化背景下的启蒙主义思想家,他们倡导的妇女解放思潮都属于资产阶级女权运动的范畴。直到中国共产党成立以后，无产阶级登上历史舞台，在世界社会主义运动的推动下形成的妇女解放思潮，在理论层面和社会实践层面才取得了巨大的成就。而在女性文学表述层面，在初期基本比较贫弱，直到 1927 年后才逐渐耀现，并很快出现了闪亮的星辰，与无产阶级妇女解放思潮形成了良好的互融互动的景象。

第一节　启蒙话语中的妇女解放思潮

一　西学东渐的历史现场

"场域理论"是法国著名社会学家皮埃尔·布迪厄提出的，他说"从分析的角度来看，一个场域可以被定义为在各种位置之间存在的客观关系的一个网络（network），或一个构型（configuration）"。① 依照布迪厄的"场域理论"，"五四"启蒙话语中出场的妇女解放思潮不是一个孤立无援的独立现象，而是与其他的社会存在相关联而形成的一种存在，这一存在即是"历史现场"。要聚焦中国妇女解放思潮的产生，必须勾勒出"五四"启蒙思潮中西学东渐的"历史场域"，厘清孕育此历史文化现象的社会各要素之间的动力机制和相互关联。中国妇女解放思潮产生并形成一定规模和气候的内在动力依托于当时特殊的社会文化背景。19 世纪后半叶，一批倡导变革的先进思想家向西方学习，如魏源立足于救国强本的"师夷长技以制夷"思想开启了向西方学习的潮流；王韬为强国忧时愤世力主"师其所能，夺其所恃"而不遗余力地传播西学；严复的《天演论》选择性地翻译赫胥黎的《进化论与伦理学》，其目的是希望通过自然界物种进化的理论来启发国人警醒从而救亡图存；林纾中西两个传统并置的西方小说翻译带来无与伦比的现代小说观念变化……这些都起到了巨大的思想启蒙作用。而清末的废科举、兴学堂，奠定了新式文化教育的基础。可是，维新运动虽然传播了一些西方民主、科学的思想，但这些启

①　[法]皮埃尔·布迪厄、[美]华康德：《实践与反思：反思社会学导引》，李猛、李康译，中央编译出版社 2004 年版，第 131 页。

蒙思想很快被淹没在封建主义的汪洋大海之中。辛亥革命推翻了清王朝，建立中华民国，为中国社会向现代转型创造了社会条件。这一系列社会、文化变革最直接的结果是造就了一大批有前瞻意识、开放意识、反思意识、批判精神，同时又学贯中西的知识分子。一方面，他们总结晚清以来社会变革的历史经验和教训；另一方面，对此前引进西方思想文化的方式和内容进行了深刻的反思。总结和反思使这些先觉的知识分子达成了一个共识：向西方学习，提倡科学和民主，发动一场深入的思想启蒙运动，对旧的思想文化进行彻底清算。具体从两个步骤去做：一是彻底否定以封建礼教、三纲五常为代表的一整套封建伦理思想、价值体系和社会道德规范与秩序，对旧思想、旧文化、旧道德展开全方位批判，击退一切尊孔复古的逆流；二是承继晚清至近代时期梁启超等西学东渐的余脉，继续广泛引进和吸收西方思想资源。采取这样的策略，从西方思想文化中获得一个整体的参照，从而产生对照的价值观，从整体上对中国的传统文化进行反思，以使思想启蒙的诉求得以实现。因而1915年肇始的新文化运动可谓拉开了"五四"启蒙时代的帷幕，它以宣扬民主科学和颠覆礼教秩序为首要特质，以变革图强、振兴中华民族为目的，构建起了"五四"时期西学东渐强大的历史文化场域。

"五四"新文化运动事实上形成了中国自明代以来前所未有的西学东渐的学术盛况。西方的哲学、文艺和科学等在短短的几年大量传入中国。尤其是近现代西方哲学被先进知识分子认为是最能体现西方文明的民主科学精神，最益于改良国家制度体系和文化基因的精神养分，在引进和传播的过程中成了西学东渐的最核心内容。比如人道主义、进化论、实用主义、尼采超人哲学、叔本华悲观论、弗洛伊德主义、无政府主义、社会主义、马克思主义以及女权主义理论等，都被大量译介和宣传，并有人信仰和开始试验，这对于中国的学术、思想、政治等方方面面产生了重大的影响，更为中国妇女解放思想提供了丰富的思想资源和精神导向。

在"五四"新文化场域中，传播西方哲学思想的主要力量是以陈独秀、李大钊、李达、胡适、鲁迅、周作人、吴虞、王星拱、丁文江、张君劢、张申府、瞿秋白、吴稚晖等为代表的一代知识精英，他们通过翻译书籍，借助报纸杂志，介绍西方哲学流派和思想。其中，陈独秀、李大钊、李汉俊、李达、陈望道、毛泽东、杨匏安等从科学意义上致力译介、传播马克思主义理论，使马克思、恩格斯的《共产党宣言》等著作、俄国无产阶级思想和革命经验，以及社会主义思想为越来越多的中国先进知识分子所了解和接受。

西学东渐过程中，法国卢梭的思想尤其被看重并不断被"拿来"应用。卢梭对人类不平等问题的论述首先引起了国内学界的关注，他在《论人类不平等的起源和基础》中分析批判了封建等级关系，揭示了人类不平等的根源；而他的《社会契约论》认为执政的合法性只能来自人民。其"主权在民"的思想不仅深刻影响了人类民主的进程，而且在中国正好契合了"五四"自由主义思想家们把民主理解为人权与平等的心理，直接促生先进知识分子权利意识的觉醒和凸显。他们借鉴卢梭自由主义的民主理念，认为人人平等是基础，在此基础之上才能最终实现"人权"。

当时思想界还邀请国外学者来华讲学，把他们的哲学观点介绍给国人，直接向国人传播民主与科学的思想。应邀来中国讲学最为著名的学者是哲学家杜威和罗素。最早把杜威的思想介绍给国人的是蔡元培，而宣扬杜威哲学最有力的当数胡适、陶行知、陈独秀、蒋梦麟、郑宗海等。1919 年 5 月至 1921 年 7 月，受北京大学与尚志会等单位和其他学术组织的邀请，美国实用主义哲学家杜威来华访问，在 11 个城市讲演百余场，内容涉及社会与政治哲学、教育哲学、伦理学、思维类型，以及对世界上三大哲学家詹姆士、柏格森和罗素的介绍与研究，后来他讲演的内容以《杜威五大讲演》为名被整理出版。在他的讲演中，杜威对"民主"进行了新的解释，他将民治主义分为政治、民权、社会和经济四个方面。杜威认为现代西方文明的精髓在于精神文化，中国人若想从西方得到启示，就得从西方的精神文化着眼学习，以改造自己的民族精神。杜威离开北京时，胡适撰文高度评价说："自从中国与西洋文化接触以来，没有一个外国学者在中国思想界的影响有杜威先生这样大的"。[1] 杜威的"平民教育"思想传入中国后，很快得到了教育界的认同和实践，比如陶行

---

[1]　胡适：《杜威先生与中国》，《胡适文存》（1），华文出版社 2013 年版，第 268 页。

知发扬杜威"教育即生活"的观点，结合中国的教育实践提出了"生活即教育"的主张。他不但是杜威教育理论的有力倡导和传播者，而且还是其理论的发展与实践者，他当时在南京、杭州等地成立众多实验学校来践行其教育理论，取得了卓著的成效。1919 年 11 月，陈独秀受杜威思想的影响发表了《实行民治的基础》，认为民治主义随着社会的进步其含义、内容更为丰富，其核心意义在于"经济平等"和"多数支配"。他刻意对民主观念和民主制度进行了新的阐释。

继杜威来华之后，英国哲学家罗素于 1920 年 8 月应邀来华讲学。在此期间，他先后在北京、长沙、上海等地做了多场讲演。罗素是一位具有浓厚社会主义倾向的自由主义者，他坚持认为个人的基本自由不应受到侵犯。作为分析哲学的主要创始人，他认为哲学不仅追求知识，而且追求智慧。国内张申府、王星拱、杨端六、钱穆等学者对罗素的政治思想和经验主义哲学思想进行了系统的介绍和有力的传播。

西方政治、哲学思想和文化观念的引入，开创了中国哲学思想和科学发展的新局面，同时也极大地影响着处于急剧变革前夜的中国文学。在西学东渐的场域中，"五四"新文化运动的倡导者们就如何彻底否定旧文学，建设新文学，基本达成了共识，这就是借鉴外国文艺运动或文学创作经验，全面更新国人的文化观念和文学观念。于是以《新青年》为主的报刊和出版物，争相译介西方自文艺复兴以来的各种思潮理论，给中国文学的发展带来崭新的视角。

"五四"时期文学革命的发起者和参与者，诸如鲁迅、胡适、周作人、刘半农、瞿秋白、沈雁冰、郑振铎等，都积极地译介外国文学理论和文学作品。1918 年《新青年》第 4 卷第 5 号专门推出了《易卜生专号》，宣传易卜生作品和易卜生主义，影响巨大。短短的几年间，西方文艺复兴以来的各种文艺思潮都被翻译介绍到了中国，如现实主义、唯美主义、浪漫主义、象征主义、自然主义、表现主义、印象主义、意象派、未来派、心理分析学等。胡适、陈独秀等人的文学思想都直接或间接地借鉴了西方文学思潮的理论和经验；周作人著名的"人的文学"观念的提出也是受到日本"白桦派"人道主义文学理论的直接影响；李大钊的《什么是新文学》则是接受了马克思主义理论和俄国现实主义文学观念的影响。

　　具体而言，胡适新诗运动的主张是从诗体解放入手，一方面受到美国意象派诗歌的启发；另一方面得益于杜威的实用主义思想。他认为美国的"印象派诗人"反叛西方传统诗歌繁复堆砌的文风，只用普通而确切的词，创造新韵律，自由表现主题，追求真实自然、明朗具体的写作主张，"与我所主张多相似之处"。① 陈独秀在《文学革命论》中也主张以欧洲文艺复兴以来的文学变革为楷模。学者钱理群等认为："胡适、陈独秀等人最初提倡文学革命的一个基本理论，即文学历史进化论，就是从 19 世纪自然科学三大主要学说之一的进化论脱胎而来的，是西方思潮的直接产物"。② 胡适之所以能够在文学、哲学等多个领域取得巨大成就，跟他借鉴外国哲学思想和文艺观念、重视科学方法论的研究是分不开的。

　　因此，在"五四"思想启蒙的背景下，"无论是陈独秀主张的'以欧化为是'，胡适提出的'输入学理'，还是蔡元培的兼容并包的主张，都以恢宏的气度、充沛的热情大力输入西方文化，最大限度地吸收新的信息，迎赶世界潮流"。③ 这一波西学东渐的潮流，建立起了中外文化之间的互动交流，让西方观念自然地融入本民族的思想及文学文化之中，可谓在对比对话中使进步的国人得以突破自身传统思想文化的局限，勇敢追求生命的自由和希望，也为中国妇女打开了一扇学习新知、迎接新潮的大门。

二　千年一回的话语聚焦

　　"五四"时期的西学东渐给中国这个"老大帝国"带来了前所未有的思想大解放和观念大变革。在风起云涌的新文化大潮中，站在时代潮头的思想先驱者几乎不约而同地提出了妇女解放的思想命题。他们以从未

---

　　① 胡适：《胡适留学日记》（卷九·下），海南出版社 1994 年版，第 332 页。

　　② 钱理群、温儒敏、吴福辉：《中国现代文学三十年》，北京大学出版社 1998 年版，第 13 页。

　　③ 钱理群、温儒敏、吴福辉：《中国现代文学三十年》，北京大学出版社 1998 年版，第 6 页。

有过的强烈而又密集的批评话语，聚焦千年以来牢固束缚女性的纲常名教，批判其残酷性，他们意识到广大妇女是封建专制、封建思想最深重的受害者，女性受压抑、受摧残的社会文明是一个"半身不遂的""畸形的""冷酷干燥的"社会文明，要唤醒中华民族的活力就不能不唤醒广大妇女。于是，李大钊指出："妇女解放与 democracy（民主）很有关系，有了妇女解放，真正的 democracy 才能实现，没有妇女解放的 democracy 断不是真正的 democracy，我们若是要求真正的 democracy，必须要求妇女解放"。[①] 新文化运动的干将们纷纷撰文[②]探讨妇女问题，各报刊所发表的论述妇女问题的文章数量之多难以枚举。1918 年《新青年》关于"贞操问题"的讨论，1919 年上海《星期评论》关于"女子解放初从哪里做起"的讨论，1923 年《晨报副刊》关于"爱情定则"的讨论均产生了广泛的社会影响。

在抨击封建思想观念，呼吁妇女解放的大潮中，西方思想文化中的平等、自由、人权、民主等概念唤醒了新一代人的觉悟。在西方现代思想的影响下，他们打破枷锁，冲破牢笼，以期用新的观念、新的视角反观几千年来中国妇女的地位和命运。先进的知识分子普遍意识到妇女在整个社会结构中被忽视的状况与其可以承担的家国责任是不匹配的，并意识到打破禁锢妇女牢笼的重要意义。这些先进的知识分子明确地举起"妇女解放"的旗号，他们对残害女性的封建纲常伦理进行了追根溯源的批判，把控诉宗法家庭中女性的悲惨处境作为瓦解旧伦理道德的突破口，集中火力对中国以"三纲五常"为核心精神的思想政治文化的痼疾，旧宗族的没落和腐朽，旧道德的伪善与残酷进行批判，揭示其虚伪性和残酷性。

《青年杂志》从 1916 年第 2 卷第 6 号开始，专门开辟了"女子问题"专栏。陈独秀、李大钊、胡适、吴虞、鲁迅等都在此阵地发表文章倡导

---

① 李大钊：《妇女解放与 Democracy》，朱文通等整理编辑：《李大钊全集》第 3 卷，河北教育出版社 1999 年版，第 348 页。

② 当时各报刊所发表的新文化运动的干将们探讨妇女问题的代表性文章主要有李大钊《战后之妇人问题》、陈独秀《妇女问题与社会主义》、鲁迅《我之节烈观》、胡适《贞操问题》、吴虞《女权平议》、李达《女子解放论》、叶绍钧《女子人格问题》等。

妇女解放。李大钊的《战后之妇女问题》，陈独秀的《孔子之道与现代生活》，鲁迅的《我之节烈观》，济苍的《妇女与孔子》等文对传统文化进行了重估和批判，揭示其"吃人"的本质。除《新青年》外，其他一些进步期刊如《每周评论》《妇女评论》等也开始用大量篇幅介绍苏俄妇女的状况。妇女问题成为启蒙思想家关注的焦点问题之一，先进的妇女观得到比以往更广泛的传播，新文化运动因而"成了中国'女性'真正意义上的诞生期，促使妇女解放思潮以前所未有的广度和深度渐进展开"。① 女性解放运动有了进一步的发展，形成了中国启蒙话语中妇女解放的一股强劲潮流。正如学者余英时所说，"五四"文化启蒙时代"从'五四'到20年代之初，个性解放、个人自主是思想界、文学界的共同关怀"。②

陈独秀是我国妇女解放运动的先驱者之一，他在《青年杂志》创刊号上发表了译文《妇人观》，宣传在西方社会里妇女不比男子差，甚至某些方面优于男子的观念。不久，他又发表《欧洲七女杰》一文，重点宣传在人类文明史中做出杰出贡献的欧洲妇女，其目的是：一方面，鼓舞中国广大妇女向欧洲女杰学习，从而寻求自身的解放；另一方面，启发时人关心中国妇女的解放和权益。当然，陈独秀并没有停留在宣传西方妇女解放思想的层面，他借鉴西方人文主义"自由、平等、博爱"的观念和资源，对中国文化传统中的封建伦理纲常展开批判，分析封建社会妇女所受压迫的社会根源和阶级根源。他揭示出"儒者三纲之说，为一切道德、政治之大原。君为臣纲，则臣于君为附属品，而无独立自主之人格矣；父为子纲，则子于父为附属品，而无独立自主之人格矣；夫为妻纲，则妻于夫为附属品，而无独立自主之人格矣。率天下之男女，为臣，为子，为妻，而不见有一独立自主之人者，三纲之说为之也"。③ 他认为封建礼教和封建专制文化束缚妇女几千年，"三纲"之伦等封建旧道德是"奴隶道德"，造成了女性的附属品地位，使女性丧失了独立自主的

---

① 张学敏、马超：《梳理与反思：20世纪中国妇女解放思潮与女性文学之互动》，《当代文坛》2016年第1期。

② 余英时：《中国知识分子论》，河南人民出版社1997年版，第151页。

③ 陈独秀：《一九一六年》，《陈独秀文章选编》（上），生活·读书·新知三联书店1984年版，第103页。

人格，也是妇女受压迫的根源。他对封建"三纲"的批判，动摇了封建伦理纲常的道德基础。

吴虞假借他的妻子吴曾兰的名义，于1917年6月1日发表《女权平议》，他呼吁"吾女子当琢磨其道德，勉强其学问，增进其能力，以冀终得享有其权之一日；同男子奋斗于国家主义之中，追踪于今日英德之妇女，而固非与现在不顾国家之政客议员较量其得失于一朝也。呜呼！良妻贤母，固为妇女天职之一端；而生今之世界，则殊非以良妻贤母为究竟"。① 显然专制时代造成了男女的不平等，而中国女子应该向英国和德国的妇女学习，抛弃其"良妻贤母"的天职，提升自己的道德水平和能力，与男子一样为国家奋斗。

鲁迅关注与同情封建社会被损害被侮辱的广大底层妇女，针对封建社会妇女所受压迫和被摧残的状况，在《我之节烈观》《坚壁清野主义》《寡妇主义》《关于女人》等文中愤怒谴责复古分子"表彰节烈"的谬论，批判封建道德中的夫权和封建统治阶级宣扬的奴隶道德；在《娜拉走后怎样》和《关于妇女解放》等文中冷静地打量和深刻地思考社会流行思维对所谓妇女解放成绩的嘉奖和激赏，反思当时妇女解放运动中来自社会、家庭、男性以及女性自身的疏漏、问题与局限，从而凸显出妇女解放的复杂性和艰巨性"以引起疗救"。

李大钊运用马克思主义理论研究中国的基本国情，从中国民主革命的高度来探讨中国的妇女解放问题，深刻地揭示出中国封建社会广大妇女受压迫的经济原因。他指出中国封建社会的伦理、名教、道德、礼仪等规训，使妇女丧失了独立性，完全沦为男子的附庸，"使妻的一方完全牺牲于夫，女子的一方完全牺牲于男子"，② 中国妇女沦为奴隶服从的地位。李大钊从中国妇女受压迫受剥削的现实出发，积极主张在中国开展妇女运动，他认为，"若想真正的'平民主义'在中国能够实现，必须先

---

① 吴曾兰：《女权平议》，《新青年》1917年6月1日第3卷第4号。（文章实为吴虞所写）
② 李大钊：《由经济上解释中国近代思想变动的原因》，朱文通等整理编辑：《李大钊全集》第3卷，河北教育出版社1999年版，第435页。

作妇女解放的运动",① 这是从中国民主革命的总目标出发对妇女解放的必要性进行的阐发。

通过对男女平等、女性人格自由、女性经济独立等观念的提倡,唤起了中国女性自由自主意识的觉醒。一些知识妇女首先破除"男尊女卑"的传统观念,打破封建隔阂,开始公开社交,积极创办妇女刊物,组织女学界联合会等妇女社团,参与讨论妇女问题,加入宣传妇女解放,倡导妇女经济独立,树立男女平等的新观念,提高妇女文化素质的大潮中。其中不乏勇敢的女性以自己切身经历的事例来揭露封建婚姻、家庭对妇女的残酷迫害,反对包办婚姻。更有妇女走向社会自谋职业,尝试实行经济独立。这一切表明妇女的自身素质发生了翻天覆地的变化,自主意识以及社会责任感不断增强,从而撼动了中国封建伦理道德中的男权思想。

"五四"运动中,妇女界还高扬政治责任感,提出了政治性的口号:"外争国权,内惩国贼",许多女学生勇敢地走上街头参加示威游行活动。妇女解放运动与反帝反封建的政治斗争同质、同步地向前发展。

由上述分析可以看出,"五四"新文化运动聚焦"女性问题",痛批封建制度对女性的禁锢和迫害,有力地呼应了社会政治思潮的进步,也使中国妇女因此被动地被启蒙,意识到自身应该享有的权利和责任。可以说,新文化运动对女性回归历史的呼吁和探讨,使中国思想史上第一次泛起了大规模的妇女解放浪潮,对 20 世纪中国妇女解放的现代化进程起到了非常关键的助推作用。

三 "五四"时期妇女解放的特质与影响

启蒙话语中以陈独秀、李大钊、胡适、鲁迅、周作人等为代表的男性精英知识分子,他们通过不同的形式发表言论,传达出对妇女解放的新见解。在他们的启蒙之下,一些感觉敏锐的女性知识精英也积极参与到自我解放的时代洪流之中,以自身的实际言行引领妇女解放的风潮。

---

① 李大钊:《平民主义》,朱文通等整理编辑:《李大钊全集》第 4 卷,河北教育出版社 1999 年版,第 166 页。

启蒙话语中妇女解放思想的倡导主要有两种路径:其一是站在马克思主义的立场上,试图通过社会变革解放妇女,重在强调妇女的阶级性、经济独立和社会解放,以李大钊、陈独秀、李达、陈望道、蔡畅、邓颖超等为代表;其二是站在民主主义的立场上,高扬女性的独立人格和主体精神,以胡适、鲁迅、周作人、吴虞等为代表。[1] 这两种路径,都是站在国家民族的制高点上,共同主旨都是指向社会革新。

(一)通过社会变革解放妇女,重在强调妇女的经济独立和社会解放

启蒙话语中,李大钊、陈独秀、李达、陈望道等最初为激进的民主主义者,后来发展成为马克思主义者。他们既是启蒙话语中妇女解放运动最早的倡导者,也是新文化运动的主要干将,更是中国共产党妇女解放思想最早的奠定者,具有筚路蓝缕的开创之功。起初,他们以民主主义为立场,提倡妇女个性解放、经济独立。后来随着思想认识的进一步提高,他们接受了马克思主义的妇女观,主张走社会解放的道路,呼吁社会关注并尊重妇女,鼓励妇女走出家庭、走向社会,通过社会革命和阶级斗争来实现妇女的整体解放。

1. 提倡妇女恋爱自由,婚姻自主

中国传统的婚姻基本都尊奉着"父母之命,媒妁之言"的规约,这种冷酷且不自主的包办婚姻由封建的生产关系所决定,完全建立在封建经济基础之上,无情地剥夺了妇女的婚姻自由权,对此启蒙先驱者无一例外地都持批判的态度。李大钊认为当时社会造成人生不幸的最大缺陷就是婚姻制度,他把家庭与女性人生悲剧的根源归结为"婚姻不自由"的结果。因此,他认为女性应该拥有自由自主的权利,这里的自由首先包含着追求恋爱的自由权,而婚姻则应该是自由恋爱的结晶,他强调"夫婚姻既以恋爱为唯一之条件,则其自由之权,当一操之本人,乃为天经地义不可或违",故而,他期望青年男女应该"得循其自然之良知,秉其纯洁之真情,以自创一高尚美满之境遇,自造一温柔和乐之家庭"。[2]

---

① 张学敏、马超:《梳理与反思:20 世纪中国妇女解放思潮与女性文学之互动》,《当代文坛》2016 年第 1 期。

② 李大钊:《不自由之悲剧》,朱文通等整理编辑:《李大钊全集》第 2 卷,河北教育出版社 1999 年版,第 668 页。

陈独秀更是严厉地批判封建婚姻制度"不合情理",认为中国的婚姻都是由"父兄做主","强逼成婚"的,而不是"男女相悦、心服情愿"。① 就传统婚姻观念而言,他认为最可恶的坏风俗便是"女人死了,男人照例可以续弦,人人不以为奇。男人死了,女人便要守寡,终身不能再嫁"。② 因而他强烈主张破除封建礼教对妇女婚姻的束缚,支持男女实行自由自主的婚姻。为建立新型的婚姻模式,他主张应该学习西方,给予男女自主结婚的权利和离婚的自由。而恽代英的《结婚问题之研究》、俞平伯的《现行婚姻底片面批评》等,也认为推行婚姻自由是妇女解放要解决的首要问题。

青年时代的邓颖超在马克思主义妇女观的影响下,很早就认识到女性应该打破传统婚姻的束缚,追求幸福的自由婚姻。1923 年 3 月,与她情同姐妹的张嗣婧被封建婚姻逼迫致死后,邓颖超撰写文章沉痛地追悼并呼吁女子"应当据理力争,总期跳出'父母之命'的锁缚,打破卖买式的圈套,以谋生活的愉快与前途的幸福"。③ 因此她鼓励女性:"新人生,新事业,新天地,新光明……全是凭人的力量,人的努力,和勇敢创造的精神去采求开垦得来的,不是天赋的,不是命定的。亲爱的姊妹们! 起哟! 勇敢的起来,作一个真独立的'人'吧!"④ 希望女性积极斗争,打破封建的束缚和牢笼,靠自己赢得自身的幸福生活,实现女性自身的解放。

2. 倡导妇女经济独立,并形成独立自由的人格

倡导妇女要经济独立,并形成独立自由的人格,这是启蒙思想家给中国妇女解放提供的新经验。陈独秀在瞩望青年而又改造青年国民性的《敬告青年》中说:"解放者云,脱离夫奴隶之羁绊,以完其自主自由之

---

① 陈独秀:《恶俗篇》,《陈独秀文章选编》(上),生活·读书·新知三联书店 1984 年版,第 25 页。

② 陈独秀:《恶俗篇》,《陈独秀文章选编》(上),生活·读书·新知三联书店 1984 年版,第 30 页。

③ 颖超:《姐妹们起哟!》,董振修编著:《青年邓颖超的道路》,天津社会科学院出版社1992 年版,第 20 页。

④ 颖超:《姐妹们起哟!》,董振修编著:《青年邓颖超的道路》,天津社会科学院出版社1992 年版,第 22 页。

人格之谓也"。① 此论颇能代表启蒙知识分子对新国民自主人格的设计，每个人都有自主的权利，绝没有奴役他人的权利。而"中国妇女，第一必须取得法律家所谓'自然人'的资格，然后才能够说到别的问题，才能够说到和别的人同等权利"。② 他从尊重个体的"人"的角度，指出了实现"男女平等"，提高妇女地位，首先要把妇女作为独立的"人"来看待的主体性思想。在把女性问题和社会主义联结起来分析时，陈独秀进一步指出妇女问题归根结底都是由经济不独立造成的，而经济的不独立又造成了女性人格的不独立，他说:"中国社会上的女子，无论从父从夫，都没有独立的人格，靠父养的，固没有人格，靠夫养的，也没有人格。所以女子丧失人格，完全是经济的问题;如果女子能够经济独立，那么必不至于受父、夫的压迫"。③ 男权社会的私有制的确是形成妇女经济不独立的根源，所以，他把鼓励妇女参加社会生产劳动作为培养妇女独立自主的有效途径，而让妇女参加社会生产劳动是为了获得经济的独立，妇女只有经济独立了，才能真正成为独立自主的个体。

李达在《女子解放论》一文中也表达了类似的观念:"女子的地位，常随经济的变化为转移。女子也是'人'，就当为生产者。这是社会所必需的经济要素，是左右个人的重要问题"。女子"果能如此有经济独立的能力，则婚姻的结合，以爱而不以利，男子自然承认女子的价值，真正改变态度，抛弃特权。男女间一切不平等的道德与条件，也可以无形消灭了"。④ 指出实现经济独立是消除男女不平等现象和实现女子自我解放的根本途径。陈望道更是把社会问题都归结为"经济问题"，他说:"'经济问题'四字的意义就是人人有劳动权，人人有生存权"，⑤ 这是用马克

---

① 陈独秀:《敬告青年》，《陈独秀文章选编》(上)，生活·读书·新知三联书店1984年版，第74页。

② 陈独秀:《我的妇女解放观》，《陈独秀文章选编》(中)，生活·读书·新知三联书店1984年版，第114页。

③ 陈独秀:《妇女问题与社会主义——在广东女界联合会演辞》，《陈独秀文章选编》(中)，生活·读书·新知三联书店1984年版，第105页。

④ 李达:《女子解放论》，《解放与改造》1919年10月，第1卷第3号。

⑤ 陈望道:《〈妇女评论〉创刊宣言》，《恋爱·婚姻·女权·陈望道妇女问题论集》，复旦大学出版社2010年版，第106页。

思主义的观点来解释经济独立的实质，把经济独立和劳动权、生存权结合起来，将其提到人权的高度予以认识和讨论。刘清扬从女性的切身利益出发，她的思考无疑更具有现实针对性。她认为："经济独立，为谋女子解放的前提。但女子要想经济独立，除开发职业外，别无他计"，"女子职业，对于解决女子解放问题有莫大的助力"，① 因为女子有了职业作为保障和支撑，其经济才能够独立，才能够服务于社会并获得自身的解放。

3. 争取妇女的政治参与权，走社会解放和妇女解放相结合的道路

作为中国马克思主义的最早传播者，陈独秀运用马克思主义的妇女观作为指导思想，探索中国妇女解放的方法和路径。他把女子得到选举权和参与社会解放作为获得公民身份的第一要义，认为女子参政与国家文明有着直接关系。他说："妇人参政运动，亦现代文明妇人生活之一端"。② 他还从进化论的角度认识到"女子参政运动，求男权之解放"。③ 在 1921 年 1 月广东女界联合会演说中，他将妇女解放与社会解放相联系，认为"讨论女子问题，首要与社会主义有所联络，否则离了社会主义，女子问题断不会解决的"。④ 高屋建瓴地指出社会主义制度是妇女解放的最终归宿。为了实现社会解放的目标，陈独秀特别关注中国劳动妇女的生存状况，指出要将妇女运动的重心转向劳动妇女的解放上，把阶级斗争作为实现社会主义的手段，要同时进行劳动解放与阶级解放，从而果断地提出了中国的妇女解放必须与社会主义革命相结合的科学论断。

李大钊是在世界性的广阔视域里探讨妇女解放问题的，他充满希望地看到现代的中国适逢一个妇女解放的时代："二十世纪是被压迫阶级底

---

① 刘清扬：《女子职业问题》，《妇女日报》1924 年 1 月 26 日。

② 陈独秀：《孔子之道与现代生活》，《陈独秀文章选编》（上），生活·读书·新知三联书店 1984 年版，第 154 页。

③ 陈独秀：《敬告青年》，《陈独秀文章选编》（上），生活·读书·新知三联书店 1984 年版，第 74 页。

④ 陈独秀：《妇女问题与社会主义——在广东女界联合会演辞》，《陈独秀文章选编》（中），生活·读书·新知三联书店 1984 年版，第 25 页。

解放时代,亦是妇女底解放时代;是妇女寻觅伊们自己的时代,亦是男子发见妇女底意义的时代"。① 因此,妇女应该享有政治参与权利,"妇女参政是为有组织的妇女所提出的最急进的要求",② 妇女要实现解放当务之急是要解决妇女受教育的问题,还要建构平等、相依、互助的男女两性之间的愉快关系。李大钊还指出了劳动妇女运动的发展在世界妇女解放运动中的重要性,主张全世界无产阶级妇女联合起来,把阶级斗争与实现妇女解放紧密关联:"我以为妇人问题彻底解决的方法,一方面要合妇人全体的力量,去打破那男子专断的社会制度;一方面还要合全世界无产阶级妇人的力量,去打破那有产阶级(包有男女)专断的社会制度"。③ 认为把妇女解放和社会解放两种形态结合起来才能彻底变革"半身不遂"的社会和文明。

中国妇女解放运动的先驱者蔡畅,非常敏锐地发现妇女问题的根源是私有制的存在。早在 1925 年,她发表了《苏俄之妇女与儿童》一文,指出"妇女的一切痛苦,均是由于现在私有制度"。④ 她从阶级分析的层面出发,指认了妇女遭受压迫的根源。李达在《妇女评论》上发表的《女权运动史》也非常著名,在文中他重点介绍并赞扬了苏俄的妇女解放运动,还介绍了欧洲资本主义国家的妇女解放运动,以此来激励中国的妇女们团结起来争取自身的解放,这不仅有力地促进了马克思主义妇女观在中国的传播,而且有力地引导着"五四"启蒙时期妇女解放思潮的发展走向。

(二)站在民主主义的立场上,高扬女性主体精神和独立人格的妇女解放思想

以胡适、鲁迅、周作人、罗家伦、陈衡哲、冰心、冯沅君等为代表

---

① 李大钊:《现代的女权运动》,朱文通等整理编辑:《李大钊全集》第 4 卷,河北教育出版社 1999 年版,第 9 页。

② 李大钊:《现代的女权运动》,朱文通等整理编辑:《李大钊全集》第 4 卷,河北教育出版社 1999 年版,第 10 页。

③ 李大钊:《战后之妇人问题》,朱文通等整理编辑:《李大钊全集》第 3 卷,河北教育出版社 1999 年版,第 169 页。

④ 蔡畅:《苏俄之妇女与儿童》,中华全国妇女联合会编:《中国妇女运动历史资料(1921—1927)》,人民出版社 1986 年版,第 319 页。

的启蒙话语中的知识精英们大都学贯中西，他们在探讨妇女解放问题时一个普遍的特点就是：借用西方人文主义的思想资源，开始从"人"的解放的高度认识妇女解放，在发现"人"的同时发现了"女性"。他们指出妇女解放本质上就是人的解放，把妇女解放的程度看作社会文明程度的重要标尺之一。

1. 打破贞节观念，解除旧道德对妇女的精神束缚

受私有制和父权制观念的影响，传统观念里把妇女的贞节看得远远高于妇女的生命。所以启蒙话语中首先展开对于妇女贞操问题的讨论。1918 年 5 月，周作人翻译并发表日本女学者与谢野晶子的《贞操论》，借此表达他对贞操观念的看法。事实上，该文的翻译时间是 1915 年 11 月，之所以此时发表，作者在译文的前后各写了一段话加以说明，原因是《新青年》刊载了几篇关于讨论"女子问题"的文章后又陷入沉寂，于是为了让已经醒悟到"女子问题"是国家和社会的大问题的少数先觉者了解日本先觉者的言论，给他们提供研究女子问题的"参考"，所以特意刊发了该文。从这里我们看到了周作人先生清醒的启蒙意识、翻译意图和借此表达的贞操观念，他说："我对于贞操，不当他是道德，只是一种趣味，一种信仰，一种洁癖。既然是趣味信仰洁癖，所以没有强迫他人的性质。我所以绝对的爱重我的贞操，便是同爱艺术的美，爱学问的真一样；当作一种道德以上的高尚优美的物事看待"。① 周作人非常赞同与谢野晶子的贞操观，主张女子要成为一个个体的自由的人而存在。他认为如果遵守贞操，能让女性的生活更加改善，达到"真实、自由、正确、幸福的境地"，即使社会强迫个人也是可以遵守的，反之对女性的生活有百害而无一利，只能弃置不守。很明显周作人站在启蒙主义和个性解放的立场上推介进步的贞操观念。而胡适紧随其后激烈反对残害妇女的精神枷锁——贞节观，呼吁全社会应打破"处女迷信"。在他的一系列文章中②探讨女子问题，从男女平等的角度出发，驳斥了传统的"饿死事小，

---

① 周作人此论见译文之后的一段说明。［日］与谢野晶子：《贞操论》，周作人译，《新青年》1918 年 5 月 15 日第 4 卷第 5 号。

② 胡适在周作人发表《贞操论》之后，发表了《贞操问题》《论女子为强暴所污》《论贞操问题》《女子问题》等声援周的观点，社会反响比较大。

失节事大"的男权专制的贞节观,他认为"贞操是男女相待的一种态度;乃是双方交互的道德,不是偏于女子一方面的"。① 他对封建的贞操观的批判是基于一种新的以爱情为基础,遵从男女平等的观念进行的。针对封建社会妇女受压迫摧残的悲惨状况和北洋军阀政府鼓吹的"褒扬节烈"的谬论,鲁迅的《我之节烈观》一文断言,"节烈"是"极难,极苦,不愿身受,然而不利自他,无益社会国家,于人生将来又毫无意义的行为,现在已经失了存在的生命和价值"。② 当然,他关于妇女上了"历史和数目的无意识的圈套,做了无主名的牺牲"这一对中国妇女"生命和价值"③ 的侵害的揭示,以及后来提出的"解放了社会,也就解放了自己"④ 的光辉论断,把妇女解放道路同反封建斗争结合在一起思考,警醒世人,妇女要想获得彻底的解放,还要推翻传统恶势力和封建统治秩序,推翻封建思想体系在极力维持的封建伦理秩序。这样的考量远远超出了其他人所探讨的视野。

2. 从个性解放的角度倡导女人"自立"

启蒙话语中,妇女解放的倡导者们无一例外地采纳西方个性解放的思想资源,来启发中国妇女思想的觉醒。胡适在《美国的妇人》一文中认为中国妇女应该学习美国妇女的"自立"精神。中国传统中"男子治外,女子主内"的文化心理,使中国女子都习惯于做社会认可的"良妻贤母",他把美国女子的家庭生活和所作所为与中国女子比较后,断然呼吁中国女子:"我是堂堂的一个人,有许多该尽的责任,有许多可做的事业。何必定须做人家的良妻贤母,才算尽我的天职,才算做我的事业呢?"这是胡适所赞赏的一种不同于中国传统的超于"良妻贤母"的人生观,他说"这种'超于良妻贤母的人生观',换言之,便是'自立'的观念"。在举证了美国女子接受教育、从事社会事业、婚姻关系和家庭生活的实例之后,胡适认为要养成这种自立的精神,需全靠教育。所以,

---

① 胡适:《贞操问题》,《新青年》1918 年 7 月 15 日第 5 卷第 1 号。

② 鲁迅:《我之节烈观》,《鲁迅全集》第 1 卷,人民文学出版社 1981 年版,第 124—125 页。

③ 鲁迅:《我之节烈观》,《鲁迅全集》第 1 卷,人民文学出版社 1981 年版,第 125 页。

④ 鲁迅:《关于妇女解放》,《鲁迅全集》第 4 卷,人民文学出版社 1981 年版,第598 页。

胡适倡导女子接受教育，参加政治活动以及社会改良方面的公众活动，女子同男子一样有在社会上谋求自由独立生活的权利，最终的结果是"渐渐地造成无数'自立'的男女，人人都觉得自己是堂堂的一个'人'，有该尽的义务，有可做的事业。有了这些'自立'的男女，自然产生良善的社会"。①

为了把妇女培养成独立的人，胡适提倡妇女放足，在《敬告中国的女子》《祝贺女青年会》等文中痛批："我们把女人当牛马套了牛轭，上了鞍辔，还不放心，还要砍去一只牛蹄，剁去两只马脚，然后赶他们去做苦工！"② 他认为缠足会让妇女坐立不稳、血脉不行，影响生育，不仅摧残了妇女的身体，缠足还使妇女行动艰难，做事不便。而废除缠足是从肉体上解放妇女，也是把女人当人看的开端。陈衡哲是启蒙语境中最早起来追求男女平等、探讨妇女解放问题的女性知识精英，在《妇女问题根本谈》中她认为女子解放的根本意义既不是用"个性"压倒"女性"，也不是用"女性"压倒"个性"。她主张新女性应该具备新时代常识，学会某种知识技能，有健康的心理和独立的人格才能为社会做出贡献。

3. 鼓励妇女追求独立人格和作为"人"的自觉

胡适从民主主义知识分子的启蒙立场出发倡导妇女解放，在妇女问题上他很崇尚妇女的价值和地位，认为女性解放的关键是使妇女追求独立人格和个体的自由。他借《玩偶之家》和《终身大事》来宣传他的妇女解放思想。话剧《终身大事》中女主角田亚梅是中国现代文学中的第一个娜拉，在她身上寄托了胡适心目中的现代理想女性人格，田亚梅的出走意味着"女主人公要出走的父亲之家，与要建立的新家，在胡适文本的潜在话语中，分别代表了两种不同的文化形态和价值取向：前者代表传统宗法制度以及专制、迷信等旧文化；后者代表新文化，被无条件地想象为反抗专制的个性主义者胜利的归宿"。③ "娜拉"们"出走"寓

① 胡适：《美国的妇人》，《新青年》1918 年 9 月 15 日第 5 卷第 3 号。
② 胡适：《祝贺女青年会》，《胡适文存》（3），华文出版社 2013 年版，第 523 页。
③ 杨联芬：《新伦理与旧角色：五四新女性身份认同的困境》，《中国社会科学》2010 年第 5 期。

指她们已经争取到了初步的个人自由,而"走后怎样"则延续着妇女解放的一个真正议题,因为当时社会没有给妇女提供她们能够自由生存的机会与空间,这就成了后来鲁迅先生着力论辩的一个话题。

周作人等也极力尊崇并鼓励妇女追求独立人格和作为"人"的主体意识的觉醒,他认为:"中国妇女运动之不发达实由于女子之缺少自觉,而其原因又在于思想之不通彻",[①] 他主张通过思想改革来达到女性觉醒的目的。而叶绍钧探讨"女子人格问题"时也呼吁:"女子自身,应知道自己是个'人',所以要把能力充分发展,做凡是'人'当做的事。又应知道'人'但服从真理,那荒谬的'名分''伪道德',便该唾弃他,破坏他"。[②] 女作家苏雪林早在 1919 年 10 月 1 日《晨报副刊》上发表的《新生活里的妇女问题》一文中,悲愤地控诉旧社会妇女所过的非人生活,号召人们把妇女同胞从旧社会中拯救出来,让妇女过上"人"的生活。冯沅君 1920 年 4 月在就读的北京女高师内部刊物《文艺会刊》发表的《今后吾国女子的道德问题》中,分析批评了中国旧式女子"不中用"的原因是受"三从四德"旧伦理道德束缚迫害的结果,指出理想的女性应该建立新道德规范,具有"独立"与"自主"的个性品格。

这一时期的宗白华也非常关注妇女问题,但他的倡导显然与上述言论主张的面向不同,他是以"创造少年中国"为宗旨提倡妇女应该养成健全发展的人格。在 1919 年 10 月 15 日刊出的《理想中少年中国之妇女》一文中他认为一个"隆盛"的少年中国应该是一个由具有健全人格的男女所共同组成的国家,而妇女人格的高低则决定着国家社会及其风俗思想的"隆污","吾人理想中少年中国之女子,即有健全人格高尚人格之妇女而已"。[③] 为了培养妇女健全高尚的人格,他主张应当通过"精神之教育"的方式,使妇女养成并符合"崇尚实际人格,不慕虚荣""研

---

① 周作人:《妇女问题与东方文明等》,止庵校订:《永日集》,北京十月文艺出版社 2011 年版,第 103 页。

② 叶绍钧:《女子人格问题》,《新潮》1919 年 2 月第 1 卷第 2 号,第 259 页。

③ 宗白华:《理想中少年中国之妇女》,《宗白华全集》第 1 卷,安徽教育出版社 1994 年版,第 83 页。

究真实学术，具世界眼光""真诚热烈之心胸""优美，高尚之感情"与
"强健活泼之体格"[1] 等五个方面的标准，而具备了如此"意志与感情"
完全发展的女子才能与男子同享社会政治上同等的平等权利。宗白华心
目中理想中国女子的构想为改良社会并助益妇女解放提供了一种纯粹而
又颇为前瞻的思路，尽管这样的思路在当时的语境的确是曲高和寡。

4. 关注妇女的受教育权和经济权利

早在维新语境中，我国先进的知识分子就已经意识到教育在女子反
抗旧制度、旧道德，争取独立中承担着重要的作用，进入启蒙时期，"五
四"知识精英无一例外地都强调教育在女性思想启蒙、伦理革命中具有
的不可替代的作用。蔡元培把女性与男性看作一样地位的公民，认为女
性应该享有与男子同等的权利和义务。在他看来"革命精神所在，无论
其为男为女，均应提倡，而以教育为根本"，[2] 对女子而言"女学固养成
完全独立之人格"，[3] 通过女学中的"体育""智育"和"德育"可以培
养具有"完全人格"的女性，所以他极力地提倡女子接受教育，而且他
所担任校长的北京大学首先开女禁，实行男女同校，对推进妇女解放运
动具有里程碑的意义。同样，为了促进社会的发展，胡适认为女子解放
是女子教育的解放，[4] 他希望通过教育使妇女明白独立自由的道理，恢复
独立人格，实现自身的价值。罗家伦在他主编的《新潮》杂志刊发头条
文章《妇女解放》专门探讨妇女解放的相关问题，他认为"妇女解放"
"就是世界上可怜的妇女，受了历史上社会上种种的束缚，变成了男子的
附属品——奴隶——现在要打开这种束缚，使她们从'附庸品'的地位，
变成'人'的地位；使她们做人，做她们自己的人"。[5] 在启蒙精神的烛

---

① 宗白华：《理想中少年中国之妇女》，《宗白华全集》第 1 卷，安徽教育出版社 1994 年
版，第 83—85 页。

② 蔡元培：《在爱国女学校之演说》，中国蔡元培研究会编：《蔡元培全集》第 3 卷，浙江
教育出版社 1997 年版，第 7 页。

③ 蔡元培：《在爱国女学校之演说》，中国蔡元培研究会编：《蔡元培全集》第 3 卷，浙江
教育出版社 1997 年版，第 10 页。

④ 胡适：《女子解放从那里做起?》，欧阳哲生编：《胡适文集》第 11 卷，北京大学出版社
1998 年版，第 33 页。

⑤ 罗家伦：《妇女解放》，《新潮》1919 年 10 月第 2 卷第 1 号，第 1 页。

照下他把妇女独立人格的形成视为妇女解放的本质，把改良社会作为最终的目的。据此，他提出了施行妇女解放的根本办法：第一步是教育，第二步是妇女的职业解放，第三步是儿童公育问题。通过实行这三个步骤来保障妇女参与到社会和经济中，从而改善妇女地位，促进男女平等。他还认定妇女解放最好由妇女自己来实施："妇女固然应当解放，而妇女解放尤赖妇女自己解放起!"① 呼吁妇女自己组织起来探讨自己切肤的问题，切实争取自身的解放。

　　总之，启蒙话语中的知识精英们，从保障个体权利与个性解放的角度解读妇女解放，打破封建礼教对妇女的精神压迫，提倡恋爱自由、婚姻自主，为中国的妇女解放提供了丰富的话语资源。在他们的呼吁之下，女子独立自由、教育平等、个性解放等新思想渐渐深入人心，从而唤起了沉睡的中国知识女性，使之觉醒并投身到暗流涌动的妇女解放潮流之中。但启蒙话语中的妇女解放思潮触动和影响的主要是城市知识女性，她们由于有条件接受思想启蒙，所以开始尝试着自由恋爱，甚至冲出家庭的藩篱，争取个性解放、婚姻自由，按照自己的意志实现自我价值，开创了妇女解放的新局面。但对于绝大多数底层妇女而言，所谓"个性解放、人格独立"的启蒙话语，于她们基本上是无关无涉的。

第二节　启蒙话语中的女性形象与文学表达

　　"五四"启蒙语境中先觉者的妇女解放思想激荡并启迪着一大批女性作家"浮出历史地表"，通过她们的创作，与妇女解放思潮形成了互联互动的文学景象。陈衡哲、庐隐、冰心、石评梅、冯沅君、苏雪林、凌叔华、陆晶清等是其中的佼佼者，她们第一次发出属于女性群体自己的声音，掀起一场以追求个性自由、人格独立为特征的女性文学大潮。她们在文本中自由抒写女性，尤其是知识女性在新旧交替的时代风云中的命运沉浮以及她们内心的苦闷与哀伤。她们既有和男作家一样反传统、反

---

① 罗家伦：《妇女解放》，《新潮》1919 年 10 月第 2 卷第 1 号，第 20 页。

封建、争民主、求自由的文字表达，更有独属于自己的关于社会、关于历史、关于家庭与爱情，关于这个特殊性别群体长期以来被忽视、被压抑的内心声音。后者我们将之称作"女性意识的觉醒"。学者乔以钢认为"从女性主体的角度来说，女性意识可以理解为包含两个层面：一是以女性的眼光洞悉自我，确定自身本质、生命意义及其在社会中的地位；二是从女性的角度出发审视外部世界，并对其加以富于女性生命特色的理解和把握"。① "五四"女作家在文学文本中从女性的角度出发主张人格独立、人身自由、个性解放，将富于主体精神的女性意识渗透在创作中，塑造了许多多姿多彩的女性形象，实现了对传统女性文学的革新和超越，拓展了女性文学的主题空间和表达空间。

一　多姿多彩的女性形象：淑女——怨女——叛女

随着中国现代教育尤其是高等教育的发展，出现了第一代知识女性，她们在西方现代思想的熏染之下，作为独立个体的性别意识被唤醒并得到激发，于是将她们反封建、反奴役、反压迫、寻求妇女解放的诉求诉诸文学书写之中，塑造了新旧交替、新旧碰撞时代不同类型的女性形象，她们的创作已然成为 20 世纪初期中国文学中一道最为绚丽的"彩虹"。

（一）淑女

"五四"女性文学区别于传统女性写作的一个鲜明特质是一以贯之地形塑时代新观念撞击下新式女性的诉求和努力，但写作本来并不是单一机械的重复，我们通常看到由于女性作家自身经历和阅历的不同、审视社会现实的立场和角度的不一，故而她们笔下呈现出完全不同的两类淑女形象：一是传统思想浸染与规约下的"旧式淑女"；二是新旧观念交融的"新式淑女"。"旧式淑女"们基本上都活在"过去"的传统之中，被根深蒂固的旧制度、旧礼俗与旧观念拘囿和奴役，被妇德、妇言、妇容与妇功规训；而"新式淑女"是现代思想意识熏陶下想走出传统而又冲不破观念藩篱的亦新亦旧的女性，她们事实上是"良妻贤母"形象的重

---

① 乔以钢：《论中国女性文学的思想内涵》，《南开大学学报》2001 年第 4 期。

现与延展。这两类形象不仅是"五四"女性写作的集中发力点,对于这两类形象的探讨亦是对女性的角色定位问题和女性之为个体的"人"的问题的探寻与思考。

在以充满人道的"爱的哲学"为其文学内核的冰心的创作中,《六一姊》不着痕迹地塑造出连自己的名字都不愿意拥有的旧式淑女"六一姊"的形象。她本来是一个爱笑、天真、羞涩且拥有一双天足的少女,可是受生长环境的濡染和传统观念对女子规约的影响,她在长大的过程中逐渐地背离了女孩天性自然的属性而刻意把自己打造成了一个符合世俗审美理想和道德规范的形象,她的"嘉言懿行"使她获得了女伴们的夸赞"看她妈不在家,她自己把脚裹得多小呀!这样的姑娘,真不让人费心。"① 人情练达、勤俭温柔的"六一姊"获得凡俗世界对她形象和存在认可的同时也失去了自己,也因此没有摆脱"泯然众人矣"的女性宿命,当然冰心对她所持的情感始终是爱之、敬之而又赞誉有加。

而冯沅君却站在反思与批判的立场上塑造《贞妇》中何姑娘这一典型的旧式淑女形象。她丈夫喜新厌旧已经再娶,她被夫家休回,在娘家又不能见容于哥嫂,拒绝再嫁的她怀抱着"生是慕家人,死是慕家鬼,……只要……他让死在他家,就算他有良心了。像我这样没福的人还想啥名利"② 的定见执意守贞,拖着重病之身为慕家老太太守丧,四天后去世,终于赢得一个"节妇"的空名。小说真切细腻地呈现出远离现代文明熏染的淑女何姑娘令人唏嘘的愚节痴守,写出了她无地生存的悲惨命运和已经内化为骨子里的奴隶意识。

同样,凌叔华小说《绣枕》里的大小姐也是活在过去岁月里的旧式淑女。她怀揣对美好婚姻的希冀,把自己的终身大事寄托在精心绣制的漂亮靠垫上,光是凤凰的尾巴就用了四十几种彩线绣成。大小姐期望自己日夜劳心绣成的一对靠垫被父亲送到白总长家后,缘此而引起白总长家二公子的青睐,以成就自己嫁入豪门获得好姻缘的梦想,为此,她甚

---

① 冰心:《六一姊》,卓如编:《冰心全集》第 2 卷,海峡文艺出版社 1994 年版,第 151 页。

② 冯沅君:《贞妇》,《冯沅君创作译文集》,山东人民出版社 1983 年版,第 70 页。

至"夜里也曾梦到她从来未经历过的娇羞傲气，穿戴着此生未有过的衣饰，许多小姑娘追她看，很羡慕她，许多女伴面上显出嫉妒颜色"。① 但靠垫送往白总长家后并没有引起主人足够的注意与爱惜，当晚就被醉酒的客人弄脏随意地糟践与弃置，最后颇具反讽地又辗转回到张妈女儿的手里，大小姐看到自己当初的心血被剪裁成两片残缺的枕头顶儿，只能在满腔的惆怅和失落中枯寂寥落下去。在追求自我现代意识和价值的"五四"时代，绣枕的遭际无疑与旧式淑女的命运形成了异质同构的隐喻关系。

不过，"五四"女性文本中许多在妇女解放新思想影响之下的新式淑女形象，显然与上述旧式淑女形成比照的同时，更凸显出女性作家刻意引领启蒙话语中妇女解放诉求的预设和尝试。因而一如陈衡哲《一只扣针的古事》中的西克夫人，冰心《别后》中的宜姑、《第一次宴会》中的瑛，凌叔华《花之寺》中的燕倩等女性形象，她们多是温柔、淡雅、沉静、端庄、服从、柔顺的典型形象，一方面经历了"妇女解放"思想的洗礼，有自己的思想和主张；另一方面又遵从"为人女""为人妻"与"为人母"的传统原则，在现代家庭生活中以新的表现方式演绎出新的女性角色。在这一创作实践中，冰心的《两个家庭》颇具个案认知价值，其构建出两个新式家庭的典型：一个是我的三哥家，另一个是陈华民家。在这两个新式家庭里，理想淑女亚茜受过新式教育，她贤淑、温良、勤谨，把家里收拾得静雅而"洁净规则"，就像一个小乐园，她不仅家政勤敏，还帮丈夫做翻译；而与之对照的陈太太"家政散漫"，家里常常凌乱无章、儿啼女哭，她不教育子女，天天出门应酬宴会，致使丈夫陈先生"好闲纵酒"、自暴自弃、抑郁而死。冰心有意把亚茜和时时在口头宣扬男女平权、要获得男子尊重的陈太太并置对照，意在阐释"家庭的幸福和苦痛，与男子建设事业能力的影响"。三哥家庭幸福，促进了他事业的发展；而陈华民由于家庭痛苦，导致事业萎败。可见女子是否接受过教育，是否是一位"良妻贤母"，决定着家庭的幸福与否，也关涉着丈夫事业的兴旺发达，而且从结尾"我"母亲对陈太太未来的忧虑之语"总是

---

① 凌叔华：《凌叔华文存》（上），四川文艺出版社 1998 年版，第 57 页。

她没有受过学校的教育，否则也可以自立"，以及三哥的回答"靠弟兄总不如靠自己"的言说，我们可以发现，冰心在此文中非常敏锐地提出了妇女如何解放的命题:女子不能完全抛弃传统女性所具有的美德，要正确地理解女权，女子接受教育，这样不仅会形成良好的教养，而且可以帮助女性独立，从而对男性的事业有直接的建设作用。小说通过对两个新式家庭的对比，探讨一个家庭之中女子应该扮演怎么样的母亲和妻子的角色问题，切入了妇女解放的命题。

　　显然，冰心所塑造的亚茜式的"新式淑女"就是她心目中所呼唤与期许的新"良妻贤母"型的理想女性，甚至在后来的 20 世纪 40 年代初，冰心回忆自己的母亲时还在申述:"关于妇女运动的各种标语，我都是同意，只有看到或听到'打倒贤妻良母'的口号时，我总觉得有点逆耳刺眼。当然，人们心目中的'妻'与'母'是不同的，观念亦因之而异。我希望她们所打倒的，是一些怯弱依赖的软体动物"。[①] 冰心对新型"贤妻良母"观的建构，吸收了传统文化中女性的理想范式的积极元素，更吸收了当时女学界关于妇女解放思想的精华，把传统思想和现代观念融会贯通起来，建构了具有中华民族传统美德和现代自由平等观念的新"贤妻良母"形象。不过，在"五四"启蒙主义大潮中，在女性开始觉醒的时代，我们也应看到，亚茜形象所体现的男性启蒙者倡导的解放了的妇女应有的贤妻良母式范型其实传达的是男权的观念，他们既想要女性做"新式淑女"出得厅堂，又能够作为一个家庭妇女而下得厨房，却不愿女性走出家门成为社会的一分子。对于亚茜式的女性自身而言，她们似乎也并不希望真正走向社会，因为假若她们走出了家庭，可能也会遭遇《伤逝》中子君的困惑和迷失，不知道自己在社会上究竟能够担当一个怎样的角色，她们也许会再一次回到家庭，如果这样"良妻贤母"们终究会被"家"窒息而死。在这样一个新旧观念激烈碰撞的时期，人们关于妇女解放的思维观念其实往往是十分矛盾的。

---

① 冰心:《我的母亲》，卓如编:《冰心全集》第 3 卷，海峡文艺出版社 1994 年版，第 195 页。

（二）怨女

如果说"淑女"形象在由传统向现代的演进中更多地扮演着包容、调和、适应、服从的角色的话，那么还有许多女性文本在揭示女性不幸境遇的过程中塑造了一系列的怨女形象，这一类形象大多对自身悲戚的命运表达出叹惋和幽怨，因而都是感伤、不满、颓丧、抑郁的矛盾角色，作者借此揭示出女性屈辱、痛苦的生存本相，通过她们来控诉社会，并试图为女性寻找现实的活路和生路。

在"五四"作家群中，最擅长写女性之"怨"的当属庐隐，她总是以悲哀倾诉者的身份出场，带给人秋风秋雨般的萧瑟颓败之感。她笔下的女主人公一方面被个性解放的春风所唤醒，开始冲破重重封建藩篱而追求人格独立与婚姻自由；另一方面梦醒了却不知路在何处，处于寻路无路彷徨犹豫的漂泊状态。其短篇《或人的悲哀》《丽石的日记》和中篇《海滨故人》里书写"五四"落潮后的女性，丧失独立人格后的迷惘、失望、苦闷的精神世界。她们从封建壁垒中挣扎而出，要求个性解放，追求自由爱情，但在复杂险恶的社会环境面前又无法实现其理想，只能重新沦落为男性的附庸，依然扮演着新时代新怨女的角色。《或人的悲哀》中，亚侠苦苦探求"生命的究竟"这一人生的意义问题，想以此选择一条有意义的生活道路，以此挥洒出生命的热量。然而现实生活中她却疾病缠身，有妇之夫叔和不断对其进行骚扰和纠缠，当她得知"曾决心要为主义牺牲"的唯逸抑郁而死之后，她丧失了对生的希望，决定从此"游戏人间"，可悲的是她却终究被人间"游戏"，最终选择沉湖自尽。《海滨故人》里的姐妹们，学得了新知识，思想也获得了解放，但仍然无法面对人生问题，莲裳、宗莹、玲玉相继嫁人；云青本来中意于蔚然，但迫于父母的压力不敢自主，只能牺牲自己的幸福终日与佛经相伴；而露莎与梓青心意相通的爱情，由于俗世的羁绊却久久没有归宿……时代留给她们的终究是困惑、悔恨乃至死亡。可见，露莎和亚侠这些被解放了的时代女性，依然忧郁惆怅、行事多所顾忌，对世界充满着失望和矛盾，对未来充满了迷茫和困惑，加之理想爱情的缺失或者困窘，使她们游离于事业和家庭之间，彷徨于实现自我和传统束缚之间。这些独特的怨女群落，成了一个时代的影像，从她们杜鹃啼血的悲声里，庐隐让我们"听到了'五四'运动以后中国知识妇女要求个性解放、追求理想境界的心声。"① 她的长篇小说《象牙戒指》以她的好友石评梅与早期中国共产党人高君宇的爱情悲剧为原型，更是典型地反映了"五四"时代青年男女"矛盾而生，矛盾而死"的复杂心理，小说中男女主人公（曹子卿和沁珠）所信奉的"冰雪友谊"，实际上是残酷现实中的幻影，而美丽的"象牙戒指"则实实在在地禁锢了她们的灵魂，使其自讨苦吃终其一生。《象牙戒指》借朋友之悲剧发出了庐隐自己无可奈何的悲鸣，可谓"借别人的酒杯浇自己的块垒"。

在冰心的小说里，也有多篇通过怨女形象的塑造来关注女性生存处境，展示出女性人格独立和觉醒中必然的悲剧遭际。《最后的安息》中聪明而贫穷的童养媳翠儿，她酷爱生活，热爱自由，但在婆婆的魔爪下过着暗无天日的生活。她从城里来的惠姑那里听闻了许多新鲜事，于是学习识字，想冲出牢笼一样的家庭，过期望中的生活，可终究被思想封建的婆婆毒打致死，最终没有逃出底层女子被现实生活吞噬的共有命运。到了《庄鸿的姊姊》里，庄鸿的姊姊聪明、乖巧、懂事、善良，她对自己的弟弟庄鸿说："我们两个人将来必要做点事业，替社会谋幸福，替祖国争光荣。你不要看我是个女子，我想我将来的成就，未必在你之下"。② 她的话语中不仅蕴含着远大的志向，而且凸显出时代潮流的演变，一个普通的小女子突破男尊女卑观念，具有了积极向上的追求和对祖国深挚的爱，可见当时妇女解放思潮对女性观念、眼光的影响是何其深远。但不幸的是，好学又有志气的庄鸿的姊姊，因为家里经济出现问题，加上祖母重男轻女的传统观念，她不得不中途辍学，最终抑郁而死。不过从庄鸿姊姊不能读书抑郁而终的结局，从他祖母关于女子不能有大学问的言谈中，我们感受到当时男尊女卑的观念根深蒂固，男女不平等的情形比比皆是，冰心勇敢地提出了女子接受教育的问题。冰心通过系列小说和其中的怨女形象，从反面展示了妇女解放的必要性和必然性。

---

① 肖凤：《庐隐传》，北京师范大学出版社1982年版，第1页。

② 冰心：《庄鸿的姊姊》，卓如编：《冰心全集》第1卷，海峡文艺出版社1994年版，第57页。

在凌叔华的小说中也通常能看到高门巨族中的新旧怨女形象,她用平静的口吻叙述这些女性的悲哀与凄凉,呈现出她们生存地位的卑贱。《茶会以后》中的阿英和阿珠两姐妹参加别人的茶会时,倾心向往那些与男子互相追逐并肩而谈的新式女子,回家后面对自己毫无改观的困境,只有悲叹自己的青春年华如花朵般潇潇凋零。这些怨女们终究还是无法改变任何一丝一毫的现实处境,到最后还是在叹惋中被父母嫁为人妻,成为卑微、辛苦、低贱的家庭主妇,永远充当男人的附庸。

（三）叛女

在新旧伦理道德、新旧思想激烈交锋的"五四"语境中,许多女性作家虽然塑造了无数听命认命、怨天自抑的"淑女"和"怨女"的矛盾形象,但同时也与时代同频共振,塑造了一些开始以反叛者的姿态向传统挑战来追求自我的"叛女"形象。这些叛女的自我意识开始觉醒,不再屈服于旧礼教旧思想的淫威,而是向几千年来男女不平等的制度发起挑战,向一切禁锢与束缚她们的旧传统挑战,向不合人性的世态风俗挑战,闪现着新时代现代意识的光芒。尽管这种反抗和反叛还不完全是义无反顾、刚毅决绝的,但这种反叛的价值无疑是这一时期妇女解放最耀眼的光芒。

苏雪林的长篇小说《棘心》中的杜醒秋即是一个典型的叛女。作为一个接受了新式教育的女性,她的现代意识体现在执着于学业和爱情的追求中。为追求学业,她15岁便到省城师范学校读书,毕业后又极力冲破家庭的阻挠来到北京女子高等学校国文系求学,几年后"她极想出洋造就些比较高深的学问,……实现她数年来乘长风破万里浪的梦想"。①于是瞒着母亲远涉重洋去法国留学,沉酣陶醉、流连忘返于法国优美的文化之中。在潜心探索学问的过程中,她历经忧患与变迁的家事和世事,却能够独立地判断和思考。她由家乡遭到匪徒祸害的现实去诅咒"殃民祸国"的军阀内战,感受家国切肤之痛;由个人的遭际推想到祖国的命运,从血与泪中迸发出慷慨愤激的爱国言辞:"我是爱国的,永远要爱国的,祖国呵!如果能使你好起来,我情愿牺牲一切,情愿贡献我的血,

---

① 绿漪女士:《棘心》,北新书局1929年版,第20页。（绿漪女士为苏雪林）

我的肉,我的生命!"① 体现出觉醒后的女性开始以世界性的视域关注时代,深切期盼民族国家的富强和伟大复兴的积极诉求。在爱情追求层面上,她同样经历了爱情与礼教的尖锐冲突。她从小就经由"父母之命,媒妁之言"定下了终身大事,以后在省城、京城读书,甚至在法国留学时都是背负着这一沉重的包袱前行。她时时都有冲出传统婚姻追求自由爱情的渴望,所以面对父亲逼婚信中的训斥,她大声抗议:"老顽固,你要做旧礼教的奴隶,我却不能为你牺牲。婚姻自由,天经地义,现在我就实行家庭革命,看你拿什么亲权来压制我?!"② 这既是属于杜醒秋个人式的呐喊,也应是时代女性期望解放自我的公共宣言。当然,杜醒秋最终由于顾念母爱而妥协于封建婚姻,与留美归来的未婚夫君健结合,但她一直试图在旧式婚约与现代爱情中寻找一条调和之路的努力,说明她对爱情的肯定和追求始终如一。因而杜醒秋在事业和爱情上反叛传统,追求新思想、新道德的轨迹正是民族复兴中走向解放的新女性所必然经历的心路历程。

冯沅君的"隔绝"系列小说中的女主人公镌华,也是"五四"时期女性文学中最为经典的叛女形象。她大胆地冲破封建礼教,追求自己的爱情,不屈从于封建礼教,坚持自己独立的人格和意志自由。在《旅行》中,相爱的男女青年开始了一段爱的旅程,她们一方面受制于旧思想、旧道德、旧观念对心灵的束缚,但另一方面终于迈出了果敢的一步向传统挑战。

当然,在20世纪的女性文学创作中,无论是传统贤良的淑女、幽怨悲泣的怨女,还是果敢抗争的叛女,都不能彻底摆脱和克服传统的男权中心社会一整套制度、习俗、思维方式的影响。传统社会旧制度、旧伦理、旧习俗对女性的精神控制和现实约束使她们既渴望平等、自由从而反对包办婚姻,又会在面对家长的专制、家庭的羁绊、婚姻的束缚等层层障碍时,俯首传统,放弃反抗。甚至如冯沅君笔下的镌华们一样,有时异常果决的反叛之时,恰恰也是她们异常矛盾纠结之时。但中国现代

① 绿漪女士:《棘心》,北新书局1929年版,第206页。(绿漪女士为苏雪林)
② 绿漪女士:《棘心》,北新书局1929年版,第244页。(绿漪女士为苏雪林)

第一代女性作家们作为觉醒后女性的代言人，都不同程度地表现出对自身女性性别角色的主动体认和认同，她们架起了传统女性与时代之女的过渡桥梁，试图通过对不同女性形象的描绘，解构父权专制历史对女性角色的设定和规约，试图重构出新时代所期盼的女性性别角色，当然，她们美好的意图在当时的历史场域中只能是一厢情愿的选择和尝试。

二　同频共振中的女性声音

启蒙语境中的女性作家们在"五四"新思潮的感召之下，从毁灭人性的近现代交集的历史生命场域中挣脱羁绊，越过男权意识形态几千年来精心筑就的千沟万壑与激流险滩，踏出了一条荆棘丛生的血路，开启了女性自我作为"人"的新时代。这一艰难的创世跋涉过程必然会投射在她们的创作中，形成复杂多重的意味与内涵，从认知层面来说，再现女性所处的生存境遇和不幸命运，表现女性作为"人"的主体意识的觉醒和解放诉求就成为一种普遍的写作倾向。故而，启蒙语境之中的女性文学与妇女解放思潮同频共振、互动相生、融会胶着在一起，使这一时期的女性书写呈现出全新的景观。

（一）考量旧道德、旧礼教对妇女精神的压抑和束缚，启发女性打破精神枷锁争得解放

鼓励女性打破精神枷锁争得解放首先是从批判"贞洁"观念开始的。在古代中国，特别是宋、明以来，儒家观念极力弘扬节烈观，把"贞节牌坊"一直视为对女性品格的最高褒奖，随着妇女解放的呼声日渐高涨，亦随着思想界聚焦妇女"贞操问题"的讨论，立"贞节牌坊"的习俗逐渐被遏抑。可是这种戕害人性的思想观念仍然不自觉地钳制着妇女的思想，作为真正受害者的她们并没有意识到"贞节牌坊"摧残人性的罪恶，因此以鲁迅《我之节烈观》为代表的论争文章专门、系统而又深入地对此进行了鞭辟入里的痛斥和批判。冯沅君的《贞妇》、石评梅的《弃妇》等即是积极的呼应之作。

在小说《弃妇》（1925年）里，叙述者"我"那"努力社会事业，以毁灭这万恶的家庭为志愿"的表哥徽之，本着解放、拯救妻子的初衷回到老家，提出和妻子正式离婚。他原本想着离婚会让他的妻子逃出他

们家那恶毒凌人的囚狱，结束像自己的母亲一样的奴隶生活，避免成为一个仅能转动的活尸，从而获得自己的幸福生活。却没料到一石激起千层浪，家人纷纷责备、猜疑他，人们甚至因此耻笑、指责他的母亲。表哥徽之在与旧家庭的宣战中彻底失败最后落荒而逃。不幸的是表嫂在表哥离家出走后就回了娘家，回去的第二天早晨便服毒自杀。更让人震惊的是，叙述者"我"作为一个接受过新式教育的女子，对表哥解放表嫂的行为除了同情之外，看不见丝毫的理解和支持，她所担忧的只是"表哥弃了她让她怎样做人呢？她此后的心将依靠谁？"石评梅在另一篇小说《白云庵》中塑造的梅林姑娘，也因为不能拥有爱情而投湖死亡。这些青春生命的陨落，主要归因于女性自身的不觉醒，所秉持的"从一而终"的封建观念，以及中国一潭死水的环境。在当时的社会语境下，被男性抛弃或者离婚，对于女性来说可谓是天大的伤害，被抛弃和离婚的女子只有选择承继几千年来的唯一方式——以死来了结自己。所以处在传统农业社会中的女子，就像凌叔华《绣枕》中的何姑娘一样，把自己对幸福的期望一针一线地穿梭在一起，寄托在由男子赏识而成就的婚姻里，这样的期望就像绣在靠枕上的鸟一样，表面看光艳照人，实际被定格在传统规训的铁板之上不能飞翔也不愿飞翔。由此反观出中国妇女在不幸的婚姻命运中由于所秉持的"守贞"观念导致她们所承受的精神和肉体的双重迫害是多么的触目惊心。

由于旧道德、旧礼教对妇女精神的钳制和奴役无处不在，所以女性写作在很大程度上往往都在"揭出病苦，以引起疗救"，从而启发女性打破精神枷锁争得自身的解放。

被誉为新文学运动第一位女作家的陈衡哲，她在《巫峡里的一个女子》中秉持崭新的"造命"人生观塑造了一位为逃匿婆婆的打骂，毅然携带儿子和丈夫逃到巫峡山中艰难垦荒耕种，后又坚持守望外出讨生计的丈夫平安归来的悲苦女子形象，对当时处于下层不幸的女子给予无限的同情。石评梅的《董二嫂》里塑造了被婆婆和丈夫合力扼杀的农妇董二嫂，表现她生如草芥，死如蝼蚁的宿命，通过这一形象批判以残忍的婆婆和暴烈的丈夫为代表的封建父权和夫权对妇女的戕害。苏雪林的《童养媳》则揭示了当时偏远乡村里仍然通行的童养媳陋习，对其危害和罪恶深表谴责。此类作品均写出了无法主宰自己命运的旧式女子的悲哀和痛苦人生，为女性获得"人"的权利和解放大声疾呼，希望以此来警醒她们向命运挑战，树立自信并逐渐走向自强自立的道路。

（二）妇女反叛家庭、追求自由婚姻和经济独立的实践成为写作的一条主动脉

在"五四"女性文本有关妇女解放的表述中，对自由婚姻的追求通常构成了女性们追求未来美好生活的一个重要内容，也是女性文学中不厌其烦反复言说的重要话题。当时青年所面对的不自由婚姻构成她们现实生活中的最大痛点，这促使她们以书写恋爱婚姻为立足点来确立女性自由与独立的人格。但遗憾的是"五四"女性书写涉及女性反叛家庭的路径时，无一例外都模仿并重复着易卜生笔下娜拉的反叛方式与道路。庐隐在后期杂文《今后妇女的出路》中曾盛赞娜拉的理想，指出妇女的出路"就是打破家庭的藩篱到社会上去，逃出傀儡家庭，去过人类应过的生活，不仅仅作个女人，还要作人，这就是我唯一的口号了"。① 这一响亮的口号显然是易卜生笔下娜拉所谓"首先我是一个人，跟你一样的一个人"的中国式翻版。不过，"否定家庭、冲出家庭，是'五四'新文学的一个重要主题。对中国的女性解放事业来说，它既有着明显的历史进步意义，同时又隐含着许多不利于女性解放的消极影响"。② 故而鲁迅的《伤逝》通过子君的反叛历程深入骨髓地宣示，绝大多数女性冲出家庭后"不是堕落，就是回来"。③ 关于妇女解放，鲁迅一针见血地指出："一切女子，倘不得到和男子同等的经济权，我以为所有好名目，就都是空话"。④ 因此，女性主体的成长需要自身痛苦决绝地走出依附，在获得独立的人身自由权利之后，还应获得经济权利。然而，由于根深蒂固的传统观念的禁锢、社会势力的阻挠、家庭的限制等因素的干扰，女性只

---

① 庐隐：《今后妇女的出路》，肖凤、孙可编：《庐隐选集》，百花文艺出版社1983年版，第445页。

② 聂国心：《"五四"新文学关于女性解放的一个悖论性主题》，《天津大学学报》（社会科学版）2009年第1期。

③ 鲁迅：《娜拉走后怎样》，《鲁迅全集》第1卷，人民文学出版社1981年版，第159页。

④ 鲁迅：《关于妇女解放》，《鲁迅全集》第4卷，人民文学出版社1981年版，第598页。

有历经彻骨的心痛才会挥动利刃斩断其不断回眸的来路与归途中男性的"帮助",只有这样女性才可能义无反顾地踏上真正的解放之途,否则就只能是软体动物。

庐隐《那个怯弱的女人》中的柯太太在少女时代为反叛包办婚姻勇敢地远走日本留学,但出走以后又会怎样?由于她缺乏女性的独立意识,不能与传统观念决绝地告别,始终要靠别人才能生存下去,所以,面对柯泰南的殷勤照顾和追求,她迷失了自己与柯自主结婚。但柯泰南表面上打着婚姻自由、爱情自主的大旗来启蒙女子,实质是诱骗女子达到与他共同生活的目的,一旦目标捕猎成功,他便把女性当成了自己的包袱和负担。而走进婚姻的柯太太看似跟随妇女解放的步伐,可意识中仍然持有的是旧观念,认为嫁给丈夫就是为了寻找一份依靠、一份生活保障,如此观念命定了她只能是一个软体动物,不会沿着"我"给她的设计走自己的道路,只能含着苦痛继续生活下去。不过小说中"我"对柯太太的建议"你既是在国内受过相当的教育,自谋生计当然也不是绝对不可能,你就应当为了你自身的幸福,和中国女权的前途,具绝大的勇气,和这恶魔的环境奋斗,干脆找个出路"。① 此论可谓作者借叙述者"我"向妇女发出的倡议,这应该是当时妇女人生发展的方向,也是妇女解放的方向。可惜柯太太由于独立性的缺失,没有沿着这一方向前行,而退缩在丈夫没有温度的羽翼下,使自己永远陷落在不幸婚姻的愁山恨海中不能自拔。

美国女权主义者阿德里安娜·里奇认为当今世界在本质上是父权制的,对女性而言是压迫性的,这种压迫是通过父权制刻意设置的一整套体系完成的,"在此体系中,男人通过强力和直接的压迫,或通过仪式、传统、法律、语言、习俗、礼仪、教育和劳动分工来决定妇女应起什么作用,同时把女性处处置于男性的统辖之下"。② 法国女权主义者波伏娃(Simone de Beauvoir)也认为:"女人不是天生的,而是后天形成的。任

---

① 庐隐:《庐隐精品集》,《中国现代文学大师精品集丛书》,广东世界图书出版公司2009年版,第37—38页。

② [美]阿德里安娜·里奇:《生来是女人》,康正果:《女权主义与文学》,中国社会科学出版社1994年版,第3页。

何生理的、心理的、经济的命运都界定不了女人在社会内部具有的形象，是整个文明设计出这种介于男性和被去势者之间的、被称为女性的中介产物"。① 因为男权中心社会已经事先设置了无数规则来约束女性的成长过程，所以一个女人与其说是由其生理所决定天然形成的，还不如说是被长期的社会文化调教出来的。依照波伏娃所论，单一的经济虽然不是其中唯一的重要因素，但按照马克思主义的观点，妇女受压迫的最终根源在于私有制，女性要获得真正的解放必须仰仗经济的独立和社会的解放，因而女性经济是否独立也是女性解放程度的一个重要的甚至是决定性的因素，而处于启蒙时期的早期女作家未必能完全意识到，但她们对女性解放途径的探索仍然是值得珍视的。

（三）女性书写集体无意识地进行"精神弑父"

"五四"是一个前所未有的"弑父"时代，这不仅为女性作家的出场提供了历史契机，也为她们的书写预备了话题与主题：反叛父系权威，颠覆神圣的父权地位，否定和逃离父亲的家庭。庐隐、冰心、冯沅君、凌叔华等的书写都没有逸出这一时代的常规命题。②

"人"的发现与"人"的意识的觉醒促使新女性展开了对自身以及身外世界的全面审视，她们反叛封建伦理的起点是从叛逆封建家长——父亲开始的。因为儒家"三纲五常"传统确立的"君君臣臣，父父子子"的纲常伦理，把"父亲"推送到了家庭地位的金字塔顶端，"父亲"不仅成了家庭的主宰者，而且也成了女人的主宰者；"父亲"不只单纯地关联着血亲关系，更关乎家庭伦理制度，"父亲"就成了封建家长制的代名词，父亲作为父权制对于女性压迫的代言人自然而然地成为男权中心秩序的载体和象征。考察中国古代的女性创作，从未有意识地去触动父权制，而"五四"新女性从时代潮流中汲取了启蒙的理性精神，发现了女性作为人的价值与尊严，于是在整个文化领域展开了对父权制文化的激

---

① ［法］西蒙娜·德·波伏娃：《第二性》（Ⅱ），郑克鲁译，上海译文出版社 2011 年版，第 9 页。

② "五四"女性作家对"精神弑父"命题进行书写形成了一个比较普遍的无意识的现象，许多女性作家都书写过这样的文本，比如庐隐的《父亲》、冰心的《秋风秋雨愁煞人》、冯沅君的"隔绝"系列、凌叔华的《"我哪件事对不起他"》、苏雪林的《棘心》等。

烈声讨。她们纷纷挣脱父权制封建家庭的束缚,将声讨礼教罪恶、反对父权统治、争取恋爱和婚姻自由的性别革命融入了"五四"新文化运动之中,被认为是参与了"一场前所未有的精神弑父行动"。尤其是知识女性们为挑战主流文化中的儒家传统,抨击旧宗法伦理制度的罪孽与腐朽,反抗社会,反抗命运,她们纷纷走出家门,经受社会的磨砺,寻求自我解放与发展的道路。事实上新女性叛离家庭亦即叛离父亲,从父亲的家门勇敢出走就是寻求自身独立的性别立场的一种有效表达。挪威剧作家易卜生《玩偶之家》中娜拉的逃离方式亦成为这一时代中国女性典型的行为模式。比如苏雪林长篇《棘心》中的杜醒秋,敢于悖逆母亲去法国留学,敢于挑战"父母之命,媒妁之言"定下的终身大事,敢于针对父亲的逼婚大胆宣告:"婚姻自由,天经地义,现在我就实行家庭革命,看你拿什么亲权来压制我?!"[1] 杜醒秋的呐喊是当时新女性们主张婚姻自由、反叛家长制所进行"精神弑父"的一种共同宣言。当然,女性的出走既是对封建礼教的决绝抗争,也给女性自己提供了一个独立言说、展示自我和实现人生理想的平台。

　　庐隐的小说《父亲》是通过控诉旧婚姻制度对女性的摧残而进行严苛"精神弑父"的典型文本。文中的"父亲"由于家庭的骄纵在年轻的时候就养成了又嫖又赌的坏毛病,由于他的不成器和不重情,"我"的生母抑郁而死,之后他堂而皇之地娶暗娼红玉作为"我"的继母。后来他又隐瞒自己曾二度结婚的历史,骗娶了一个比"我"大两岁的富商家女学生为妾,并很快霸占了她们家全部的财产。在没有关爱和温度的陈腐家中,"我"的庶母苦不堪言、生而无望。小说中这位身为子辈的"我"被他那悲愁美丽的庶母吸引,对她产生了一种不伦之爱,而庶母对"他"也滋生出了一份纯洁的爱情,但年轻的庶母终因受父亲的伤害太深抑郁而终,唯一留下对丈夫的谴责与怨恨:"你父亲作事,太没有良心了,他不该葬送我……"[2] 她对丈夫这样的怨恨与作为子辈的"我"对父亲的审视高度重合,因为在儿子眼中,"父亲"吸食鸦片、脾气暴戾、做事下

---

① 绿漪女士:《棘心》,北新书局1929年版,第244页。(绿漪女士为苏雪林)
② 庐隐:《父亲》,肖凤、孙可编:《庐隐选集》,百花文艺出版社1983年版,第228页。

流，而且不能安慰"我"深幽的孤凄，所以在儿子心里"我本没有家，父亲是我的仇人，我的生命完全被他剥夺净了"。① 小说中，庐隐对这位庶母的悲惨命运发出了哀怜之声，站在子辈的立场勇敢而严厉地审判了父辈的荒淫无耻和罪恶，从而完成了她的精神弑父过程。

"五四"女性作家反叛父权，与传统文化彻底决裂的"精神弑父"行为，也可以看作反叛既成的思维定式而追求自由意志的表现，在文学书写上体现为对以往女性书写传统的背离，更是对传统女性书写在思想、精神上的背离。冯沅君《隔绝》中的主人公镌华和士轸，站在个体生命自由的高度，不仅追求自身的爱情和自由，而且宁愿为爱情牺牲自我也要为后来者铺路。《隔绝之后》中，镌华终因不能悖逆自己的"意志自由"，同爱人为争取恋爱自由而牺牲。这里女主人公对社会、传统道德、礼教的背叛，其实是一场清醒的反抗父权压制的"精神弑父"。

虽然，在"五四"女性"精神弑父"书写里，男性对象无一例外地被符号化、象征化，没有显示出应有的人性丰富性。但出于女性作家的一种书写策略，亦达成了对男性中心话语体系的深度解构，以此开始有意识地建构女性话语体系，从而推动了妇女解放的滚滚车轮。

（四）对妇女解放初始阶段的问题开始质疑并进行理性的思考

这一时期的女作家在深刻体察女性生存困境的同时，对妇女解放思潮中高扬的恋爱自由思想以及新式婚姻中的一些现象开始质疑，亦即同步反思"五四"婚恋自由问题，并探索女性现实出路问题等，试图做到女人思考女人自己的事，女性的主体意识开始凸显。

庐隐的创作由于具有敏锐的反思意识，使其作品具有了难能可贵的深度，她不仅反思与批判造成女性悲剧的男性及其背后强大的男权秩序，更把批判的锋芒直指女性自身。早在1920年，她在《"女子成美会"希望于妇女》一文中就写到了妇女解放失败的真实情形，她把妇女解放失败的根本原因归结为妇女自身的不觉悟。在她看来由于妇女本身并没有觉悟，所以凡事都指靠男子"提携"帮自己解决。然而，妇女指望解放自己的男性却是居心叵测，"因为现在觉悟的男子，固然很多，然而迷梦

---

① 庐隐：《父亲》，肖凤、孙可编：《庐隐选集》，百花文艺出版社1983年版，第244页。

不醒的，和那利用妇女解放'冠冕堂皇'名目，施行阴险狡诈伎俩的也不少。妇女本身若不觉悟，只管盲从，不但不能达到解放的目的，而且妇女解放的前途，生无限的阻碍"。① 妇女缺乏主体意识，盲目地把解放的希望寄托在男性的身上，而在男权统治之下，许多高扬妇女解放旗帜的男子，或许真实的意图却是利用解放的名义达到自己不愿示人的目的。正是源于这份清醒的认识，庐隐笔下的女主人公们大都以游戏人生的方式对抗男权秩序，她们一面接近异性，一面又拒斥、怀疑异性。《或人的悲哀》中的亚侠等女性就是如此，当封建礼教的壁垒影响到她们所追求的爱情时，她们就高扬恋爱自由这面大旗，把它作为唯一可靠的屏障，可一旦面对实实在在摆在自己面前的爱情时，她们便清醒地认识到爱情婚姻无异于幽闭她们的另一座牢笼，自己的未来因之会再次被囚禁，她们自然会生发出对男性的敌意与排斥，认为"他们的贪心，如此厉害！竟要做成套子，把我束住"，② 从而得出"人事是作戏，就是神圣的爱情，也是靠不住的"③ 这样悲观的判断。小说《沦落》甚至是对上述判断极为恰切的注脚，庐隐对与女学生松文有纠葛的前后两位男性极尽贬抑之能事，通过他们对待爱情的方式与选择，对待爱人的情感与态度，来批判与对抗男性及其所代表的男权统治秩序。

同样，《胜利以后》中的女性曾经为了爱情披荆斩棘千辛万苦争得想要的自由婚姻而取得人生初步的胜利，可她们"只赢得满怀凄楚，壮志雄心，都为此消磨殆尽"，④ 没有事业和理想支撑的婚姻很快归于平淡与琐屑，"胜利以后原来依旧是苦的多乐的少，而且可希冀的事情更少

①　庐隐:《"女子成美会"希望于妇女》，钱虹编:《庐隐选集》(上)，福建人民出版社1985年版，第3页。

②　庐隐:《或人的悲哀》，肖凤、孙可编:《庐隐选集》，百花文艺出版社1983年版，第39页。

③　庐隐:《或人的悲哀》，肖凤、孙可编:《庐隐选集》，百花文艺出版社1983年版，第31页。

④　庐隐:《胜利以后》，肖凤、孙可编:《庐隐选集》，百花文艺出版社1983年版，第264页。

了",① 《胜利以后》可谓是《海滨故人》的赓续，小说中的几位女性：沁芝、琼芳、肖玉、文琪和冷岫，分别对应了《海滨故人》中的露莎、莲裳、玲玉、云青和宗莹。故事中琼芳与平智婚后过着百无聊赖的家庭生活，这时琼芳收到了以前的好友沁芝的来信，信中沁芝向她幽幽倾诉了自己如今落寞无奈的生活。当年沁芝与所爱之人邵青冲破封建家庭的反对，经过人间"愁苦艰辛"的爱的历程，终于结成夫妻而取得了胜利。但胜利之后的她们又坠入了凡尘的无望轮回之劫中，爱终究被现实消磨而化为平凡，虽然"人生的大问题结婚算是解决了，但人决不是如此单纯，除了这个大问题，更有其他的大问题呢！"② 她们时常痛苦地徘徊于爱情婚姻和社会事业的矛盾冲突之中，回望前尘，顾影自怜，厌烦现有的黯淡婚姻，想参与社会事业又恐惧将来，陷入《海滨故人》中的宗莹所面对的纠结、苦恼和困惑："若果始终要为父母牺牲，我何必念书进学校。只过我六七年前小姐式的生活，早晨睡到十一二点起来，看看不相干的闲书，做两首谰调的诗，满肚皮佳人才子的思想，三从四德的观念，那末父母之命，媒妁之言，我自然遵守，也没有什么苦恼了！现在既然进了学校，有了智识，叫我屈伏在这种顽固不化的威势下，怎么办得到！我牺牲一个人不要紧，其奈良心上过不去，你说难不难?"③ 这样的两难，在不愿意与男子交往，也不愿意相信男子的云青身上也同样存在，故而她剖析自己说："……云自幼即受礼教之薰染。及长已成习惯，纵新文化之狂浪，汩没吾顶，亦难洗前此之遗毒，况父母对云又非恶意，云又安忍与抗乎？乃近闻外来传言，又多误会，以为家庭强制，实则云之自身愿为家庭牺牲，何能委责家庭"。④ 云青以牺牲自己一生的幸福为代价，为了父母放弃选择自由婚姻的权利，她在这种两难选择中败下阵来的矛

---

① 庐隐：《胜利以后》，肖凤、孙可编：《庐隐选集》，百花文艺出版社 1983 年版，第264 页。

② 庐隐：《胜利以后》，肖凤、孙可编：《庐隐选集》，百花文艺出版社 1983 年版，第255 页。

③ 庐隐：《海滨故人》，肖凤、孙可编：《庐隐选集》，百花文艺出版社 1983 年版，第78 页。

④ 庐隐：《海滨故人》，肖凤、孙可编：《庐隐选集》，百花文艺出版社 1983 年版，第85 页。

盾心理亦新亦旧，非常具有代表性。庐隐用质疑的目光审视并探寻女性的出路，对"五四"语境中女性书写所建构的常规命题爱情婚姻神话进行解构，清醒地展示出男权统治秩序中女性性别群体始终面对着难以改观的生存困境与永劫不复的悲剧命运。

自有了父系社会，家庭便成为以男性为本位和标志的社会核心元素，所谓"天下之本在国，国之本在家"，中国传统的家国观念始终胶着为一体，故而只有"家齐"，才能"国治"，也才能"天下平"。封建家庭制度构成了封建社会伦理与政治规则的基石，可惜这个家只是男性的家，以男性的意志为意志的家，女性仅仅是家的附庸。所以，启蒙语境中的女性书写在高扬妇女解放的旗帜，寻求妇女解放的路径时就自然会把解构封建家长制作为一把钥匙，作为瓦解封建制的突破口来质疑，以反思封建制度对女性的压迫，尤其是封建家庭对女性自由和婚姻自主的主宰，据此来对封建制度的罪恶大加挞伐，此种努力和诉求与当时的妇女解放思潮形成了紧密的联动。

三　启蒙话语中妇女解放书写的问题与困境

由于封建专制主义和男权中心意识在人们的思想中根深蒂固，而"五四"女性文学对中国妇女解放道路的探索才刚刚开始，这必然带来这一时期女性写作的种种问题，比如女性的反抗意识不决绝，思想资源不富足，女性理想人格的建构也往往遭遇现实无情的消解。因此，女性文学与女性解放的互动往往遭遇自身无法克服的困境。

（一）女性理想人格的建构往往遭遇现实无情的拆解

启蒙语境中的女性书写自始至终都试图建构出被解放的理想女性范型，以供处于水深火热中的女子们来仰慕、模仿和学习，从而达到启蒙的目的。这一构想的实现，首先落实在对女性叛逆者形象的塑造上，然而，这些叛逆者一旦与现实相遇，其处境与结果并不让人乐观。

一方面，勇敢叛逆者形象的塑造中蕴含着启蒙诉求。女性文学中对勇敢的叛逆者形象的塑造实质上蕴含着早期男性启蒙者对中国的一种新期待，而对这一期待的预想中涉及早期男性启蒙者对英、法、德、美、日等国家先进文明的了解，以及对中国当时在世界格局中的地位较为清醒的认识。由于女子当时的现实处境和文化处境，早期先进的男性启蒙者把女子作为建构国家主体的重要分子来看待，对女子实行思想上的启蒙。这是基于一种对理想的国民主体的建构，目的是激励国人奋发图强，是一种改造国民性的殷切期望和策略。这种建构的最终完成必须依赖女性主体的确立。在鲁迅的《离婚》中爱姑处在封建礼教传统规范严苛的贫穷农村，在这样的生活环境中女子没有机会接受现代教育和启蒙，因此缺少迈向觉醒和独立的契机，这是爱姑们作为底层乡村劳动妇女所处的现实境遇。表面上看，爱姑似乎是一个底层女性中的强者，她一开始果决地反叛夫家的举动颇具女权色彩，可事实上她仍然是一个弱者、被损害者和牺牲者。爱姑在七大人无言行动设置成的排场氛围中，她的反抗力不攻自破，她的坚持瞬间坍塌溃败，她在不知不觉间迎合与支持了以七大人为支配者和权力者的封建体制。而与爱姑相类似的寄托启蒙诉求的女性叛逆者形象在冯沅君、庐隐、苏雪林等的书写中比比皆是，这从反面说明了妇女要杀出封建重围获得解放是何其艰难。

另一方面，初始期叛逆者的反叛行为也往往存在着左右摇摆，不够坚定的情况，甚至充满着悖谬。女性作为"人"的自我意识觉醒后，她们意识到自己卑微的身份和所受的欺压，因而以决绝的态度同"父亲"所代表的传统旧家庭彻底决裂，以离家出走的方式寻求自我拯救，以此来建构其追求人格独立、个性解放和反对封建思想的立场。可是，中国妇女由于受到两千多年漫长而残酷的封建专制社会及其制度的浸染和毒害，积留和沉淀在思想深层的问题较多，这就决定了她们的解放必然要经历一个艰难而漫长的痛苦阶段。所以，当她们在男性启蒙者的启发和带动下，勇敢地冲破封建家庭的壁垒后，理想中想要彰显的自我价值、自由精神却并未实现。在现实强大的阻隔和围攻中，刚刚规划的平等自由的人生理想图式已然成为明日黄花，作为她们生命追求和精神动力的爱情也只是昙花一现，她们建构起来的并不牢固的新价值信仰濒临崩盘，甚至其中很多人为自己当年决绝反叛的行为付出了惨重的代价，她们无法在冰冷的现实中找到新道德、新伦理的基点。于是，逃离封建家庭的女性们在自己的信仰和灵魂的殿堂倒塌后，很多人重新退回到起点，开始陷入新一轮甚至更加绝望的依附困境之中。一句话，"五四"虽然催生了女性自我意识的觉醒，但并没有促使女性获得做人的真正平等权利，女性的出路仍是狭窄且混沌的。

（二）女性启蒙书写并未完全摆脱男权意识

在男权中心意识形态的影响下，尽管妇女解放的号角已吹响，但社会上普遍流行的仍然是主流意识形态掌控之下的主流话语，父权社会男尊女卑的性别意识占据着大部分人的思想和思维方式，女性的自我意识被无形地压抑。

"五四"启蒙语境中的女性书写虽然是真正意义上的女性写作，但没有形成属于自己的话语体系，因而许多女性还停留在模仿男性写作的阶段，这使最初的女性书写往往烙上深深的男权意识的印痕。而且女性书写者早年无一例外都拥有接受传统教育的背景，这使她们的意识深处积聚着浓郁而固执的传统意识，这些意识已经内化为一股潜在的认同传统观念的思想溪流，潜移默化地渗入她们的书写，这就形成了女性作家主体意识的苏醒与其内心根植的男性中心意识构成看似对立实则同谋的复杂关系。

男权社会里女性无法逃脱性别压迫，启蒙语境中的女性书写不可避免地受到了男性中心话语的主宰。这一时期出现的大量婚恋题材作品中的女性人物要么勇敢反叛旧婚姻争取自由自主的爱情，要么追求新式爱情的诉求被淹没在旧礼教的汪洋大海中，无论结局乐观还是悲观，都投射出女性在主体意识建构中仍然以婚姻作为女性自身命运的唯一归宿。一个不争的事实是：男性仍然是女性命运的归宿，仍然是两性关系的主体与核心。其中昭示出女性依然认同两性婚姻掩盖之下两性权利事实上的不平等，反映出男权中心话语体系所设定的审美规范在女性书写中的影响力与控制力，强大的男权体制使女性书写对女性解放作了简单化理解，女性书写与男权传统依然有着割不断的血缘关系。这其中的艰难曲折也形象地说明了女性解放在现代中国的历史进程中前途是光明的，道路却异常曲折蜿蜒。

（三）女性文学文本中弥漫着感伤颓废的情调，甚至有浓厚的宿命论倾向，削弱了妇女解放的锋芒

由于启蒙语境中的女性书写主要描述的是即将，或者正在，抑或刚

刚冲破旧的封建礼教传统控制的女性的预想和诉求，而处在这样新旧冲突的特殊历史情境之中，就注定了女性将会在新与旧的壁垒间顾影低徊，甚至是暗自神伤。

比如庐隐的作品普遍浸染在感伤的氛围中，情感基调抑郁低沉。《一个著作家》以自叙传的方式叙述了一个爱情悲剧，而悲剧是由于父母的包办婚姻造成的，全篇充溢着悲观、失望和忧伤的情调。《或人的悲哀》书写亚侠、KY、心印、文生四个女性间的友爱，其中主人公亚侠的感受最具有代表性，她由于对男性失望，进而怀疑社会、厌恶人生，她悲观地说："我对于我的生，是非常厌恶的！我对于世界，也是非常轻视的，……我对于人类，抽象的概念，是觉得可爱的，但对于每一个人，我终觉得是可厌的！"① 从而产生了命定性的悲观思想。同样《海滨故人》也写了五个女性露莎、玲玉、莲裳、云青和宗莹的友爱，小说中作者认为女性之间的相依相爱是很难保持长久的，它终究会被异性之爱夺走。但她同时清醒地意识到，异性之间的爱掺杂了非精神的个人欲求，所以更是不可靠和飘忽不定的。庐隐的小说传达出了处在新旧交锋期的知识女性在追求个性解放和婚姻自由的过程中，一方面存在与传统思想决裂时的隐痛与撕扯，另一方面又显示出与西方妇女解放思潮激烈碰撞时的激进和新锐。这样颓废感伤的情调和宿命倾向在这一时期其他的女性文学文本中也普遍存在，从而影响了妇女解放的力度和强度。

当然，从更宏观的角度以及近现代妇女解放的历史进程和女性文学的发生发展的大势看，不管这一时期女性和女性文学有多少局限和不足，但都打上了时代不断进步、女性不断觉醒的烙印，都有着鲜明的时代进步性，这一点毋庸置疑。

---

① 庐隐：《或人的悲哀》，肖凤、孙可编：《庐隐选集》，百花文艺出版社 1983 年版，第39—40 页。

第三节 个案研究：女性的反叛与犹疑—— 冯沅君

在"五四"时期的女性创作中，与妇女解放思潮互动最为密切的应该首推冯沅君。她自 1923 年开始小说创作至 1929 年止，在短短的七年时间里先后出版了《卷葹》《劫灰》《春痕》三个短篇小说集。其中影响最大的是《卷葹》，于 1926 年出版，收录了 1924 年前后以"淦女士"为笔名创作发表的"隔绝"系列小说（《隔绝》《旅行》《慈母》《隔绝之后》）；1928 年再版时增收《误点》与《写于母亲走后》两个短篇。纵观冯沅君的小说创作，虽说作品数量不多，题材也相对狭窄，但她在小说中通过鲜活的形象和爱情故事，反叛封建礼教，勇敢而热烈地回应"五四"时代所呼唤和倡导的妇女解放思想，使她的小说从同时代"温婉怡人"、温良淑惠的女性写作中脱颖而出，具备了"崭新的趣味"（沈从文语）。用她丈夫陆侃如先生的话来说，"她毕生为追求妇女解放而斗争，争取婚姻自主的权利，争取和男子同样受教育的权利。她的文学创作的中心主题，也就是争取妇女从封建压榨下解放出来"。[①] 她的小说集《卷葹》就是表现极力冲破封建礼教、"毅然和传统战斗"（鲁迅语），为争取自由恋爱与独立人格而抗争的知识女性的一个很好的注脚。然而，由于身处历史变革的过渡时代，作家自然而然会经受传统与现代两极观念的碰撞，使她关于妇女解放的思想烙有深深的时代印痕，表现出变动不居的复杂样貌已然成为不争的事实，也因而折射出妇女解放在初始倡导阶段怦然勃发时的勇毅反叛，面对重负时不自觉的犹疑徘徊，甚至女性主体无法确立时的怯懦退缩，这都给后来者推进妇女解放以有益的启示和思考。

[①] 陆侃如：《陆侃如：忆沅君——沉痛悼念冯沅君同志逝世四周年》，《新文学史料》1979年第 3 期。

一　毅然反叛传统，呼应"五四"妇女解放思潮

毫无疑问，冯沅君并非站在"五四"新思潮风口浪尖上的领军人物，而是被激进的新思潮感召而开始加入反抗旧传统旧道德队列的女作家之一，通过她早年的求学经历与活动可以寻觅到其妇女解放新思想的萌芽和发展轨迹。

1917 年，冯沅君考入北京女子高等师范学校国文系读书，受到新思想沐浴的她一年后成功发起"换师风潮"，[①] 之后在陈中凡、李大钊、胡适、黄侃、刘师培、周作人等著名教授的课堂上接受到了最新潮也是最激进的各种现代思想（个性解放思想、妇女解放思想、易卜生主义）的洗礼。"五四"期间，为反对北洋军阀政府她起草了致徐世昌总统书，勇敢地带头砸毁学校铁门的大锁，与同学们一起上街请愿游行。1919 年秋天，被同班同学"李超事件"[②] 激发，她开始明确地思考妇女问题，在班上率先表态要退掉自己的包办亲事。1920 年，受李大钊所讲授的"伦理学"中男女平权、反封建思想以及妇女被旧道德伦理束缚而婚姻不自主观念的启发，她感同身受地对传统"三从四德"观念进行反思与批判，把思考的结果撰写成《今后吾国女子之道德问题》一文，刊发在女高师《文艺会刊》上，强烈主张"必须建立起妇女道德规范"，女子不能仅仅满足于做一个"良妻贤母"，而要堂堂正正地做一个社会人。为了反对旧

---

　　① 1917 年，冯沅君考入北京女子高等师范学校，当时的校长是清末举人方还，学监是杨荫榆，年级主任戴礼也给学生兼讲《礼记》，陈树声讲授古文。已经接触到新文化思想的学生们大为反感学校严苛的管理制度和课程讲授者的陈腐之气，于是在冯淑兰（冯沅君）的倡议下，发起了更换老师的风潮，学生群起上书最后取得了胜利，学校辞退了戴、陈二人，聘请陈中凡（原名陈钟凡）教授为年级主任并讲授"经学通论"等三门课程，后来陆续聘请了北京大学著名教授胡适、黄侃、刘师培、李大钊、周作人、胡小石、吕凤子等人兼课。见赵海菱《冯沅君在北京女高师的日子》，《新文学史料》2011 年第 2 期。

　　② 广西籍女生李超是冯沅君（淑兰）的同班同学。李超的父母生了三个女儿，因为没有儿子，她的父亲便过继其弟之子李惟琛为子顶门立户。李超父母去世后，家里丰厚的家产都被她堂兄李惟琛继承。李超先后到广东和北京求学，其堂兄害怕李超终身读书不嫁而竭力反对阻挠，并且断绝了李超的经济来源。李超积郁成疾，贫病交加吐血而死。胡适认为李超的遭际是中国当时无数女子的写照，李超是"中国女权史上的一个重要牺牲者"。见胡适《李超传》，《新潮》1919 年 12 月第 2 卷第 2 号。

伦理旧道德的流毒，宣传妇女解放思想，1921 年她特意将古诗《孔雀东南飞》改编成现代话剧。① 这部话剧得到了李大钊和陈大悲的肯定和支持，李大钊甚至亲自执导，冯沅君自己还亲自扮演其中的"恶婆婆"焦母，切实宣传反封建的思想，这在当时北京的学界引起了比较大的反响。1922 年，她考入北京大学研究所研习中国古代文学期间开始了小说创作，直至 1929 年和陆侃如结婚。她的婚姻选择自由自主，也是这一时期新观念的个人实践。可以说，冯沅君后来在文学史和中国女性解放史上产生了较大影响的小说虽说创作于被鲁迅认为是"五四"新文化高潮退却后"寂寞荒凉的古战场"② 语境和时段，但此前新文化思想的浸润、"五四"激进社会思潮的感召以及女高师诸位师长课堂上的导引，使她由被动走向主动，逐渐参与妇女解放活动并最终通过小说的写作融入妇女解放的激流。

　　冯沅君通过自己的小说创作有意识地呼应"五四"时期的妇女解放思潮，强力实践妇女解放的新思想。她的"隔绝"系列小说就是凭着对社会、人生问题的独特感受，从自我生活体验出发，"肆无忌惮"（沈从文语）地以"赤裸裸"的恋爱书写作为反封建的突破口，以此呼应妇女解放思潮的典型文本。由于其书写个性解放和婚姻自由的坚执和勇毅，且细节表现得大胆，被鲁迅先生评价为"实在是五四运动直后，将毅然和传统战斗，而又怕敢毅然和传统战斗，遂不得不复活其'缠绵悱恻之情'的青年们的真实的写照。和'为艺术而艺术'的作品中的主角，或夸耀其颓唐，或衒鬻其才绪，是截然两样的"。③ 鲁迅先生的评价恰如其分地揭示出冯沅君小说中充溢其间的时代知识女性反叛传统的决绝姿态与因袭传统重负又不得不犹疑矛盾的复杂心态。

　　《卷葹》集中的女主人公不屈从于封建礼教，大胆追求自己的爱情，

---

　　① 袁世硕、严蓉仙：《冯沅君先生传略》，《冯沅君创作译文集》，山东人民出版社 1983 年版，第 337 页。

　　② 鲁迅：《〈中国新文学大系〉小说二集序》，《鲁迅全集》第 6 卷，人民文学出版社 1981 年版，第 245 页。

　　③ 鲁迅：《〈中国新文学大系〉小说二集序》，《鲁迅全集》第 6 卷，人民文学出版社 1981 年版，第 244—245 页。

以此反叛家族传统伦理。在《隔绝》中通过"我"①的回忆可以看到，"我"与恋人冲破家庭包办婚姻的束缚真诚相爱，勇敢地挽臂攀肩郊野游览，流连于荷池之畔，在老柏树下，在芦花深处相依拥抱。在《旅行》中，相爱的两个青年人精心设计了一段"爱之旅程"：旷课一个多礼拜去郑州旅行，勇敢地住在一个房间。而在火车上，"我很想拉他的手，但是我不敢，……可是我们又自己觉得很骄傲的，我们不客气的以全车中最尊贵的人自命"。②这样大胆勇毅的爱情之举可谓惊世骇俗。从小说第一人称"我"的运用表明争取解放的女性作为与男性一样的主体存在，已然骄傲地向世界宣示作为"人"的"我"自由恋爱时的兴奋和幸福，昭示出新女性个人意识的觉醒，对自我主体存在的确认，以及闪烁其间的爱情至上、人性尊贵的火花。旅途中"我们相抱着向里面另寻实现绝对的爱的世界的行为是怎样悲壮神圣，我不怕，一点也不怕！人生原是要自由的，原是要艺术化的，天下最光荣的事，还有过于殉爱的使命？"③在焚旧铸新的时期，虽然主人公明确地意识到自己所追求的爱情是神圣和浪漫的，但是由于追求自由爱情的行为不会获得旧式家庭伦理和道德规范的认可，所以主人公为了自由爱情只能大胆地以一次旅行来决绝地反叛既有秩序的规约。与其说这是一次浪漫的爱情之旅，不如说是主人公明知"非法"而有意制造的一次"大逆不道"的"爱情宣扬"。再联系《旅行》中主人公的个体行为，这些大胆越轨的"大逆不道"行为受到家庭的阻拦和社会的非难。所以才有"我"回家探望母亲时反被母亲隔绝囚禁，被置身于"四无人烟，荆棘塞路，豺虎咆哮的山谷中一样"。然而"我"没有畏缩、屈服，为了追求爱情，"身命可以牺牲，意志自由不可以牺牲，不得自由我宁死"。④这样的表白勇敢、果绝地喊出了"五四"女性人格独立、生命自由、爱情自主的最强音，简直就是女性解放的爱情宣言。当然，主人公的爱情理想是建立在西方个性解放思想基础

---

① 《隔绝》中主人公是"我"和青霭，在《旅行》中用"我"与"他"指代，《隔绝之后》中人物名称变为镌华和士轸。

② 淦女士：《卷葹》，人民文学出版社1983年版，第16页。

③ 淦女士：《卷葹》，人民文学出版社1983年版，第22页。

④ 淦女士：《卷葹》，人民文学出版社1983年版，第4页。

上,站在个体生命自由的高度上肯定爱情至上,要求属于做人的必备权利的。作为"五四"觉醒后的青年他们已然接受并确立了这样的观念,"我们的精神我们自己应该佩服的。无论如何我们总未向过我们良心上所不信任的势力乞怜。我们开了为要求恋爱自由而死的血路。我们应将此路的情形指示给青年们,希望他们成功"。① 沐浴着欧风美雨的主人公,作为个体的"人"的意识随时代而觉醒跃动,他们志趣相投、两情相悦,他们为爱情和自由做好了以自己的失败、以自己为爱情牺牲而为后来者铺路的打算,宁愿做"方生的主义真理的牺牲者"! 这种清醒地赴死的行为是一种高尚的自我牺牲精神。所以在《隔绝之后》中,由于陷入爱人之爱和母女之爱不能两全的困境,镌华和士轸果敢践行了共同赴死的诺言,"他们自愿为争恋爱自由而牺牲的先声,他们常说:纵然老虎来吃他们,他们也要携手并肩葬在老虎的肚里"。② 主人公以结束自己的生命来争取恋爱自由的勇气和行为,是勇敢决绝的。他们"是在争取个性解放、人格独立的意义上追求恋爱自由,因而,他们对封建礼教、旧婚姻制度的挑战更富于时代色彩,更令人振聋发聩"。③ 镌华和士轸为捍卫自己的爱情先后殉情,他们以不惜牺牲生命的方式同封建势力进行了大胆和果敢的抗争,他们蔑视世俗的爱情宣言和为爱赴死的行为具有冲击人心的艺术效果。

把冯沅君的"隔绝"系列小说串联起来看,总的故事情节是一个典型的单线条男女爱情故事,这一故事的焦点是女主人公镌华("我"),她的反抗勇敢、果决、执着和义无反顾。在这个爱情故事中,镌华和士轸坚持独立人格、自由意志的直率表现,既是向封建传统势力勇敢地挑战,更是当时女性心路历程的真实折射。所以学者乔以钢说:"作者以恋爱婚姻问题为导火索,点燃起人们反抗封建传统,争取意志自由和人格独立

---

① 淦女士:《卷葹》,人民文学出版社 1983 年版,第 13 页。
② 淦女士:《卷葹》,人民文学出版社 1983 年版,第 39 页。
③ 乔以钢:《醒世骇俗的性爱篇章——略论冯沅君的小说创作》,《南开学报》1995 年第 2 期。

的炽热激情"。① 这种热情激发了青年向压制个人自由生命和青年恋爱婚姻的整个专制制度讨回权利的热情，被学者李玲评价为"在正面树立男女情爱的合理性方面，冯沅君有着较为彻底的理性精神和决绝勇敢的行动意志，达到了以往女性和同时代女作家所没有的精神高度"。② 同时，她的这种决绝的反抗也达到了其他女性作家所没有的反抗强度和硬度。所以，冯沅君的早期创作往往在结构故事和设置人物过程中把注意力放置在"女主人公"身上，让女性的声音比男性更为尖利，以女性的呐喊来"质询"父权制度，来实践"精神弑父"。从这个意义上看，冯沅君笔下的女性形象塑造则具有反传统家庭伦理、反旧式女性道德的现代意义。

二　书写自由生命意志，建构女性独立自主人格精神

阅读冯沅君的小说，会强烈地感觉到文中充溢在女主人公身上的对独立人格和自由生命意志的追求，这种追求是以对当时女性婚恋问题之中蕴藏的矛盾心理为外化叙写展开的，事实上，矛盾的实质是父权制文化与自由生命意志之间的矛盾冲突。小说叙事从情节上外显为爱人之爱和母女之爱的激烈矛盾冲突，精神指向却是知识青年冲破旧藩篱的反叛愿望，其思想根基是当时以鲁迅为代表的"立人"思想和个性解放思想，冯沅君借此高扬女性独立人格和主体精神，从而呼应了"五四"思想启蒙以来传导的妇女解放思潮。

在冯沅君的爱情小说中，主人公在情感上主要深陷于情爱与母爱的冲突之中，这种冲突导致了主人公的爱情以悲剧的方式终结。镌华明知道母亲叫她回家是为了让她践行当初的婚约嫁给刘财主的儿子，但她依然不愿弃置母亲的爱，试图求取各方面的圆满而回到阔别六七年之久的家庭。原本仁爱慈悲的母亲认为他们的自由恋爱行为是大逆不道的，"直同妍识一样"，丢尽了"她的面子"，让九泉下的祖宗蒙羞。在母亲眼里，女儿所追求的纯洁、神圣的爱情是那样的卑鄙污浊，女儿争取自由恋爱

---

① 乔以钢：《醒世骇俗的性爱篇章——略论冯沅君的小说创作》，《南开学报》1995 年第 2 期。

② 李玲：《直面封建父权、夫权时的勇敢与怯惧——冯沅君小说论》，《江苏社会科学》2000 年第 6 期。

的行为违背了她的意志,不可避免地触动了她作为家长的权威,因而她不会成就女儿的心愿,只会逼迫其遵守"父母之命,媒妁之言"。而作为女儿的镌华既不能悖逆母亲的意愿,更不想舍弃她爱情自由的信念和追求,于是只能愁肠百结彷徨煎熬。《隔绝》中女主人公表明:"我爱你,我也爱我的妈妈,世界上的爱情都是神圣的,无论是男女之爱,母子之爱"。[①] 母女之爱这种人伦亲情普遍存在于从古至今的女性生活中。所以,在理性层面上冯沅君大胆肯定"自由恋爱"的价值,让主人公镌华与士轸付诸实践,为追求自由恋爱勇敢反叛家长专制,选择出走。但在《隔绝之后》中,镌华在恋人和母亲的两难选择中她又为不能悖逆自己的"意志自由",她无法平衡母爱与情爱的两难选择只能殉情。在绝命书中她向母亲倾诉道:"你是我一生中最爱的最景慕的人。……我爱你,我也爱我的爱人,我更爱我的意志自由,……因为你的爱情教我牺牲了意志自由和我所最不爱的人发生最亲密的关系,我不死怎样?"[②] 深挚恳切的言辞中,凸显出她无法背弃爱人的爱,也无法违逆母亲之爱。"母女之爱"是真实绵长的人伦情感,所以镌华深爱自己的母亲,也想报答母亲的抚育之恩,履行为人子女的天责。但是,她心灵深处蓬勃燃烧的"爱人之情"更是个体生命觉醒焕发出的对生命意志的执着追求,早已成为超越生死的至高追求之境。但在当时的时代情境之下,以追求个人幸福而对抗家族伦理亲情的诉求并不能对抗强大的封建思想,所以最后镌华只能以死力搏。

　　冯沅君后期写作的《误点》和《写于母亲走后》书写的故事和表现的主题仍然框定在爱人之爱和母女之爱的冲突之中。在这两篇小说中,反封建礼教和追求恋爱自由的激情似乎有所减退,没有表现出青年人更决绝的抗争。相反,主人公在争取婚姻自主的过程中多了一些苦闷和彷徨,她们最后终于退缩进母亲的暖羽之下,回归那个曾经反叛过的家庭。在《误点》中,女学生阮继之与同学杨渔湘志趣相合、情意笃真,对爱情更是矢志不移。虽然继之爱恋人,但她也爱自己的母亲,这人间原本

---

　　① 淦女士:《卷葹》,人民文学出版社1983年版,第4页。
　　② 淦女士:《卷葹》,人民文学出版社1983年版,第36页。

最深挚最和谐与共的两种爱却在她胸中冲突、交战，"慈母的爱，情人的爱两种爱构成了幕互相冲突的悲剧，特聘我来扮演这幕戏的主角；使我精神上感到五牛分尸般的痛苦"。① 对她而言，"母亲的爱，情人的爱，在她胸中交战，'吾谁适从！''吾谁适从！'"② 她既抛不下缠绵悱恻的爱情，也舍不下深挚朴实的母爱，她深陷在两种爱的交战之中，只能以向同伴发泄来疏解自己压抑痛苦的情绪，最终她为追求全面而又和谐一致的爱回到了母亲身边，后来，在极度矛盾的心情搏击中准备回到北京的爱人那里，结果却因火车的误点顺理成章地重返家中，并永远地留在母亲身边。

从妇女解放的角度来看，《误点》里母亲和大哥、二哥是封建家族礼教的代表，他们所捍卫的其实是传统的婚姻伦理，而女儿作为接受了新的自由恋爱思想的知识女性，虽然想要争取自己的生命自由，但是深感于母爱的深挚和温润，终于女儿被"母女之爱"捕获。冯沅君试图通过自由的意志来对比"爱人之爱"与"母女之爱"，实际上是通过"五四"时期传入中国的"自由意志"来张扬"恋爱自由"，但是在理性的思辨和情理的指认中，作者沉潜在意识深层与母亲相处的点点滴滴真情体验以及享受到的"春蚕到死"式的博大母爱，明明暗暗间闪烁生辉并作用于她的笔端，使得她在不同的时期处理主人公面对传统道德和现代理性时表现出难以调和的矛盾，甚至分裂。这种"难以调和"一方面显现出"五四"新思想高潮过后女性"继续解放"的难题，另一方面也显现出妇女解放运动中一贯而深刻的情与理的矛盾冲突。

三　妇女解放进程中的犹疑和反思

冯沅君早期创作的《卷葹》中的"隔绝"系列小说，大胆地描写了女性恋爱的心理和行动，表现了理想化的新异爱情，充溢着"五四"青年反封建礼教的激情和精神，显现了那一时期女性对自己爱情命运的自觉思考。她们所采取的"旅行""殉情"是一种特殊的反抗方式，印证着

---

① 淦女士：《卷葹》，人民文学出版社1983年版，第41页。

② 淦女士：《卷葹》，人民文学出版社1983年版，第58页。

她们主体意识的觉醒,但充溢其间的母爱与爱情都不容亵渎的观念却使主人公陷落于"爱人之爱"与"母女之爱"的两难困境之中,让人明显感到冯沅君对于妇女解放的有意表达变得迟缓和反复起来。《卷葹》之后出版的《劫灰》和《春痕》,虽然也有对封建礼教、包办婚姻的攻击,但大都缺乏《卷葹》那种勇猛冲击旧礼教藩篱的抗争精神,透露出了女性在反叛过程中的犹疑和退缩,表现出女性在妇女解放征程中的徘徊与彷徨。

书信体小说集《春痕》是由一位年轻女子瑗写给恋人壁的50封书信连缀起来的,其中记载了两人的爱情历程,同时也记录了女主人公瑗悲愁凄清而又满怀惆怅的一段生活和情绪,小说有非常鲜明的自叙传色彩。从《春痕》中的青年女性"瑗"的身上,已经看不到《卷葹》中镌华接受妇女解放新思潮后所具有的决绝与反叛,相反,经过了"五四"退潮期的苦闷和踟蹰,瑗由勇敢变为沉郁。《春痕》中的首封信"今天"[1] 中写道"我相信人之一生有三种阶段:第一是不知人生有痛苦。第二是感到痛苦而反抗痛苦。第三是屈服于社会大势力之下,而不能反抗,不敢痛哭,生命之流渐渐干了。……我现在已走到第三阶段"。[2] 由于《春痕》浓郁的自叙传特性,我们可以由此推断到,冯沅君本人在其人生的道路上历经了少女"不知人生有痛苦"的欢悦阶段后,其《卷葹》应该是"感到痛苦而反抗痛苦"的"拔心不死"阶段,这恰好对应她呼应"五四"激进的妇女解放思潮,积极鼓励像自己一样深陷传统"媒妁之言"婚约的女性大胆叛逆,追求自身婚姻自由与个人意志的阶段;而《春痕》却是她"屈服于社会大势力之下不能反抗",进而退缩回个人狭小天地自艾自怨而又希冀、切望封建束缚潮退山崩的真实写照。瑗时时痛苦和自责:"她害了她的双鬓斑白的老母;她害了那不能使她爱而至今犹希望破镜重圆的财主的儿子;万一一切障碍打不破,又害了把一切都给她的痴心的壁!"[3] 由于看到自己的四周布满荆棘,所以对自己和壁的

---

① 《春痕》中的50封信原本没有标题,为便于区分,作者借鉴李商隐《无题》诗的做法,取每一封信的头两个字为标题,因而标题并无实在意义,与内容之间也没有任何关联。

② 冯沅君:《春痕》,《冯沅君创作译文集》,山东人民出版社1983年版,第114页。

③ 冯沅君:《春痕》,《冯沅君创作译文集》,山东人民出版社1983年版,第135页。

恋爱深感忧虑，只能无奈地叹息，她已失去当初反封建的锋芒和锐气，变得越发苦闷、忧伤、颓唐。在瑗的心里，矛盾的焦点已然是理想与现实、个人与社会的矛盾，预示了部分知识女性在社会上屡屡碰壁以后的心灵创伤以及无奈屈从"社会大势力"的精神动态。"五四"落潮后现实剧变，在新旧势力的交战中，部分知识青年追求个性解放、婚姻自由的梦想被打破，找不到出路后便开始动摇、软弱地做了传统势力的俘虏，陷入了苦闷彷徨的境地，甚而向传统势力妥协和退让。在《春痕》里，女主人公瑗悲愁情绪的来源依然是自己的母亲和包办的婚姻。所以说，冯沅君小说中的女主人公基本上都无法悖逆母亲的封建保守观念，无法看透母亲所秉持的父权专制实质，让"爱人之爱"总是淹没在"母亲之爱"的慈悲之海中，这就让其反封建的锋芒大打折扣，让人觉得冯沅君理解的母亲那种善良的、仁慈的、谨守家庭伦理的女性道德，其实质则是不自觉地维护了"以家长为中心"的封建父权专制。

实际上，《劫灰》集里的部分作品也很好地诠释了冯沅君屈服于"社会大势力"，不再激进地张扬妇女解放旗帜的论断，但也应看到，作为受过"五四"洗礼的知识女性她们的犹疑和怯惧又是那么的心有不甘，沉潜下来的她们甚至开始对神圣爱情进行质疑，对男性身上存在的某些劣根性的品性进行冷静审视与揭示。学者李玲对冯沅君的大部分小说作品都有过细致而多元、深刻而又切中肯綮的解读，比如在解读《劫灰》集中的作品时，她认为其中的《我已在爱神面前犯罪了》《潜悼》都以"男性自述的方式"，展示出男性的"泛爱情感"（李玲语）。《我已在爱神面前犯罪了》中的男教师"我"，"已经有了个由爱情而结合的'温柔明慧'的妻碧琰……又无法抑制地热恋上'秀外慧中'的女学生吴秋帆"，[1] 徘徊在两个女性之间。《林先生的信》表现"两个女性对爱情没有把握的忧惧心理。这种忧惧……是因为男性情感世界难以猜测"。[2] 而没有收入《劫灰》集里但写于同期的《未雨绸缪——呈S》中，更是直

---

[1] 李玲：《直面封建父权、夫权时的勇敢与怯惧——冯沅君小说论》，《江苏社会科学》2000 年第 6 期。

[2] 李玲：《直面封建父权、夫权时的勇敢与怯惧——冯沅君小说论》，《江苏社会科学》2000 年第 6 期。

接抒发了知识女性在爱情中对男性的忧惧和男性俘获女性手段的卑劣。女青年婧第二天要搭车南下去 N 城教书，要与自己的恋人分别，她担心别后爱人会移情别恋，所以临别的晚上，她开始质疑爱人对自己爱情的忠贞。然而，"道高一尺，魔高一丈"，婧的忧惧以及"未雨绸缪"，表面上看似乎换来了"他"的真情三部曲：下跪、立誓、哭着投水。但不容忽视的是冯沅君冷静地写道："他见她又变了卦，觉得非用此最后的手段不行了。于是他一面哭着一面作投下之势"，① 这里一针见血直戳男性卑劣的内心，他用一步步的"手段"特意编织好"恋爱圈套"，最后用自己预设好的死亡表演"自杀"来作为撒手锏将女性击中，让女子沦陷于男权有意设置的囹圄之中并将其牢牢圈住，受男人的支配和宰割。然而，可悲的是对于男子的做戏手段，当局者的婧还是选择了相信，依然对"他"一往情深，"因为女人自由地承认这是自己的命运"，② 这一表现宣告了"女性支配"的溃败。

《劫灰》集中冯沅君的笔法更趋成熟，质疑与反思的笔墨逐渐增加，但那种不屈的抗争力量明显在减弱。譬如《贞妇》里的主人公何姑娘完全失去了抗争的精神，在她身上完好无损地继承了传统女子的"德言容功"。何姑娘最后的"哭灵"行为完全是为了满足传统男权社会而进行的设计，她所期待的获得一个名分，最终以付出自己的生命为代价得以完成。显而易见，深受传统规训的何姑娘就成了启蒙家视野中被解放的对象，通过她的形象，冯沅君揭示出了中国封建壁垒对妇女人格意识的钳制之牢固和妇女"被解放"之艰难！

冯沅君的后期写作通过这样一些小说对男性及其主导的现实进行了深刻的质疑与反思，在新式的婚恋关系里，处在主导位置、决定女性爱情幸福的主要因素依然是男性，而这种不尊重女性愿望、没有女性独立意志的爱情注定都将以悲剧收场。可见，女性的人格、才能等个性因素依然"无地附着"，女性文学和此时期的女性解放尚未形成强大的"互文

---

① 冯沅君：《未雨绸缪》，《冯沅君创作译文集》，山东人民出版社 1983 年版，第 175 页。

② ［法］西蒙娜·德·波伏娃：《第二性》（Ⅰ），郑克鲁译，上海译文出版社 2011 年版，第 256 页。

性"，也不具备足够的思想爆发力去冲决顽固的旧道德堡垒，被解放或者正在解放的女性陷入新一轮的困境将是她们的宿命。

总之，冯沅君小说中的镌华、阮继之、瑗及其他的女性，在"五四"妇女解放新思想的感召下，她们作为人的主体意识不同程度地被唤醒，她们强烈地渴望从封建势力的禁锢中挣脱出来，她们大都从封建旧家庭出走，但社会习惯势力、传统观念有形无形地压制着她们，使她们在反叛的同时又囿于传统思维而显得忧郁、迟疑而脆弱，既勇毅而又盘桓，执意反叛而又瞻前顾后。正如学者刘思谦所说："冯沅君小说的历史价值，就在于塑造了'五四'女儿们这种无所适从的徘徊犹疑的心理形象。她们对家庭的反叛是勇敢的，然而并不是决绝的，她们迈出了第一步，然而却又频频回首，徘徊于家门内外"。① 而镌华最后的"殉情"看似果敢，其实质也是一种消极的妥协和逃避，她们以捍卫意志自由之名选择死亡，放弃向封建势力宣战的决心和行为，也使自身失去了进一步争取精神自由的机会，妇女解放所倡导的"平等""自由""独立"口号并未唤醒她们孱弱的灵魂。因而，如果说冯沅君以小说呼应大时代所导引的妇女解放思想的作为，在激进的初期产生过积极影响的话，那么在她创作的后期，虽然质疑与反思色彩增强，但贴近时代的激进先锋性回应明显削减，而且她的认识陷入一定的局限中，昭示着离开了社会解放的妇女解放只能是空想，被启蒙的新女性要去追求自由意志和爱情婚姻依然迷雾重重举步维艰。

---

① 刘思谦：《徘徊于家门内外——冯沅君小说解读》，《中州学刊》1991 年第 4 期。

第 三 章

革命:时代激流中的女性变奏
(1927—1937)

　　"革命"是 20 世纪 30 年代前后中国最浓重的色彩,妇女解放与女性文学也毫不例外地浸染上"革命"绚烂而又斑驳的色调。特殊的国内政治形势和国际政治格局,形成了这一时期独特的革命历史语境。承接上一阶段发展而来的妇女解放思潮和女性文学顺应这一政治情势,也形成了自身独特的景观。其时,维新派早已经退出了历史舞台,启蒙派逐步成长为国家社会思想潮流中的中坚力量。这一阶段严酷的社会政治现实、日益尖锐的阶级矛盾以及对立的政治观念和文化理念,使这一时期的妇女解放问题呈现为两种不同的走向:一方面,响应无产阶级革命的号角,把妇女解放完全纳入到革命大潮中,使之成为变革社会的一股巨大力量,妇女解放与无产阶级革命同频共振,"革命"牵引着中国妇女解放的方向和道路;另一方面,自由主义作家们仍然在自由、平等、个性解放的维度上阐发着他们对妇女解放的不同认知和理解。因而这一时期主要由无产阶级妇女解放思潮和自由主义妇女解放思潮形成同构关系,共同促进了这一时期女性文学的发展,并且形成互动互生的景观。

　　在革命时代,马克思主义妇女解放思想烛照下的女性文学顺应社会历史情势与革命要求,弥漫着浓重的政治意识和阶级意识,它以无产阶级和人民大众的解放为其核心目标,将妇女解放与现代民族国家的前途、命运相结合而带有革命文学的鲜明印记。而这一时期自由主义思潮中的女性写作也逐渐由延续"五四"个性解放思路、追求审美蕴含的"女性

味"逐渐蜕变为顺应时代潮流的"向社会"路径，呈现出妇女解放的新
气象和新趋势。

第一节 革命时代的妇女解放思潮与 女性风貌

　　1927 年国共两党合作破裂，至 1937 年抗战全面爆发，国共两党进行
了长达 10 年的内战。国民党把重心放在积极剿共上；中国共产党一方面
积极应对国民党在政治军事上的围剿，另一方面为改变现状，努力探索
新的社会发展方略。为了拓展新的革命空间由城市转入乡村，为使妇女
成为实现革命使命的新生力量而加大了解放妇女的步伐。这样不仅改善
了妇女的处境，也极大地提高了妇女的社会地位，被解放的妇女也慢慢
地把自我融入了时代的潮流，而这一切，也催生了女性文学文本的全新
表达和新品格的建构。

一　马克思主义妇女解放思想的引进和传播

　　自马克思主义被接受以来，中国共产党就把妇女解放作为无产阶级
解放事业的重要组成部分。为实现民族国家的复兴和解放，早期共产党
人不断阐释马克思主义的妇女观，并将之付诸中国革命的伟大实践中。
　　需要说明的是，本书尽管在第一章梳理"五四"语境中妇女解放特
质时已经阐述了以李大钊、陈独秀等为代表的马克思主义妇女解放的相
关思想理论，但为了本书表述方便的考虑，特意安排在本章系统地梳理
其形成历史和影响。
　　追根溯源，1917 年俄国十月革命胜利，第一个社会主义国家诞生，
这个新生的国家在政治体制等各个层面建立起来的制度和规范，作为成
功的经验很快被介绍到各个期望建立类似制度的国家中。故而马克思妇
女解放理论和列宁的妇女解放思想逐渐被引入中国，日益被中国先进的
知识分子接受。所以，考察中国无产阶级妇女解放思潮的发生，就要溯
源到 1919 年成立的共产国际（第三国际）。由于第三共产国际与我国的
时代契机遇合，于是直接促生了我国的社会主义妇女解放运动。其对于

我国的功绩正如学者高放所评价的："在世界范围内大力推进世界社会主义妇女解放运动。共产国际不仅帮助中国于 1921 年 7 月成立了中国共产党，而且也直接推介中国开启了社会主义妇女解放运动。正是 1920 年 4 月共产国际远东局派维经斯基为首的代表团到中国联络李大钊、陈独秀等人，促进筹建中国共产党"。[①] 代表团里的女性成员库兹涅佐娃和马马耶娃，把国际三八妇女节的由来和俄国自 1913 年以来纪念三八妇女节的情况介绍给上海共产主义小组的成员。在她们积极的组织引导下，1921 年 3 月 8 日，在陈独秀的住处——上海渔阳里六号，上海共产主义小组举行了纪念国际三八妇女节的活动，会上陈独秀的夫人高君曼发表演讲。这一次活动，被学者高放认为是中国无产阶级妇女解放运动产生的起点。[②]

1921 年 7 月，中国共产党成立之初，就把领导妇女争取解放作为自己义不容辞的历史责任，中国妇女解放思潮随机渐进式地发展起来。1922 年 7 月中国共产党第二次全国代表大会召开，大会通过了中国共产党关于妇女解放运动的第一份宣言《关于妇女运动的决议》，其中贯穿着马克思主义的妇女解放理论，决议认为："妇女解放是要伴着劳动解放进行的，只有无产阶级获得了政权，妇女们才能得到真正解放"。[③] 这在中国妇女运动早期的"祖母"级功勋向警予看来："劳动解放与妇女解放是

[①]　高放：《中国妇女解放问题的国际视野——王涛著〈世界社会主义运动视域下的中国妇女解放〉序》，王涛：《世界社会主义运动视域下的中国妇女解放》，中国社会科学出版社 2015 年版，第 3 页。

[②]　关于本次上海共产主义小组举行纪念国际三八妇女节的活动时间，《中国妇女运动史（新民主主义时期）》一书仅标明为 1921 年，并没有准确的月日，学界的大量研究也基本援引这一时间。见中华全国妇女联合会编《中国妇女运动史（新民主主义时期）》，春秋出版社 1989 年版，第 148 页。而在学者王涛的专著《世界社会主义运动视域下的中国妇女解放》中，著名学者、政治学家高放在为该书所撰写的序言中指出时间是 1921 年 3 月 8 日，故本书援引这一时间。另外，关于这一史料以及相关的部分史料，也参阅了该文。见高放《中国妇女解放问题的国际视野——王涛著〈世界社会主义运动视域下的中国妇女解放〉序》，王涛《世界社会主义运动视域下的中国妇女解放》，中国社会科学出版社 2015 年版，第 4 页。

[③]　《关于妇女运动的决议》，孙晓梅主编：《中国近现代女性学术丛刊续编9》第 28 册，线装书局 2015 年版，第 72 页。

天造地设的伴侣。必劳动解放了妇女才得真正的解放"。① 其时，中国共产党以苏维埃俄国为榜样，把妇女解放与无产阶级解放联系在一起，妇女解放服从于妇女的生存和夺取政权的需要。随之，早期的共产党人李大钊、陈独秀等在马克思主义妇女解放思想的启迪下，把马克思主义的阶级观点和阶级分析的方法作为分析妇女问题的思想武器，并尝试结合中国国情探讨中国广大妇女的解放之路。在 1923 年 6 月中国共产党第三次全国代表大会上，中央局下面专门设立了妇女部门，由向警予负责开展妇女工作。向警予针对城市底层女工的状况指出："从前死生祸福由丈夫作主，此刻死生祸福由资本家作主"。② 在私有制的阶级社会里，妇女即使走出家庭，仍然还得受资本家奴役。所以"共产党主张通过武装斗争夺取政权，通过社会主义革命来实现妇女解放"。③

1924 年 6 月至 7 月，中国共产党选派李大钊、王荷波、彭述之、刘清扬四人为代表出席共产国际第五次代表大会。大会成立若干专门委员会，刘清扬作为唯一的女性代表参加妇女委员会。④ 标志着中国妇女在国际妇女运动舞台上的正式出场。

1925 年 1 月，中国共产党第四次代表大会召开，会议在通过的《关于妇女运动决议案》中指出，私有制的存在是妇女受压迫的根本原因，因此，中国的妇女解放必须与革除私有制的社会主义革命联系起来。当时，妇女运动的主流是城市女工，妇女工作的重心是组织和动员城市女工，在这种情况下党的四大的召开使中国共产党开始注意到了农村广大妇女的存在和力量。

1925 年 5 月中共中央局进行机构调整，增选向警予为中央委员、中

---

① 向警予：《今后中国妇女的国民革命运动》，戴绪恭、姚维斗编：《向警予文集》，湖南人民出版社 1985 年版，第 156 页。

② 向警予：《今后中国妇女的国民革命运动》，戴绪恭、姚维斗编：《向警予文集》，湖南人民出版社 1985 年版，第 156 页。

③ 高放：《中国妇女解放问题的国际视野——王涛著〈世界社会主义运动视域下的中国妇女解放〉序》，王涛：《世界社会主义运动视域下的中国妇女解放》，中国社会科学出版社 2015 年版，第 9 页。

④ 中共中央组织部、中共中央党史研究室、中央档案馆编：《中国共产党组织史资料·第一卷·党的创建和大革命时期》，中共党史出版社 2000 年版，第 24 页。

央局委员,同时设立妇女部和出版社。① 1925 年 10 月由杨之华接替向警予担任妇女部代部长,同年 12 月创办《中国妇女》旬刊,宣传和开展妇女工作。1926 年 10 月妇女部奉命更名为"妇女运动委员会"。在 1927 年 4 月召开的中国共产党第五次代表大会上,中国妇女活动家杨之华、罗珠当选为中央委员,王亚璋当选为候补委员。这一系列在组织结构和人员配备方面的举措,为妇女提供了参政的机会,也有效地保障了妇女解放政策的贯彻和落实。

中国妇女的解放是伴随着民族的独立和国家的解放而来的,要解放中国妇女,首先要解放民族和国家。"五四"新文化运动时期,在马克思妇女解放思想的引入确认过程中,大批知识妇女优秀人才,如向警予、刘清扬、杨之华、蔡畅等走上了革命道路,为妇女们树立了榜样。在中国共产党的领导下,她们注重与劳动妇女紧密地联合,建立了无产阶级妇女解放观,奠定了中国妇女解放思想的基础,这就为无产阶级女性文学的孕育提供了生长的土壤。

二 马克思主义妇女解放思想的发展

20 世纪 20 年代末中国社会政治形势激变,政治格局复杂交错且尖锐对立,这就使这一时期的妇女解放思潮也变得错综复杂,但马克思主义妇女解放思想仍然强有力地占据着主导地位,并且获得了持续的发展。

在中国革命语境之下,尤其是在 1927 年大革命的背景中探讨妇女解放的问题就会发现,社会革命和妇女解放二者胶着勾连、同体共生的复杂情形超过了任何一段历史时期。"四·一二"和"七·一五"反革命政变,国民党反动派大肆屠杀共产党员、国民党左派以及革命群众,导致北伐战争初期如火如荼、影响深远的妇女解放运动遭受前所未有的挫败,第一次国共合作正式结束,宣告了 1924 年至 1927 年的大革命彻底失败。对妇女运动而言,国民党遏制革命女性的权利和要求,甚至屠戮与共产党关系密切的女性。那些经历了深入锻炼和严峻考验的共产党

---

① 中共中央组织部、中共中央党史研究室、中央档案馆编:《中国共产党组织史资料·第一卷·党的创建和大革命时期》,中共党史出版社 2000 年版,第 26 页。

员，在马克思主义理论的指导下，开始独立领导中国人民把革命斗争推向新的更高阶段。在这样的革命情境中，中国共产党在开展工农运动、学生运动中始终把妇女解放作为中国共产党革命斗争工作中重要的一个环节。

1928年7月10日，中国共产党第六次代表大会制定的《妇女运动决议案》中对于妇女解放运动明确指出："只有社会主义的胜利才能彻底解放妇女""只有共产党，只有无产阶级的革命，社会主义的完全胜利，才能完全解放妇女"。[①] 从而把妇女解放纳入伟大的社会解放的革命洪流之中。为了充分发挥妇女的能动性，强调应该让无产阶级妇女从事党的妇女工作，指出"党在乡村中的任务是吸收劳动妇女群众到革命方面来，因此在农民组织中，须有系统的工作，以造成和巩固工人阶级与农民的联合阵线"。[②] 在当时严峻的革命形势下，围绕"争取群众"这一党的总路线，党开始认识到妇女是革命胜利潜在的重要资源。为扩大革命力量，中国共产党开始重视吸收劳动妇女加入革命，于是广大的农村妇女开始变成中国共产党践行妇女解放运动的重要对象。所以有学者评价说，在革命的低潮期"服务于革命斗争是中国共产党发动、领导妇女运动的直接目的，或者说，革命斗争的需要是党高度重视妇女及妇女运动的直接动力"。[③] 中共将妇女解放运动纳入民族民主解放运动是革命运动必然的选择。

所以，从20世纪30年代初期，以毛泽东为代表的政治核心，从中国的具体实际出发，把马克思主义的妇女理论与中国乡村的现实结合，在一些政策法规的制定上进一步关注妇女的权利。比如在1931年制定的中国历史上第一部体现男女平等的《中华苏维埃共和国宪法大纲》就明确规定："中国苏维埃政权以保证彻底的实行妇女解放为目的，承认婚姻自

---

① 中华全国妇女联合会、妇女运动历史研究室编：《中国共产党第六次全国代表大会妇女运动决议案》，《中国妇女运动历史资料（1927—1937）》，中国妇女出版社1991年版，第12页。

② 中华全国妇女联合会、妇女运动历史研究室编：《中国共产党第六次全国代表大会妇女运动决议案》，《中国妇女运动历史资料（1927—1937）》，中国妇女出版社1991年版，第16页。

③ 韩贺南：《整体化、自省与特别关注——中国共产党的妇女工作理念与方法（1927—1937）》，《妇女研究论丛》2004年第5期。

由,实行各种保护女性的办法,使妇女能够从事实上逐渐得到脱离家务束缚的物质基础,而参加全社会经济的政治的文化的生活"。① 农村妇女获得了与男子一样的权利。30 年代中期,中国共产党更是把妇女运动的重心逐渐转移到苏区的农村劳动妇女,将农村妇女作为主要的依靠力量。比如中共西北工委会于 1936 年 9 月 14 日专门发布《关于妇女工作的决议》中明确指出:"我们要千百倍的加强妇女工作,吸收广大的妇女群众参加革命战争,动员妇女组织赤少队、红军游击队,参加一切革命的武装团体,来粉碎敌人对我们残酷的围剿"。② 为了让保守的农村妇女接受妇女解放的思想观念,鼓励农村妇女参加生产劳动和革命战争,甚至一些妇女工作组开办夜校,宣传阶级斗争观念,提高妇女们的政治觉悟;还开办妇女培训班,进行识字活动和劳动技能的培训,促使妇女获得独立的经济地位,从而确保妇女的自由和解放。

当然,这一时期妇女解放事业从属于无产阶级的解放事业,所有的思想理论、政策决定都服从于国家争取民族独立,中国共产党夺取政权的大背景。把妇女解放融入轰轰烈烈的革命之中,无疑是适应时代背景符合社会潮流的,但事实上二者被动地重合也有其致命的缺陷,这就是妇女群体和个人的利益常常被有意无意地漠视,甚至被无条件地牺牲,在某些层面上是对真正意义上妇女解放的偏离。

三 徘徊在自由主义界域边缘的妇女解放思想

关于现代中国自由主义的起源,学界有两种观点:殷海光、胡伟希等认为"严复堪称为中国自由主义之父";而谢泳、欧阳哲生等认为胡适是中国"第一代自由主义知识分子的代表"。具体而言,在中国的西学东渐场域中,严复翻译的《天演论》开启了西方自由主义进入中国的大门,中间经康有为、谭嗣同、梁启超等的大力介绍和宣扬,到"五四"时期胡适等现代知识分子出现才产生了真正意义上的中国自由主义。相应地

① 《中华苏维埃共和国宪法大纲》,《红旗周报》1931 年 12 月 2 日第 25 期,第 6 页。
② 中华全国妇女联合会、妇女运动历史研究室编:《关于妇女工作的决议》,《中国妇女运动历史资料(1927—1937)》,中国妇女出版社 1991 年版,第 421 页。

源自西方女权运动主流思想的自由主义妇女解放思想，也随着"五四"自由主义潮流被介绍和传播到国内，并逐渐形成了中国化的核心观念：倡导独立、自由、平等、理性的妇女观；在政治上主张推行资产阶级的民主改良制；通过立法和政府支持推动妇女参政议政和教育就业；主张对枝节的、具体的妇女问题进行渐进的改良。

1927 年政局动荡，在随之而来的高压政治中国民党加强了对民众思想的钳制，也致使束缚妇女、压迫妇女，并让妇女回归家庭做"贤妻良母"的旧道德思想逐渐抬头。在政局上，随之而来的是日本帝国主义咄咄逼人的侵略行径，特别是"九·一八"事变与"一·二八"事变后，国民党政府极力压制国内高涨的民主革命运动而推行不抵抗政策，致使妇女解放运动也变得颇为曲折和复杂多元。当时除了中国共产党领导的服从革命大局和方向的妇女解放运动外，主要有国民党当局倡导的"改良主义的妇女运动"，还有非革命的"女权主义的妇女运动""基督教的妇女运动"等。① 其中非革命的"女权主义的妇女运动"的倡导者们，诸如胡适、梁实秋、沈从文、潘光旦等大都是小资产阶级知识分子，他们大都承继了"五四"时期的民主、自由、人权、独立、人道主义、个性解放的思想观念，他们以《申报》的副刊《妇女园地》，《新民报》的副刊《新妇女》，以及《妇女杂志》《妇女生活》《女子月刊》等为阵地，穿梭在国共两党纷争的空隙，言说着他们有关妇女解放、男女平等的思想，他们的主张远离革命，淡化政治与阶级，但与世界妇女解放的大势潮流是取同一方向的。比如女性代表人物冰心、黄心勉、赵清阁等，通过她们的作品和行动的互动，昭示着她们女性身份的存在。而与国民党"改良主义的妇女运动"服务于国民党政治的总方向不同，"女权主义的妇女运动"的倡导者以非政治的独立姿态，在历史发生拐点、民族矛盾急遽升级之时，适时调整自己的思路，改变她们关于妇女历史作用的意向，用她们的写作来界定和重新建构自己，试图回归到历史正向的发展

---

① 中华全国妇女联合会、妇女运动历史研究室编：《中国共产党第六次全国代表大会妇女运动决议案》，《中国妇女运动历史资料（1927—1937）》，中国妇女出版社 1991 年版，第12—13 页。

轨道。而她们所属的思想营垒被许多论者归入自由主义思想范畴,所以这里把她们闪现的关于妇女问题的思考也权且称为自由主义妇女解放思想,这其实是"五四"启蒙主义妇女解放思想的延续。

早在 1921 年 9 月,《现代妇女发刊词》中就指出"现代妇女"与过去妇女相比较,要从过去的一切束缚中解放,享受前所未有的"学习的自由,事业的自由,肉体和心灵的自由,做妻和做母的自由"。[①] 给亟须解放的广大妇女定下了一个符合"五四"时代发展的"现代标准",强调现代妇女要争取自身的独立与自由,这可谓自由主义妇女观的先声。

胡适在中国思想界一直推行自由主义思想观念。早在美国哥伦比亚大学留学期间,深受杜威经验主义哲学的影响,所以在对待社会政治问题上,他反对社会问题一蹴而就地解决,主张一点一滴地改良。他认为"世界是一点一滴一分一毫的成长的",[②] 人类社会的进步和发展也就是在解决一个个具体的社会问题的过程中不断前进的。在妇女解放思想方面,他尤其强调以理性为基础的个人自由。他的《美国的妇人》《婚姻篇》《易卜生主义》《终身大事》等文章和作品,呼吁中国女性冲出家庭、挣脱束缚,反抗压迫,接受教育,成为自立自强的新女性。在 20 世纪 30 年代中期,胡适依然接续其"五四"时代的思想,继续大力提倡"健全的个人主义",而他所指的"个人主义"事实上就是"自由主义"。他认为"马克思,恩格斯都生死在这个时代里,都是这个时代的自由思想独立精神的产儿。他们都是终身为自由奋斗的人"。[③] 胡适强调一个"健全的个人主义"者,必然是拥有"自由思想独立精神"的人,当然这样的人也包括女性。梁实秋也强烈地申明:"我们反对思想统一!我们要求思想自由!我们主张自由教育!"[④] 罗隆基也指出"言论自由,

① 《现代妇女发刊词》,刘宏权、刘洪泽主编:《中国百年期刊发刊词600篇》(上),解放军出版社1996年版,第227页。

② 胡适:《实验主义·詹姆士心理学》,葛懋春、李兴芝编:《胡适哲学思想资料选》(上),华东师范大学出版社1981年版,第65页。

③ "这个时代"指19世纪维多利亚时代。见胡适《个人自由与社会进步》,《独立评论》1935年第150号,第3—4页。

④ 梁实秋:《论思想统一》,《新月》1929年5月10日第2卷第3号,第8页。

是指不受法律干涉的自由"。① 胡适等一贯倡导的"自由""民主""独立"观在自由知识分子中产生共鸣，也影响到了这一时期自由主义女性解放思想的发展。

社会学家潘光旦一贯重视婚姻家庭和妇女儿童问题，他在 20 世纪 30 年代对妇女问题的探讨产生过强烈而广泛的社会反响。1927 年 5 月，潘光旦发表《女权：学理上的根据问题》短文，"透过对'权'观念的重新解说区分了普通女子和少数女权运动领袖"；② 同年 8 月潘光旦发表《男女平权》一文，明确地批评所谓的"男女性夹杂不分说"，承认并指出男性和女性生理上存在巨大差异性的事实，也以此遥相呼应周作人此前提出的"男女是不一样的人"的观念。1932 年年初，他在其以促进人类自身不断演化、挽救民族品性的《优生的出路》中不但大力弘扬种族观念，建议整顿家庭制度，"主张思想、言论与学术的自由"，③ 而且强调"教育更应注意到男女两性的分化"，④ 在此认知基础上，提议人们着意"要认清女子的主要作业依然不能越出贤妻良母的范围，而贤妻良母的职业价值不在任何职业之一"。⑤ 在他看来，生养子女是女性最为"优先"承担的社会责任，在婚姻家庭中妇女首先要选择担任贤妻良母的角色养育自己的子女成人。他把女性在家庭的角色定性为一种职业，且是最为重要的一种社会职业。这一观点虽然试图要突出"女性"本体不同于男性的性征特质，但没有从女性个性发展与充分实现自我价值的需求出发，而是从男性的需求心理和女性从属于男性的社会属性来考量的，所以与追求个性解放的妇女解放的时代潮流形成了一定的落差。但在 1948 年比较有影响力的《妇女问题的一个总答复》中，他认为男女"双方都是人，都具有人的性格，谁都不是谁的工具，不是附属品"，并指出一个事实：

---

① 罗隆基：《告压迫言论自由者——研究党义的心得》，《新月》1929 年 9 月 10 日第 2 卷第 6—7 号（合刊），第 7 页。

② 吕文浩：《个性解放与种族职责之间的张力——对潘光旦妇女观形成过程的考察》，《清华大学学报》（哲学社会科学版）2016 年第 1 期。

③ 潘光旦：《优生的出路》，《新月》1932 年 9 月第 4 卷第 1 期，第 25 页。

④ 潘光旦：《优生的出路》，《新月》1932 年 9 月第 4 卷第 1 期，第 31 页。

⑤ 潘光旦：《优生的出路》，《新月》1932 年 9 月第 4 卷第 1 期，第 32 页。

"两性的相与，本是一种荀子所称的不同而和之局"，因而建议妇女运动应进入一个"位育"（促进女性健康）的时期，从而使"家庭、社会、文化、民族的生活也就转进一个更和谐更高明的境界"，[1] 显示出他在妇女解放问题上思想的飞跃与进步。

革命语境中妇女运动的倡导者黄心勉女士也是一位影响较大的人物，她尤其注意到经济和"智识"对妇女的重要性。在她早年发表的《中国妇女的过去和将来》中，把女性"体力、智力、经济力"不如男性归结为中国妇女痛苦的根源，因而鼓励女子争取经济权和教育权。后来黄心勉基于个人生活体验，为中国妇女前途命运而担忧，与丈夫姚名达一起于 1933 年 3 月 8 日创办了《女子月刊》，试图以此为阵地宣扬妇女解放思想，唤醒千千万万妇女的觉醒。黄心勉宣称《女子月刊》的办刊宗旨是："发表女子作品，供给女子读物。漂亮点说，就是辅佐女子教育，促进妇女运动，开发妇女智识，提高人类文化。详细点说，就是讨论妇女问题，研究妇女历史，发挥妇女能力，提倡妇女职业，矫正社会陋俗，改良家庭生活。简单点说，就是为妇女作智识上的服务"。[2] 黄心勉着意从思想上启蒙女性、唤醒妇女。她曾申明自己的办刊态度是："我们只知道拥护大多数民众，尤其是大多数妇女的福利，不愿过分左倾，亦不愿反动右倾。我们不愿多谈政治，虽然有时不能不谈"。[3]《女子月刊》秉持政治中立，择稿兼容并蓄，坚持思想自由，在倡导解放妇女方面功不可没。而黄心勉关于妇女解放主张中的要求妇女努力求得"智识"，妇女要与男子共同参与生产，妇女要从男子手中夺回经济权，尤其妇女解放运动必须与社会运动合流才能到达真正自由平等的殿堂的思想，可以说传导了那个时代自由主义知识女性的共同心声。

如果说"五四"时期的自由主义妇女观从抽象的人道主义出发，以西方天赋人权、人人生而平等的价值观念为思想武器，争取妇女的平等自由权利，旨在从封建专制的思想藩篱中解放女性的话，那么 20 世纪 30

---

① 潘光旦：《妇女问题的一个总答复》，《新妇女（南京）》1948 年第 21 期。

② 黄心勉：《女子书店的第一年》，《女子月刊》1933 年 4 月第 1 卷第 2 期。

③ 黄心勉：《我们的态度》，《女子月刊》1933 年 4 月第 1 卷第 2 期。

年代前后的自由主义妇女解放的内涵则更多地打上了现实的烙印。他们所倡导的男女平等、个人价值的实现，更多的是与社会进步、经济独立、教育权的获得相联系。他们已经意识到要重视改革经济制度，使女性拥有自主的经济权；要重视女性教育权，提高女性的知识水平，使女性走进社会、服务社会、自力更生，获得经济上的独立。自由主义妇女观主张把女性作为一个独立的个体对待，呼吁女子不能做男性的附庸，在此基础上，主张女性应该追求社会的自由平等，公开为自己争取政治权利来推动女性解放。不过，自由主义知识分子倡导的妇女解放依然将"家庭妇女、贤妻良母"视为女性固有的角色和女性应该担当的使命。他们更多关注的是中产阶级女性的命运，他们倡导的妇女解放思想的传播也仅限于上层社会的部分知识女性，即使他们参与组织的国民党领导下的女权运动，也主要在一些城市妇女中产生影响。所以说，自由主义妇女观因所处历史时代的局限，思想狭隘并存在一定的局限性。

总体而言，自由主义妇女解放思想强调以理性为基础追求女性个人的权利与自由，追求保护女性自由权益的社会，强调"个人"的解放而非人类解放，具有一定的狭隘性。况且在中华民族解放运动大潮跌宕起伏、"救亡压倒启蒙"的背景下，她们依然保持启蒙与改良的温和态度来研究妇女历史，讨论妇女问题，的确不合时宜。自由主义知识分子对个体尊严和权利的尊重，对自由、民主、平等、人权的追求，对女性解放的倡导只能淹没在民族和阶级解放的话语中，并让位于无产阶级妇女解放思潮。

四 革命时代女性的解放风貌

中国现代历史上第一次国内革命战争（1924—1927 年）声势浩大、席卷全国，工农运动、学生运动、妇女运动等此起彼伏、波澜壮阔。中共中央局在机构调整时设立妇女部，国民党也设立妇女部，二者互相协调开展妇女工作，倡导女性解放。当时有许多知识女性加入社会组织，参加社会活动，妇女表现出前所未有的解放程度。如宋庆龄、向警予、蔡畅、杨之华、邓颖超、何香凝等作为妇女运动的领袖人物，引领着女性前进的方向；更有谢冰莹等投笔从戎，直接参加北伐战争，谱写新时代的女性进行曲。在她们身上体现着新时代女性的精神风貌，她们的活动在近现代历史进程中影响深远。

20世纪30年代，在中国的都市和沿海地区，基本上是旧式封建婚姻与新式自由婚姻并存；而乡村和内陆由于所处地域的差异，妇女接受教育的数量多少不一，女性解放的程度也不一样，基本是传统的封建婚姻模式唯我独尊。大革命失败以后，与党派分野一致，妇女解放运动阵营也以阶级形式分野。由于女性所属的阶级和党派的不同，她们的存在方式、行为模式和社会形态也相差很大，其呈现出的精神风貌也完全不同。

在城市，革命时代的进步知识女性与现实社会结缘投身革命洪流，呈现出多姿多彩的风貌。聂绀弩在《谈〈娜拉〉》一文中谈到"五四"新女性以离家出走来进行一种消极的反抗，具有积极的意义和价值，但革命时代娜拉毕竟已经过时，他认为："新时代的女性，会以跟娜拉完全不同的姿态而出现。首先，就不一定是或简直不是地主绅士的小姐；所感到的痛苦又不仅是自己个人底生活；采用的战略，也不会是消极抵抗，更不会单人独骑就跑上战线。作为群集中的一员，迈着英勇的脚步，为婉转在现实生活的高压之下的全体的女性跟男性而战斗的，是我们现在的女英雄"。[1] 聂绀弩在这里所描述和赞扬的是革命时代中新的女性英雄形象，她们具有革命的自觉和热情，同男性一起并肩战斗，她们的形象体现了时代赋予妇女的新的角色定位。

正如谢冰莹所描述的，在革命时代到来后，"勇敢的青年男女们，一个个抛弃了书本，脱下了长衫，参加革命去了！"[2] 勇敢的年轻革命女性走到了时代洪流的最前列，她们以崭新的姿态创造着光明的新世界。谢冰莹的传奇人生就是一个经典的女性革命案例。她经历过无数曲折和坎坷，于1926年来到武汉投身到大革命的潮流中，在中央军事政治学校与她一起接受军队训练的就有两百多女性。她们中许多曾经裹过小脚的女子虽然"走起路来像鸭子似的一扭一拐"，但"她们穿着军服，打着裹

---

① 聂绀弩：《谈〈娜拉〉》，《中国新文学大系1927—1937·第十二集·杂文集》，上海文艺出版社1985年版，第663页。

② 谢冰莹：《女兵自传（节选）》，百花文艺出版社1985年版，第32页。

腿，背着枪，围着子弹"的身姿永远镌刻在历史的纵深地带，这些历史上从未有过的"女兵"形象即是革命时代的新女性。在谢冰莹的《女兵日记》和《女兵自传》等军旅作品中，最为直观地记载了在军阀和地主重压下妇女悲剧命运的变迁，"真想不到数千年来，处在旧礼教压迫之下的中国妇女也有来当兵的一天，我们要怎样努力才能负担起改造社会的责任，才能根本铲除封建势力呢?"[1] 展示出来的是一个具有责任担当和反思精神的"女兵"形象，她仁爱、智慧、勇敢，具有高尚的精神境界和昂扬的革命激情，她忘记了自己是女人，与男性一道随军北伐，蓬勃高涨的革命使她不由自主地意识到自己的使命担当，她在言辞间处处流淌出新女性的铮铮誓言：支持革命，积极参战，牺牲生命，解除民众的痛苦。谢冰莹等拥有的"女兵"这一全新的社会角色，使她成为风云激荡时代里中国女性的典范。这种典范在其他女作家的文本中也并不陌生，她们与茅盾《幻灭》中的静女士、慧女士，《动摇》中的孙舞阳，《追求》中的章秋柳一样，都是受到时代的感召而投身到革命洪流之中，她们尽管结局不同，有的激流勇进，有的歧路彷徨，有的退守家庭，但她们终究是与时代共奋进，与命运相抗衡的"时代新女性"。

至于革命时代的苏区妇女，她们的情形更是有很大的改观。1931 年11 月7 日，第一次全国苏维埃代表大会通过的《中华苏维埃共和国宪法大纲》第 11 条明确规定："中华苏维埃政权以保证彻底地实行妇女解放为目的，承认婚姻自由，实行各种保护妇女的办法，使妇女能够从事实上逐渐得到脱离家务束缚的物质基础，而参加全社会经济的政治的文化的生活"。[2] 紧接着在 11 月 28 日，中央执行委员会颁布了《中华苏维埃共和国婚姻条例》，确立结婚与离婚完全自由，废除包办、强迫和买卖婚姻，禁止一夫多妻等条例。1932 年根据中央局的指示，苏区各省成立专门负责妇女工作的"劳动妇女代表会议"，1933 年受命改为"女工农妇代表会"，从而建立健全了妇女群众组织，负责苏区妇女的整体工作。围

---

① 谢冰莹：《女兵自传（节选）》，百花文艺出版社 1985 年版，第 41 页。

② 韩延龙、常兆儒编：《中国新民主主义革命时期根据地法制文献选编》第 2 卷，中国社会科学出版社 1981 年版，第 11 页。

绕着这些组织，苏区妇女投身到了革命斗争的大潮流中，发挥了男人们不可替代的巨大作用。在苏区，红军每到一处，都要张贴诸如"打倒包办婚姻，禁止虐待童养媳""实行男女平等，打破包办婚姻""反对老公打老婆""男女平权，女子要读书识字""保护女工童工"[1]等标语，他们宣传党的妇女政策，鼓励妇女投身革命运动。比如毛泽东就经常利用开会等方式向妇女群众讲解革命道理和党的妇女政策，他还通过调查[2]了解妇女的现状，以寻求解决对策。在中国共产党的宣传引导下，苏区的妇女们在积极参加革命的同时也已开始争取自身其他的权利，这一切也得到了苏维埃政府的支持。苏区的青年男女可以公开自由恋爱、自由离婚。[3]1934年4月8日中华苏维埃共和国正式颁布《中华苏维埃共和国婚姻法》，第一次以法律的形式明文规定婚姻自由，实行一夫一妻等制度，为实行真正平等的男女婚姻制度确立了法律保障。不仅如此，苏区的部分女子还摆脱封建家庭的束缚和阶级的压迫，参加红军，直接走进革命的行列。冯铿的《红的日记》中，塑造了红军战士马英这类女战士形象，她们已经完全忘掉自己的女性身份，经历了军旅生活的磨炼后成长为革命的一员战士。冯铿借小说主人公宣告："真正的新妇女是洗掉她们唇上的胭脂，握起利刀来参进伟大的革命高潮，做一个铮铮锵锵，推进时代进展的整个集团里的一分子，烈火中的斗士；来找求出她们的真正出路"。[4]

当时担任中央局秘书长兼妇女委员的邓颖超同志率先垂范，组织领导妇女解放运动并指导妇女工作。她在1933年11月29日的《红色中

① 江西省宁都县博物馆编著:《历史的足迹——江西省宁都县苏区墙头革命标语、画选编与研究》，江西人民出版社1988年版，第18—20页。

② 1930年，毛泽东在江西省赣江寻乌县进行了为期20天的农村工作调查，撰写了《寻乌调查》，其中谈到红军宣传员在农村使用的宣传标语和口号中已经包含了对离婚、结婚自由的宣传，充分地调动了妇女们参加革命的积极性，激发了她们追求解放的激情。

③ 1930年5月毛泽东在《寻乌调查》的"第五章寻乌的土地斗争"这一部分的"(十七)土地斗争中的妇女"中说"她们在耕种上尽的责任比男子还要多"，"养育儿女是女子的专职"，人们还打出"离婚结婚绝对自由"的口号，等等。见毛泽东《寻乌调查》，中共中央文献研究室编:《毛泽东文集》第1卷，人民出版社1993年版，第239—243页。

④ 柔石、冯铿:《晨光》，书目文献出版社1986年版，第316页。(《红的日记》最初刊发在《前哨·文学导报》1931年第1卷第1期。)

华》报上发表了《怎样领导各省第一次女工农妇代表大会》一文，强调发挥劳动妇女的革命精神，积极开展并保障妇女工作的顺利进行。在中国共产党的领导下，苏区妇女解放运动开展得轰轰烈烈，展示出劳动妇女独特的精神风貌，她们顾大局、舍小家，追求进步，自立自强，敢于担当，无私奉献，忠于革命，英勇无畏。在苏区青壮年男子大部分上前线的情况下，苏区妇女在党的组织领导下积极参加生产劳动，起到了强有力的支撑和保障作用，涌现出了杨开慧、范乐春、李坚真、郭香玉、唐义贞、李美群、邓六金、危秀英等一批优秀妇女。其中，毛泽东的夫人杨开慧为革命英勇就义，林伯渠的妻子范乐春参加游击战直到病逝，谢觉哉的夫人郭香玉宁死不屈最后被敌人活埋，陆定一的妻子唐义贞被敌人残忍地剖腹致死……这些妇女英烈们坚持革命、勇于抗争、追求解放的身姿与精神风貌永远镌刻在了历史的丰碑上。

在国民党统治区，女性解放的情势则比较复杂。从外显的国家建构行动来看，自 1926 年起，在出台的民法条文中，当局不断地吸收采纳男女平等、婚姻自由的相关原则，比如制定了"婚约应由男女当事人自行订定"，"婚约不得请求强迫履行"等相类似的条款。[①] 1936 年还成立了"新生活运动促进总会妇女指导委员会"，宋美龄担任指导长负责开展妇女工作，她积极呼吁女性参与到新生活运动中来，宣称"我们如要衡量一国的进步程度，必得注意那一个国家妇女的情况和妇女在社会生活、国家生活中的地位。倘若大多数妇女有受教育的机会，而且生活很合理，那个国家才是进步的国家"。[②] 当然宋美龄所说的"生活很合理"主要指妇女要退回家庭，她认为只有家庭有保证之后才可进一步实现妇女自身的解放。这样的思想在国民党统治区占据着主导地位。以国民党《中央日报》副刊《妇女周刊》为代表的女性刊物大都配合"新生活运动"而主张"复古主义"，鼓吹"新贤妻良母主义"，诱导妇女脱离社会、回归家庭，促进整个家庭中的人都能做到合乎"礼义廉耻"。正如《女子月刊》编委上官公仆所评论的："中国妇女运动的命运，也就陷于最悲惨的

---

① 上海文明书局编：《中华民国民法》，上海文明书局 1931 年版，第 241 页。

② 宋美龄著，智诚、毕强、肖木编：《宋美龄自述》，九州出版社 2018 年版，第 49 页。

境地。'特殊者群'为要保持他们本身的特殊利益，想尽方法发掘陈腐的尸骸，来做欺压女性镇压女性大众的灵符"。① "新生活运动"初期出于战略的考虑主张女性回归家庭，告诫女性不要学习苏区的女子不顾传统道德走上前线，要知道"礼义廉耻"，做好"贤妻良母"。于是在国家民族话语下，主流舆论期待中的女性"新贤妻良母"形象在国统区成了女性形象的流行趋向，"新贤妻良母"们被宏大的国家主义所蒙蔽，退回家庭恪尽"母职""妻职"，丧失了自我向社会发展的可能。

但从下沉的社会力量结构层来看，实质上不能忽视的是当时的广大革命妇女，她们没有被男性所赐予的狭隘女权所迷惑，没有满足于宏大的意识形态所宣扬的空洞的平等与解放，她们"宁愿忍受警棍，皮鞭，刺刀，冷水的残暴的搏击，勇敢地冲到十字街头来，高喊：'打倒汉奸！''打倒日本帝国主义！'三年来的妇女运动，已经发展为整个的民族解放和社会改造运动中的一个主要的支流了，她已经走上了新生的阶段"。②可见时代所赋予的在民族解放和劳苦大众的解放中才能获得自身解放的道理潜滋暗长，促使行走在革命阵营中的广大女性挣脱"复古主义"与"新贤妻良母主义"精心编织的灵符，走出"奴隶"与"玩偶"的家庭角色设定，于是她们轻装上阵以昂扬的风姿融入时代的大潮，谱写出一曲"女性＋革命"的时代之曲，从而凸显出真正的时代女性的精神新风貌。

第二节　革命话语中女性的文学表达

"五四"新文学在这一时期发生分化，形成了占有主导位置的无产阶级文艺思潮和成果丰硕的自由主义文艺思潮。一方面，女作家置身复杂激变的时代风潮和两相对垒的文学思潮中，经受着革命浪潮的风雨洗礼，以自己的文学活动和创作成果促进了革命的深入发展和社会历史的前进，女性文学因之也弥漫着浓重的政治意识和阶级意识，打上了无产阶级和

---

① 上官公仆：《三年来的中国妇女运动》，《女子月刊》1936 年第 4 卷第 3 期。
② 上官公仆：《三年来的中国妇女运动》，《女子月刊》1936 年第 4 卷第 3 期。

人民大众解放的鲜明印记，显示出左翼文学的色彩与特质；另一方面，由于中国传统的封建观念和思想根深蒂固，妇女接受教育的面比较狭窄，广大妇女缺乏性别意识，仍然处在蒙昧不化之中，甚至有些接受了启蒙教育的女性，在走进社会之后，不但没有得到真正的解放，反而又一次陷入更深的社会泥淖之中。所以这一时期的女性写作与妇女解放思潮同频共振，关注女性苦难艰辛的生活，表现她们解放历程中的犹疑和坎坷，就成为自由主义以及其他女性写作的重要一极。这两极女性写作在某种程度上形成了刚柔相济的精神特征，很好地诠释了革命时代妇女解放的时代风貌。

一　革命背景中女性的多样化书写

特殊时代所生成的女性革命文学和自由主义文学互相对立又互联互补，生成了多样的文学主题和范型，形成了该时期独有而多姿多彩的文学样貌。

（一）艰难困苦中女性的挣扎与"绝叫"

这一时期革命语境中的"左联"女性书写以及具有"左翼"倾向的女性书写，它们的存在与"左翼"政治意识形态的进程基本同步，在杨刚、冯铿、萧红、罗淑等的作品中，呈现了中国女性在艰难困苦中的"绝叫"与挣扎。如萧红《生死场》中的女性人物王婆、金枝、月英等，她们同男人们一样在"生死场"上挣扎。她们除了受苦受罪，遭受病魔的折磨以外，还要忍受丈夫的虐待。这些女性人物大多承受着身体和精神上的双重苦难，萧红借金枝之口喊出了"恨男人"的强烈心声，也凸显出我们国家在历史变迁和民族危难中女性的生存处境和悲剧命运。《生死场》对于女性苦难生活的描述充满着悲剧意味，东北农民"蚊子似的为死而生"，但他们在民族意识和阶级意识觉醒之后开始"巨人似的为生而死"，[①] 从中我们感悟到农民身上所蕴藏的巨大反抗能量，也感受到了中华民族浴火重生的希望。

---

① 胡风：《〈生死场〉读后记》，萧红著，章海宁主编：《萧红全集》（小说卷Ⅰ），北京燕山出版社 2014 年版，第 301 页。

　　罗淑的《生人妻》以阶级视角描写了野蛮乡村愚昧落后的"典妻"制度,"着重地描写了在无告的命运下面被撕裂着的女性",[①] 揭示出旧中国乡村女性的非人地位。《生人妻》中的主人公受生活所迫,"出脱了原有的几亩地和一幢平房",[②] 用仅有的两只羊换来邻人将要拆掉的一间破旧小偏房居住,夫妻俩过上了卖草为生的日子,但即使这样的生活也由于"一些陌生面孔"的出现而难以为继,丈夫在九叔公的建议之下为了让妻子能够有个活路典卖了她。小说真实地呈现出 20 世纪 30 年代四川中部乡村颓败与贫困的情境,在写出贫贱夫妻相濡以沫的真挚情义的同时,比较可贵地描写了"妻子"逐渐觉醒的反抗意识。一听到要卖自己,她对丈夫的怒骂、对完成这桩买卖的九叔公的恨意、对大胡意欲和她喝新人酒的拒绝,以及推倒调戏她的小胡等一系列意识和行为,都表明了底层妇女反抗意识的觉醒。但我们也看到故事中丈夫和妻子的地位悬殊,丈夫一方是主人,妻子一方是奴隶。作为奴隶的"妻子"没有自己的人身自主权利,她是完全隶属于丈夫的"物",任凭丈夫对其命运进行安排。从小说描写的"典妻"发生的生活环境看,周遭的所有人都默认这种落后愚昧的制度,表现出浓厚的男权主义中心社会特征。罗淑的《刘嫂》同样塑造了一位屈辱、坎坷,在艰难境遇中保持坦然、健康、坚韧、善良的女佣形象。在刘嫂艰难坎坷的人生里,当佣人是最可贵的机会,但由于贪杯喝酒被主人解雇,倔强的她也不刻意去向主人求饶,被解雇后嫁过四个男人,都由于不能忍受被毒打而逃离,最后不知流落到了何处。刘嫂的遭际就是旧时代下层农村女子悲惨人生的缩影,她既要忍受外在的阶级压迫和剥削,还要遭受家中丈夫的奴役和凌辱,双重的苦难和压力使得她改变了容颜和形象,但依然不改劳动者倔强善良的本性和刚强坚毅的生活态度。刘嫂在被主人辞退的时候,仍然用自己少得可怜的工钱给主人家的小姑娘买来许多新鲜的菱角和甜藕;多年后还依然想着养两只肥鸡,热情地请"我和母亲"去吃……刘嫂这一"从苦难中锤

---

　　① 胡风:《生人底气息》,艾以、沈辉、卫竹兰、李国煣编:《罗淑罗洪研究资料》,北京十月文艺出版社 1990 年版,第 78 页。

　　② 罗淑著,柯灵主编:《罗淑小说·生人妻》,上海古籍出版社 1997 年版,第 2 页。

炼出来的豪爽不羁、刚强无畏的形象"，① 再一次展现出作家同情受侮辱受压迫的贫困女性，批判男权世界，批判阶级压迫，向往新生活的积极倾向。

1933 年秋天，被斯诺评为"敢于运用社会题材来表现解放"的杨刚，应斯诺的要求用英文写了短篇《一部遗失了的日记片断》，故事主要围绕一个怀孕的女革命家是否打胎而展开，表现了作为革命者的"我"矛盾而痛苦的内心，展示出一位革命女性如何战胜母性的心理轨迹。《翁媳》写出了维护传统道德和追求真爱的矛盾。月儿和朱香是媳妇和公公的关系，月儿是望郎子，从五岁开始进了朱大娘家承担起望郎的责任，十三岁时朱大娘才生了儿子——月儿的丈夫，朱大娘同样也是朱香的望郎子，在年龄上朱香比月儿大不了几岁。朱大娘成天跟着"和尚斋公走庙上香，弄佛事"，田地里的农活只能由月儿和朱香去做，慢慢地彼此相爱，结果一次两人在丛草封闭的猛狗台幽会时被发现，最后月儿落得被沉河的命运。《母难》中的吴妈是一位具有反叛思想的下层妇女，她不堪忍受丈夫的极度虐待，与儿子逃出家门后，流落到城里一户人家做佣人，用自己的劳动换得儿子与自己生存下去的保障。后来儿子和丈夫劝说其回归家庭，吴妈陷入两难之中：作为母亲她不愿和儿子分离；但作为一个人，她没有必要回家再去忍受丈夫的虐待。杨刚在表现妇女问题时，不但富于女性主体意识，而且渗透着深刻的生命意识，表现出女性觉醒之后的反抗和他们对革命的追求。冯铿的短篇小说《贩卖婴儿的妇人》，同样写出城市贫妇被迫出卖亲生儿子的惨剧。抗战前许多女性作家的写作基本上都涉及表现下层妇女在痛苦的生活中艰难挣扎的情景，有力地表现出女性一旦成为男人的附庸，就必然失去自己的人格尊严的处境。女性作家借此来揭示封建男权文化下女性的遭际，封建思想对女性的奴役和对女性权利与地位的约束。

上述女性书写与当时男性书写，甚至与左翼电影一起，构成了一个关注女性生存和命运，反映女性苦难以及觉醒历程的潮流。比如 1934 年，

---

① 樊骏：《论罗淑——兼及中国现代文学发展演变的若干轨迹》，艾以、沈辉、卫竹兰、李国烺编：《罗淑罗洪研究资料》，北京十月文艺出版社 1990 年版，第 94 页。

由蔡楚生导演和联华影业公司摄制的电影《新女性》,因表现新女性(都市知识女性)悲剧的人生和命运引发了社会的关注和争议。影片的主人公韦明是一位出生于封建书香门第的青年女性。接受了现代启蒙教育的她,为了追求恋爱自由,像勇敢的娜拉一般走出家庭,与恋人同居后生下一个女儿,不久却遭到被抛弃的命运。为谋生韦明到上海一所私立学校做音乐老师。工作之余向报社投稿,认识并喜欢上了编辑余海涛。然而学校的董事王博士看中了韦明,韦明因拒绝了王博士被其报复辞退。这时,韦明与女儿重逢,但不幸的是女儿染上了肺炎,生命危在旦夕,为了女儿她决定出卖自己。然而当晚接待的客人竟然是王博士,两人发生激烈的矛盾冲突。当眼睁睁看着女儿在自己的怀里断气后,韦明愤而服药自尽。余海涛将其送往医院抢救,生命本来有了新的转机和支撑,但在恶毒的流言蜚语攻击下,韦明在悲愤和绝望中死去。《新女性》中的韦明是"五四"启蒙思潮中比较早地接受了个性解放思想的新女性典型形象,她敢于冲破家庭的阻挠与爱人私奔,并且勇敢地生下孩子,可是男性的负心和对权力的追逐使她成为一个名副其实的弃妇。但她仍然与命运抗争,以当音乐教师自食其力,拒绝王博士的诱惑和欺辱,以及拒绝自己真心喜欢的余海涛的爱情,这都体现出她对独立人格和尊严的捍卫和追求。影片命名为《新女性》,但从主人公韦明的行为、观念和最后的结局来看,她其实早已经被时代抛远。电影通过她的悲剧批判吃人的社会现实的同时,发出了对真正的新女性的热切呼唤。而影片中韦明的邻居——工人阶级知识分子李阿英,她是蔡楚生导演在片中指涉的真正意义上"新女性"的代言人,她独立、理性、有尊严地活着,把自己融入时代革命的潮流之中,而且以自己的存在为其他处在社会底层的人们带来光明。

此外,左翼影片《三个摩登女性》《女性的呐喊》《女人》等,与左翼女性书写和妇女解放思潮一起互动相生,展示出女性在肉体和精神上受到封建礼教束缚和摧残的命运,以及女性在压迫中为自身的解放和社会的解放所进行的不懈努力和斗争。以此唤起女性的思想觉悟,从而激发现代女性争取经济上的独立和人格尊严的诉求,这样的表达与时代精神是相一致的。

（二）"打出幽灵塔"的女性写作

20 世纪 30 年代的女作家白薇、关露、袁昌英、白朗等，是当时随着时代向前迈进的女性作家中反叛意识、女性意识表现最强烈的代表。她们基本上改变了自身的性别定命，对抗家庭对女性的幽闭和囚禁，在一片相对自由的空间内以独立的身份参与民族国家的建构。她们关注女性的存在问题，她们的写作可谓一直在谋求女性如何冲出封建营垒、"打出幽灵塔"、冲出父亲的家，从而获得自身的解放。

女作家白薇在革命时代的写作试图唤起人们对社会平等的诉求，以及建立在此基础之上的对人格平等的追求。她的这种努力事实上一直是深陷封建家庭伦理泥淖中的女性革命性的突围，是在脏污处境中的挣脱，这被白薇喻为"打出幽灵塔"。事实上处在 20 世纪 30 年代之交的女性写作大都有这种趋向。

白薇的三幕剧《打出幽灵塔》1928 年发表在鲁迅主编的《奔流》创刊号上，剧作人物关系复杂，矛盾冲突极其尖锐。女主人公月林从小就是孤儿，多次被当作童养媳和下人拐卖，最后地主胡荣生收她做了"养女"。胡荣生的儿子胡巧鸣和月林相爱，妇联主席萧森偶然发现月林竟然是自己被胡荣生强暴所生的女儿。胡荣生看见月林长大成人后一直想要霸占她，胡巧鸣为保护爱人，在与父亲的搏斗中被父亲枪杀。胡荣生强迫月林与其结婚之时，胡家账房贵一想要营救月林也被杀害，危机时刻萧森和胡荣生的小妾郑少梅赶到，最后，月林舍命救下母亲萧森，恶贯满盈的胡荣生被枪杀。剧作用阶级分析方法塑造了恶贯满盈的男权中心人物胡荣生的形象。他对待自己的小妾郑少梅不但限制其人身自由，并从精神上控制她；他还利用钱财笼络丫鬟灵香，并借此占有她的身体。在对女性占有和掠夺的欲望支配下，甚至杀了亲生儿子胡巧鸣和女儿月林。《打出幽灵塔》在弥漫着阶级斗争的革命话语和女性话语中塑造了几位反抗阶级压迫和性别压迫的女性萧森、月林、郑少梅以及胡家的丫头女仆等人，她们虽然有不同的社会地位与身份，但她们基于个体生命本能以及女性的性别压迫而反抗强权与男权。她们"打出幽灵塔"的追求与阶级关系和性别关系有着千丝万缕的联结，成为女性从现有处境中获得解放的一种象征和隐喻。

白薇发表于1929年的多幕剧《蔷薇酒》中，主人公晓倩从小就是个孤儿，在社会的缝隙中艰难长大，为了生存她不得不到夜总会当舞女。她的情人浣白是一个学习西方音乐的学生，有一个地位显赫的军阀父亲。晓倩对西式浪漫情人浣白有着炽热和忠贞的爱情，而浣白对晓倩的爱情则完全是为了满足私欲。他为了从父亲那里弄一些钱买一座独立的小公馆，最终决定把晓倩献给自己的父亲。浣白的父亲为了"政治紧张局势的缓和"，接着又计划把晓倩献给另一个军阀章司令。然而章司令正在和日本以及其他西方强权国家签订协议，于是想以晓倩换取"军火供应"。但是晓倩并未如一般女子般乖乖地屈服于不公的安排，最终她毒死了浣白的父亲，用枪打死了章司令，自己喝下蔷薇毒酒。晓倩用闪电般的勇气和力量除掉了制造自己悲剧命运的上层人物，结束了自己"沉沦在污泥"中的处境。这一身处弱者地位却凄厉、决绝地反叛的女性形象，给人的震撼在当时的年代绝无仅有。学者颜海平评析说:"在她的剧作中，这种制度的各种版本，和新的、舶来的、'现代'的模式结合在一起，构成了又一种内在地性别化的运作机制，迷途与绝境交迭，复杂而又严酷，其中进行的是性关系方面的商业交易，毁灭的是生命"。[①] 需要说明的是，颜海平所说的"这种制度"是指政治权力关系、社会地位与经济所有权联结在一起的特有秩序，这或许是中国传统遗留下来的独特景观。白薇在剧中把它阐释为"金钱和势力的作祟"，可谓一针见血。故而《蔷薇酒》中的晓倩，在浣白对金钱的朝拜中成了给他父亲的献祭;在浣白父亲、章司令那里成了权力的贡品和筹码。浣白在晓倩的厄运中扮演着重要制造者的角色，他一方面留恋晓倩带给他的情色享受，另一方面把晓倩当作满足自己物欲的"筹码"。可喜的是，晓倩终于觉悟到了她存在的悖谬，剧中当浣白为她迷狂而要求她再为自己跳一支舞蹈时，她毅然挑选了她新创作的《孔雀之死》，直跳到身心崩溃。《孔雀之死》与其说一语成谶，还不如说是她在心里为自己结局的预先设置。这个设置中蕴含着她对爱情与权势纠结，以及置她于死地的命运的理性裁判，也寄寓着

---

① ［美］颜海平:《中国现代女性作家与中国革命1905—1948》，李剑青译，北京大学出版社2011年版，第158页。

她试图与之决死的果敢决断，因而，结尾晓倩真的变身复仇的"孔雀"，用自己美丽的血肉之躯去撞击压迫女性的金钱和强权。

白薇早期的写作投射出时代女性冲出父亲的封建之家，像勇敢的"五四"女儿娜拉一般走向社会，走向民众的进步身影。在这一点上，标志着女性沿着"五四"个性解放的途径奋然前行，与新的时代聚合，试图改写自己的命运和人生的预想。

同样我们从左翼女作家关露这一时期创作的《殁落》《姨太太日记》中可以看到"打出幽灵塔"的女性生命的另一种陨落和生命光芒的闪现。《殁落》发表于1933年4月《现象周刊》1卷2期，女主人公滨和丈夫老九是自由恋爱结合的大学生，两人婚后陷入婚姻的城堡里生儿育女，退回到传统家庭的滨，就像是关在笼子里的鸟，最终渐渐枯萎死去。作为打出幽灵塔的新女性，滨退居家庭的选择让她的生命很快陨落，从而宣告了意识形态所倡导的"新贤妻良母主义"的破产。而刊载在1935年3—4月《申报》上的《姨太太日记》，是一篇女性意识比较浓郁的短篇小说。其中的姨太太是一个新旧参半的女子，可贵的是小说展示出她自我意识逐渐觉醒的过程。她有过挂牌出卖自己的经历，在成为×长姨太太后主要是维持自己在家庭里的地位和现有的生活。但后来逐渐意识到自己仅仅是丈夫的出气筒和出门应酬时的陪衬，在家里根本没任何地位可言。当看到清贫素朴但拥有一切自由的连小姐时，她的自我意识被唤醒，敢于时不时地跟×长闹脾气；当×长开始对她厌烦，她敢一个人跑去尼姑庵住；纠结于当前不自由的处境，她思虑着"我想孩子生出了以后，决计到杭州去找九姨，叫她介绍我进产科医院去学看护，或者进妇女补习学校，或者……无论如何这×长的太太是不当了！"① 最后，当×长准备另娶一个十九岁的姨太太时，她终于发出了振聋发聩的呐喊："养好了病，再来和你们算账！算好了账之后，我再也不当病人，也不当姨太太！""姨太太"对男性社会中的权威地位进行质疑，决心做一个敢爱敢恨的新女性打出这个幽灵塔，决定走一条自力更生的新路。关露写出了那些逃离旧式家庭的时代女性所面临的新的无奈与悲哀，退却与进取，

① 关露著，柯灵主编：《关露小说·仲夏夜之梦》，上海古籍出版社1997年版，第22页。

因而她对妇女解放问题的思考远比一般的作家更为切实和深刻。

（三）"向社会"的刚性书写

正如学者林丹娅所论:"大革命时期,尤其是国共合作时期,其所颁布与推行的妇女政策,首开妇女解放运动与政党政治合流模式,催生出一批以'女性加革命'为主题的文学作品,在当时社会与后来文学史上都产生重大影响"。① 这种影响在这一时期对女性文学的创作产生了正向催生的作用,使"女性 + 革命"的主题不仅大为流行,而且在这一主题之下衍生的"革命 + 恋爱"书写模式也成为妇女解放思潮与文学互动相生的最重要的一种范型。这一范型虽然是以蒋光慈、茅盾等男性作家为开创建构者,但1928年前后,尤其进入20世纪30年代以来,丁玲、白薇等的写作使之成为性别角色在革命话语中的文学尝试与实践,革命话语成为一种权力话语被有意识地放置在女性文学实践的中心位置。顺应时代潮流,革命语境中的其他女性作家萧红、冯铿、关露、白朗、杨刚、罗洪等也迅速投入革命文学的创作当中。她们跨出女性本位立场,努力适应政治斗争的需要,自觉地把自己也纳入时代风潮之中,女性写作出现由个人化到"向社会"的巨大变化,越来越呈现出宏大、刚性、热烈、愤激之特性。她们以"革命 + 恋爱"为文学的最佳表达范式,希冀借此探索女性解放的道路。此类作品中的女性主人公大都以高昂的革命热情,沉湎于浪漫化的革命与恋爱的旋涡,凸显出她们由个体存在方式转变为集体存在方式,并进而走向为无产阶级解放的革命历程。

作品表现最为凌厉、最具有"女性意识",且与妇女解放思潮互动最为紧密的当数丁玲。进入20世纪30年代后,她抛弃了"莎菲"式的个体女性话语,由自传式的女性书写转向对广阔社会现实直接而宏大的书写。从1929年创作的《韦护》开始,丁玲的创作逐渐走上了"向社会"的路径。小说《韦护》就是这种转型的标志,小说主人公韦护的身份是革命者,他与小资产阶级女性丽嘉结合后,因为从事革命工作妨碍了感情,婚姻生活中两人都得不到愉悦和满足,只能选择分手,最后丽嘉也

---

① 林丹娅、周文晓:《大革命时期的女性形象与文学创作》,《厦门大学学报》2013年第6期。

幡然觉悟要"好好做点事业出来"。① 紧接《韦护》之后创作的《一九三〇年春上海》（之一、之二）受当时流行的"革命＋恋爱"主题的影响，是对"革命"和恋爱婚姻问题的书写。其中的女主人公美琳勇敢地走出封建的"父亲之家"，追求到了自由婚姻，但还是丧失了独立，并没有得到自己想要的理想生活。所以在革命形势的感召下，美琳毅然选择抛弃"爱人之家"中新式太太的生活，参加革命去为社会服务。而之后的《田家冲》《水》《新的信念》等作品，均沿袭了这一"向社会"的"刚性"书写路向，融汇到了30年代革命文学的创作潮流之中，"不仅描写阶级斗争，尤为渗入无产阶级胜利之暗示"② 给身陷苦难中的人们以心灵的慰藉，使他们对未来充满希望。《田家冲》是丁玲从小资产阶级知识分子"革命＋恋爱"主题转向工农反抗题材的第一篇小说，叙写了三小姐深入农村发动农民革命的故事。三小姐本来是知识女性，由于追求激进的革命思想被父亲特意送到佃农赵得胜家"禁闭"和改造。在赵家，三小姐极力渴望融入他们之中，她和赵家父子像一家人那样一块围坐在桌子旁吃饭，大家毫不拘束，"都忘记了她的小姐的身份，真像是熟朋友呢"。③ 三小姐不仅与农民同吃同住，而且一起参加劳动，突破了横亘在他们之间的阶级界限，为接下来进行革命宣传开展革命工作奠定了基础。后来她将革命道理讲给他们听，鼓动他们参加革命。赵家人在三小姐的革命启蒙下逐渐开始觉醒，不仅没有检举揭发她，反而掩护三小姐开展一系列革命活动，三小姐最终成长为一个颇为成熟的革命者。《田家冲》的结尾，三小姐下落不明、生死未卜，但她播下的革命火种却并未熄灭，从赵得胜一家的表现上便昭示出革命之火定将燃烧起来。

当时，由于经历过大革命的洗礼，左翼女性作家的作品中一个比较普遍的现象是热衷于关注和书写革命者的婚恋问题，有意用"革命＋恋爱"模式从情爱伦理的视角揭示出革命者投身革命的情感动力，极力宣

---

① 丁玲：《韦护》，张炯主编：《丁玲全集》第1卷，河北人民出版社2001年版，第111页。

② 陈瘦竹主编：《左翼文艺运动史料》，南京大学学报编辑部，1980年，第310页。

③ 丁玲：《田家冲》，张炯主编：《丁玲全集》第3卷，河北人民出版社2001年版，第375页。

扬自由恋爱和婚姻自主的女性解放思想,在一定程度上唤醒了部分妇女的自主意识,鼓励她们自觉地要求改变生活中饱受压抑的屈辱地位。在这方面,白薇创作的第一部长篇小说《炸弹与征鸟》1928 年在鲁迅主编的《奔流》上连载,通过"革命 + 恋爱"的故事,反映被压迫阶级的革命和工人暴动,同时也表现了女革命者在男权社会与政治中的挣扎与幻灭。《炸弹与征鸟》由三部组成,但"第二部的稿件,因《奔流》被查封而丢失,第三部仅是半个成品",[①] 因而我们看到的故事是不完整的。小说讲述了两姐妹余玥和余彬走出家庭奔向革命的历程,小说的命名事实上来源于文本,因为余玥和余彬两姐妹分别以"征鸟"与"炸弹"来自命。余彬抵达革命重地汉口,在妇女协会交际部工作,然而她很快发现自己仅仅是"点缀这个革命舞台的花",[②] 于是"她怀疑革命是如此的不进步吗? 革命时妇女底工作领域,是如此狭小而卑下吗? 革命时妇女在社会的地位,如此不自由,如此尽做男子的傀儡吗? 哼! 革命! ……把女权安放在马蹄血践下的革命!"[③] 余彬质疑革命以及女性在革命中的地位,她不能在革命的舞台上施展自己的能力,不甘心过这种空虚的生活,又不愿被男权压制,于是开始玩弄感情,玩弄男性,成了一名交际花。而余玥在父亲之家遭受了封建包办婚姻的折磨后,义无反顾地选择了投身革命,最终也是为了革命听从马腾的建议成为女间谍,用女性身份及情色诱惑国民党的 G 部长。小说里余玥色诱 G 部长,余彬变身交际花,看似是对传统女性身份的突破,但与茅盾《追求》中的女性章秋柳一样,她们实际上也只是男性欲望化目光审视下的一场"性别表演"。吊诡的是,《炸弹与征鸟》中余彬离家出走、投身革命,但最终出走的娜拉却如鲁迅一早预言的那样只能"堕落",这也成了女性存在的一种时代症候。可见,女性为获得自我尊严和解放的可能,为了实现革命理想和现实斗争需要,解构了现代政治伦理,颠覆了传统的道德观念。

(四) 由守望自由到融入大潮的蜕变

革命文学时代,自由主义知识分子及其写作由于溢出经典革命话语

---

① 白舒荣、何由:《白薇评传》,湖南人民出版社 1983 年版,第 97 页。
② 白薇:《炸弹与征鸟》,丁波编:《白薇作品选》,湖南人民出版社 1985 年版,第 38 页。
③ 白薇:《炸弹与征鸟》,丁波编:《白薇作品选》,湖南人民出版社 1985 年版,第 38 页。

的框架，与马克思主义影响下的革命话语格格不入，常常成为被规训改造和批判的对象。但是随着大时代的激变，革命氛围的越来越浓，一些女作家由固守心灵自由开始向大时代靠近，与妇女解放思潮逐渐贴近，成为化茧成蝶的蜕变者。

20 世纪 30 年代的文坛，作家沉樱如同一株美丽的樱花悄悄绽放，静静地烂漫。沉樱本人是一个极具自强、自立、自尊气质的女性，作为一个现代知识女性，她离开丈夫梁宗岱之后独自抚养三个儿女成人，也正因如此，她拥有自己独立的世界和成绩，赢得了朋友的尊敬和爱戴。1929—1935 年，她共出版五部中短篇小说集：《喜筵之后》（1929 年）、《夜阑》（1929 年）、《某少女》（1929 年）、《一个女作家》（1935 年）、《女性》（1935 年）。她的作品关注并表现现代知识女性的生存状态，显示出性别上的自觉意识。阅读她的作品，首先看到清晰呈现出的现代女性自处的问题，即那些接受现代教育的女性如何自怜、自珍、自强、自卫的问题。这些对女性自身问题的探讨自沉樱始，后来演变成 20 世纪女性写作最主要的主题。比如《旧雨》中毕业在即的上海大学生李琳珊到北平旅游时，特意寻访旧日中学同学黄昭芳、钱素惠、高佩英、王琇娟、柳淑莹和范钰。她们当年受"五四"思潮的影响从自己的家庭冲出来，到北平进入大学读书，如今几年过去了，李琳珊想看看她们的现状。如今这些同学中只有黄昭芳坚持读大学且马上毕业；钱素惠毕业后当了教员自谋生路；高佩英毕业后嫁给留学归来的教授过上了安逸的生活；王琇娟被家人安排结婚后又准备离婚；柳淑莹和范钰也是把读大学当作专业谈恋爱，不久嫁为人妻生儿育女，过着清贫的日子。而黄昭芳看到昔日同学纷纷陷入恋爱婚姻的僵局，于是抱定独身，在毕业之际，她成天忙碌奔波于寻找工作。这些女子们当日都是在"五四"大潮中冲出来的勇敢叛逆女性，离开家原以为就是争得了自由，获得了解放，结果现在又都沉陷于婚姻的围城，她们错误地把对爱情和婚姻的追求当成自己的事业，当成女性解放唯一的目标。小说通过黄昭芳的言辞对这样的观念进行了比较激愤的批评："什么解放，什么奋斗，好像恋爱自由，便是唯一目的，结婚以后，便什么理想也没有了"，① 就李琳珊和黄昭芳对以恋爱为目标的同学们的态度来说，她们显然开始了对女性职业、价值和女性解放所面临的问题的思考，正如李琳珊引用悄悄参加革命的另一名同学萧英的话，"反正社会组织不改变，女子是谈不到解放的"，给出了女性获得解放的社会性答案。又如《女性》中的妻，《欲》中的绮君等女主人公，她们已经从追逐自由婚姻、新式生活的兴奋中走出，开始理性地面对女性在婚姻家庭中的性别和角色定位。新女性以"恋爱自由"为目的的解放，让她们步入婚姻后丧失了向其他方向发展的可能。而《爱情的开始》《喜筵之后》中让女性们意想不到的是，男人们婚后让妻子独守空房，而他们又以自由恋爱之名去追求别的女性。那些当初争取自由婚姻的"新女性"在婚后很快又沦为怨妇，或者不可避免地沦为弃妇。"新女性"在国家现代化进程中，被有意推向破除传统的婚恋家庭制度的历史前台，在用自己的婚姻和生命为代价，完成了对中国封建专制制度颠覆性的冲击之后，又悄无声息地被男性权力打回到人身依附的原点。沉樱独具慧眼地揭示出曾被"五四"女性狂热追逐的自由恋爱所衍生的危机，她对新式婚姻面临的种种问题进行了认真的理性思考，写出了妇女荆棘人生的悲凉与解放的"虚伪"。这种思考在后来的张爱玲笔下得到了进一步的发展。

林徽因的部分作品也侧重于探寻和反思"五四"以来的"个性解放"与"妇女解放"运动。由于中西方不同的教育背景，林徽因一方面接受了西方妇女解放思想，另一方面又摆脱不了女性因袭的传统重负，所以在她的创作中就明显地表现出了现代与传统相纠结相矛盾的妇女解放观念。在她未完成的剧本《梅真同她们》和短篇小说《文珍》中，寄托着林徽因对妇女命运的同情和对妇女解放的期望。两部作品的女主人公所共有的特点不仅是美丽和聪慧，而且两人由于受"五四"启蒙思潮的影响，都接受了新式教育，是具有一定新思想的女性。所以，面对自己的凄惨境遇，她们能够表现出可贵的反抗精神。但是，这并不足以改变她们的人生命运，梅真无奈地屈从于自己的身份和地位："丫头就是丫头，

---

① 沉樱著，柯灵主编：《沉樱小说·旧雨》，上海古籍出版社1997年版，第75页。

这个倒霉事就没有法子办，谁的好心也没有法子怎样的"，① 梅真的命运反映出妇女解放运动的倡导与具体的社会现实之间存在着巨大的落差。林徽因小说《九十九度中》中的青年女子阿淑虽然受"五四""个性解放"与"自由恋爱"思想的影响，渴望获得爱情及婚姻的自由，但无奈家庭和社会现实却迫使她接受由父母安排的婚姻。林徽因从另一个侧面表现了理想与现实之间的差距，也使我们可以反观出女性启蒙和女性解放的艰难。一个被研究者很少注意的事实是，一向被认为喜欢徘徊在自我天地里的林徽因，由于大时代的熏染，也逐渐开始有了"向社会"的表达意向。她写于1934年除夕的小诗《年关》开始关注贫穷劳动者，认为"……成千万人流的血汗，才会造成了像今夜/这神奇可怕的灿烂！"② 有了对贫富不均的社会现实的不满。小说《九十九度中》像一幅素描画，描写了北平酷热的一天中，大千世界贫富悬殊的众生相，被刘西渭评价为"作者隐隐埋伏下一个比照，而这比照，不替作者宣传，却表示出她人类的同情"。③ 而她在1936年的《"九·一八"闲走》中表示："我不信热血不仍在沸腾；/思想不仍铺在街上多少层；/甘心让来往车马狠命的轧压，/待从地面开花，另来一种完整。"④ 这一切说明诗人洗尽铅华，展现出了顺应时代潮流走向的新质素。

方令孺1930年的散文《信》中有言"大时代给我心有一种新的悸动。新的颤栗，新的要求。过去几年止水似的生活，到此完全给推倒，翻动。现在再也不容许我停顿，悠闲，和沉迷在往古艺神的怀抱里。现在我睁开眼，看的是人，活生生各种形态的人生，各种坚毅与穷苦的面孔"。⑤ 民族危机让诗人"睁开眼"，与时代和民族命运发生关联。沈祖棻在历史小说《厓山的风浪》中也注入了强烈的时代情绪和民族感情，

---

① 林徽因：《林徽因选集·梅真同她们》，人民文学出版社2005年版，第145页。

② 林徽因：《林徽因选集·年关》，人民文学出版社2005年版，第221页。

③ 李健吾：《九十九度中——林徽因女士作》，《林徽因选集》，人民文学出版社2005年版，第337页。（该文原载《咀华集》，引文见《林徽因选集》中"资料部分"。）

④ 林徽因：《林徽因选集·"九·一八"闲走》，人民文学出版社2005年版，第249页。

⑤ 方令孺著，龙渊、高松年编：《方令孺散文选集·信》，百花文艺出版社2009年版，第93页。

响彻着中华民族灵魂的呼声。但历史小说《马嵬驿》却具有鲜明的女性意识，其中深刻地剖析女性的历史悲剧命运，批判"女人——祸水"这一传统陈腐观念。作者借主人公杨玉环之口说："我只悲伤着我的遭遇。这不是我一个人的悲哀，是从古以来千万个女人的悲哀"。[①] 把对女性命运的认识指向了中国男权社会和现实。

另外，赵清阁也是一个始终关心妇女并为妇女代言的女作家。她在这一时期的一些短篇小说中关注和同情下层妇女的生活遭际，对畸形的不公正的社会表示抗议。她还在《妇女或者会被你们刺激而觉悟》（1933年）、《苏俄妇女的革命功勋》（1934年）、《爱国救国匹妇有责》（1936年）、《怎样解救女子失学的痛苦》（1936年）等短论中，表达了对苏联社会主义国家中妇女的仰慕之情，并就当时妇女的职责、职业、教育等问题进行探讨，展示出赵清阁对新时代要求下妇女命运的悲悯和对妇女责任的新诠释，凸显出强烈的女性意识，对大时代中妇女究竟如何解放有积极的启示作用。

总之，20世纪30年代女性书写中那些刻意渲染自我性别的因素逐渐趋于淡薄，而描绘工农民众与社会现实的成分逐渐加重，女性创作主体逐渐增强了她们的社会意识和民族解放意识，也强劲地体现了由"五四"时期个性解放式的"人的自觉"的妇女解放观念，逐渐蜕变为革命语境中妇女解放与社会解放的有机融合。

二　女性书写的新景象

革命时代的女性文学与时代同步发展，有两个方面的迹象值得注意，一方面，由于革命话语的强势介入，女性解放的自我问题、个性问题却有所遮蔽，这影响到女性书写的深度；另一方面，女性书写在"性"与"性爱"方面则异常大胆，同时对女性自身的劣根性也有了较深入的观照和反思，这又大大深化和拓展了女性文学的表现空间。

---

① 沈祖棻著，徐曙蕾编选：《沈祖棻小说·马嵬驿》，上海古籍出版社1999年版，第89页。

（一）"性"以及"性爱"书写成为一个新的表现领域

在以男性为中心的世界秩序中，人们对于"性"的认知通常停留在这样一个层次："性是人生命中隐秘的东西，人对它总心怀羞耻和尴尬，不敢公之于世。……人羞于性对自己的奴役。这里有一桩性的悖异：性是生命的源头，尤具生命的张力，但是，性又被判为是应该掩藏起来的羞耻的东西"。① 出于这样一种认知，于是在大雅之堂人们总是谈"性"色变，或者永不言"性"。而对于传统中国的女性而言，由于男性中心意识的作祟及其性别政治对女性长期的潜抑与禁锢，女性对于传统道德与男权规范唯有双重妥协，这样的情境导致女性在面对男权社会的"无物之阵"时只能拱手交出自己爱的权利。对于无爱可言的中国女性来说，"性"只是被侵入、被占有、被榨取的代名词，也成为被男性权威终身奴役的隐喻。因而"五四"启蒙语境中的女性作品中大都存在着不同程度的性爱缺席情况，即使像冯沅君那样大胆触及这个敏感话题的女作家，在书写中也显示出欲言又止，犹抱琵琶半遮面的情形。但这一时期伊始，许多女性作品都打破了回避"性"书写的僵局，"性"以及"性爱"成了女性文学中一个不再忌讳的新的表现领域。

丁玲1928年2月10日发表在《小说月报》的《莎菲女士的日记》，以惊世骇俗的笔墨刻画了复杂而深刻的年轻知识女性莎菲的形象。小说讲述了莎菲与苇弟以及凌吉士之间的恋爱纠葛和心理波动，是现代文学史上较早出现的具有强烈女性意识的作品。莎菲在她的日记里袒露自己的心声，极端叛逆地表达自己对于情欲的要求。她对凌吉士的爱，几乎是毫无遮拦的情色表达："我常想，假使有那末一日，我和他的嘴唇合拢来，密密的，那我的身体就从这心的狂笑中瓦解去，也愿意。其实，单单能获得骑士般的那人儿的温柔的一抚摩，随便他的手尖触到我身上的任何部分，因此就牺牲一切，我也肯"。② 莎菲渴望得到理想中的拥抱、热吻和抚慰，并一度因这种"色的诱惑"不能自拔。当朋友毓芳和云霖

---

① ［俄］尼古拉·别尔嘉耶夫：《人的奴役与自由：人格主义哲学的体认》第2版，徐黎明译，贵州人民出版社2007年版，第163页。

② 丁玲：《莎菲女士的日记》，张炯主编：《丁玲全集》第3卷，河北人民出版社2001年版，第76页。

为怕生小孩不肯住在一起时,莎菲说:"为什么会不需要拥抱那爱人裸露的身体?为什么要压抑住这爱的表现?"① 并嘲笑他们是禁欲主义者。莎菲敢于正视自己对情欲的渴望,超越了"五四"时期冯沅君《旅行》中女性犹抱琵琶半遮面式的情爱观念,她对男女性爱角色的重置,真正冲破了封建男权中心文化对女性欲望毫无人性地禁锢的樊笼,对中国封建社会的男权意识形态以及虚伪造作的性爱观念形成了巨大的冲击力。

在革命话语下,白薇的长篇小说《炸弹与征鸟》中的"性"是作为具有颠覆性力量的武器而出现的。以"征鸟"与"炸弹"自命的余玥、余彬两姐妹,借着恋爱的外衣,用"性"作为武器征服男人。余玥放弃深爱的马腾,选择用女性身份及身体色诱 G 部长;余彬玩弄男性,她先爱着吴诗苇,等重新见到赛颖后又开始喜欢他。她们对爱情的追求并不是唯一与至死不渝,相反,有时甚至会"运用手段"俘获男性。《炸弹与征鸟》中女性的贞洁被淡化,女性人物在情欲追求中呈现出主动姿态,"性"被用来服务于革命。为强调"革命"的正当性,丁玲《韦护》中表现的爱欲狂欢也是因为"革命"戛然而止,性成为激发男性从事革命的诱发因素之一。

当然,这一时期出现的大胆的性爱视角,也是由于"五四"时代如丁玲、白薇这样勇敢的女性作家们,以她们血泪般的亲身经历意识到了那种以"恋爱自由"与"婚姻自主"为核心的新口号、新话语的无力,意识到了男权社会启蒙话语为男性服务并以其为主导的性质,"性"以及"性爱"书写成为她们向传统、男性以及社会进行反叛的一种策略。在 20世纪 30 年代左右,中国的现代都市经济发展已经初见规模,初步形成的都市文化中弥漫着浓重的情色因子,在两性关系中,女性对自我主体的确立还没有被男性接受,女性追求主体意识的表现只能变成取悦男性的一场场表演,新女性所扮演的角色只能是男性欲望的对象,女性的性爱反抗换来的除了失败以及更沉重的悲哀,还有不可遏制的空虚和压抑,

① 丁玲:《莎菲女士的日记》,张炯主编:《丁玲全集》第 3 卷,河北人民出版社 2001 年版,第 52 页。

因为"爱欲的诱惑很厉害。性是奴役人的最重要的孽根之一"。[①] 女性有反抗旧的道德束缚与追求爱的自由权力，但许多"性爱"书写中的自由恋爱由于没有精神高度的观照，却粗俗地演变成了"自由乱爱""随性恋爱"，这无疑反映出被解放的"新女性"，她们在革命的征程中仅仅获得了身体解放，而远远没有实现人格独立、精神自由的人性解放。

（二）反思女性自身劣根性的书写初见端倪

这一时期女性作品中出现了大量的苦难书写，这些书写不仅采用了阶级视角来控诉阶级的掠夺和压迫，更可贵的是女性作家把批判和反思的锋芒指向了女性自身，深入挖掘隐藏在女性自己身上劣根性的东西，可谓延续了鲁迅"国民性"批判的精神指向。这种情形也延续到20世纪40年代萧红、张爱玲的写作中，可看作"五四"启蒙主义文学的余脉回响。尽管这一时期这样的反思和批判还不占主流，反思和批判的深度也还远远不够，但毕竟在罗洪等人的作品中已初露端倪。

罗洪发表于1934年的《逝》和1935年的《念佛》就是这种倾向中颇具代表性的短篇小说。两个短篇属于"家庭小说"，其中的主人公都是母辈，位于婆婆的位置，而且都属于恶婆婆的角色，她们可谓是汉乐府诗《古诗为焦仲卿妻作》中焦母原型的再现。《逝》中的主人公是一位做接生生意的七十多岁的老太太，她三十多岁就守了寡，但却凭借着自己这一出色的技艺干了五十多年，挣下了一份让亲戚们羡慕的殷实家业。她有一个独生女儿，长大后招了一位上门女婿，可是在生下两个儿子之后女儿就去世了，为了照顾她留下的两个儿子，老太太把女婿当儿子养，又给女婿娶了一个小脚的媳妇，又生了两个儿子。虽然这个媳妇很勤俭，还是老太太生意上十分得力的帮手，但老太太逢人就说这个媳妇和后两个孙子的坏话，经常感慨"媳妇是外面讨来的，总不及亲生的靠得住"。[②] 并且当着孙子媳妇的面翻来覆去地说，"媳妇是一个坏人，嘴里给你糖，心里却给你刀！她说她常常受媳妇的气，她说小的两个孙子都不孝顺她，

---

① ［俄］尼古拉·别尔嘉耶夫：《人的奴役与自由：人格主义哲学的体认》第2版，徐黎明译，贵州人民出版社2007年版，第163页。

② 罗洪著，柯灵主编：《罗洪小说·薄暮的哀愁》，上海古籍出版社1997年版，第18页。

到底有一点血脉的总有一点孝心"。① 不仅如此,老太太对家里的女性没一个满意的,不是挑东就是捡西。大孙子媳妇娶进门一年了,老太太对她已经失望,嫌她一点都不能干;小孙子媳妇娶进门,由于妆奁丰厚老太太对她抱着很大的希望,以为她可以与自己站在一条线上,但是由于这个媳妇好吃懒做,她的希望全线崩塌,老太太只能生活在无边的落寞中。《念佛》中的周三太太比《逝》中的老太太还要自私、冷酷和虚伪,更会在外面伪装做人。她从鼻孔里溜出来的有节奏的笑声让人听了会不寒而栗,从她袒露在嘴唇之外的两个门齿缝里流出来的永远都是两套话语,一套是糊弄人的甜言蜜语,用来欺人;另一套是"杜造的故事",用来骗人。她每天除了装模作样地念佛经之外,就是折磨自己的儿媳妇。当年"在婆婆手里,她用尽心思让别人说她是一个贤惠的媳妇……说她的婆婆不讲理"。② 婆婆去世之后,硬是逼得跛脚的小姑子偷偷逃离家门皈依基督教。自从她的儿子娶了媳妇,她就到处说媳妇不孝顺不勤俭,在她生病的时候媳妇故意做自己忌讳的饭菜,因此,她开始念经期望为自己修来世的福气。而在念经的时候,她心里的杂念多得可怕,常常努力地想着自己媳妇的各种坏处。对外人说道儿媳妇的不是,给儿媳甩脸子,偷听儿子和媳妇的对话,逼着儿子收拾儿媳……想出各种各样的办法折磨儿媳。

　　上述作品中的老太太都是人性被扭曲的恶婆婆形象。她们的出现源于儒家礼教对女性行为的规定与束缚,是传统道德对女性压制压抑的反映。在中国传统社会,三从四德、三纲五常滋养的封建文化把女性措置在家庭中的最底层,女性的这种处境在时代语境中是极其普遍的一种社会现象,正如当时女子书店、《女子月刊》的创始人姚名达所揭示的:"她们不但听不到解放的呼声,她们不但想不到合作的利益;她们还在自相压迫,自相束缚呢! 那一个主妇不虐待婢女? 有几个姑婆不虐待媳妇?"③ 所以恶婆婆形象也就成为女性书写批判封建男权制度与揭开女性

---

① 罗洪著,柯灵主编:《罗洪小说·薄暮的哀愁》,上海古籍出版社1997年版,第24页。
② 罗洪著,柯灵主编:《罗洪小说·薄暮的哀愁》,上海古籍出版社1997年版,第36页。
③ 姚名达:《我们的根本态度》,《女子月刊》1936年第4卷第3期。

卑劣疮疤的一个典型具象。而女性作品在描写孕育恶婆婆形象的家庭时，与婆婆相对位的男性一般缺席，子辈的男性也处在弱势位置，因而婆婆在整个家庭中就占据了大家长的主导地位，在家庭中拥有绝对的话语权。婆媳关系就必然以婆婆作为主导，媳妇只能处在从属位置服从婆婆，媳妇通常就只有受委屈的份儿。所以，婆婆们在儒家传统思想的影响下，天经地义地役使、惩罚媳妇。并且此类婆婆大都寡居多年，当儿子或者孙子（《逝》中的儿子辈也缺席）长大娶媳妇以后，她们自然认为媳妇分走了儿子/孙子对自己应有的爱，于是嫉恨媳妇，从而变本加厉地敌视甚至破坏儿女们的爱情婚姻。此类婆婆形象大多具有霸道、蛮横，甚至是恶毒的性格心理特征。抗战时期，张爱玲《金锁记》中的曹七巧，萧红《呼兰河传》中小团圆媳妇的婆婆等，都是此类恶婆婆形象的延续。

值得肯定的是，在革命语境中，这两种书写形态并没有完全与妇女解放思想割裂，而是与其互动相生的。这恰恰从另一个方面告诉我们，即使革命力量烈火烹油，但在革命的背后仍然有一种"不屈不挠"的封建传统思想在延续，甚至因为革命和战争，在女性解放中被批判的落后思想和陈旧观念会死灰复燃。尤其在女性小说书写中，这两种征象此起彼伏，甚至在更多的情况下交融并生，但它们的存在显现的价值恰恰在于彰显了女性作家主体意识的觉醒。所以说，女性作家中的敏锐者自觉地站在女性主义的立场上，试图跳出男性作家的话语成规，开掘出创作中的新视域，在某种程度上从女性本体去思考女性的欲求和女性亟须改变的心理性格，从而探求妇女解放的可能路径。

第三节　个案研究：女性叙事与宏大主题的即与离——丁玲

探讨这一时期女性文学的发展与妇女解放思潮互动这一问题，最典型的案例莫过于丁玲。在 20 世纪 30 年代的革命浪潮和女性文学创作中，丁玲当属"独数"。与众多消融于革命风暴中的女性作家和逃离革命后退回到日常凡俗生活的作家不同，丁玲始终是一个敏感于现实巨变，又遵从于个人内心，同时又是一个在革命烈火中得到淬炼，在情爱的欲火中受到煎熬，又在现实的风暴中被重塑，最终仍然回归于"女性"的一位作家。丁玲的文学创作自始至终保持着与妇女解放思潮互动相生、与时代脉搏同频共振、与女性命运血肉相融的特征。所以在考量革命语境中女性文学与妇女解放思潮的互动关系时，丁玲自然是一个特例，一个有突出特点的研究个案。

一　个性与解放：妇女解放意识的确立和女性个性心理的"自我实现"

丁玲的母亲余曼贞和秋瑾是同时代人，受秋瑾妇女解放思想和革命行动的影响，她叛离封建家庭，带着丁玲离家辗转求学，后来在学校任教自食其力，是一个具有妇女解放意识和行动作为的新女性。童年时代的丁玲即受到母亲及其至交好友向警予的影响。1918 年在桃源师范读书的时候，丁玲与当时的学生领袖王剑虹结下了深厚的友谊，1922 年随她去上海进入陈独秀、李达等创办的"平民女子学校"，这所学校的"目的是培养一批女运工作者"，[1] 曾经任教的老师有沈雁冰、陈望道、邵力子等。1923 年夏天经瞿秋白等介绍丁玲与王剑虹进入另一所也是中国共产党创办的"上海大学"中国文学系学习。[2] 显然，丁玲在这两所学校里不仅结识了很多共产党员并深受他们的影响，更重要的是奠定了她最初的妇女解放思想的根基。1924 年丁玲在北京结识了胡也频、沈从文，三人一起办刊物、写小说。1927 年又结识了才华横溢、充满理想的共产党人冯雪峰，她才找到了人生方向从而主动投身革命的洪流。因此，在丁玲思想成长的起点就根植着强烈的"为女性"与如何"做女性"的主体性诉求，和对如何才能实现真正的女性解放的思索。

当大革命失败，上海"四·一二"事变，长沙"马日事变"，北京军阀张作霖杀害李大钊，反动势力猖獗之时，正在北京的丁玲陷入了特殊的时代病症而激发出她的创作激情，她回忆说，"我精神上痛苦极了。除

---

① 茅盾：《我走过的道路》（上），人民文学出版社 1981 年版，第 250 页。
② 《丁玲生平年表（1904—1986 年）》，袁良骏编：《丁玲研究资料》，知识产权出版社 2011 年版，第 9 页。

了小说，我找不到一个朋友。于是我写小说了，我的小说就不得不充满了对社会的鄙视和个人孤独的灵魂的倔强挣扎"。① 没有找到出路的丁玲苦闷彷徨，开始通过写作小说来走出精神困境，其作品自然带有浪漫主义的感伤色彩，对女性权利与价值的追求和对女性生存境遇的关切也就超出了同时代其他女性作家。

丁玲在现代文学阶段的文学创作大致可以分为早期、中期和晚期。丁玲早期的作品有1927年发表的处女作《梦珂》，代表作《莎菲女士的日记》，还有《一个男人和一个女人》《庆云里中的一间小房里》《过年》等，大都带有精神自传的性质。这一时期的作品大抵运用日记或书信体，以第一人称的叙述方式拉近与读者的心理距离，生动细腻地展现年轻女性清醒自觉的自我意识和说不清道不明的人生苦闷。此时的丁玲虽然不是直接从政治、社会的视角提出妇女解放和妇女权利等问题，但她大胆地揭示了那个时代年轻知识女性的精神图景，其突破自我的决绝与恣肆，成为那个时代中国女性发出的振聋发聩的"绝叫"。

但丁玲早已觉醒的女性意识，使其主动呼应政治变革，支持女性解放运动，印证了进步知识分子与革命时代积极的互动。丁玲说过："在上海……王剑虹创办了《妇女之声》。这一杂志热情支持妇女解放运动。虽然我没有直接参加运动，但决心为运动作出我的贡献。在《妇女之声》的影响下，我写出了我的第一批杂文和短篇小说，并在较为开放的文学杂志《小说月报》上找到了刊登的角落"。② 1927年，丁玲发表的小说处女作《梦珂》正是响应"真的猛士"的号召，为大革命之后处于低潮期的妇女解放运动摇旗呐喊。《梦珂》讲述了与父亲相依为命的淳朴乡村少女梦珂来到都市读书，反抗学校的愚昧、压抑，勇敢地帮助被侮辱的模特儿抗拒卑鄙的老师，凸显出强烈的女性主体意识。在愤怒离校后，她寄居在堂姑家，带着女性的自尊寻求爱情和自由独立的梦想，不料却成为纨绔子弟们欲望追逐的对象，尽管她也比较享受这样浮华安宁的生活，

---

① 丁玲：《一个真实人的一生——记胡也频》，张炯主编：《丁玲全集》第9卷，河北人民出版社2001年版，第67页。

② ［意］维尔玛·科斯坦蒂妮：《丁玲和她的"女权"》，孙瑞珍、王中忱编：《丁玲研究在国外》，湖南人民出版社1985年版，第455—456页。

但出于自主意识和独立尊严,毅然离开成为旧时代勇敢的"娜拉"。可是物欲横流的大上海却没有梦珂的立身之所,最后迫于生计她做了末流的电影演员,虽然她不愿意自甘堕落成为男性的玩物,但是在"纯肉感的社会里",依然不得不以无奈的隐忍力"忍受非常无礼的侮辱",① 终究成为都市男性欲望的客体。

1927 年冬丁玲的《莎菲女士的日记》震动文坛,茅盾曾评论道"莎菲女士是心灵上负着时代苦闷的创伤的青年女性的叛逆的绝叫者"。② 在《莎菲女士的日记》中,丁玲解放了莎菲的欲望,力求构建一种以女性为主导的新的人性、爱情观念。莎菲被凌吉士的"丰仪"所俘获,于是精心地设计如何与凌吉士发生"爱情"故事,因而不惜在大风天里寻访他,故意搬家到他的住处附近,借口请他帮自己补习英文获得单独相处的机会,对她施展欲擒故纵的爱的"技术",沉湎在凝视凌吉士肉感的"丰仪"里……这一切狂热的无处安放的感情的主导性呈现,在"五四"妇女解放的背景下,使莎菲的形象成为一个特例而形成一种搏击人心的力量。茅盾就认为,莎菲是"'五四'以后解放的青年女子在性爱上的矛盾心理的代表者"。③ 但莎菲人性坐标的复杂性不仅仅呈现在性爱一轴上,在她对待苇弟和凌吉士爱情的共性上有清晰的理性和精神的刻痕。当苇弟满足于她对他的爱时,莎菲觉得"为什么他不可以再多的懂得我些呢?"④ 而当凌吉士对她信誓旦旦地表白时,她在内心质询审视凌吉士:"你以为我所希望的是'家庭'吗?我所欢喜的是'金钱'吗?我所骄傲的是'地位'吗?"⑤ 终于莎菲战胜了内心狂热地燃烧奔突的情欲之火,断然拒绝接受自己成为男性欲望对象这一事实。可见个性解放了的知识女性对爱的需要不仅仅沉溺在主导与享受着"性爱"这一狭隘低俗

---

① 丁玲:《梦珂》,张炯主编:《丁玲全集》第 3 卷,河北人民出版社 2001 年版,第 40 页。

② 茅盾:《女作家丁玲》,《文艺月报》1933 年 7 月 15 日第 2 号。

③ 茅盾:《女作家丁玲》,《文艺月报》1933 年 7 月 15 日第 2 号。

④ 丁玲:《莎菲女士的日记》,张炯主编:《丁玲全集》第 3 卷,河北人民出版社 2001 年版,第 43 页。

⑤ 丁玲:《莎菲女士的日记》,张炯主编:《丁玲全集》第 3 卷,河北人民出版社 2001 年版,第 76 页。

之隅，自我主体意识觉醒的她清醒地意识到追求自由恋爱中两者灵魂的相遇和精神的契合才是个体自由意志的最高境界。《莎菲女士的日记》代表的是"五四"以后解放了的青年女子在性爱和精神上的矛盾，而《一个男人和一个女人》中的薇底则是对莎菲心理的发展，而且使之更加细腻深化，在她身上同样负有时代创伤的印记。但她最大的特征是有自己鲜明的主体意识：性别主体和情欲主体。作为一个已婚女人，在当时的环境中她竟然大胆地发起"一个男人和一个女人"的约会，整个约会过程中，在以自我为中心的礼仪规范下主动出击，控制了男性的行动和思想，并且表达出她强悍的欲念，但薇底对精神层面追求的稀缺也降低了其作为被解放的女性典范的价值与意义。不过作品所凸显出的锐利批判男女主人公把"爱情"等同于情色"享受"的卑俗观念，隐晦指斥把争取到自由恋爱的权利等同于妇女已然获得解放的误读的诉求却不容忽视。

丁玲这一时期创作的《在暑假中》依然是沿着知识女性的生存状态进行的开掘。该小说写出了在一个小学任教的几位女性暑假中百无聊赖的生活情境，反射出大革命落潮后女性追求脚步的停滞和踟蹰，精神的贫血，依然笼罩着"莎菲式"的浓郁的时代感伤气氛，也没有走出"莎菲式"的女性困境。而被评论界较少关注的《阿毛姑娘》塑造了一个中国乡村版的"爱玛"形象——阿毛。阿毛这一形象的塑造明显受到法国作家福楼拜《包法利夫人》的影响。在恬静、自由而又贫穷的僻远山谷里长大的阿毛姑娘嫁到到处飘溢着富贵习气的西湖边，她从邻家三姐、阿招嫂以及丈夫陆小二的言行中受到现代生活的蛊惑，开始艳羡城市，后来丈夫带她去县城，繁华的县城以及旅居在她家周边的那些时尚、现代的城市人的生活方式和存在样态打开了一个新的空间，使阿毛遇见了一个新异而充满诱惑的世界，改变了她认知这一陌生世界的眼光。这一世界以她的人生经历和眼界是完全无法理解的，但却被她错位地、不合常规地理解和接受，错位带来的认知上的偏颇让她深陷无望之望中！最后发现她心心念念中幸福世界中幸福的人儿——"苍白脸色"得严重肺病的姑娘死亡和那个弹奏奇异乐曲的美人悴然倒地，更引发她对人生存在的质询和绝望。终于渴慕现代生活陷入无望的希望之悲苦中不能自拔的她以死亡来向她艳羡过的世界告别。值得关注的是《阿毛姑娘》中阿毛的认知视野，伦理立场的含义投射在文本中或潜或隐的叙述者身上，这一叙述者分明是双性同体的存在，一方面她站在男性的立场上否定阿毛的幻想、思想和行为，"现在她把女人看得一点也不神奇，以为都像她一样，只有一个观念，一种为虚荣为图供乐生出的无止境的欲望，这是乡下无知的阿毛错了！"① 并进行了"错了""无知"与"糊涂""少见识"之类的否定性评判；另一方面，她又站在女性启蒙的立场上，否定阿毛所认可的"女人只把一生的命运系之于男子"② 的思想，并且以另外几位女性的结局（上述阿毛幻想美好世界中两位女性的或死或倒地的结局以及阿毛邻居三姐嫁作小老婆的结局）来有意衬托、比照阿毛的认知的视点意味深长，从中明晰地看到这一时期丁玲的女性意识和思想的矛盾。因为，从根本上看，在那个时代，女性没有能力构建自己生命的意义，阿毛们面对的新世界对于女性而言充满着高度的风险，不论女性自身是否准备好，那一纷乱的时代根本不可能打理好女性获得被尊重和被理解的环境和土壤！

　　发表于 1929 年 1 月《红黑》月刊创刊号的《庆云里中的一间小房里》，聚焦被社会最不齿的妓女的生存和心理状况，讲述了阿英、大阿姊、阿姊三个年轻女性蜗居在上海庆云里的一间阴暗逼仄的房间里做暗娼的生活。老实的阿姊在结婚嫁人或继续"做生意"之间犹豫不决，单纯的阿英梦想与陈老三一起生活，然而作为农民的陈老三哪里拿得出钱赎她呢？贫穷的现实和下贱的生存方式让她很快隔断梦想，阿英对婚姻生活朦胧的渴望很快就烟消云散，她虽然对阿姊和要娶她的男人感觉不舒服，却逐渐习惯和享受过这种出卖自己的生活，并对老鸨阿姆充满依恋。最终阿英不再希冀什么，积极地依门卖笑以赚取更多的钱财。丁玲这篇小说走出了自我的呓语，以现实主义的白描手法细腻刻画出底层妓女的苟且偷生和身处悲剧情境的认命与妥协，阿英为生存卖身，但她深陷泥潭却不自知的麻木和习以为常的心态让人心里不禁惊惧不已。该小

---

　　① 丁玲:《阿毛姑娘》，张炯主编:《丁玲全集》第 3 卷，河北人民出版社 2001 年版，第 138 页。

　　② 丁玲:《阿毛姑娘》，张炯主编:《丁玲全集》第 3 卷，河北人民出版社 2001 年版，第 138 页。

说与此前的《阿毛姑娘》都不再是单纯地冲决道德罗网，而是开始关注在现实生活压迫下卑微无奈的底层女性，关注她们"精神的欲求和肉体的关系"。①

1929 年 2 月《红黑》月刊第 2 号发表的《过年》颇具丁玲自传色彩，没有爸爸的小菡寄居在舅舅家里，小菡的妈妈带着弟弟在学校工作住宿，过年回来一家人短暂的欢愉后小菡又将一个人独自生活在舅舅家里，对母亲、弟弟的不舍让她难以入眠。小说以一个十来岁的女孩视角，观察理解成人世界。敏感而委屈的小菡特别懂事，她对失去父亲庇护的母亲的孤寂和艰辛充满了同情，又对依附男性优越安逸生活的舅母表现出些微的不屑。

尽管丁玲早期的写作数量有限，对人物内心世界的开掘有待加深，但是她对于独特的女性视角的选择、女性自我意识的显现，以及对女性的出路和未来的担忧始终是其潜意识女性图景的曲折呈现，这为此后选择通过以革命的方式表达对理想的追求，对改变现实的自信搭建了坚实的基础。

二 革命与解放：女性话语和革命话语的契合

丁玲在"左联"工作期间加入了中国共产党。冯雪峰作为"左联"的"党团书记"，曾经是丁玲的直接领导。1932 年冯雪峰离任后，丁玲接替他担任了"左联"的"党团书记"，直至被捕。② "冯雪峰始终是丁玲的政治引路人和同志，他最早对《莎菲女士的日记》提出批评，希望丁玲能描写革命，投身斗争。"③ 如果说，"莎菲"时期的作品仍然还是"五四"初期个性主义与妇女解放的联合展播的话，那么此后丁玲的创作则是在左翼文学强烈的阶级话语的引领下，其叛逆的个性和追求光明的性格被奇妙地"组合"，使得丁玲一方面激情奔放，另一方面又极力地关注现实。她以革命者立场主动关注社会底层女性、革命女性和工农兵大

---

① ［日］中岛碧：《丁玲论》，袁良骏编：《丁玲研究资料》，知识产权出版社 2011 年版，第 438 页。

② 李扬：《"革命"与"有情"——丁玲再解读》，《文学评论》2017 年第 1 期。

③ 李扬：《"革命"与"有情"——丁玲再解读》，《文学评论》2017 年第 1 期。

众的生存状况，使女性话语和革命话语相契合，她书写民生疾苦，关注中国革命和民族命运，她认识到"一个成熟的作者不但要有内省的深度，更要有包容万象的广度"。① 所以，从小说《韦护》开始发生突转，她的小说叙述由第一人称变为第三人称的客观叙述，小说叙述视角由内视角转为外视角，显现出丁玲开始站在人民大众的立场创作，女性叙事内含在工农大众的叙事之中，主要小说作品有《韦护》《一九三〇年春上海》(之一、之二)、《田家冲》《水》《母亲》等，凸显出她超越自我的能力和革命政治意识的逐渐增强。

譬如 1930 年 11—12 月《小说月报》刊载了《一九三〇年春上海》(之二)，小说描写进步青年望微爱上了娇艳的小姐玛丽，追求浪漫情调的玛丽没有在望微的引导下与之成为同路人，最终离他而去。玛丽作为正当青春年华的美丽少女，喜欢有理想、有抱负的进步知识青年望微不会让人感到奇怪，然而在民族危亡的时代，一心救国图存的爱国青年却无法满足玛丽贪图小资情调、男欢女爱的生活欲求，望微与玛丽分道扬镳就成了必然的结局。小说还塑造了老冯的恋爱对象——朴实能干，不带一点儿脂粉气，"一种从劳动和兴奋之中滋养出来的健康的颜色"，② 没有受教育但具有阶级意识的充满生命活力的"女售票员"。玛丽和女售票员处于不同阶级，有不一样的爱情观，这样就使狭隘而病态的与革命且健康的爱情观形成了鲜明对比。丁玲切中时代脉搏，反思女性爱情观的阶级分野，回应了进步青年关心的爱情婚姻问题。

1931 年 7 月丁玲在《小说月报》发表了《田家冲》，她以田园牧歌的笔调书写"秋收起义"爆发前四川农村的状况。住在田家冲的佃户赵得胜一家突然迎来了躲避通缉的地主家的"三小姐"，虽然一家人备受地主剥削，但却都喜欢这个平易近人、宣讲革命思想的三小姐。在三小姐的影响下，赵金龙本能的反抗欲求在不知不觉中被唤起，当三小姐消失在风景如画的田家冲的时候，这里的农民已经准备好去迎接革命的风暴。

---

① 《丁玲及其创作》，吴丽娜、吴虚兮选编：《丁玲作品精选》，长江文艺出版社 2003 年版，第 3 页。

② 丁玲：《一九三〇年春上海》(之二)，张炯主编：《丁玲全集》第 3 卷，河北人民出版社 2001 年版，第 301 页。

而 1932 年 9 月至 11 月发表于《北斗》的小说《水》，真实揭露了长岭岗农民水灾之后家破人亡、流离失所，遭受饥饿、瘟疫蹂躏，国民政府腐败无能的残酷现实。苛捐杂税盘剥得农民一贫如洗，年久失修的堤坝即将决口，赵三爷召集村民护堤抢险，结果汤家阙还是溃堤。从洪水中死里逃生的难民聚到县城，官吏们在县里、京城募捐，镇长跑到县城、省里要赈灾款、要米粮，结果什么也没有要到，最关键的弹药也没有要来。眼看要被饥饿、瘟疫吞噬的灾民们，终于形成一股怒吼奔涌的洪流，扑向这个吃人的世界。丁玲用朴实而富有节奏的语句，速写出农民经历了抢险保堤、洪水泛滥，灾后饥饿、瘟疫、受骗到反抗一幅幅人间炼狱图，一股悲愤之气横贯全篇。丁玲挣脱了知识女性狭小情感世界的局限，豪迈地汇入广阔宏伟的人民革命时代洪流。女性心理的细腻描摹转换成对现实的无情批判，对现实生活的拓展既显示了丁玲"突破女性文学狭小格局"，① 也显示了她对女性"社会性别"的认同和开掘。

丁玲 1933 年 4 月在上海被国民党绑架并遭软禁而从文坛消失，直至 1936 年年末在延安以崭新的面目重新出场，这一次出场她不仅重获新生、重构自我形象，成长为坚定的革命者，而且写作也发生了一次革命性的突变。她沿着此前的左翼写作立场向以延安为核心的政治意识形态挺进，在民族生死存亡的宏大场域中积极参与社会活动和政治活动之外，进一步把女性文学话语和革命话语相结合，以新的热情和激情进行文学创作，直面延安政治体制内的女性问题、疑难问题和备受争议的现象，以写作履行着一个革命作家的职责和权益！短篇《我在霞村的时候》《在医院中》和杂文《三八节有感》《风雨中忆萧红》等是考量身处困境但又没办法克服自身困境的女性谱系书写的翘楚之作，强烈的女性意识和社会责任感使丁玲在这些文本中更关注现实中存在的女性问题，特别是女性如何获得自由、尊重，以及祛除性别歧视的问题，其实质是要从根本上追问"'革命'和'人的解放'的应有的状态及其意义"，② 她对不同阶

---

① 杨义：《中国现代小说史》（中），《杨义文存》第 2 卷，人民出版社 1998 年版，第 272 页。

② ［日］中岛碧：《丁玲论》，袁良骏编：《丁玲研究资料》，知识产权出版社 2011 年版，第 449 页。

层和年龄女性的心理描写显得细腻而真实，并对女性出路的思索开始向纵深处挖掘，文风也变得大气磅礴。

1937 年 8 月创作的独幕话剧《重逢》是抗拒和超越单纯的女性话语，而实践女性话语与革命话语融合的重要之作。《重逢》中塑造了抗日军中政治部地方工作人员白兰，她所在的小城被日本兵攻陷后她不幸被捕，在日军特高科的密室中受到被捕的同事齐新等人的激励，凭着对党的忠诚与"为了国家民族的存亡"，① 准备继续与日本鬼子战斗，戏剧性的是与自己的爱人——打入日军情报科的马达明重逢，她以为爱人背叛了祖国而将他刺伤，最后在爱人的帮助下逃出牢狱并为我党送出珍贵的情报，她不愧是中华民族复兴中的英雄女儿。

创作于 1939 年春天的《新的信念》关注被战火撕裂的环境中挣扎着的不幸的农村老妇人屈辱而又光辉的生命样态。陈老太婆在遭受了日本兵的蹂躏，目睹了孙儿孙女以及许多村人的惨死后逃回家里，挣脱死亡的她在复仇火焰的支撑下奇迹般地活过来后，她像变了一个人一样重新站了起来，冲破儿子儿媳无声的阻挠，不可思议地到处向人们讲述她被蹂躏的"难以启齿的不幸"经历和那些她亲眼看见过的妇女儿童被强暴、被屠戮的"非人"故事，在讲述中她虽然使自己一次次直面淋漓鲜血，但现身说法的演说方式激起人民的义愤从而达到了动员人民参加抗日战争的目的，在这个过程中陈老太婆的性别遭遇翻转成一种革命力量，使她获得了新的生命价值。同样，写于 1940 年的短篇《我在霞村的时候》也讲述了一个民族战争中女性牺牲自己的身体参加革命的故事。农村女孩贞贞与本村青年夏大宝交好，贞贞父母嫌弃大宝贫穷，没想到日本鬼子袭击村子时贞贞被抓做了随军慰安妇，直到她利用特殊身份暗地里给抗日组织输送情报帮助消灭敌人时才找到了继续活下去的意义。后来得病的贞贞回到村里却因为慰安妇这段耻辱历史被村人诟病，以前的恋人夏大宝心怀愧疚地向她求婚，然而，女性意识觉醒了的贞贞拒绝了夏大宝，她不需要别人的同情，仍然怀着对美好生活的向往奔赴延安另觅新

① 丁玲：《重逢》，张炯主编：《丁玲全集》第 4 卷，河北人民出版社 2001 年版，第 360页。

生。贞贞是一个饱受苦难而又坚强的女性。她承受着时代给予她的巨大灾难和苦痛——被侵略者蹂躏，还不忘给"自己"部队传递重要的信息，回归家中以后，受到世俗的污蔑和鄙视，可她"在灾难性境地中由生存意识和自尊心理滋生出来的新的生活态度，由此突现了一个惨遭摧残的女性坚强不屈的人生态度和追求光明的不二心志"，①冯雪峰当年也曾评论说，"但在非常的革命的展开和非常事件的遭遇下，这在落后的穷乡僻壤中的小女子的灵魂，却展开出了她的丰富和有光芒的伟大"。②丁玲借此呼吁人们能够抛弃陈规陋见，对不幸者给予宽容和重新做人的机会。当然，丁玲塑造贞贞这一人物形象也是在探寻贞贞或者自己的前进道路。如果把《新的信念》和《我在霞村的时候》对照起来阅读，两部作品中主人公的遭际、处境和所生发的力量的共同之处不言而喻，从中可见丁玲"深入地探讨着这些不幸的人们是如何从他们那毁灭性的境遇中一点一点地挣脱出来，以及这种艰难的挣脱在他们转变中的生存环境里孕育产生了什么样的能量"，③从而达到其对女性和革命关系的解读。

丁玲深切地意识到解放区女性与革命的关系，革命与女性解放的关系。革命不是鲜花美酒，革命需要荡涤各种污秽，包括改造参加革命的人本身，在革命中女性才会获得同步的解放。所以，我们看到其后的《在医院中》（写于1940年发表于1941年11月《谷雨》第1期）的"陆萍"是来自城市的进步女知识青年，她虽然出身于小资产阶级家庭，但是她能够积极地投身革命，服从组织分配到革命需要的妇产科；她能独自面对陌生的环境，简陋的医疗设施和复杂的人际关系，并从懵懂的不悟俗事到逐渐看清现实，并指斥革命圣地的医院存在的各种问题。丁玲在杂文《三八节有感》（1942年6月《谷雨》第5期）中首先肯定"延

---

① 刘勇主编：《中国现代文学专题》，高等教育出版社2001年版，第291页。

② 冯雪峰：《从〈梦珂〉到〈夜〉——〈丁玲文集〉后记》，袁良骏编：《丁玲研究资料》，知识产权出版社2011年版，第254页。

③ 颜海平：《丁玲故事和中国革命》，季剑青译，《中国现代女性作家与中国革命（1905—1948）》，第328页。

安的妇女是比中国其他地方的妇女幸福的",① 因为"女同志在医院,在休养所,在门诊部都占着很大的比例",② 但是,延安的妇女跟普通女性一样,面对结婚、生育、工作、理想等也都存在着矛盾和困难,有时候还会受到社会的责难和非议。许多妇女结婚以后"被逼着做了操劳的回到家庭的娜拉"。③ 丁玲体悟到,在延安由于人为的需要把妇女首先当作女性,然后才是其他的社会角色,因此,应该体谅其痛苦。"她们不会是超时代的,不会是理想的,她们不是铁打的。她们抵抗不了社会一切的诱惑,和无声的压迫,她们每人都有一部血泪史,都有过崇高的感情",应该"把这些女人的过错看得与社会有联系";④ 丁玲对革命的坚定信念和渴望重生的理想促使她发出呼吁:"世界上从没有无能的人,有资格去获取一切的。所以女人要取得平等,得首先强己"。⑤ 丁玲积极反思"生为现代的有觉悟的女人,就要有认定牺牲一切蔷薇色的温柔的梦幻。幸福是暴风雨中的搏斗,而不是在月下弹琴,花前吟诗"。⑥ 在妇女解放与革命的问题上,丁玲认识到解放区的知识女性对革命不切实际的幻想,与真实的革命实践有差距。但妇女解放必须坚定革命理念,妇女面对困境不只是妇女个人的主观问题,还与社会制度不够理想有密切关系。妇女要想在社会中争取平等地位,必须自强。写于1942年4月25日延安文艺座谈会前夕的《风雨中忆萧红》,是丁玲的愤懑之作。当时整风运动已经开始,政治氛围已很严肃,丁玲从1938年至1940年都处在审查期,她的历史问题即使交代了,仍然是不断遭到质疑。这一时期的作品透示出

① 丁玲:《三八节有感》,张炯主编:《丁玲全集》第7卷,河北人民出版社2001年版,第60页。

② 丁玲:《三八节有感》,张炯主编:《丁玲全集》第7卷,河北人民出版社2001年版,第60页。

③ 丁玲:《三八节有感》,张炯主编:《丁玲全集》第7卷,河北人民出版社2001年版,第61页。

④ 丁玲:《三八节有感》,张炯主编:《丁玲全集》第7卷,河北人民出版社2001年版,第62页。

⑤ 丁玲:《三八节有感》,张炯主编:《丁玲全集》第7卷,河北人民出版社2001年版,第62页。

⑥ 丁玲:《三八节有感》,张炯主编:《丁玲全集》第7卷,河北人民出版社2001年版,第63页。

丁玲压抑愤懑的情绪无处宣泄。所以在回忆死去的朋友萧红时，她借题发挥，"我完全不懂得到底要把这批人逼到什么地步才算够？"[①]

丁玲怀抱着重生的热情，积极投身革命，促使她在短篇《我在霞村的时候》《在医院中》、杂文《三八节有感》《风雨中忆萧红》等中写出了解放区革命中求解放的知识女性的真实心态和思想。显示了丁玲对革命根据地和解放区女性生存境遇和解放道路的思考，她把社会解放与妇女解放联系起来，敏锐而真切地挖掘出社会变革里女人的命运和内心世界的变化。正是由于丁玲认识到"中国的几千年来的根深蒂固的封建恶习，是不容易铲除的，而所谓进步的地方，又非从天而降，它与中国的旧社会是相连结着的"[②]事实，这与革命的最强音不和谐必然经受"飞蛾扑火"般的惨痛，致使她对自己思想的深刻反省与改造也从此开始。

三　翻身与解放：重大题材中女性命运的新书写

"抗战"结束后，丁玲在解放区参加土改工作的同时，为响应毛泽东《在延安文艺座谈会上的讲话》精神，她根据自己参加"土改"的工作经历创作了长篇小说《太阳照在桑干河上》，在1952年获得了"斯大林文艺奖金（1951年度）"。这是一个记录中国解放区土地革命运动的宏大故事，其中同样内含着中国传统女性在时代大潮中争取解放及其命运的变迁。

早在1937年6月丁玲创作了表现穷苦农民在"农民协会"的领导下组织"工农自卫队"打倒恶霸地主赵阎王（赵老爷）的《东村事件》，该小说表现大革命时代的阶级斗争，其中贫民赵得禄（《太阳照在桑干河上》里暖水屯副村长也沿用了这个名字）的童养媳十五岁的少女七七被霸占、被蹂躏的事件，不仅突出了女性身体的地位，也构成了反阶级压迫的革命事件被引发的一个非常重要的性别根源，承载着丁玲将革命话语和女性解放话语结合，在创作题材上紧跟时代重大题材、书写工农兵

①　丁玲：《风雨中忆萧红》，张炯主编：《丁玲全集》第5卷，河北人民出版社2001年版，第137页。

②　丁玲：《我们需要杂文》，张炯主编：《丁玲全集》第7卷，河北人民出版社2001年版，第59页。

谱系的特质。而《太阳照在桑干河上》更是继续紧跟时代主流、呈现解放区土地改革的经典文本。虽然延续着书写工农兵谱系的革命话语,但从其中所表现的黑妮等相关的女性人物书写中看到,丁玲这一时期的妇女解放思想既与此前的思想遥相呼应,又对妇女解放与社会解放的同一性表达出强烈的认同。

小说完整地展现了暖水屯指导"土改"运动的领导干部思想的分歧和作风问题,以及这些问题的逐渐改变、解决和如何胜利地完成土地改革运动的过程。暖水屯隐藏最深的地主钱文贵虚伪狡诈,利用儿子参军、女儿嫁给村治安员张正典,以及侄女黑妮与农会主任程仁的恋爱关系想逃脱人民的审判和应有的惩罚,面对这样的形势,暖水屯的土改工作停滞不前。在章品、杨亮等干部的正确引导下,支部书记张裕民等农民干部觉悟不断提高,终于成功地展开了一场轰轰烈烈的土改运动。这部配合当时"土改"运动的宏大叙事作品,不仅是丁玲艺术创作的超越之作,也是丁玲的世界观和价值观自觉改造完成的标志性作品。

从一个侧面来看,在《太阳照在桑干河上》中丁玲抓住了封建父权制思想对农村绝大多数女性的压迫这个关键点来探讨土改问题。被评论界讨论最多的黑妮这一形象的塑造颇具意味。黑妮由于父亲去世母亲改嫁而被二伯父钱文贵收养。而钱文贵收养她的原因,一是现在可以把黑妮"当一个丫鬟使唤",二是由于她长相漂亮将来出嫁还可以"在她身上捞回一笔钱",这种非血缘非亲情的收养目的中赫然烙有阶级剥削的印记,同时也是对女性身体的掠夺。其实黑妮可以选择同以种菜为生的大伯父钱文富一起生活,然而,面对暖水屯事实上意识形态掌控者钱文贵的强权收养,黑妮根本无权拒绝,她就必然对钱文贵形成无法摆脱的人身依附关系,这正是父权和意识形态权力融合所造成的。钱文贵还利用黑妮来达到巩固自己地位的目的。小学教员任国忠对黑妮表现出爱慕之情,钱文贵便指使他四处散布八路军走后要变天的谣言;更是利用黑妮与长工程仁的感情,企图再加上一道安全防线。黑妮与程仁都是孤儿,程仁是钱文贵家的长工,共同的被剥削被奴役的处境使两人在相处中产生了爱情,黑妮偷偷地给程仁送自己做的鞋袜,偷偷和他约会,但钱文贵绝不会让黑妮嫁给这个穷小子。正当他们的爱情无望之时,八路军解放了暖水屯，他们的关系在政治力量变化和阶级关系的变革中出现了微妙的变化。当了农会主任后的程仁却有意疏远黑妮，他凡事都先要"站在大伙儿一边"，他怕和黑妮的关系"影响了他现在的地位"。① 在革命和女性之间，被解放了的男性首先选择牺牲的总是女性，正如革命时代在集体和个体之间，选择的总是集体一样，女性依然是父权制和政治意识的附庸。而此时的钱文贵却鼓励黑妮去接触程仁，甚至在钱文贵马上被扣留之前他的老婆以许配黑妮和送还买卖土地的红契作为诱饵来收买程仁，欲使女性的身体成为阶级关系中被利用并获得利益的筹码。钱文贵被打倒后，黑妮翻身得到解放，与大伯父钱文富生活，黑妮的"快乐"形象使程仁这才意识到拯救黑妮的途径不是包庇钱文贵，而是通过阶级斗争、改天换地、打倒地主阶级才能真正实现。

程仁的这一觉悟和思想转变的情形同样体现在小说中其他有关女性的事件和人物身上。暖水屯被解放后政府为妇女办起了识字班，这是意识形态推动妇女解放也是妇女自身取得解放最基本、最有效，也最重要的一步。黑妮在识字班当教员，而进识字班识字学习的多半是家里富裕、生活无忧无虑的年轻媳妇和姑娘，那些贫困人家的女性大都去了地里劳动。对于普通妇女来说生存第一，解放第二。无论解放与否，都不重要，物质显然是精神追求的基础，生存是头等大事。而对于中国共产党所宣传的"妇女要抱团才能翻身，要识字才能讲平等"② 的道理连村里的妇联会主任董桂花也产生了深深的质疑，在她看来来识字班的媳妇姑娘们并不需要"翻身"和"平等"，当然，她也认为作为妇女主任的她也不需要。其他妇女中落后的寡妇白银儿被地主江世荣利用公然在家里设神坛、招赘，拉拢腐化干部。钱文贵的妻子唯一的特点"就是一个应声虫"，"丈夫说什么，她说什么"，③ 无思想、无能力，完全应和、讨好丈夫，依

---

① 丁玲：《太阳照在桑干河上》，张炯主编：《丁玲全集》第2卷，河北人民出版社2001年版，第21页。

② 丁玲：《太阳照在桑干河上》，张炯主编：《丁玲全集》第2卷，河北人民出版社2001年版，第30页。

③ 丁玲：《太阳照在桑干河上》，张炯主编：《丁玲全集》第2卷，河北人民出版社2001年版，第19页。

附丈夫而生存。……从妇联会主任董桂花对识字班与妇女解放和平等的解悟,以及村子里妇女对自身处境的安之若素、处之泰然中,昭示出解放区土改之前农村贫穷妇女和富裕妇女的处境和解放现状,从贫老头侯忠全嘲讽自己的内侄媳妇董桂花时说"如今是母鸡也叫明,男女平等"① 里也可以看出妇女地位在刚刚建立的解放区和男性心目中的地位。

显然,小说蓄足力量要讲述的是划时代的"土改"运动及其功绩,那么暖水屯妇女在土改的风暴到来后其人生和命运必然会发生根本性的巨变,这也是丁玲有意识去表现的。在小说第三十七节"果树园闹腾起来了"这一节中,青壮年妇女加入了摘果子的队伍,连那些从前没有任何话语权与行动力的"老婆子们都拄着杖走来了",② 在接下来的讲述里看到妇女主任董桂花完全抛弃了以前的观念和顾虑,她带领着妇女活跃在土改运动的第一线,积极地参加斗争地主钱文贵的大会;羊倌的老婆周月英领头批斗、痛打地主钱文贵;村子里识字的妇女积极参加分地主"浮财"的工作,她们兴高采烈地"看管递送"着胜利品;顾长生的娘一改落后、贪小利、包打听的毛病高兴地称分给她的两只鸡是"翻身鸡"。而黑妮也变成"一个刚刚被解放了的囚徒",③ 她开始挣脱钱文贵的奴役和束缚,在分发地主物品的现场,她"快乐"地搬运分给自己和大伯父的东西,后来通过钱文贵老婆的目光看见她以让人新异的形象出现在翻身解放的"游行示威"队伍里。这些暖水屯的妇女积极参与土改工作中的公共事务的行为喻示着她们确实获得解放、走向社会并实现了作为人应有的价值,这是非常符合这一时期政治意识形态"通过赋予女性社会工作权利、参与社会事务来获得解放"④ 的解决方案的。

然而土地改革对于地主家庭和负面女性形象而言,也是一次改变她

---

① 丁玲:《太阳照在桑干河上》,张炯主编:《丁玲全集》第2卷,河北人民出版社2001年版,第97页。

② 丁玲:《太阳照在桑干河上》,张炯主编:《丁玲全集》第2卷,河北人民出版社2001年版,第194页。

③ 丁玲:《太阳照在桑干河上》,张炯主编:《丁玲全集》第2卷,河北人民出版社2001年版,第190页。

④ 贺桂梅:《"延安道路"中的性别问题——阶级与性别议题的历史思考》,《南开学报》(哲学社会科学版)2006年第6期。

们的人生和命运的转折点，地主李子俊的老婆"她只施展出一种女性的千依百顺，来博得他们的疏忽和宽大"，[①] 把自己女性的身体变成一个无声的武器，待失去效力后只能在背地里诅咒新的时代，咀嚼其没落的痛苦；钱文贵的老婆乖乖地陪着自己的地主丈夫在台子上接受人民的批斗；白银儿再也不敢涂脂抹粉装神弄鬼……这些曾经不能见光的女性生命形态均转向了光明的方向。

早在 1930 年 5 月邓颖超在《苏维埃区域的农妇工作》中指出："农妇解放与整个农民运动有极大的关系，农妇解放运动是能够帮助农民斗争与土地革命更快的得到胜利"。[②] 而《太阳照在桑干河上》中有关女性的书写昭示出只有通过社会制度的根本性变革，翻身妇女才可以获得彻底的解放和改造，要把妇女解放寄托在无产阶级革命的成功上，妇女解放与阶级解放的方向和路径是完全一致的。

不过，也应看到丁玲满腔热情地展现土改运动复杂的农村阶级斗争形势，描绘出农村不同阶级妇女在土改运动前后的不同解放姿态，展现出她们解放后的革命图景。但严格地从"五四"所传导下来的女性主义视角来看，丁玲在《太阳照在桑干河上》中淡化甚至是消弭了女性意识和性别特征，让女性成了和男性一样的"雄化"物，这在某种程度上反而延宕了妇女对本真自我的再发现和再认识。其原因在于女性解放问题不单单是性别问题，而是和人类普遍的问题联系在一起。正如崔卫平在《宦官制度、中国男性主体性和女性解放》一文中深刻揭示中国封建父权社会建立的阉割制度导致男性的精神萎靡和屈从的妻妾心态的产生时指出的，"在某种意义上，女性的解放期待男性的解放；如果男性不把自己从种种不切实际的幻觉、他人出发点中解放出来，女性的解放就必然是不完整的。"[③] 而《太阳照在桑干河上》恰恰把妇女的翻身解放作为阶级

---

① 丁玲：《太阳照在桑干河上》，张炯主编：《丁玲全集》第 2 卷，河北人民出版社 2001年版，第 188 页。

② 中华全国妇女联合会、妇女运动历史研究室编：《苏维埃区域的农妇工作》，《中国妇女运动历史资料（1927—1937）》，中国妇女出版社 1991 年版，第 79 页。

③ 崔卫平：《宦官制度、中国男性主体性和女性解放》，《天涯》2003 年第 5 期，第10 页。

斗争和土地革命的辅助，以此解决妇女与男子利益的冲突，不同阶级之间利益的冲突。这样的表达显然距离男女两性真正的解放还非常遥远。

　　总体而言，追求人格的独立、人性的解放、人的价值和尊严，是"五四"文学的精神内核。唯其如此，才使中国文学从近代步入现代，具有了现代性的特点。这方面，丁玲无疑继承了"五四"精神。同时，又因为丁玲所独具的现代女性意识，以及她对男性文化摧枯拉朽般的反叛，使中国女性文学从丁玲手里进入了崭新的时代。冰心的作品满带着温柔和哀愁，恋旧求新，用母爱、童真、自然美营造了一种和谐、温馨的氛围，说到底这是一种温厚的女性（母亲的声音、女儿的声音）；冯沅君处在母爱与情爱的旋涡中，犹抱琵琶半遮面，既有爱的渴求，又有矜持和羞涩，欲说还休（叛女的声音）；庐隐既有新的期望，又有旧的羁绊，发出了怨女、弃妇的声音（妻子的声音）。只有丁玲的早期小说彻底打破了和谐的文学传统，发出了女人自我的声音，作品中的主人公莎菲们以"欲望"主体的形象出现，摆脱男性依附并挣扎着争取一个现代人的地位。在丁玲之前，无人如此反映女性的命运和地位，在丁玲之后的几十年，女性意识也渐次衰微。即使丁玲本人，在后期小说中，女性意识作为一种单独的社会意识也被"阶级意识"和"革命意识"所削弱、所遮蔽。1930年以后，丁玲将表现的对象转向革命者、革命文艺运动和工农兵群众的斗争，带有概念化倾向的人物形象逐渐增多，"革命加恋爱"的故事模式取代了莎菲们不屈不挠的精神求索。她虽然依然关注对女性现实困境和精神困惑的描写，但这显然已经不是她写作的重心。虽然延安时期所写的《我在霞村的时候》和《在医院中》从贞贞、陆萍们身上还能依稀看到莎菲们的影子，反思的色彩和力度明显增强，从"土改"时期《太阳照在桑干河上》黑妮等身上凸显了妇女翻身解放的美好图景，可是这些作品的震撼力、冲击力以及对整个女性文学的影响已远不如她前期的小说，但其中时隐时显地包蕴的对于女性解放的思考作为一种现象、一个经典的个案依然值得关注和进一步探讨。

第四章

救亡:民族磨砺中的女性奔波
（1937—1945）

1937 年 7 月，日本全面发动侵华战争，国家和民族陷入生死存亡的边缘，对抗外来侵略成为中华民族刻不容缓的抉择和时代使命。抗日战争的爆发不仅改变了中国历史的进程，也改变了每个中国人的命运。在这场全民族参与的艰难自卫战争中，民族潜力得以全面激发，民族精神也得到全新的淬炼和传扬，抗日图存已经成为民族的首要重任。争取民族的解放需要聚集全国各股政治力量，于是国共两党二次合作，求同存异，一致对外。在抗战的时代大潮中，中国女性把自身的命运与国家的救亡图存连接在一起，在"救亡"旗帜的感召下，她们身上的民族意识被唤醒，唯民族利益至上、国家利益至上，"母亲送儿打东洋，妻子送郎上战场"。这一时期的妇女解放已经深深地融入拯救民族国家的大业之中，广大妇女在促进自身进步的同时竭尽全力地参与到民族战争之中，在中华民族血与火的磨砺中，强筋壮骨，向着不断解放、不断进步的方向前行。

可以说，社会历史的变动和发展趋向决定了在刀光剑影中写就的女性文学和妇女解放的视角和方向，使这一时期妇女解放思潮和女性文学的互动相生更加紧致密实、息息相关。救亡语境中的女性文学在民族意识逐渐高涨的氛围中不可避免地服务、服从于国家利益这一主流意识形态，试图从正负两种不同的价值开掘中呈现出时代洪流中的女性解放话语。一方面，从此前的面向女性自身经验转到面向广阔纷繁的社会现实，关注时代苦难，正面展示我们民族中坚强、勇敢、隐忍、富于牺牲精神的伟大女性，来宣示女性应有的解放范型，凸显出鲜明的时代印记；另一方面，站在人性的角度对人和女人进行本体性的思考，体察她们不幸的命运，检视她们的劣质和缺憾，探究妇女解放的必然性和可行性道路。

第一节　战火中女性的遭际与解放诉求

20世纪30年代中期至40年代中期的中国内外交困，战争导致资源空前短缺，国民党统治集团一方面大发国难财，另一方面不断强化专制统治。残酷的战争使物质生活资料严重匮乏，导致普通民众的生活每况愈下，陷于普遍贫困化；更有沦陷区的广大老百姓开始了颠沛流离、居无定所的逃难生活。战争无情地改变着社会与个人自我发展的命运轨迹，战争背景中的女性也是疲于奔命、不得安宁，各自经历着不同的人生际遇和生活磨难，当然也呈现出不一样的女性解放诉求。

一　战火中女性的遭际与奋起

女性的遭际是指女性所特有的境遇、际遇和人生经历。抗战时期，中国女性遭受了前所未有的磨难：封建枷锁、战争惨痛、民族仇恨、躯体之殇、空闺之苦等。曹雪芹在《红楼梦》第六十四回中借林黛玉之口感慨道："我曾见古史中有才色的女子，终身遭际，令人可欣、可羡、可悲、可叹者甚多"，[①] 不仅古代历史上的才女们人生遭际坎坷奇崛，适逢抗战烽火的女性作家们鲜少有人命运是"平畴千里"，大都际遇坎坷，萍踪靡定，命运"可惊可愕"。比如左翼女作家白薇在抗战中贫病交加，九死一生，爱情与人生均陷进变幻莫测的渊薮，然而却痴心不悔坚韧地活着、不断与命运抗争；沦陷区萧红的际遇坎坷曲折，这其中的凄苦寥落在她的散文中有细致的描述，最后在异族占领的香港浅水湾结束了她短暂而又多难的人生；出身名门贵族的张爱玲，原本想到英国留学，第二次世界大战战火的扩大改变了她的人生轨迹，只能到香港大学就读，其

---

① 曹雪芹、高鹗：《红楼梦》（三），线装书局2016年版，第403页。

间因受到太平洋战事的影响，未完成学业只得仓促返回上海，为谋求生计，只能卖文为生；文学博士陈学昭在抗战全面爆发后，由南昌奔赴汉口，又转折来到陪都重庆，经常遭到特务的跟踪、盯梢，生活陷入困境之中，后来，受从国统区到达陕北的第一位著名女作家丁玲的影响，她才流亡到了延安。

　　上述知识女性的人生境遇在战争中尚且如此，而处在社会底层的女性的命运更是没有任何保障，她们在战争中遭受的苦楚和劫难空前绝后。她们在忍受异族烧杀抢夺之苦难的同时，还要忍受屈辱残暴的蹂躏。1938年，聂绀弩在杂文《母亲们》中曾经这样描述："在失去了的土地上，在战士们的坟场上，在被残杀了的婴儿的尸体上，战士的姊妹们，妻子们，婴儿的母亲们，被强盗凌辱着！"① 战争时期女性的性别特征带给她们更多的灾难。据冀中定县党史办整理记载，"1938年农历正月十二日，日寇在定县沟里村制造了一场骇人听闻的大惨案，十有八九的妇女横遭鬼子兵奸污，就连那些未发育的少女及六十岁的老婆婆都不放过"。② 如此惨不忍睹的女性性别悲剧与遭际，成为抗战环境中底层女性不得不面对的深重灾难与噩梦。在民族战争中，女人不仅是女人，还是一个国家、民族遭遇苦难的象征。她们的苦难就是这个民族的苦难，她们所受的屈辱也是这个民族的屈辱。同样，女人还是一个国家、民族赖以延续的命脉。她们的怒号和奋起，也是一个民族的怒号和奋起。

　　所以，那些为民族"怒号和奋起"，引领着时代精神、为民族国家做出贡献的女性可以称为时代所召唤的"新女性"。不同的时代对新女性形象的建构不同，在左翼文学思潮的影响与革命理论的规训下，20世纪三四十年代战火中新女性的形象是被逐渐建构起来的。部分有民族意识的新女性在战火中重新定位自己的身份，积极从事抗战宣传、参与募捐、支援前线、担当救护队员和进行生产自救等工作，从而改变了自己的传统身份、角色定位和人生境遇。恰如学者李小江所言："战争是残酷的，

---

　　① 聂绀弩：《母亲们》，《蛇与塔》，生活·读书·新知三联书店1999年版，第37页。
　　② 李小江主编：《让女人自己说话：亲历战争》，生活·读书·新知三联书店2003年版，第311页。

女人是战争的主要受害者；但战争却可能为参战妇女走出传统性别角色和性别屏蔽打通道路（二次世界大战欧美妇女的广泛就业和中国妇女解放道路都证明了这一点）"。[①]

　　救亡主题下时代赋予妇女解放全新的内涵和使命，因此一些妇女解放倡导者和引导者结合抗日大势鼓励妇女解放自己，他们的言说形成了与民族战争相始终的妇女解放的滚滚潮流。进入抗战刚五个多月的时间，邓颖超就指出："妇女运动的各方面，均以抗日救国为中心的姿态出现"，[②] 已经具有新的进步，展开了新的内容。时任中共中央东南局书记、新四军副军长项英指出："目前，抗日战争是伟大的民族革命斗争，妇女就必须坚决参加抗日战争。在这伟大斗争中，一方面求得妇女部分锁链的解脱，另一方面，由这一伟大斗争的胜利中，求得进一步的革命的最后彻底胜利，以达到妇女的彻底解放"。[③] 1942 年 7 月 19 日郭沫若在《新华日报·妇女之路》发表了《〈娜拉〉的答案》一文，突破了鲁迅对女性走出家庭后两条道路的指认，为娜拉提供了第三种道路设计：走上革命的道路，即"求得应分的学识与技能以谋生活的独立；在社会的总解放中争取妇女自身的解放；在社会的总解放中担负妇女应负的任务，为完成这些不惜以自己的生命做牺牲"。[④] 他认为新女性要像秋瑾一样，要具有为国家奉献与民族牺牲的精神。关于"新女性"的讨论与新女性形象的塑造在《新华日报·妇女之路》上随即展开。有人如此描述："这中间的工作者有背着自己婴儿的母亲，有十来岁的小姑娘，更还有年已半百的老太婆。在她们枯黄的头发和破旧的单衣上早已布满了棉纱的细

---

　　① 李小江主编：《让女人自己说话：亲历战争》，生活·读书·新知三联书店 2003 年版，第 4 页。

　　② 邓颖超：《对于现阶段妇女运动的意见》，中华全国妇女联合会妇女运动历史研究室：《中国妇女运动历史资料（1937—1945）》，中国妇女出版社 1991 年版，第 8 页。（原载《妇女生活》第 5 卷第 5 期）

　　③ 项英：《我们的女战士》，中华全国妇女联合会、妇女运动历史研究室编：《中国妇女运动历史资料（1937—1945）》，中国妇女出版社 1991 年版，第 409—410 页。（原载《抗敌报》1940 年 3 月 8 日）

　　④ 郭沫若：《〈娜拉〉的答案》，重庆市妇女联合会妇运史研究组编：《新华日报副刊·妇女之路》（上）（1940.5.16—1947.2.16），内部发行，第 420 页。（原载《新华日报·妇女之路》1942 年 7 月 19 日）

屑和灰尘……她们一方面固然是为了生活，但是另一方面她们还是在为国家生产哪！""象这样从事生产事业的女同胞，我们大家都应该特别尊重，因为她们才是新中国的新女性"。① 这些国统区底层女工被指称为抗战时期的新女性，更多的是强调她们为抗战而生产，为国家而工作，所以这些在厂房里纺织棉纱，精心织布的"时代织女"们，她们壮大着新女性的队伍。

　　与这些劳动在一线的女工交相辉映的是一些直接参军、奔赴前线的革命女性。1940 年 3 月，参加新四军的女同志已达 200 多人，② 她们冒着枪林弹雨服务于抗战一线。还有一些进步女性，她们组织起来成立了战地服务团，或者到战区演出慰问、宣传抗战，或者背上急救的十字药箱奔波沙场救治伤员，或者将捐赠的物资分派到各个战区，跟着军队在全国奔波。据女烈士孙晓梅生前记载，"妇女们，除了放哨、侦察，还担负送茶水、招呼伤兵、包扎伤口等救护工作，没有一个女人，为害怕战斗而离开自己的岗位"。③ 战争中还有一些女性，面对一家人被害牺牲，她们依然在疆场杀敌报国。比如 1937 年淞沪抗战时，开国少将刘毓标的妻子赵倩，目睹自己的外祖父母和舅舅被日军残忍地杀害，国恨家仇让 20 岁的她义无反顾地投身战斗，在日伪军的"扫荡"中，她带领根据地的妇女干部以顽强的意志和过人的智慧，克服重重艰难，多次死里逃生，带领大家撤退到新四军后方。④ 抗战中，普通女性勇敢地征战疆场，而一些女性作家也不让须眉，当抗战的空气越来越紧张的时候，谢冰莹权衡国家集体利益和个人私利，面对国家的危难和父亲严重的疟疾，最终痛

① 星火：《纸厂的女工》，重庆市妇女联合会妇运史研究组：《新华日报副刊·妇女之路》（中）（1940.5.16—1947.2.16），内部发行，第 18 页。（原载《新华日报·妇女之路》1942 年 11 月 22 日）

② 项英：《我们的女战士》，中华全国妇女联合会妇女运动历史研究室：《中国妇女运动历史资料（1937—1945）》，中国妇女出版社 1991 年版，第 405 页。（原载《抗敌报》1940 年 3 月 8 日）

③ 孙晓梅：《繁昌战斗中的妇女们》，中共富阳县委党史资料征集小组办公室编印：《晓梅烈士遗墨》（内部发行），1984 年，第 49 页。

④ 玄圭：《刘毓标之子回忆战争中的母亲：舍"小家"是为了"大家"》，《婚姻与家庭》2015 年第 9 期。

苦地舍弃陪伴生病的父亲奔赴前线。在"一·二八"淞沪会战中,她参加了著作者抗敌协会,白天随着医院救护队救助伤员,晚上赶写稿件,并编辑《妇女之光》周刊。她还动员了三百多名妇女参加抗战工作。① 在抗战的烽烟里,她坚决到前线去,足迹跑遍了祖国南北的大部分前线,始终抱着"救一伤兵,就是杀一敌人"的信念。学者阎纯德评价道:"在欢乐与痛苦、光荣和侮辱、血泪与火交织的战时生活里,她凭着自己的勇气,'冲破了黑暗','斩断了枷锁',又做了一次'叛逆的女性'"。② 谢冰莹在抗战时期疆场驰骋,树立起了时代新女性的楷模。

谢冰莹式与时俱进的时代女性形象,在同时代的女性写作中多有表现。杨刚小说《生长》中描述的"新女性"维明就是这样一个形象,"战争发生了以后,她离开学校,参加了一个战地工作团,在战场上大手大脚地弄了一年……不知不觉地好像她自己就在一个广大而生动的画幅上面成了前景。它的全貌,它的光辉,应该突破一切"。③ 维明受时代的感召投身军营,与男性一起参与民族战争,保家卫国。之后又想办法去大学学习,提升自己的文化水平。毕业后又投入新闻报刊行业,唤醒民众,推动社会的进步。她从一开始就走向社会,把自己的命运与民族的命运联系在一起,因而她的世界和她的天地越来越大,她获得了女性应有的生活和尊严。杨刚通过她的人生际遇构建出了一个理想中的新女性在特殊的生存环境中应有的人生奋斗轨迹,同时通过这样的形象诠释了妇女解放思潮的时代内涵。

上海战事爆发,女作家罗洪等逃离上海,在避居松江章练塘镇时,协助丈夫创办《抗敌日报》。之后避居浙江桐庐,在作品中时时传达出为抗战作贡献的心愿,其散文《一个站在前线的战士》"取材于离开桐庐到达一个小地方时遇见的一个战士,通过这篇散文,表达了对抗日战士的崇敬,也表达了我想跳出生活小圈子的心情"。④ 她抗战时期撰写的《湘

---

① 阎纯德:《二十世纪中国女作家研究》,北京语言文化大学出版社 2000 年版,第 181 页。

② 阎纯德:《二十世纪中国女作家研究》,北京语言文化大学出版社 2000 年版,第 186 页。

③ 杨刚著,柯灵主编:《杨刚小说·桓秀外传》,上海古籍出版社 1997 年版,第 24 页。

④ 罗洪:《创作杂忆(四)——关于〈为了祖国的成长〉和〈流浪的一年〉》,《新文学史料》1989 年第 2 期。

桂途中》《艰苦的日子》《风尘》等散文，记录着作者流离颠沛的逃难生活。据罗洪回忆，白薇戎马倥偬，在战区奔走采访，在桂林时为《新华日报》撰写通讯；王莹冒着敌人的炮火在前线干宣传工作，随上海救亡演剧第二队从第五战区来到桂林，排练新编的剧本《台儿庄》进行公演。这些女性作家或者通过自己的行动，或者凭借自己的作品呼应着时代的召唤，演绎着自己壮阔的人生。

有些女性甚至为民族的解放血染疆场，献出了宝贵的生命。除了众所周知的赵一曼、刘胡兰、舍生取义、视死如归投江的八位女战士等巾帼英雄外，还有安徽和县 24 岁不爱红装爱武装的女英雄成本华，河北省阜平县 22 岁的女青年刘耀梅，安徽省肥西县动员与组织人民群众参加抗日救亡运动年仅 19 岁的姑娘侯静波，还有被誉为"边区女将军"的陈少敏、"人民群众的飞将军"刘秋菊等，在民族生死存亡之秋，她们勇赴国难，把青春和生命献给了国家和民族，以自己的生命铸就了救亡图存时代妇女解放的历史丰碑。

二 战火中女性的解放诉求

由于当时国共两党既斗争又合作的复杂关系，加之日本法西斯侵略造成地域的分割，全面抗战时期的中国习惯上区分为国民党统治区（国统区）、解放区和沦陷区。不同的政治区域自然构成了不一样的妇女解放图景，但有一点是相同的，即都关联着民族的存亡，妇女努力地把自身的解放融入国家民族的解放之中，为抗战的胜利奔走呼告。故而，抗战背景下的女性解放围绕民族国家救亡图存的大方向，基本以党派利益为宗旨，以党派力量对女性的建构为核心。又由于战争的推进，对地域的争夺瞬息万变，使国统区和沦陷区的划分也变化不定；再者，沦陷区的妇女解放运动占主导地位的不是伪政府，起引领与渗透作用的主要是解放区的政治话语，所以本节对沦陷区妇女解放思想的阐释，部分政策性的内容在国统区和解放区的阐释中会有涉及，后文将不再赘言。

（一）国统区女性的解放诉求

总体来讲，国统区女性解放的诉求远不及解放区高，但围绕抗日救亡的宏大目标，以宋庆龄为代表的民主党派，以宋美龄为代表的国民党，以邓颖超为代表的共产党人士,在国统区开展了一系列的抗日救亡运动,这些运动一直都伴随并带动着妇女解放运动的开展,体现出国统区广大女性的解放诉求,也影响了国统区女性文学的表达。

1. 以宋庆龄为代表的女性诉求

宋庆龄可谓是介于国民党与共产党之间的第三股政治力量,作为标杆式的女性领袖人物,她对当时的妇女解放运动工作做出了重大的贡献。早在大革命时期,她就指出:"妇女是国民一分子,妇女解放运动是中国国民革命的一部分。所以为求全民族的自由平等,妇女应当参加国民革命。为求妇女自身的自由平等,妇女也应当参加国民革命"。[①] 在其影响之下,时任国民党中央妇女部部长的何香凝也极力宣传"国民革命是妇女唯一的生路"。她们意欲将女性吸纳为国民革命的力量,这就确立了将妇女解放与国民革命联系在一起的思想导向。

"七·七事变"爆发后,日军的大规模入侵危及每个中国人的存亡,宋庆龄、何香凝等妇女领袖在上海联络了于凤至、蔡元培夫人等成立"中国妇女抗敌后援会",次年在香港成立"保卫中国同盟",[②] 宋庆龄担任主席,直接与国际社会接洽,在同盟内部设立"妇女促进会"从事援助后方伤兵医院和灾民的工作。抗战伊始宋庆龄积极促成国共第二次合作,后来还帮助苏区建成国际和平医院。她向妇女发出呼吁:"争取和平与反侵略斗争是不可分离的。我们为着全人类的理性与幸福而战,为着全女性的解放和自由而战,打倒法西斯侵略强盗,和全世界被侵略的千万大众,站在一起!"[③] 并且发表《双十节告全国妇女界》,号召"妇女们应怎样加倍努力团结在一起。以争取民族国家的独立自由,因而获得自己的解放"。[④]

---

① 宋庆龄:《妇女应当参加国民革命》,宋庆龄基金会编:《宋庆龄选集》(上卷),人民出版社1992年版,第39页。(原载《汉口民国日报》1927年2月14日)

② 1938年6月14日,宋庆龄在香港发起成立"保卫中国同盟"。

③ 宋庆龄:《向全世界的妇女申诉》,宋庆龄基金会编:《宋庆龄选集》(上卷),人民出版社1992年版,第222页。(原载《中山日报》1938年3月8日)

④ 宋庆龄:《双十节告全国妇女界》,宋庆龄基金会编:《宋庆龄选集》(上卷),人民出版社1992年版,第258页。

为了维护统一战线，香港沦陷后，宋庆龄先后两次到达重庆，历时四年半之久，寻求多方支援，服务抗日。1940 年 3 月 31 日到 5 月 9 日，她第一次停留在重庆，与宋霭龄、宋美龄一起视察医院、孤儿院、工厂，以及一些战争防范设施；在儿童节专门到歌乐山视察战时儿童保育会第一保育院，带着节日礼物看望 500 多名难童；在重庆妇女节欢迎大会上发表重要讲话，鼓励妇女积极抗日。她还到第五陆军医院慰问伤兵；到重庆郊外的中正学校及遗孤工厂视察，参观学校教室、宿舍和厨房；① 还视察了重庆防空工事，鼓励社会各界人士团结抗日。

太平洋战争爆发后香港沦陷，宋庆龄于 1941 年 12 月 10 日至 1945 年 12 月定居重庆，在国民党的严密"监护"下重建"保卫中国同盟"，对中国抗战进行了强有力的支持与帮助。在重庆期间，宋庆龄"冲破国民党的种种封锁，领导'保盟'组织募捐，救济难民、伤兵和儿童；组织物资，把大批的药品、医疗器械和其他救援物资送到八路军、新四军及抗日根据地人民手中，并积极介绍和输送外国医生到抗日根据地工作。利用她特殊的身份将中国人民抗日的真实情况向国外报道，争取援助"。② 不可否认宋庆龄为抗战的最后胜利和女性解放做出了卓越的贡献，"研究妇女解放问题，推行妇女解放运动，成为她一生革命活动中的组成部分，使其成为世界上著名的妇女解放运动的活动家和领袖，在国际上享有崇高的声誉"。③

2. "新运妇指会"和以宋美龄为代表的女性诉求

抗战时期国统区妇女解放的引导和展开基本上是由"新生活运动促进总会妇女指导委员会"（简称"新运妇指会"）担当的。该组织成立于 1936 年，专门从事妇女工作，是为响应蒋介石 1934 年 2 月 19 日于南昌发起的"新生活运动"而组建的，隶属于"新生活运动促进总会"，由宋美龄任指导长。该团体是年 11 月创刊了《妇女新生活月刊》，该刊的目的在于唤醒全国女同胞的自救与自觉，促进妇女共同团

---

① 牛瑞芳：《抗战时期宋庆龄在重庆》，《红岩春秋》2008 年第 2 期。
② 牛瑞芳：《抗战时期宋庆龄在重庆》，《红岩春秋》2008 年第 2 期。
③ 尚明轩：《宋庆龄生平概论》，尚明轩主编：《宋庆龄年谱长编（1893—1948）》，北京出版社 2002 年版，第 4 页。

结,以谋求妇女参与民族解放的复兴和人类的光明,该刊于 1937 年 6 月停刊。其中刊出的文章和图画,展现了 20 世纪 30 年代中期女性思想解放的历程,凸显了女性主体自觉的主题。比如陈衡哲在《新生活与妇女解放》中列举法国居里夫人、美国亚丹姆女士和中国古代李清照三位"彻底解放了的女子"及她们的私人生活,来证明新生活与妇女解放在精神上的密切和融洽,让女性明白真正解放了的妇女所追求的"是人格的向上与精神的愉悦"。①

在"新运妇指会"成立的最初几年,特别强调女性的家庭角色认同,认为女性作为母亲在教养子女、维系家庭和社会稳定方面责任重大。抗战全面爆发后,抗日救亡成为"新生活运动"的新主旨,经过改组的"新运妇指会"把工作的侧重点放在开展战时服务工作方面,国统区和沦陷区的各路女界精英都积极加入其中。1938 年 3 月 10 日,在汉口妇女界成立了战时"儿童保育会",由宋美龄任理事长,冯玉祥夫人李德全任副理事长,以"保育战时儿童"为宗旨,对流浪难童进行救助。同年 7 月 18 日,"新运妇指会"正式接管战时儿童保育会,自此,保育难童成为新运女性支援抗战的一部分,抢救难童历时八年,功绩卓著。"新运妇指会"还专门成立了女性战时服务组,从事战地服务:在医院从事伤兵救护工作,在战区的前线和后方协助军队,在各交通线扶助伤兵及难民等。战时服务组"在两年又八个月的时间内,二百六十八位女战士的足迹,已印遍了乡村,前线,与医院",② 她们为抗战出力,为社会造福,有效地支援了前线。在抗日救亡的总目标之下,"新运妇指会"通过了以伍智梅、吴贻芳、邓颖超、史良、张肖梅等九位女参议员提出,沈钧儒等 36 人联署的《动员妇女参加抗战建国工作案》,作为妇女运动遵循的共同纲领,提案中将参加社会军训、参加生产事业、实施妇女战时教育、救济战区妇女等作为抗战时期动员妇女必要的办法。提案的最后一部分"改善妇女生活"中呼吁政府要"用政治力量彻底执行禁止缠足,贩卖

---

① 陈衡哲:《新生活与妇女解放(续)》,《妇女新生活月刊》1936 年第 8 期,第 4 页。
② 《战地服务组前后》,新运妇女指导委员会文化事业组编:《新运妇女指导委员会三周年纪念特刊》,1941 年,第 49 页。

妇女，取缔童养媳，蓄婢纳妾等，藉以培养妇女独立的人格和自由的意志"，[1] 宣扬并争取妇女解放的权利。

"新运妇指会"下属的"文化事业组"在 1938 年 12 月出版《妇女新运》会刊，该刊的内容涉及妇女活动的各个方面。随后，《中央日报》副刊《妇女新运》也于 1939 年 1 月创刊。该刊在宋美龄的直接监督和指导下关注女子教育，重视培养健全的母性，尤其在抗战文化背景与妇女解放的潮流中，关注抗战中的女性及其参与抗战的工作情况，倡导"妇女文学"的写作和传播。国民党当局也比较重视对妇女文化水平的提高，正是这样的重视，促使国统区的"妇女文学"与妇女解放思潮之间形成同频共振的良好局面，使冰心、谢冰莹、白薇、罗洪、赵清阁等女性作家的创作与时代水乳交融。比如，应宋美龄之邀，冰心在重庆"新运妇指会"任职的时候，发表了对话体诗作《鸽子》，描写日寇在重庆的大轰炸给母亲与孩子们带来的苦难。冰心还以"男士"为笔名，抒写了 14 个女人的故事——《关于女人》系列，刻画了朴实、坚韧的"张嫂"这样的普通女性形象，以确认女性性别意识及增强女性自信心。她的这些作品有意识地呼应国统区妇女解放思潮，凸显出女性的主体意识。

值得赞誉的是，在民族国家危难的抗战时期，宋美龄基于一贯的革命救国立场，极力号召全国妇女积极从事妇女新运工作，她将其"女性性别身份和党派政治身份以及国家第一夫人的民族身份夹杂在一起"，[2] 身肩使命，纵横捭阖，展示了其坚强的意志和超常的能力。她不仅全面领导了"新运妇指会"所属的一切妇女运动工作，鼓励国统区女性树立新的生活目标、扮演社会角色，积极抗日；她还亲自领导组建了中国航空委员会和中国空军部，其中家喻户晓的"飞虎队"等在抗日战争中屡

---

① 《动员妇女参加抗战建国工作案》由国民党国防最高会议秘书处附在《国防最高会议秘书处抄发参政员伍智梅等建议动员妇女参加抗战建国工作案致国民政府内政部密函》之后，附印时间是 1938 年 9 月 3 日，见参政员伍智梅等 45 人提《动员妇女参加抗战建国工作案（提案第六十六号）》，中华全国妇女联合会妇女研究所、中国第二历史档案馆编：《中国妇女运动历史资料·民国政府卷 1912—1949》（下），中国妇女出版社 2011 年版，第 595 页。

② 宋青红：《新生活运动促进总会妇女指导委员会研究（1938—1946 年）》，博士学位论文，复旦大学，2012 年，第 63 页。

立战功、功名卓著；在外交上推动西方援华制日，推动了抗日统一战线的建立；她还领导国统区的妇女支援并参与抗战，甚至多次冒着生命危险到前线探视慰问将士。在抗战生死攸关的时期，宋美龄动员妇女积极抗日，明确指出中国妇女抗战的使命"是要集结全国妇女与全国男子站在同一线上，共同努力，来争取我们中国民族的自由平等和独立"。[①] 作为战时妇女新运工作的领导人，宋美龄为广大女性起到了一定的示范引领作用，在她的领导、鼓励与带动下，国统区一些女性积极地响应抗战的号召，投身到了抗日战争的洪流中。

女作家谢冰莹所开展的抗战救亡活动与其所有的创作始终是中国妇女解放最直接而有力的诠释。"她本着只有抗战才是中华民族解放的唯一出路，只有参加这样的抗战，中国妇女才能得到解放这一信念"，发动成立了"湖南妇女战地服务团"，她们在极其艰苦的战争环境中活跃在"八·一三"淞沪战场上，开展"救护伤兵，民众宣传和侦缉汉奸"[②] 的抗日工作。谢冰莹把妇女走上前线看作回击北伐后社会上流传的让妇女"到厨房去"之类的口号，而决意使妇女"从家庭中打出一条血路"争取解放的途径。

被誉为那个时代"最独立"的女权主义者谢纬鹏，在 1939 年 10 月，她接受宋美龄的指示组建"新运妇指会"乡村服务组。当时她已经是三个孩子的母亲，但依然克服困难走出家门，奔赴农村基层开展了保护母婴健康、普及卫生知识、扫除女性文盲等活动，取得了非常好的成效。在《妇女前途的大转折点》中，她说："中国的妇女同胞为了要获得真解放，就应该与男子并肩负担起历史上的使命，在这抗战的大场合中，当仁不让的参加各项国家所需要的工作"。[③] 因其工作成绩卓著，在抗战胜利后，国民政府给她颁发了一枚胜利勋章。

---

① 蒋宋美龄：《中国妇女抗战的使命》，新运妇女指导委员会文化事业组编：《新运妇女指导委员会三周年纪念特刊》，1941 年，第 6 页。

② 佚名：《在战地服务的谢冰莹》，沈兹九等：《抗战中的女战士》，战时出版社 1938 年版，第 42 页。

③ 谢纬鹏：《妇女前途的大转折点》，妇女指导委员会编辑：《妇女新运月刊》1942 年第 4 卷第 7 期，第 4 页。

国统区各界妇女在积极参与抗战救亡的同时，还齐心合力争取女性职业平等的权利。针对抗战过程中国民政府一些机关排斥或者限制女性职员的严重情况，"新运妇指会"在1940年11—12月，连续召开两次妇女职业问题座谈会，代表们一致指斥把妇女打回家是"封建的、不合理的压制"，需要坚决斗争。① 妇女职业运动持续发展，1941年11月，以吴贻芳为代表的13位女参议员联署向二届二次国民参政大会提交了《请政府明令各机关不得藉故禁用女职员以符男女职业机会均等的原则案》，鉴于各地各团体职业妇女抗争的压力，1942年2月7日，国民政府正式训令各机关不得借故禁用女职员。② 这次斗争最终获得史无前例的胜利。

总之，抗战期间国统区的一些女性不安于埋没在家庭中，开始改变生活习惯和交往行为，解除束缚身体的缠足陋习，尝试走出家庭，开拓自己的视野，寻找职业进入社会；一些女性直接接受军事训练，走上疆场担负保卫国家的任务，努力把自己融入大社会、大时代。但花瓶式的存在和际遇也是国统区和沦陷区中上层妇女的一种存在形式。她们如巴金小说《寒夜》中的曾树生一般依附于男人，过着颓废奢侈的生活，被男性玩弄并摧残。花瓶式女性的存在，体现了战时机制和社会病象的同时，也显示出女性生存空间的狭窄，女性主体性的匮乏。这种无意义和无价值的花瓶式女性，她们最后的命运也是不言而喻的。

3. "南方局妇委"和以邓颖超为代表的女性诉求

这里尤其需要指出的是，中国共产党还有一股睿智顽强的抗日力量活跃在国统区和沦陷区，这就是中共中央南方局。在其领导组织下，开展了多方面的抗日救亡运动，妇女运动的开展是其工作中比较重要的一

---

① "新运妇指会"联络委员会于1940年11月12日和12月8日分别召集召开了两次妇女职业问题座谈会，参加会议的是重庆市各职业部门和各团体的妇女代表，座谈会讨论激烈，史良、张晓梅、胡子婴等都围绕"妇女职业问题"作了重要发言。见夏蓉《妇女指导委员会与抗日战争》，人民出版社2010年版，第260—261页。

② 《国民政府公报（1942—02—07）渝字第138号：国民政府为各机关不得藉故禁用女职员训令》，中华全国妇女联合会、中国第二历史档案馆编：《中国妇女运动历史资料·民国政府卷1912—1949》（下），中国妇女出版社2011年版，第754页。

个方面。与解放区妇女工作不同的是，国统区和沦陷区妇女工作把抗日救亡与妇女自身解放紧密结合，强调求同存异，坚持合法斗争与"非法"斗争并用，团结一切可以团结的力量，开展妇女救亡运动，巩固和发展了抗日民族统一战线，在各个方面为抗战提供了有力的支撑作用。

中国共产党在国统区和沦陷区的妇女工作主要由"中共中央南方局妇女运动委员会"（简称南方局妇委）负责推进，南方局妇委于1939年2月由邓颖超负责成立，孟庆树、张晓梅、康克清等都起到了非常重要的领导作用。南方局妇委开展妇女工作借助的主要平台是《新华日报》及其副刊《妇女之路》，邓颖超、孟庆树等妇女领导者经常不定期地在上面发表文章，借以鼓励妇女勇敢斗争和寻求自身的解放。在抗战初期国际反侵略宣传周妇女日，邓颖超撰文指出："中国妇女只有在积极参加抗战中，求得国家民族的解放胜利，然后妇女的胜利才能获得"。[1] 同日，孟庆树也指出："我们中国妇女今天最大的任务，就是要把全中国各阶层的妇女团结起来，参加民族自卫抗战的工作"。[2] 关于当时中国妇女的情况，邓颖超评价说，在上海"10万女工失业，饥饿地站在街头"，而"占全国妇女80%的农村妇女，还是处在愚昧落后的状态"。[3] 因为当时农村社会中妇女缠足现象、包办婚姻、买卖婚姻，甚至童养媳现象仍然十分普遍，所以"坚持抗战是争取民族解放和妇女解放的途径"，"在整个民族解放运动中求得妇女的解放"[4] 是国统区共产党妇女运动领导人的共识，因为只有取得民族革命的胜利，妇女才能获得真正的解放。为加强国共合作，1940年9月20日，《新华日报》还特别刊发《蒋夫人为发展妇女

---

① 邓颖超：《反对日寇侵略与中国妇女》，白水编：《周恩来与邓颖超》（插图影印典藏版），中国青年出版社2014年版，第116页。（原载《新华日报》1938年2月7日）

② 孟庆树：《团结中国妇女的力量打击侵略者》，新华日报馆编：《新华日报社论·第二集》，1938年，第113页。（原载《新华日报》1938年2月7日）

③ 邓颖超、孟庆树：《我们对于战时妇女工作的意见》，中华全国妇女联合会、妇女运动历史研究室编：《中国妇女运动历史资料（1937—1945）》，中国妇女出版社1991年版，第48—49页。（原载《新华日报》1938年6月7日）

④ 张晓梅：《革命的五月与妇女》，重庆市妇女联合会妇运史研究组编：《新华日报副刊·妇女之路》（上）（1940.5.16—1947.2.16），内部发行，第8—9页。（原载《新华日报·妇女之路》1940年5月16日）

工作发表告全国女青年书》等文章，号召全国女青年走出家庭，投身抗日救亡运动，实现自我价值和社会价值。

《妇女之路》（1940 年 5 月 16 日创刊）首期刊载的《写在刊首》明确宣称："反映出中国妇女应走的解放之路，研究和探讨妇女运动的理论，介绍生动进展的妇女工作和经验，反映妇女大众的生活和呼声，写下妇女在抗战中英勇奋斗的事迹，回答关于妇女工作中的问题"，① 这就规定了《妇女之路》的内容和主题，并使之成为开展妇女工作和推动妇女运动的柱石。《妇女之路》全面传达和宣传了中国共产党在国统区的妇女政策，指引着国统区和沦陷区进步女性的解放之路。

1941 年皖南事变后，为保障抗战胜利，中国共产党认识到经济建设对持久抗战的重要性，因而提出了妇女也要参加生产、发展生产，"以研究组织农村妇女个体与集体的生产为首要工作"② 的新方向。1944 年后，随着抗战胜利的渐进，国统区民族运动高涨，许多妇女努力把妇女的解放和民主政治的推进联系在一起。在 1945 年的三八妇女节，张晓梅非常尖锐地指出，"生活在大后方的各阶层的妇女，绝大多数是处在贫困，失业，饥饿的重重压制下面"，"广大农村妇女的生活，依然笼罩在封建残余压迫剥削和蔑视的气氛里"，③ 勾画出国统区和沦陷区农村女性非人的处境和状态，社会性别分工的传统格局依然普遍存在，女性没有婚姻自由，仍然遭受强烈的封建压迫，在家庭中像奴隶般终年劳碌却没有经济地位。

总而言之，在民族危难之时，国统区和沦陷区女性作为一股不可或缺的群体力量已被纳入民族图生存谋发展的宏大潮流中。尤其是知识女性，在民族解放战争中更是表现出必要的责任担当，这在一定程度上已

---

① 《写在刊首》，重庆市妇女联合会妇运史研究组编：《新华日报副刊·妇女之路》（上）（1940.516—1947.2.16），内部发行，第 2 页。（原载《新华日报·妇女之路》1940 年 5 月 16 日）

② 蔡畅：《迎接妇女工作的新方向》，重庆市妇女联合会妇运史研究组编：《新华日报副刊·妇女之路》（中）（1940.5.16—1947.2.16），内部发行，第 107 页。（原载《新华日报·妇女之路》1943 年 4 月 11 日）

③ 张晓梅：《团结妇女力量，争取民主!》，新华日报群众周刊史学会编：《坚持团结抗战的号角》，重庆出版社 1986 年版，第 216 页。（原载《新华日报》1945 年 3 月 8 日）

触及和部分地改变了旧时代传统社会的性别权力结构，和男性一样，她们也书写了自己的抗战史和解放史。

（二）解放区女性的解放诉求

最初，解放区妇女由于受到根深蒂固的"男尊女卑"观念的影响，大都落后保守，加上经济、婚姻上的不平等，基本处于弱者地位。抗战爆发后，中国共产党把妇女解放运动纳入抗日民族统一战线的大局，通过出台一系列政治主张和方针政策，大力推动妇女解放运动。一方面吸引了一大批知识女性来到延安，带动并引领解放区的妇女解放运动；另一方面动员解放区的工农妇女自己解放自己，参与全民族抗日救亡运动。随着抗日战争的推进，男性大量走上前线，或者直接服务于前线，因而解放区劳动力出现问题。为了革除落后的封建意识，促使妇女获得解放，同时保障解放区妇女参与全民族的抗战，有力地补足男性劳动力缺乏的短板，中国共产党采取了一系列保障妇女权益、提高妇女地位的新举措，把妇女纳入抗战烽火之中，为战争提供了新生力量。

1937 年 9 月，中共中央组织部制定的《妇女工作大纲》明确规定："以动员妇女力量参加抗战，争取抗战胜利为基本任务"。[①] 随之，又专门成立"中央妇女运动委员会"，开启了抗战期间解放区妇女运动的新篇章。在中央妇女运动委员会的指导下，1938 年 3 月，成立了陕甘宁边区各界妇女联合会（简称"边区妇联"），把"动员妇女参加一切政治的、经济的、军事的、文化的工作，并领导妇女群众从封建束缚的锁链下解放出来"[②] 作为其根本任务，"边区妇联"以促进抗日民族自卫战争胜利和谋求妇女解放为其宗旨，组织和团结了边区三分之二的妇女，代表达到了 17 万人。[③]

妇女获得参政权是妇女获得政治身份认同和政治权利最为鲜明的标

---

① 《妇女工作大纲》，中华全国妇女联合会、妇女运动历史研究室编：《中国妇女运动历史资料（1937—1945）》，中国妇女出版社 1991 年版，第 1 页。

② 《陕甘宁边区妇女第一次代表大会宣言》，中华全国妇女联合会、妇女运动历史研究室编：《中国妇女运动历史资料（1937—1945）》，中国妇女出版社 1991 年版，第 88 页。

③ 邓颖超、孟庆树：《陕甘宁边区妇女运动概况》，中华全国妇女联合会、妇女运动历史研究室编：《中国妇女运动历史资料（1937—1945）》，中国妇女出版社 1991 年版，第 96 页。

志。所以，在1939年4月通过的《陕甘宁边区第一届参议会通过提高妇女政治经济文化地位案》中明确提出："鼓励妇女参政。各级参议院应有25%的女参议员，各机关应大量吸收妇女工作"。[①] 这一提案的通过与执行使妇女参政比例有了明显提高，并对歧视妇女的传统观念形成了有力的冲击，这样的倾斜政策和保障制度在新中国成立后得到了延续和发展。与此同时，颁布的《陕甘宁边区婚姻条例》明确规定：男女婚姻自由，实行一夫一妻制，禁止买卖婚姻与童养媳，离婚自由。[②] 婚姻法让女性挣脱婚姻的藩篱获得自由有了可靠的保障，也提高了边区妇女的解放程度。在延安和晋西北等解放区，还专门为妇女开办了识字班和冬学教育，给妇女扫盲，提高文化素质，从而让妇女有效地接触到进步思想。在这些活动中，一些妇女积极分子被选举为乡村政权的领导干部，开始参与乡村社会的公共政治事务管理，妇女的社会地位得到空前的提高。

抗战时期的毛泽东，在延安一如既往地支持妇女解放运动，始终把妇女解放运动与民族革命的解放斗争联系在一起。1939年3月8日，毛泽东在延安纪念国际"三八"妇女节的活动上发表了《妇女们团结起来》的讲话，他阐述说："妇女解放与社会解放是密切地联系着的，妇女解放运动应成为社会解放运动的一个组成部分存在着。离开了社会解放运动，妇女解放是得不到的；同时，没有妇女运动，社会解放也是不可能的。"[③] 他明确地指出了要在民族解放战争和无产阶级解放事业中实现妇女解放，这也成为中国共产党领导下的无产阶级妇女解放运动的基本指导思想。同年6月，中共中央妇女运动委员会创办《中国妇女》月刊，毛泽东题词："妇女解放，突起异军，两万万众，奋发为雄。男女并驾，如日方

① 《陕甘宁边区第一届参议会通过提高妇女政治经济文化地位案》，中华全国妇女联合会、妇女运动历史研究室：《中国共产党妇女运动历史资料（1937—1945）》，中国妇女出版社1991年版，第176页。

② 《陕甘宁边区婚姻条例》，中华全国妇女联合会、妇女运动历史研究室编：《中国妇女运动历史资料（1937—1945）》，中国妇女出版社1991年版，第177—178页。

③ 毛泽东：《妇女们团结起来》，中共中央文献研究室编：《毛泽东文集》第2卷，人民出版社1993年版，第169页。

东,以此制敌,何敌不倾。到之之法,艰苦斗争,世无难事,有志竞争。有妇人焉,如旱望云,此编之作,伫看风行"。① 《中国妇女》专门宣传共产党的妇女政策,结合战时环境,关注妇女问题,动员妇女参加抗战以求得自身的解放。1939 年 7 月 20 日,培养妇女干部的革命熔炉——中国女子大学在延安成立,在开学典礼上毛泽东指出:"全国妇女起来之日,就是中国革命胜利之时",② 勉励女学员踏实学习,认真锻造自己。"中国女子大学是中共为专门培养妇女干部人才而创办的,是那个时代中国妇女寻求解放、争取女权的象征",③ 那些革命知识女性在女大毕业之后,很快参与实际的妇女运动和革命救亡工作。后来,解放区还创办了陕北公学女生队、抗大女生大队、陕甘宁边区妇女职业学校等,不断推送女性进校学习,在提高解放区妇女素质的同时,也为边区甚至全国的妇女运动组织输送了大批干部。

当时的延安在党和边区政府的治理下,社会公正,政治清明,人人平等,因而吸引着全国众多知识女性前来投奔。比如来自沦陷区的电影人陈波儿,革命家兼作家白朗等;来自国统区的作家丁玲、陈学昭等,她们有着坚定的革命理想信念,以自己的文学创作强有力地回应解放区的妇女解放思潮,为实现自身价值,推动延安的妇女解放和女性文学做出了重要贡献。还有许多爱国华侨妇女和外国女性也都以极大的抗日热情直接或间接地加入中国的抗日同盟中,如女子大学南洋华侨女学生潘懿梅、康敏、冰清等奔赴敌后战场;美国著名记者艾格尼丝·史沫特莱,参加了西北战地服务团,见证了中国妇女参加抗日救亡运动的历史,记录下了她们可歌可泣的英雄事迹,使国际社会对共产党和延安有了更深一步的了解。

---

① 毛泽东:《题中国妇女之出版》,中央档案馆编:《毛泽东题词墨迹选》,人民美术出版社、档案出版社 1984 年版,第 21 页。

② 毛泽东:《毛泽东在延安中国女子大学开学典礼上的讲话》,中华全国妇女联合会、妇女运动历史研究室编:《中国妇女运动历史资料(1937—1945)》,中国妇女出版社 1991 年版,第 150 页。

③ 朱鸿召:《延安日常生活中的历史:1937—1947》,广西师范大学出版社 2007 年版,第 218 页。

与沦陷区的逃亡、动荡、破败、凋敝和苦难相比，解放区由于有妇女政策的支持和保障，给女性提供了一个比较平等、开明、安全和自由的生存空间，女性可以和男性一样平等地参与社会事务和工作，妇女的地位有了很大的提高。比如西北战地服务团经过延安附近一个二十几户人的小村庄四十里铺时了解到，那里"妇人缠足，八路军来后，渐渐的破除了。而且办了小学，学生二十多人，占全村儿童百分之六十以上，女生有三分之一；妇人参加识字班，过去的童养媳及买卖婚姻现在减少了"；而甘谷驿的情况更为乐观，"自建苏维埃后，地方文化已改进很多，文盲减少，废除买卖婚姻"。① 可见，解放区的妇女们"赢得了自部落社会形成以来任何东方妇女所不曾享有的最高地位"。② 体制的保障为乡村女性也打开了一片新天地，大多数女性的女权意识被唤醒，她们开始认同男女平等、婚姻自由等主张，广大妇女开始投入全面的抗战之中：她们承担了大量的农业生产活动；积极地送郎送子上战场；有些妇女为八路军筹集粮食，赶制军鞋；有些还站岗放哨，救护伤员；有些甚至直接锄奸、参战，为中华民族的解放做出了巨大的贡献。

但也必须看到，即使在当时的延安，在强大的政策机制和特殊的政治话语中，女性解放仍然存在着诸多问题和不足。比方说，在延安恋爱婚姻问题自 1937 年 10 月黄克功枪杀李茜事件③后变成一个比较敏感的话题和问题，当时许多城市知识女性投奔革命圣地延安，给延安带来了青春时尚的气息，但由于延安女性偏少导致延安革命干部的婚姻困窘，所以出现了一些以组织的形式处理婚姻的问题，这就形成了革命老干部和洋学生结合的婚姻模式。另外，由于战时特殊的环境与生活条件限制，

---

① 丁玲：《河西途中》，张炯主编：《丁玲全集》第 5 卷，河北人民出版社 2001 年版，第 60 页。

② ［美］海伦·福斯特·斯诺：《中国新女性》，康敬贻、姜桂英译，中国新闻出版社 1985 年版，第 256 页。

③ 1937 年 10 月 5 日晚，陕北公学年仅 17 岁的女学员刘茜，因拒绝时任中国人民抗日军政大学第三期第六大队队长黄克功的求婚而被黄在延河边枪杀，后经陕甘宁边区高等法院审判，黄克功被处以死刑。详情参阅朱鸿召《延安日常生活中的历史：1937—1947》，广西师范大学出版社 2007 年版，第 277—288 页。

延安出现了"周末夫妻"婚姻现象,这虽然保障女性与男性一样可以参与社会工作,在表面看来是对女性的解放,却造成了夫妻家庭生活的实际问题。由此来看,意识形态的干预违背了女性追求个性自由、婚姻自主的意愿,甚至造成了强化民族大义和女性个性追求之间的激烈冲突,这就使女性解放逸出了它自身的应有之义。

对此,当时的女性文学文本中已经有清醒的认识和回应,女性作家对延安知识女性生存现状进行了真切的呈现和思考。除丁玲的《三八节有感》之外,曾克的《救救母亲》呈现出转化为母亲的知识女性内心的矛盾与挣扎:"她们有了孩子,便被一根无形的绳索捆缚在一个狭小的笼子中了,只是她们不愿意放弃为革命所应尽的母性外的人性的职责,她们在矛盾中挣扎"。[1] 草明的《创造自己的命运》就政治解放的延安仍然存在诸多女性问题以及妇女中鲜有理论家和科学家的情况进行了分析和呼应,她认为"中国妇女的解放,紧系在中华民族的解放、社会的解放上",知识妇女应该长期专注地干一种工作以培养专业技能,从而形成自己的事业,为此她恳请妇女"创造自己的命运,为坚持自己的事业而奋斗"。[2] 而白霜的《回家庭? 到社会?》针对"妇女回家"的论调,表明了革命女性的态度是"我们坚决反对妇女回家,主张立即动员广大妇女群众到社会上来,适当解决妇女家务牵累,鼓励妇女参加社会各部门的工作,为民族解放妇女解放而斗争",[3] 因此呼吁妇女坚决不做"回家的娜拉",鼓励她们应该对国家民族有所贡献。此类文章,引起了延安社会的普遍关注。

不过,出于政治策略上的考虑,也为使知识分子真正成为工农革命者中的一员,1941 年 5 月延安整风运动开始。1942 年 5 月 2 日至 23 日中共中央在延安召开文艺座谈会,毛泽东发表了《在延安文艺座谈会上的

---

① 曾克:《救救母亲》,《解放日报》1942 年 3 月 8 日。

② 草明:《创造自己的命运》,《草明文集:散文　报告文学　随笔》第 5 卷,中国青年出版社 2012 年版,第 9 页。

③ 白霜:《回家庭? 到社会?》,广东妇女运动历史资料编纂委员会编:《广东妇女运动历史资料汇编 1937—1945 年》,1988 年,第 195 页。(原载《新华日报》副刊《妇女之路》1942 年 4 月 6 日)

讲话》（简称"讲话"），为延安文艺指明了发展方向，文艺界掀起了学习热潮。这场"精神清洁"的整风运动声势异常的浩大，对解放区妇女解放运动的一个比较直接的影响是：整风运动后，农村妇女的重要性被提高到整个工作的核心地位；女性作家开始了脱胎换骨的思想改造和立场转变。陈学昭《关于写作思想的转变》中说，她抛弃了旧有的文学观，接受了毛泽东提出的文艺为人民服务的全新观念。像她的通讯作品《访马杏儿》《熬劲儿大——记抗属英雄折碧莲》，讴歌勇敢冲破封建樊篱成为模范生产英雄的马杏儿和抗属模范、抗属英雄折碧莲，就是转变后成功的尝试。这样的写作明显地与解放区的妇女解放思潮形成了紧密的互动关系。

事实上，在抗战和革命的熏陶之下，延安女性明显呈现出去性别化的雄强化特征，社会一致要求和推崇的是"雄强化"的革命女性，她们与男性一样被要求以战斗和劳动为中心，女性衣着的颜色也以单调的灰色或蓝色为主，《新民报》的记者赵超构采访延安时记载道，"女性的气息，在这里异常淡薄。绝对没有穿旗袍的女人，绝对没有烫发的女人，也没有手挽着手招摇过市的恋人。一般女同志，很少娇柔的做作。在服装上，和男人差别很少"，[①] 女性"从家庭获得解放，在群众中又失却了女人之所以为女人的个性"。[②] 性别特征在标准化的特殊环境中被遮蔽，表现出无性别的现象。

（三）沦陷区女性的解放诉求[③]

从1931年"九·一八"事变爆发至1945年8月15日抗战胜利，抗日战争持续14年。在这漫长的14年中，沦陷区在中国共产党或隐或显的领导下，开展了救亡图存的民族解放运动。处在水深火热之中的女性不忘国耻、心系国家、抗击日寇，甚至牺牲自我，为抗战的胜利做出了艰苦卓绝的贡献，同时也表达出了自我解放的诉求。

---

① 赵超构：《延安一月》，中国国际广播出版社2013年版，第54页。
② 赵超构：《延安一月》，中国国际广播出版社2013年版，第163页。
③ 特别说明：本节中一些数据和材料多参阅丁卫平《中国妇女抗战史研究1937—1945》，吉林人民出版社1999年版。文中除部分资料直接引用该书后特别标注外，其他援引资料不再一一标注。

1. 东北沦陷区

随着"九·一八"事变的爆发,东北妇女在中国共产党的领导下,很快就组织妇女进行抗日,寻求民族和自身的解放。在特殊的抗战背景下,要在日寇的眼皮子下活动,沦陷区妇女运动具体工作的艰巨和危险可想而知。但是,在妇女组织的领导下,东北先进的女性"向广大妇女宣传抗日救国的道理;鼓励妇女走出家门,参加生产劳动;组织妇女为抗日军队洗衣送饭。做衣做鞋,募集经费,筹备给养,传递情报,站岗放哨,救护伤员,送郎送子参加抗日部队。开展各种形式的抗日斗争运动"。[①]

东北沦陷区妇女解放运动的开展始终与抗日斗争息息相关。比如1935年3月,中共南满特委专门派妇女干部朴金华、赵淑英等到辽宁的新宾、桓仁一带,组建了妇女抗日救国会,动员了一些进步女性参加组织,其中最主要的工作就是发动妇女运送抗日物资、掩护抗日将士、护理伤病员。有些地方的妇女抗日救国会还发动妇女建立秘密被服厂,为抗日部队赶制军鞋、军衣。1938年秋,日伪军向根据地发起"讨伐",某被服厂有六位女同志光荣牺牲。[②] 有些妇女为抗日甚至牺牲了自己儿女的宝贵生命,像"革命的母亲"[③]裴大娘,送三子一女去参加游击队;延吉县依兰沟朝鲜族妇女金仁淑,四个儿子和一个小女儿都为革命献出了生命。

在东北抗日战场上,处处活跃着妇女的身影,并且涌现出了许多从苦难中走上革命道路的抗日女英雄。像抗日联军女战士赵一曼,还有冷云等投江的八位女战士;抗日游击队女战士刘桂贞、安瑞芝、金宝云;抗日女干部李秋岳、金顺姬、崔今淑、赵玉仙,她们与男子一样,坚持

① 丁卫平:《中国妇女抗战史研究 1937—1945》,吉林人民出版社 1999 年版,第 133 页。

② 辽宁省地方志编纂委员会主编:《辽宁省志·妇女志》,辽宁科学技术出版社 2000 年版,第 96 页。

③ 被誉为"革命的母亲"的黑龙江省汤原县太平川朝鲜族妇女裴大娘,把自己的三个儿子、一个女儿都送去参加游击队,其中两个儿子和女儿相继去世,见丁卫平《中国妇女抗战史研究 1937—1945》专著以及论文《沦陷区妇女的抗日斗争》,载《吉林大学社会科学学报》1999年第 4 期。

抗日救国，至死不渝，直至英勇就义。

东北沦陷后，城市爱国知识女性也以不同方式开展抗日活动。1933年，女作家白朗参与组建半公开性质的"星星剧团"宣传抗日；她在担任《国际协报》副刊编辑时，在该报开辟《文艺》《妇女》等专栏，从事抗日宣传工作，推进妇女解放。另外，东北沦陷区早期有萧红、白朗等女作家，后期主要有吴瑛、但娣、朱媞、蓝苓、左蒂等。白朗的短篇《云姑的母亲》《北极圈》，萧红的中篇《生死场》，吴瑛的短篇《翠红》，但娣的短篇《砍柴妇》《安荻和马华》，蓝苓的短篇小说《端午节》，朱媞的《渡渤海》等作品中，均描绘了东北农村妇女被践踏、被压迫的遭遇，以及她们的挣扎、反抗和斗争，从中能感受到女作家对自己民族的悲悯情怀、强烈的爱国热情和为中华土地沦丧而唱响的义愤慷慨之歌，她们通过自己的作品来回应全国范围内急遽高涨的妇女解放思潮。

2. 华北沦陷区

华北沦陷区的妇女解放运动工作主要是在共产党的领导下，由部分留居平津一带的地下共产党员和中华民族解放先锋队（简称"民先"）组织开展的。担任共产党和"民先"组织重要领导职务的是著名的女性党员首第模（刘孟云）、赵元珠、周彬、王若君（王若筠）等，她们发动、组织和带领激进的妇女群众做了大量抗日工作。

1937年冬，"民先"北平地方队部设立了"妇女大队"，由赵元珠负责领导，她冒着极大的危险在敌伪严酷统治下，组织读书会宣传抗日救亡思想；秘密地办起了救护训练班，搞爆破训练；为前方将士募捐钱物，向抗日根据地输送干部。"妇女大队"于1938年冬被迫中止活动，但在一年多的时间里，为了光复祖国与日寇和敌伪展开了各种形式的斗争。

1938年年底，继赵元珠等人之后，年仅23岁的女共产党员周彬担任中共北平市委书记。她积极慎重地发展党员和"民先"队员，组织妇女继续开展抗日救亡活动。她们团结进步知识分子，秘密传播共产党的抗日主张和革命思想，为抗战前线积极开展募捐和筹集实物，活动得到了人们的大力帮助和支持。在1939年年初，她们还建成了一条去平西根据地的交通线，专门向根据地输送抗日力量和军用物资。1942 年后，由王若君负责开展北平地下工作。天津"女共产党员田学昭和乌兰等人，先后在天津的日本志田洋行、军用船只、铁路桥梁上成功地进行爆破活动"。[①] 在抗日战争胜利前夕，有些妇救会员在天黑后摸到伪军的据点附近，向伪军喊话、唱歌，宣传中国共产党的政策，甚至给伪军做出"善恶簿"，[②] 瓦解伪军，配合战略反攻。

华北沦陷区的女作家主要有梅娘、雷妍、张秀亚、纪莹、寒流等人，她们的作品反映了家国破碎，殖民化日益严酷情境中的女性生存图景，与这一时期妇女解放思潮形成了同频共振的景观。

3. 华东沦陷区

广大妇女在华东沦陷区同日伪统治者进行了隐蔽而持久的斗争。孤岛时期，何香凝离开上海到香港后，鲁迅夫人许广平领导"上海妇女界难民救济会"团结了大批知识妇女、女工、家庭妇女等，以多种形式开展抗日活动。[③] 许广平还就妇女问题发表了一些短论，像《从女性的立场说"新女性"》《敬悼列宁夫人逝世》《女战士和女英雄》等，呼吁知识女性尽可能走出家门，投身到救国救民的工作中去。女作家罗洪说："我们活着只有一个目的：把侵略我国的敌人统统赶出去"。[④] 她们的声音传达出了进步女性和作家的时代呼求和呼声——一切以抗战为中心，也传导出妇女解放思想的趋向，从而使文学与之形成了良好的互动。

中共地下党员茅丽瑛等在上海组织成立了"中国职业妇女俱乐部"。"职妇"积极组织妇女消费合作社、举办缝纫班、英文补习班、夜校等，帮助会员求职和谋生；举办座谈会、读书会、时事报告会，开展抗日宣

---

① 丁卫平：《沦陷区妇女的抗日斗争》，《吉林大学社会科学学报》1999 年第 4 期。

② 《善恶簿——女同志在敌后做瓦解伪军工作》，重庆市妇女联合会妇运史研究组编：《新华日报副刊·妇女之路》（中）（1940.5.16—1947.2.16），内部发行，第 376—378 页。（原载《新华日报·妇女之路》1944 年 4 月 9 日第 79 期）

③ 陆米强：《许广平与上海妇女界难民救济会》，王锡荣主编、上海鲁迅纪念馆编：《许广平纪念集》，百家出版社 2000 年版，第 12 页。

④ 罗洪：《〈群像〉后记》，艾以、沈辉、卫竹兰、李国燦编：《罗淑罗洪研究资料》，北京十月文艺出版社 1990 年版，第 271 页。

传；探讨诸如"妇女怎样才能获得彻底解放"等问题；救济租界的难民，完成为新四军募集捐款的任务。

在南京，为了壮大抗日力量，中共苏皖区党委于1941年夏，派女党员舒诚到南京，扩大发展党组织，在敌伪统治的心脏播下了革命的火种。女党员周兰以补习文化为名，举办妇女夜校，创办《女青年》月刊，指导女学生、女工走上谋求解放的道路。其他沦陷城市，在共产党的领导下，也都一直坚持开展支援抗战的妇女运动。

华东沦陷区的女作家主要有张爱玲、苏青、杨绛、罗洪、关露、潘柳黛、施济美、程育真等。她们一方面对人性和女性的本源性进行了考量，另一方面充分展示女性在战争中的苦难、成长与觉悟。

4. 华南沦陷区

太平洋战争爆发后，广州成为华南沦陷区秘密抗战、开展妇女运动的中心。

原香港地下党妇委书记曾珍，转入广州后，在中共粤南省委领导下，负责妇女工作。曾珍是粤南省委负责人直接联系的"线头"，"主要任务是妇女工作和一些情报工作"，"打入汪伪省妇女会任科长的冯平"（冯容芷）等①则负责搜集敌人的军事、政治、经济情报，女党员何雪云、司徒敏等人深入工厂，宣传抗日，发展新党员。还有许多女性党员，用各种方式发送宣传抗日的传单；有的还担任联络员传递重要文件，运送物资，她们为抗战做出了重要的贡献，也付出了惨痛的代价。当然，在这一过程中，她们也得到了女性应有的尊严和解放。

总而言之，中国女性在抗战场域中，无论是国统区、解放区，还是沦陷区，都在全民抗战的感召下，纷纷倾其所有、竭尽心力贡献自己的力量。她们或者勇挑家庭重担、参加生产劳动、养育子女、支援前线，或者参加各种抗日活动，进行抗日宣传、战地服务、清除汉奸、缝制军服等。对于妇女在抗战中的功绩，借用学者金一虹对"金陵女子大学"师生的评价非常恰当，她说："尽管父权制结构十分坚硬，但战争还是给

---

① 陈翔南：《抗战后期的广州地下党》，中共广州市委党史资料征集研究委员会办公室编：《沦陷时期广州人民的抗日斗争（党史资料选编）》（内部资料），1985年，第15页。

女性释放出一定的表现空间和选择空间,也给女性重新定义性别角色和突破旧规制以可能"。① 妇女在战争中的角色发生了突转,自觉融入全民族解放的洪流中,其作用足以彪炳史册,自身解放的程度也前所未有地得以提升。

第二节 救亡话语中女性的文学表达

因为民族国家战争、社会历史、经济等方面的原因,"救亡"时期的中国女性文学、女性话语必然打上"血与火"的烙印,并呈现出极为复杂的状态。解放区丁玲、葛琴、白朗等作家一步步走向革命的女性写作;沦陷区苏青、张爱玲、梅娘等对于世俗日常生活的叙述,还有萧红、罗洪、关露等将审美眼光投向历史和现实深处的创作。都是这一时期无比亮丽的文学风景线,它或隐或显地影响着、推动着这一时期在纷乱的战火中奔波奋斗的女性不断踏上民族解放和自我解放的艰难历程。

一 "救亡"场域中的女性解放书写

抗战背景下,中国女性的个人命运与国家命运一样,发生了无法阻挡的逆转,女性作家在痛苦而又充满转机的时代开始了人生新的抉择,她们或者投身到保家卫国的时代洪流之中,或者被战争裹挟着前进,沉吟在女性自我的天空下。但国家命运与人生命运的突转,都使她们的书写脱离不了抗日救亡的时代话语。

(一) 回应妇女解放思潮的新趋向,书写民族危难中民众的新抉择

抗战的全面爆发,改变的不仅是国家的命运和政治格局,牵动的不只是全民族全中国的世道人心;同时它也改变着作家关注个人内心世界的狭窄视域,让他们开始面向大时代沉潜思索,安放自己激越跳动的心灵。这一时期一批敏感卑微而又心系家国的女性作家如丁玲、谢冰莹、罗洪、白朗、杨刚等,把目光投注在了大时代的变迁之中,几乎全部精力都放在展

---

① 金一虹:《抗日烽火中的知识女性——以"金女大人"为例》,《妇女研究论丛》2015年第4期。

示新的世界、新的人物身上，以此来回应妇女解放思潮的新趋向。

重新走上抗战前线的"女兵"谢冰莹，组织带领湖南战地服务团出入在战火硝烟之中，利用间隙创作了散文集《在火线上》（1938 年）、《一个女性的奋斗》（1941 年），短篇小说《毛知事从军》《梅子姑娘》等，她的经历就体现在这些写实性的作品中。《毛知事从军》以写实的笔墨表现出国家民族危难当头，普通人的命运和人生的突变，而走进军营抗日杀敌是有为青年的不二选择。小说刻画了质朴、憨厚、倔强的谢裔勇的形象，赞美了他为国杀敌的革命热情与奋不顾身的牺牲精神。从他的身上，作者挖掘出了一种浑厚深远的抗争力量和我们民族亘古绵延的新生力量。《梅子姑娘》表现的是反战主题，但比较独特的是，通过一位日本慰安妇——梅子姑娘的故事，表达对日本侵略战争的批判和谴责。题材在当时来说是比较敏感的。梅子姑娘来中国本来是想借着慰劳队的方便找人，不料却变成了慰安妇，在长沙福安旅社日军营妓的大本营里她饱受着欺凌和蹂躏。幸运的是她遇见了一位富有正义感的日本军人松本，得到了他的怜惜，她不再忧郁，也不再孤独。在松本的影响下，她认识到了自己国家发动的战争，让自己的同胞在异国充当炮灰，给爱好和平的中国人民也带来了灾难。在松本的介绍下，她还认识了年轻英俊的飞行员中条。但松本由于反战被抓，受到非人的严刑拷打后自杀，这使梅子姑娘非常悲愤，也激起了她和中条的勇敢反抗。后来他们俩由于反战的言论被泄密受到监视，于是借中国军队夜袭长沙的机会逃到了中方阵地。他们的到来受到了中国军队将士们的热烈欢迎。梅子姑娘和中条为正义而死的决心以及参加正义抗战的行为，激励着爱好和平的其他日军。在梅子姑娘积极出色的反战宣传下，村井、冈本和娟枝子也准备出逃投诚，但最终事情败露只有村井一人成功逃离。梅子姑娘渴望和平、对不正义战争的反抗及其斗争使她成为驻扎在长沙的"皇军魂"。在《梅子姑娘》中，谢冰莹传达出了有正义感的日本人民反抗侵略战争、爱好和平的心声。

罗洪抗战前的作品大多写社会或者生活给她烙下的悲哀记忆，比如孩子对死去母亲的思念和对即将成为其继母的丽姑以及爸爸的失望（《妈妈》）；少年琳琳害怕母亲再婚，自己会因有两个爸爸而受到同学的嘲弄，因此阻止母亲发生新的爱情(《祈祷》);年已七十多岁的老太太,对两个孙媳相继失望后,落寞地继续挂出接生招牌做生意赚钱(《逝》);周三太太一边念佛,一边变着法子对媳妇极尽苛责和刁难(《念佛》);吸食鸦片的小烟馆中呈现的乌烟瘴气、颓败寥落的世态民习(《烟馆小景》);春发家的稻穗还长在田地里的时候,福源已经一次次地来替地主陆三爷逼债(《稻穗还在田里的时候》);避居郊外疗养的年老政治家,弥漫在生活和心头越来越浓厚的孤寂感(《猫》);在城外的晚祷声中年老残疾的包志遐律师,回忆起自己半生欺骗别人挣下的地位与金钱(《薄暮的哀愁》)……从这些薄暮笼罩的哀愁中,罗洪用女性特有的细致反映出了当时社会的诸多问题:中年丧偶者的再婚问题,孩子对继父继母的接纳问题,旧式家庭婆媳关系问题,农村经济凋敝问题,对人性丑恶的反思问题等,笔调沉郁而凝重。而抗战爆发后,家乡沦陷,罗洪不得已前往桂林,先回到上海又再次潜离,后又蛰居老家的经历,让她的目光和笔触变得更加犀利而敏锐,她的散文小说合集《为了祖国的成长》,短篇小说集《活路》《鬼影》《这时代》和长篇小说《孤岛时代》在描摹乌烟瘴气的世态人情、社会图景时,弥漫着激昂的民族情绪。

罗洪的短篇《为了祖国的成长》写于黄花岗纪念日,通过当教员的知识分子"伯平"的视角,展示出融入大时代国家民族复兴伟业的莫家驹的形象。尽管这一形象比较模糊,但他身上新的革命性元素,是罗洪小说书写甚至是女性书写中新的景象。莫家驹在战前原本平静地在政府社会局做事,但战争爆发,他的家乡被日军占领,他的家人在逃亡的路上被敌人炸死。他在"孤岛"却让人费解地变化了自己的装束和习惯,"竟在敌人组织的伪市府里做起什么科长来了!"[1] 朋友们都觉得,他卑鄙地在伪政府里做走狗,走到了卖国的道路上,成了中国人的耻辱。然而,半个月后莫家驹成功地杀死一个敌人后,要逃出"孤岛"去"西边"或者"南边"打游击,他说"生在这个时代,感伤和烦恼都是徒然的",[2]"我们应该

---

① 罗洪著,柯灵主编:《罗洪小说·薄暮的哀愁》,上海古籍出版社1997年版,第106页。
② 罗洪著,柯灵主编:《罗洪小说·薄暮的哀愁》,上海古籍出版社1997年版,第107页。

热烈地帮着祖国成长起来!"① 从描写的故事来看,虽然主人公的性别都是男性,但我们看到罗洪的小说写作无关乎性别,而关乎的是时代大潮中昂扬的民族情绪和普通人杀敌救国宏大的愿望和实践。《践踏的喜悦》所描写的背景是1943年初秋的上海。表面上看故事的主人公是三太太,事实上是通过三太太来隐讳地颂扬从事地下革命工作的杜国梁和杜国器。小说以杜国梁在黎明被一伙人悄悄逮捕为开端,牵引出了他的三叔和三婶,以及家里的房客亲戚等人对这一事件的态度和表现。叔父及他人都是明哲保身,没有人出面去打探国梁的境况。事情发生后,三婶这个平日里"自命为不让须眉"、极力把自己伪装成"一个赤诚爱国的分子"的泼辣女人,不是着急地想办法去打探侄儿的生死,而是在心理上由"恐惧,怨尤"再到莫名地生长起一种说不出来的"喜悦","这喜悦就是希望国梁是一个英雄,将来能竿头日上,那么她的两个儿子正在长大起来,需要国梁扶助的正复不少"。② 这种滋生的喜悦使她在事后的一整天里都充溢在一种疯狂般的兴奋中。对人谎称自己由于担心侄子安危,焦急地发了胃病,肝气也发作,收获了亲戚和客人一大堆的安慰。然而三太太毕竟是一个现实主义者,她提醒丈夫国梁会牵累到她们一家。于是终于决定赶国器出门,并且由于国梁的被抓,可以顺理成章地霸占属于国梁兄弟俩的那份财产。三太太揭下自己几天来的伪装,终于赤裸裸地表示要赶走国器,结果却发生突转,国器说国梁已经获得自由,晚上他们就要一同坐车离开上海去到光明之地。这对于三太太而言,累赘瞬间又变得无比珍贵,她谋划多日多时的财物等,这兄弟俩只字未提就扔给了她,她的喜悦也变得一文不值,被自己无声无息地践踏掉。《践踏的喜悦》中的三太太是罗洪抗战时期小说中为数不多的女性形象之一,通过她揭示出沦陷区城市中那种口头宣扬爱国,实际精于算计,抗日成功就想凭借他人的牺牲贪图便宜,有困难立刻明哲保身,甚至落井下石的投机女性,以及她们阴暗的心理和灰暗的生活。而罗洪此类书写可谓是当时乌烟瘴气社会的缩影。在敌寇入侵的危难时刻,人性变得如此丑恶,社会沉沦

① 罗洪著,柯灵主编:《罗洪小说·薄暮的哀愁》,上海古籍出版社1997年版,第113页。
② 罗洪著,柯灵主编:《罗洪小说·薄暮的哀愁》,上海古籍出版社1997年版,第172页。

到这样的境地，民族振兴的路是何其艰难。当然这也反衬出国器、国梁们才是国之重器，是时代、社会、国家真正的栋梁。因而在抗战作品中罗洪的写作最具时代特征。

同样，赵清阁抗战时期的独幕剧将视角从广阔的集体投向战火中个人的觉醒和追求，表现不同阶层的民众在抗战的紧要关头做出的不同选择。《一起上前线》中的村妇周大妈，原本觉得打日本与自己没多大关联，但是在经历了鬼子扫荡、痛失长子之后，她的思想观念发生了根本性的转变，最终认识到大家要共同奔赴前线、勇赴国难。该剧采用了街头剧的形式，达到了宣传抗战思想的目的。剧作《报仇雪耻》讲述了这样一个故事：李团长在"三八"节纪念大会上热情鼓舞前来聆听的女性要以国家为重，抗战报国。这些女性身份各异，比如，有在汉奸家中做工的女工阿玲；接受了新式教育，渴望参与抗战为国尽责的女学生张贞；有曾经醉生梦死，如今不愿被鬼子蹂躏选择抗争的梁太太。会后，这几位女士来到李团长的办公室，表达与敌人抗争的决心。最后，那些女工、女学生、公务员和少奶奶等都换上军装，伴随着高亢的歌声，她们昂首阔步，准备奔赴战场。赵清阁写出了女性从樊笼中走出，组成反抗队伍，报效国家的时代主题。中篇小说《凤》（1940 年）抒写一位遭遇日军、汉奸侮辱的女伶，费尽周折和游击队取得了联系，最后担当内应杀死敌人为国捐躯的悲壮故事。其中展示出赵清阁对题材的敏感，以及对新时代妇女命运的关注和对妇女责任的新诠释。恰如著名学者李泽厚先生所言："在如此严峻、艰苦、长期的政治、军事斗争中，在所谓你死我活的阶级、民族大搏斗中……一切服从于反帝的革命斗争……任何个人的权利、个性的自由、个体的独立尊严等等，相形之下，都变得渺小而不切实际。个体的我在这里是渺小的，它消失了"。① 响亮的抗日之声，民族大义，回响在女性创作之中，与这一时期的妇女解放思想相偕相生。

（二）控诉战争与殖民统治带给女性的苦痛命运，鼓励妇女争取自身的解放

战争的本性是非理性的，它可以导致个人生命的异化，甚至轻易地

---

① 李泽厚：《中国现代思想史论》，生活·读书·新知三联书店 2008 年版，第 30 页。

剥夺人的生命。作为一个社会性的人，不论你是邪恶的或者是善良的，在战争中基本上都逃不脱选择的困境和精神的极大伤害。战争中一个偶然的事件几乎就会摧毁掉个体无辜的生命；极端残酷的战争环境，会逼迫生命退缩到一种极端的悲剧中，并承受无边无际的痛苦。

可以看到，由于性别特征，女性在战争环境中个体生命更是脆弱和危险，始终处在生存的困境中。因而战乱中的女性书写中充溢着战争带来的悲剧描绘，像萧红的作品，罗洪的《逝去的岁月》，白朗的《伊瓦鲁河畔》《生与死》，谢冰莹的《夜半的哭声》，草明的《疯子同志》《秦垄的老妇人》《受辱者》，葛琴的《生命》等。这类作品思考着战争与人的关系，丰富了对战争中人的痛苦命运的书写，她们透过这些书写激发妇女觉醒而去争取自身的解放。

传统的中国女性通常关注的是自己的日常生活，对自己生活常态中琐碎的、细微的、切己的东西，或者是自我个人性的、情感性的需求容易关注和获得满足。但战争不仅造成了国家的千疮百孔，也导致了家庭的残缺。以家庭作为自己生活立足点和圆心的女性，在战争中更容易陷入绝境和危机。战争打破了她们日常生活的平静，战争带来死亡、饥饿、封锁、物资奇缺、社会动荡……这一切都深刻地影响着她们的生活和心理。妇女们在逃亡和抵抗的过程中困难重重，在抗战大潮之中，她们想要开辟自己的生活，想要构建比较理想的生存图景几乎是不可能的，也因此增加了更多的人生苍凉感和无助感。

罗洪写于1946年的《逝去的岁月》，是抗战小说中少有的关注女性在战争中的命运和际遇的作品。小说以"我"的口吻叙述了"我们"（三女一男）在1944年从"孤岛"上海潜逃到大后方的艰难路途中，结识了一位"温静优雅"而又沉着勇敢的青年女子静娴。她一家在抗战中的遭遇非常可怜，"她父亲因为不愿意附逆，被认为反日分子，给奸逆们逼死了"。[①] 哥哥逃走后音讯不明，她与母亲和妹妹逃到了上海，生活难以为继。她去后方寻找恋人，他们曾经相约在圣诞节前见面。可是在敌人的魔掌之下，通向大后方的交通十分困难，道路遥远而且危机四伏。

① 罗洪著，柯灵主编：《罗洪小说·薄暮的哀愁》，上海古籍出版社1997年版，第210页。

一路上"我们"相互依靠相互帮扶成了患难之交，几次危险的情境中都由于静娴的沉着应对和挺身而出使"他们"化险为夷，乱离之中"他们"最后各自去奔波逃命。三年过去了，抗战结束一年后，当再一次见面时，静娴是那么的苍老羸弱、有无限的委屈和悲愁，逝去的时光在她身上刻下了深深的印痕。原来当年他们分别后，"因为战事推移，又受了不少困苦和折磨，她们曾经流落在一个小县城里，她被玷辱了。好容易到了她爱人居住的地方，却因为等她不来，他参加了战斗，不上半年，便得到他阵亡的噩耗!"① 战争中处于无休止的奔波和漂泊，不仅让她承受了痛苦的飘萍之苦，而且还被男性强权玷污，更为悲哀的是，她那勇敢地走上前线保家卫国的爱人却战死疆场。战争留给她的只有无尽的创伤和痛苦的记忆。战后家破人亡的她只有孤独寂寞地艰难度日，在对孩子们一遍遍地讲述战乱时候的故事中很快苍老。民族战争带给普通家庭和妇女的不仅是颠沛流离，更是屈辱和家破人亡的灾难。

草明在抗战爆发后离开上海，1939 年到达重庆开展了两年抗敌宣传工作后，于 1941 年抵达延安。抗战时期她先后创作了 16 篇抗战小说，其中《秦垄的老妇人》和《受辱者》也表现了沦陷区女性惨烈的生存。她们在肉体和精神上遭受了日军的双重重创，对日本侵略者有彻骨的仇恨，但她们心里始终流淌着浓郁的爱国热情，小说借此表达了中国女性坚定抗日的决心。

（三）建构伟大女性的范型、鼓励女性争取解放

在抗战的胶着阶段，为寻找民族的力量源泉，挖掘民族文化中的正面能量，许多女性写作倾向于塑造众多英勇、强健的女性形象，一方面来消除社会对女性的歧视；另一方面，凸显我们坚强、隐忍、富于牺牲精神的伟大民族精神，展示特殊时期女性解放应有的范型。这类重新被建构的符合抗战时代需求的女性形象，要么是知行合一的革命家，要么是勤奋劳作的女性生产能手和劳动模范，或者是上前线帮助军队和直接参与抗战的英雄。

崔璇的小说《周大娘》、李伯钊的话剧《母亲》、子冈的报告文学

---

① 罗洪著，柯灵主编:《罗洪小说·薄暮的哀愁》，上海古籍出版社 1997 年版，第 216 页。

《给母亲们》等均礼赞了伟大的母爱，描绘民族危难中富于牺牲精神、无私奉献的感人的母亲形象。而颜一烟的电影文学剧本《中华儿女》为投江的八位女英雄绘像，白朗的报告文学《一面光荣的旗帜》讴歌女英雄赵一曼。更具代表性的还有郁茹的中篇小说《遥远的爱》。郁茹站在女性主义的立场，塑造了罗维娜这样一位非常具有"硬度"的20世纪40年代的时代女性形象，被茅盾先生高度评价为："给我们这伟大时代的新型的女性描出了一个明晰的面目来了……我们看见一个昂首阔步的新女性坚定地赶上了时代的主潮，——全身心贡献给民族"。① 罗维娜在抗日洪流的推动下，挣脱单调而又无聊的小家庭的束缚，勇敢地离家参加妇女工作队，投身到抗日救亡的斗争中，她正直而又超然地面对轻蔑、打击和男性非常态的诣媚等，最后怀着坚贞的信念，转往浙西参加抗日游击队。罗维娜的形象可谓是20世纪三四十年代中国知识女性觉醒、进步的典型，她的奋斗历程代表着中国知识女性获得解放走过的艰难历程。

　　自"五四"时期胡适等先进的思想家提倡中国妇女应该反对封建旧礼教，应做出走的"娜拉"以来，女性反叛家庭后都行走在鲁迅所述及的"不是堕落，就是回来"的悲剧道路中，除此之外还没有第三条路可供选择。而罗维娜的出场，让中国的女性有了自己的英雄，自己人生决断中的模型和效仿对象，使郭沫若为女性所设计的第三条路——"走上革命的道路"变成了可能，昭示出女性可以直接汇入大时代的洪流中，冶炼自己"纯洁光辉的灵魂"，"磨炼出钢铁的心胸"，践行时代赋予的作为人的义务和责任。

　　安娥也是通过自己的书写极力鼓励女性参加抗战从而争取自我的解放。她的诗剧《高粱红了》刻画了一组民族战争中燕赵儿女对敌斗争的群像，其中的农妇像大凤姑、云儿妈等，要求留下同鬼子决一死战的"申诉"，催人泪下，展示出农村妇女在民族战争中的从容坦荡、敢于担当和牺牲精神。安娥写作的歌词《女性的呐喊》《山茶花》更是为妇女的

---

　　① 茅盾：《关于〈遥远的爱〉》，林志浩、李葆琰主编：《中国新文艺大系：1937—1949 评论集》，中国文联出版社 1998 年版，第 398 页。

觉醒和奋起而呐喊。诗歌《母亲的宣布》中,她称"男人们是被压迫的奴隶",女人们是"奴隶压迫下的牛马"。所以,女性不仅要反封建,还要反男性压迫,她认为男女联合斗争是妇女解放的途径。在《五月榴花照眼明》中,她特别关注边区妇女工作,善意地批评边区"最进步的男性"不肯放弃"男性特权"的意识和事实。在长篇散文《我想白薇》中,她为白薇的精神遭遇申辩,尖锐深刻地批判那些围攻白薇的所谓"战士",她深入探讨女人人格尊严,认为玩弄、愚弄女性的封建流俗在男性世界根深蒂固,所以她急切地呼吁女人应争取"一个新的民主的新前途"。

上述这类文本通过塑造具有母性和韧性精神的新女性形象,诠释了女性获得自身解放之后的为人要义和范型,展示出妇女解放的新路径,也反映了普通女性在抗战中命运发生突转后新的选择与觉醒。

杨刚发表的最后一篇小说《生长》从家庭和婚恋这一极具个人性的视角出发,来透析日常生活中的女性生存悲剧和解放的可能。主人公秀梅的丈夫刘正仁是政府一个机关里相当有权势的主任,他仅把秀梅当作自己能拿出去应酬的花瓶对待,他们的婚姻就像是一潭死水。而秀梅虽然是个中学毕业的知识女性,可传统的思想观念让她只能委曲求全。其间刘主任出差5个月,秀梅遇见了中学时代的恋人朱星祥,她被朱星祥的真情打动,两个人陷入了一场新的爱情。秀梅怀孕后,在同学维明的劝说下同意打胎,结果事情被黄太太安插在身边的仆人李妈泄露,黄太太由于家庭矛盾要整治在刘正仁手下当科长的丈夫,于是利用了这个把柄,最后秀梅为了不连累朱星祥放弃了出走的打算,维明也被刘正仁抓了起来,秀梅独自面对着死亡的帷幕在她面前静静地落下。《生长》是杨刚所有小说中女性意识最鲜明的作品。杨刚在抗战中由于参加社会活动,了解到那些早期参加革命的知识女性,她们由于选择了不同的人生道路而导致了迥异的命运结局。维明坚持革命,走自立自主的道路,获得了独立和有自尊的生活;而秀梅式的女子,被权力和金钱俘获,只能充当丧失了自我的花瓶。可贵的是,作者有意识地写出了秀梅女性意识的觉醒和反抗,她由最初的软弱到后来逐渐地勇敢起来,甚至不畏生死拒绝出走保护自己的爱人,并声言自己终于"走了人应该走的方向"。秀梅的行为及思想性格的"生长"过程，被杨刚用女性作家那种特有的敏感细致的笔触淋漓尽致地表现了出来。小说中杨刚揭示出了造成秀梅悲剧的各种因素：她自身性格的虚伪性、软弱性；以刘正仁为代表的男权压迫；给予刘正仁支撑的政治强权统治。在民族危亡的大时代，像刘正仁这类男性及其代表的强权统治，不以民族出路为己任己责，而是拼命地吞噬国家利益，恣意敛财；他们天然地与封建宗法思想观念形成合力，构筑一个个名教陷阱来欺凌奴役甚至糟蹋女性。文本中刘正仁由于承载着作家的批判性预定功能，所以这个人物的塑造没有溢出左翼小说观念化的程式。他穷尽一切办法攫取钱权，时时处处表现得蛮横粗暴、专权贪婪、凌厉浮躁、飞扬跋扈又杀戮无辜、狡猾凶残，作者有意把那个时代腐败政府官僚的一切卑劣之性情全部加诸其身。正是由于他的高压极权致使秀梅终于起而反抗，也使得她意识到必须争取自身的解放。所以，杨刚通过《生长》对妇女解放的问题进行了新的思考和审视，她借维明的经历告诉女性们，要从狭窄的家庭里走出来，去读书，到社会上去做事，要获得经济的独立和人格的尊严。而维明独立自主有尊严的生活道路印证了这条女性解放出路的可行性。

关露抗战时期由于政治身份上的特殊性，导致很长一段时期被文学史家忽视，但由于个人身份的独特，关露在沦陷区的写作一般不正面描写战乱场景，而是以女性视角叙写过往的人生经历和内心体验，是典型的"面向自己"的写作。小说《新旧时代》中"我"的母亲受过新式教育，早在父亲在世时她想出去教书补贴家用。父亲去世后，她一个人挑起家庭的重担，凭借教书养活一家和外婆。母亲时刻教育她们："不能独立生活而要依赖人的人，没有自由。要独立和自由就要有知识，要有知识就得念书"。① 在母亲的严厉教育下，"我"懂得了身为女子必须要读书学知识，才会获得独立和自由，否则女人只能永远跪着生活。而主人公"我"在母亲离世后成为孤儿，凭借着母亲的教育，以"独立自由"为目标，勇敢地反抗二姨母给"我"安排的婚事，大胆冲破封建枷锁，

---

① 关露著，李林荣编选：《关露小说·仲夏夜之梦》，上海古籍出版社1999年版，第74—75页。

到上海读书,最终成长为一个能够自觉反抗封建制度的革命者。《黎明》中的主人公杜菱是名新式女性,她与凌青自由恋爱,当得知凌青有未婚妻时,杜菱在进步学生的帮助下,很快挣脱感情的束缚,投身到更广阔的天地寻找自身的价值。关露的《新旧时代》《黎明》以女性特有的敏感笔触展现了女性在大时代的觉醒与抉择,以及将个体的人生和命运汇入时代洪流中的大趋势,以此静静地应和着妇女解放的大潮。

(四)回望乡土中国女性的生存情状,传达觉醒女性自身解放的诉求

传统意义上的中国是以乡土为其本色的,费孝通在《乡土中国》的开篇就说:"从基层上看去,中国社会是乡土性的"。[1] 自鲁迅在 20 世纪 20 年代前后开创了乡土文学以来,现代文学中书写乡土题材、乡土故事形成了一个重要的创作潮流。抗战的烽火并没有中断作家们的乡土情结,女性创作中依然充满着对乡土故园的回望和关注,在忧伤而又美丽的书写中满溢着对农村女性命运的悲悯,借此表达出一代觉醒女性必须解放自己的时代诉求。

这方面最具代表性的是萧红,她的《小城三月》《呼兰河传》是回望乡土之作中最为美丽的经典。除萧红之外,杨刚在抗战时期的《桓秀外传》《黄霉村的故事》等作品,也回望乡土,关注中国乡土社会底层女性日常生活中的苦难,呈现出妇女的现实处境和心理症结。《桓秀外传》的前半部分,作家花费了大量的笔墨描写桓秀在父母之家当姑娘时候的贫穷但愉悦的生活,极力渲染桓秀对未来丈夫之家的憧憬,她梦想中自己要嫁的地主刘三爹家的小儿子"是一个高个子,黑赤膊的大男人,他们两个人会有个好好的家,两个人像两根笔直的柱子,把那个家顶着"。[2] 幻想夫妻两人会过着踏实、自在、舒心、殷实的男耕女织的日子。然而桓秀婚后的生活正印证了"希望有多大失望就有多大"的俗话,婚姻把她带进了一个噩梦般的世界。她的丈夫原来是一个抽鸦片的痨病鬼,成天地折磨桓秀,她婚后成了地主家服劳役的奴仆。不过病痨丈夫很快就死掉了,成了寡妇的桓秀又燃起了好好生活下去的希望。她慢慢地喜欢

---

①　费孝通:《乡土中国》,上海人民出版社 2007 年版,第 6 页。

②　杨刚著,柯灵主编:《杨刚小说·桓秀外传》,上海古籍出版社 1997 年版,第 58 页。

上了长工根生，虽然她也想嫁给根生，但她的命运由奸诈阴险的公公刘三爹主宰。刘三爹却设计让根生娶了自己家 30 岁的老丫头，同时让根生欠下永世也还不清的地租和高利贷。刘三爹把桓秀打了个半死，并且长久地占有了她，让"她的生活成了一串的恐怖，憎恨，黯淡，和希望交缝起来的衲衣"。① 在这种暗无天日的生活里，桓秀屈辱地生下了儿子福儿，她把唯一的希望寄托在福儿身上。后来刘三爹讨厌福儿，彻底抛弃了桓秀，从城里迎娶了小老婆。可惜的是五岁的福儿却意外溺水而死，痛失儿子的桓秀被刘三爹骂成是克星。在接二连三的打击中，年轻的桓秀依然奴隶般为刘三爹一家忙碌着，在干活的间隙，她依然幻想着那个年轻的长工会出现在她的生活中。小说中桓秀的悲剧是成千上万农村下层女子悲剧生活的缩影。杨刚延续"左翼"作家书写的特点，在小说中有意识地表现出阶级的压迫。刘三爹对待长工根生的那套完全是阶级压迫和剥削，对付桓秀不仅动用阶级压迫的手段，更多的还是封建宗法制的三从四德思想和夫权制的伦理观念，"他说女儿嫁到了他家就是他家的人，生、死、打杀都要在他家里，没有个回娘家去住的道理"。② 抗战时期的中国偏远农村，主宰人们精神的依然是封建宗族观念，占据物质资源的是剥削阶级。桓秀在刘家不仅承受着两代人身体上的欺凌和侮辱，更重要的是还要承受精神上的摧残，她的希望一个一个地破灭，她仍然坚韧而屈辱地延续着现有的生活，仍然对未来充满着幻想和希望。

杨刚的另一篇小说《黄霉村的故事》则叙述了一个惨烈的凶杀案，是一篇典型地指向女性自身人性恶的作品。小说中原本是姨太太身份的陈二奶奶赵舜英，泼辣无赖，她的人生价值似乎就在于争一个陈家正室的名分。为了长久占据正妻的位置，她把陈先生的正妻当作姨太太对待，甚至还虐待正妻和儿子。后来为巩固地位，抓牢陈先生的宠爱，不惜自导自演了一出"假孕""假生"的把戏，为此还买回来一个"儿子"。结果计策穿帮事情败露，失掉生活目标的她恼羞成怒，认为一切都是陈先生原来的妻子所引起，于是丧失了人性的陈二奶奶杀死了陈先生的母亲、

① 杨刚著，柯灵主编：《杨刚小说·桓秀外传》，上海古籍出版社 1997 年版，第 82 页。
② 杨刚著，柯灵主编：《杨刚小说·桓秀外传》，上海古籍出版社 1997 年版，第 95 页。

陈太太和她的儿子。当然,陈二奶奶的悲剧也是传统文化的悲剧,传统的男权文化和尊卑等级制度限定了女性的个人角色和定位,女性作为男性的附庸,为男性而活,其在家里的名分决定了她的地位和权力,而女性的性别因素被搁置悬挂起来。看到她们的人生,不由让人深深地思虑中国妇女什么时候才能真正主宰自己的命运? 从她们身上,凸显出杨刚对中国妇女觉醒的热切期待,也反观出妇女要获得进一步的解放,仍将面临来自传统和现实多方面的阻遏。

二 女性意识和妇女解放思想凸显的两个爆发点

从上述梳理中发现一个显而易见的现象就是,"救亡"语境中的女性书写与时代共舞,形成了紧跟抗战时代潮流,为抗战摇旗呐喊,加油助威的不二选择。把书写妇女解放融到民族解放战争、女性时代境遇、个人婚姻家庭的题材之中,甚至更多地偏重于在国家宏大叙事中去抒发。这样的书写情境有时候就淹没了女性独立又独异的自我,遮蔽了女性出于本体发展的真实欲求,或许让真正的女性解放沦陷于"无物之阵"。然而,考量这一时期整个的女性写作,呈现出一个比较有趣的现象:在沦陷区不自由的写作场域中,张爱玲们展现出了对女性本体性的拷问;而在解放区这一自由的场域中,对女性个性的张扬和个体解放诉求却关注不够,女性意识往往淹没在民族、国家、革命与救亡的宏大主题中。这一现象成就了"救亡"语境中女性话语起起伏伏的两个新维度,值得琢磨和思索。

(一) 不自由场域中人性与反思性书写传导的妇女解放诉求

沦陷区内由于敌伪统治的严酷,加之文化上的"坚壁清野",文学创作者的言说被限制在一个极其不自由的话语范围之内。尤其殖民身份和性别弱势交互叠加的女性作家,假若要苟且而生,一定要遵守规范,做到题材、主题、情感和思想毫不越界才能保全性命。因此,不自由的写作场域反而造就了沦陷区的女性创作远离时代脉搏和症候,逃离民族国家的宏大主题,退回到女性自己的园地,关注女性个体的生存困境,并借此开掘出人性的复杂和隐忧,反思女性世界的毒素和症结,从而探究妇女解放道路的艰难。

1. 反思女性世界中的症结和隐忧

20世纪40年代初始，当抗战进入艰难的相持阶段，许多作家不再激进而浮躁地通过作品鼓舞斗志，而是深刻地去反思我们民族所走过的道路，反思我们民族几千年来形成的劣根性及其根源，挖掘人性的丑恶，试图从本源上揭示我们的国家是如何一步步沦为殖民者的乐土，我们的人民又是怎样畸变成了小小日本的奴隶。于是，老舍的《四世同堂》、钱钟书的《围城》、巴金的《憩园》、路翎的《财主底儿女们》等大量沉潜思考的作品问世，从不同层面对民族性问题进行反思，以寻求文化上的自信和警戒，来探求民族战争胜利的本源和动力。在这样的整体性文化反思背景下，沦陷区"不自由"场域中的女性作家也开始探索妇女解放进程中存在的根源于女性自身的问题。萧红的《呼兰河传》《马伯乐》切中"国民性"的文化思考指向，张爱玲的《传奇》等，都从女性独特的视角出发，对女性身上的"人性恶"进行拷问，使人性的思考达到了一个新的深度和高度。

萧红的《呼兰河传》冷峻剖析那片土地上流行的种种封建痼疾和封建传统文化控制下病态社会文化心理。从童养媳小团圆媳妇被虐待致死的惨剧、冯歪嘴子的媳妇王大姐婚前婚后邻人对其迥异的态度中，反思并批判"父母之命，媒妁之言"的传统婚姻制度、恶婆婆心理和男权观念，表达对理想人格的热切呼唤。

上海沦陷区的张爱玲给我们展示的是战争背景下上海、香港衰败的浮华世界，她认为在那个"大而破的时代"，"世道浇漓"，人性畸变，一切都不可挽回，一切都不可救赎。所以她把女性放置在琐琐碎碎的日常世俗生活中描绘，充分展示她们的焦灼、孤独、痛苦、虚伪与变态，毫不讳言女性在物质场域中的真实想法和真实欲求，将人性的"丑"和女性的"真"表现得淋漓尽致。

与大部分解放区女性写作中为展示女性解放的必要而把表现女性悲惨的生活状态作为主打，借此说明女人是可怜的受害者、命运的失败者不同的是，张爱玲通过扭曲的女性形象反转了人们对于女性弱者身份和地位的想象和认识，也颠覆了女性生存的价值基础，女性不仅是被侮辱者而且也是施虐者，这就挖掘出了存在于女性心理深层的阴暗面，真实地展示出现代处境中中国女性的真实生存样态。《沉香屑:第一炉香》《金锁记》《倾城之恋》《多少恨》等,剖视人性的丑陋和人生的残酷。这些作品中的人生几乎都是一幅衰败、凄怆和残破的图景,生活在里边的女人要么变成情场杀手,要么戴上了黄金枷锁劈杀亲人,失去女性本真的母性、妻性、女儿性,其人性异化程度令人震惊和恐怖。典型者如《金锁记》中的曹七巧,本是麻油店小门小户人家的姑娘,原本可以嫁给门当户对、健康勤勉的伙计朝禄,收获一份清贫然而踏实的光阴和日子。不料由于哥嫂贪恋金钱,把她嫁给姜家瘫痪在床的二少爷,使她成了骨痨病人的妻子。畸形的婚姻所带来的痛苦折磨着她的肉体和灵魂,为寻求解脱她抽上了鸦片烟,而且与姜家的三少爷姜纪泽产生了暧昧关系。但是姜纪泽为维护自己在大家庭中的声誉和表面的尊严,逐渐疏远了曹七巧,把她看作自己的累赘,曹七巧成了一个被婚姻和爱情抛弃的女人。当在姜家的地位无法树立,情欲无法满足后,她被扭曲的灵魂只有落脚于对金钱的疯狂攫取,物欲、金钱欲的膨胀,使她开始算计丈夫死后分得多少家私,甚至算计自己儿女的幸福:扼杀了女儿仅有的爱情,毁掉了儿子的婚姻。为了金钱使女儿失掉受教育的权利,用缠足断绝女儿和外界的交际之路,绞杀长安心中萌生的爱情,拉拢女儿吸食鸦片……亲手断送掉女儿的青春和爱情。对于儿子长白,曹七巧依然一手制造了他的婚姻悲剧。她经常冷言冷语地伤害刚过门的儿媳妇芝寿,把儿子与儿媳的亲昵行为特意当作故事讲给亲家母等人,让芝寿在痛苦和羞辱中痛不欲生。她让自己家的丫头娟儿做了长白的小妾,从而加速了芝寿的死亡,最终娟儿也因她的残虐自杀。从儿女的悲剧,我们看到曹七巧被金钱扭曲和异化了的人性,她穷其一生都在用黄金枷劈杀她的亲人。

而《琉璃瓦》中的姚先生把自己的七个女儿视为财富,他说,"女儿是家累,是赔钱货,但是,美丽的女儿向来不在此例",认为漂亮女儿就是值钱的"琉璃瓦"。姚先生对三个闺中待嫁女儿的恋爱大加干预,让她们嫁给他挑选的所谓"金龟婿"。在他的干涉下,大女儿的婚姻出现了问题,他仍然想干预包办二女儿和三女儿的婚姻,结果诱发出亲情与爱情的冲突,使父女亲情断绝。《连环套》中的霓喜,她根本不在乎儿女们的抚养存活问题,她在乎的仅仅是自己身份的稳固和情欲的满足。张爱玲揭示了金钱扭曲下亲情关系的反人性、反人道的本质。《封锁》中吴翠远在电车上仅仅是由于要摆脱无聊和被冷落的处境去搭讪吕宗桢，结果俩人坠入荒唐的"一刹那"恋爱之中，随着电车封锁的解除，他们的爱情像被切断了一样，吴翠远被拉回到了严酷、无意义的现实之中，而拉其回到现实的又是金钱，具有隐喻意味的是，恰好此时封锁开放的铃声响起。事实上，被"封锁"的痛苦灵魂是万不能够回归到现实社会之中的，她再也不能回归到清心寡欲的自然状态，恋爱注定被金钱扭曲吞噬。张爱玲清醒地意识到男女间物质层面的利益关系，表现男女爱情的匮乏，男女关系的残酷。

张爱玲深刻、透彻地写出了这些女性恶的"非常状态"，让人感到，只要存在金钱、情欲、人性的冲突，女性的悲剧就还会上演。张爱玲剖析女人说："以美好的身体取悦于人，是世界最古老的职业，也是极普遍的妇女职业，为了谋生而结婚的女人全可以归在这一项下。这也毋庸讳言——有美的身体，以身体悦人；有美的思想，以思想悦人。其实也没有多大分别"。① 在张爱玲笔下，那些讲究实际的女人，为了谋生只能依附男性，凭借婚姻取悦男人来获得生存。张爱玲用审丑视角写普通人的传奇，直逼金钱观念扭曲下灵魂的丑恶，直逼女性的负面存在，从世俗的层面透视出女性无法把握命运的苍凉，让反思中的国民可以清晰地认识女人的反常性而引起思考，达到反现代性的深度。

可见，"将两性关系上升为现代城市文化制度加以审视、批判和反思，便成为张爱玲时代女性主义文学最鲜明的时代特征和最深刻的思想内涵"。② 萧红、张爱玲等采取侧面敲击的策略，展现滋生在女性世界中的毒素和症结，在呈现妇女不幸遭际的同时，从更高的人性视角，来探究妇女解放问题的复杂性和妇女解放的艰巨性。

2. 关注知识女性的生存困境，考量人性的复杂

由于沦陷区特殊的社会政治环境，形成了沦陷区"不自由"的文学

---

① 张爱玲：《淡女人》，王伟华编：《张爱玲全集》第1卷，海南出版社1995年版，第17页。

② 韩立群：《现代女性的精神历程——从冰心到张爱玲》，中国人民大学出版社2013年版，第236页。

创作环境，故而沦陷区女性作家的许多创作都陷入了家庭婚恋体裁的旧格局中，苏青与梅娘的小说创作就是很好的注脚。也正因为这"不自由"的创作环境使然，苏青与梅娘的小说便执着于描写青年知识女性自身的心理和生理感受，从而折射出具有现代意义的女性意识。

苏青的作品大都以男女两性之爱为题材呈现她的妇女观念，其作品大都收录在早期的散文集《浣锦集》里。她不厌其烦地谈论女人、男人，她反对卖淫制度，但竭力主张性解放；她不屑谈论男女平等，但主张为妇女争取实际的权利。她以善于盘算的市民和行商心理谈论离婚，甚至男人的性征等，掺杂了小市民的市侩气和唯心的观念，但其中对男性世界的贬抑、调侃，在男女情爱关系层面上展露男人和女人的某些"真实"关系等，能从反面促使女性认识自我本质属性，对女性争取自我解放不无启示作用。

苏青1943年在期刊《风雨谈》上刊出自传式长篇小说《结婚十年》，小说开篇写苏怀青和徐崇贤举行了一场中西合璧式的婚礼，喻示着接受了新式教育的女主人公苏怀青其实是一个既传统又现代的女性，她也将会拥有一份亦新亦旧的生活。婚后的苏怀青重新回到学校，在图书馆遇见了同校的应其民，两个人心心相印，但由于她发现自己怀了徐崇贤的孩子，无奈非常沉重地结束了与应其民的精神恋爱，返回婆婆家正式开启了在一个大家庭里以媳妇的角色伺候公婆，应付小姑和生儿育女的日常婚姻生活。由于怀青第一胎生的是女儿薇薇；第二胎生的又是女儿，后来死掉了；第三胎又生了女儿菱菱，重男轻女的封建思想使公婆冷落产后的怀青，小姑子见机也冷嘲热讽；最后生下儿子元元，作为女人的苏怀青才算完成了传宗接代的任务。但是她在丈夫的钱包里却发现了胡丽英的照片，丈夫出轨、酗酒、夜不归宿。而为了维持生计，苏怀青开始写作，不久与丈夫离了婚。从小说里可以看到，结婚之于女人似乎只是为了生儿子传宗接代，上过大学的她也不能例外。苏怀青深感作为女人地位的低下，要做出点事业给轻视她的人看。于是她想方设法托亲戚谋到了一份在培才小学当教员的职业，但她只工作了三个月就被婆婆叫回了家，重新回到了琐碎的家庭生活中。尽管苏怀青是新女性，但她还是会不自觉地把自己和孩子的幸福寄托在丈夫和家庭身上。而后来与丈夫徐崇贤在上海的小家庭生活并没有好到哪里去，丈夫的薪金并不多，家里的柴米油盐都需要她来经管，向丈夫要钱换来的却是难看的脸色和争吵，不甘心依附于丈夫的苏怀青于是尝试向杂志投稿，然而丈夫却认为自己的女人出外赚钱伤害了他的自尊心。即使这样，丈夫后来还是有了外遇，直接导致她们的婚姻破裂。从苏怀青的经历和遭际我们看到，在那个时代，城市知识女性也依然逃脱不了传宗接代的宿命。更可怕的是男性作为家庭的主宰，可以多次离婚续娶，而离婚对于一个女人无疑就是一份耻辱，因为"社会对待离婚男女是不平等的：对男人是不予重视，管他丧妻也好，离婚也好，一经续娶便没事了；对女人则是万般责难，往往弄得她求死不甘，求生不能"。① 苏青将离婚后女人的处境和痛苦描绘得淋漓尽致，她的文字"对于男女间事，尤能发一针见血之谈，为数千年来在男性社会中处于附庸地位的女子鸣不平"。② 苏青犀利地指出了一个离了婚的女人，她要忍受来自他人不怀好意的猜测、假设甚至是轻视，女性获得经济的独立并不能让她们得到预想的快乐和幸福，20世纪40年代的知识女性在社会上谋求生存依然艰难重重。

梅娘将自身的生活经历和个人情感作为素材进行创作的"水族系列"，同样描写了沦陷区青年知识女性的生存处境和性的苦闷。《蚌》中的女主人公梅丽，希望能够经济独立，于是到税务局上班，结果被男性同事当作了花瓶，只配端茶送水；她追求自由婚姻与同事琦偷偷相恋，却遭到无聊同事的挑拨离间和造谣中伤，他们真诚的恋爱遇到重重阻挠。最终梅丽被迫嫁给那位无形无品的朱家少爷，逃不出家庭和社会联手搭建的悲剧命运。小说题词说："潮把她掷在滩上，/干晒着，/她忍耐不了——/才一开壳，/肉仁就被啄去"。③ 作品用"蚌"隐喻了沦陷区封建大家庭中的青年女性的生存状态和凄婉的命运。

小说《鱼》中，女高中生芬接受了启蒙主义思想后，期望冲出封建

---

① 苏青：《论离婚》，于青、晓蓝、一心编：《苏青文集》，上海书店出版社1994年版，第120页。

② 实斋：《记苏青》，于青、晓蓝、一心编：《苏青文集》，上海书店出版社1994年版，第477页。

③ 梅娘：《蚌》，张泉编：《梅娘小说散文集》，北京出版社1997年版，第13页。

大家庭,结果被专门玩弄女人的花花公子林省民欺骗同居,很快林省民厌烦了芬,另觅新欢。芬为了爱情,逃离了专制的"父亲之家",然而"爱人之家"并没有使她获得幸福,却成了另一个牢笼。芬说:"我看破了,网里的鱼只有自己找窟窿钻出去,等着已经网上来再把它放在水里,那是比梦还飘渺的事,幸而能钻出去,管她是落在水里,落在地上都好,第二步是后来的事"。① 尽管芬绝不会为了生存而再随着林省民回去做姨太太,但是在男权社会织就的天罗地网里,女人的命运犹如"鱼"一般,在这张网中左冲右突,终究逃脱不了被逼杀的结局。

小说《蟹》的主人公玲从小失去母亲,在封建大家庭中因为她是"庶出"得不到任何人的关爱。在那个相互算计、尔虞我诈、明争暗斗的大家庭中,玲自然成了家庭内部倾轧争斗的牺牲品。最后,无依无靠的她终于决定离家出走,期望创建有利于人生的实业。虽然玲"不愿意做男人的附属品",但在男权社会,如同"蟹"一样的女子,等待她们的依然是命运之网,因为"捕蟹的人在船上张着灯,蟹自己便奔着灯光来了,于是,蟹落在早就张好的网里"。② 沦陷区的女人们根本无法逃脱悲苦的女性命运之网。梅娘的"水族动物"系列小说是沦陷区知识女性凄苦命运的最好隐喻。那么可以想象,底层女性的状况、其情其境会更加悲苦,男权社会让人堪忧。

虽然梅娘与苏青一个生活在北平,一个生活在上海,但是她们的小说都从书写女性自身经历和个人情感出发进行创作,都以纤弱的笔触如实地描写了沦陷区青年知识女性生活的各色风景,再现了她们的生存状态和生活图景,剖析女人在身心诸方面所承受的压迫,展示了女人的不幸和人世间的不平,触及婚姻、家庭、社会的方方面面。

上述创作站在人性的角度,对人和女人进行本体性的思考,从客观上显示了女性自身以及女性解放存在的问题和局限,预示出妇女解放的必要和必然。女性要想达到解放,关键要解决女人自己的问题。因为任何解放都是面向自身的解放,假如女人缺乏自觉意识,自己的心理得不

---

① 梅娘:《鱼》,张泉编:《梅娘小说散文集》,北京出版社1997年版,第79页。
② 梅娘:《蟹》,张泉编:《梅娘小说散文集》,北京出版社1997年版,第111页。

到改善和提高，女性解放永远都是一句空话。

（二）自由王国中女性书写的"是"与"非"

1937 年以来，在毛泽东的首倡之下，中国共产党开始重视知识分子的作用和地位，制定了相关的决议和政策鼓励、欢迎、接纳来自国统区和沦陷区的大量知识分子。一时间延安变成一个知识分子实现理想，施展远大抱负的"自由圣地"；延安对知识分子的种种优待和宽松的文艺政策使之也变成女性知识分子实现自我言说和自我解放的自由场域。丁玲、陈学昭、白朗、草明、颜一烟、莫耶、韦君宜等先后来到延安，"我是抱着满腔幸福的感觉，抱着游子还家的感觉投奔延安的"，[①] 韦君宜的感觉是当时女性知识者普遍的感受。来到延安后，知识女性们被这里民主、自由的空气感染，用自己的笔，发自内心地歌唱和赞美这一片空明澄澈、自由幸福的世界；同时用女性特有的敏锐和关怀来探索延安女性生活的方方面面，其中不乏反思和批评。她们充满激情的书写呼应了大时代的妇女解放思潮，是"救亡"语境中最具女性意识、最有妇女解放色彩的部分。当然这在当时引发了很大的热议，在评论界形成了延安书写中说不完的"是"与"非"。

丁玲是第一个来自国统区的女作家，她的到来受到中共中央领导人毛泽东、周恩来的热烈欢迎和高度赞扬，因而也激发了她对延安的喜爱和敬仰。在延安她发起成立中国文艺协会，领导西北战地服务团开展丰富多彩的抗战和妇女活动。但初到延安的喜悦之情并没有完全湮没丁玲应有的敏感，在延安的最初几年，她一直关注延安女性的生存状态，站在女性的立场来思索女性解放问题。自 1939 年起，丁玲发表了一些极具影响力的作品。1942 年 3 月 9 日刊载在《解放日报·文艺副刊》上的《"三八节"有感》，被西方女权界认为是中国的"女权宣言"，文章写出知识女性在婚姻中的艰难选择，揭示出延安女性遭受的不平等待遇，以及男女关系的种种不和谐。她认为那些激进的知识女性们当初一心奔向延安，为的是投身革命工作，而来到延安之后却陷进革命婚姻，被动当上母亲，还得回到窑洞、回到家庭去带孩子，成为"回家的娜拉"。丁玲

---

① 韦君宜：《思痛录》，北京十月文艺出版社 1998 年版，第 5 页。

呼吁整个社会和男性应该给予自立自强的女性更多的尊重和爱护。小说《在医院中》从护士学院毕业的陆萍的视角,写出了解放区医院环境卫生的脏乱和医疗设备的简陋。这些作品,均隐晦地批评了解放区的一些负面现象,以此说明即使建立了人民政权,妇女解放问题仍然存在。

1938 年 8 月 6 日,陈学昭以《国讯》特约记者的身份到达延安采访与写作,她的《延安访问记》以女作家特有的温婉而又敏锐的笔触对延安社会生活的方方面面进行描述、分析和评判,既写出了延安新的世界新的气象,也记录了一些社会弊病与瑕疵。她认为延安过于强调建立在男女都一样观念之上的男女平等,而忽视了女性区别于男性的性别特征,从而导致了对女性正当权益的忽视,表达了作者对女性问题深入的感受和思考。

当时,知识女性满怀革命理想与追求,抛弃旧家庭奔赴延安,希望能够在这片光明的土地上大有作为,然而没想到的是在这里却陷入了一种尴尬的两难境地:是献身革命事业还是把婚姻作为毕生的事业。在这不可能单一进行的选择中,许多女性艰难地尝试二者兼得,这就使她们陷入矛盾重重的"革命婚姻"之中,于是,又不得不面临革命工作和家庭责任的艰难缝合。一方面,许多知识女性无奈地接受了革命婚姻,但由于和革命对象之间"隔膜"巨大,造成了新的烦恼,甚至是心灵伤痛;另一方面,走进婚姻的知识女性,在"妻子"角色之外,必然会面对"母亲"这一新角色的困扰,在"革命者"和"母亲"两种身份和角色之间游移,最终不得不回到窑洞回到厨房。因此,陈学昭感慨地说,"她们并不想一定做一个女子,而想,特别想做一个人,一点也不推诿的与男子负起同样卫国的责任"。① 在延安"男女都一样"的提法,虽然强调男女平等,却忽视了女性独有的性别特征和切身细琐的权利诉求,因而她认为延安虽在制度上实现了男女平等,但是妇女并没有因此而获得彻底的身心的解放。事实上,在当时的延安,中国共产党极力倡导男女平等、婚姻自由,但因为男多女少、男女比例严重失调的客观现实,在某些情况下出现了依赖组织解决婚姻的方式。这种婚姻方式中,那些所谓

---

① 陈学昭:《延安访问记》,中国国际广播出版社 2013 年版,第 253 页。

的老革命，"当他们有一天爱了的时候，那种方式，将是十分粗糙，十分激烈，十分鲁莽，而成为带一点原始性的悲剧"，[1] 结果受伤害的还是女性。因而曾克在《救救母亲》一文中呼吁："新的女性，不仅仅是做一个好母亲，而且是各种学问和事业的创造者，她们每一个人应当发挥出自己的力量。救救母亲！为着革命事业的成功，为着新社会的建设！"[2]

年轻的莫耶在鲁迅艺术学院学习期间，满怀激情创作了《延安颂》，具有极强的感染力和吸引力，被人们广为传唱，甚至传到了海外华侨耳中。1942 年 3 月，莫耶发表了小说《丽萍的烦恼》，主人公丽萍为了逃避封建包办婚姻而来到延安投身革命，在 X 长的强势追求下，她权衡了爱情与物质的利弊后答应结婚，过起了舒适的生活。然而婚后丽萍工作不顺心，与 X 长志趣、性情不符，交友受到限制，从而陷入烦恼、忧郁之中。X 长认为"妻子服从丈夫也是一种天职，于是现在对丽萍也要拿出丈夫的威力"。[3] X 长娶丽萍不是因为爱情，而是贪图娶一个城市来的知识女性以显示出自己的权威与荣耀，小说道出了延安知识女性在婚姻问题上面临的困窘。

上述延安"自由"氛围中女作家们对于妇女解放思想的表达，都集中出现在 1942 年 5 月整风运动之前，正如有些评论家指出的，"边区妇女运动在 1940 年高潮过后，在一定程度上是松懈了"。[4] 延安文艺座谈会之后，在"文艺为政治服务，为工农兵服务"的规训下，陈学昭等知识女性从思想到写作，都发生了很大的转变。"陈学昭告别个人式写作，融入革命'集体'写作的过程，认可延安的政治体制，同时也是由一个追求进步的自由主义知识分子，向体制中的'革命者'的转变过程"。[5] 陈学昭所发生的转变也出现在其他女性作家丁玲、白朗、莫耶、葛琴、韦君宜等人身上，她们积极地去践行"文艺工作者的思想感情和工农兵大

---

① 陈学昭：《延安访问记》，中国国际广播出版社 2013 年版，第 255 页。

② 曾克：《救救母亲》，《解放日报》1942 年 3 月 8 日。

③ 莫耶：《丽萍的烦恼》，《生活的波澜》，陕西人民出版社 1984 年版，第 101 页。

④ 朱鸿召：《延安日常生活中的历史 1937—1947》，广西师范大学出版社 2007 年版，第 253 页。

⑤ 单元、万国庆：《突围与陷落——陈学昭传论》，光明日报出版社 2008 年版，第 269 页。

众的思想感情打成一片"，"把自己当作群众的忠实的代言人"，[①] 集体选择了"人民性"和"阶级性"而放弃了自己的性别立场；在体裁上有的选择了纪实性文学，暂时搁置小说书写；她们大都响应毛泽东《在延安文艺座谈会上的讲话》中写"新的人物，新的世界"的要求，开始讴歌边区革命和建设中的女性英雄人物。比如草明的《蔡大姐在东北》、白朗的《抗日联军的母亲》、莫耶的《悬赏千元的女人——记晋西北女参议员刘芬兰》、陈学昭的《访马杏儿》和《"熬劲儿大"——记抗属英雄折碧莲》等纪实文本，记载妇女运动领袖蔡畅的革命故事，或者宣传像马杏儿一样的边区劳动模范翻身得解放的事迹，此类创作完全转向为工农兵服务的方向。

这种情况折射出女性写作逐渐脱离了启蒙话语转而向革命话语靠拢，脱离了个人话语而转向集体话语，脱离了刚刚开始建构的女性话语而突转为"树大根深"的男性话语的事实。由于救亡图存的时代使命使然，"民族解放推动着女性解放道路的发展，扩展女性的生命活动空间，同时，民族解放中统摄一切的民族主义立场又遮蔽、压抑了女性主体的位置和声音，民族主义或者现代民族国家理念与女性利益和需求之间呈现了多重复杂的关系"。[②] 因而，抗战时期涉及女性存在的诸多社会问题就不可能全以女性自身的需求为主体诉求来考量，女性写作以现代民族国家为主体的事实在某种程度上也就遮蔽了女性锐利的性别视角，从而阻挡了对妇女解放问题的深入思考和探索。这一切，在此后的"阶级话语"中得到更进一步的发展。

第三节　个案研究：民族与性别双重磨难中的女性沉吟——萧红

萧红在 1934 年由于鲁迅先生亲自作序与扶掖出版了《生死场》而初震文坛，又兼胡风先生所作《读后记》以及茅盾先生的高度评价而形成

---

① 毛泽东：《在延安文艺座谈会上的讲话》，《解放日报》1943 年 10 月 19 日。
② 刘传霞：《1931—1945：性别视野中的抗战叙事》，《贵州大学学报》2004 年第 5 期。

"国家民族主义"视角下的三足鼎立解读使之以先锋和典型的双重意义占领了抗战文学最初的高地。[1] 萧红自 1932 年开始写作至 1942 年年初去世,短暂的十年创作近百万字,而尤以《生死场》与《呼兰河传》最为经典,甚至让夏志清先生也遗憾其在《中国现代小说史》中没有将此二作进行评论"实在是最不可宽恕的疏忽"。[2] 进入新时期后女性主义批评兴起,以孟悦、戴锦华、刘禾等女学者为代表,她们在女性主义批评视野中,开掘出了前述男性批评家民族主义解读之外的"文本意义(signification)",孟悦、戴锦华在肯定了萧红反抗一切男权秩序而追求"人的价值和人的自由"与"温柔与爱"之外高度评价了萧红的文学性与文学史价值;而刘禾极力探讨"为什么女性的身体能够为观察民族国家的兴亡提供批评的视角,而不是反之亦然"。[3] 这一系列的研究开拓出了理解和阐释萧红作品的新空间。而另一脉既重要、成果也最为丰富的是关于

---

[1] 董健、彭岚嘉:《民族需要规约下"裸心"的诚——萧红抗战散文个性研究》,《宁夏大学学报》(人文社会科学版)2020 年第 2 期。

[2] 这是夏志清先生在 1978 年 11 月 28 日撰写的《〈中国现代小说史〉中译本序》中述及抗战文学时所言的遗憾。(见夏志清《中国现代小说史》,复旦大学出版社 2005 年版,第 16 页。)不过,夏先生在该书"第十一章 第一阶段的共产主义小说"中论及东北流亡作家时提及萧红,说"萧红的长篇《生死场》写东北农村,极具真实感,艺术成就比萧军的长篇《八月的乡村》高"。(见《中国现代小说史》第 194 页)这也是能够在该书中唯一见到夏志清先生对萧红具体作品的评价。不过阅读夏先生在 1977 年 3 月完稿的《现代中国文学史四种合评》一文发现,夏先生在指正《"中华民国"文艺史》(总编纂尹雪曼)编写的缺憾时讲其部分内容有"重复记述"的问题,为此他特别不厌其烦地举证了"散文"章与"小说"章内容的重复之处,首先举出萧红,对她的名字、《呼兰河传》名称与体裁的分歧,以及个别史实方面的出入等瑕疵表达出质疑和不满。他认为"在我看来,萧红、端木蕻良是三四十年代重要的作家,《呼兰河传》和《科尔沁旗草原》二书尤该重视"。(见夏志清《新文学的传统》,新星出版社 2010 年版,第 5—7 页。)此外,夏先生 1980 年春写成、1983 年 9 月刊载于台北《现代文学》的中译稿《端木蕻良的〈科尔沁旗草原〉》一文中论及端木蕻良的故乡时又特别与萧红进行了简单对比,谈及两人的不同时说"萧红的回忆之作《呼兰河传》(1942)所详细描写的呼兰县(在黑龙江省),有如鲁迅小说中的绍兴那样萧条落后,而那儿的人民比起绍兴村庄的居民来,更为懦弱、残忍与愚蠢"。(见《中国现代小说史》后"附录"部分第 383 页)从上述扒梳可见,夏先生在撰写《中国现代小说史》后的 20 世纪 70 年代对萧红的小说及其相关的个人资料有细致的阅读与了解,对萧红的厚爱与日俱增,但遗憾的是夏先生终究没有对《生死场》和《呼兰河传》进行专门的评论。

[3] 刘禾:《跨语际实践——文学,民族文化与被译介的现代性(中国,1900—1937)》(修订译本),宋伟杰等译,生活·读书·新知三联书店 2008 年版,第 282 页。

萧红的传记书写与相关的研究。有研究者统计有关萧红的传记有七十几部①，其中葛浩文、季红真、叶君、平石淑子等学者的学术性传记的陆续出版，使研究更上新台阶的同时，逐渐让萧红研究回归文学本真，而且逐渐把握住了萧红精神内质中的"自主性"实质。此外，学者姚丹更是聚焦"萧红对于人生的自主选择，以及这种自主选择与她的写作之间的独特关联"，② 探讨了不做"归家娜拉"的知识女性萧红的命运，确认了萧红对其人生做出自主选择并努力做一个"光荣而独立的人"③ 这一主体性诉求。事实上萧红无论是人生选择还是文学写作，都呈现出一种很强烈的"主体性"。骆宾基评价说"萧红短促的一生，正反映了中国的处于半封建半殖民地社会压迫摧残之下的广大的知识界的新女性所共有的命运。她的经历充满了不屈和勤奋的斗争，是有典型的意义的"。④ 可见，无论是在中国现代女性文学的书写史中还是中国妇女解放的过程中，萧红一直在用自己的生命书写着中国女性的屈辱和苦难，跋涉与艰难。她的作品含血带泪，既镌刻着她自身争取解放和人格独立的诉求与执着，也映现出中国妇女解放的艰辛步履。

一　"女性的天空是低的"

萧红的一生，饱尝了一个中国女性所能承受的全部苦难与屈辱。这种苦难，既有民族国家在寻求解放和复兴征程上所必然遭遇的内忧外患，更有千百年来这个古老民族根深蒂固的父权社会的压抑和歧视。对于后者萧红比常人，比其他女性有更深切的体验和感受。当年聂绀弩对萧红

---

① 有关萧红的传记，最具代表性的列举如下：骆宾基：《萧红小传》，建文书店 1947 年版；肖凤：《萧红传》，百花文艺出版社 1980 年版；［美］葛浩文：《萧红评传》，北方文艺出版社 1985 年版；叶君：《从异乡到异乡　萧红传》，印刻文学生活杂志出版有限公司 2014 年版；季红真：《呼兰河的女儿　萧红全传》（修订版），现代出版社 2016 年版；［日］平石淑子：《萧红传》，崔莉、梁艳萍译，中国人民大学出版社 2017 年版。

② 姚丹：《"光荣而独立的人"如何可能——从萧红传记看不做"归家娜拉"的知识女性之命运》，《文艺理论与批评》2020 年第 3 期。

③ 此语出自萧军 1978 年 9 月 11 日给萧红 1936 年 12 月由东京写给自己的一封信所作的注释中，原文为："她要做一个超历史的，从而否认历史的，光荣独立的人！"见萧军《为了爱的缘故：萧红书简辑存注释录》，金城出版社 2011 年版，第 160 页。

④ 骆宾基：《修订版自序》，《萧红小传》，黑龙江人民出版社 1981 年版，第 8 页。

发出"大鹏金翅鸟"的期许时,① 萧红毫不掩饰地道出了她内心深处积蓄已久的呼号:"你知道吗?我是个女性。女性的天空是低的,羽翼是稀薄的,而身边的累赘又是笨重的!而且多么讨厌呵,女性有着过多的自我牺牲精神。这不是勇敢,倒是怯懦,是在长期的无助的牺牲状态中养成的自甘牺牲的惰性。我知道:可是我还是免不了想:我算什么呢?屈辱算什么呢?灾难算什么呢?甚至死算什么呢?我不明白,我究竟是一个人还是两个;是这样想的是我呢,还是那样想的是。不错,我要飞;但同时觉得……我会掉下来"。② 此语显现出萧红清醒而自觉的女性自我意识:其一,她确认自己的性别身份,并为这种身份在中国当时的社会环境中所处的尴尬地位而感到愤懑不平;其二,道出了男权中心社会女性生存的残酷现实境遇,可以展翅高飞的天空是低的,翅膀是无力的,身心的拖累和负担又是极其沉重的。这一切并非女性之错,是男权中心社会所强加于女性身上的;其三,对所谓的"女性自我牺牲精神"进行了深刻的反思,认为这不是勇敢和奉献,是一种"怯懦",一种无为与不自觉,一种"自甘牺牲的惰性";其四,萧红对作为女性的"自我"人生表示出深深的怀疑和无奈。她希冀展翅高飞而又预感到随时有可能"掉下来"。在此,可以看到一个非常矛盾的萧红的个体形象及其心理特征。从她的本愿来讲,她这只大鹏鸟想要振翅飞翔,可是女性的性别身份,战时社会的限制和规约,她生命中所遇见的男性的压抑和奴役,使她飞翔的勇气和能力都大打折扣。所以,正是建立在"女性有着过多的自我牺牲精神"这样一个自我认知性的反思判断基础之上,她才能够清醒地做出"我会掉下来"这样一个沉痛的预判结论。事实上,一语成谶。在那个男权主宰、民族矛盾积聚、战争触发的社会里,这只聂绀弩口中的"大鹏金翅鸟"真的没有逃离出她的"我会掉下来"的宿命,在创作力正当旺盛的 31 岁,"被她的自我牺牲精神所累,从天空,一个筋斗,栽倒

---

① 这是萧红的朋友聂绀弩与萧红谈话时对她发出的期许和祝福,他说:"飞吧,萧红!你要像一只大鹏金翅鸟,飞得高,飞得远,在天空翱翔,自在,谁也捉不住你"。见绀弩《忆萧红·在西安》,《书报精华月刊》1946 年第 17 期,第 34 页。

② 绀弩:《忆萧红·在西安》,《书报精华月刊》1946 年第 17 期,第 34 页。

'奴隶的死所'上了！"① 萧红正当翱翔天宇之际即折羽陨落，留给俗世一个大大的惊叹号！

　　但这一切似乎是女性的宿命，可又是自我主体性的选择在一个乱世的必然。如果从萧红本人对于爱情的态度、方式来看，她终其一生都在执着地追求自我心目中向往与祈求的自由自主之爱。她对萧军的爱从一开始就表现出强烈的主体性。当萧军受杂志社所托去东兴顺旅馆探视萧红，两人第一次见面畅叙离开后的晚上，萧红为萧军写下的《春曲（二）》中说："我爱诗人又怕害了诗人/……我只是舍不得摧残它，/但又怕别人摧残。/那么我何妨爱他。"② 这是萧红对萧军一见钟情之后情不自禁的表白。诗中作为抒情主体的"我"从感觉出发表达的情感指向更是聚焦在"我"这一主体向世界的宣示，爱他却怕"我"的爱伤害他，如果"我"不去爱他而诗人"水"与"花"般美丽的诗心终究也会备受摧残，于是"我"还是勇敢而又坦然地去主动对他表达"我"的爱。抛开萧红当时的处境而言，诗中如此炽热而勇毅的爱的告白是切合萧红的个性和情感的，其中袒露着萧红遇见真爱敢于大胆表露、自我选择和自己主宰自己爱情的行为方式却是明白不过的。由此回溯到她父亲因逼婚两度把她软禁在家，倔强的她毅然决然地做了勇敢的离家出走的娜拉，"新的思潮浸透了一个寻求解放旧礼教的女孩子的脑海，开始向人生突击，把旧有的束缚解脱了，一切显现出一个人性的自由"。③ 在姑姑和婶婶的帮助下她于1931年10月3日夜，乘火车逃至哈尔滨，开始街头流浪。④ 而反顾与回归到当初她主动离弃的未婚夫"汪恩甲"的身边固然是情非得已，但其间依然是她自我主动性的选择。这其中也包括她后来对萧军的"自我牺牲的精神"，以及与端木蕻良那在别人看来是匪夷所思，在她

---

　　① 绀弩：《忆萧红·在西安》，《书报精华月刊》1946年第17期，第36页。

　　② 萧红：《春曲（组诗）》，萧红著，章海宁主编：《萧红全集》（诗歌戏剧书信卷），北京燕山出版社2014年版，第10页。

　　③ 许广平：《追忆萧红》，张毓茂、闫志宏编：《萧红文集》第3卷，安徽文艺出版社1997年版，第376页。

　　④ 章海宁、叶君：《萧红年谱》，萧红著，章海宁主编：《萧红全集》（诗歌戏剧书信卷），北京燕山出版社2014年版，第261页。

却是飞蛾扑火般的爱情。这些都是大时代下一个知识女性的自由选择和自我身份与价值的确认。用骆宾基对三人关系评价的话来说，在社会上和夫妻关系中萧红始终处于"从属性"，① 靳以也曾说端木蕻良"看不起她，他好像更把女子看成男子的附庸"，② 而萧红为摆脱"从属者"的地位却决意"总是一个人走路"，③ 要在这个以男人为中心的社会蛛网中突围，追求"她的独立，她的空间，她的个人性——她作为一个独立的个体的生命所应该拥有的价值、尊严。还有，尊重"，④ 从而获得她自认为的自由与解放，为此她一个人艰难地跋涉"在民族自由与妇女解放斗争的行程上，她没有披沐胜利的曙光，带着伤痕死去了"。⑤ 她生命里的起起沉沉、大苦大难，完全与民族国家抗战时所经受的苦难和磨砺相契合。她在颠沛流离的生存情境中奋力前行，想要实现自我，想要以一己之力参与救亡图存、民族解放的复兴以及妇女解放的伟大洪流中。所以要考察萧红的女性解放思想，不能忽视萧红身上那种女性少有的强大的自主力量，那种尽管意识到"我会掉下来"，但仍然"虽九死其犹未悔"的飞蛾扑火般的追求与飞翔。

二 "力透纸背"的女性解放诉求

鲁迅先生曾高度评价萧红的《生死场》说："叙事和写景，胜于人物的描写，然而北方人民的对于生的坚强，对于死的挣扎，却往往已经力

---

① 骆宾基所言的"从属性"在《萧红小传》中指萧红在与萧军和端木蕻良的两段婚姻中两位男性都把萧红当作自己的"从属者"的封建男性中心思想；在萧红去世40年后所写的《太平洋战争爆发之后——"我的回忆"》中特指萧军对萧红的态度，认为在萧军的观念里"仿佛妻子只能依属于丈夫，而丈夫总该是妻子的'庇护人'"。见骆宾基《太平洋战争爆发之后——"我的回忆"》，张毓茂、闫志宏编：《萧红文集》第3卷，安徽文艺出版社1997年版，第432页。

② 在对萧红与萧军同端木蕻良的关系中，靳以认为萧军给予萧红的是"身体上的折磨"，端木给萧红的是"精神上的折磨"。靳以：《悼萧红》，张毓茂、闫志宏编：《萧红文集》第3卷，安徽文艺出版社1997年版，第418页。

③ 骆宾基：《萧红小传》，北方文艺出版社1981年版，第87页。

④ 梁鸿：《挣脱泥淖后的萧红》，萧红著，章海宁主编：《萧红全集》（小说卷1），北京燕山出版社2014年版，第326页。

⑤ 绿川英子：《忆萧红》，张毓茂、闫志宏编：《萧红文集》第3卷，安徽文艺出版社1997年版，第391页。

透纸背;女性作者的细致的观察和越轨的笔致,又增加了不少明丽和新鲜"。[1]鲁迅的评价既肯定了《生死场》内容的深邃与广博,也指出了写作风格的别致与细密,它无疑奠定了《生死场》在文学史上的意义,并成为以后萧红研究的重要指向。萧红不拘囿于普通的小说写法而彰显出别具一格的先锋创格之举,这在她与聂绀弩的那场关于小说写作的著名谈话[2]里尽显无余;萧红笔下中国女性的万般磨难和要求自我解放的诉求既可以放到民族解放的视域下来审视,也可以放在女性主义视域中来考量。鲁迅先生曾说"国难其间,似乎女人也特别受难些",[3]而处于战争场域中的中国女性的确承受着民族苦难与性别的双重磨难,萧红用其特有的女性立场、女性思维和笔触叙写出了她们所承受的来自阶级的、民族的、家族的、性别的不幸和痛苦,把个体的痛苦的生命体验融入、扩散到对女性群体悲剧命运的揭示与思考中,充分地表达了解放的诉求与愿景。

(一)　民族与阶级视域下女性的生死磨难与解放

《王阿嫂的死》中王阿嫂的丈夫被张地主活活烧死,为生存她挺着大肚子在张地主家的地里拾土豆,被地主故意踢伤导致难产死亡。在阶级压迫的大环境中,妇女丧失了最起码的生存权利,是否能够活下来自己不能主宰。《哑老人》中的小岚原本是个"缝穷"女,后来到工厂做女工,她与哑巴爷爷相依为命,由于她在上工的时间每天回家两次去照顾爷爷,被女工头活活地打死,失去孙女孤苦无依的哑巴老人也只有死路一条。被评论界较少关注的短篇《叶子》书写了一个很忧伤的爱情悲剧,而悲剧的根源也是阶级的压迫和男权的专制。小姑娘叶子和表哥莺哥相恋,可是两个小儿女爱而不能表白,爱而不能守候。虽然住在一个院子

---

　　①　鲁迅:《萧红作〈生死场〉序》,《鲁迅全集》第 6 卷,人民文学出版社 1981 年版,第408 页。

　　②　在聂绀弩回忆自己与萧红的一次谈话中,萧红对于别人说她不会写小说的事愤愤不平,她反击说:"有一种小说学,小说有一定的写法,一定要具备某几种东西,一定写得像巴尔扎克或契诃夫的作品那样。我不相信这一套,有各式各样的作者,有各式各样的小说"。见聂绀弩《萧红谈话录(三)·回忆我和萧红的一次谈话》,萧红著,章海宁主编:《萧红全集》(诗歌戏剧书信卷),北京燕山出版社 2014 年版,第 257 页。

　　③　鲁迅:《关于女人》,《鲁迅全集》第 4 卷,人民文学出版社 1981 年版,第516 页。

里，但男女有别的观念和贫富差别的阶级等级不能够让彼此走近，莺歌至死也不能轻易见到爱的人，而小叶也只余无尽的"幽思"与悲哀！

《夜风》中的长青是地主张二家的牧羊童，当地主家遭遇"马队"攻击时，穿着破烂衣裳的长青"作一个小炮手的模样"忍饥受寒坚持守卫在炮台上保护主人，被冻病后地主却无情地辞退了他。地主平日里经常对长青进行训话，说什么"为人要忠。你没看古来有忠臣孝子吗？忍饿受寒，生死不怕，真是可佩服的"，[1] 道出了剥削者压迫者利用传统伦理框架里的皇权、父权来掌控被奴役者的思想及其行动的事实，正是在这样的思想钳制之下，无数的长青们心甘情愿被役使，俯首帖耳地充当地主的炮灰。而阶级关系中的女性更是处在最底层遭受着非人的折磨，长青的妈妈老李给主人家洗完衣服后连两片"药片子"都要不回来。萧红在强烈的贫与富的对比视角里写道，地主张二的母亲张老太太疼惜她的儿子孙子说："不要尽在冷风里，你们要进屋来暖暖，喝杯热茶"。[2] 对于生病咳嗽不能继续为她家洗衣服的长青妈妈李婆子，她却说："……昨夜给你那药片，为着今夜你咳嗽来吃它，现在你可以回家去养着去了！把药片给我吧，那是很贵呢！不要白费了！"[3] 同样的性别，同样身为人母，因不同的阶级身份，境遇却有天壤之别。所以在阶级视角下的女性，不仅要忍受来自性别的屈辱，还要遭受来自阶级的压迫。正是在这样惨绝人寰的生死折磨中，等级差别和阶级压迫启发了李婆子阶级意识的觉醒，她终于发现了自身解放的途径。于是她有了主见，领着儿子长青与其他的雇农、佃农一起在"光明的朝阳下，……在挥动着拳头……"[4] 这里她把个体融入集体，把阶级的解放和妇女的解放汇聚到了一起。《生死场》中的王婆亲历日本兵的侵略，又经过日本鬼子来村子搜查，捉女人、杀

---

① 萧红著，章海宁主编：《萧红全集》（小说卷1），北京燕山出版社2014年版，第31页。

② 萧红：《夜风》，萧红著，章海宁主编：《萧红全集》（小说卷1），北京燕山出版社2014年版，第30页。

③ 萧红：《夜风》，萧红著，章海宁主编：《萧红全集》（小说卷1），北京燕山出版社2014年版，第34页。

④ 萧红：《夜风》，萧红著，章海宁主编：《萧红全集》（小说卷1），北京燕山出版社2014年版，第36页。

女学生，自己抗敌革命的女儿被杀事件以及乡民们的生存危机时，她表现出超越丈夫的豪侠与勇敢，主动放哨，瞒着丈夫掩葬枪支，掩护那个革命的"黑人"，鲁迅先生所说的"北方人民对于生的坚强，对于死的挣扎"在王婆身上体现得淋漓尽致。其他妇女也是积极地参与到争取民族和自身解放的潮流中，当大家秘密聚集要举行反日活动时，村里的寡妇们首先发出"是呀! 千刀万剐也愿意"① 的呼声；而由金枝以及战争逼迫下都市中女流民们的悲惨处境可见，抗战时期女性解放的根本途径和根本保障在于解除国家危亡，求得民族的独立。

萧红在国族与阶级视角下审视妇女解放问题，在民族存亡的背景里安置她对妇女生存和命运的思考，这是她与同时代女性写作完全不同的地方。当然，萧红的批判视角不仅指向阶级的掠夺和压迫，更指向传统的男性主宰的意识形态。

(二) 女性主义视野中女性物质性存在状态

萧红是经验型的女性作家，她的散文和大部分小说都是这样的创作。《弃儿》一开始就置女主人公"芹"于绝望的生存处境中。与她同居的"丈夫"弃她不知所向，房东凶狠地催逼四百块钱房租，铺天而来的大水在猛然上涨，住在旅馆的人纷纷逃离……而身怀有孕的芹处在被遗弃的绝望之中……快要饿死的芹在产下小孩六天后把他送人，狠心地扯断了母子之间最后的联系，无钱交住院费的芹三个星期后在新认识的朋友"蓓力"的帮助下逃离了医院。萧红不仅写出了作为女性的"芹"被遗弃和由于孕育生命而增加的苦难，更写出了一个女性不能养育亲生骨肉而含恨遗弃孩子的悲酸，在这里萧红其实也写出了她自己的一种双重"弃儿"心理：逃离家庭被家庭永远遗弃，因生活所迫又遗弃了自己刚出生的孩子。

给萧红带来巨大声誉的成名作《生死场》更是在民族生死存亡的宏大场域中书写王婆、金枝、月英等女性苦难的物质性存在状态。从王婆所具有的母性质素来探讨，许多女性主义文学研究者乐此不疲地举证发

---

① 萧红：《生死场》，萧红著，章海宁主编：《萧红全集》（小说卷1），北京燕山出版社2014年版，第275页。

生在她身上的两件事。其一是为了自己的生而摔死了亲生的孩子，以此来辨析其生命在特殊生存情境中母性的缺失。但事实上王婆摔死女儿小钟，既是一个贫穷的村妇乡土劳动场景中的意外所致，也是乡土愚弱社会民间生存法则中司空见惯、见怪不怪的现象。小说中是以四十多岁时的王婆讲述她二十几岁时发生这一事件的形式来呈现的，从她断断续续的讲述里可以推断：年轻时的她为了求得活路拼命地干活，有次去喂牛时忘记了自己放在草堆上三岁的女儿小钟，等她发现时孩子已跌落在草堆下的铁犁上不幸受重伤，这样的伤残孩子无疑是她"生死场"求生的拖累，于是她把孩子又摔在草堆铁犁上致其毙命。这里王婆为自己的生而置孩子于死地的极端做法确实残忍至极，但在接下来的讲述里对于同类危及父母生存的孩子的处置告诉读者，这样的杀"儿"之举在当时的"生死场"上即是一条合情合理的民间生存法则，因为"从生命的本能来看，人是要生存的……生存就成为人类的伦理的第一任务"。① 不过这样的情节设置，似乎是对祥林嫂叙述阿毛被狼所吃事件的有意效仿，从而有意达成对女性命运的申述和启蒙。但接下来讲述王婆这年冬天对比自己手中收获来的"大麦粒"与邻人长起来的"孩子"时的情境中突然又想起被摔死的小钟时那种怅然若失，可以看到一个母亲在生与死之间选择的残酷，内心理性与情感的较量、母性的复苏与疼痛。如果说王婆摔死自己孩子体现了她"生的坚强"的话，那么王婆喝毒药死而复生的故事则说明了她"死的挣扎"，这是研究者关注最多的关于王婆的第二件事。王婆为了生存曾两度改嫁，而她现在因为当"胡子"的儿子被官府枪毙，万念俱灰时她放弃了生存而服毒自杀，但却奇迹般地死而复生。王婆由"微微尚有一点呼吸，嘴里吐出一点点白沫"，到"她的嘴角流出一些黑血，并且她的嘴唇有点像是起动，终于她大吼两声"，"血从口腔直喷"，② 王婆躺在棺材里最后终于没有死。在残酷的求生与绝望的求死之间，作为一个母亲的王婆的母性被炙烤、淬炼并得以升华。正是因为

---

① 陈思和：《启蒙视角下的民间悲剧：〈生死场〉》，《中国现当代文学名篇十五讲》，北京大学出版社2003年版，第287页。

② 萧红：《生死场》，萧红著，章海宁主编：《萧红全集》（小说卷1），北京燕山出版社2014年版，第251—254页。

有如此"对于生的坚强,对于死的挣扎",所以当日本兵侵入村子时,体验过多样人生的王婆以女性少有的坚毅和果敢参与到秘密的抵抗运动中以求"向死而生"。萧红正是通过王婆这个母亲的角色,直面生与死的两极,从而考量女性坚强、坚韧的生命极限,求生图存的生命意志以及获得解放的艰难。

同样,对于年轻的金枝与成业的相恋,萧红并不是去歌咏赞叹,而是写出了两者动物性的交往甚至交媾。她把金枝比喻为"小鸡",而成业则变为"野兽",被本能支使着的一对恋人相互跟着走"像猎犬带着捕捉物似的"。在这样以动物关系设置的双重比喻中,没有青年男女恋爱中甜蜜的柔情,有的只是野性而蛮荒的本能冲动。而且在这样的动物性本能支使下,金枝走上了成业婶婶的老路,她丢了清白,成了村妇们田间地头编排诋毁的不知羞耻的野丫头,羞辱得她母亲都窒息了其存在的生命力。而她自己"出嫁还不到四个月,就渐渐会诅咒丈夫,渐渐感到男人是严凉的人类!"① 而造成这一切的成业,在婚后不仅频繁对金枝施展从祖辈、父辈继承来的男性暴力,而且还摔死了出生才一个月的女儿小金枝。可是当金枝守寡后,她一点也不怨恨丈夫了。到城里当缝穷妇讨生活时,被男人强奸反而不怨恨"挨千刀的小日本",而是转为怨恨"中国人"。不过金枝这种超越王婆"学识"的怨恨是有自己的边界和限度的,其所指非常明确地指向了那些欺辱女性的中国专制男性。

当然,不论是王婆还是金枝,她们在人间的"生死场"上都"扛下了所有的苦难,不管是像'幽灵'一样,还是像一株草一样,她们都不能把握自己的命运,没有能力斩断苦难的链条。承受无尽的苦难似乎成了她们与生俱来的真正命运,从活着到死去"。②

(三)疼与痛:女性言说不尽的身体体验

在学者刘禾看来,萧红的小说主要表达农村妇女生活中的两种经

---

① 萧红:《生死场》,萧红著,章海宁主编:《萧红全集》(小说卷1),北京燕山出版社2014年版,第247页。

② 董婕、张学敏:《"生死场"上的隐喻和洞见——萧红抗战小说研究》,《当代文坛》2020年第6期。

验——"生育以及由疾病、虐待和自残导致的死亡"。① 对于萧红而言，"'生'与'死'的意义主要体现在个人的身体，特别是女性的身体上，而不仅仅在民族兴亡"。② 萧红写出了乡村妇女生与死之间身体所经历的彻骨的疼与痛。

《生死场》中"刑罚的日子"这一节集中写了四个女性的生产场面和疼痛，这样密集而颇具意味的描写在中国现当代女性文学中绝无仅有，这不能不说是一个写作的奇观。五姑姑的姐姐从前一天的黄昏就开始了自己的"刑罚"，她由"小声叫号"，被架扶着移动，直闹到半夜仿佛变成一具僵尸，到天明后涨着肚皮、流着大汗，被折磨得像"患着病的马一般，倒了下来"，生产后"女人横在血光中"。在这一"刑罚"过程中，她的男人不时地像一个疯子一样向她施以暴虐，可怜的女人，"她仿佛是在父权下的孩子一般怕着她的男人"。③ 而金枝的生产由于前一天晚上她男人成业的性虐更加重了"刑罚"的危险；对于麻面婆的生产描写多少带有戏谑的味道，她由于疼痛大喊大骂自己的男人；而李二婶子小产时濒死的情形虽说被一笔带过，但其中也能明确体味到女性因生产所受的"刑罚"。

生产对于女性来说是一个孕育生命迎接新生儿的庄严而伟大的时刻，可是对于在生死场中煎熬的女人来说完全是一个"刑罚的日子"，所以这一节命名的寓意不言而喻。从这一节的内容安排来说，首先是简写房子后面草滩上狗在生产，狗的四肢颤动全身抖擞，长达一小时后小狗才生出来。接下来写到五姑姑的姐姐的生产，花费笔墨最多，直到最后逐渐以减法来安排其他人生产的笔墨，本节最终又以窗外墙根下大猪生小猪作结。屋内的女人在生育，窗户外面的猪也在生育，二者并置的生育场景，让人们切实体味到这个生死场上"人和动物一起忙着生，忙着

---

① 刘禾：《跨语际实践——文学，民族文化与被译介的现代性（中国，1900—1937）》（修订译本），宋伟杰等译，生活·读书·新知三联书店2008年版，第279页。

② 刘禾：《跨语际实践——文学，民族文化与被译介的现代性（中国，1900—1937）》（修订译本），宋伟杰等译，生活·读书·新知三联书店2008年版，第293页。

③ 萧红：《生死场》，萧红著，章海宁主编：《萧红全集》（小说卷1），北京燕山出版社2014年版，第246页。

死……"的普遍性铁律是如此残酷与血腥。

可以说《生死场》描写女性身体经验的部分在全文中占据了很大的比重,"与男性身体相比,女性身体表现的是女性对自己命运的无法自主",① 萧红用自然主义的手法写出了在男权和病痛折磨下月英死亡前的残酷病象。她的丈夫对治疗她的病失去信心以后任凭瘫痪在炕的她自生自灭,致使她的眼睛、白眼珠和牙齿都变绿了,腿像白色竹竿一样伸在前面,骨架成了直角,在用线条组成的人形身上,头颅"仿佛是一个灯笼挂在杆头";她的臀下腐烂了,"小虫在那里活跃"。② 这个打鱼村最为美丽的女子从镜子里看见自己由于丈夫的遗弃、因为穷病交加,由审美意义上的"最美"变为"最丑"时,她作为女人的自尊被完全摧毁,三天后悄无声息地以死亡逃离男性主宰的人间地狱,从而终结了自己的悲剧命运。

《生死场》中关涉女性身体经验的性也纯属动物意义上欲望的宣泄。在这里女性的"欲望连同贞洁的意义都由父权制决定着,且只服务于男性的利益",③ 因而金枝与成业野合时,"他的大手敌意一般地捉紧另一块肉体,想要吞食那块肉体,想要破坏那块热的肉"。④ 而农闲时节妇女们坐在一起做针线时唯一的娱乐就是互相说一些关涉"性"的"妖艳的词句",因为"在乡村,永久不晓得,永久体验不到灵魂,只有物质来充实她们"。⑤ 所以"女性的身体不仅在萧红作品中是生和死的场所,而且还是小说获得其内涵和意义的根本来源",⑥ 负载了作者的性别立场和性别

---

① 刘禾:《跨语际实践——文学,民族文化与被译介的现代性 (中国,1900—1937)》(修订译本),宋伟杰等译,生活·读书·新知三联书店 2008 年版,第 285 页。

② 萧红:《生死场》,萧红著,章海宁主编:《萧红全集》(小说卷 1),北京燕山出版社 2014 年版,第 234 页。

③ 刘禾:《跨语际实践——文学,民族文化与被译介的现代性 (中国,1900—1937)》(修订译本),宋伟杰等译,生活·读书·新知三联书店 2008 年版,第 285 页。

④ 萧红:《生死场》,萧红著,章海宁主编:《萧红全集》(小说卷 1),北京燕山出版社 2014 年版,第 212 页。

⑤ 萧红:《生死场》,萧红著,章海宁主编:《萧红全集》(小说卷 1),北京燕山出版社 2014 年版,第 231 页。

⑥ 刘禾:《文本、批评与民族国家文学——重返〈生死场〉》,陈文忠主编:《文学评论文选》,安徽师范大学出版社 2012 年版,第 202 页。

意义。《生死场》从血淋淋的物质层面（身体）上探讨了女性无法自主的生与死。它既关涉女性的身体解放、女性的幸福，也关涉女性精神的自主与自由。

三 "对着人类的愚昧" 剖解女性

在《七月》杂志召开的座谈会上，萧红曾说"作家不是属于阶级的，作家是属于人类的，过去和现代，作家都要永远对着人类的愚昧"。[①] 对于萧红的创作，学者张莉也曾阐释说，萧红"支持抗战"，认为"作家写作终究是对着人类的愚昧和苦闷，她只作自己力所能及的事情"，她"是一位对大时代和卑微个体一视同仁的作家"。[②] 这一解读恰切地指出了萧红写作一以贯之的两个面向：一是民族国家叙事中的家国情怀表达，二是"对着人类的愚昧"写出卑微者的"生与死"。前者表现在散文《长白山的血迹》等，在小说《两个青蛙》《生死场》《汾河的圆月》《黄河》等中虽然不全是昂扬激进的正面描写，但却与时代的发展及其规训下的主流文学方向一致从而获得左翼文学的充分肯定和认同；而后者的书写显然最为用力最为精湛，故而形成了个人性的风格和价值，成就了其经典的位置，但却疏离了主流规约。二者之间无法缝合却互不纠结、互不抵牾的存在形成了萧红作品无尽的魅力。以往的研究对于二者关注都很多，尤其"民族国家"叙事和"卑微个体"的"愚昧"叙事等，但对其妇女解放视角下人类愚昧表达的阐释还是比较荒疏。事实上，萧红站在女性本位上，感同身受地在那些卑微女性个体身上寄寓着她对女性的同情、悲悯，对压制女性的愚昧观念冷静而深入的剖析以及对女性解放的主体性诉求。

《广告副手》中的芹为生活所迫在寒冷的冬天到电影厂去画广告挣钱，由于其女性的身份而被影院男性经理找借口辞退，经理说"……女人为什么要作这种行道？真是过于笨拙了！……过于想不开了……"[③] 事

---

① 《现实文艺活动与〈七月〉》，《七月》1938 年第 15 期。

② 张莉：《〈黄金时代〉：这个文学精神匮乏的萧红》，《作品》2014 年第 12 期。

③ 萧红：《广告副手》，萧红著，章海宁主编：《萧红全集》（散文卷），北京燕山出版社 2014 年版，第 24 页。

实上，真正的原因还是不容许女性走出家庭抛头露面在广阔的社会上，不允许跻身男性的活动空间与男性抢夺饭碗。同样，在《生死场》中五姑姑的姐姐要在铺着柴草的炕上生产时，收生婆说"像你们这样大户人家，把孩子还要养到草上。'压柴，压柴，不能发财。'"①月英生病初始阶段，她的丈夫替她请神、烧香、向庙里供奉的神灵索药，把治病的希望完全寄托在虚妄的香火和神鬼上。

在长篇《呼兰河传》中，对人类愚昧的剖示更是令人叹为观止，萧红尤其叙写了人类愚昧观念控制下女性不公正的处境和遭际。其中第二章所展示的小城呼兰河人"精神上"的六大"盛举"全部都是为神鬼所备、为神鬼而做。人们一年中的大乐和大趣也都沾了神鬼的光而不自知，萧红在人们的狂欢仪式和行为中融入对女性卑微受辱人生和人性的拷问。比如写看戏等风习而关涉到"指腹为亲"时，形象生动地说到了它的坏处大于好处很多很多，假如指亲的男方家由于太穷女方不愿意嫁过去，就会被男方刻意污蔑起名为"望门妨"，背上"妨"穷了男方家的恶名声，而在这种情况下，女方一旦屈从嫁过去，肯定又会受到公婆丈夫的虐待。向娘家母亲诉说委屈，而母亲通常会拿"这都是你的命（命运），你好好地耐着吧"来抚慰，这个冤屈的女子通常会跳井或者上吊，演出人生落幕的悲剧，而之后更可怕的是在男性书写的节妇牌坊上故意不写"赞美女子跳井跳得勇敢的赞词"。所以作者质疑被男性书写的节妇牌坊上只写女子"温文尔雅，孝顺公婆……"诸类表彰女子嘉言懿行的夸饰性话语，从而遮蔽了书写者私欲掩盖下奴役女性的真实的醒醒内心。

在呼兰河小城虽然没有严苛的"三从四德"的规约，可是却有意识地给女子贴上"温顺"标签以示对女性的警示和训导。在描写四月十八娘娘庙会时，萧红有意插入一笔平添一个老爷庙，她说"娘娘庙是在北大街上，老爷庙和娘娘庙离不了好远。那些烧香的人，虽然说是求子求孙，是先该向娘娘来烧香的，但是人们都以为阴间也是一样的重男轻女，所以不敢倒反天干。所以都是先到老爷庙去，打过钟，磕过头，好像跪

---

① 萧红:《生死场》，萧红著，章海宁主编:《萧红全集》（小说卷 1），北京燕山出版社 2014 年版，第 245 页。

到那里报个到似的，而后才上娘娘庙去"。① 人神同理，与泥塑男性凶神恶煞形貌不同，女性泥塑统统都是慈眉善目的温顺造型，萧红反思原因说"至于塑像的人塑起女子来为什么要那么温顺，那就告诉人，温顺的就是老实的，老实的就是好欺侮的，告诉人快来欺侮她们吧。""人若老实了，不但异类要来欺侮，就是同类也不同情。"② 故而女子拜完了子孙娘娘，从心里一点都不尊敬她。女子对同类的轻贱，致使"男人打老婆的时候便说'娘娘还得怕老爷打呢？何况你一个长舌妇！'""可见男人打女人是天理应该，神鬼齐一。怪不得那娘娘庙里的娘娘特别温顺，原来是常常挨打的缘故。可见温顺也不是怎么优良的天性，而是被打的结果。甚或是招打的原由。"③ 萧红由愚昧的"神性"逼视"人性"，见出男权主宰下女性"第二性"的根由。

故此，《呼兰河传》中人们眼中老胡家那一对被人们赞誉有加的媳妇对婆婆的孝顺也仅仅体现在比赛似的给害瘫病的婆婆花钱请跳大神！他们家大孙子媳妇被丈夫打了，她却认为"那个男人不打女人呢？于是也心满意足的并不以为那是缺陷了"。④ 因而获得"温顺"与"能干"的赞誉！而被评论家津津乐道的年仅12岁的小团圆媳妇因长得高大，有黑长大辫子，见人笑呵呵，大模大样，饭量大，走路风快，于是人们嫌弃她"不怕羞"、没脸色。她的婆婆以毒打她给她下马威，后来越打越厉害，甚至几次用梢子绳吊在房子的大梁上打，"用烧红过的烙铁烙过她的脚心"，⑤ 直打了一个多月。之后团圆媳妇病倒了，她们用"偏方、野药、

---

① 萧红：《呼兰河传》，萧红著，章海宁主编：《萧红全集》（小说卷3），北京燕山出版社2014年版，第116—117页。

② 萧红：《呼兰河传》，萧红著，章海宁主编：《萧红全集》（小说卷3），北京燕山出版社2014年版，第118页。

③ 萧红：《呼兰河传》，萧红著，章海宁主编：《萧红全集》（小说卷3），北京燕山出版社2014年版，第118页。

④ 萧红：《呼兰河传》，萧红著，章海宁主编：《萧红全集》（小说卷3），北京燕山出版社2014年版，第159页。

⑤ 萧红：《呼兰河传》，萧红著，章海宁主编：《萧红全集》（小说卷3），北京燕山出版社2014年版，第175页。

大神、赶鬼、看香、扶乩"① 等法轮番加以"治病"，最后在装满滚热的水的大缸里当众给小团圆媳妇"洗澡"三次，使她眼睛里充满了恐惧和泪水，一个活蹦乱跳的小姑娘，就是在如此愚昧而残酷的场景中被活活折磨死，而左邻右舍的"看客"们则看得个个眼睛发亮，精神振奋。

同样，在邻人们口头流传的"传记"中，王大姑娘享有那么多的美名和美誉，她勤快能干、吃苦耐劳，会带来福气，可当她生下私生子嫁给冯歪嘴子后，周围的人开始仇视她、诋毁她，许多人在她家屋外做无聊的"探访员"，寻访她的口实佐料，给她在口头"做论""做传""做日记"，一下子把她演绎成一个下贱的"坏东西"。萧红显然深得鲁迅先生真传，在叙写国民性弱点上一再触及了鲁迅所说的"无主名无意识的杀人团"，② 他们集人类愚昧、麻木、丑陋、迷信之大成，杀人于无形无影。和鲁迅不同的是，萧红更多地站在女性的立场上，对整个乡村社会以男性为主导的蒙昧文化进行批判，更有意味的是，小说中摧残女性压抑女性的，除男性之外，更多的是代表男权中心意识的女性同类。因而《呼兰河传》也可看成一部妇女沉思录，它切中女性的"国民性"弱点。在给小团圆媳妇洗澡时，那拥挤在周边的东家二姨、西家三婶等众多麻木的女性看客与帮凶等身上，萧红发出了对女性五味杂陈的咏叹，其启蒙意义不亚于任何男性作家。

《山下》中的林姑娘给下江人家里帮工，不仅能赚到钱，更主要的是她觉得自己突然之间有了价值，获得了快乐和邻居对她的尊重。可是由于母亲的狭隘、贪婪，邻居们的嫉妒、挤兑而失去了帮工的机会，也失去了人们的尊重。在母亲和乡民眼中，尊重来自残酷的经济地位，因而林姑娘在成长的过程中一夜之间突然被迫长大，被迫体悟人类的愚昧和冷酷。萧红把批判的锋芒同样指向女性自身。

当然，女性的狭隘心理是有根由的，在散文《女子装饰心理》中萧红剖析了女性取悦男性形成其"第二性"的心理因素。萧红认为原始社

---

① 萧红：《呼兰河传》，萧红著，章海宁主编：《萧红全集》（小说卷3），北京燕山出版社2014年版，第189页。

② 鲁迅：《我之节烈观》，《鲁迅全集》第1卷，人民文学出版社1981年版，第124页。

会的男子由于身份地位低下，没有固定的婚姻配偶，没有确定的婚姻制度，他们要取悦于女性故而比女性更加讲究外在的装饰；而与此相对照的现代社会中，由于女性地位低下，出现了反其道而行之的女性装饰心理，她说："在文明社会中，男女关系与此完全相反，男子处处站在优越地位，社会上一切法律权利都握在男子手中，女子全居于被动地位。虽然近年来有男女平等的法律，但在父权制度之下，女子仍然是被动的。因此，男子可以行动自由，女子至少要受相当的约制。这样一来，女子为达到其获得伴侣的欲望，因此也要藉种种手段以取悦异性了。这种手段，便是装饰。"[①] 萧红在这里明确指出，现代社会虽说进入文明阶段，但是对女性的地位问题却陷入了一个与上古蛮荒时代迥异的悖逆情形，父权制主宰规约着人们的意识和行为，男子享有绝对的权利和自由，男女共生的社会结构中，男子掌握着主动权利，而处于被动地位的女子只能取悦于男性，于是被动的女性装饰心理也即形成。萧红清醒地认识到男权制度对女子心理的影响和行为的左右，直指戕害女子的男权社会及其制度，借此为女性鸣不平，这样明晰的女性意识几乎贯通于她作品的全部。《呼兰河传》中每年看"野台子戏"时年轻的姑娘们"个个都打扮得漂亮。都穿了新衣服，擦了胭脂涂了粉，刘海剪得并排齐……"让自己"温文尔雅，都变成了大家闺秀"。[②] 这些姑娘们深谙戏台下其实是一个男女相看的大看场，装饰自己为的是收获更多的眼光和好评，从而加重自己待价而沽的筹码。

萧红独有的关注女性生存与解放的视角，让她在《大地的女儿》中看到即使是西方社会里男女也是极其不平等，女性依然是第二性，所以她感慨道："男权中心社会下的女子，她从她父亲那里就见到了，那就是她的母亲。我恍恍惚惚的记得，她父亲赶着马车来了，带回张花绸子。这张绸子指明是给她母亲做衣裳的，母亲接过来，因为没有说一声感谢的话，她父亲就指问着：'你永远不会说一声好听的话吗？'男权社会中

---

　　① 萧红：《女子装饰的心理》，萧红著，章海宁主编：《萧红全集》（散文卷），北京燕山出版社 2014 年版，第 225 页。

　　② 萧红：《呼兰河传》，萧红著，章海宁主编：《萧红全集》（小说卷 3），北京燕山出版社 2014 年版，第 106 页。

的女子就是这样的。她哭了，眼泪就落在那张花绸子上。女子连一点点东西都不能白得，哪管就不是自己所要的也得牺牲好话或眼泪。男子们要这眼泪一点用处也没有，但他们是要的。而流泪是痛苦的，因为泪腺的刺激，眼珠发涨，眼睑发酸发辣，可是非牺牲不可"。[①] 女性只有服从、遵守，丧失了自我主体性，过着没有自己的人生。

　　总而言之，萧红的写作虽然只有短暂的十年（1932 年至 1941 年），但在民族面临生死存亡的抗战语境中，她这只"大鹏金翅鸟"无疑竭心尽力地表达了底层女性的主体诉求。由于其深陷阶级与男权的双重陷阱遭受双重摧残的痛苦体验，使之愈益清醒地对中国女性的遭际和命运进行了独到的思考，表现出迥异于其他所有女性作家的表征性元素：一个从骨子里认同并凸显自我主体、恣意挥洒主体性、自觉追求现代自我的女性。这一特质与其说是她有别于其他人妇女解放书写的因由的话，还不如说使萧红在众人的肩膀上更为高远地看取女性及其世界，给她的作品带来了独有的魅力和性别意义。萧红不像其他的女性作家有意为之地施展浑身解数来表现她的性别特征，萧红完全是在一种似乎不自觉的自然状态或天然状态中表达自我的主体追求。要探寻这种自我主体性的养成，不能逾越的一个因素就是回到作家的"来处"。虽然不能简单地从一个作家居住的地域或者所属的种姓来考察一个作家的性别意识的表现，但萧红所处的得天独厚的地缘特点占据的因素自然不能忽视。幼年失母而得祖父的呵护和陪伴成长的"后花园"，给予她的那种颇含野性色彩的自在而为的恣意纵情，培育了她向往自由、率性自然的天性的同时，也培养了她后来的自我主体性稚苗。而成年后进学堂在满目殖民者穿梭竞技的哈尔滨又开启了她不同于呼兰小城封闭拘囿于偏乡鄙野的"团圆媳妇"们的那种闭塞封锁的"无我"之视野，在她《商市街》中不止一次地展示出白俄女性在哈尔滨的存在，她们的存在无疑让少年时代的萧红就看到了迥异于自己熟悉空间中女性的生存样态，建构起了她向世界致敬看齐的女性"应然"的形式。这种形式无疑不同于内地传统女性们的

---

　　① 萧红：《〈大地的女儿〉与〈动乱时代〉》，萧红著，章海宁主编：《萧红全集》（散文卷），北京燕山出版社 2014 年版，第 283 页。

样态，更不同于跟随"抗战"这一民族主潮走向的女性，因而成就了萧红独特的"这一个"的塑形。学者乔以钢认为，"性别与文学的关系复杂而深刻。无论在社会生活中，还是在文学创作以及文学研究中，性别都不是一种孤立、静止的存在，而是与阶级、种族、文化、宗教等方方面面的因素纵横交织，相互联系和渗透，在由人的活动所构成的历史与现实中呈现出极为丰富的样态"。① 从妇女解放的角度来看萧红，她的确写出了生为女人，其"生命是一场奴役"，② 一场被阶级和男性奴役的疼痛，但同时也呈现出了女性生命的价值和光华，以及战时特殊背景下追求自我解放的主体性诉求。

---

① 乔以钢：《性别：文学研究的一个有效范畴》，《文史哲》2007 年第 2 期。
② ［美］汉娜·阿伦特：《人的境况》，王寅丽译，上海人民出版社 2017 年版，第 87 页。

第 五 章

斗争:阶级话语中的女性沉浮
(1945—1978)

1945 年随着抗日战争以全面的胜利落下帷幕,国家的政治和社会格局得到重新调整。经过三年解放战争,中国人民终于迎来了新中国的成立,一个全新的国家开始运行。这一全新的国家体制在政治上实行党的统一领导,经济上以公有制为基础,实行社会主义计划经济,这是国家与社会文化的高度一体化时代,这种"一体化"早在 20 世纪 40 年代初期中国共产党领导下的解放区便初显端倪。而史无前例的"文化大革命"更是强化了这样的国家体制和社会文化的一元化特征。至于这一时期两个阶级和两个阶级集团的分野与斗争以及由此带来的意识形态的发展变化,使我们有理由将这个时期的开端定在全民抗战胜利后的 1945 年。这一时期的中国女性文学以及时隐时显的妇女解放大潮,其主流不能不受"阶级斗争话语"的规约。这种状况直至 1978 年改革开放后才有了根本性转变。

第一节　阶级斗争话语中女性的解放与失落

这一时期由于政局的特殊发展变化,社会各阶层都经历了大震荡,一些政治方针和法规政策的出台,大大推动了妇女解放运动,中国女性在政治上、经济上、人格上获得了前所未有的解放,"时代不同了,男女都一样"成为一个时代的最强音。"翻身解放""当家做主"成为广大妇女向往和追求的迷人风景。但是，这一时期强势的"阶级斗争话语"和政治文化的一体化特征是否给广大妇女带来精神上、心灵上的真正解放，女性意识、女性特质是否得到足够的重视，妇女解放的内涵是否被误读、误导，的确需要认真地梳理与探究。

一 对阶级斗争话语进行历史廓清

对于"阶级斗争"含义的解释，《现代汉语大词典》给出的释义是："指阶级社会内部剥削阶级和被剥削阶级，统治阶级和被统治阶级因其不可调和的利益而发生的斗争"。[①]《辞海》给出的释义是："对立阶级之间的斗争。阶级利益不可调和的表现。是社会分裂为阶级后的产物，是阶级社会中推动社会发展的直接动力"。[②]

无论哪种释义，其理论根基都来源于马克思主义理论，因为阶级斗争话语产生的根源是国际共产主义运动。中国的无产阶级服膺和接受马克思主义学说及其阶级斗争理论，用作指导革命斗争实践的强有力思想武器。有必要指出的是，早在 1847 年，马克思和恩格斯在《共产党宣言》里指出："到目前为止的一切社会的历史都是阶级斗争的历史"。[③]从时间的区分看，这里虽然特指 1847 年前的欧洲国家和社会有文字记载的历史，但在后发展的中国社会，资本主义经济在 20 世纪初渗透进入，到 20 世纪 30 年代初，中国的社会性质进入了半殖民地半封建的社会。社会结构与西方单纯的由资产阶级和无产阶级组成不同，中国居于统治剥削地位的除了"资产阶级"以外，更主要的是绵延两千年、根基深厚牢固的"封建地主阶级"，他们共同的特征就是恩格斯在 1888 年所揭示的，"占有社会生产资料并使用雇佣劳动"，他们的阶级属性决定了其剥削的性质；而"无产阶级是指没有自己的生产资料，因而不得不靠出卖劳动

---

① 阮智富、郭忠新编著：《现代汉语大词典》（上），上海辞书出版社 2009 年版，第 592 页。

② 辞海编辑委员会编纂：《辞海》（第六版缩印本），上海辞书出版社 2010 年版，第 0915 页。

③ 马克思、恩格斯：《共产党宣言》，《马克思恩格斯选集》第 1 卷，人民出版社 1972 年版，第 250 页。

力来维持生活的现代雇佣工人阶级"。① 由于中国封建社会历史的影响,中国的"无产阶级"内涵相对比较复杂,它不仅包括工人,还包含了占人口大多数的农民,是工人和农民共同组成了中国阶级社会中的"无产阶级"。对于"无产阶级"范畴最具权威性界定的是毛泽东《在延安文艺座谈会上的讲话》,其中明确指认"工农兵"属于"无产阶级"范畴,这种划分一直沿用到"文化大革命"终结。这是我们理解"阶级斗争"话语的理论基础。

明白了中国社会阶级的范畴,那么回到阶级斗争的概念,我们就很容易理解,中国自20世纪30年代形成的阶级斗争,其实是指存在于资本家、封建地主和工人、农民之间的斗争。这种斗争在"革命"语境中无论是政治方面、思想方面还是经济方面,都非常的激烈;但在中国全民族的"救亡"语境中,面临民族国家的生死存亡,"阶级斗争"话语暂时被冲淡,它潜隐在国家民族话语之下暗流涌动;到1945年民族战争获得胜利,国内政治力量间的较量重新开始,"阶级斗争"话语又一次彰显出来,而且可以说,这一时期中国政治斗争的主要形式表现在两个阶级、两个阶级集团之间的殊死较量。到1949年,大一统的新政权建立后,虽然作为中国共产党对立面的另一阶级集团不复存在,但"战争文化规范"(陈思和语)和"阶级斗争"话语逐步得到前所未有的强化,"文化大革命"十年甚至达到了最高点。

既然如此,那么就有必要对中国社会的"阶级斗争"话语进行简要的阐释和廓清。

1945年抗战胜利之后,中国的社会矛盾发生了重大变化,国民党蒋介石积极发动内战,国内战争爆发。政治斗争引发经济斗争和思想斗争,"整个社会日益分裂为两大敌对的阵营,分裂为两大相互直接对立的阶级:资产阶级和无产阶级"。② 资产阶级和无产阶级之间的"阶级斗争"在中国的大地上开始激烈地展开。

---

① "无产阶级"这一定义取自恩格斯对"无产者"所加的注解①。见马克思、恩格斯《共产党宣言》,《马克思恩格斯选集》第1卷,人民出版社1972年版,第250页。

② 马克思、恩格斯:《共产党宣言》,《马克思恩格斯选集》第1卷,人民出版社1972年版,第251页。

　　从形式上来看，"阶级斗争"包含着政治斗争、思想斗争和经济斗争。"政治斗争"在当时是为争取民主而进行的斗争，是两个党派之间的军事较量。"思想斗争"强调政治观念和政治立场问题，强调"人民同心同德地和敌人作斗争"，事实上，毛泽东特别指出"政治，不论革命的和反革命的，都是阶级对阶级的斗争"，阶级斗争的内容还包括"打击敌人，消灭敌人"。① 而与资产阶级之间的"经济斗争"的开展，也是凭借中国共产党的顶层设计与经济政策的保障贯彻推行的。1947年9月，中共西柏坡村会议通过了《中国土地法大纲》，土地改革工作首先在解放区推行，到1959年西藏的土地改革民主运动实行为止。土地改革的完成，确立了土地的社会主义公有制，彻底摧毁了我国存在了两千多年的封建土地制度，地主阶级作为一个阶级在政治上经济上被消灭，农民翻身得到了土地，成为土地的主人。中华人民共和国成立以后，社会主义三大改造开始实行，尤其1956年推行对民族资本主义工商业实行社会主义改造，把生产资料的资本主义所有制逐步改造成为社会主义的公有制，消灭了私有制，资产阶级从此退出中国的历史舞台，正如毛泽东主席所揭示的，"国内革命时期的大规模的疾风暴雨式的群众阶级斗争已经基本结束，但是还有阶级斗争，主要是政治战线上和思想战线上的阶级斗争，而且还很尖锐"。②

　　20世纪60年代以后资产阶级虽然退出历史舞台，实体性的两大阶级的对立和斗争不复存在，但"阶级意识"和"阶级斗争"的思维模式，却根深蒂固地延续了许多年。"阶级斗争要年年讲，月月讲，天天讲"的观念不断地被强化，以致影响到中华人民共和国成立以后各个层面、各个领域、各种人的思想。"学校教育，文学艺术，都是艺术形态，都是上层建筑，都是有阶级性的"，③ "阶级斗争话语"就是建立在无产阶级政权之下的、响应的是时代主流意识形态的话语，因此成为文学创作和文

---

　　① 毛泽东：《在延安文艺座谈会上的讲话》，《解放日报》1943年10月19日。
　　② 毛泽东：《在中国共产党全国宣传工作会议上的讲话》，《毛泽东文集》第7卷，人民出版社1999年版，第282页。
　　③ 毛泽东：《打退资产阶级右派的进攻》，《毛泽东选集》第5卷，人民出版社1977年版，第475页。

学批评的标准话语体系，而主流意识形态也因此有意强调"民族的、阶级的斗争与劳动生产成为了作品中压倒一切的主题"。①

1966 年《纪要》出台之后，姚文元的《评反革命两面派周扬》(1967 年)、上海革命大批判小组的《鼓吹资产阶级文艺就是复辟资本主义》(1970 年)，以及初澜的《京剧革命十年》(1974 年) 等文章相继发表，形成了"根本任务论""三突出原则""主题先行论""反写真实论"等观点，构成了主流意识形态下"文化大革命"极"左"的文艺思潮，"阶级斗争话语"更是达到了极致，几乎覆盖了整个文学文化领域。"文化大革命"十年，为数不多的女性写作也不遗余力地以正确传达政治意识形态为旨归。

"阶级斗争话语"忽视女性的主体性、主动性，文学书写中凸显出来的妇女解放的路径非常偏狭。"革命斗争"只是让妇女在形式上获得了解放，然后又通过"去性化"及"男性化"的方式把女性重新约束在"革命"名义下的男权话语之中，妇女并未获得真正的人格解放和精神解放。女性写作面临着共同焦虑:是书写真实的自我，还是让自己去屈就主流意识形态。在以社会主义革命和建设为主的宏大的历史话语面前，女性解放是作为阶级解放、社会解放的组成部分而受到社会的关注，妇女问题的解决对于整个国家的意义被忽略。女性自身的经验和感受，女性解放本身的许多矛盾和问题几乎完全被遮蔽，甚至被淹没。女性书写自觉融入历史主流叙事，妇女解放问题被阶级主题裹挟着进入线性时间状态，并渐渐被阶级斗争主题吞没，女性文学很少深层次地关注和探讨女性性别本身的问题，至于此前本来就比较微弱的女性主义立场被男性主体意识完全取代。

二　阶级斗争话语中的妇女解放思想梳理

为了表述和梳理的方便，这一时期的妇女解放思想和实践，我们仍然按照中国现代社会历史线性发展的轨迹进行梳理。但鉴于"文化大革命"十年极"左"政治严重地阻遏了妇女解放的脚步，使真正意义上的

---

① 周扬:《新的人民的文艺》,《周扬文集》第 1 卷，人民文学出版社 1984 年版，第 514 页。

妇女解放呈现出一片荒漠，因而，这里只就 1945—1966 年的妇女解放运动，区分为两个阶段进行梳理。

（一）妇女解放融入民族解放的伟大事业中（1945—1949）

1945 年抗战胜利后，国民党一党专政，试图挑起战争与人民为敌，导致全面内战爆发，中国的政治格局发生了新的变化。国统区民主运动渐趋高涨，和平的问题日益凸显，并逐渐成为妇女运动最重要的议题。何香凝率先呼吁："只有竭智尽忠的为民主和平而战斗，才是我们妇女争取真正解放的唯一道路"。[①] 1945 年 10 月 14 日，《现代妇女》编辑委员会特别邀请了许多著名的妇女工作者举行了一个座谈会，与会代表在讨论和商议后就今后妇女工作的总方针，大家一致认为，"就是推动民主运动，争取和平建国"。[②] 雷洁琼在《妇女与新中国的建设》中也强调指出"现在抗战胜利，妇女在复兴与建设富强新中国过程中的力量是不容忽视的。但是要发挥她们的能力以服务国家社会。消极方面，必须把社会对于妇女的束缚解除，使他们能有机会，尽量发展其能力；积极方面，必须有各种社会设施，培养她们服务社会的能力，使对于建国有所贡献"。[③]

在这一特殊时期，以中国共产党领导的解放区为考察中心来看，中共中央妇女委员会以邓颖超、蔡畅和杨之华等为核心领导人推进解放区的妇女工作。围绕解放区革命工作的重心，党的妇女工作的重心主要放在发动广大的农村妇女，组织她们参加生产劳动，与此同时，争取婚姻自主和土地权利。1947 年 9 月 26 日，在张琴秋等五位妇委委员所提交的《妇女工作报告》中，结合内战实际情境与妇女在解放区的重要性，提出了"发动妇女参加土改支前生产，管理政权"[④] 的妇运工作方针，把解放

---

① 何香凝：《纪念"三八"——竭智尽忠为民主和平而战斗》，中华全国妇女联合会、妇女运动历史研究室编：《中国妇女运动历史资料（1945.10—1949.9）》，中国妇女出版社 1991 年版，第 232 页。

② 《今后妇女工作应当怎样做》，中华全国妇女联合会、妇女运动历史研究室编：《中国妇女运动历史资料（1945.10—1949.9）》，中国妇女出版社 1991 年版，第 3 页。

③ 雷洁琼：《妇女与新中国的建设》，中华全国妇女联合会、妇女运动历史研究室编：《中国妇女运动历史资料（1945.10—1949.9）》，中国妇女出版社 1991 年版，第 7 页。

④ 《妇女工作报告》，中华全国妇女联合会、妇女运动历史研究室编：《中国妇女运动历史资料（1945.10—1949.9）》，中国妇女出版社 1991 年版，第 207 页。

区妇女的工作方向化和具体化。

为实现土地改革的任务,1947 年春天,中共中央在解放区开始推行土地改革运动,受中央工委刘少奇委托,邓颖超为起草《土地法》在晋绥根据地调研并召开座谈会,会上她指出妇女工作的中心就是土地改革。在河北省平山县西柏坡村召开的土地工作大会上,邓颖超作了题为《土改中妇女工作的几个问题》的发言,强调要分给妇女与男子同等的土地,而且要保障妇女的土地所有权,坚持维护男女平等。全国土地会议在总结两年来土改的经验时,也着重强调:"今后为了彻底平分土地,消灭封建势力,党的各级领导机关,必须提高与加强妇女工作"。[1] 土地会议结束后,《中国土地法大纲》颁布,其中规定:"乡村中一切土地及公地,按乡村全部人口,不分男女老幼,统一平均分配"。自古以来乡土中国的农民,以土地作为自己养家糊口、安身立命的基础,土地之于他们的重要性不言而喻。土地政策实行以后,原本地位卑微低下的解放区农村妇女拥有了属于自己的土地,这是开天辟地的大实事。土地权的获得是实现男女平等的经济保障,在提高解放区妇女家庭和社会地位的同时,极大地增强了妇女的自信心,促使妇女积极参加生产劳动,支援前线,在革命解放战争中发挥了应有的作用。

随着解放战争的节节胜利,建国大业逐渐成为中国共产党工作的核心,党的妇女工作围绕着这一新方向也有了新的要求。1949 年 4 月 1 日,中国妇女第一次全国代表大会通过《中国妇女运动当前任务的决议》,决议指出,妇女"今后必须更加努力与全国人民团结一起,把反帝国主义、反封建主义、反官僚资本主义的革命进行到底,完全肃清国民党反动势力,建立一个崭新的中华人民民主共和国,只有这样,才能使全国妇女获得解放"。[2] 中国妇女被主流意识形态召唤,投身到新国家的建设准备中,成为建国大业中的坚定基石。

在中国共产党的妇女干部中,蔡畅是一位具有国际视野的妇女解放

---

[1]　邓颖超:《土地改革与妇女工作的新任务》,中华全国妇女联合会、妇女运动历史研究室编:《中国妇女运动历史资料(1945.10—1949.9)》,中国妇女出版社 1991 年版,第 213 页。

[2]　《中国妇女运动当前任务的决议》,中华全国妇女联合会、妇女运动历史研究室编:《中国妇女运动历史资料(1945.10—1949.9)》,中国妇女出版社 1991 年版,第 388 页。

运动领袖,她曾经担任国际民主妇联的理事和副主席,两次参加国际民主妇联召开的会议,并负责筹办了亚洲妇女代表会议。这一时期的蔡畅非常关注妇女的现实生活状况,清醒地认识到妇女自身的解放与中国共产党的关系,她在《一个女人能干什么》中说:"我们是在中共的领导下,获得了解放的。如果没有共产党的领导,我们的解放根本谈不到"。①她结合新民主主义政权下陕北土地革命中涌现出来的妇女积极分子的例子,针对东北解放区的实际情况,动员妇女团结在一起支持解放战争,她认为"妇女什么都能干",并且妇女要明白"为谁干""干什么"和"怎么干"的道理。中华人民共和国成立前夕,妇女工作的重心已经由乡村转移到了城市,而城市女工的数量庞大,但由于受剥削压迫,女工在文化理论与技术上不如男工,这种严重现象阻碍了城市的生产发展。因此,她认为"女工在生产建设上是一支不可忽视的力量",必须"发动、教育、组织女工完成工会统一的任务,参加工会的组织及工会的各种工作和活动",②以确保"整个工人阶级团结起来,组织起来,完成生产建设的任务"。③因而,她热情鼓励女工加入工会组织,参加群众运动,获取与男子一样的权利与地位,拥有自主独立的经济能力,获得社会的认同,从而参与伟大的革命生产事业。

在中国共产党的领导下,解放区的妇女干部通过各种各样的妇女组织,开展了多种形式的妇女工作,比如在刚解放的原国民党占领区,开展忆苦思甜的对比活动,通过忆苦使妇女认识到自己灾难困苦的根源,通过革命新政权之下的妇女生活与国民党统治下的妇女生活状况的对比等,使妇女产生珍惜革命成果、拥护解放区革命政权、争取全国解放的坚定信念。解放区的广大妇女,争取到了在家庭中的独立地位,华丽地完成了从对家庭依附到对国家依附的转移,以极大的热情和历史主动性

---

① 蔡畅:《一个女人能干什么》,中华全国妇女联合会、妇女运动历史研究室编:《中国妇女运动历史资料(1945.10—1949.9)》,中国妇女出版社1991年版,第192页。

② 蔡畅:《关于女工工作的几个问题》,中华全国妇女联合会、妇女运动历史研究室编:《中国妇女运动历史资料(1945.10—1949.9)》,中国妇女出版社1991年版,第436—437页。

③ 蔡畅:《关于女工工作的几个问题》,中华全国妇女联合会、妇女运动历史研究室编:《中国妇女运动历史资料(1945.10—1949.9)》,中国妇女出版社1991年版,第441页。

参与到"管理国家及从事新中国的各种建设事业"① 之中。

(二) 妇女解放融入社会主义建设的伟大事业之中 (1949—1966)

新中国成立后,百废待兴。国家生产力水平相对低下,封建主义思想依然十分浓厚,妇女的自我意识和权利意识整体上比较缺失。但中国共产党高度关注妇女问题,并且坚持借鉴马克思主义思想指导中国的妇女解放工作,取得了很大的成效,在一定程度上扭转了束缚普通民众思想的传统观念,使妇女在短期内接受了"时代不同了,男女都一样"的新思想。男女平等的美好图景成为国家绘制的社会主义宏伟蓝图的一部分,其中包蕴着深远的政治层面的考虑。一方面,在国家重建的过程中把妇女解放作为一个契机,借此将国家意识、阶级观念灌输到社会最细小、最基础的家庭细胞中,积极谋求建立一个稳固的国家与社会意识高度重合的社会主义制度;另一方面,制定相关的法律法规,对妇女的各项权益进行保护,使妇女感受到当家做主的喜悦与自豪,在切实提高妇女解放的程度的同时,把妇女纳入新体制的管理与规范之中,使其在伟大的社会主义建设事业中发挥重要作用。

第一,给予妇女政治参与权利。

妇女政治参与度是一个国家妇女地位的重要标志之一,政治参与权利首先体现在妇女组织的逐步完善上。1949 年 3 月 24 日,中国妇女第一次全国代表大会成立"中华全国民主妇女联合会"。1957 年 9 月,改称为"中华人民共和国妇女联合会",并且首次规定妇联在"中国共产党的领导下"开展工作。1978 年 9 月,中国妇女第四次代表大会上,又改称为"中华全国妇女联合会",它的性质被确定为"全国各界妇女在中国共产党的领导下,为争取进一步解放和发展而联合起来的社会群众团体"。1988 年 9 月第六次全国妇代会确定其职能是"代表和维护妇女利益,促进男女平等"。②"全国妇联"属于非政府群众组织,从其基本的社会职能和工作方针来看,"中国妇联组织的主要角色是配合党的中心任务组织

---

① 《怎样来拥护政治协商会议》,中华全国妇女联合会、妇女运动历史研究室编:《中国妇女运动历史资料 (1945.10—1949.9)》,中国妇女出版社 1991 年版,第 447 页。

② 搜狗百科·全国妇联: http://baike.so.com/doc/5354656 - 5590120.html。

和动员妇女群众参加社会主义革命与建设事业"。① "全国妇联"为妇女参与国家的立法和参与决策起到了强有力的组织保障作用。

政治参与权利还体现在女性参政与女性干部的选拔任用上。1949 年制定的《共同纲领》提出男女平等政策，1954 年 9 月通过的《中华人民共和国宪法》第八十六条明确规定："……妇女有同男子平等的选举权和被选举权"。之后，在国家层面，出台了一系列保护母亲和儿童合法权益的制度和政策，新中国妇女的社会地位得到落实。1956 年党的第八次全国代表大会上，邓小平指出："党必须用很大的决心培养和提拔女干部，帮助她们和鼓励她们不断前进，因为她们是党的干部的最大来源之一"。至此，党明确地把培养和提拔女干部作为一项重要的工作提到了议事日程，在干部的选拔上，主要采用自上而下的委任制。可以说，新中国高度集中的社会主义国家体制，有效地保障了妇女的政治参与权利，在1949 年到 1956 年形成了中国妇女参政的第一次高潮。

第二，从政策制度的层面，全力保障妇女的劳动权利和分配权利。

首先，保证妇女获得土地拥有权。无论在哪个阶段，土地分配问题始终是最能体现妇女解放程度的。1950 年 6 月，接续《中国土地法大纲》的相关规定，《中华人民共和国土地改革法》制定了"按人口统一分配土地"的原则。至此，全国的农村妇女获得了与男子同样的土地权利，这不仅切实地提高了妇女在家庭中的地位，对农村社会的传统秩序和观念起到了很大的冲击作用，更重要的是调动了广大妇女的主动性，使她们能够自觉自愿地参与到民主国家的建设之中。

其次，新中国计划经济体制的建立，逐渐地实现了妇女的高就业率和男女同工同酬。中国传统封建家庭遵循"男主外，女主内"的性别角色分工，丈夫主要负责农业劳动以及社会事务的处理，妻子只能在家庭狭小的空间里，承担家务劳动、侍奉公婆和抚养孩子。女性被排斥在公共事务和公共领域之外。女性由于长期局限在家庭之内，形成了固定的角色定位，不仅认同自己"家庭妇女"的身份和角色，而且理所当然地

---

① 王涛：《世界社会主义运动视域下的中国妇女解放》，中国社会科学出版社 2015 年版，第 88 页。

把家务劳动当作自己所有的工作，甚至是唯一的事业，限制了女性走上社会，这事实上加重了在社会结构层面男女地位的不平等情况。恩格斯指出，"妇女的解放，只有在妇女可以大量的、社会规模地参加生产，而家务劳动只占他们极少的功夫的时候，才有可能"。① 所以，新中国成立后党和政府极力鼓励妇女就业，参与社会劳动，并且实行低工资高就业政策，这种政策培养出了一代习惯于走出家门，跨入社会广阔空间的女性。为保障妇女普遍参与社会劳动，1955 年毛泽东主席提出，"在生产中，必须实现男女同工同酬。真正的男女平等，只有在整个社会的社会主义改造过程中才能实现"。② 这一妇女解放、男女平等的"建构性表达"，极大地鼓舞了广大妇女积极投身于社会主义革命和建设事业的伟大热情。据调查，1978 年女职工占全部职工的比重达到 32.9%，分行业女职工年末人数达到 3128 万人，全民所有制各部门女职工年末人数也由 1949 年的 60 万人增加到了 2126.3 万人；中国女性劳动者月人均工资收入是男性的 82.3%，③ 这一数字与其他国家女性相比，也高了很多。

第三，赋予妇女接受教育的权利。

新中国刚成立的时候，就全国范围来看，妇女中文盲的比例达到 90% 以上，于是政府采取了一系列措施大力提高妇女的教育和识字水平。一方面鼓励女童进入学校接受正规的学校教育；另一方面，继续推行此前在解放区实践过的扫盲活动，开办夜校、识字班等。这些措施的实施，在当时的城市收到了非常大的成效，百分之八九十的适龄女童基本上都能进入学校接受教育，而农村由于"男尊女卑"的封建思想制约着父母的观念，收效明显不如城市。但总体而言，在扫盲运动中，那些比较积极的妇女不仅学会了文化知识和必要的劳动技能，还学会了妇婴卫生等

---

① ［德］恩格斯：《家庭、私有制和国家的起源》，《马克思恩格斯文集》第 4 卷，人民出版社 2009 年版，第 181 页。

② 毛泽东：《〈中国农村的社会主义高潮〉按语选》，中共中央文献研究室编：《毛泽东文集》第 6 卷，人民出版社 1999 年版，第 453 页。

③ 中华全国妇女联合会妇女研究所、陕西省妇女联合会研究室编：《中国妇女统计资料(1949—1989)》，中国统计出版社 1991 年版，第 239—241、318 页。

方面的知识。到 1958 年，已有 1600 万妇女摆脱了文盲状态。① 妇女学会了识字，并习得劳动技能，她们的就业和获得经济资源的平等权利就得到了保障，参与国家和社会事务管理的程度也相应得到了切实的改善和提高。

第四，通过各项制度来有效保障妇女婚姻自主的权利。

新中国成立后，在婚姻生活和家庭生活中也逐渐实现了男女平等。1950 年 4 月 13 日，中国历史上第一部《中华人民共和国婚姻法》颁布，第二条明确规定："实行婚姻自由、一夫一妻、男女平等的婚姻制度"，②成为婚姻家庭的基本保障；还有禁止干预寡妇婚姻自由，男女双方自愿离婚，准予离婚等。这些条款保障了婚姻自主权，还保障了家庭内不同性别之间的平等。"一夫一妻"制的实行，彻底结束了流传几千年的一夫多妻制习俗，在制度层面确保了广大妇女的婚姻自由和妇女在家庭中与男子平等的地位。

总体而言，这一时期中国共产党对妇女解放的推动路径主要是通过国家层面的制度建设来进行。党和政府通过对政治、经济、文化等领域的强大干预，通过宣传教育以及法律等多种手段，在极短的时间内，提高了妇女的政治经济地位，使中国妇女享有了令西方女性刮目相看的参政机会、高就业率、男女同工同酬、劳动保护和社会福利保障。"新中国成功地把妇女从家庭人改变为社会人、国家人，妇女终于从家庭投身于社会的公共领域，这是中国妇女命运翻天覆地的变化。这项改造工程的一个重要成果就是使几千年来寓于家庭之中、与社会生活和国家政治严重隔离的妇女群体第一次感受到国家力量的存在，并从情感和意识上形成了对国家观念的认同。她们不再把自己仅仅视为家庭的附属物，而是国家的人"。③ 妇女对权威的认同已经从家庭转移出来，更多地表现为对党的认同。而共产党实际上成为国家的化身，因而对党的认同和爱戴就

---

① 周长鲜：《妇女参政：新中国 60 年的制度演进（1949—2009）》，中国社会科学出版社 2009 年版，第 50 页。

② 搜狗百科·婚姻法：http://baike.so.com/doc/4935995-5156486.html。

③ 王涛：《世界社会主义运动视域下的中国妇女解放》，中国社会科学出版社 2015 年版，第 106—107 页。

是对国家的认同和爱戴,这样的认同不仅使妇女从"家庭人"转化为"社会人"和"政治人",调动起了她们的政治参与意识,而且更重要的是使妇女完成了政治思想意识层面的改造。

三　公共领域与私人领域女性权利的失衡

在高歌猛进的毛泽东时代,广大妇女获得了前所未有的解放。妇女终于可以大胆地走出家门、走出家庭,进入社会,成为国家的一员,并且享有政治权利,承担国民义务,成为国家真正的国民。在国家的公共领域之中,妇女的社会地位得以提高,妇女获得了解放。然而从女性作为个体的人所处的境遇来看,在一定程度上,女性个人性的权利重视不够。

"阶级斗争话语"中的妇女解放运动,并没有以争取妇女个体的价值和权利作为追求目标,事实上,在国家意识之下,把妇女解放纳入社会主义思想改造的范畴之中,解放妇女就成了实现国家繁荣富强的必备条件之一,因而妇女解放只能镶嵌进社会主义改造和国家建设之中,这就忽视了妇女主动性的发挥。长期以来,由于物质生活的贫乏,男女在家庭与社会关系中的地位是不平等的,女性的精神世界被压抑,女性自身精神的需求被忽视。在私人领域和精神空间,不仅大男子主义盛行,女性自己也不自觉地将自己降为"第二性"(波伏娃语),女性成为社会和国家的附属,也是男子的附庸。在劳动、生活、就业、结婚乃至审美等方面,女性都被男权中心社会规范化、标准化。国家意识、政治意识、革命意识这些本来流行于公共领域的观念无时不渗透到女性所参与其中的家庭等私人领域。女性性别的边缘化、空洞化就成了这一时期社会性别结构最为显著的特征之一,也成为这一时期女性书写最显著的特征。

在工业化水平比较低下、"男尊女卑"传统观念浓厚、妇女文盲率很高的中华人民共和国成立初期,"父权制思想并没有得到彻底清除,妇女解放只是意味着从家庭父权制转入以党和国家形象出现的'集体父权制'"。[①] 在西方女权主义看来,父权制的形成是由于意识形态和心理结构

---

① 王涛:《世界社会主义运动视域下的中国妇女解放》,中国社会科学出版社 2015 年版,第 120 页。

长期作用的结果。中华人民共和国成立后，国家主导的集体制促使妇女参加社会生产劳动并成为社会主义建设的主力军，从而摧毁了封建父权制的存在，但是国家的集权制和集体化大生产又形成意识形态层面上的"集体父权制"是显而易见的事实，妇女们被挣脱父权束缚获得解放的表象迷惑并陶醉其中，不可能从根本上意识到自己又陷入被空置的处境，更意识不到依靠自身的力量争取个体的价值和权利是多么的重要和迫切。

国家体制内的文学艺术作品，与政治意识形态一起共同承担着对新女性形象的塑造，以及对女性进行思想改造的任务。当时流行的新女性无一例外都表现出高昂的革命热情和斗争精神，她们思想激进，认同"男女都一样"，"妇女能顶半边天"的理念，极力争做与男性一样的人。在涉及妇女自身的一些问题，比如爱情问题、婚姻问题时，往往运用无产阶级爱情观念来界定和解决，提倡男女之间革命理想、阶级属性和阶级立场的一致，许多场合不谈爱情。但在当时的农村，包办婚姻、买卖婚姻仍然普遍流行；在银幕上、各类小说中婚姻问题随处可见，且表现得都很清晰鲜明。像《金光大道》《三里湾》等中对女性特征、女性自身个体性的问题涉及得非常少，假如涉及爱情，仅仅作为一种小小的点缀，爱情必须服从于社会、服从于集体、服从于劳动。

在社会主义新女性形象的塑造中，寄寓着进步的社会主义价值观的再造构想，呈现的是新的价值取向："追求革命主义抵制资本主义，追求集体主义排斥个人主义，追求献身精神拒绝享乐主义"。不同时代女性的发式和服饰，自然承载着不同时代的文化价值观念和道德规训，女子着装的款式、着装的颜色、身体暴露的程度，都指向妇女解放的程度、要求和价值取向。所以在对中国妇女形象的审美上，毛泽东主席为女民兵照片的题词："飒爽英姿五尺枪，曙光初照演兵场。中华儿女多奇志，不爱红装爱武装"，[①] 表达了领袖对一代全新的社会主义新女性形象的崭新建构。至此，"飒爽英姿""不爱红装爱武装"类型的女性成为意识形态

---

① 毛泽东在 1960 年为一张女民兵照片题词："飒爽英姿五尺枪，曙光初照演兵场。中华儿女多奇志，不爱红装爱武装。"最后一句最初是"不重红装重武装"。后来定稿时，把"重"字改为"爱"字，成为"不爱红装爱武装"。

建构和推崇的时代妇女范型,以至于"男女都一样"等中性化甚至是男性化的女性形象变成风行的时尚,这种时尚表达的是社会对女性的性别特征的规范。"半边天"的形象注入那个时代年轮的记忆之中,建构起一幅妇女解放的理想画面,妇女无怨无悔、精神百倍地行进在国家富强民族振兴的宏伟建设之中。

新中国妇女形象的塑造主要是围绕着"革命的、劳动的、朴素的"这几个标准进行,表现出鲜明的"妇女革命化"倾向。因而对女性的塑造中,尤其强调用革命的理想主义改造她们的思想灵魂,让她们拥有先进的革命意识,用进步的阶级观念替代狭隘的家庭和血缘观念。无论是1945年至1949年的国内革命战争时期,还是1950年后的经济建设时期,都崇尚并认同"男女都一样"的观念,很少关注男女不一样的质素。但是我们要强调的是,新中国成立以后我国的宪法,在政治法律的层面,更多的是关注妇女的生存和发展,以及规定妇女的权利和义务。在文化研究、社会研究方面,基本关注的都是"女人和男人是同等的人",却很少关注"女人和男人又是不一样的人"这一层面。

如果说社会对女性非常关注的话,那么关注的基本上是女性的公共生活。在公共生活中男女平等、男女都一样,更多的是男女在劳动生产上的一样和平等。鼓励女性参加生产劳动的时候男性能做的,女性照样可以承担,像李双双就是这样的典范。

在强调男女都一样的时候,恰好忽视了男女的生理差异、个性差异与性格差异。这自然让我们想到,早在"五四"启蒙话语中,周作人说过男女平等有两层意思:第一层意思是男人和女人是同等的人,男性和女性在人格上是平等的;第二层意思是女人和男人又是不一样的人。在妇女解放过程中恰恰忽略了"不一样"这个点,也即泯灭了女性性别特征,包括生理特征等各个方面的不同。在周作人之后,大家强调男女平等的时候更多的是强调男女权利的平等。其实,这个由男人和女人共同组成的世界之所以丰富多彩,就在于男性与女性形成了阴阳互补,和谐共生的天然关系。男人有男人的特性,女人有女人的特性。男女在人格上是平等的,但在具体的日常生活中各自应发挥各自不可替代的作用,正如舒婷在《致橡树》中所说:"你有你的铜枝铁干,/像刀,像剑,/也像戟；/我有我红硕的花朵，/像沉重的叹息，/又像英勇的火炬"。① 女性的价值也就体现在这不可替代性上。但是新中国成立以后，20 世纪五六十年代到 70 年代，忽略男女性别的差异，强调男女都一样，恰恰走到了极端，妇女解放似乎进入了一个"无性别化"的误区。

比如潘嘉俊于 1972 年创作的油画《我是海燕》，画面是暴风雨来临之前，在一座海岛上一根高高矗立的木质高压电线杆上，有一位解放军女战士昂首挺胸、蹬着脚扣站在电线杆上，她身上斜背一个话务箱，在暴风雨中检修通信线路，她的雨衣被大风扬起，军装早被雨水淋湿，但女战士脸色圆润红活，身形敏捷矫健，犹如高尔基笔下勇敢搏击风雨的"海燕"。这里女话务兵在暴风雨中检修线路，凌空呼叫"我是海燕"的形象，英姿飒爽，充满着刚性的美，力量的美，这的确构成了一代人的红色记忆。"我是海燕"既是话务兵检修线路时向总机呼叫的联络暗号，又借用高尔基散文诗《海燕》建构的暴风雨来临之前"海燕"形象寓意，女话务战士就是搏击暴风雨的勇敢海燕。它也典型地代表了"文化大革命"时代主流意识形态和大众文化对女性的审美标准：坚强自信、积极乐观，更重要的是女子必须有矫健的、结实的身体特征和大无畏的、奋不顾身的品质，这才是国家和时代所需要的真正解放了的女性。该画1972 年入选全国美展和全军美展并被中国美术馆收藏，名噪一时。在今天看来，极端恶劣的天气条件下，天上有闪电，还有压在头顶的高压线，勾绘出极其危险的劳动场景，而这一劳动场景中适宜出场的应该是男性。如此的场景措置，恰恰反映出"文化大革命"时期我国艺术界将"时代不同了，男女都一样"，"男同志能办到的事情女同志也能办到"的理念如何推到了极致，这样的画面恰好诠释着"阶级斗争话语"中女性性征的消弭和泯灭的现象。这一思维延伸到当时上山下乡的女知青形象的建构上，使女性衣着上，行为方式上的男性化特征成为对其精神品格评价的一个重要尺度。主流意识形态、时代风尚以及文化需要的就是这样失去了性征的女性形象。

---

① 舒婷：《致橡树》，《一种演奏风格——舒婷自选诗集》，作家出版社 2009 年版，第 99 页。

在"阶级斗争话语"里,男性和女性都趋同于这样的共识:妇女解放就是妇女取得和男性在政治、经济、法律等意义上享有权利的一致,做与男性一样的人。其实这是对女性价值和特点的漠视和误解。政治、经济与法律权利的获得可以通过国家机器来实现,随着新中国的成立和社会主义制度的建立,对妇女权益的保障,妇女因而获得了政治、经济与法律层面的解放。但是在我们这样一个两千多年封建思想积淀深厚的国家里,大男子主义思想非常严重,在男性的心目中女性的地位依然很低。根深蒂固地扎根在人们观念中的性别认同,要改变起来却是那么的艰难。中国的妇女缺乏自我解放和自强不息的心理素质,女性独立人格和尊严,女性独特的价值和地位,得不到女性自身的认同,也得不到社会的爱护和尊重。而女性要获得全面解放的前提条件是必须唤起女性自我意识的完全觉醒,对妇女解放的含义的理解也需要不断开拓和深化,事实上,以此为参照来看,要真正实现妇女解放还任重道远。

第二节　阶级斗争话语中女性的文学表达

1945 年到 1966 年,在急剧的政治格局变化和时隐时显的妇女解放思潮的影响之下,中国女性文学的发展分为两个截然不同的阶段:一个是两个阶级、两个政治集团之间展开大决战的解放战争时期;另一个是新中国成立后政治、经济、文化逐渐趋向一体化的时期。这两个时期主流文学形态沿着毛泽东"讲话"指引的方向前进,就文学表达而言,明显出现了由"小我"到"大我",从"个体"到"集体"的转向。在这样的语境中,女性自身的解放自然与民族、国家的解放融为一体,因而女性创作也凸显出鲜明的时代特征:一是追求与大时代相融合、相匹配的宏大叙事;二是逐渐弱化或压抑对女性立场的表达;三是女性形象的"去性化";四是对女性解放实质性问题的探讨比较缺失。

一　解放战争烽火中女性的文学表达和解放诉求

解放战争时期,解放区主流女性作家以毛泽东《在延安文艺座谈会上的讲话》为指导,致力于特殊时期的民族解放战争文化建构,着力书写"新的人物，新的世界"，积极推动女性文学向着广阔的道路前进，从而与妇女解放思潮形成互动相生、同频共振的现象。

（一）追随时代，在重大题材的宏大书写中塑造妇女新人

以丁玲、草明为代表的解放区女作家，由于阶级意识、集体意识、政治意识的高涨，敏锐地把握时代转机，涉足重大题材，表现解放区的新世界，讴歌人民革命战争和革命英雄，赋予妇女解放全新的意义，也为解放区的文艺工作和妇女解放运动做出了重大贡献。

丁玲1948年出版的《太阳照在桑干河上》反映共产党领导的土地改革运动，被认为是宏大的"女性解放从属于民族的阶级的解放"的经典之作。小说中的董桂花在土改前不光缺吃少穿，还常受丈夫的气，没有任何的自主权利。土改后，被选为妇女主任，带领妇女积极参与土改工作，成为被解放了的妇女典型，也是解放其他妇女的一个典范。同样，黑妮、周月英等形象的塑造也说明，被压迫被剥削的女性，在中国共产党的领导下参加土改，分得土地，不但获得了经济权，而且实现了自我的解放，成为新世界中的妇女新人。翻身得解放的妇女不光成为解放区建设的重要参与者，甚至在后来的新中国建设中，一直发挥着应有的历史作用。

草明这一时期创作的小说有《原动力》《延安人》《平凡的故事》《咱们的女区长》《今天》《新夫妇》等。她小说中的主人公大部分是男性，女性要么处于缺席状态，要么以被改造过的新人的形象出场来诠释妇女获得了解放这一事实。比如以女性为主人公、以妇女解放为主题的《今天》，通过对受难女工王秀荣今昔生活的对比，表现主人公在哈尔滨解放后过上了"人"的日子，开始焕发出前所未有的光辉。同样《新夫妇》表现刘兰秀挣脱姑姑与姑父的剥削与束缚，在新的民主政府的支持下争取到了美满的自由婚姻，她与爱人"张开双臂，带着新的认识，新的感觉和思想飞向新的世界！"① 又如给草明带来很大声誉的中篇《原动力》，写东北解放区的玉带湖水电厂，工人们在党和民主政府的领导下战胜暗藏的敌人，克服重重困难终于成功发电的故事。小说中有一个关于

---

① 草明：《新夫妇》，《草明文集》第1卷，光明日报出版社1992年版，第397页。

"命名"的细节值得我们玩味。张大嫂被选为工会妇女小组长后,她向妇女提出了各自为自己命名的建议,她说:"妇道得有个名儿呀。咱妇道也解了放,该各个有个名儿,我娘家本姓唐,为啥姓他的张?"① 作者为突显新政权给底层妇女思想、精神所带来的积极变化,让妇女有一个属于自己的称谓,故而设置了这样的细节。但有意味的是,在这里并不是妇女自己给自己命名,作者特意将这一命名的权利交付给了代表民主政府的王永明经理,他给张大嫂起了"新华"这个名字,他解释说:"为啥呢? 过去是老中华,后来是满洲国,那些统治者都压迫我们。现在是新中华的国家,是民主国家,是人民当家的国家,叫新华,就表示解放啦"。② 很显然,这样有意为之、意味深长的命名,是作者用对照的手法突出解放区新建立的政权让人民当家做主,女人在这个崭新的世界里有了自己的名字,女性获得了以男女平等为表征的解放。但是,我们恰恰从这一命名的环节中发现并意识到"妇道解了放",要求"起个解放点的名儿"的张大嫂,作为女性主体的意识依然没有觉醒,她所接受的妇女解放思想,还是来源于意识形态自上而下的思想宣传,因而才会把对自己的命名权理所当然地交付给掌握革命权力话语的王经理来实现。所以,命名场景的设置完全是为了讴歌、礼赞新的民主政权,为了突出女性对以男性为中心的主流意识形态的认同。

(二)主流话语规范下的女性写作

陈学昭的散文集《漫走解放区》(上海出版公司 1949 年版),书写自己在 1945 年年底到 1946 年春天,初到东北解放区的见闻。其中对女游击队员表现出由衷的崇敬之情,也为解放区妇女"真正站起来做一个人了"表达了真诚赞美。当然作为一个具有女性意识的作家,她同时也为延安太热衷于军事政治工作而忽视女性本体的工作提出过诚挚的建议。陈学昭这一时期出版的长篇小说《工作着是美丽的》(上卷)(大连新中国书局 1949 年版),书写了一个女性知识分子转化为一个革命战士的过程和人生轨迹。女主人公李珊裳由法国回国来到重庆,又由重庆投奔延安,

---

① 草明:《原动力》,《草明文集》第 2 卷,光明日报出版社 1992 年版,第 664 页。
② 草明:《原动力》,《草明文集》第 2 卷,光明日报出版社 1992 年版,第 664 页。

和志不同道不合的丈夫离婚后奔忙在东北解放区。作者"通过对积极向上的精神状态与平庸世俗的生活态度二元对立的建构，完成叙述主体对革命主体的自我身份认同"。① 但李珊裳这一超越性别的自我身份认同，在某种程度上泯灭了女性有别于男性的"性征"，因为追求真正的男女平等并不会排斥男女性别的差异。小说《工作着是美丽的》描绘出女主人公李珊裳由小资产阶级知识女性，艰难地转变为工农兵式的无产阶级革命战士的故事，折射出陈学昭在思想上对革命阶级话语的靠拢和皈依。而李珊裳的情感历程是中国"五四"以后不同历史时期知识女性的侧影叠加，其本身内蕴的女性关怀却被有意忽视。

柳溪的短篇小说《挑对象》，发表在 1949 年 9 月的《人民日报》上，小说颠覆了解放区农村传统意义上找对象的标准，书写出了新世界里新人崭新的婚姻爱情观和新的时代风尚。

（三）承继"五四"余脉，对妇女解放进行再思考的女性书写

在战火纷飞的战争年代，仍然可以发现有些女性写作游离于革命与战争主旋律之外，在"五四"新文学的理性精神和反思色彩中，延续着"五四"启蒙主义的余脉。这方面首推张爱玲及其创作。

任性而深刻的张爱玲，在这一时期她的头脑里似乎并没有时代所赋予的使命感和责任感，依然一如既往地书写她对人性的理解，书写世俗社会中男女的情爱"传奇"，以她世事洞明的悟性看出了乱世男女的普遍心态，发掘出了人性中普遍的弱点，展示出女性在历史隧道中艰难前行的步履。小说《多少恨》发表在 1947 年 5—6 月的《大家月刊》，其中的女主人公虞家茵出生在一个破落绅士的家庭，父亲是一个吃喝玩乐嫖赌成性的贵族子弟，他喜新厌旧，抛弃了虞家茵和她的母亲。成年后的虞家茵为了养活母亲到上海一个药厂主夏宗豫家里做家庭教师，善良的虞家茵无私真诚地呵护夏宗豫生病的女儿小蛮，谨慎勤恳地处理在夏家遇到的一切事情，因而获得了夏宗豫对她的爱情，正当虞家茵准备奔向美好生活的时候，落魄的父亲突然出现在她的面前，逼迫女儿利用夏

---

① 唐晴川：《延安时期女作家的革命认同与性别写作——论陈学昭的〈工作着是美丽的〉》，《当代文坛》2012 年第 5 期。

宗豫在公司为他谋职,试图改变自己潦倒的生活,他还向夏家勒索金钱,试图包办虞家茵的婚姻,现身说法逼女儿就范,最后醒悟过来的虞家茵选择离开,远走厦门去开始新的生活。《多少恨》中的虞家茵并没有像张爱玲此前《传奇》中的女主人公一样,为恋爱而恋爱,为结婚而结婚,她跳出了张爱玲小说中"女结婚员"的角色设定。她从夏宗豫在情感问题上的犹疑和怯惧,审察到绅士阶层的男性喜新厌旧、始乱终弃的行为是一种常态,如果维持现有的感情,自己将来肯定会成为婚姻悲剧的受害者。所以虞家茵勇敢地斩断了与夏宗豫的恋爱关系,走上了另一条全新的道路。虞家茵远走厦门,也就摆脱了父亲的情感奴役和折磨,自己也获得了解脱和新生。这里张爱玲除反思审视被金钱所扭曲的亲情之外,从虞家茵对爱情的抉择中,体现出现代知识女性逐渐觉醒和寻找独立意识的征程,我们从中也看到了张爱玲对妇女解放问题的深度思考。

　　凤子的小说大多是不同类型女性形象的素描,别有情趣。她的长篇小说《无声的歌女》(正言出版社1946年版)描写抗战时期上海沦陷前后一个普通歌女沉浮的故事,内蕴着作者深厚的女性关怀和比较清晰的女性意识。女主人公章缦杰(艺名章萍)在进步青年黄吉明的引导和帮助下,摆脱了对家庭的依赖独自生活。她先在一家药房工作,但因她天生拥有美妙的歌喉,所以被拉到大时代广播公司当了歌女,一夜走红之后她站到了人生的十字路口。一边是黄吉明、刘云、唐佩珍等老朋友们引她走正路,在"大时代"自点节目,演唱《新女性》《我们不再彷徨》《义勇军进行曲》等抗日歌曲,投身于新音乐运动;她还典当首饰、衣服为抗日捐款,以自己的真诚、热情服务于抗日工作。而另一边是洋场阔少陈文元、汉奸钱起铭等想尽办法拉她到灯红酒绿、轻歌曼舞的交际圈。在新奇的环境里章萍终于迷乱而不能自拔,最后,在日本人威逼她赴东京搞大东亚文化运动的时候服毒自尽,虽经抢救活了下来,却永远失掉了嗓音。主人公章萍在交际社会里的人生际遇在当时颇为典型,她时而奋起,时而堕落,既反映了时代在她身上刻下的烙印,也表现了她作为女性特有的个性和弱点。小说以女性视角,用对比的手法写出了章萍在两条道路间艰难的选择和心灵的挣扎,尤其是章萍内心冲突中的自省，想冲出环境的罗网又无法去除心灵污点的纠结，都表现得颇有深度。

"五四"女作家苏雪林在这一时期仍然执着于对现实和女人的关注。1946 年出版的短篇历史小说《蝉蜕集》借历史无情鞭挞抗战时期种种可恶可悲的现象，对女性中存在的自我迷失等问题，她均采用了批判的立场。而新生的女性写作力量中，接续"五四"传统，且与之最具血亲关联的莫过于"九叶"诗派的代表诗人郑敏，她于 1949 年出版的《诗集1942—1947》主要抒写对大自然的感受，其中不乏对女性爱情梦想的抒写和对人生命运的关注。比如写一位少女赴约的《晚会》中，当"你""无声推开大门"时，"我"早已经"等在你的门边"，大胆含蓄地写出了恋爱中的少女与恋人心灵契合、心心相印的爱情，从中凸显出女性强烈的独立意识和主体精神。

二 "十七年"社会解放与妇女解放互动中的女性文学

新中国的成立开辟了中国妇女解放的新阶段，也为女性文学的发展开辟了广阔的道路。中国共产党和人民政府在政治上、法律上和政策上确认了男女平等的原则，中国妇女尤其是广大劳动妇女获得了前所未有的与男子一样的平等权利，妇女第一次成为国家的主人。女性作家为被解放的妇女的一部分，积极地投入崭新的国家建设中，她们用饱满的政治热情加入文学颂歌的合唱中，歌唱使她们获得了新生、获得了解放感。这一时期女性文学秉承解放区"为工农兵服务，为政治服务"的文学精神，以毛泽东《在延安文艺座谈会上的讲话》为指引，在创作上表现出一种激扬向上、积极进取的精神风貌。但遗憾的是解放妇女使之进入国家公共领域，成为集体人的男女平等举措，还不能算作真正意义上的妇女解放；本该大放异彩的中国女性文学在对时代和女性集体的书写中走入了误区，使这一时期的女性文学本该有的亮色没有充分显现出来。"十七年"文学中所倡导的妇女解放、男女平等，大都停留在政治制度与经济生活层面，不但没有深层发掘女性独特的人格、女性的特质，激发女性的自觉意识和在新的时代下的自我成长，而在更多的时候要求的是对集体的绝对服从，对集体责任的担当，这种情形完全泯灭了男女性别的差异,使女性文学进入了一个"无性别化"的特殊时代。

(一)紧跟时代,塑造妇女解放的范型

这一时期妇女解放思潮影响下的女性文学,对妇女范型的建构是通过两类鲜明的女性形象完成的。

其一,回顾革命战争年代的光辉历史,塑造女性英雄形象的创作成为标识妇女解放的主流。曾克小说集《新人》(新华书店1949年版)和散文集《光荣的人》(山海杂志出版社1951年版)可谓追随着新中国的诞生而出版。作品以高昂的革命理想主义回顾革命历史,歌颂解放区新政权和新生活,歌颂战斗英雄和妇女模范,尤其是解放区妇女挺拔的英姿和美好的心灵。短篇《女射击手》中的冯凤英,虽然是女子,但她练就了一身的胆量和射击技能,在四十多天的反扫荡战役中,让鬼子闻名丧魂丧胆,成为太行山根据地神话一样的女射击手。短篇《新人》中的主人公桃梅,在村里人眼中原本是下贱的"破鞋",但在新政权的教育和帮助下,她又建立了新家,还在村里组织了一个秘密纺织小组,两年后发展成合作社,为村子做出卓越贡献,被选为劳动英雄。桃梅的形象充满了曾克对受辱妇女的同情和理解,强烈表达了她的人道主义精神和女性意识。在散文《劳动的妇女们》中农村妇女杨来鱼、范三女等,虽然夫死子亡,但仍然担当起了抚养孤儿老人的重担。在曾克笔下,解放区妇女在丈夫、儿子相继开赴前线之后,支撑起艰难困苦的日子,顶起了解放区的一片天。这些妇女英雄以及她们英勇自强的故事,拓宽了我们对解放区解放了的妇女的认知。李纳在这一时期的短篇《姑母》(1956年)、《婚礼》(1962年)等作品中也着力刻画饱经风霜,但淳朴、善良、正直、勇敢的劳动妇女形象,塑造出战争年代中国妇女充满伟大的牺牲精神和奉献精神的解放范型。

学者陈顺馨说过,"女英雄形象第一个而又是最明显的特征是'像男人',因此,塑造这类形象的基本修辞策略是'雄化'。'雄化'是突出女性人物'雄'的一面,即让她们加入男性的世界、认同他们的价值观念直至得到他们的认许和接受,最终成为'英雄'人物"。[1] 这类创作中

① 陈顺馨:《中国当代文学的叙述与性别》,北京大学出版社1995年版,第39页。

的女人不再是依附于男人的弱势存在，这些巾帼英雄抹杀自己的性别，刻意模仿男性，跻身保家卫国的场域，以此消除男女两性的性别差异，试图达到"男女都一样"的时代要求。

其二，塑造新社会与时俱进的妇女新人形象。白朗发表于1951年的中篇《为了幸福的明天》，塑造了新中国文学史上第一个真正的女性新人形象——青年女工、护厂英雄邵玉梅。邵玉梅是在旧社会的苦水里泡大的穷姑娘，过去的艰难岁月造就了她纯真、善良的美好品质，磨炼了她坚韧刚毅的性格。作为新中国第一代女工，在党的关怀教育下，她成长为一名优秀的共产党员。她所在的厂是给解放军制造炮弹的军火厂，她不顾自己的安危三次护厂，付出了惨痛的代价，尤其第三次，当意外事故发生时，为了避免造成人员重大伤亡，她扑倒在爆炸的雷管上身受重伤。被截掉左臂后，为了祖国幸福的明天，仍然以超拔的勇气和毅力，战胜伤残和痛苦，贡献自己的青春。显然作者把邵玉梅既当作新中国翻身得解放的优秀工人典型来塑造，又把她作为解放了的妇女的典型样板。邵玉梅看到有些女工因参与生产炮弹而害怕时说，"以前妇女让人看不起，现在咱们有了地位，要是自己不争气，还不是一样让人看不起？"在她的身上体现了妇女自觉求解放的时代要求，被学者盛英评价为"这个人物形象在'五四'以来文学中，具有劳动妇女苦难历史收束，新中国成立后妇女新时代开始的转折性意义"。① 1956年，白朗又发表了长篇《在轨道上前进》，这部小说反映抗美援朝的伟大斗争，塑造了一个卫生列车女队长丁岚的英雄形象。作为新中国的一名女军医，丁岚在祖国最需要的时候，抛家舍子，奔赴前线，率领卫生列车，奋不顾身地救死扶伤。此类作品中的邵玉梅、丁岚等女性英雄，她们早已走出了家庭狭小的空间，走出了传统女性性别角色定位，她们同男性一样，在工厂、部队建功立业，甚至付出生命也在所不惜，她们为社会主义事业做出了卓越的贡献。

在新中国成立后的女性文本中，不仅塑造了可歌可泣的女英雄形象，还塑造了在平凡的社会主义建设岗位默默奉献的妇女新人形象。描写新

---

① 盛英：《二十世纪中国女性文学史》，天津人民出版社1995年版，第292页。

中国女工的,有葛琴的电影《女司机》、江帆的《女厂长》、兰光的剧本《两姐妹》等。草明的《姑娘的心事》塑造了钢城一个给工人看自行车的保管员,她看到其他的工人为火热的事业添砖加瓦的忙碌身影,想出了为工人们擦车的办法来为他们服务。而黄宗英的《小丫扛大旗》、茹志鹃的《在果树园里》《高高的白杨树》等聚焦农村妇女的新生活,表达对社会主义时代的歌颂。《小丫扛大旗》是黄宗英著名的报告文学作品,写的是河北宝坻县小于庄以张秀敏为代表的一群农村女孩子,响应国家号召,为改变家乡的贫穷落后面貌,自力更生开荒、割草、纳鞋底等,用双肩双手打造出了一个崭新的小于庄的感人事迹。

上述作品均有意识地为我们塑造出时代所呼唤和推崇的社会主义建设的新生力量"铁姑娘"的形象,"至少对于某些妇女来说,铁姑娘形象为她们提供了一套关于性别角色的坚定信念以及用来挑战'传统'习俗的语言。而且,它以语言的形式赋予女青年道德权威和国家力量"。[1] 而在国家主流意识形态的建构中,她们代表了妇女解放的主流。这些"铁姑娘"能够挑战性别的规范,那些在传统观念中由男子承担的工作妇女也能够完成,她们能够从事种田、捕鱼、油井开采、高压线带电作业、焊接钢板等工作,标识着性别平等的问题似乎已经得到了解决。

由此可见,中华人民共和国成立初期女作家文本中着力打造的妇女英雄和新人形象,从旧我走向新我,从家庭走向社会,从个人走向集体。她们由于本身具有理想主义的气质,不仅展现了妇女的英姿,还契合了高歌猛进的时代特征。与前一阶段的女性相比,她们有更加豪迈的精神气质和更加充沛的精神力量,解放的程度也更高一些。

(二) 曲径通幽,探索和丰富女性的精神世界

中华人民共和国成立初期,由于政治意识形态的持续强化和"干预",文学界为作家的创作制定了许多清规戒律。受此影响,"十七年"女性文学中,紧跟时代风潮清一色地塑造工农兵形象成了女性书写的主流。女性写作强调写重大题材,强调歌颂的主题,因此鲜有直面妇女问

---

① 韩启澜:《跨越性别分界:"文革"时期的铁姑娘形象与知青》,王政、陈雁主编:《百年中国女权思潮研究》,复旦大学出版社 2005 年版,第 246 页。

题、表现女性意识，深入发掘女性心灵世界，表现女性曲折人生的作品。
而女性性别角色和社会角色冲突、爱情和婚姻冲突、家庭和职业冲突等
女性特有的问题，只有李纳、杨沫、宗璞、柳溪等少数几位作家略有涉
猎，严格意义上具有较强女性意识的作品只有杨沫的《青春之歌》，韦君
宜的《阿姨的心事》《女人》，柳溪的《赶集》，李纳的《女婿》，宗璞的
《红豆》、茹志鹃的《百合花》等小说。这些作品以曲折细腻的笔致触及
妇女解放的深层意蕴，流露出较多的"人性""人道主义"情怀和女性意
识。当然她们的关注点仍然在社会意识层面，而不是妇女本身的解放及
其进程。尽管如此，她们的探索在今天看来依然弥足珍贵。

　　韦君宜的短篇《阿姨的心事》和《女人》从不同角度切入当代妇女
生活，显示出作者对妇女人生道路的关注和对职业妇女所处社会环境的
审视。《阿姨的心事》描述了主人公李玉琴从一个家庭妇女成长为优秀保
育员的故事。李玉琴摒弃亲戚对她担任保育员工作的讥讽嘲笑和轻视，
竭尽全力精心照料孩子，体贴家长的心情，分担他们的忧愁，以自己辛
勤的劳动、出色的工作赢得了人们的信赖和尊重，小说展示出新时代普
通妇女的精神面貌。短篇小说《女人》较早触及了现实生活中具有社会
历史深度的女性问题。小说中的女主人公林云是一位领导干部的妻子，
她的丈夫在事先未与她商量的情况下，为了"照顾她""减轻她的疲劳"，
促请局里把林云的工作调动到自己身边，林云力图抵制，仍然坚持要
"像别人一样工作"，夫妻间终于爆发了争吵。小说结尾，林云在给党委
会的报告上写下这样的话："希望领导上不要把我当作一个负责干部的老
婆，而当我作同志"。① 坚强执拗的林云对封建特权思想和男权中心思想
提出批评，她所极力维护的实际上并不只是像别人一样工作的权利，而
是女性的尊严、女性的人格、女性的独立意志。所以从《阿姨的心事》
《女人》中看到，韦君宜"把妇女解放的重大课题蕴含在具体细微的生活
事件中，既如实写出走上劳动岗位的妇女所面临的客观阻力，更着力刻
画了在这种阻力面前时代新人的人性美和觉悟女性的精神魅力"。② 这是

① 韦君宜：《女人》，《女人集》，四川人民出版社 1980 年版，第 249 页。
② 盛英：《二十世纪中国女性文学史》，天津人民出版社 1995 年版，第 578—579 页。

值得注意的。

青年女作家柳溪发表于 1955 年的短篇《赶集》，发现了在以男性为中心的社会里女性的生活悲剧。小说中的主人公宋老汉去赶集时，正碰上区里组织的集市巡回法庭开庭，宋老汉于是兴致勃勃地旁听了一场离婚案的审理，就好像自己亲自参加处理了一件国家大事一样。值得我们关注的是，在宋老汉赶集旁听离婚案的大故事里套叠的这个离婚案中，被抛弃的那名善良妇女，面对着虚伪的丈夫，在人民法庭上慷慨陈词，她说:"我自己能养活我自己和孩子! 我也不打算跟你这个狼心狗肺的享什么荣华富贵! 妇女解放了，我也应该解放! 对于你，我就像扔掉一块骨头那样。来吧，我先按手印"。在革命战争年代，为了支持丈夫参军，妻子承担了养育一家老小的重担，但丈夫获得荣誉和官职后，却抛弃曾经相濡以沫的妻子并与她离婚。柳溪没有从善良的农村妇女这一悲剧性的社会命运开掘，而是极力挖掘觉醒了的女子对腐化变质的男性的蔑视，展现出新一代农村妇女新的精神风貌、独立的人格魅力和敢作敢当的气派。

李纳发表于 1957 年 3 月的《女婿》，同样具有浓郁的女性意识。小说中的主人公秀姐从小做工，后来被丈夫抛弃。秀姐的母亲纪大娘托人给女儿介绍对象，她总觉得:"女儿是被人家扔掉不要的'回头人'，还有个半大不小的孩子……"可是秀姐不这样认为，她说:"你以为人家把我扔掉不要了，我就低人一等了吗? 你以为女人除了给人家玩弄糟蹋，就再没什么出息了吗? ……"秀姐没有因为被男人抛弃而产生弱者心态，她不依附任何男人，有的是高度的自强、自尊，自己主宰自己命运的自信与乐观。她的人格魅力使她最终赢得了厂里的男技术员的爱情，也获得了事业的成功。在 20 世纪 50 年代中期，在中国农村妇女的意识深处还残留着许多旧社会、旧思想的印痕时，该小说体现了新时代妇女高扬的人格精神，作品直切妇女解放的主题。

宗璞的短篇《红豆》也是当时曲折地探讨妇女解放命题的优秀作品。小说叙述在新中国成立前夕，女大学生江玫投身革命，为了迎接新中国的诞生，放弃与男朋友齐虹比翼双飞美国的机会，而满怀激情地宣传护校，迎接解放。小说试图通过爱情与革命的冲突，表现青年知识女性在祖国和爱情之间的两难选择，折射出时代洪流对女性命运的影响。在当时清一色描写工农兵的写作氛围中，《红豆》细致委婉地写知识女性的爱情，写充满矛盾冲突的"爱之抉择"，没有公式化概念化的倾向，它既不贴政治标签，也不把爱情简单化处理。不仅写出江玫的绵绵情思，写出她在光明与黑暗大交战的时代暴风雨冲激下为革命而舍弃爱情的选择，更写出了女性知识分子在革命中怎样成长，怎样追求人生中更高远的境界和对国家民族更重大的责任。正如宗璞自己所说，"我写的其实是为了革命而舍弃爱情，通过女主角江玫的经历，表现了一个小资产阶级知识分子怎样在革命中成长"。① 因而作品也清晰地勾画出了小资产阶级知识女性应该具有的解放意识和追求解放的姿态。所以，这样的作品从情感的角度唤起了妇女对新社会制度的认同和对共产党的热爱，从而焕发出女性主体的历史主动性、自觉性和能动性。但是我们也应看到，小说基于人的内心世界，写出主人公江玫不愿丢失内心深处的女性"自我"和独立，写出"人性大于阶级性的问题"，② 这也是《红豆》获得了比较恒久的艺术魅力的最主要原因。

　　同样给茹志鹃带来很高声誉的《百合花》，在高度政治化的时代氛围中，"专注于战争中人与人之间的情感碰撞与交流"，③ 在表现感人肺腑、动人心弦的军民情谊时，凸显出的人性美和女性关怀，以及女性视角都使这篇小说别具一格。比如说，小说刻意选择了一个女性叙述者"我"，正是由于我的女性身份，所以战斗爆发前，"我"才会被派到前沿包扎所；也正因为战争中女性弱者的身份，也才有了小通讯员的护送和后续的故事发生。在护送的路上，"我"大胆地与腼腆的通讯员交谈，甚至泼辣地问他是否娶了媳妇，都凸显出"我"是战争时代被解放了的新女性。而后面小通讯员与新媳妇之间的故事也是通过"我"的眼睛来展现的，最后以牺牲小通讯员的性命完成了对新媳妇形象的塑造。小通讯员牺牲后，新媳妇摒除腼腆和羞涩，给小通讯员擦拭身子，"她低着头，正一针

---

① 施叔青：《又古典又现代——与大陆女作家宗璞对话》，《人民文学》1988 年第 10 期。
② 丁帆：《研究"十七年文学"的悖论》，《江汉论坛》2002 年第 3 期。
③ 陈思和主编：《中国当代文学史教程》，复旦大学出版社 1999 年版，第 68 页。

一针的在缝他衣肩上那个破洞",而当卫生员要掀掉小通讯员身上的百合花被子时,新媳妇狠狠地阻挡了他。此时,在小通讯员牺牲的感召下,新媳妇感情的闸门彻底被打开,她为心目中的"英雄"盖上了"枣红底色上洒满白色百合花的被子",[①] 这时出现在我们面前的是一个被解放了的妇女的美丽形象,同时,作者也完成了女性视角下对人性美和人情美的赞颂。

在"十七年"特殊的阶级语境中,上述女性作品闪现着女性色彩和难得的女性意识,这也许是女作家无意识的流露,也许是特殊情境下心灵深处固有的女性意识的有意喷发。但这些作品在当时大都不合时宜,得到或轻或重的批判。这些妇女解放思想烛照下的女性意识就像风雨中微弱闪现的烛光一样,时明时暗地闪烁着光辉。

三 "文化大革命"时期"阶级斗争话语"中的女性解放表达

"文化大革命"十年,最叫红的"八个样板戏"(后来发展到 18个),最流行的小说《金光大道》《春潮急》《万山红遍》《虹南作战史》等,构成当时的"红色主流文化"。这是一个欠缺人性,缺乏人道,当然也鲜有女性意识的文学时代。中国优秀文化传统和"五四"启蒙主义传统双双断裂。一些带着叛逆和温情的作品只能转入地下。老作家丰子恺、曾卓、牛汉、绿原、穆旦等,以及年青一代的黄翔、食指、赵振开(北岛)、张扬等人隐遁民间继续写作,真实地记录"斗争"的时代以及传达微弱的知识分子的心声和青年的声音。在这种极端的"阶级斗争话语"氛围中,公开的女性写作非常有限,女性作品也屈指可数。小说方面公开发表的只有张抗抗的短篇《灯》(1972 年)、《小鹿》(1973 年)和长篇《分界线》(1974 年),谌容的长篇《万年青》(1975 年)等。

作为"文化大革命"主流文学的"八个样板戏",其改编的目的早被江青等人定义为"拍革命戏,做革命人"。在创作方法上,依照"三突出"的铁律来架构人物和故事。在这样的固定框架里,样板戏着力打造

---

① 茹志鹃:《百合花》,《延河》1958 年第 3 期。

凸显的"主要英雄人物"几乎没有一个女性人物,[①] 比如阿庆嫂本来应该是沪剧《沙家浜》里第一主人公,但该剧被认定为有歌颂刘少奇白区工作路线之嫌,被改编的京剧便有意加大了沪剧里郭建光的戏份,将他升格为一号主人公。同样,《红色娘子军》里,按说重点聚焦的是"娘子军",吴琼花应该是当之无愧的一号主人公,但由于"三突出"的规约,我们看到吴琼花在成长过程中,依靠的完全是作为党的化身的男性党代表洪常青。他在关键时刻对吴琼花的教育和引导使其走上了革命道路;最后又是洪常青的英勇牺牲成就了吴琼花等"娘子军"的胜利,所以洪常青才是剧中真正的"主要英雄人物",吴琼花却成了陪衬。在其他样板戏里诸如李铁梅类的女性人物,其在剧中的修辞功能也是如此。可见,"这一时期文艺中的女性成长和社会价值的显现是通过男性才得以实现。与'文革'期间紧张的人际关系相比,女性的被动书写与'献身革命'的讲述,所折射出的正是中国社会精神的干燥和两性关系的畸形"。[②] 而且这些样板戏中的女性人物也完全失去了性征,不食人间烟火,没有爱情少有亲情,有的只是阶级情、战友情,她们变成了革命斗争的代言人和革命原则的传声筒。像《海港》中的装卸队书记方海珍,她的心里时刻想的是"阶级斗争",她批评赵震山时说:"你近来阶级斗争的观念淡薄了"。这样的革命女性,事实上给我们建造了一个女性因"革命"而获得解放的宏大神话。

女性小说创作中,张抗抗的长篇小说《分界线》是"文化大革命"时期知识青年文学创作中的一部代表作,打上了深深的"文化大革命"时代烙印。小说围绕1973年春季东北平原伏蛟河农场第五分场遭受洪涝灾害最严重的东大洼展开叙事,当时场部里对东大洼存在两种态度:以知青耿常炯为代表的要全力以赴保住;以霍遁、尤发为代表的不想做任何的努力要扔掉它。两种对立的观点和立场被演绎为两个阶级力量之间

---

① 现代舞剧《白毛女》中虽然一号女主角"喜儿"是女性,但"喜儿"属于受压迫翻身得解放妇女的典型代表,通过她以阐释"旧社会把人变成鬼,新社会把鬼变成人"的主题,因而"喜儿"的形象,不属于"三突出"所要求的"英雄人物"的范畴。

② 张学敏、马超:《梳理与反思:20世纪中国妇女解放思潮与女性文学之互动》,《当代文坛》2016年第1期。

激烈的斗争。小说整体的架构是典型的"文化大革命"思维，启用的也是典型的"阶级斗争话语"，所以，两方面的斗争就是正确革命办场路线和资产阶级错误办场路线之间的对立斗争，而面对所有的问题，作者只能给出一个解决方案：阶级斗争。

《万年青》的写作来源于谌容自己的生活经历。她1963年从春至冬在山西汾阳万年青公社贾家庄大队体验生活，小说1972年开始创作，1974年发表，以贫下中农反对"包产到户"为主题。从其中关于贫下中农对于"包产到户"的不同言说中可以看到，谌容并没有用"文化大革命"中普遍的"唯阶级论"的写作方法，而是用横刀直入的方法，写出万年青大队党支部书记江春旺带领群众发展集体生产，狠抓秋收工作和种麦工作，与错误路线坚决斗争的故事。暂且不论小说中两条路线的谁是谁非，但我们看到，当时的社会政治环境及其文学规范对创作空间构成了严重的挤压和控制，以致对黄光推行的"包产到户"的批判，完全依据当时的主流政治判断。因而小说中也不可能有女性的话语空间，其中的女性人物"一大婶""四大妈"等也仅是意识形态空洞的能指，女性解放的问题被淹没在大而无当的阶级斗争的时代大潮中。

以张抗抗和谌容为代表的"文化大革命"女性小说，都是以文学图解政治，按照"文化大革命"主流话语的要求安排人物的命运，至于女性意识的阙如更是"阶级斗争"语境女性文学创作的必然选择。

因而，我们看到这一时期的女性文学，被大一统的"阶级斗争话语"彻底冲淡了本来就微乎其微的女性意识，仅有的为数不多的女性写作都阐释着这样一种观念：个人的利益、个人的情感在所谓的"你死我活"的阶级斗争中永远是微不足道的；个体意识中的女性意识同样是微不足道，甚至是非常落后的。女性文学都在不断强化着这样一种理念，任何个体的存在都要服从集体的利益。一个人只有心向集体，投身到人民革命的时代洪流中才会有出路。就女性文学的特质而言，这类作品除了作者是"女性"外，其他所表现的一切都是典型的男权文本和男性叙事。女性文学文本中，"革命化"的被"雄化"的形象遍地开花，她们机智、勇敢、英勇、顽强，她们被塑造成革命干部、革命战士、革命母亲，或者干脆是作为一个符号出场。"在男女关系的处理上，革命话语将男性符号化为'革命',女性则在'革命'(男性)的光环下彻底失去自我,主动献身于男性(革命)。革命话语将作为两性关系纽带的'情爱'置换成'阶级'与'革命',带来了男女双方自我的沦丧,使情爱关系沦为'革命'的空洞的隐喻"。[①] 在"阶级斗争话语"的遮蔽下,女性作为革命者的社会特征被放大并充分地表现出来,而她们作为女性的性别特征则被大大地削弱和冲淡。所以从政治意义上,女性虽然获得了解放,但是在文化意义上,女性的个性受到了严重的压抑,女性形象的干瘪和空洞达到了前所未有的程度,女性文学的发展也到了山穷水尽的境地。

第三节　个案研究:集体与个人的 艰难抉择——杨沫

杨沫生于1914年,她有一个非常男性化的名字——杨成业,后取笔名杨君默、杨默、杨沫,并以"小慧"为笔名于20世纪30年代在上海的《中流》和《大晚报》副刊上发表作品。杨沫先后出版了短篇小说集《红红的山丹丹花》,中篇小说《苇塘纪事》,还发表了长篇《青春之歌》《东方欲晓》《芳菲之歌》。从杨沫的学名和笔名的变化,特别是对笔名不断女性化的变更(取默、沫、慧等)来看,杨沫是一位女性自我意识很强的作家。但是,在特殊的历史语境正是这种女性意识的隐藏与显现使得作家杨沫本身成为一种复杂的存在。无论此后产生多大的争议,杨沫在新中国文学的女性书写序列中是独特的,特别是在50年代至70年代社会主义文学历史语境中,杨沫的作品追求女性化的书写与主流话语意识形态反映新生活、追求新思想、表现大时代之间呈现出复杂的离合关系,也反映出社会主义时代妇女解放问题的复杂性。

1958年出版的《青春之歌》在发表伊始就引起了巨大争议,当时的争议如今已时过境迁,其矛盾的焦点,比如作家是否表现出"小资产阶级趣味"等,在今天看来已然成为常识,即当时的主流意识形态阐释仅

---

① 李跃力:《论"革命话语"对情爱伦理的重构及其本质》,《中国现代文学研究丛刊》2010年第2期。

仅关注女性作家杨沫及其文本中林道静作为知识分子的"思想改造"的问题；到20世纪90年代，唐小兵、李扬、张清华等中青年学者以"再解读"的立意和思路，突出了人物性别身份和文本的结构特征。相对《青春之歌》的"再解读"，论者指认其仅为政治叙事提供欲望动力之作，即女性意识淹没于集体性的革命叙事；另一种情况是，通过再解读，认为该小说女性与革命间的互动关系不足。上述两种说法相对于20世纪50年代末的那一场批评与"辩护"来说，似乎是嘲讽的，也是意味深长的。

一　《青春之歌》的修改与女性意识的被贬抑

倘若按照社会主义现实主义文学的分类原则，可以把中华人民共和国成立初期的文学区分为农村题材的作品、工业题材的作品以及革命历史题材的作品。杨沫《青春之歌》的书写自然当属第三类，但主人公林道静一开始是在剥削阶级家庭中长大，喜欢诗情画意，急需要通过"出走"来实现自我的"小资产阶级"性格，这与"革命历史"叙述之间的表述是有错位的，因为"小资产阶级知识分子在毛泽东时代的革命话语中处于暧昧位置，……与作为'工农兵文艺'的当代文学及其塑造工农兵英雄形象的'中心任务'之间，就隐含着内在的冲突"。① 所以，对这个问题的探讨就完全有必要涉及《青春之歌》初版本的修改及其版本流传的问题。

《青春之歌》最早于1958年1月由作家出版社出版。这部作品在如何阐释女性青年的成长方面赢得了读者好评，一年后，即到1959年上半年，已销售130万册，同年被改编为同名电影，并翻译到日本、新加坡、中国香港等国家和地区，累计销量达20万册之多，后分别于1960年和1978年两度再版，这种出版盛况在当代小说史上也是一个特例。与这种出版和销售盛况相伴而生的还有《青春之歌》所受到的来自郭开、刘茵、张虹等人的批评。最早的批评文章发表于1959年，作者是当时并不知名的评论者郭开。他认为《青春之歌》有"不健康思想"的倾向，其中

---

① 贺桂梅：《"可见的女性"如何可能：以〈青春之歌〉为中心》，《中国现代文学研究丛刊》2010年第3期。

"充满了小资产阶级情调"，且作者"把自己的作品当做小资产阶级的自我表现来进行创作的"，[①] 批评观点如此明确，措辞如此严厉，在当时可谓石破天惊。此后，著名的批评家如茅盾、何其芳、马铁丁、巴人等为《青春之歌》进行辩护，论辩的焦点是"知识分子的思想改造"问题，即小说是否成功地表现了"知识分子的思想改造"的过程，这是否是该小说成功的一个标志；倘若林道静的思想改造和行为符合主流话语所规定的"知识分子道路"，那么它是成功的；如果逃逸出了主流话语所规定的"无产阶级道路及其立场"，其写作则是有问题的。言下之意，作为"思想改造的主体"林道静其人物形象是否为女性，则根本没进入讨论的范围，而她是什么出身和阶级立场，如何完成思想改造才是当时讨论的焦点。

自郭开等人提出批评意见后，尽管有茅盾等前辈的支持，但涉及思想立场和路线问题，杨沫则处理得相对很谨慎。她很快便对小说进行了修订，把初版本中与"小资产阶级情调"相关的细节描写删掉，增加了林道静赴河北定县参与农民运动的章节和领导学生运动的内容，其目的显然是有意明晰小说的主题是改造，而非林道静的女性身份的确认，以此弱化小说的小资产阶级意识。比如在修改版中出现了"原来，我的身上已经被那个地主阶级、那个剥削阶级打下了白色的印记，而且打得这样深——深入到我的灵魂里"的阐释。这里的自我阐释更多是一种阶级记忆，而非性别记忆，即展示出戴锦华评论影片《青春之歌》时所说的呈现了"一个男权的、社会主义的意识形态"[②] 和贺桂梅所说的"在讲述阶级叙事的同时也在'匿名'地讲述自身"。[③] 如果是在社会主义文学语境中，小说叙事完全把女性写成男权的附庸，自然是不符合民族国家建设中的女性认同的。即使将其放置在"革命"语境中，那自然更容易走入喜儿（歌剧《白毛女》）、吴琼花（《红色娘子军》）的翻身与解放叙

---

① 郭开：《略谈对林道静的描写中的缺点——评杨沫的小说〈青春之歌〉》，《中国青年》1959 年第 2 期。

② 戴锦华：《〈青春之歌〉——历史视域中的重读》，唐小兵编：《再解读：大众文艺与意识形态》，牛津大学出版社 1993 年版，第 159 页。

③ 贺桂梅：《"可见的女性"如何可能：以〈青春之歌〉为中心》，《中国现代文学研究丛刊》2010 年第 3 期。

事,或者林红(《青春之歌》)、冬子妈(《闪闪的红星》)进入组织的激情宣誓。但是,总体上,《青春之歌》中林道静的成长叙事是作为一个女性意识不断蜕变的女性形象塑造而展开的,无论是讲述"一个女性与三个男性的故事"或"一个女性与四个男性的故事",① 其中的男性都是被作为某一政治意识形态的隐喻或"象征"而存在,故事讲述的重点并未设定在林道静自身的成长上。从胡梦安、鲍县长到余永泽,再到卢嘉川、江华,林道静的选择或被选择都是被动的。作为女性,林道静的这种暧昧而尴尬的处境似乎暗喻着中国妇女解放的无奈之途,即先有阶级意识的觉醒,后才有女性解放,而不是先确认自己的女性身份。很显然,《青春之歌》中的这种女性解放的"革命"意识是在修改版增删的情节中不断被强化的。

所以,作为现代民族国家,新中国将妇女解放作为阶级解放、民族国家建构的一个基本构成,女性在"时代不同了,男女都一样","妇女能顶半边天"的政治口号下逐渐进入公共生活领域,失却了在私人领域里全部的丰富性、多样性与生动性。这是杨沫的《青春之歌》受到批判后作者极力通过修改以体现国家意识和集体意识的典型行为,也很好地完成了社会主义国家政权有关女性解放与社会解放的互动,是社会主义国家集体话语对作家行为的集约化显现。

二　集体与个人的杂糅

无论是杨沫被批判及其为她所作的辩护,还是杨沫本人对《青春之歌》所作的版本修改,都涉及一个根本问题,那就是在集体话语盛行的时代如何处理好个人与集体的关系,而这种关系根植于革命话语之下对一个阶级的想象,具体而言,就是如何写好一个非无产阶级知识分子合理地转变、改造为无产阶级革命战士的过程。

在 20 世纪五六十年代的主流话语中,文艺作品中的"知识分子"叙

---

① 其中第一种说法相对普遍,第二种说法的提出者是戴锦华,即在林道静与三个男人的关系中再加入了胡梦安(局长)这一形象,即林道静的"抗婚"叙事中,后母视林道静为攀附权贵的"棋子"。

事明显地存在着一种话语悖论。《青春之歌》中林道静作为一位独立的女性，更多呈现的是她的个人经验、个人选择，然而这种选择又是一步步地遮蔽了她的女性特征，小说也就更多地服膺于被压迫女性的翻身主题。如果按照今天"再解读"的眼光来看，杨沫《青春之歌》的成功恰恰在于以一个女性的故事和命运来展现知识分子的道路选择。从这个角度来理解，即使杨沫对《青春之歌》不做修改，不增加与定县劳动人民结合、发动农民斗地主抢收庄稼、领导北大学生运动等情节，也无愧为一种"革命的合法化叙事"。因为林道静尽管是女性，但她是与国民党、自由主义知识分子相对立的无产阶级的代言人，并最终成长为一个无产阶级的革命战士。

但是，我们注意到，塑造林道静这一人物形象的行为被批判，并非她没有写出上述知识分子与革命的关系，事实上还有另外一种声音，那就是林道静的"小资产阶级"的具体表现是什么，其中较为敏锐的指斥就是认为林道静的个人感情草率，甚至"不道德"。质疑者指出："林道静两次结婚，都是随随便便与人同居了事……不受一点道德约束。在书里她曾经先后和四个人发生爱情"，① 从而否定林道静是现实青年学习的榜样。这种"道德化"的指责，在阶级话语背景下很容易占得话语的制高点。因为林道静与江华的"结合"也是如此。不妨来看看二人进行革命工作时的对话："小林同志，你觉得我这人怎么样"，"挺好的，老江"，"小林同志，我们的关系可以比同志更进一步吗"，"可以的，老江"。这里的革命话语同样开始向个人话语、女性话语滑行，因为革命话语以合法的形式包裹了个人话语，阶级叙事与个体的日常生活秩序发生了直接的关联。但是，前者被批判而后者却被批评者包容，这就值得深思。事实上，这里暗含着一个革命叙事的合法逻辑，那就是林道静与江华是革命与解放之间的关系，而革命就有砸碎"旧世界"、破坏"旧道德"、建立新关系、实践新道德的合法权利，而批评者的批判立场也是循着这个逻辑立论的，完全有意忽视了林道静与江华之间潜隐的女性与男性之间的性别关系。

---

① 张虹：《林道静是值得学习的榜样吗？》，《中国青年》1959 年第 4 期。

　　同样,作为女性的林道静对于人生道路的选择,采取怎样的方式是很重要的。打碎"童话叙事"(公主和后母)的迷梦,而后选择离家出走(娜拉出走叙事模式),并进入余永泽温暖的家庭(才子佳人叙事模式),出现通俗小说常见的"一个男人与两个女人"的悲欢离合翻版(与余永泽和卢嘉川的三角恋叙事),最终寻得可靠的归宿(革命叙事战胜才子佳人叙事)的整个叙事模式中,[①] 有一个问题是很容易被忽视,那就是作品(包括作者)最终被肯定或被批判的是"与什么人"发生关系,而不是"以怎样的方式"发生关系。这是作者先入为主的集体观念在起作用,因为作品中的卢嘉川、江华所代表的是一个集体,一个阶级。虽然,胡梦安、鲍县长与余永泽也可以分别代表一个集体,但无论是国民党,还是自由主义知识分子作为一个政党和阶层,并不符合无产阶级和社会主义革命叙事的审美意识形态,所以,作者在表述林道静与二者的关系时,赋予他们道德上的污点,比如胡梦安、鲍县长好色、娶小老婆,而余永泽钻故纸堆、经营温香软玉的安乐窝等,可是作为正面叙事主角的林道静却需要独立的生活,因而必然赋予她"出走"、参加"革命"的现代行为,而不是做旧时代封建包办婚姻的牺牲品。所以杨沫通过新与旧、男与女的关系显现出鲍、胡、余等人反动的、自私的、妥协的阶级本质,从而完成了集体话语讲述的合法化。

　　但是,既然是"革命",自然要与另一个阶级形成对立的革命话语;既然是女性解放,自然就涉及家庭伦理、性别意识、父权制度等重要的因素,而不是有意地游移甚至遮蔽,诚如学者贺桂梅在谈及《青春之歌》写作的理论困境时所言:"只要家庭、性别关系乃至人伦秩序中的组织与观念形态,没有和传统的父权制明确划清界限,对女性而言'革命'就是不彻底的。这也正是导致毛泽东时代的女性处在'走出家庭'和'双重劳动'间的困境的理论原因"。[②] 这一方面显示出"十七年"女性叙事

---

　　① 有关《青春之歌》叙事模式的具体分析,可参见张清华《红色叙事的传统要素与两个传奇模型》,《存在之镜与智慧之灯——中国当代小说及其美学研究》,福建教育出版社 2010 年版,第 36 页。

　　② 贺桂梅:《"可见的女性"如何可能:以〈青春之歌〉为中心》,《中国现代文学研究丛刊》2010 年第 3 期。

与阶级叙事之间的不和谐，也显现出情感化个人话语在组织化的集体话语表述中的不和谐，从而出现了话语裂隙，这在"十七年文学"乃至"文化大革命"时期的"样板戏"文化中不算是特例。

三　集体话语的式微与个人话语的放大

值得注意的是，《青春之歌》出版发行之后，无论是普通读者、专业批评家还是资深文学史家都对《青春之歌》表现出非同一般的热情。各大高校、不同版本的《青春之歌》几乎都被翻阅得油渍汗垢、皱皱巴巴，甚至可以说，不同的阅读时代都能够找到杨沫及其《青春之歌》阅读的"兴奋点"。21 世纪初，杨沫儿子老鬼写了《母亲杨沫》，[1] 又一次掀起了杨沫研究热潮。

一般而言，传记类作者对传主往往表现出非同一般的熟知和尊重，甚至不无"为尊者讳"的行文思路，以显现传主个人光辉的形象，这已是能被更多人接受的传记规则。但是《母亲杨沫》所披露的恰恰是不为外人道的"母亲的真实一生"。正所谓"医不自治"，传记类作品倘若由自己亲属来写，尽管在材料方面和事实方面占有一定优势，其价值判断却是很难做到应有的客观和中立。不偏好，不为尊者讳，而是"追求以事实说话，以事实还原历史真实"，[2] 为读者提供可靠的资料，惟其如此，才可能"体现出了作者良好的传记写作的素养和传记伦理"。[3] 也就是说，老鬼笔下的杨沫并非全部真实可靠，毕竟有关个人情感的不少事件发生时，老鬼还没有出生，何况老鬼在"前记"中坦言"说真话难，说父母的真话就更难"。[4] 但对于读者而言，事实上他们更为在意的是，此作品中有一种"儿子笔下的母亲杨沫与《青春之歌》林道静之间是否有复杂而微妙关系"的想象期待是否属实，读者最基本的期待就是"杨沫自己

---

① 老鬼：《母亲杨沫》，长江文艺出版社 2005 年版。

② 张继红：《细说"诗坛泰斗"生前身后事——评叶锦〈艾青年谱长编〉》，《社会科学论坛》2010 年第 24 期。

③ 张继红：《细说"诗坛泰斗"生前身后事——评叶锦〈艾青年谱长编〉》，《社会科学论坛》2010 年第 24 期。

④ 老鬼：《前记》，《母亲杨沫》，长江文艺出版社 2005 年版。

是不是林道静的原型"？如果是，那曾经以"改造"为主题的作品，将是一部具备男女丰富关系经历的女性小说，且女作家与其女主人公的三角故事之间有某种隐形对位结构。而且从《母亲杨沫》中获知，杨沫的确因为《青春之歌》的写作走出了曾经困扰她的"神经官能症"，即实现了写作的"治愈功能"。

事实上，与同时期其他"成长"主题的红色小说（比如《红岩》《红旗谱》）相比，充溢在《青春之歌》里的是一种浓得化不开的感伤情调，而不是革命者的亢奋情绪。其原因无他，就在于"痛苦"本身被讲述出来，而不是被压抑了。同时与彼时中国社会的主流发展和妇女解放思潮形成了互动：首先，是个性解放的新内涵，比如与之相关的鲁迅笔下的子君，丁玲笔下大胆而迷茫的叛逆者莎菲，相较而言林道静则是走在光辉而正确路线上的进步的叛逆者。其次，由小资产阶级知识分子转变为无产阶级革命者，这样林道静的成长则具有双重性的起点和不同的发展阶段，这一双重起点就是被压迫者的身份和个性主义，且后者可以推动前者完成革命与解放的目的，在这一过程中，余永泽所代表的自由主义，是林道静需要超越的第一个阶段，而林道静与卢嘉川的结合，则是在走出自由主义之后寻求解放之路上与马克思主义者的相遇，从思想上消除了自由主义的羁绊，这是林道静成长的第二阶段。但马克思主义理论的重要性并不在于其逻辑的严密和言辞的激烈，而在于如何与具体的革命实践相结合，于是林道静与革命工作者江华的结合则是中国革命找到中国化的马克思主义的重要阶段，即林道静完成了马克思主义与中国革命相结合的具体方法——革命实践，这是林道静成长的第三阶段，也是她"知识分子成长"的完成阶段。应该说，这不但是一个知识分子的成长过程，也是中国革命不断走向成熟的标志。

总之，杨沫及其《青春之歌》在不同的话语体系中出现了截然相反的评价。无论是版本的修改与女性意识的被贬抑，亦是"十七年"时期作为红色经典的范本还是近些年的"再解读"批评，都是对"人作为天生的社会的、政治性动物"的不同阐释，或者是对不同时代"人的境况"（汉娜·阿伦特）的关注。如果女性的本质被理解为一种自然的"人性"，那么，与之相对应的社会的、政治的、革命的外力则可被视为一种"异化"。因此女性书写在"十七年"时期则成为与主流话语意识形态相分离的过程：或从"社会"回到"自我"，或从"集体"回到"个人"。如果将杨沫的女性意识的修改实践仅仅限定在今天的"身体写作"的个人话语范畴予以观察，在大众文化和消费意识形态中评审革命时代的书写方式，那是否会成为一种"后革命时代"① 的一厢情愿呢？

---

① "后革命时代"说法借用了南帆"后革命的转移"的阐释。由于社会主义市场经济的建立、消费时代意识形态的导引等众多原因，20世纪90年代以来知识分子与大众、文学与社会关系的论述已经由"革命"话语转移到"后革命"话语，这种话语的转变既有"资本"的问题，也有"权力"的问题，而与此相关的公平与正义的问题不仅只是反映在"底层"，也反映在经济、社会等其他领域。见南帆《后革命的转移》，北京大学出版社2005年版，第22—29页。

第 六 章

发现：多元语境中的女性反思
（1978—2000）

　　20 世纪 50—70 年代，新生的人民共和国经历了漫长的社会主义革命和建设的探索期，1978 年国家迈入改革开放的新时期，思想文化方面人们的价值取向渐趋多元。对内从经济体制的改革开始，社会、政治、文化发生了天翻地覆的变化；对外实行开放政策，西方的科学技术、文化思潮蜂拥而至，彻底刷新了国人的思想。随着整个社会和文学环境的变化，中国民众获得了更多的私人空间和个人选择，妇女解放也迎来了前所未有的时代机遇，这给中国女性文学的发展和繁荣带来了非同寻常的动力和契机。中国妇女解放和女性文学进入了一个硕果累累的新时期。

第一节　新启蒙背景下女性新的历史现场

　　历史是厚重的，现实是多变的，从文化上说，历史是现实的延伸。20 世纪 80 年代既是激进的"左倾"思潮的终结时期，也是一个"新启蒙运动"① 的开启点。学者张光芒说"上个世纪 80 年代的'新启蒙'是

---

① 新时期伊始的 1978 年 10 月，贵州诗人群创办了一个民间诗歌刊物直接命名为《启蒙》，表明他们诗歌创作的意图；而最早提出"新启蒙运动"概念的则是邢贲思，他于 1978 年在《人民日报》上发表《哲学的启蒙和启蒙的哲学》一文，主张以马克思主义反对"四人帮"的蒙昧主义。见《人民日报》1978 年 7 月 22 日第三版。

继'五四'之后的又一次具有划时代意义的启蒙高潮"。① 女性文学处在这一百年不遇的历史交汇点上，开始了启蒙背景下新的书写历史，并以此形成了和妇女解放思潮同频共振的新互动景观，而这种互动的关节点无疑是以"人"的主体意识为复苏的人道主义思想，着陆于对女性个体生存处境和命运遭际的关怀与探求上。借助这一思想解放运动的资源，女性踏上重塑"自我"与现代人格的曲折蜿蜒之旅，并被多元交融的思想文化潮流裹挟，大胆地伸张女性个体的权利而直达 90 年代"文化的现代化"（甘阳）场域中，通过"叛逆的自我"的个人经验表达完成了女性"主体"自我想象的建构与现代转型。

一　从意识形态层面的启蒙到女性解放的历史现场

1978 年关于"实践是检验真理的唯一标准"的大讨论，激荡起一场影响深远的新的思想启蒙运动。之后，党中央明确提出"文艺为人民服务，为社会主义服务"② 的发展方针，标志着文艺界的"解冻"，使文艺从狭隘的政治锁链中挣脱出来，迎来发展的新时期。随之而来的改革开放政策的推行，使西方女权主义文化浪潮涌入国内，中国女性在政治观念、思想意识、生活方式、主体意识等方面都发生了重大变化。中国女性从历史的被动态向主动态自然转变，女性作家队伍不断壮大，创作数量和影响引人注目，女性文学创作再度崛起，显示出中国妇女解放和女性文学之间良好的互动气象。

（一）新启蒙运动给妇女解放带来前所未有的契机

20 世纪 80 年代初期，由于社会思潮的演进，对妇女解放的理解和对男女平等的看法，不再停留于妇女政治地位的提高和经济权益、经济独立的获得，它更趋向于对女性社会价值实现、精神自由拓展和人格独立坚守的认同。

在政治意识形态层面，改革开放标志着"一个造神造英雄来统治自

---

① 张光芒：《论八十年代"新启蒙"的科学观念》，《江汉论坛》2007 年第 10 期。

② 1980 年 7 月 26 日，《人民日报》发表了题为"文艺为人民服务，为社会主义服务"的社论，正式提出我党文艺政策的口号应该是"文艺为人民服务，为社会主义服务"。见《人民日报》1980 年 7 月 26 日第 1 版。

己的时代过去了，回到了五四时期的感伤、憧憬、迷茫、叹惜和欢乐"。①
这是国家政治宽松、思想解放的开端，也是物质生活提高的分水岭。市
场经济的发展也推动了整个社会结构的变化以及利益集团的分化。随着
经济体制改革的深化，人们物质化的合理诉求得到社会的认可和保障，
妇女群体的特殊地位和正当权益也获得了广泛的尊重和认同。

1982 年 12 月 4 日，第五届全国人民代表大会第五次会议通过新修改
的《中华人民共和国宪法》，其第四十八条规定："中华人民共和国妇女
在政治的、经济的、文化的、社会的和家庭的生活等各方面享有同男子
平等的权利。国家保护妇女的权利和利益，实行男女同工同酬，培养和
选拔女干部"。② 1988 年，全国妇联第六次全国代表大会明确提出妇联的
职责是"代表和维护妇女权益，促进男女平等"。

进入 20 世纪 90 年代，除了依靠中国共产党领导下的社会主义国家行
政、立法、司法权力之外，妇女解放思潮还更多地依靠文化思想的传播
和宣传。自 80 年代中期以来，市场经济的确立一方面给中国社会带来活
力，解放了生产力，另一方面给中国妇女选举、参政、就业、教育带来
重大冲击，从而形成一系列引人注目的妇女问题。这些问题的被关注和
被解决，有力地推动了中国妇女解放的历史进程。

1995 年 8 月，国务院颁布《中国妇女发展纲要（1995—2000 年)》，③
对于保护妇女儿童权益和促进男女平等具有重要的指导作用。1995 年 9
月，第四次世界妇女大会在北京召开，国家主席、中共中央总书记江泽
民在大会上提出："我们十分重视妇女的发展与进步，把男女平等作为促
进我国社会发展的一项基本国策"。④ 至此，"男女平等"作为一项基本

---

① 李泽厚:《中国现代思想史论》，生活·读书·新知三联书店 2008 年版，第 270 页。

② 中华人民共和国第五届全国人民代表大会第五次会议主席团:《中华人民共和国宪法》，
人民出版社 1999 年版，第 21 页。

③ 《中国妇女发展纲要（1995—2000 年)》是 1995 年 8 月 7 日由国务院颁布的，这是中国
第一个直接关注妇女儿童生存、保护、发展状况的政府专项规划，意义重大。

④ 关于"男女平等"基本国策的提出，是 1995 年 9 月 4 日在北京举行的第四次世界妇女
大会开幕式上国家主席江泽民在致辞中首次提出的，大会通过了《北京宣言》和《行动纲领》，
达成促进男女平等、保障妇女权利的战略目标。见江泽民《在联合国第四次世界妇女大会欢迎
仪式上的讲话》，《人民日报》1995 年 9 月 5 日第 1—2 版。

国策，得到国家充分的认定。

这一时期，国家在保障妇女权益和给予妇女人权方面也做了很多的工作，政府颁布了一系列法律法规，稳步高效地推动妇女参政、就业和权益的保障。在社会各界的努力下，我国颁布了专门保障妇女权益的法律《中华人民共和国妇女权益保障法》。[①] 1993 年维也纳世界人权大会通过《维也纳宣言和行动纲领》，指出妇女人权在人权中的地位和作用："妇女和女童的人权是普遍人权当中不可剥夺和不可分割的一个组成部分"。相应的我国结合本国的国情也提出了"妇女权利就是人权"这一命题，[②] 并且把"国家尊重和保障人权"载入中华人民共和国宪法，[③] 为中国妇女争取人权提供了法律依据。

在经济领域，改革开放建立起了以公有制为主体、多种所有制经济共同发展的社会主义市场经济体制，推动了妇女群体自我意识和主体意识的萌发。随着国家开放力度的不断加大，开放领域的不断拓展，为广大妇女带来新的发展空间和更多的发展机遇，妇女就业领域和就业形式不断拓宽，从事教育和科技领域的女性比例不断增加，在餐饮、邮电、保险、银行、商业、旅游等行业，女性成为举足轻重的力量。对妇女自身而言，在经济参与的过程中，越来越多的女性实现了经济独立，找到了自我存在的价值。妇女在追求自身解放与发展的过程中，逐渐展示出积极主动的精神。

妇女的解放一方面需要国家力量的推动和政府的扶持，另一方面，也离不开妇女自身的觉醒和主动追求。妇女文化教育程度的普遍提高也促进了广大妇女自我意识的觉醒。女性长期被压抑的利益诉求

---

① 《中华人民共和国妇女权益保障法》是 1992 年 4 月 3 日，第七届全国人大第五次会议通过并制定的，这是我国第一部全面的、综合的专门保障妇女权益的法律，也是世界上第一部由国家制定的保障妇女权益的专门大法。

② 我国"妇女权利就是人权"这一命题，是在第四次世界妇女大会上提出的，大会于1995 年 9 月 4—15 日在北京召开，时任国家主席、中共中央总书记的江泽民发表大会致辞并作了重要讲话。

③ 2004 年 3 月 5—14 日，第十届全国人民代表大会第二次会议在北京召开，3 月 14 日通过的宪法修正案，增加了"国家尊重和保障人权"的规定，把其载入了中华人民共和国宪法，为中国妇女争取人权提供了法律依据。

也开始觉醒，在利益意识的驱动之下，女性呼吁切身利益的维权事件逐渐增多。

在思想文化领域，自 20 世纪 80 年代中期，随着西方后现代主义、解构主义思想的传播，基本上形成了妇女解放的共识，这就是只有在"人的自觉"的前提下，女性心理、女性人格、女性体验、女性尊严等才能得到不断的伸张，女性才能得到真正的、全面的解放。就文学创作而言，一些年轻女性作家开始采用对男性中心社会解构和拆解的策略来建构自己的文本世界，使这一时期女性的创作视角逐渐突出了"女"字，从而使妇女解放的路径也变得非常多元。

（二）新启蒙运动中妇女解放面临的困境

新旧体制的转换、新旧观念的碰撞给国家的发展带来巨大的活力，在给妇女解放带来前所未有的契机的同时，也为妇女社会生活带来诸多的矛盾和问题。

第一，妇女就业的优势受到严峻的挑战。改革开放后，在国家层面以市场经济为主导的新的经济运行机制，使政府将其所承担的部分社会服务职能转移交付给了市场，政府丧失了对企业就业的干预能力。按照市场需求来规划设计就业，企业就会因需要独立承担女职工的生育成本而大量削减女职工的人数，妇女在残酷的市场竞争下首当其冲被下岗，从而导致女性就业出现困难。进城打工潮流的涌动使农村妇女也加入人口流动，导致偏远农村买卖婚姻、贩卖妇女、女童失学现象加剧。

第二，妇女参政面临挑战。新中国成立至改革开放以前，在妇女参政问题上国家一直沿用着倾斜性的照顾政策，在各级政府代表大会的代表人数和行政岗位干部的设置上都给予女性干部一定的比例数来确保妇女参政议政的权利。随着 20 世纪 80 年代中期干部选拔政策改革的全面推进，干部任用制完全采用差额选举制和公开聘任制，在选拔过程中引入一定的差额数增加竞争，妇女干部在国家各级政府的换届差额选举中落选的比例大增，尤其是县乡两级的妇女干部比例明显下降。针对这些问题，中组部、全国妇联召开座谈会，采取一系列新举措，① 拓宽选拔女性人才的视野，克服"女不如男"的偏见，纠正对女干部求全责备的做法，有效提高了妇女干部的比例。

第三，农村妇女的部分权益得不到保护。这一时期随着家庭承包制的逐步推行，土地重新回到农民的手中，家庭重新成为一个自给自足的社会基础单位，家庭中处于决定地位的父亲或者丈夫又成为一家之主宰，致使农村社会父权制文化重新抬头，农村妇女生存状况恶化。由于家庭父权制和"重男轻女"观念作祟，乡村土地分配时，许多女性由于出嫁、离婚或者丧偶再婚，失去了重新参与分配土地、宅基地和其他福利的权利，农村妇女的土地权得不到保护。大量农村家庭一般较为重视男孩子的生存、教育和发展而漠视女孩子，致使农村失学女童的数量逐年增长，在偏远的农村女童失学打工的现象十分严重，农村妇女受教育水平总体偏低，受教育权不能得到保障。随着就业渠道的日益多元化，许多农村女性进城打工，增加了家庭收入，拓展了自我生存的空间，也获得了改善自己命运的机遇。根据中国社科院农村发展研究所的调查，1978—1988 年，共有 1.3 亿劳动力从农业转移，其中妇女有 3300 万左右，占总数 25%。② 但不可否认的是这些进城女工多从事劳动密集型的低端行业，生产环境恶劣，身体健康受到严重损害，得不到相应的劳动保障和福利待遇，其中个别女性由于巨大的生活压力被迫走向了以偷偷卖淫为生的道路。

第四，对妇女的歧视仍然存在。由于传统文化存在着对女性的诸多规范和歧视，女人被视为不完整的人存在，加之社会生产力水平和工业化水平相对比较低下，"女不如男""男主外、女主内"等男尊女卑的封

---

① 为保证中国妇女较高的参政率，中国政府在女干部的选拔和任用上一直采用倾斜性照顾政策。比如 1988 年中组部、全国妇联关于《在改革开放中加强培养选拔妇女干部工作的意见》中规定"对在党政机关已担任一定职务的女干部，可以通过挂职下放锻炼等方式，加速她们的成长过程"，"在三五年内，使县、乡两级女干部的比例有较大幅度的增长，基本做到县县有女干部"；在此基础上，1990 年以《培养选拔女干部工作座谈会纪要》的形式下发全国执行，极大地改善和保障了妇女干部的选拔。

② 刘晓玲：《新的社会分化——高小贤谈农村女性化趋势》（上），《中国妇女报》1993 年 12 月 3 日第 3 版。

建思想在社会上依然根深蒂固,导致她们在就业和职务的升迁过程中往往会遭遇性别歧视,失去很多发展的机会。就这一问题,社会上展开过激烈的争论和探讨,王安忆通过社会调查发现"许多女人都想回到厨房里去",因此,她认为:"一种自然的社会处境,就是男人在外面赚钱,而女人则把家里搞得非常美好"。① 此类"妇女回家"的说辞体现出对女性社会问题无法解决的无奈和悲戚,但毕竟自"五四"倡导"娜拉出走"以来,女性为争取自主和独立而前赴后继才获得的社会权利,不能再倒回历史的弯道徘徊留恋。妇女的解放说到底是社会高度解放和自由平等之下的两性间的平等,"妇女完全解放、男女完全平等是我们文明发展的目的之一",② 建立在自由基础之上的两性平等,何尝不是女性全面解放的最终追求。

二 从思想启蒙到文学精神复苏的历史现场

李泽厚在《中国近代思想史论》的后记中总结道:"打倒'四人帮'后,中国进入一个苏醒的新时期:农业小生产基础和立足于其上的种种观念体系、上层建筑终将消逝,现代化必将实现。人民民主的旗帜要在千年封建古国的上空中真正飘扬"。③ 因为"文化大革命"的终结不仅标志着中国社会进入由思想到文学的全面复苏,还表达了社会各阶层一种普遍的认识:对于以"科学、民主、平等、自由"为内核的"现代化"的渴望。可见,思想启蒙的目标是为促使国家向现代化转型发展,现代化的目标是人的现代化,所以人的解放是现代化的根本目标,在一定程度上现代化就是人的自我发现和自我超越,而要实现人的现代化,就需追求人的解放、独立和自由,就要在思想上进行彻底的启蒙。新时期改革开放对现代化的追求比历史上任何时候都来得急切和真切,但是阶级斗争思维定式和话语中断了近现代中国知识精英开辟的启蒙思潮,20世纪80年代的当务之急就是要重新回头,接续"五四"新文化传统,继续

① 李昂、王安忆:《妇女问题与妇女文学》,《上海文学》1989年第3期。
② [德]奥古斯特·倍倍尔:《妇女与社会主义》,葛斯、朱霞译,中央编译出版社1995年版,第471页。
③ 李泽厚:《中国近代思想史论》,生活·读书·新知三联书店2008年版,第499页。

启蒙，"把人们的思想从束缚它们的恐惧、迷信和虚假信仰中解放出来"。①

中国的第一次启蒙运动开始于晚清，到"五四"时，经历了由"科学救国—制度救国—文化救国"的历程。但 20 世纪 50 年代，这一历程被主流意识形态所主导的阶级斗争崩裂。70 年代末"文化大革命"结束，思想启蒙运动再度兴起，政治、经济意义上的"拨乱反正"成为新时期社会的主潮，思想解放的大潮气势磅礴，很快填平了同"五四"启蒙之间的断裂带，黑格尔和马克思认为的"历史总是有惊人的相似之处"在这里不约而同又一次出现，但这一次启蒙运动的出场却是历史发展到拐角点的一个新的起点，正如阿伦·布洛克在谈到启蒙运动对于西方文艺复兴的意义时说到的，启蒙运动"没有最后一幕：如果人类的思想要解放的话，这是一场世世代代都要重新开始的战斗"。② 新时期思想启蒙运动就是在这一历史背景之下重新开始的。"思想解放，在最初主要表现为对当代中国的政治、经济、文化路线和政策的检讨"，③ 它搁置影响深远的意识形态问题，使文艺从政治意识形态中挣脱出来。改革开放开始，农村实行包产到户，解决了吃饭问题。在这样的物质基础上，邓小平提出"科学技术是第一生产力"的论断，思想领域的启蒙开始蓬勃发展起来。

在文学领域，"五四"新文学传统复苏，人性开始解放，人道主义思潮兴起。文学因其自身特性虽然不能直接参与思想史的表达，但它是思想史的一个投射，文学以特殊的方式创造出"人"所需要的各种解放，包括人性的解放。而"由'新启蒙'运动所催生的文学反思，反过来也推动了 80 年代人的发现的启蒙思潮的澎湃向前"。④ 长期受压抑的知识分子精英中，刘心武的短篇《班主任》，卢新华的《伤痕》，写出"文化大

---

① 〔英〕阿伦·布洛克：《西方人文主义传统》，董乐山译，生活·读书·新知三联书店 1997 年版，第 126 页。

② 〔英〕阿伦·布洛克：《西方人文主义传统》，董乐山译，生活·读书·新知三联书店 1997 年版，第 127 页。

③ 洪子诚：《中国当代文学史》下编，北京大学出版社 1999 年版，第 226 页。

④ 毕光明：《八十年代："新启蒙"背景下的苦难叙事》，《华文文学》2018 年第 4 期。

革命"反知识、反文化造成的现实伤害,开启"伤痕文学",表达对"文化大革命"的彻底否定和批判,回归"五四"新文学现实主义传统。对于"五四"传统,陈思和认为"是现代知识分子在半个多世纪的长期斗争中形成的一种紧张地批判社会弊病、针砭现实、热忱干预当代生活的战斗态度"。① 知识分子作为人民群众代言人的启蒙身份再次确立。也就是在这一思潮背景下,女性文学亦伴随着女性主义、女权主义多元文化进入中国文学反思历史、揭示社会发展规律、建构未来社会发展的伟大实践。至此,女性文学与社会的互动关系显得异常密切,女性文学在某种程度上所实践的也是一场思想的启蒙。

女性文学在新时期显得异常耀眼,一方面是这一时期的女性和女性文学与 20 世纪 50—70 年代相比是一种"作为人的女性"的特殊存在,通过对人性美、人情美的呼唤,使"爱与美"得以真切地复位和伸展;另一方面,随着改革开放形势的发展,旧意识形态的结束推动着女性文学从"阶级斗争为纲"的桎梏中解放出来,女作家主体意识空前觉醒和高涨,文化性格也趋于活泼、敏感和开放,恰恰为新时期女性文学的书写与"五四"启蒙形成了远距离的精神对接,寻找到女性自我发展的基本道路;同时 90 年代以来,中国文化面临着现代性和传统性的挑战,逐渐形成了反现代性的思潮。有关于女性的新声音、女性文学新观点的丰富、补充,甚至在性别意识、身体书写的自我确认中,穿越后现代性对现代性的遮蔽,超越了"五四"时期的女性文学书写的单向度启蒙,开始追求"人的自觉"和"女性的自觉"的完美结合,以期实现女性解放的全面性。

三　从国家意识到个体自觉的女性话语现场

1978 年以后,在中国的历史记载和文学表述中是以新时期命名的。作为一种新的社会意识形态,新时期的册页也首先是从国家和主流意识形态的层面展开的。就女性书写和女性性别意识来说,几乎是与对极"左"思潮的否定同时出现的。比如在革命的宏大叙事中,献身理想、阶

---

① 陈思和主编:《中国当代文学史教程》,复旦大学出版社 1999 年版,第 190 页。

级信仰、国家意识曾被赋予至高至大的合法性，从而出现了无产阶级革命叙事中无性别化的献身伦理，比如《红岩》中的江姐、《青春之歌》中的林红等女性，她们被认为是献身革命的无性别的阶级化的人，作为身体属性，其集体属性超越了个体属性。新时期初期，大量"饿着肚子谈信仰"、伟大的解放、全世界的话语等被搁置。也就是说，当旧的意识形态坚冰被打碎，革命话语不再成为压倒性的话语，那些被浩歌狂热时代遮蔽的涌动暗流将迅速掀起波澜。这就是 20 世纪 80 年代初期妇女解放思潮出场的背景。

那么，在此背景下，女性文学呈现了怎样的历史现场？要回答这一问题，似乎不能回避一个事实，那就是女性思想的解放，女性意识的觉醒在新文学初期并非独立显现，而是附着于国家意识，具体而言就是国家意识在先，女性解放在后。但后来的发展是二者形成了互为因果的互动。虽然"同西方人道主义启蒙的逻辑相一致，20 世纪 80 年代女性文学创作关于'人'之主体性的叙述，一开始也是以肯定人的自然本性为前提的"。[①] 但这种肯定往往是以肯定历史发展的合理性为依托的，而不是要张扬女性意识，正如戴厚英在《人啊，人》的"后记"中谈及的自己对人的认识，是源自"实践是检验真理的唯一标准"的启示，从而对 20 年之前批判人道主义的行为进行反思和检讨。但是，作为被历史和时代禁闭的女性意识和女性身体，一旦获得合法的言说权利，其表现的锐度和灵敏度会超出其对现实境遇和时代政治的回应，从而逸出那个依托的国家意识形态主体，成为一种独立的女性话语，进而形成了众声喧哗的女性现场。

首先登上 20 世纪 80 年代舞台的是人道主义意义上的女性文学和女性文化。因为人道主义首先确证了"人之为人"的无可替代性。比如人之为人的人性，包括动物性欲望，每一个个体是具体的、独立的，而不是抽象的、符号性的、概念化的。其实，人道主义作为启蒙思想的重要一支，因其符合久经压抑的人的身体意识和权利意识而再度获得新意。也就是说，反思无性别的政治话语背景，将人从阶级意识和集体观念中分离出来，极

---

① 乔以钢：《性别视角下的中国文学与文化》，经济科学出版社 2017 年版，第 201 页。

力肯定人作为个体的情感、愿望,包括对性的欲求和人的潜意识中欲望的满足,成为一个时代典型的"反叛的声音"。它所针对的就是那种个体情感和欲望在革命叙事和国家叙事中被压抑的文学和文化表述。

但是,作为人,来自身体的需要往往比来自思想、精神的需要更直接,更真实。因而极"左"意识形态被否定后的新时期初期,"经济"反而成为人们热衷于关注的话题之一,作为意识形态的国家、民族、集体、奉献等一系列话语被暂时搁置,那些曾经被压制到谷底的人性本能欲望、物质追求像触底的皮球一样向反方向弹起。

当然,女性文学的兴起与繁荣促使了整个社会对女性解放的关注,有关女性、女权主义、女性文学、女性文化的论著在20世纪80年代中后期以及90年代纷纷涌入国门,出现了空前的盛况,这促成了自"五四"以来最大、最宏阔的女性解放思潮,1995年甚至被誉为"女性文化年"。这一时期引介到中国的女性主义批评家主要来自法国、英国和美国,她们是法国女性主义理论家西蒙娜·德·波伏娃、茱莉亚·克里斯蒂瓦、埃莱娜·西苏、露丝·伊利格瑞,英国的玛丽·雅各布斯、朱丽叶·米切尔,美国的凯特·米利特、伊莱恩·肖瓦尔特、桑德拉·吉尔伯特、苏珊·格巴、佳·查·斯皮瓦克、玛丽·朴维等,这一名单还可以列出很多。作为西方女权主义的思想成就,已经成为新时期中国女性解放的重要思想资源。这一时期思想资源的引介,一方面是为了助推女性文学,另一方面就是有意识地将西方以性别觉醒为前提的西方妇女解放思想介绍到中国。比如埃莱娜·西苏认为要改变妇女在二元对立关系中被压抑被奴役的地位,只有写作,并在其理论长文《美杜莎的笑声》中首次提出"女性写作"这一概念,① 极大地影响了新时期以来中国女性文学的创作。比如张洁、王安忆、伊蕾、唐亚平等女性作家,她们在创作中有意颠覆男性话语中心,从而与西方的女权主义表现出一种少有辨析的接纳和对接。而到90年代,女性写作中最明显的是私人化写作,她们的写作凭借解构主义色彩的角色差异和性别意识,进一步将女性体验式书写向

---

① ［法］埃莱娜·西苏:《美杜莎的笑声》,张京媛主编:《当代女性主义文学批评》,北京大学出版社1992年版,第188页。

前推进。于是，90年代的身体写作应运而生。在这个意义上，西方文艺理论以及女权主义思想中天赋人权、反逻各斯中心主义、"第二性"等理论，帮助中国女性建构了一套新颖的话语方式，发出了旷古未有的"女性"的声音。法国西蒙娜·德·波伏娃的《第二性》认为"女人"作为第二性，是由社会文化调教而成，并非天生；英国哲学家伯特兰·罗素的《婚姻革命》认为"情人关系可以在不破坏家庭情况下得以存在"等认知与情感立场被文化圈接受，并在部分女性作家、女性评论家的作品和文论中逐渐渗透和传播。同时，这种新的思维模式，新的价值观念，因其适用性与鲜明的启发色彩和引领作用，使其所扮演的角色就是一种新型的启蒙者，它们的出现有效地改变了这一时期"阅读女性"的方式，并从正面促成了中国女性的解放。故而，80年代中期以来，由于西方文化、哲学思潮的涌入，后现代主义、解构主义思想在中国的传播，包括西方女权主义文化浪潮的波及，也促使一些青年女性作家和女性评论家滋长了对男性中心社会解构与颠覆的思想或策略，使新时期女性文学，包括创作与批评都注入了更多女权色彩。新时期女性文学正以其挺拔的英姿，预示着人类未来男女之间互助、互爱、互补、互动的趋势。

需要澄清的是，诚如启蒙与启蒙的悖论一样，鲁迅提出的"娜拉之问"和"铁屋子中的呐喊"等问题，和女性（女权）主义理论在中国的适应性和接受性等问题一样都需要认真辨析。尽管这一系列理论在演绎的自洽性层面均能自圆其说，且逻辑推理也是严丝合缝的，但其中的一个问题仍然紧迫，那就是作为一种从异质文化中搬运过来的"他者"理论，是否存在"水土不服"？如何才能更好地解决中国问题。事实上，中国有不少走在女性研究前列的批评工作者对于这种繁复驳杂的理论展演和女性书写经验呈现已经保持了理性的思考，她们意识到在中国男权意识根深蒂固，已经嵌入民族心理结构的历史文化背景下，如何让一种新的思想生根发芽，从而影响到人们的日常生活，而不是被另一个"他者"利用，这是值得深究的。诚如学者戴锦华所言："一个男性窥视者的视野便覆盖了女性写作的天空与前景。商业包装和男性为满足自己性心理、文化心理所作出的对女性写作的规范与界定，便成为一种有效的暗示，乃至明示传递给女作家。……女性写作的繁荣，女性个人化写作的繁荣，就可能相反成为女性重新失陷于男权文化的陷阱"。① 同样，身为女性和女性学者的刘思谦，在为《女性文学研究教学参考资料》作序时开宗明义，表现出自己对女性意识的漠然："我身为女人，就从来不知道女人是什么。先是陶醉在半是真实半是虚妄的'男女平等'的神话之中，后来又学会了用'我是人'这样一个空洞的抽象聊以自慰。只有当各种名目的'角色'以它们那实实存在的重量向我纷纷挤压而来，我才深深意识到了我那和男人不一样的性别。然而此时'女人'之于我，也不过是一些'角色'的碎片而已。碎片下面，依然是一片混沌莫名，难以言说。阿波罗神庙入口'认识你自己'的神谕，对于身为女人的人，也许更加难以企及。于是我听从了智者的告诫：对于那不可言说的事情要保持沉默"。② 上述两位女学者的自觉和自我审视的确值得每一个从事女性（女性文学）研究的学者和作家认真品味与思考。

四　从倾诉到反叛的女性诗歌现场

如果说新时期初期的女性文学兴起和女性文化的讨论是向人道主义、人的主体性讨论等主流意识"借势"，仍然表现出"被裹挟"，一种"被启蒙"，一种不自觉，那么到 20 世纪 80 年代中后期，女性文学则开始自觉地寻求"属于自己"的女性话语和女性文学的表述方式，从时代话语的"被遮蔽"状态走向以女性为话题的时代现场。

较早自觉登上女性文学现场和时代舞台的是女性作家王尔碑、林子、舒婷、王小妮等人的大量诗作，这让情感世界经历了劫后余生的新时代为之倾倒。她们的女性诗歌一经出场，即表现出一种倾诉意愿和感伤格调。如果说，林子在《给他》中表达的是妻子对丈夫凡俗的爱情倾诉，③

---

① 戴锦华：《犹在镜中》，知识出版社 1999 年版，第 205 页。

② 刘思谦：《女性文学研究教学参考资料·序》，谢玉娥编：《女性文学研究教学参考资料》，河南大学出版社 1990 年版，第 1 页。

③ 林子的《给他》（十一首）中的第十首诗歌引人注目，其中的诗句如"只要你要，我爱，我就全给/给你——我的灵魂，我的身体。/常青藤般柔软的手臂，/百合花般纯洁的嘴唇，/都在等待着你……"对爱情深挚的倾诉动人心弦。对于这首诗歌的阐释可参见程光炜《由美丽的忧伤到解脱和粗放——新时期女性诗歌嬗变形态内窥》，《文艺评论》1989 年第 1 期。

那么，舒婷的《致橡树》抒发的则是女性对男性的爱情宣言，前者的女性口吻是温婉而乐于奉献的，后者则在男女对视的欲说还休中表现出对男性的呼吁和宣告；前者的句式是"只要……都……"的条件句句式，而后者是"如果……那么……"的假设句句式。事实上，无论是条件句句式，还是假设句句式，女性主体表达更多的是一种痴心女子的爱情呓语和含情脉脉的异性渴望。唯一不同的是，林子的表达更加"小鸟依人化"，而舒婷的温婉诗意中蕴含着女性某种程度的人格尊严。无论是木棉与橡树的精神对话，还是在"爱人肩上痛哭一晚"的决绝反叛，以及"我拽着你的胳膊在堤坡上胡逛"的两性和谐想象，虽然是一种别具特色的女性感觉，但其中蕴含着男性无法替代的真切体验，也表明了女性在自我表达过程中的矛盾，即渴望一种自由自在而又丰富多彩的精神生活。可是封闭的现实让她们清醒地意识到改变命运无非"镜花水月"，所以，难免陷入一种男性缺失后不可言说的孤独与迷茫。

可以想象，这一追求典雅、温婉、内敛的中国古典闺怨式文学表达方式，在新时期初期——思想解放的时代并不能让女性作家满足，她们更需要一种性别的独特性，以及作为"女性"性别存在的独立意义。翟永明和唐亚平则是应时而生的非常具备性别意识自觉的女性诗人，她们的女性意识及其诗歌在新时期初期产生了重要的影响。在1985年4月，翟永明曾表达了这样一种观点："作为人类的一半，女性从诞生起就面对着一个完全不同的世界，她对这世界最初的一瞥必然带着自己的情绪和知觉，甚至某种私下反抗的心理"。① 也即是说，在强调女性意识时，她强调的是情绪和知觉。相对于此前将女性意识放置于宏大的人道主义话语和主体性话语的爱情表白来说，翟永明所发出的是一种具体的女性感知，既是一种理性判断，也是感性体验。所以，作为自觉的女性诗人，翟永明认为："我更热衷于扩张我心灵中那些最朴素、最细微的感觉，亦即我认为的'女性气质'，某些偏执使我过分关注内心，黑夜作为一种莫

---

① 翟永明：《黑夜意识》，张清华主编，毕文君、王士强、杨林编选：《中国新时期女性文学研究资料》，山东文艺出版社2006年版，第70页。

测高深的神秘,将我与赤裸的白昼隔离开,以显示它的感官的发动力和思维的秩序感"。① 可以说,这种独属于"女性"的诗化意识,不是要将女性意识与世界割裂,而是要显现其不可替代,其思维不是二元对立,而是"无我不可"。与劫后余生的新时期初对爱情表白相比,翟永明更具现代意识,她决绝地放弃了男性视角之于女性美的古典气质。可以说,她所针对的似乎就是对林子、舒婷等女性作家纯洁、甜美,以及温情脉脉表达的嘲讽。

在诗歌领域,表现女性与男性诀别并打破男与女二元对立模式的是唐亚平、伊蕾、崔卫平等。同样是表现女性的"黑夜意识",翟永明将女性的黑夜意识表现为一种"过分关注内心"而引起的"莫测高深的神秘"感,并从意识深处将女性从"自身、社会、人类的各种经验剥离到一种纯粹认知的高度,并使我的意志和性格力量在种种对立冲突中发展得更丰富成熟,同时勇敢地袒露它的真实",② 使女性的个性、意识在二元对立中到达一种丰富、成熟与真实。而伊蕾、唐亚平、崔卫平所表达的则是"独身女人""我是女性,但不主义"的孤独意识。这种孤独,不是因为自我世界的男性缺失,而是女性生而具有的"黑夜体验"。所以,从她们那里,男性被有意识地隔绝于女性世界之外,即使男性在场,也是女性视角中的男性,女性眼界中的男性形象。很显然,在这儿,男性被措置于"被看""被审视"的对象客体。伊蕾的《独身女人的卧室》就是由"镜子的魔术""土耳其浴室""秘密的窗帘""女士香烟"构成的一个自足的象征世界,这个世界由女人的独唱和女人的独白构成一个独立时空。虽然在《独身女人的卧室》组诗14首的末尾,伊蕾不无挑逗地都写上"你不来与我同居"的性爱呼唤,但是这里的"你"是虚拟的,甚至是不存在的,它是一个男性或男性群体的泛指,是一个空洞的能指。我们切不可将其看作是古典诗词中女性写作的"闺怨诗",因为诗人伊蕾在大量的私密空间的展示中突出的女性自我,是一个由"我"主宰和掌

---

① 翟永明:《黑夜意识》,张清华主编,毕文君、王士强、杨林编选:《中国新时期女性文学研究资料》,山东文艺出版社2006年版,第72页。

② 翟永明:《黑夜意识》,张清华主编,毕文君、王士强、杨林编选:《中国新时期女性文学研究资料》,山东文艺出版社2006年版,第72页。

控的自我的世界，而"你"是一个由"我"邀请和召唤的"客人"，是一个被召唤的客体。在女性的世界，女性自我始终是主体性的存在。"我"（女性）是"主人"，别无其他。

在唐亚平的《黑夜》中，性别的对立更趋明显。屈服于男性世界是荒唐的，而男性建立权力世界更是虚幻的，"一切都会成为虚幻的影子"，"血肉和骨骼都是黑色/莫名其妙莫名其妙"，"天空和大海的影子也是黑夜"。① 相较于翟永明、伊蕾，唐亚平似乎更热衷于"以女性视角和富有穿透力的目光挑剔地审视男性，以机智的反讽、纵恣的姿态剥脱男性的君子伪装，暴露其庸琐、卑俗、残虐的丑态，控诉男性创世神话的罪恶本质"。② 她的"黑色系列"所选择的黑色沙漠、黑色沼泽、黑色洞穴等，均是令人不安的荒野自然意象，它们是被光明遮蔽的，是阳光照不到的黑色界面，从而与太阳、男性、权力构成的另一个世界形成对立而自足的世界，从而对看似"本来如此"的男性世界和现代文明予以蔑视，其中不无一种自我启蒙和价值重构的努力。

五　从倾诉创痛到性别表述的女性小说现场

从文体的读者接受来看，诗歌的表情达意相对而言更集中、更迅急、更猛烈，它能在瞬间引爆一种时髦的焦点，并使之达到某种交锋的高潮，但它掀起的高潮却容易消退。而小说作为有一定长度的、有完整故事的文体，它与社会产生的互动效应相对要更为持久。作为对读者影响最大的两种文体，诗歌是一个时代精神激变的"冲锋号"，而小说则是这个时代日常生活的晴雨表。20 世纪 70 年代末 80 年代初期，在表达启蒙意识以及女性自我觉醒时，一些女性作家并没有游离于主流话语之外，实际上以"在场者"与"亲历者"的身份，选择通过小说从社会文化层面倾诉时代创痛、反思生命缺陷、表现两性关系、质疑传统性别秩序，成为新时期文学与社会生活互动的重要力量。

---

① 唐亚平：《月亮的表情》，沈阳出版社 1992 年版，第 42 页。
② 乔以钢编：《现代中国文学作品选评》（1918—2003）B 卷，南开大学出版社 2004 年版，第 313 页。

　　福柯说"'启蒙'是一种历史性的变化,它涉及到地球上所有人的政治和社会的存在",① 被男权意识形态确定和限制的女性写作也不可能无视因"文化大革命"而造成的消极的社会政治影响和后果。因为"文化大革命"中极"左"思潮的"魅惑"加重了普通民众的"愚昧",因愚昧而产生的伤人及自伤现象滋生出累累伤痕,故而新时期初始在思想文化领域大力"祛魅"遂成头等大事。那些在 20 世纪 50—70 年代以"阶级斗争"为其内核的女性社会政治话语开始转型,作为思想异端的"人性","人道主义"翻转而成文化主流意识的核心组成部分,于是与其紧密联结的女性"主体性"也便成为女性作家共有的思想知识结构的重要一极,并成为表达创伤体验和倾诉痛苦记忆时的主导,希望借此建构起女性作为大写的"人"的主体形象,实现女性写作的启蒙功能,女性写作凸显出与政治意识胶着共舞的景象。所以,新时期女性小说写作,一开始就以对"文化大革命"的真实表达和反思勇敢地参与到思想文化领域对妇女的"新启蒙"之中。

　　"文化大革命"中的"伤痕"是留在人们心灵中最深刻而痛苦的记忆,如果按照创作发表的线性时间来考察,宗璞的《弦上的梦》(1978年 12 月)无疑是小说领域女性倾诉"伤痕"创痛的开篇之作,小说中的梁遐是一个典型的"伤痕儿",她的遭遇与经历、心态与性格烙有"文化大革命""伤痕"的深深印迹,小说因对"文革"的批判和反思而被学者戴锦华誉为是"干预并介入现实的力作"。② 宗璞其后的中篇《三生石》以"文化大革命"历劫者的在场身份,叙写知识女性梅菩提、陶慧韵所经历的重重灾难、痛苦遭际与情感生活,从而对知识女性在人性扭曲环境中的命运进行叩问,对她们始终秉持的生命意识和精神信念给予深情礼赞。小说以"人性"和"人道主义"作为启蒙资源为主人公争取作为人的基本情感,向极"左"思潮严正抗议的努力值得肯定。

　　竹林的《生活的路》(1979 年 8 月)作为"伤痕"文学的代表作品,

---

　　① ［法］米歇尔·福柯:《何为启蒙》,杜小真编选:《福柯集》,上海远东出版社 2003 年版,第 531 页。

　　② 戴锦华:《宗璞:历劫者的本色与柔情》,《宗璞文学创作评论集》,人民文学出版社 2003 年版,第 301 页。

揭示出"在这场轰轰烈烈的大革命中，社会上的人们纷纷与自己的家庭、父母、丈夫、妻子、兄弟姐妹、姑嫂叔伯'划清界限'"，① 人与人的关系扭曲，人性严重撕裂，女性被作为权力象征的男性利用、奴役和侮辱。而反思文学的开山之作《剪辑错了的故事》（1979 年 2 月）中茹志鹃痛定思痛，在对历史场景和现实场景的反接对照中，深刻反思了极"左"路线训示下"大跃进"的荒谬与不可思议，两个时代领导与群众迥然不同的关系，其"真革命"还是"假革命"的身份辨识等，这种勇闯禁区揭露那场"以荒谬战胜真理、迷误战胜科学而收场的悲剧"的探索，② 引发了文坛关于"歌德"与"缺德"的论争，从而开启了反思文学的启蒙之门。张洁的《爱，是不能忘记的》（1979 年 11 月）与"伤痕""反思"内容一致而又因表现出一抹两性情感的温润和人性的深度而具备明显的超越性，写出了女性之于情感的态度，因大胆指斥没有爱情的婚姻是不道德的，从而引发了关于"爱情"的大讨论。

紧随其后，女性写作对人道主义精神和人性的反思也逐渐凸显和深入，并借此汇入"新启蒙运动"的潮流。在这一面向上，戴厚英的《人啊，人!》（1980 年 11 月）被评论界认为是"新启蒙"当之无愧的发轫之作。《人啊，人!》中戴厚英为达成传导启蒙的目的，她特意在小说故事中切入 20 世纪 80 年代思想界对于马克思主义与人道主义的论争，让何荆夫担负起"人道主义"者的化身，通过他显示出新时期"人的发现"与"人的觉醒"的自觉。小说特意设置借助现代启蒙而觉醒的新生力量奚望，让他认识到"科学和民主的潮流，是不可阻挡的"，③ "上大学，留学深造，都只能为着一个目的：改造中国"，④ 奚望正是在科学与民主精神的感召下觉醒进而理性地发现身为 C 城大学党委书记的父亲溪流"思想已经僵硬到了极点"，于是开始了他自己的启蒙行动，这既对接了断裂多年的"五四"启蒙传统，又开启了以"人"为主题的"新启蒙"的行动诉求。同样，小说的"二十六"章中在孙悦、李宜宁、何荆夫、

① 竹林：《生活的路》，中国青年出版社 2019 年版，第 59 页。
② 刘宾雁：《人民，只有人民……》，《社会科学辑刊》1979 年第 2 期。
③ 戴厚英：《人啊，人!》，合肥文艺出版社 1999 年版，第 307 页。
④ 戴厚英：《人啊，人!》，合肥文艺出版社 1999 年版，第 308 页。

许恒忠之间展开了一场"有关国家前途和命运的大问题"①的讨论，他们在反思中肯定了"真正的爱情是和人的心灵一起成熟的"②这一"人性"命题。所以学者张光芒认为《人啊，人！》自觉追求启蒙叙事，"从理性哲学的高度直逼人性之缺陷及其根源，并在这种批判性的反思中，预示了人性启蒙前往形而上思考与终极关怀发展的历史趋势"。③

当从文学史的视角讨论《人啊，人！》时，我们也不能忽视发表于其之前的《一个冬天的童话》（1980年6月）的存在。遇罗锦的《一个冬天的童话》是这一时期女性文学中最具有怀疑精神和女性意识的"自传体小说"，④它以磅礴的愤激之情对"文化大革命"中女性的生活磨难、不幸遭遇、痛苦创伤和思想苦闷进行了大胆的展示与思考，尤其对特殊境遇中女性的成长经历、爱情心理进行了比较率直的表现。其中的女主人公陷于情爱与母爱选择的冲突之时，她很快舍弃母性意识、弃绝亲子之爱而选择情爱，这种悖逆母性与人伦的大胆自剖，以及"爱情至上"的态度在当时的女性书写中石破天惊。小说最后"我"与丈夫赵志国坚决离婚，彻底摆脱了以"叫卖"自己而换来的屈辱婚姻，但期望负载"我"爱情的男性维盈却抽身退场，这里异常犀利地把批判的笔锋指向男性。小说的"题记"中明确地说此文要传扬哥哥遇罗克的故事及其精神，

---

①　戴厚英：《人啊，人！》，合肥文艺出版社1999年版，第319页。

②　戴厚英：《人啊，人！》，合肥文艺出版社1999年版，第327页。

③　张光芒：《人性解放"三部曲"——论新时期启蒙文学思潮》，《南京大学学报》2003年第1期。

④　关于遇罗锦的《一个冬天的童话》的文体归属学界存在争议，作品1980年在《当代》发表时"编者按"就认定其为"报告文学"，之后的媒介宣传以及评论中基本沿用这一文体评判；遇罗锦本人在作品"题记"中说"我写出这篇实话文学"，文中也说"我要用我的生命写实话文学"（遇罗锦：《一个冬天的童话》，《当代》1980年第3期），但后来又说她是"用写小说的形式去写的"（遇罗锦：《关于一个冬天的童话》，《文艺报》1981年第1期）；著名学者洪子诚在《中国当代文学史》中也将其归类到"80年代初期的小说"一章里，当代学者杨庆祥也认为只有"当做一部小说作品来予以解读，才能洞晓其中隐藏的文学/文学史话题"（杨庆祥：《论〈一个冬天的童话〉》，《文艺争鸣》2008年第4期）；当代学者何言宏则把其与巴金的《随想录》、杨绛的《干校六记》等同时代作品一起归入"见证文学"（何言宏：《当代中国的见证文学——"文革"后中国文学中的"文革记忆"之一》，《当代作家评论》2010年第6期）；作品发表不久评论家易言认为其是"自传体小说"（易言：《并非童话》，《文艺报》1980年第11期），本书沿用了这一文体判定。

这种将社会政治问题与婚姻伦理问题结合在一起的尝试表达显然力不从心。因为我们看到小说中其实把哥哥遇罗克的故事推置为一个远距离的背景，重点却放在书写"我"的似乎美丽而又伤怀的情感故事。小说以腊月大雪纷飞时节"我"与维盈的一见钟情开端，而以又一年冬月"我"与维盈于千里雪原结束无果的爱情而终结，两者之间的爱事实上构成了一个寒冷冬天的童话，这一爱的童话在残酷的政治现实面前美丽、怯弱却不堪一击，女性在残破的历史中如何来叙写和守持住自己的精神显然有待继续掘进。

当然，这一时期的女性写作除了对"文化大革命"的"历史灾难"提供证言之外，更多的是关注人类，尤其是关注女性情感的创伤、个人的命运和作家对于女性"主体意识"的自觉寻找。于是她们不再宣扬和附和抽象的"人道主义"，也不再单纯地控诉极"左"政治及其旧的意识形态，而是发挥女性作家的独特优势，书写理想的女性生活和日常琐事中的女性生存状况。埃莱娜·西苏说："写吧！写作是属于你的，你是属于你的，身体是属于你的，接受它吧。我知道你为什么没有写。……因为写作对于你来说一下子太大了这种事是留给那些伟大人物的，也就是留给'伟大的男人们的'"。[①] 的确，在"十七年"时期，"写自己"的作家寥寥无几，而在新时期之后女性作家迅速排列成一道风景，她们似乎获得了西苏、波伏娃们遥远的启迪。比如在小说领域，进入读者视野并引起较大反响的除了上述几位勇敢的开拓者外，还涌现出了谌容、张辛欣、铁凝、王安忆、张抗抗、戴晴、李惠薪等，她们要么在文学史中地位非同寻常，要么读者效应已深入人心，比如张洁的《祖母绿》《方舟》《七巧板》等，从爱情乌托邦的痛苦坚守，到由男性构筑的"诺亚方舟"的毁灭；从张辛欣期望男性与女性能够"站在同一条地平线上"（张辛欣《在同一地平线上》），到铁凝书写女性作为情感和欲望主体浮出历史地表（铁凝的"三垛"，分别指《麦秸垛》《棉花垛》《青草垛》）；从期望女性以质朴与善良、知识与理性改变落后面貌（铁凝《哦，香雪》），到女

① ［法］埃莱娜·西苏：《美杜莎的笑声》，张京媛主编：《当代女性主义文学批评》，北京大学出版社1992年版，第188页。

性走出既定社会秩序的孤独与无助（王安忆的"三恋"，指《荒山之恋》《小城之恋》《锦绣谷之恋》）；从现代校园青年女性精神状态的叙写（陈染的《世纪病》），到女性情绪化的经验与性别叙事的确立（林白《一个人的战争》）……当然，这一个名单还可以展开得更长。越往后发展，女性意识越趋明显，且对女性的个性心理描写和社会角色的探究已不再依附于新时期初期主流意识所概括的对极"左"思潮的回应和人道主义的讨论，而是走向了女性意识的自觉，即从一种被时代引领的政治热情到转向自觉的性别表述而确立了自身解放的历史在场。

总之，启蒙绝不是神谕，它最终仍需要归于实践。作为一场不息的战斗，启蒙更多的是对思想的借鉴，是寻求一种理论资源，但往往对这一资源的有效性和时效性考虑不足，正如美国社会学家、女权主义学者汉娜·阿伦特在《人的境况》中所言，人只有在与他人分享这个世界、共同拥有这个世界并在这个世界中积极行动，才能使人获得意义，而妇女"被奴役和被贬入家庭的事实"，① 使女性所面对的不只是自己的敌人（男性），而是一种与女性自身息息相关的生产方式，是一种让作为独立个体（人）成为孤独、无力、自感"多余"的社会运作方式。马克思认为人"只有在其社会关系中才具有价值"，所以，女性文学与女性解放的话题也不仅是启蒙话语，更重要的是如何让整个社会赋予具体而实在的个体与他人分享这个世界、拥有在这个世界积极行动的能力。这也是我们在新启蒙语境下回到新时期女性主义文学现场的根本目的。

第二节　新时期女性文学的历史走向

新时期女性作家群迅速崛起，老、中、青作家齐集一堂形成"百凤朝阳"的局面，开辟了广阔的女性文化空间，在这一空间中女性文学不断扩展和深化。其内容涵盖社会、历史、伦理、人性层面；其艺术形态"既具先锋性、又富嬗变性，呈多元化发展态势"；② 女性在"人的自觉"

---

① ［美］汉娜·阿伦特：《人的境况》，王寅丽译，上海人民出版社 2017 年版，第 85 页。
② 盛英主编：《二十世纪中国女性文学史》，天津人民出版社 1995 年版，第 722 页。

的前提下，女性意识迅速成长并不断强化，女性文学与妇女解放思潮互动相生，"女性人格、女性尊严、女性心理、女性体验、女性经验等不断得到伸展，终于使女性文学匡正了以往遏止乃至泯灭性别特征的偏颇，表现出空前的性别特征，女性文学称谓终于具备了'人的自觉'与'女性自觉'相统一的较为完整的意义"。① 新时期女性文学因其不断的突破和超越变得越来越丰饶和美丽，呈现出多元共生和动态发展的历史走向。但由于20世纪80年代和90年代的女性文学差异有目共睹，所以本书把新时期区分为两个时间段来表述。

一 20世纪80年代：寻找和发现"女人"以及"女人的世界"

文学启蒙首先从人性启蒙开始，人性的点点滴滴、方方面面都是文学着力表现的领域。20世纪80年代在以"伤痕文学"为发端的"文化大革命"后文学中，女性作家痛定思痛，以敏锐的触角传达着历史巨轮的足音，首先对人性、人道主义重新肯定和高度强调。女性写作中小说有宗璞的《我是谁?》《三生石》，张洁的《爱，是不能忘记的》，张抗抗的《爱的权利》，遇罗锦的《一个冬天的童话》，戴厚英的《人啊，人!》，韦君宜的《洗礼》等，以及杨绛的散文《干校六记》等，回首往事、抚摸内伤，发出了对人性、人道主义的热切呼唤。戴厚英在忏悔中呼吁道："终于，我认识到，我一直是以喜剧的形式扮演着一个悲剧的角色：一个已经被剥夺思想自由却又自以为是最自由的人；一个把精神枷锁当作美丽的项圈去炫耀的人；一个活了大半辈子还没有认识自己，找到自己的人"，② 彰显出觉醒的知识女性对过去无我状态的反思，对人性的领悟和对造成"人性"悲剧的思想根源的揭示。至此，女性发现了自我，开始上升到一个比较理性的层面去思考所面对的一切问题，因而舒婷的诗歌《致橡树》《神女峰》，小说中叶文玲的《心香》，张抗抗的《北极光》，徐小斌的《河两岸是生命之树》，陆星儿的《啊，青鸟》，宗璞的《泥淖中的头颅》等，以较为深邃的历史纵深感和思想容量，显现

---

① 盛英主编：《二十世纪中国女性文学史》，天津人民出版社1995年版，第706页。
② 戴厚英：《人啊，人! ·后记》，合肥文艺出版社1999年版，第333页。

出女性自我独立、清醒的探索精神，通过把那些不同人物活着的故事，把人性的欲望、本能、生命力等都汇入女性解放的层面来表现，启迪人们生命的敞开以及自我人性的发现。80年代中后期，经历了理性的自我发现以后，思想界兴起恢复民族文化自信的热潮，文学就再一次回到悠久的中华文化传统中去寻找根性和本源，促使以张承志、阿城、韩少功、汪曾祺为代表的"文化热"浪潮崛起，试图发现民族文化中最有潜质的东西，借以重构民族的自我。在这样的文化启蒙之下，铁凝的《哦，香雪》、王安忆的"三恋"系列以及《小鲍庄》等，呈现了生存方式与民族文化构成之间的关系。同时，回归传统的女性写作也不忘从西方文化中发掘异质性营养，以达到重构自我的诉求，这就出现了刘索拉的《你别无选择》、残雪的《山上的小屋》等现代主义的探索，把"西方现代派文学尤其是存在主义的一些基本主题，如孤独、个人选择、存在的荒诞、个体反抗等，得到了中国式的表达"。① 80年代后期新写实小说开始崛起，池莉的《烦恼人生》《不谈爱情》，方方的《风景》《白雾》等作品降低视点，强调对现实生活"原生态"的还原。这些女性书写清晰勾画出80年代女性文学向着女性主体解放的征途执着迈进的步履。

（一）从爱情、婚姻、家庭的书写中来探索妇女解放的命题。

新时期伊始，女性写作中女性意识和妇女解放命题的探讨打破了"文化大革命"文学不写爱情的禁忌，首先从婚恋题材的作品中得到了突破和展现。张洁的《爱，是不能忘记的》书写一场可望而不可即的婚外情，引发了一场关于没有爱情的婚姻是不是道德的讨论之后，此类题材的写作此起彼伏。在诗歌方面比较有代表性的有林子的十四行组诗《给他》，舒婷的《致橡树》，马丽华的《我的太阳》等；小说有宗璞的《三生石》、遇罗锦的《一个冬天的童话》、张抗抗的《爱的权利》《淡淡的晨雾》《北极光》，张辛欣的《我在哪儿错过了你?》，徐小斌的《河两岸是生命之树》，陆星儿的《啊，青鸟》，胡辛的《四个四十岁的女人》，谌容的《懒得离婚》等；话剧方面有白峰溪的《明月初照人》《风雨故

---

① 朱栋霖、朱晓进、龙泉明主编：《中国现代文学史》，北京大学出版社2007年版，第157—158页。

人来》《不知秋思在谁家》等，这些都涉足女性婚恋关系，关注女性所面对的现实问题，被誉为"女性题材"的力作。这些作品的一个共同特征就是在人性层面描叙各种爱情和婚姻以及爱情婚姻之殇。

在婚恋小说中，由于特有的女性叙述和女性心绪，讲述的基本上都是三角恋、婚外情等伤怀之恋，女作家借助婚恋故事从道德的层面鼓励女性要有自我意识，不要羞于表达自己的精神需求，应追求属于自己的爱情、婚姻幸福，谱写属于自己的爱情之歌。张抗抗的《北极光》讲述了一个颇为单纯美好的爱情故事：仪表厂女工陆岑岑以在结婚证上签字作为进入业余大学学习的交换条件，虽然不愿意很快进入"幸福家庭图景"中过只有柴米油盐与孩子的日子，但她又不知道什么才是想象中的生活，当突然邂逅教室窗玻璃上的冰凌花时，她潜藏于心底的那束遥远而神秘的"北极光"升腾起来，于是在拍结婚照时她从恋人身边逃离，毅然拒绝走进婚姻，后来女性主体意识萌发的陆岑岑终于明白了自己内在的需要和追求，她选择了与自己有同样"北极光"情结的水暖修理工曾储，同他一起跑向属于未来的冰帆。《北极光》显示了新时期青年女性刚刚萌芽的对于理想对象的追求和寻找，"'北极光'在本文中象征着一种真实存在的又珍奇稀有的，既超凡脱俗又充满情趣的生命精神。'北极光'成了两性理想关系建立的基点、生命境界、共同话语，它显然成为以岑岑为代表的新女性对摆脱平庸的、司空见惯的，甚至是传统的两性关系、两性生活的希望与企求"。① "北极光"既表征着幸福与生命之光，也喻示着一种近乎完美的生活境界，这种理想境地无疑很难让追寻者如愿以偿地轻易得到，所以陆岑岑"经历"了以傅云祥为代表的"平庸而实际"的世界，以费渊为代表的"自私而虚无"的世界之后，才终于寻找到了具有"北极光情结"且代表着"真诚与理想"世界的曾储。从妇女解放的视角来看，陆岑岑追寻"北极光"的艰难过程明显隐喻着女性寻求解放之历程的曲折和解放后理想境界的诱人，正因为如此，女性对于美丽的爱情和婚姻的追寻不能轻言放弃，女性应该与男性一样寻找光明的去处，过有意义的生活。

---

① 林丹娅：《当代中国女性文学史论》，厦门大学出版社1995年版，第252页。

　　当然,上述提到的更多的女性婚恋小说,要么描摹爱情与事业的冲突,要么在爱情里寻找失落了的自我,都自觉地表现对于爱情的真切感受与心理体验。而女作家在捍卫自己的爱情的时候,大都举起"事业""自由""独立"的旗帜,以此来呈现女性"自我"同封建主义的斗争、对传统角色的反叛,以及对独立、自由、平等的追求。

　　胡辛 1983 年发表在《百花洲》上的短篇小说《四个四十岁的女人》①,被王蒙大加赞誉,但在当时却引起争议和探讨,学者林丹娅评价说:"这个文本可以说是 20 世纪 80 年代的中国女性探讨自身处境与问题的代表性作品",② 但后来除了少数几位学者关注外,这个作品在女性文学研究中却鲜有人持续探讨。《四个四十岁的女人》在有限的篇幅里讲述了四个人到中年的女性迥异的人生故事。20 年前,四个正当年华的闺蜜各自确立了自己的人生目标:甜美秀丽的钱叶芸梦想成为赣剧表演艺术家;憨厚灵巧的蔡淑华一心渴望成为一名纺织厂的劳动模范;生性恬静的魏玲玲打算一辈子不结婚,要争当第二个林巧稚;才华出众的柳青只想当一名乡村女教师。20 年后,不再年轻的她们,却各自拥有着与梦想不一样的人生:蔡淑华调离纺织厂到妇联搞妇女工作 16 年,但具有讽刺意味的是,在她的言辞之间更多的是"对妇女的艰辛多磨作出评价和叹息",她的行动却无外乎"打米买煤,炒菜烧饭,缝补浆洗,老头子,儿女",她的思想纠缠在"为人母"的角色与社会角色的平衡上;钱叶芸"为了追求做一个真正的女人",不想早生、多生孩子,从而加重了人生的苦涩,导致"一次出嫁、两次改嫁",承受着"身败名裂"的巨大压力;那个不想结婚要争当林巧雅式大夫的魏玲玲违背初衷,在 32 岁时还是走进了婚姻的殿堂,为此放弃了自己的事业,成为照顾丈夫和儿子的"贤妻良母";山村女教师柳青,扎根乡村奉献农村教育事业,虽然从学生身上她切实感受到了自己事业带来的幸福,可她却偏偏没有结婚而且又身患绝症,处境孤寒的她把自己对爱情的理想寄托在因出诊失足坠落山崖的一位医科大学生这样一个空洞的能指上,借以填补她爱情的空白

---

　　① 胡辛:《四个四十岁的女人》,《百花洲》1983 年第 6 期。
　　② 林丹娅:《当代中国女性文学史论》,厦门大学出版社 1995 年版,第 247—248 页。

和缺失。胡辛给我们展现了现代生活中四类典型而又普通的女性的生活形态，通过她们 20 年人生的经历，演示了现代女性现实中遭遇的困境，借此发出了同时代女性作家张洁曾在《方舟》中既有的质询：女性面对事业与婚姻家庭终究不能两全的两难处境。小说中魏玲玲、蔡淑华类的现代女性对婚姻爱情拼命守护，依附家庭和男性，巩固家庭的秩序，她们的意图其实很简单，只不过想通过爱情、婚姻、家庭来证明自己的价值，从而确立自己的社会地位，这无形中还是巩固了它所代表的社会秩序，究其实质仍是认同并参与了构建以男性为中心的社会秩序，这一切都说明了新时期到来之后妇女要革新思想观念和重新定位自我的角色依然困难重重，妇女解放仍然举步维艰。

王安忆的《弟兄们》又给了我们一个质疑女性自我世界的范本。小说书写了三个已婚但在读大学的女人由于不屑于男性世界的卑琐而称兄道弟，自组了一个纯粹的女性世界，但女性之间依凭精神维系情谊还是很不现实，"老三"被爱情俘获退出同盟回到家乡的县城心甘情愿地做起了"平凡女人"，"老大"与"老二"也不得不回归各自的家庭。多年以后，尽管"老二"与"老大"依然纠结于做一个"自由的自我"还是"完整的自我"之中，但她们之间看似持久、浓烈的情谊却因生活中琐屑的小事件而脆弱得一触即破。在王安忆看来，女性完全彻底的"自我"不可能实现，女性情谊终究是一个"乌托邦"的空洞能指，男女之间虽然互为彼此的自由牢狱，但女性"一方面，是身心渴望得到发展与肯定，另一方面，则渴望男人强有力的庇护与支援"，① 小说依然体现出期望"男女携起手来互相补充和配合"的观念。所以女性做自由之我的道路显然荆棘丛生，女性完整之我的实现不能有悖于性别和谐，这样的女性存在终究与主流意识传导的妇女解放形成了无解的悖论。

（二）在女性生存处境和命运的揭示中凸显妇女解放的必然性

新时期随着国家意识形态的强力调控和政策制度的逐步健全，妇女在参政议政以及相应的社会参与方面的能动性得到充分发挥，女性文学也渐具多元态势与规模，因此，有关女人与自我、女人与女人、女人与

① 王安忆：《男人和女人　女人和城市》，《当代作家评论》1986 年第 5 期。

男人、女人与社会、女人与人生的题材次第展开，在上述关系中，最易表现和开掘的莫过于女性处境和命运的探索。

在小说写作中谌容的《人到中年》《杨月月与萨特之研究》、张洁的《方舟》、铁凝的《麦秸垛》、航鹰的《前妻》、陆星儿的《天生是个女人》、严歌苓的《雌性的草地》等，要么探索知识女性的生存困境，要么揭示农村妇女因顽固的封建传统心理所导致的命运悲剧，要么探究女性不幸命运的根源，她们无一例外地都把批判的矛头对准根深蒂固的男权意识，认为正是普遍存在的性别歧视使女性在事业上、精神上都难以获得与男人同等的权利和尊严。

谌容的《人到中年》通过眼科医生陆文婷猝发心脏病陷于生命危急时刻的意识活动，以及她丈夫傅家杰，她的领导、同事、病人等对她的回忆和讲述，回顾了她从 20 年前第一次上手术台至今超负荷地运转在手术台、病房和家庭之间的故事，在礼赞知识分子默默奉献精神的同时，聚焦中年女性知识分子工作与家庭的双重窘境，提出了社会必须直面中年知识分子生存境遇与社会价值的问题，为社会敲响了反思警钟。陆文婷作为一名普通的医生，有着骄人的医务水平和高尚的医德人品；作为妻子、母亲，她却深陷于不能尽妻职与母责的自责之中。《人到中年》中虽然没有刻意地渲染女性意识和探索妇女解放的命题，但从陆文婷不堪负荷、疲于奔命的日常生活中，我们体味到了女人由于性别标签而特有的生存样貌和不能承受的生活之重。此后不久，宗璞也在《哭小弟》等散文中表达了相同的思想和时代问题。所以把《人到中年》放到 20 世纪八九十年代的历史与社会进程中来看，可以"透过'中年'问题，进一步思考与此有关的另一些更具根本性和普遍性的问题：……知识分子的问题究竟暴露了中国社会哪些更加可怕的深层隐患？"① 从这个视角来看，《人到中年》聚焦中年女性的生存境遇和命运，关涉的其实是妇女解放视域内知识女性个人的价值定位和自我价值实现等问题。

相反，在中篇《杨月月与萨特之研究》中，谌容一反正面激励的写作姿态，为我们呈现出了传统观念束缚下杨月月屈辱的人生和命运。杨

---

① 郜元宝：《〈人到中年〉简评》，《当代作家评论》1995 年第 3 期。

月月早年曾参加革命当过一名女兵，按照她当时的政治资历和革命经历，在新生的共和国她完全可以自食其力获得新的人生，但她仍然持守传统思想观念，仍然把竭尽全力服务离婚后的前夫当作自己的事业，麻木到完全丧失了"自我"存在的意识，从妇女解放的视角来看，作者在对杨月月所代表的民族文化心理结构的剖视中，深刻反思了妇女不幸婚姻和悲剧命运的根源，揭示出妇女要获得彻底解放的艰巨性。

铁凝新时期的作品非常关注传统女性的现实生存状态。她在《麦秸垛》中通过大芝娘的形象表达了与谌容相类似的思考。大芝娘是一个善良、隐忍、能吃苦、敢担当的农村妇女，可她一生过得非常孤独、凄惨、悲苦。没人陪伴的她常常用自己的体温捂热一个枕头，依凭它陪伴自己度过漫漫长夜。小说中描写了这么一个细节，当年她被丈夫抛弃后反而主动到城里找到丈夫，对他说："我不能白作一回媳妇，我得生个孩子"，于是她求着"丈夫"让她真正做了一回媳妇才生下了大芝，才觉得她的人生获得了"圆满"。作者深刻地描绘出了她身受痛苦而不觉其苦的不自知心理状态，把一个普通农妇生命的痛楚和压抑表达到了令人心痛的地步。然而小说给我们展现的沉痛还远不止这些，让人更感意外和不理解的竟然是，受过现代教育的知识青年沈小凤与大芝娘的想法是那么的重合！当沈小凤与陆野明在麦秸垛发生了无爱的关系后，小凤对陆野明也说："我想……得跟你生个孩子"。作者写出了传统的不合理的生活观念、生活方式顽固地扎根女性的意识深处，残酷地侵蚀着女性的灵魂。而铁凝1987年发表的小说《闰七月》，通过一个叫"七月"的女人与三个男人的故事纠葛，同样表现传统女性灵与肉所受的煎熬。七月由于家穷，流浪到孟祥锅、孟凡四（孟锅、老四）叔侄经营的铁匠铺，为了能活下去，无奈成了孟锅泄欲的工具，后来一个叫喜山的高中毕业生的到来给她带来了爱的希望，后来喜山带她出逃，希望她得到新生于是给她改名叫"闰七月"，但在小说的结尾，我们看到的却是喜山迎娶了另一位"清白"的姑娘，"闰七月"又退回到"七月"的无望生活之中，依然充当别人泄欲的工具。小说深刻地表现了封建主义思想对人们伦理观念侵染之深，蕴含着作者对传统妇女命运和现实生存处境的观照和思考。

可见，传统的封建观念和超稳定的男权中心社会，一起将传统的、恪守封建伦理道德的女性推向自我压抑、愚昧麻木的生命方式中，女性主体意识的集体匮乏仍然严重存在。广大妇女改变传统命运还比较艰难。虽然"时代不同了，男女都一样"，但属于弱势群体的女性依然身处中国历史的边缘位置，妇女彻底地解放难以兑现。

（三）在大胆而直率的"性"和潜意识书写中冲击传统，张扬妇女解放思想

20 世纪 80 年代中期，许多具有女性意识的青年女作家勇敢地将婚恋题材的写作引向"性"领域，她们的写作不但超越了"五四"以来女性写作中性爱的圣洁表达，而且也有力地冲击着中国女性传统的文化心理结构。小说书写中王安忆的性爱小说"三恋"和《岗上的世纪》、残雪的超验性文本《突围表演》、铁凝的《玫瑰门》、丁小琦的《另外的女人》等，以及诗歌写作中翟永明的《女人》《在一切玫瑰之上》，伊蕾的《爱的火焰》《独身女人的卧室》等作品里，惊世骇俗地自我宣泄着形态各异的"爱"和"性"，以此来显示独立的生命和女性主体个性化的性别表达。

在中国传统思想中，更多地以"非礼勿视、非礼勿听、非礼勿言、非礼勿动"（《论语·颜渊》）来规约建构伦理道德。而在西方，随着工业革命和现代科学的崛起，思想家们打破中世纪以来的性禁忌进入了"性解放"时期，许多思想家就这一问题进行讨论，出现了一些重要的论述，叔本华的言说颇具代表性。他认为"性欲是生存意志的核心，是一切欲望的焦点……人类也可说是性欲的化身"，[1] 在人的一生中，冲动力强大而旺盛的性"占据人类青春期这段黄金时代的一半时间，耗费他们的思想和精力；它也是人类终生梦寐以求的鹄的"。[2] 而拉康也有相类似的表达，他认为"人的欲望就是他人的欲望"，[3] 欲望"既不是对满足的渴望，也不是爱的要求，而是从后者中减去前者所得到的结果，是它们的开裂（Spaltung）的现象本身"。[4] 在拉康这里，他承接斯宾诺莎关于欲

---

① ［德］叔本华：《爱与生的苦恼》，金玲译，华龄出版社 2001 年版，第 54 页。
② ［德］叔本华：《爱与生的苦恼》，金玲译，华龄出版社 2001 年版，第 45 页。
③ ［法］拉康：《拉康选集》，褚孝泉译，上海三联书店 2001 年版，第 625 页。
④ ［法］拉康：《拉康选集》，褚孝泉译，上海三联书店 2001 年版，第 594 页。

望就是人的本质的观念，把欲望看作"是一种本体性的存在，它不是一种简单的性欲或其他生理性的欲望，而是所有欲望和需要——从食欲、性欲到审美需要和伦理要求——的渊源和本体"。① 可见，欲望就是人存在的本质，因为"性"的存在名正言顺地指涉着人的本体需求，甚至是人的最终极境界的目标追求。受此影响，浮出历史地表的中国女性书写开始全方位地呈现关乎身体的"性爱"书写。

王安忆的"三恋"系列小说和1989年发表的《岗上的世纪》基于全面探索人性深广度的考量，以女性主义视角大胆涉笔"性"，就性的物质性一面进行透析，提出以女性为本位的性关系，直接视女性肉欲为蓬勃的生命形式。"三恋"中的女主人公们，有与男性匹敌的性的冲动和要求，她们颠覆了中国传统文化建构出来的"非礼勿视、非礼勿听、非礼勿言、非礼勿动"的规约，在涉及"性"的一切场域和空间，能主动地与男性进行角逐和较量，以此显示出强烈的女性意识和女性主体精神。《岗上的世纪》通过"性"直接揭示人性的弱点和生理欲望。小说中的女知青李小琴下乡两年无法回城，在没有关系可走又没有它法可寻的情况下，漂亮的她发挥作为女人的固有优势，开始谋划勾引村里男性权力的代表——小队长杨绪国，试图凭借与杨绪国之间纯粹"性"的交换拿到回城的招工表，于是就有了她在路边干沟里和杨绪国野合等一系列赤裸裸的欲望表演。当知道自己被骗后，她报复性地揭发了杨绪国，使其被城里来的公安人员带走。之后杨绪国吃尽了苦头，而李小琴把自己放逐到最边远的小村子里去。经历波折后归来的杨绪国找到李小琴，他们间敌意、仇恨的对峙转眼转化为极度的两性狂欢。在李杨之间纯粹动物性的野合交媾之中，李小琴始终掌握着性的主动权，把女性的主体意识发挥到了极致。第一次在干沟野合，她就把女性原初的生命欲望热情奔放、自由自在地释放了出来；第二次的交合，李小琴强势地摧毁了杨绪国男性世界的全部尊严和荣耀，之后又逐渐把杨绪国变成一个真正的男人。当杨绪国从监牢中放出来后，两人再次相见，与杨绪国屋内七天七夜的世纪交欢中，她重塑和升腾了杨绪国的生命，也使自己体会到了生命的

---

① 王杰：《审美幻象研究》，广西师范大学出版社1995年版，第101页。

愉悦和升华。可以看出，作者试图"在性道德与性放纵的冲突中深入女性生命本体世界，开掘人的深层心理结构，以呈露人的物质性的强大；它有时可以扑灭精神性的东西，有时可以完善精神性的东西，另一方面，则有意无意地提出了以女性为本位的性关系，呈露出女权思想"。① 正因如此，王安忆的性爱小说被认为是"表现了对男性中心的性观念的颠覆"，"女性可以和男性一样，采取主动，可以索取，可以享乐，可以追求"。②

王安忆"三恋"系列、《岗上的世纪》和其后的《弟兄们》等一起构成了女性文学中很重要的文本，被评论界认为是女性意识觉醒进程中的一个重要标记。不过和20世纪90年代的个人体验式写作中的欲望描写不同的是，王安忆在其小说的结局中都安排不同的方式让欲望之火得以休止，主人公大都重新步入被主流意识规约的俗套生活，昭示着女主人公性爱追求的必然幻灭及面临的复杂困境。而作者描写性时采用隐中有显、欲显则隐的叙述策略，也凸显出其难以逾越传统规约尽情倾泄女性生命欲念的深层心理机制。

在20世纪80年代的女性文本中，还有一些有意深入人物的前意识、潜意识和无意识层面，剖视人物灵肉分离、被"性"扭曲的双重人格，譬如铁凝《玫瑰门》中的司猗纹、张抗抗《隐形伴侣》中的肖潇、竹林《女巫》里的须二嫂等，都展示出人性压抑、扭曲与异化的状态。

铁凝的《玫瑰门》是一个"文化大革命"叙事文本，又是一个典型的女性文本，又由于对性文化意识的有意渗透，使作品成为一个审丑的文本。小说主人公司猗纹是当代女性文学中一位比较罕见的被扭曲的女性形象。她出生于官宦人家，青年时爱上了积极参与学生运动的男同学华致远，临别之夜的温存之后带给她的是永世难忘的怀想。之后被家人作主嫁给庄邵俭，开启了她不幸的生活。公婆及丈夫都瞧不起她，后来丈夫还给她传染了性病，病愈后她开始放荡度日，

①　盛英主编：《二十世纪中国女性文学史》，天津人民出版社1995年版，第760页。
②　乐黛云：《中国女性意识的觉醒》，《文学自由谈》1991年第3期。

引诱公公并且使其一命呜呼,她又与朱吉开发生关系且意欲与庄邵俭离婚。后来两个男人相继去世,她成为庄家的主人,逐渐演变成一个恶婆婆。司猗纹可谓是一个有见识、有心计、有手段、敢作为的女性,她敢于在公公床前"露阴",用性裸露、性窥视的手段对生活进行报复。作者通过对她性变态、性报复等行为的描绘,写出这个人物由一个受虐者转化为一个残酷的施虐者的过程。铁凝在《玫瑰门》中冷静透视,可谓把女性本体卑琐、阴暗和丑陋的负面元素淋漓尽致地呈现了出来。

上述创作聚焦"性"来表现女性物质性与精神性的双面,并由此揭示女人艰难而尴尬的生存状态,从妇女解放程度的层面来看富有突破性的意味,这似乎成了女性解放的拓展和延伸的另类书写形态。

(四)在大时代的波动感应中,诠释妇女解放的箴言

在新时期新启蒙运动的烛照下,一些敏锐的女性作家,审视社会历史和文化中的固有隐形结构,考量妇女走过的艰难历程,重新诠释既有的观念,为妇女"应然"的解放走向提供了可依托的箴言与思考。

如果说林子的组诗《给她》大胆地倾诉着女性自己对爱人的绵绵不尽的恋情,礼赞如诗、如梦、如光的爱情,仅仅停留在歌咏新时期"我们的爱情已闪耀着崭新的光彩"的话,那么舒婷却是更为理性地传达着对于爱情的思考。舒婷1977年发表的《致橡树》采用女性抒情本体向假想的爱人表白爱情态度的方式,表现女性崭新的爱情观。女性不像攀援的凌霄花,不学痴情的鸟儿,"我必须是你近旁的一株木棉,作为树的形象和你站在一起"。诗人以同样高大挺拔的橡树和木棉来象征爱情中的男女,对传统爱情中女性处于从属和依附的位置进行质疑和拆解,表达作为女性的"我"绝不从属和依附于男性,既追求独立平等、珍视自我价值,又尊重对方存在的互依互助的理想爱情关系。所以,《致橡树》既表明了诗人的爱情原则与理想,也表达了女性自爱、自重、自尊、自强的精神和人格,这是新时期女性意识觉醒的宣言,暗合了马克思关于真正的爱情可能"使人成为真正意义上的人"的思想,又是她对女性命运最终解放的一种诠释。而《神女峰》由传说中站在山头永世守望爱情的女子的行动,拆解了代代陈陈相因的结论:"与其

在悬崖上展览千年/不如在爱人的肩头痛哭一晚"，悬崖上展览的不过是对虚幻爱情的无限忠贞，是一种抽象的宣传和教化，没有任何的现实意义和价值；女性，作为真实的人，活着还是要肯定现实的存在价值，不应做男子的附庸和影子，要与男性建立人格平等、个性独立的新型爱情关系。舒婷在《神女峰》中对千百年来忍辱负重地"守贞"的女性鸣不平，呼吁她们发掘现世的价值，而"煽动新的背叛"，"这无异是新时代的'女权宣言'，从诗人的心中喷出，回荡在滔滔不息的江岸，镌刻在民族的崖壁上"。①舒婷对爱情婚姻中"正统"道德进行反思与批判，体现出人的价值的主题，传达出一种崭新的爱情观：悬崖上的展览，无论多么久远，终不过是抽象的教化，不过是虚幻的价值，只有对人的充满活力和生机的现实生命的把握才是真实的，才是人的体验和向往。《神女峰》对崭新爱情观的表达和深刻的理性精神，使之上升到本真生命哲学的高度，远远地超越了同时代女性作家的思考，呈现的是关于妇女解放的箴言与沉思。

在舒婷之后，叶梦写于1983年的散文《羞女山》也思考了女性的生命价值，对被遮蔽和压抑的女性发出"你醒来吧，羞女！"的热切呼唤，"揭去了千百年来那些别有用心的道学家和作茧自缚的平民百姓强加在羞女身上的阴翳，不仅高扬起女性不屈的宏阔的精神自我，更张扬出女性那充满创造之伟力的肉体生命自我"。②作者改写了传统观念里蒙受耻辱以投江的方式消极反抗的"羞女"形象，把她想象成敢于仰天长睡，晒出自己"羞耻"的"狂放不羁、乐知天命的强者"，甚至把"羞女山"比拟成天地伊始造人补天的创造之神女娲，让其充满女性原初激情的创造力穿透女性自我主体长期缺失所造成的文化空白之地，从而抵达现代文明所呼唤和建构的女性生命本真世界，来传达女性主体亟须彰显的强烈信念。

女性文学在反映女性世界、宣示女性箴言的同时，有一些作家也不

---

① 吴开晋、耿建华主编：《三千年诗话》，江西高校出版社1998年版，第336页。

② 李虹：《女性"自我"的复归与生长——新时期女性散文创作的流变》，《文学评论》1990年第6期。

忘对女性以外的世界进行观照和表述，或者意欲剖析现实，直指女性人性的弱点，或者从正面为符合时代潮流的妇女解放形象塑形。

竹林的长篇小说《生活的路》，是新时期文学中第一部涉足"知青题材"的作品。小说围绕知识青年谭娟娟和张梁在虎山大队下乡的命运遭际和不同道路的选择，表现"文化大革命"对一代知青的影响，塑造了女知青谭娟娟的悲剧形象。她在那个唯路线论的时代，"不得不选择'革命道路'，宣布和自己的父亲'划清界限'"，① 但是在正义与邪恶两种势力的较量中，父亲是反动学术权威的阴影笼罩在她追逐所谓"光明理想"的道路上，性格懦弱的她被大队支书崔海赢所谓的"正确革命路线"误导，从而迷失了自己的方向，终究抛却参与虎山大队改山治水的正义活动，偏移到男性政治权力的代表者崔海赢那里寻求脱离农村的虚假道路，反而被残酷的现实扼杀。她的悲剧结局引发人们对"文化大革命"进行反思，也对女性自身暴露出的人性弱点进行审视与思考，以启迪女性警醒。

张洁有一部分表现"重大题材"的作品，比如荣获茅盾文学奖的长篇《沉重的翅膀》，还有《条件尚未成熟》《尾灯》《他有什么病》等小说，以重大题材反映社会改革开放，铺叙这一特殊历史时期各色人等的生存现状和社会心理结构。此类作品因为要向主流意识形态有意靠拢，主要以塑造男性人物形象为主，但为了开掘题材所蕴含的意味，其中也塑造了一批时代女性的形象。比如作为"改革文学"的重要收获之一的长篇小说《沉重的翅膀》，在塑造了社会结构中的各层人物诸如郑子云等男性形象之外，也塑造了一系列富有时代气息与人性魅力的女性人物，其中有平凡坚韧的刘玉英、貌丑心美的叶知秋、权力场角逐的何婷、市民习气浓郁的夏竹筠等。小说中对这些女性在改革初期的不同命运与内心世界的描摹，其中内化了新时期开端对女性"应然"和"必然"形象的建构和赋形。

受此影响，这一时期女性文学中给人印象最深的当属与社会同呼吸共命运的新女性形象的塑造。张洁《祖母绿》中"无穷思爱"的曾令儿、

① 竹林：《生活的路》，中国青年出版社 2019 年版，第 59 页。

谌容《献上一束夜来香》里的齐文文、刘西鸿《你不可改变我》中的孔令凯等，她们大都是受时代感召、肩负社会职责的知识女性，在自己的职业领域都卓有成就。从性格层面来讲，她们自尊自强、独立进取，充满着理想主义色彩和人道主义精神，具有强烈的女性主体意识，她们通过自己的艰辛拼搏战胜了社会对女性的偏见，表现出女性强者的性格魅力。

毕淑敏1987年发表的处女作《昆仑殇》给女性文学园地带来军营硬汉形象的同时也展现了别样的女性风姿。小说讲述了昆仑边防区部队在指挥官"一号"的带领下进行的一场空前绝后的野营军事拉练活动期间发生的故事。事实上，在这场不合时宜的拉练行动中有许多士兵像警卫员金喜蹦、号兵李铁等被高原严寒的气候冻伤冻残，战士郑伟良甚至献出了宝贵的生命。在这由军队、高原、严寒、死亡组成的男性残酷场域中，也活动着女性刚强的身影和不屈的灵魂。女卫生员肖玉莲积极上进，为了能入党她主动请求加入拉练，以此来考验自己，最后美丽坚强的肖玉莲牺牲在了无人区。小说所体现的尊重生命及其价值，正视并反思"文化大革命"这段特殊历史创痛的写作态度，也引起我们深沉的思考。

而专注于书写报告文学，关注重大经济体制改革题材和知识分子题材的陈祖芬，在20世纪80年代后期的报告文学《飘走的蒲公英》中，以一个普通的女知识分子在艰难的情境中患癌早逝的事件为契机，写出了许多像蒲公英一样飘逝的中年知识分子，提醒社会要关注知识分子的处境问题，遥相呼应谌容小说《人到中年》和宗璞散文《哭小弟》中的现实思考，因而具有警世作用。

总之，此类作品中的女性作家都具有强烈的自我意识，不愿放弃自我的发展，不懈地追求自我价值的实现，竭力寻求个性解放与社会进步的有机统一，展示出了女性的时代风采和精神面貌。

二　20世纪90年代：透视女性生存困境和呈现"女性经验"

20世纪90年代以来，由于改革开放和市场经济的快速发展，社会结构发生重大转变，呈现出较为复杂的裂变局面，而文化作为一种普通的商品也被置入大众消费的视野，此时的女性文学也经过80年代的发展而走向群体性的成熟，从而形成多元共存、竞相发展的格局，文学在不断边缘化的过程中面临着商业法则的侵袭和大众传媒的冲击，大众文化的侵蚀和挤压成为最触目的文学现象。处在既建构又解构这一历史进程中的女性文学，也呈现出边缘化、商品化和非意识形态化的特征。与时代相呼应，这一时期女性写作要么以原生态的日常性叙事平实地展露各阶层女性的生存状态和男性压迫，以透视女性的生存困境与命运轮回；要么解构既有的一切秩序，张扬现代女性精神；要么执着于呈现女人及女性经验，突出强调男性文化对女性权利与价值的贬斥、压制，颇有女权主义倾向。20 世纪 90 年代，写作于女性而言其实就是远离社会中心的"逃亡的梯子"，是寻找和发现生活与存在无限可能性的一种艺术手段，也是女性实践自身解放的可能性路径。

（一）在女性生存状态的日常性叙事中，展现妇女进一步解放的可能

许多穿行于 20 世纪 80 年代，在 90 年代依然风姿飞扬的女性写作，着意于描叙女性或者两性粗粝而细碎的多样化生活状态和生存景象，注重挖掘女性无所适从的尴尬生活情境和生存困境，从而思考阻遏女性解放的各种可能限度。陆星儿的"天生是个女人"系列，王安忆的长篇《纪实与虚构》《长恨歌》，池莉的《太阳出世》《化蛹为蝶》《来来往往》《你以为你是谁》，方方的《桃花灿烂》《落日》，迟子建的《向着白夜旅行》《白银那》《逆行精灵》等，大都以女性为视角和主角，关注日常生活中的百态世相，透视普通人的喜怒哀乐，深刻地揭示出生活的困窘和本质。

陆星儿20 世纪 80 年代末到 90 年代，持续推出了"天生是个女人"系列小说集（《天生是个女人》《一个女人的一台戏》《女人的规则》）和散文集《女人的出头之日》等，反映妇女的生活状态和生活困境非常广泛深刻。通过女性生存困境和内心裂痕的展示，再现因袭传统观念的妇女未能真正独立的悲凉，真实地反映了所谓已经解放了的妇女的真实生活状况，感叹现代妇女在男性文化的压抑下无法达到人的自觉与女性的自觉的统一。比如《一个和一个》中的独身女人华菁在世俗社会中只能偷偷摸摸地与所爱的尹工程师幽会，静静悄悄地珍藏着他们之间的爱情；《第十一个》中高傲、孤独的女主人公斐月为寻觅理想丈夫而果敢离婚，

然而在现实世界中她只能成为一个爱情的守望者，对她来说"喜欢"和"爱情"始终是一种奢望，她终究不得不低下高傲的头颅陷落于男人编织的低俗世界；《迷失》和《女人规则》表现女性为了虚妄的爱情屈辱地充当第三者，甚至为男人生下孩子，但换来的依然是虚妄……在"天生是个女人"系列作品中，陆星儿"以一种极为真实的写实力量解构了那种'女性解放已达理性超越'的类乎'新神话'的事实虚构。'永恒的女性之谜'仍然存在"，① 表明女性做人和做女人一样都很难。陆星儿的"天生是个女人"系列中的女主人公有女设计师、女教师、女记者、女律师、女企业家、女干部、女工、家庭妇女等生活在社会各阶层的不同女性，通过对她们真实生存状态和生活困境的展示，以透视女性在新的时代仍然不得不面对的困惑、困境与命运轮回，从而突出强调男性文化对女性权利与价值的压制、贬斥，以及女性意图解构男性压迫和自我存在的困境的期盼，颇有女权主义倾向。当然，从陆星儿呈现出的女人世界中，我们也反观出妇女要做到真正的解放是何其艰难。

王安忆的《长恨歌》无论从哪个角度上探讨，都是一个有意味的经典文本。作者把女主人公王琦瑶40年的平凡人生写得哀婉动人，写出了她的伤感与痛苦、爱恋与怀念、希望与绝望。通过她的日常生活，王安忆写活了一座城市、一个时代、一段历史。作品中的王琦瑶是"典型的上海弄堂的女儿"，她离不开上海这个城市，终其一生都试图在城市里寻找到生活的支点，但显然她是失败的。从当选上海小姐成为沪上名媛，到认识李主任，住进爱丽丝公寓，再到李主任死后，住进外婆家，为生存在平安里做护士给人打针，晚年与老克腊产生恋情，与长脚交往后被其杀害。从对王琦瑶生命历程的简单梳理中可以看出，她作为万千凡俗男女中的一个个体，面对生活的激流只能无奈地随波逐流，让自己的命运在历史的长河之中起起伏伏而终究留下"长恨"。在她的生命轨道中，与男性的交往似乎也无关乎爱情，关乎的也仅仅是纷乱的世界中一个弱女子如何依靠男子而安稳生存这一事实。因而，她对李主任的感情是虚

---

① 陈惠芬：《女性的生存困境——〈天生是个女人〉的图像和意义》，《上海文论》1990年第 3 期。

的，而对于李主任给他带来的住进公寓里的实实在在现世安稳的生活实际却是真心把握的。所以这里的王琦瑶充其量还是一个庸常的物质性的普通女人，正是因为她的日常性和世俗性，所以当长脚向她借"黄货"时，她才会断然地拒绝以致给自己招来杀身之祸。说穿了，女性不能主宰自己的人生，想把自己的生命交付给男性主宰终究会被抛弃甚至吞噬，这就是那个时代女性必须面对的命定。

而池莉的新写实作品因其共同的特点，"就是对生存的世俗性、庸常性、卑微性和琐碎性的原生状态的展示"① 而迎合了市民的大众趣味，产生了较大的影响。进入 20 世纪 90 年代，她创作了大量叙写市民凡俗人生来透视两性关系及两性精神窘境的小说，比如《你以为你是谁》中的陆武桥过着标准的市民庸常生活，每个大礼拜雷打不动地请朋友来家里吃喝玩乐，之外的一切时间也完全沉陷进早已程式化的毫无意义和价值可言的家长里短之中。然而让他欣悦的是遇上了女研究生宜欣，并与她产生了深厚的"爱情"，而宜欣却觉得他不在她人生的时间表上，所以不想与他有太深的关系，于是她仅仅用一个白天和夜晚过完了属于他俩的一生，之后宜欣毅然与他分手，转而与一个加拿大人马斯订婚，两性关系究竟还是充当了欲望追求和享受的垫脚石。在欲望充斥的凡俗琐碎生活中，"你以为你是谁"作为主人公卑琐生命的托词和慰藉就具有深刻的反讽效用。

可见，20 世纪 90 年代以来的女性生存状态的日常性叙事中，无论是回看历史过往，还是抓住现有生活细节来"还原生活"，都以冷静客观的叙事回到生活本身，从而以此表现女性的个体生命体验和两性关系实况，而这样的诉求恰恰暗合了女性与生俱来的书写个性生命与两性历史的特质。

（二）解构既有的文化秩序，张扬女性主义精神

在现代社会里，女性自我主体存在日益受到自身和作为异己力量的他者的威胁，女性普遍存在生存危机与精神危机，于是女性极力渴望找

---

① 朱栋霖、朱晓进、龙泉明主编：《中国现代文学史》，北京大学出版社 2007 年版，第289 页。

到"自我"，以寻求生存的空间，所以两性冲突与两性和谐的诸多问题依然是女性写作关注的焦点。但是与20世纪80年代建构性思维明显不同的是，以铁凝、徐坤、方方、斯好等为代表的女性作家"直接以对男权世界和男性文化秩序的怀疑、解构为目标，张扬女性主义"。① 这方面代表性的作家作品有王安忆的《我爱比尔》，铁凝的《大浴女》《对面》与《孕妇和牛》，方方的《桃花灿烂》《暗示》，池莉的《锦绣沙滩》与《你是一条河》，徐小斌的《羽蛇》，徐坤的《遭遇爱情》，蒋子丹的《绝响》等。此类作品"以女性本体高度的解放与自由为基点，以决绝反抗男权话语的姿态出现……深层反思两性权力关系，对传统男性霸权文化进行颠覆和解构"。② 这些小说中的男人们，要么从女人身上榨取钱财，要么用欲望化的眼光窥视女人身体和灵魂。当然，其中也塑造了许多复杂女性形象，她们刚劲、老练、泼辣，强于男性，男女的性别位置普遍倒错。这样固化的男女角色也不是理想的"人"所应该具备的，女性主义学者王绯和荒林认为，女人既承担女人的角色，也承担着人的角色，因而既要超越男性秩序对女性的规约，也要超越女性话语被"奇观"的境遇。铁凝的《大浴女》采用了"反思对话"③ 的文体形式，叙写了章妩与尹小跳、尹小帆母女两代女性及有关人物在感情方面的恩怨纠葛。小说里尹小跳的内心反思，投射出了现代知识女性对自我人格完善的追求。

王安忆中篇《我爱比尔》（1996年）中的阿三是一个学美术的女大学生，她喜欢新思想，崇拜西方文化，迷恋新事物，渴望了解外国的一切，为此她喜欢上了美国驻上海领事馆的文化官员比尔，甚至不惜被学校开除也要和比尔在一起。可是崇拜东方文明的比尔只是觉得她是他所发生关系的女孩子里最特别的那一个，而阿三为取悦比尔拼命做得与众不同，并努力向比尔展现东西方文化在性观念问题上的迥异风格，但究

---

① 朱栋霖、朱晓进、龙泉明主编：《中国现代文学史》，北京大学出版社2007年版，第279页。

② 张学敏、马超：《梳理与反思：20世纪中国妇女解放思潮与女性文学之互动》，《当代文坛》2016年第1期。

③ 王一川：《探访人的隐秘心灵——读铁凝的长篇小说〈大浴女〉》，《文学评论》2000年第6期。

其实她们彼此仅把对方当作其自身所对位国家的文化符号而已。比尔离开中国后，无数次在内心深处说"我爱比尔"的她为寻找精神慰藉竟然结交上法国人马丁、陌生的美国老头、比利时人等。阿三这一形象比较具有典型性，她是在20世纪90年代中西文化大碰撞下盲目崇拜西方文化，迷失了本性和走向堕落的女孩子。阿三与外国男性之间没有共同语言和精神交流，更没有真实的爱情，她们之间的爱充其量只是一方对另一方的极力迎合和男女间的情欲冲动。王安忆在这篇小说中透视出东西文化碰撞中那些崇拜西方文化的虚荣女性相当真实的生存本相，揭示出第三世界知识女性自我身份定位和自我认同问题，提醒"第三世界的女人，必须重新审视这个时代，这个世界！"从而达到警戒的目的。

而以方方为代表的知识分子写作，集中对知识分子的命运和处境进行了反思，并对父权制中的一切不合理秩序进行解构。《祖父在父亲心中》中的祖父，具有高大的形象，强大的人格魅力，他在国难当头的动荡时代主张并实践着教育救国的理想，有骨气、有气节、有人格，他一身凛然正气，"书生一般地活着，勇士一般地死去"。而祖父最为光荣和自豪的儿子——"我"的父亲，与血脉相继的祖父在人格上竟然有天壤之别。他曾经勇敢、潇洒、一往无前，可是在"反右"运动和"文化大革命"中逐渐走向紧张、怯弱、委顿和变异，"被生活剥蚀得缩成一团"，他在时代的碾压之下思想空虚，精神毁弃。小说凸显父辈们的生存困难和价值困惑的同时，开启了方方对传统父辈形象解构的历史。从男性形象的塑造中，方方反观女性作为人的存在和处境，表达了她对人的生存境遇的关怀。从侧面说明女性写作空间的拓展和进行文化关怀的可能，也标示出女性书写所能达到的深度和高度。

小说《暗示》（1996年）的实验性极强，故事的安排和人物命运的轨迹凸显出极强的有意为之的设计痕迹。主人公叶桑平静的生活之流被一张暗示丈夫出轨的纸条打乱，敏感自尊而心理失衡的叶桑在响彻耳畔的流行歌曲"为自己的心找一个家"的暗示之中离开南京的家，不知将向何处的她只能坐船一路奔波回到娘家。随着故事的推进，在娘家父亲为消解她心中的纠结和困惑，特意领她去祭拜死去姨妈的亡灵，并讲述了发生在父辈之间的爱恨情仇来开导她坚强对待珍贵的生命存在；而她却与妹夫宁克偷情来寻求心理平衡。叶桑的回家之旅呈现出家中所有人的被"暗示"生活，的确"天下无处不是暗示"，诸事都有因有果，那些疯狂和理智、痛苦和欢乐、明朗和阴沉都是存在的生命之光。如果说丈夫摧毁了叶桑物质生存层面的爱情，那么宁克引诱她让她既快乐又痛苦地陷入"罪恶"感中，从而摧毁了她的精神，也肢解和粉碎了她的肉体和灵魂。在颇具荒诞感中，主人公叶桑所经历的一切在冥冥中都成了她为爱疯癫的二妹口中的念念有词"暗示"，所有人的言行也都成为她生命发展走向的"暗示"，这一步步的"暗示"让她的思维与意识突转，相应的生命轨迹亦发生不可逆转的改变，她没有回到现实的理性生活轨道上去，而是选择回南京途中在日出之时跳江自尽。与其说只有一死她才可以洗刷迷失后对妹妹以及丈夫所犯的罪孽，才可以摆脱男性世界的束缚、虚伪与情感的游移，不如说自杀对于她而言也许是"凤凰涅槃"，用自己的生命换回迷失的自尊，逃离拘囿其存在的"价值废墟"达到精神的救赎，因为她认为"人不会只有活着这一种形式，生命也不能只有活着这一个场地"，"纵是下坠也是升腾"。① 至此，方方在这部小说中完成了对女性精神世界的升华和超越。当然小说也深刻贬斥了男性情爱世界的迷乱，人性的阴暗和命运的反复，叶桑之于小妹，母亲之于姨妈，女性的悲剧命运似乎是一个命定，又似乎是一个结束不了的轮回，而这两组女性悲剧的始作俑者都是男性。有意味的是小说中与叶桑有关联的几位男性：父亲、邢志伟和宁克，还有最后在船外甲板遇见的让她恶心的陌生男子，无一例外都是丑恶的，父亲虽然是有学识的教授，但在自己讲述的悲情故事里却由于放纵自己的欲望而导致了姨妈的死亡；宁克与妹妹谈婚论嫁可依然想方设法与叶桑偷情……叶桑对父权社会的叛逃换来的却是一次次的沦陷，方方有意对两性间的欲望以及人性丑陋进行了鞭挞，也是对女性人生困境与命运的形而上思考，方方曾说"女性文学始终充满了对男权意识的反叛……我的小说中的反叛意识主要体现在一种独立的思想层面，这种反叛应当说比暴露女性隐私的小说有更深层次的

---

① 方方：《方方自选集》，海南出版社 2008 年版，第 347 页。

内涵"。①

早在 20 世纪 80 年代中期，从方方的《风景》《落日》，残雪的《山上的小屋》等对母亲形象的塑造中看到了不同于传统的母亲形象，她们的存在颠覆了民族文化中"善良、勤劳、慈悲、贤惠、亲子"的母亲固有形象。《风景》中无廉耻的母亲形象，让女性书写中出现了"审母"意识。到 90 年代，这种自审意识进一步强化，池莉的《你是一条河》透视到了被冰冷坚固的道德硬壳所遮蔽的复杂的母亲世界。母亲辣辣在丈夫死后听信灵姑"……不能轻易再嫁，寡是守得苦，可也守得出女人的志气"的"忠告"，在丈夫死后没有改嫁，用自己的艰辛、卖血，甚至出卖肉体维持八个儿女的生存。但辣辣被生存缝隙挤压下挣扎变形的卑劣行径，使她失去了传统道德所颂扬的慈爱母亲的品性，她弱小卑微、庸俗阴冷、愚昧自私，遇见不幸与痛苦时常常本能地转嫁给年幼弱小的儿女与自己一起承担，把养活儿女当作母亲的终极目的而忽略全身心地用爱去呵护他们和教育他们，导致八个儿女的个性和人生无一例外地都留下残缺和愧憾。在女儿冬儿的眼中："……母亲的谩骂和讽刺是她的家常便饭。……一口留在她书里的浓痰。母亲不知是和姓李的男人还是和姓朱的老头，偏偏不和叔叔好。……母亲是使她又恨又爱，又想离去又舍不得离去的复杂情绪所在"，② 所以，女儿冬儿鄙视母亲，依然决然地选择去最偏远的农村下乡，最后又在考上大学后给母亲写了一封信，彻底在精神上与母亲以及家庭决裂。母亲辣辣以物质性的生存为唯一旨归而忽视儿女心灵成长的行为，使其与子女间呈现出幽暗、丑陋与反常的悖反关系，使家庭成为一个没有温度的黑暗世界。母亲辣辣虽然刻意守寡，一再拒绝小叔子王贤良的求婚，但为了生存又与送米的老李有染，后来又与掌管卖血的老朱头维系着半公开的"夫妻"关系，这一切使《你是一条河》中的母亲成为一个与审美习惯决然不同的"丑恶"的母亲形象。

巴尔扎克说过，"生命的最高目的，男人为名，女人为爱情"，传统男性文化赋予男人们生命的本性不仅是爱情，更重要的是事业；而在女

① 叶立文、方方：《为自己的内心写作》，《小说评论》2002 年第 1 期。
② 池莉：《你是一条河》，《小说月报》（原创版）1991 年第 3 期。

性生命中偏偏赋予其爱的本能。这样的角色赋予在 90 年代女性写作中统统被有意地质疑和消解。斯妤的《故事》《红粉》在荒诞的女性人生遭遇和体验中达到了解构"爱情"的目的。张欣的小说《此情不再》《爱又如何》《致命的邂逅》中再也没有了地老天荒的誓言、刻骨铭心的爱情，小说里的男男女女奉行的最高规则是"什么人在这个世界上都有个价"（《浮世缘》），钱替代了自尊，成了俗世女性生活的唯一。张梅的《蝴蝶和蜜蜂的舞会》《破碎的激情》等专注于社会转型时期商品潮流冲击下女性被扭曲的情感和心路历程，她们或游戏爱情，或沦落风尘，或跻身"二奶"行列粗鄙麻木地做着欲望交易。上述作家的作品透视了女性的欲望和灵魂，在达到对女性命运的批判和反思的同时，解构了女性生命中宗教般神圣的爱情。

（三）解放的另一种姿态：突破男性话语禁忌，直达妇女解放主题的私人化写作

这一时期部分女性写作表现的完全是一种个性化、私人化的经验，她们在文化和意识形态禁忌的边缘地带发掘来自女性的隐秘性个人经验，从性别自觉过渡到话语自觉，采用反传统叙事、反男性经验的女性叙事策略，凸显个体生命存在，明确体认女性意识，从而打破和拓宽了既有的文学传统格局，形成了私人化的写作景观。

林白与陈染为代表的女性写作在 20 世纪 90 年代引发了中国文学界关于"私人化写作"的争论。像林白的《一个人的战争》《说吧，房间》《同心爱者不能分手》《子弹穿过苹果》等书写女性自我经验和女性境遇的小说，尤其《一个人的战争》中裸露出多米独异的生命体验：很小的时候与邻居女孩玩同性恋游戏；在成长的阶段专情于邂逅美丽而奇特的女人，体味同性之恋；19 岁时随意与陌生男人一起度过自己的初夜；在黯淡的大学时代一度幻想着被强奸；30 岁左右喜欢上一个青年导演，为他堕胎、为他的片子写歌词又被他抛弃；最终失去期望与幻想的多米跑到京城与一个老男人同居，像幽灵一样徘徊在"地狱的入口处"。小说以多米奇特的成长历史为载体，将大量有关女性个人性经历和性爱心理与行为大胆地呈现了出来，在多米的感官世界里，充斥着情欲及其所带来的快乐。作者有意打破男性世界的道德律令，颠覆主流意识中所谓的

"道德"规约，让女性躯体成为自我被压抑的各种经验直率表达的通道，这样的构想，既探索了属于女性的隐秘生命真相，又突破了男性的话语禁忌。

陈染的《与往事干杯》《无处告别》《私人生活》等在书写现代都市女性的自我经验时，有对女性成长史的回顾，有对女性生存之痛的抚摸与言说，有对现代女性生存困境的考量，其中沉淀着对女性如何"存在"这一哲学命题的个人性思考。《与往事干杯》在作家精心构筑的独语世界中讲述了一个叫肖蒙的女孩子的成长经历与爱的创痛。在"斗私批修"的时代背影里，因性格暴躁的父亲而惧怕代表了父权的一切男人；父母离异后住进阴森恐怖的尼姑庵；母亲和外交官重温旧情，孤单、脆弱、敏感与自闭的她错误地陷进与邻居男子间的情爱；大学毕业后遇见"老巴"与之产生刻骨铭心的爱情，不料他竟然是邻居男子的儿子，肖蒙只能在罪恶与自责中离开，而年青美好的恋人"老巴"却因车祸死亡。小说里流淌着女主人公纤细而绵长的自白，从头至尾萦绕着一种哀婉伤感的呓语和倾诉氛围，无疑强化了女性写作的私人性话语表达，促成了这部小说成为女性心灵私语的经典。而从肖蒙对情爱的接纳和拒绝中，呈现的更是现代女性自我失落的痛苦，孤独的精神漫游与不断寻找爱与真诚的心路历程。

在《私人生活》里通过倪拗拗成长经历和独特体验的描述对男女两性世界进行了细致观察和冷峻剖析，奏响了一曲复杂悲愤的"恋父/弑父情结""恋母情结""同性之恋"与"孤独之痛"的交响乐。小说中奶奶那一只被丈夫打瞎的眼睛，倪拗拗那温馨独特的"浴室"以及她与禾之间美妙和谐的同性之爱等，无一例外都是向父权制发起的控诉与强火力进攻。小说在男女性别这一畸变时空中惊世骇俗地叙写出女性生命的孤独之痛，重塑了女性与父母及同性姐妹之间的关系。倪拗拗因强悍鄙污的父权制压抑而与身外世界疏离，养成了强烈叛逆的个性，对一切禁忌事物充满热烈向往，对男性怀有无处可告的仇恨与渴望，与以父亲和T先生为代表的男权世界作永无休止的决战，这一切都解构了父权制的崇高与神圣。

另外，海男的《女人传》与《我的情人们》、徐小斌的《对一个精神病患者的调查》《迷幻花园》和《双鱼星座——一个女人和三个男人的古老故事》、九丹的《乌鸦》等女性小说，以私人化生活体验来排斥强大的男权社会，从而表达她们对男性中心社会的男权文化无所适从的心态和反抗的意向。在父权文化长期濡染之下，女性一直漠视自我身体的存在，让人称颂的女性都是按照父权社会的道德规范塑造的。正因为这样，女性私人化写作试图拒绝甚至颠覆男权文化主导的主流世界，在自足封闭的空间里完成女性对自我身体的书写，体现出鲜明的女性主义色彩。

但私人化写作发展到卫慧的《蝴蝶的尖叫》《欲望枪手》《上海宝贝》，以及绵绵的《九个目标的欲望》和《糖》等作品中时，百无聊赖的女主角无一例外地游走在男性之间，根本不具备解放了的女性应该具备的真实质素，相反退回到欲望泛滥的荒蛮时代，反而消解了艰难的妇女解放带来的微小成果。此类写作显现出一种强烈的媚俗倾向和对男性欲望世界的曲意迎合，显然已经置换了林白、陈染等私人化写作中女性形而上的精神追求，消解了其原有的严肃而又先锋的叛逆性姿态。她们所创造的融入了女性自身的感觉、体验，充满了女性隐秘情绪，女性个人化欲望的书写，尽管使得她们进入了"女性身躯"这块男性作家只能想象却无法真正进入的"自留地"，并且试图颠覆男权话语统治地位的写作，是有意为之的一种写作手段和姿态，具有策略性的意义。但是也使女性自我应该持守的"自尊""自重"与"自省"反而大大丧失，难免造成女性文学对社会性的有意逃避和拒绝，终究陷入自说自话的虚无之境。就当时中国的社会状况来说，还"缺乏一个庞大的女性阅读群体，女性写作因此常常陷入孤立无援的境地"，① 何况充溢在文本其间过分"自恋"的大胆暴露与宣泄，使"自我"过分膨胀而倾斜了女性的"自觉"，文本中随处可见的丑恶"欲望"成分，事实上产生了商业化和媚俗化效应，从而削减了私人化写作整体的艺术和社会价值。因而私人化和欲望化的女性写作难以图解和引领妇女解放的方向。不过进入 21 世纪，她们的写作普遍转型，逐渐走出个人私语，开始重新面向社会，这是

---

① 赵勇：《怀疑与追问：中国的女性主义文学能否成为可能》，《文艺争鸣》1997 年第 5期。

后话。

总体而言，20 世纪 90 年代女性创作形成了女性写作一个非常重要的维度。无论是日常观照，还是个人性私语，她们都意在从女性本体推进到人的深度，对人的存在命运与生存境遇进行思考和探寻，标示出女性写作的未来趋向，对妇女全面彻底的解放不无启迪意义。因此，这一时期相当一部分文学文本中所展示的妇女解放已经由 80 年代追求男女平等和婚姻自由演变为 90 年代对女性权利意识的追求，其中的积极意义显而易见。不过如果把情欲的张扬和释放当作女性精神的伸张和生命救赎，把女性的生存自由、性爱自由和颠覆男性的尊严作为自己的人生价值取向的话，女性获得的仅仅是"身体"的解放。所以，女性只有确定人生高境界的目标和精神追求的立足点，才能找到真正意义上的女性解放道路。

第三节　个案研究：妇女解放征程中的　历史悲悯——张洁

张洁的文学起步比较晚，她于 1978 年凭借短篇小说《从森林里来的孩子》登上文坛，之后因《爱，是不能忘记的》《方舟》，长篇《沉重的翅膀》《世界上最疼我的那个人去了》《无字》等受到文坛的特别关注。她的作品大都以知识女性为关注的重心，探讨女性的生存世界、心灵和情感世界。在 20 世纪 80 年代初涌现的对于文艺方法的相关讨论中，她曾恳切表达"应该允许我们的作品探求人类浩瀚的、复杂的、细致的精神生活，感情生活"，[①] 在"文化大革命"后的"伤痕"书写中，张洁率先超拔而出切入对女性境遇、两性情感和人性底层的渲染中，并沿着这个路数积极开掘，深入女性存在的斑斓世界，探查到男性主宰下女性的"无地彷徨"和"无字"书写的存在困境。张洁所有的写作并不都是女权主义，但她的许多作品反映了女权主义所关注的女性问题，她是当代女性写作中女性主义意识最浓郁的作家之一。纵观张洁近四十年的创作历

① 张洁：《文学艺术面临着一场突破》，《文艺报》1980 年第 9 期。

程，其作品恰好映现出了中国妇女从近代以来不断地挣脱封建锁链、突破男权规约争取自由解放的轨迹和履历，因而呈现出女性文学与妇女解放思潮互相依傍的紧密关系。

一　《爱，是不能忘记的》：女性"爱情"神话的建构

在新时期初期这一主要由精英知识分子来承担的新的启蒙浪潮中，张洁选择了用爱的话语来探讨"爱情怎样才是合乎道德"的命题。1979年，其短篇小说《爱，是不能忘记的》发表后，在社会上立刻引发了一场关于"爱情与道德"热烈而持久的大讨论。

尽管张洁本人对《爱，是不能忘记的》并不爱重，甚至在2012年出版的11卷本自选集《张洁文集》中未收入该文，但其在当时文学风潮中的"潮头"作用却是毋庸置疑的。《爱，是不能忘记的》以诗一般的笔触和略带忧郁的色彩抒写了发生在女作家钟雨和一位老干部之间一场可望而不可即的刻骨铭心的爱情。小说中的女主人公钟雨是一位痛苦的理想主义者，二十多年来一直在心灵深处默默而无望地爱着那位有妻室的老干部，多年来一直珍藏着他赠送的《契诃夫小说集》，甚至直到她去世之前，把自己对老干部的无尽相思和绵绵情义，没完没了地抒发在那本自己珍藏的、写有"爱，是不能忘记的"字样的笔记本上，借此来表达她对他的爱情。钟雨毕其一生都在坚贞不渝地暗恋着这位遭受过历史厄运的"老干部"，而事实上，他们在一起相处的时间加起来还不到24个小时。

有意味的是，上述对爱情不能忘记的深情表白，在小说中都是设置在钟雨的思维和话语之中，显示出柏拉图式的爱情的应有特质，从叙述者所用"我想……"这样的话语来看，在文本中都是女主人公一厢情愿的想象，在现实中是不可能存在的。可是在张洁看来，"爱是对历史与生命的唯一拯救；爱，甚至毋需被爱，便足以使人心灵富有。一段'镂骨铭心'的爱，便意味着一次无缺憾的人生。爱，是信念，是救赎的手段，也是获救的唯一方式"。① 从女性启蒙的角度来看，此篇无疑是在实践着

---

① 马超：《二十世纪中国女作家述论》，作家出版社1998年版，第124页。

启蒙和爱的教育，这在新时期之初"人的再发现"中有着特殊的意义。在被"文化大革命"完全政治化了的时代背景下，《爱，是不能忘记的》较早涉及婚姻和爱情的矛盾，探讨没有爱情的婚姻是不是道德的伦理学命题，被学者王富仁评价为"充分显示了女性作家在当时的思想解放运动中的关键作用和主导地位。我甚至认为，新时期的思想革命在其本质上就是一次女性革命"。① 可以这么认为，小说让在"文化大革命"中感情被动清零，在无爱中蹉跎岁月的女性，想象性地实践了一次爱的救赎。

因此，我们看到，张洁的这篇小说，与其说是在书写"爱情故事"，不如说她是在建造一个"爱情"的神话。"在当时既无偶像又打碎了英雄崇拜的历史大语境和在普通生活中无爱婚姻泛滥的个人小语境中，张洁让钟雨心造出一个钟情的偶像——老干部，来满足一个女人对爱情的虚荣和骄傲的自尊，来延续一个女人生命的支持力"。② 小说里钟雨与老干部仅有的两次接触都是非常短暂的，她一生暗恋老干部却得不到老干部的回应，展示出"爱因为不能自由地实现才不能忘记，因为不能忘记才获取了特有的心灵价值。作为人类生存的一种意志，性爱虽然总是伴随着与所爱对象合一的热切愿望，但是，文明的铁律之下，人类的爱欲必然会受到种种违逆天性的禁抑"。③ 这种无法实现的"爱"，岂止是被扼杀在文明的铁律之下，简直可以说是不文明、不人性、不人道的铁律充当了铁血杀手，从而让爱欲与禁忌形成了永恒的冲突，爱而不能便赋予了爱自身无穷的悲剧性。

《爱，是不能忘记的》中，张洁为我们建造了一个柏拉图式的爱情神话，为时代建构了这样一个崇高的真爱理想，迎合了主流话语对"人性"的呼唤和诉求的主潮背景。因为在新时期初"人道主义"复苏的思想潮流中，爱情虽然作为复苏的人性之一被提到了书写的日程之中，但毕竟还没有作家像张洁般勇闯潮头、堂而皇之地为爱情树碑立传，使之成为人性复苏的焦点问题而备受青睐和引起关注，并且在妇女解放的历程中

① 王富仁：《一个男性眼中的中国当代女性》，《文艺争鸣》2007年第9期。
② 张学敏：《虚构的女性爱之神话——有关〈爱，是不能忘记的〉》，《社科纵横》2004年第6期。
③ 马超：《二十世纪中国女作家述论》，作家出版社1998年版，第125页。

被作为个别性的越轨的表述而一再举证。但如果从男性主人公的失语和模糊的身形以及与此鲜明对照的女性的真情告白和真切鲜明的性格与形象来看,事实上,文本中所演示的"不能忘记的爱"的感情仅仅是作为一种抽象的精神,只能以过去时态蹲居守候在钟雨的笔记本中,被其当作标本一般拜祭和阅读。这样的故事说到底还是体现着传统女性叙事中对以男性为主导的叙事的有意迎合,传导出女性主体丧失平等自由却依旧持守男权文化道德体系的悲哀。

如果说《爱,是不能忘记的》用趋于痛苦理想主义的古典情绪建造了一个"爱情"的神话,那么,张洁在《祖母绿》中则通过"无穷思爱"的女主人公曾令儿对这一神话进一步顶礼膜拜,进行了东方式的礼赞。曾令儿为了爱坦然走向劳改的人间炼狱,把重新选择生活的自由与权利交给了左葳,甚至在丢夫丧子的情况下,依然慷慨大方地同左葳合作,显示出超凡的人格力量。她的故事同样显现出张洁建构理想爱情的意图和诉求。

二 沉重的"方舟":载不动女性的愤和愁

如果把张洁女性意识比较浓烈的小说作共时性的排列,我们便不难从中发现一个关于女人的叙事序列、一个女性追问自我存在与命运的过程以及一个女性话语由想象朝向真实坠落的过程。《方舟》《祖母绿》《七巧板》中的女性大都具有美好的素质、过人的才智、优雅的气质,但在生活中却不约而同地遭遇来自男性的种种伤害,可贵的是她们不改初衷,执意追求理想,并竭尽全力试图实现自身的社会价值。

《方舟》开篇的题记"你将格外地不幸,因为你是女人"为小说定下叙事的基调,将小说的叙述指向三个不幸的离婚女人的故事,并且依次展开。曾经的高干子弟、现在的理论工作者曹荆华因为厌倦利益婚姻而离婚;电影导演梁倩因为嫁错了人而离婚;翻译家柳泉为彻底摆脱"性奴"的身份而离婚。故事中的三位女性是同窗好友,都是高级知识分子,事业上均取得了成功,生活优渥,可是因女性身份而受到不公平的待遇,她们不得不面对社会与男性强加给她们的困境,为各自的爱情和事业付出惨痛的代价。她们离婚后面对男性社会的挤压处处碰壁,生存艰难。

所以小说指向性非常明确，通过三个不同职业离婚妇女的辛酸和悲哀，对男权世界加给妇女（特别是离婚独身妇女）的不公正待遇提出了愤怒的抗议。在《方舟》里，那个痛苦的理想主义的张洁变成了满怀愤懑和幽怨的张洁，她一方面同情这类女性的不幸命运，另一方面把愤怒的目光射向男性世界：这里有"刀条脸"那类"鼠盗狗窃式"的男人，有魏经理那样专拣女人便宜的下作男人，也有像梁倩丈夫那样趋炎附势的自私小人，还有每天把欲望的目光射向离婚妇女的猥琐男性。张洁以及她笔下的女性毫不掩饰对这些男人的鄙夷、奚落甚至诅咒，"沉痛地揭示了传统伦理观念对于离婚女性的或显或隐的迫害与歧视"。①

当然，作者并没有停留在这消极的呻吟和哀怨之中，而是通过形象本身呼唤重新树立女性尊严，重建女性伦理道德，并向广大妇女展示了一条自我解放的道路。在小说的后半部分，作者发出了这样的呼吁："女人，这依旧懦弱的姐妹，要争得妇女的解放，决不仅仅是政治地位和经济地位的解放，它要靠妇女的自强不息，靠对自身存在价值的自信和实现"。② 这是针对妇女本体的弱点提出的奋斗方向和忠告。

同时《方舟》也反映了女性在自我解放以及人生选择上的困惑和两难。荆华、柳泉、梁倩她们有独立的人格意识，但她们的人生却又时时摆脱不了尘世的纠缠，不得不落入孤独、尴尬的困境中。作为女人，她们不愿意认认真真地做饭烧开水，她们没有闲暇生炉子，甚至养不活一盆花；作为女人，她们更不需要男性的抚爱与支撑。在那个"寡妇俱乐部"里，她们是自由的，却又是不自由的。她们的灵魂飘忽不定，时时要面对沉重的生活压力；她们只能自己为自己酿制苦酒，再与自己干杯。所以，当曹荆华、梁倩、柳泉以反叛的姿态出现时，她们并没有获得摆脱原有家庭和男性给她们框定的规约和束缚，逃离家庭的围城之后，随之又陷入社会专为女人张开的天罗地网。张洁让读者"看到了背负沉重的十字架联合起来向现存世界挑战的现代妇女悲剧的必然性，

---

① 朱栋霖、丁帆、朱晓进主编：《中国现代文学史 1917～1997》，高等教育出版社 1999 年版，第 104 页。

② 张洁：《方舟》，《张洁文集》第 1 卷，作家出版社 1997 年版。

并使人认识到妇女的真正解放除了有赖于个体或群体的精神觉醒与实现水平，也有赖于整个社会和全人类的解放尺度。没有物质文明与精神文明的和谐发展，任何超前的精神追求都会落入现实的窘境中"。① 因而，《方舟》中那些离婚的女性们，被社会的有色眼镜灼烤，无力独自一个人应付繁重驳杂的生活压力，无力面对四面八方投注来的异样目光的聚焦，难以享有西方独身主义者的精神自由。对于挣扎于"方舟"的中国妇女来说，那种完全按照个人的意愿和兴趣从事社会工作的追求几乎是一种奢望。"方舟并骛，俯仰极乐"，那极乐的世界在哪儿？西方《圣经》文化里作为拯救生命的"方舟"，对中国妇女而言是那么的沉重。

三　喧哗世界中的审丑与悲悯

如果说在《方舟》和《祖母绿》中张洁用怀疑、幽怨、戏谑的态度审视人生及男性世界的话，那么到了《他有什么病》《只有一个太阳》《红蘑菇》和《她吸的是带薄荷味儿的烟》等小说中，张洁一改常态的人生感受，叙事情调发生了更大的变化，她对人生不仅仅是怀疑，她已经出离愤怒，已经对世界彻底绝望。所以她采用变形的中性眼光来透视现代人生的荒诞，小说中的女主人公也变得老辣、尖酸、刻薄，甚至是玩世不恭，文学情调出现恶俗化、粗鄙化的审丑倾向。

《他有什么病》中张洁使用后现代式的戏谑手法，恶狠狠地嘲弄和诅咒世俗男性冥顽不化的处女嗜好；比如胡立川的日记里记录的奇葩心理真相，显示出爱国知识分子现存的荒诞感，在夸张和变形之后是那么的触目惊心，颠覆了读者对于男性崇高美好的幻想。

长篇小说《只有一个太阳》里，张洁继续着这种恶作剧式的文字游戏。小说一开头便冷静地呈现出一个个杂乱无章的生活镜头：某宾馆"老外们"贴出了各种出售广告，从汽车到避孕套；北京的签证队伍使人的"瞳仁变成了散黄的鸡蛋"；某男某女和某几位洋男与某几位华女的个人及家庭的苦恼，以及对"出国"和"入境"不择手段的追求……张洁

---

①　马超:《二十世纪中国女作家述论》，作家出版社1998年版，第127页。

对这一切进行冷峻的现实观照与犀利的剖析，由表及里探查出人类弱点，挖掘出社会病灶和毒瘤，流露出冷眼看人生的孤傲姿态。

在冷眼看人生的后期创作中，张洁不忘将"冷眼"投向婚姻，投向使她感到失望和绝望的男性世界。中篇小说《红蘑菇》中，那位风流潇洒的教授吉尔冬，被她刻画成了一个专占人便宜的"文明泼皮"。他表面潇洒气派却对金钱斤斤计较，对妻子梦白时而"假温柔"，时而胡搅蛮缠，讨厌至极；令人作呕的是他甚至同梦白的姐姐发生了奸情，来满足自己要占所有人便宜的无赖心理。

中篇《她吸的是带薄荷味儿的烟》更是一篇展示男士劣迹，曝光男士龌龊行径的作品，为揭穿男性主人公"他"的卑劣丑态，张洁故意设置了一个细节，在高级宾馆的套房里，"她"有计划地让那个异想天开不知羞耻的小子在"她"面前裸露了自己的"阳痿"。可以想见，此时的张洁对男人世界的揭示已达到痛心疾首、大加讨伐的地步。

四 《无字》：对男性秩序和神圣"爱情"的解构

张洁的女性题材作品虽然与西方的女权主义文学相异，但在中国当代女性写作中，还没有哪一个作家在彻底颠覆、解构男性中心社会方面具有她那样大胆率直的笔力，这一点在"自我吞噬式"① 作品《无字》中达到了极致。正如学者张文娟所言，《无字》"依然是女性话语和民族国家话语兼具的模式，依然是女作家和老干部的感情纠葛，但所呈现出的是被历史现实痛击过的一地狼藉。张洁把之前积累的性别经验和历史经验借《无字》进行了一次盘点"。② 这构成了张洁小说最独特的风景，也构成了她与中国当代大多数女作家的分野。

《无字》以女作家吴为家族的四代女性墨荷、叶莲子、吴为、禅月的婚姻故事为中心，再现了中国近百年间现代化处境中人们拥有的日常人生，尤其是置身于政治和历史中的叶家几代女性坎坷的命运和精神追求，

---

① 李敬泽：《捕影而飞者》，《长篇小说选刊》2006 年第 2 期。

② 张文娟：《爱为何要忘记——从〈爱，是不能忘记的〉未入选〈张洁文集〉说起》，《当代作家评论》2020 年第 4 期。

从中挖掘出了所处这一情境中人们的真实人生和人性,凸显出现代女性解放的困境。《无字》是一个解构的文本,张洁着力于对神圣的现有秩序和传统的解构。

《无字》首先解构了女性心目中关于男性的神话。张洁用俯瞰世界的目光审视了人的真实存在和存在的荒谬,给予男性一种彻底的批判和灵魂的拷问。女主人公吴为的父亲顾秋水是一个典型的双面人,为了使自己在社会上能够飞黄腾达,他可以做到"言必信、行必果",慷慨地奉献;对于妻女而言,他就是吴为母女一生不幸的祸根,他没有任何的担当,没有一丝一毫的责任,甚至无耻至极。而吴为倾其一生心血和情感苦恋的胡秉宸,是一位部长级高官,地位显赫身份尊贵。在战争年代,他从事党的地下工作,出生入死、临危不惧,完成了党交给的重要使命,屡建奇功;在世俗化的年代里,胡秉宸表面上恪守斯文、清雅不俗、多情善良、富有生命情趣,但骨子里却颓堕卑鄙。

《无字》还解构了神圣的"爱情"。小说中女作家吴为耗费了二十几年生命及心血苦恋着胡秉宸,可是胡秉宸对于"爱情"的态度并不单纯,他不论与表姐绿云、白帆还是吴为的情爱都凸显了他只是一个消费者。胡秉宸与白帆离婚后与吴为结婚,似乎吴为的爱情终于修得了正果,但这恰好是吴为又一个噩梦的开始。在婚姻里胡秉宸从来都是脚踩两只船,与吴为结婚后仍与原来的妻子白帆瓜葛不断,最终导致与吴为离婚又同白帆复合;胡秉宸在盘算与吴为如何离婚的前夕,仍然竭尽心力利用她,试图榨干她身上的一切有用之处。比如在吴为出国前夕,利用她把书稿带出国外出版,在这个过程中,他怕留下证据专门戴着手套给吴为拿存有书稿的磁盘。

张洁在《无字》中通过吴为与胡秉宸、叶莲子与顾秋水的爱情婚姻,颠覆了她在《爱,是不能忘记的》《祖母绿》《七巧板》中多年精心构筑的关于爱情的神话。"其实吴为对胡秉宸的爱,不也是一份自造?在一定程度上,连胡秉宸都是她自己造出来的",① 吴为把对爱情的追求当作自己的宗教,因而造出一个钟情及崇拜的爱之偶像来填补她的爱情梦想。

---

① 张洁:《无字》第2卷,北京十月文艺出版社2002年版,第103页。

但是，人毕竟要贴着地面生活，必须面对旋转而又多面的生活真相。追求爱并不意味着女性人格的独立，在现存的仍以男性为中心，强调男性权力这样一种社会语境中，吴为对爱情的憧憬一开始便被残酷的现实嘲弄。吴为爱胡秉宸，其实是她始终仰慕一个男性的神话，使自己的爱充满了悲剧意味。通过吴为失败的爱情凸显了他们之间的"爱"本身充满着障碍，也就表现出爱的模糊性和流动性、矛盾性和脆弱性，充分说明在男性为中心的文化视阈中真正的爱情难以兑现的悲剧性。"因此在根深蒂固的文化理念和思维习惯驱遣下形成的吴为家族女性沉重的命运，是对男性权力意识和政治权力意识、对传统文化思维及社会习惯中的性别歧视进行解构，对这种权力意识和文化思维包裹中的爱情神话进行后现代式的颠覆，展现出爱情巨痛的永恒性以及在生命中难以承受的深刻内涵。"①

也许正是出于一种对男性主宰的世界和男性的质疑，出于对人性荒凉的彻骨参悟，对人类"爱"的情感的绝望，张洁在21世纪创作的中短篇《听慧星无声地滑行》《玫瑰的灰尘》《一生太长了》以及长篇《知在》《灵魂是用来流浪的》中慢慢滑行到自我构筑的心灵一隅，默默与自己孤寂苍凉的灵魂对话、审视命运的起起落落之中。

总体而言，张洁的绝大多数作品都是以女性为叙写中心，她常常以独身女性的遭遇或者女性的婚姻悲剧来表达自己的女性主义观念。而且越到后期，她对男性中心社会的颠覆和解构愈益强烈，并且显示出前所未有的激愤和力度。从20世纪70年代末《爱，是不能忘记的》中对理想中的"白马王子"的一往情深，到80年代《方舟》《祖母绿》中对男性的自私、懦弱、卑琐表现出普遍的失望，再到90年代《红蘑菇》《她吸的是带薄荷味儿的烟》以及世纪之交的《无字》中，对灵魂丑陋、行为举止无耻肮脏的男性的逼视、审问与鞭挞达到登峰造极之境，这表明张洁对男人的认识逐渐从理想的云端降落到一地鸡毛的尘埃，她已彻底地疏离了传统女性叙事中对男性的屈从与迎合，凸显出知

---

① 张学敏：《"无字"抒写的意义——评张洁的长篇小说〈无字〉》，《天水师范学院学报》2007年第6期。

识女性在婚恋问题上崭新的价值观和精神上的自由、解放。通过这种女性主义视野下的书写,张洁对当代女性意识深处的传统桎梏的冲击显示出前所未有的思想冲击力,对当代妇女解放进程无疑具有摧枯拉朽的推动作用。

第七章

新变：全球化进程中的女性足音
（2000—2020）

　　世界进入 21 世纪，全球化进程在加快。在文化全球化的背景下，身份认同是当代文化研究的重要问题。在这些问题中，性别身份的认同是绝大多数女性不得不面临的问题。女性在社会中的自我定位变得异常艰难，女性未来发展也成为人类推进文明化程度的重要话题。中国在积极融入世界经济贸易体系的过程中，中国文化也面临着在全球经济一体化背景下如何探索符合中国国情与历史传统的本土化女性思想理论体系，以应对纷繁复杂的身份认同与经济一体化对文化传统和文化特异性的消解与消融的问题。这个重要的问题需要政治、经济、法律、文化等不同领域的多方互动，从而形成一种联动效应和交响效果，21 世纪女性文学与妇女解放思潮的互动无疑是这一场交响乐中特别响亮的旋律。

第一节　全球化语境下的妇女解放与女性
文学的"恒温"现象

　　社会中的"人"本来是由男女两性组成，他们共同创造了人类的文化和文明。但是，男女在性别上的差异却伴随着人类文明化的整个过程，特别是从母系社会过渡到父系社会，以及私有制出现以来，男性的生理优势日趋明显。正是因为私有意识和私有制的出现，人对私有财产的占有意识逐渐形成。最早的占有主要是靠体力争夺，在这场以男性为主导的战争中,男性明显强于女性,甚至女性也成为男性争夺的对象,因为作为"物"的女性可以作为财产来衡量财富占有者男性的战争能力;同样,因为私有制的出现,家庭也以私人财产为经济基础,逐渐结成一种以血缘为纽带、以伦理为规范的亲属关系。在家庭结构中,男性成为家庭的主人,女性由先前母系氏族社会的主宰变成了男性社会的被统治者和附属物,① 这就是男女不平等的经济、社会根源,也是国家得以产生的根本原因。② 所以,恩格斯认为,"只有在废除了资本对男女双方的剥削并把私人的家务劳动变成一种公共的行业以后,男女的真正平等才能实现"。③ 而"妇女解放的第一个先决条件就是一切女性重新回到公共的事业中去",④ 以恩格斯的观念来看,妇女只有走出家庭投身社会劳动,赢得劳动权利,回归到社会公共事业中来,才算走出了妇女解放的第一步。这种公共事业是妇女获得解放、实现妇女"自由而全面"发展的必要前提。

一 21世纪中国妇女解放思潮的新进展与新问题

一个自由发展的人,必须是一个具有高度自主性和创造性的人,而

---

① 目前仍有部分少数民族和边远地区是以女性为家庭主人,婚嫁方式是男性入赘到女方家庭,但这种家庭组合方式比例小,其形成原因主要有二,一是男性为逃避追杀的官兵,二是特殊的民族地区保持了母系氏族的生活习惯和风俗特征。例如,甘肃陇南康县的太平、阳坝以及武都区的裕河一带有"男嫁女娶"的传统,这一习俗已经持续了150多年的历史。相传是1863年5月,太平天国将领石达开兵败大渡河,余部遣散4000余人,一部分去了云南,另一部分北上四川到了川甘交界地带,为了躲避清军的灭绝性绞杀,他们改名换姓和当地女子结婚,从此,这种婚俗就在陕甘川交界地带流传下来。至今年轻男性大多都是上门女婿,甚至好多家庭四辈人都是这种婚姻模式,而且男方嫁到女方要当场主持仪式随女方姓,也得改新的名字。

② 关于这一判断,恩格斯在《家庭、私有制和国家的起源》的"黑暗时代和文明时代"中作了进一步阐释:"与文明时代相适应并随之彻底确立了自己的统治地位的家庭形式是专偶制、男子对妇女的统治,以及作为社会经济单位的个体家庭。国家是文明社会的概括",文明时代"一方面,是把城市和乡村的对立作为整个社会分工的基础固定下来;另一方面,是实行所有者甚至在死后也能够根据以处理自己财产的遗嘱制度"。见〔德〕恩格斯《家庭、私有制和国家的起源》,《马克思恩格斯文集》第4卷,人民出版社2009年版,第195—196页。

③ 〔德〕恩格斯:《致盖尔特鲁黛·吉约姆—沙克》,《马克思恩格斯全集》第36卷,人民出版社1957年版,第340页。

④ 〔德〕恩格斯:《家庭、私有制和国家的起源》,《马克思恩格斯文集》第4卷,人民出版社2009年版,第88页。

一个自由发展的女人，必须可以按照自己的意愿和需求进行自觉自由的活动，且个性得到自由而充分的发展。人，不论男女都可以自由发展个人能力，获得正当的自由，不受各种歧视、各种成见，各种社会性别角色分工的限制，才能真正实现男女平等和妇女解放。因而，在以个体家庭为单位的经济活动中，实行家务工作社会化以减轻家庭妇女的负担，从而使妇女和男性一样参加社会化生产劳动。这是符合马克思男女平等的构想的。21世纪以来，政府和社会各级组织大力推动妇女的社会化，支持、鼓励妇女参政和就业，为妇女搭建平台，并组织了各种层次的各类培训活动，保障了妇女各项权利的落实。而完善的社会保险、社会救济以及高福利社会的实现，离不开政府的统筹规划和完善的法制法规。

20世纪90年代中期，男女平等作为基本国策得到国家的充分认定，这被誉为是推进妇女发展的一项重要决策。自此，政府开始通过一系列的国家制度建设和法律建设推动妇女就业、参政和权益保障。[1] 21世纪以来"男女平等"作为基本国策被确定下来，从而在制度和政策方面将男女性别平等作为建设小康社会的一项重要指标。[2] 2005年国务院新闻办发布的《中国性别平等与妇女发展状况》[3] 白皮书，要求"进一步贯彻男女平等的基本国策，依法保障妇女权益，落实妇女发展纲要的目标要求，

---

① 1995年，在北京举行的第四次世界妇女大会上，时任国家主席、中共中央总书记的江泽民在致辞中提出："我们十分重视妇女的发展与进步，把男女平等作为促进我国社会发展的一项基本国策"。见江泽民《在联合国第四次世界妇女大会欢迎仪式上的讲话》，《人民日报》1995年9月5日第1—2版。

② 2003年8月27日，胡锦涛主席在同中华全国妇女联合会新一届领导班子成员和中国妇女九大部分代表座谈时指出："各级党委和政府一定要充分认识妇女的重要作用和妇女工作的重大意义，牢固树立马克思主义妇女观，坚决贯彻男女平等的基本国策"。见吴兢《自强不息艰苦奋斗开拓创新 开创我国妇女事业的新局面》，《人民日报》2003年8月28日第1—2版。2005年8月28日，第十届全国人民代表大会常务委员会第十七次会议修改后的《中华人民共和国妇女权益保障法》第二条明确规定："实行男女平等是国家的基本国策"。见《人民日报》2005年9月14日第8版。

③ 2005年8月24日，国务院新闻办公室发布的《中国性别平等与妇女发展状况》白皮书中四次提到基本国策问题，申明"促进男女平等是中国的一项基本国策"，而且一再强调"在全面建设小康社会的新的历史时期，中国政府将从国情和建设社会主义和谐社会的战略高度出发，树立以人为本、全面协调可持续的科学发展观"的形势背景下进一步贯彻男女平等的基本国策，以保障妇女权益。

努力促进妇女在政治、经济、文化、社会和家庭生活等方面享有与男子平等的权利"。[①] 2006 年通过的《中华人民共和国国民经济和社会发展第十一个五年规划纲要》第二十八章提出 "努力降低义务教育阶段农村学生特别是女性学生、少数民族学生和贫困家庭学生的辍学率",从而保障农村女童的就学率。第三十八章的 "保障妇女儿童权益" 中指出要 "落实男女平等基本国策,实施妇女发展纲要,保障妇女平等获得就学、就业、社会保障、婚姻财产和参与社会事务的权利,加强妇女卫生保健、扶贫减贫、劳动保护、法律援助等工作"。[②] "十一五" 规划以纲要的形式把 "男女平等" 确定为我国的基本国策。有关妇女及儿童的权益保障,在各种官方的法规、政策和规划中不断得到强化,确实有效保障和促进了妇女权益的实现,也是男女平等的关键所在。2012 年,党的十八大首次将 "男女平等" 作为基本国策写入报告,这是推进妇女发展的一项具有深远历史意义的重要决策。

青年女学者王涛在论述计划经济下女性就业的局限时指出:"妇女解放与男女平等的实现必须要建立在两性经济平等的基础之上,就业是妇女实现经济独立的重要途径"。[③] 所以,政府也从各个层面考虑如何加强对妇女就业能力的提升和就业市场的开辟问题,比如通过各级职业培训班提高妇女在社会职业结构中的比例和能力,通过民营企业、电商平台和网络直播等拓宽女性就业渠道。[④] 更重要的是,在市场经济倡导的平等、竞争精神的鼓励带动下,妇女通过自身的努力争取工作机会和发展变成她们实现自身价值的常态。21 世纪以来妇女群体着力培养妇女的公民意识和权利意识成效初显,一些精英女性,自觉投身于推动妇女权益

---

① 中华人民共和国国务院新闻办公室:《中国性别平等与妇女发展状况》,《人民日报》2005 年 8 月 25 日第 7—8 版。

② 第十届全国人民代表大会第四次会议决议通过《中华人民共和国国民经济和社会发展第十一个五年规划纲要》,《人民日报》2006 年 3 月 17 日第 1 版。

③ 王涛:《世界社会主义运动视域下的中国妇女解放》,中国社会科学出版社 2015 年版,第 113 页。

④ 据本书撰写者 2018—2020 年持续调查发现,甘肃陇东南地区的天水市妇联每年都举办不同类型和不同批次的妇女家政培训班等进行劳务输出;陇南市妇联大力扶持成县、西河、康县等地的电商,为贫困地区的妇女拓宽了就业渠道,成效显著。

的社会活动之中，她们关注家庭暴力、帮助妇女就业和脱贫。可见，依靠妇女群体自身主动争取实现妇女的全面解放成为必然态势。

但是，我们也不能忽视 21 世纪以来男女平等以及在妇女保障、妇女权益方面存在的问题。这些问题复杂而多样，是推进妇女彻底解放面临的新挑战、新难题；这些问题既是中国独有的，也是全球所面临的。

首先，21 世纪以来随着社会贫富不均现象加剧，妇女间以及男女间的收入差距呈增大趋势，导致妇女所属阶层的分化趋势也日益明显。具有实际选举权利、接受良好教育、能够参政议政的大多是光鲜亮丽的社会中上层妇女，她们显然已经不能完全代表全体广大妇女的利益诉求。且中上层受过高等教育的女性无论是在体制内还是在体制外就职，其收入与同层次的男性相比差距不大，但在社会底层工作的女性，比如原先从事纺织、服装等传统行业的下岗女工，或从乡村流向城市的打工女性，以及目前主要从事加工和服务等行业的女性，其收入普遍要低于男性同事，妇女又成了贫困人口的主要构成群体。在中国 7 亿多脱贫人口中，妇女所占比例远远超过一半。好在党的十八大以来，由于我国脱贫攻坚力度的不断加强，农村妇女的生活境况得到极大改善，但还需要进一步巩固。在接下来持续推进的"乡村振兴"战略中，广大农村妇女还应发挥重要作用，女性地位有望得到进一步提高。

其次，"男主外女主内"的传统观念又开始抬头，就业性别歧视问题严重。随着就业压力的增大，尤其面临大学生逐年增长的就业难问题，社会上又浮现出了诸如"让生育妇女回家""妇女阶段性就业"的提法，即呼吁处于生育期的妇女回归家庭专门从事家务劳动和抚养教育孩子。随着 2016 年国家"二孩"生育政策的全面实施，这样的思想明显出现回流的趋势。传统的"男尊女卑"思想依然根深蒂固，部分女性依然摆脱不了一些陈旧的观念，产生诸如"干得好不如长得好""干得好不如嫁得好""学得好不如傍得好"等"不劳而获"的想法，加之 20 世纪末那些所谓美女作家的文学文本以及各类影视剧中充斥弥漫的高消费与享乐观念的蔓延，尤其在年轻女性群体中产生了极其消极的影响。同时，就业市场的性别歧视并未因相关政策的出台而相应地减少，就连接受了现代教育观念的女大学生，也因为其女性身份被视为潜在的生育者和家庭责任的承担者而受到就业市场的排斥和歧视。所以,国家在政策上要激励企业招收女职工,并且减轻企业招收女职工的成本。另外,在农村,由于传统的"男主外女主内"观念的影响,形成了大量的留守妇女,这些妇女成为农村的主要劳动力,但实际上她们广种薄收,在经济上主要依附外出务工的丈夫,导致在家庭中的主体性不断弱化,而且还要面临安全、疾病和婚姻危机等问题。"留守妇女问题要得到根本的解决,除了目前的帮扶救助部门所做的工作之外,还需要国家在发展政策上做出类似于乡村振兴战略的总体性调整,并在战略实施过程中有效地重构农村留守妇女的主体性"。[①]

最后,由于20世纪末妇女在领导层中的比例大幅度下降,妇女参政面临挑战。针对这一问题,21世纪以来国家修改相关法律法规,以确保妇女参政议政,比如2001年重申"同等条件下优先选拔女干部"原则,[②]2010年修改出台的《选举法》[③]将原第六条第一款修改为"……应当有适当数量的妇女代表,并逐步提高妇女代表的比例"。随之全国妇联领导人陈至立强调要抓住"省市县乡四级党委及相关领导班子换届的契机,及早谋划、主动作为,推动妇女参政议政比例的提高",并且"加强培训,提高广大妇女和妇女干部素质"。[④]这种政府支持与干预的重要做法一定程度上确保了妇女的参政权利,女干部和女党员的数量有所增长,中国妇女参政议政的情况有持续好转之势。但这方面的工作尚需久久为功,持续发力。

2012年随着新时代的到来,基层民主的稳步推进促使妇女党员发挥

[①] 汪淳玉、叶敬忠:《乡村振兴视野下农村留守妇女的新特点与突出问题》,《妇女研究论丛》2020年第1期。

[②] 中共中央组织部于2001年4月出台的《关于进一步做好培养选拔女干部、发展女党员工作的意见》中重申了这一原则。见周长鲜《妇女参政:新中国60年的制度演进(1949—2009)》,中国社会科学出版社2009年版,第65页。

[③] 2010年3月14日,第十一届全国人民代表大会第三次会议通过关于修改《中华人民共和国全国人民代表大会和地方各级人民代表大会选举法》的决定草案,其中有"提高妇女代表的比例"的新提法。

[④] 陈至立:《贯彻党的十七届五中全会精神　开创新形势下的妇女工作新局面——在全国妇联十届三次执委会议上的讲话(摘要)》,《中国妇运》2011年第3期。

着越来越多的引领作用，城市妇女普遍会通过正常的渠道捍卫自身的权益，维护自己的利益。甚至在农村，妇女的权利意识也开始觉醒，无论是面对家庭暴力，还是遭遇土地权益受损，越来越多的妇女开始懂得诉诸法律来维护自己的合法权益。而 2017 年年底始发于美国并很快席卷全球，2018 年在我国也产生巨大影响的"Me Too"运动正是女性不再沉默、勇敢指控男性猥琐"性侵"行径，捍卫自我尊严、维护女性权利的表现。

新时代在习近平中国特色社会主义思想指引下，中国妇女迎来了自身发展的大好机遇。2015 年 9 月 27 日，国家主席习近平在纽约联合国总部出席并主持全球妇女峰会，并发表题为《促进妇女全面发展 共建共享美好世界》的重要讲话，习近平主席就发扬北京世界妇女大会精神，促进男女平等和妇女全面发展加速行动提出四点主张：推动妇女和经济社会同步发展；积极保障妇女权益；努力构建和谐包容的社会文化；创造有利于妇女发展的国际环境。并且指出"中国将更加积极贯彻男女平等基本国策，发挥妇女'半边天'作用，支持妇女建功立业、实现人生理想和梦想"。① 习近平主席的讲话高瞻远瞩地由妇女问题切入人类的发展，体现了中国在促进全球妇女发展事业上的大国担当精神。

国家经过几年的持续努力，妇女权益得到有效保障，妇女生活水平得到很大提高，妇女生存环境得到不断优化，在乡村振兴战略中，"中国许多妇女积极响应国家扶贫攻坚号召，发挥了'半边天'作用"。而 2020 年在新冠肺炎疫情阻击战中，"又美又飒"的神州女医护们面对生死考验巾帼不让须眉，更是支撑起了抗疫的大半边天，她们作为"逆行者"的动人故事将是新时代女性书写的最美篇章。但是，我们也应看到，当时代的车轮驰入 2020 年之后，由于新冠肺炎疫情肆虐，全球经济陷入困窘之境，使世界处在百年未有之大变局中，中国妇女也面临着严峻的考验，正如国家主席习近平夫人彭丽媛所言："新冠肺炎疫情给妇女脱贫、教育、健康、就业、权益保护带来新的挑战。妇女不脱贫，人类就不可

---

① 中华人民共和国主席习近平：《促进妇女全面发展 共建共享美好世界——在全球妇女峰会上的讲话》，《人民日报》2015 年 9 月 28 日第 3 版。

能消除贫困。实现性别平等、消除贫困任重道远"。①

所以,要真正推进妇女解放,当下女性问题研究和女性文学应该重视弱势群体妇女(重病妇女、失业妇女、零就业妇女、留守妇女、离异妇女、贫困老龄妇女、贫困单亲母亲、受灾地区贫困妇女与家庭妇女等)的生存状况,要继续关注"妇女发展",推动性别平等,使妇女的生存与发展环境不断改善;充分调动妇女的积极性和创造性,鼓励妇女塑造自己的命运,使妇女在推动人类文明、进步与中华民族伟大复兴的征程上"建功立业、实现人生理想和梦想",从而展现出新时代的女性风采。

二　女性主义视域下的女性与女性文学

从世界女性主义发展史来看,女性主义自19世纪末至今已经历了三次浪潮,整体上不同时期的女权运动从父权社会中争得了一定的权益,比如投票权、平等就业权、生育决定权、性取向自由权以及女性话语自主权等,这些有力推动着世界妇女解放运动的车轮。中国的女性主义在很大程度上是西方女性主义在一个世纪后、随着改革开放大潮掀起的西方女性主义第三次浪潮的余波,西方后现代女性主义著作和各种理论,比如美国女性学者苏珊·S. 兰瑟为代表的新叙事学理论,美国后结构主义学者朱迪斯·巴特勒的"性别角色扮演"理论,朱迪斯·费特莉的"抗拒的读者"理论等被大量译介和接受。他山之石,可以攻玉,对于这一波女性主义思潮的接受,中国女性作家和女性主义文化传播者的感知最为灵敏,她们一方面仍然对男性中心进行颠覆和解构,另一方面加大了西方女性主义思想的"本土化"研究。女性作家开始自觉地追问:在根深蒂固的男权话语系统中,如何才能真正走出"被言说"的尴尬。

承担当代中国女性主义文学叙事和文化传播的主要是"文化大革命"

---

① 2020年9月16日,为纪念北京世妇会25周年暨全球妇女峰会5周年,全国妇联和联合国妇女署在北京人民大会堂共同举办以"21世纪人类消除贫困事业与妇女的作用"为主题的座谈会,国家主席习近平夫人彭丽媛通过视频向会议发表致辞,彭丽媛在致辞中表示"北京世妇会和全球妇女峰会都是妇女发展事业的重要里程碑","中国一直是全球妇女事业和减贫事业的积极倡导者和有力推动者"。见田珊檑《纪念北京世妇会25周年暨全球妇女峰会5周年座谈会在京举行》,《中国妇女报》2020年9月18日第1、3版。

后走上文坛并逐渐进入公共领域的女性作家或女性学者，前者如张洁、张抗抗、王安忆、铁凝、张欣、残雪、方方、池莉、林白、陈染、翟永明、伊蕾、毕淑敏、迟子建、虹影、唐亚平、赵丽华、尹丽川等，后者如朱虹、盛英、刘思谦、李银河、乔以钢、李小江、孟悦、戴锦华、杨联芬、李玲、张莉、贺桂梅等。在电影、绘画等艺术种类中，女性意识、女性主义运动与社会的互动也一直在持续进行，比如电影中，持有较为鲜明的女性主义话语的主要有黄蜀芹、李少红、胡玫、陈冲、马俪文、许鞍华、张婉婷、李玉、徐静蕾、李芳芳、黄真真等。事实上承担当代中国女性主义文学叙事和文化传播的名单还可以开列出更长、更多。这些有为女性以女性身份表现女性经验，以女性敏锐而大胆的思辨与男性作家和学者进行角力。20 世纪 90 年代，在女性诗歌中形成冲击力的当属女诗人伊蕾的《独身女人的卧室》，可以说这组诗歌是独身主义者与孤独的女性个体的时代宣言。但是这种宣示最后以"你不来和我同居"作结，[①] 使得女性的独立性最终仍以"女性对男性的身体期待"而变得游移，[②] 甚至再一次被男性的眼光捕获。

在文学领域表现女性主义、应和女权主义的努力无意间满足了"男性窥视"，最终走向衰落之后，更多的女性主义者将目光转向影视。有关女性主义的文学文本通过电影改编有效地参与了女性主义的想象与建构，文学与女性解放的互动效应则主要倚借影视传播得以扩展。在 21 世纪多元媒体共生的时代，纯文学作品对时代的轰动效应在大大削减，这与 20 世纪 80 年代形成鲜明的对比。新时期初期，铁凝的《哦，香雪》《没有纽扣的红衬衫》等作品在当时引起的反响是巨大的，甚至超过了其 90 年代的《大浴女》和 2006 年出版的《笨花》等。但是我们不能因此忽略另一种情形下文学与社会思潮形成的互动，那就是这些纯文学作品借助影视、网络、手机终端等新型媒体以及大众传媒的二度传播，对网络时代女性的自我确证有明显的促进作用。比如陆小雅执导的《红衣少女》

---

① 伊蕾：《独身女人的卧室》，《伊蕾诗选》，百花文艺出版社 2010 年版，第 88 页。

② 也有论者认为，这种表述是"充满挑衅男权社会意味的句子，也已经成为某种文化意义上的'经典'"。见罗麒《21 世纪诗歌：女性诗歌的热潮与性别认同》，《当代作家评论》2017 年第 2 期。

（1984），黄蜀芹导演的《人鬼情》（1987），李少红导演的《红粉》（1995），徐静蕾导演的《我和爸爸》（2003）、《一个陌生女人的来信》（2005），以及由男性导演曾国祥执导的《七月与安生》（2016），这些在电影史中具有女性主义里程碑式的作品几乎都改编自文学文本，这对宣扬女性主义有积极意义。

在新时期以来文学与影视剧能够如此密切地联合，宣扬女性主义，对抗传统的女性家庭伦理，很好地续接了"五四"文学对中国传统文化观念中"妇德"的反思。传统文化中的女性观使得女性的自我认定具有鲜明的"相夫教子"指向，这种指向决定了女性强烈的家庭归属感和父权认同感。如果说，女性从十月怀胎到一朝分娩便完成了其在社会角色中的伦理认定，那么她第二次从仪式上脱离"家庭"文化母体的供养则是发生在对父亲的性别指认阶段。依照弗洛伊德"俄狄浦斯情结"，因为父亲的男性角色，女性在潜意识中会将心仪男性与自己的父亲作比。同样，父亲对女儿的判断也是将其与自己的妻子作比，可以说，父亲内心深处的焦虑，从女儿出生一直持续到出嫁的那一天。电视剧《小别离》（2016）讲述的就是这样一种家庭亲情与血缘关系，由于女儿出嫁父亲表现出因疏离引发的失落感，这种表达颇得观众青睐。另一种情况是，如果父亲在家庭文化中并没有尽到护佑与家庭秩序建构的责任，而是以家暴、酗酒、出轨等反面形象出现，那么在女儿的成长中就会对男人产生恐惧和不信任感，从而会形成一种"不完美父亲"的刻板印象和"男性憎恶"的极端性别意识。从陈染的《与往事干杯》中的肖蒙的"恋父"到王安忆《叔叔的故事》中"我"的"审父"，父亲作为男权社会的权力符号，一直是女性主义文学的靶的，备受冲击；加之多元文化的影响，一部分带有男性刻板印象的女性和部分知识女性打破了世俗婚恋价值观，走"独身主义"路线，或过"丁克"家庭生活。文学艺术在表达这种女性主义的新观念时，试图进入她们的内心世界，塑造出一个潜意识中的"男性去势"，而不是讲一个感人的故事。这类女性形象一般出现在经济较为发达、思想观念相对超前的大城市。但她们并不是天生的乐天派，而是某一个城市最孤独的个体,[1] 也集中了当下城市女性在情感与事业以及生活等方面的焦虑,这一点在当下许多电视剧诸如《欢乐颂》(2016)、《三十而已》(2020)等中也有细腻表达。其中的女主人公大都是年轻都市知识女性,她们因深陷于事业与情感等困境而引发多重精神焦虑,这种焦虑反映了当下消费时代女性的某种虚妄性存在。况且,作为消费时代和网络文化催生的女性视角的影视剧,其创作的初衷往往会被大众(观众)的审美期待和消费心理左右,通过影视这一种大众文化来完成"女性主义"和"男女平等"本身就是一种隐含着自身缺陷的,甚至不无虚妄的努力。

文学借助新媒体传播以促进"文学与女性思想解放"的互动,除了在大众文化传播媒体的互动外,在小众的诗歌领域的互动也值得注意。首先是引起女性诗歌界喧嚣一片的"赵丽华诗歌事件",[2] 在这一事件中,三四天之间就涌现出"万人齐写梨花体"的壮观景象,在这样一个网络发达的解构时代,暂不论其间媒体的有意炒作和好事者的蓄意恶搞,但就事件中以及事件后持续仿写一个阶段的"梨花体"而言,主要是聚焦女性性征的所谓爱情书写以及日常性书写,事实上依然对接20世纪90年代流播的女性文化、女性日常性叙事,也是"女性私人化"写作的回响及余脉。就赵丽华本人所写的爱情诗而言,《当你老了》《想着我的爱人》《爱情》《朵拉·玛尔》等以其零度风格的抒情写出了虚浮时世里难得一见的爱情真感受,在女性诗歌的爱情书写中通脱、透彻而具有"去魅、自然、本真、生活化的特色",甚至在引起非议和争议的《一个渴望爱情的女人》中亦让人"感觉到了被剥开时的疼痛"与一颗女人之心。故而,赵丽华的爱情诗"实在、朴素而不矫情",[3] 她在诗歌艺术上的探索精神

---

① 这种观念的艺术呈现在21世纪以来表现得颇为突出,比如青春婚恋影片《等风来》(2013)、《脱轨时代》(2014)、《有种你爱我》(2015)、《陆垚知马俐》(2016)、《合约男女》(2017)、《爱情公寓》(2018)等影片中都有表达,事实上是现实生活的一种折射。

② 最先开始于2006年9月13日,由天涯社区的娱乐八卦论坛发出一个题为"在新教主赵丽华的英明领导下,'梨花教'隆重成立"的主帖引发。详情可参阅:搜狗百科·"赵丽华诗歌事件":https://baike.sogou.com/v7643925.htm?fromTitle。

③ 薛世昌、马超:《这只理想主义的小波尔羊:论赵丽华的爱情诗》,《天水师范学院》2016年第3期。

不容忽视。其次是被称为"新红颜写作"诗歌现象的出现。① 与 20 世纪八九十年代的女性诗歌相比，进入 21 世纪以后的女性诗歌才基本完成了"女性意识的外化"，其具体表现为"自我女性意识"向"社会性别意识"的自觉转变。② 在诗歌中，她们"把性别问题作为整体性的存在完整地加以考量，把'性别意识'自觉地融入到创作主体的世界观中"。③ 正如被研究者频繁引用的"九叶派"女诗人郑敏的话:"女性主义诗歌中应当不只是有女性的自我，只有当女性有世界、有宇宙时才真正有女性的自我"。④ 可见，女性作家的写作越来越探寻到性别问题之本，发现了女性来自生理条件的先天区别，与父权制社会意识代表的政治、历史、文化、经济等因素相论证和平衡，从而形成了一种特殊的性别文化结构。

在这样一种特殊的社会结构中，女性如果一旦依恃过度的"身体自恋"，将会失去必要的自我认知和自审意识，将在不自知的情境中导致自我"女性意识"的极端狭隘化，甚至可能走向"生理性别"的过度彰显。比如安妮宝贝的《七月与安生》向来被认为是第一本"网络文学与漫画形式"结合的小说单行本，一个突出的女性主义文本。在某种程度上，这部小说对中国当下女性主体意识的延伸提供了一个有意味的"思考

---

① 这一概念的提出最早出现于 2010 年，诗评家张德明和诗人李少君在海南的一处酒吧夜赏海景，谈起诗坛的新变化，不约而同地关注到博客时代女性诗歌创作的一股"热潮"，他们发现女性诗人呈群体性崛起之势，女诗人诗歌创作上的数量之大、质量之高着实令人刮目相看，这在以往的诗歌史上是难以想见的。此后发表了《海边对话:关于"新红颜写作"》一文，并引起了他人的关注。这一现象的描述可参见罗麒《21 世纪诗歌:女性诗歌的热潮与性别认同》，《当代作家评论》2017 年第 2 期。

② 可以说，20 世纪八九十年代的女性诗歌之所以在女性文学史上具有划时代的意义，很大程度上归功于女性诗歌在这一时期完成了"女性意识的内化"，即女性意识已经不再单纯是女诗人创作中的细腻、敏感，而内化为女性诗人精神上的抒情起点。不得不承认，由于认知水平的限制，当年的大部分女诗人仍还局限于较为单一的精神向度和幽微封闭的私人体验。直到进入 21 世纪后，女性诗歌才在一定程度上完成了"女性意识的外化"，呈现出更具开放的诗质与包容的精神气度。她们并未选择刻意回避性别问题，而是用更为丰富的诗意将两性问题及女性体验相结合。见罗麒《21 世纪诗歌:女性诗歌的热潮与性别认同》，《当代作家评论》2017 年第 2 期。

③ 事实上，女作家越来越接近性别问题之本，即生理性别虽是与生俱来，但社会性别则是父权制社会意识形态强加的文化设定，它由历史、宗教、种族，以及政治、经济、文化等合力因素共同制约。相关论点可参见罗麒《21 世纪诗歌:女性诗歌的热潮与性别认同》，《当代作家评论》2017 年第 2 期。

④ 郑敏:《女性诗歌研讨会后想到的问题》，《诗探索》1995 年第 3 期。

题"，那就是究竟是"她"应该做性别意义上的"女性"，还是做人格意义上的"女人"。回答这个选择是有困难的，就像要明确回答"苏家明到底爱谁"一样困难。因为要在安生与七月中作出选择，这就出现了"苏家明难题"。因为选择标准不同，故而结果有异。就像流行观念中对于《红楼梦》中薛宝钗和林黛玉的评判一样。如果你是一个功利主义者或现实主义者，大概会选择薛宝钗和七月；如果你是一个自由主义者或浪漫主义者，大概更偏爱林黛玉和安生。所以，该小说的创作走的是家庭剧中流行且时尚的商业化叙事策略，其意当不在女性书写，也很难触及具有现代思想的女性意识。这种现代意识的缺乏在作品中的表现：一方面，表面上看，女性追求自身的自由与解放，要求在家庭和社会关系中享有与男性平等的权利；另一方面，作为当事人的女性个体无法绝对独立于以男权为主导的社会权力结构，最终陷入男性权力和欲望构筑的情爱游戏，即男性眼中被选择、被观赏的欲望客体，从根本上看是人的物化和商品化。

的确，这是对新文学初期"娜拉走后怎样"（鲁迅）思想的延续。无论是电影《七月与安生》（2016），还是近年来流行的女性电视剧《蜗居》（2009）、《欢乐颂》（2011）、《我的前半生》（2017）、《三十而已》（2020）① 等，都在影视收视率排行中取得了不菲的成绩，但倘若论及此类作品的女性意识，还是比较勉强。就《七月与安生》而言，尽管作为女性叙事的文本，打破了读者对人物的普世评价和观众对国产青春片的惯常期待。也许在安妮宝贝那儿，每个女人曾经是安生，而最终都会成为七月；也许安妮宝贝期望的完整意义上的女性就是七月与安生的结合体。即使是有着如此众多的不确定性，女人对于自身命运的思考仍需继续进行。不过，在阅读和欣赏中，读者和观众被感动之余，并没有意外的惊喜："为什么两个女人的相爱相杀非得通过一个男人作为介质呢？""为什么在岗位上备受压抑的小职员要通过出轨来化解压力呢？"尽管这

---

① 电影《七月与安生》改编自安妮宝贝的同名小说（安妮宝贝本人也是编剧之一），电视剧《蜗居》由女作家六六改编自自己的同名小说，电视剧《欢乐颂》由女作家、编剧袁子弹改编自女作家阿耐的同名小说，电视剧《我的前半生》由女编剧秦雯改编自女作家亦舒的同名小说，电视剧《三十而已》由女编剧张英姬创作。

个男人已经懦弱到只能选择缺席的地步，但他仍将自己仅有的男性权力发挥得淋漓尽致。

所以，作为具有女性立场的文学和艺术作品，对于新时代条件下何以让女性成为人格意义上的"女人"，在上述作品中其意义是值得肯定的。但遗憾也还不少，无论是小说，还是影视剧，都工于细碎，而乏于细腻，工于视觉，而乏于挖掘，特别是对女性心甘情愿做"小三"、女性将半生的经历赋予对男性的争夺等情节和剧情的设置，并没有将作品对准女性地位的历史生成和当下困境，以女性为焦点的作品最终仍然落入了视觉消费和大众文化的俗套。

第二节　新文学资源与 21 世纪女性文学的"平等"表述

在百年中国现代文学的发展中，女性文学是一道别具色彩又意味深长的风景，从而形成了一种以旧文学中的女性道德为参照的女性文学传统，那就是在大量先知先觉的男性启蒙下，女性开始进一步思考作为性别和身份的女性，从而在新文学初期，迅速诞生了冰心、丁玲、萧红、张爱玲、苏青等女性文学作家群，女性文学也逐渐"浮出历史地表"。

不过，当我们试图做如上的线性归纳时，不能忽略的是，在新文学传统中，女性文学的起点与启蒙文学几乎是同质的，这使得以男性为主体的启蒙话语往往会遮蔽女性话语的生产与生长。也就是说，女性文学的女性叙事，首先，将女性确定为一个需要启蒙的对象，让女性从旧式道德的枷锁中解放出来，而这种对于道德的判定往往是通过男性眼光来完成，且女性作家的女性意识也由男性的肯定才产生一种聚合效应。其次，女性作家的女性意识因为附着了新文学初期的文化批判功能——与20 世纪 20 年代兴起的"乡土文学"一样，从产生伊始就带有鲜明的符号化特征。这种符号化具体表现为对象征男权社会主体的男性的批判，而不是作为性别意义上的男性的性别观照，从而使得女性文学的女性书写最终仍以"怨恨"和"批判"的形态存在。比如丁玲笔下缺少阳刚之气的韦护，张爱玲《茉莉香片》中寻找精神父亲的聂传庆，《金锁记》中身体"残废"的姜二爷。与其说女性笔下的男性是懦弱的,不如说他们是被阉割的;与其说他们是猥琐的,不如说他们是缺席的。可以说,在新文学初期启蒙话语的影响下,一方面响亮的启蒙口号让女性走出鸟笼般的"阁楼"和锈死的"铁屋子",并让她们发出了呐喊;另一方面,女性走出"阁楼""铁屋子"之后,并不知道自己如何"放自己到光明里去"。鲁迅的判断似乎一语中的,那就是"娜拉走后怎样?"可以说,极力"发现""妇女"与"儿童"的鲁迅、周作人等现代男性知识分子最早也意识到了物质基础对女性理想的爱情"附丽"的艰难。换言之,女性以文学的方式来完成社会批判以获得自我解放的愿望遭遇了难题。那么,在新文学传统中,文学批判和社会批评的方式随着启蒙话语被质疑,文学主题从启蒙转向救亡的过程中,女性文学何以呈现其自足性特征呢?

在革命文学背景下,新文学传统中的女性文学书写方式开始发生裂变。女性的命运、女性身份焦虑更多由男性作家来完成。茅盾的《蚀》三部曲中的慧、静女士等,是由男性作家来续写的。也就是说,革命话语不断取代了启蒙的话语,与之相伴而生的是革命文学取代了启蒙文学中的女性文学——启蒙文学中的女性自我启蒙文学。这个时期的女性更多是现实斗争中的女性,而非文学想象中的女性。而在 20 世纪 30 年代的"新感觉派"的"感觉"中,女性较早地扮演了现代都市中被消费的符号化角色。这里的女性往往是以服装、首饰、容貌、举止等外在特征来显现其性别特征的。看似非常"摩登"的现代女郎,虽然生活在大上海的十里洋场,但仍然是现代都市和商业竞争中的交际花,甚至只是变了行头的风尘女子,她们多是情场的失意者或生活的迷路人。在这里,她们往往是"被看"的对象,是视觉快感的消费品。

从根本上看,她们面对的仍然是巨大的"消费世界"。这种被消费的状况直到 20 世纪 40 年代,文学区域重新划定、文学话语重新划分之后才发生了变革。这个时期,女性话题从摩登与现代逐渐转向翻身与解放。但是,在 40 年代以来的土地革命和此后的社会主义建设主流话语中,由于丁玲的《我在霞村的时候》《三八节有感》,以及张爱玲的《赤地之恋》等作品的被批判,《日出》(曹禺)、《白毛女》(丁毅、贺敬之)、《财主底儿女们》(路翎)、《我们夫妇之间》(萧也牧)等作品中女性的

"男性观照"，女性作家集体淡出文学视野，甚至出现集体的缺席，作家的女性表述再一次被"革命""翻身""解放"的男性政治修辞取代。而"红色经典"，特别是"八个样板戏"中被解放的吴琼花（《红色娘子军》）、喜儿（《白毛女》），以及被领导的阿庆嫂（《沙家浜》）、李铁梅、李奶奶（《红灯记》）等已经被赋予了"政治正确"的符号性价值，她们的家庭身份被革命身份取代，性别意识被革命意识取代。这在很大程度上宣告了女性文学短暂的停滞。但女性的"男性化"甚至"无性化"特征在较长的时间一直保留着，甚至成为一种文学风尚。

20世纪80年代，女性思想解放与社会发展的互动产生了某种令人欣喜的成就，女性观照①也逐渐走出了女权主义的对立话语。中国改革开放之后，无论是物质条件还是思维观念都发生了巨大改变，女性的性别自觉和女性意识也随着女权主义思潮进入中国，在"左"的思潮影响下的女性男性化、"去性别"的观念被质疑。电影《红衣少女》《街上流行红裙子》等就是这个时期青春靓丽女子从僵化的政治思维中走出来之后的真实映照。在电影《街上流行红裙子》中，爱美的女孩子们勇敢地穿上亮眼的红色裙子，一展少女的热情与柔美。在棉纺厂工作的乡下女孩阿香羡慕城里女孩争相穿漂亮裙子的风气，自己也买了件红裙子，随后让劳模陶星儿穿，并请其去公园展示。这一经历给了陶星儿前所未有的自信。在当时刚刚摆脱蓝色（制服）与绿色（军装），街上还没有无袖的、鲜艳的衣服时，这条大红裙子的出现具有了非凡的意义。从色彩的意义上看，该影片以服装的色彩和款式打破了时代的沉闷与压抑。火热的红色象征着年青人追求生活、渴望放飞的个性。那种露肩、无袖的款式设计，在极"左"时代的审美观中是"有伤风化"的，甚至在道德上是犯错的。这一套红色的裙子代表着两种观念的冲突，一方面是老的观念，另一方面是新的追求。在老的观念里，那条"大胆的红裙子"就是大逆不道，就是伤风败俗；在新追求里，它就是蓬勃灿烂生命中最美的光彩。

---

① 事实上，20世纪80年代，世界范围的妇女解放潮流已经成为不可逆转的文化趋势，我们国家女性受教育的程度获得了制度和经济基础的保障，使男权中心文化思想开始逐步消解，女性的思想观念得到了非常大的变革，引发了女性作家的"女性观照"，即对女性日常琐碎生活和本体的欲求着力关注外，更加迫切地开始关注和探讨女性的精神存在。

作为乡下女孩的阿香，想方设法改变他人眼中的乡下人形象，期望"裙子面前城乡平等"。可以说，女性的"解放"从高高在上的话语启蒙，回到了普普通通的生活呈现，被关注者也从一个大家闺秀式的"子君"回归到农人子女"阿香"。自此，中国文学在新时期的女性观照也渐趋走出了文学革命和革命文学时期的"启蒙—革命"模式、延安文学传统以来的"翻身—解放"的时代主题，观照女性的视点开始向日常生活转移。

20 世纪 80 年代以来，无论是农村还是城市，亦无论是男性还是女性，其"个人意识"在市场经济和物质欲望的刺激下蓬勃上升。铁凝的《哦，香雪》《没有纽扣的红衬衫》以及同时期上映的《街上流行红裙子》等在发表、上映伊始就引起了较大的反响。这种反响不仅来自铁凝"抒情诗"般的语言，更得益于她对时代主题发生根本性改变之后城乡普通女性对于时代变化的感应，以及女性对自我诉求的敏感。香雪在 17 岁时就对"只停留一分钟"、匆匆过客般的火车产生了无限向往，它比台儿沟里其他姑娘更早地看到了外面人的"洋气"，更看到了乡村女性要改变自己的命运，就应该像火车上的城市人一样，拥有知识，习得文化，如此方可言谈举止文明大方。作者通过这种城乡之间的两相对比，借女学生香雪来肯定城市以及外面的世界。当长长的火车进入乡村，高亢的汽笛声也搅动了她朴素而沉睡的心灵，香雪意识到只有走出大山，只有改变"千百年来即如此"的父辈们的生活方式和思维观念，她们才有可能变得更文明。诚如铁凝所说："一列列火车从山外奔来，使她们不再安于父辈那种坐在街口发愣的困窘生活，使她们不再甘心把自己的青春默默隐藏在大山的褶皱里，为了新的追求，她们付诸行动，带着坚强和热情，纯朴和泼辣，温柔和大胆，带着大山赋予的一切美德，勇敢、执着地向新的生活迈进，一往情深"。① 应该说，这是一种日常生活自然生发的觉醒，是乡村女孩眼中的乡村与城市、手工与机械的对比，也是普通话与乡村方言、新衣服与旧衣服的对比，更是慢与快、传统与现代的隐喻。铁凝将这个时代的纵剖面用这"一分钟"作了细致而生动的展示，她的概括是简洁的，也是典型的。

---

① 铁凝：《山野的呼唤》，《青年文学》1983 年第 3 期。

　　如果说,《哦,香雪》释放了改革开放初期中国乡村女性向往城市文明、向往外面的世界的及时信号,那么,此后所写的《没有纽扣的红衬衫》则是对城市社会中青年女性在新思想新观念之下隐约感觉到的压力。作品中的安然被塑造成一个没有传统思想因袭和旧意识形态束缚的女青年。她性格直爽,不懂得大人之间复杂的情感,也不愿意去了解这些让自己头疼的事,她能当面指出别人(包括父母和老师)的过错,但因此也从初一到高一从没有被评为"三好学生"。她最喜欢那种别的女孩不敢穿、别的父母不让穿的"没有纽扣的红衬衫"。这种我行我素给她带来了苦恼:为什么穿一件衣服都要受那么多的约束和管制呢?在这篇小说里,铁凝似乎以女性的敏感气质对刚刚获得女性自觉的青年给予一种约束,提出一种暗示。① 因而,香雪(铁凝《哦!香雪》)、英芝(方方《奔跑的火光》)们刚刚觉醒的对新鲜物质的追求就被作家们叙述成了女性"个人意识"和"主体性"自我发现的开始。

　　与铁凝书写的对乡村女孩的个体意识的寻找和发现可作一对比的是,王安忆的都市女性的女性意识——将人物和事件还原到日常生活的细部呈现。张清华在论及王安忆的女性意识时认为,王安忆"选择了非常个人化的叙事角度,刻意地释解和避开了宏大历史叙述的模式,把人物和事件还原到日常生活的末端和细部……这些都显示了《长恨歌》作为一部'新历史主义'小说的特性,即在主流历史叙述之外重新建立一个'反权力叙述模型'的特性"。② 可以说,在 20 世纪 90 年代的女性叙事中,王安忆的女性叙事具有解构与建构的双重意义。她有意避开了现代以来的"启蒙—革命"相复合的宏大叙事,选择了从宏大历史的背面——日常生活为焦点进入历史,以重建庸常的、凡俗的女性生活叙事。具体而言,就是从个体和民间的立场建构现代中国女性的另一种历史。当革命风暴消散、末世的繁华褪尽之后,历史褶皱又渐次展开,这应该是王安忆心中欲言又止的含蓄。在这个意义上,《长恨歌》是一部新历史

---

　　① 整篇小说可以说是一种对女性青年自我意识的呼唤和赞美,但作者似乎也在其中嗅出了可能出现的对思想污染的"清除"以及对青年女性的约束。

　　② 张清华:《从〈青春之歌〉到〈长恨歌〉——中国当代小说的叙事奥秘及其美学变迁的一个视角》,《当代作家评论》2003 年第 2 期。

主义的小说。主人公王琦瑶是一个典型的小资女人，在程先生、李主任、老克腊看来，她的美既可以入画，也可以交心，但更具魅力的似乎是她知道什么话不该说，什么事不该问，这与蒋丽莉形成鲜明对比；阿二自然不能理解她历经风雨之后的坦然，老克腊或许能懂得王琦瑶的心思与气质，但那已经不像是一场爱情了；最终走上革命的蒋丽莉的自卑与赌气都因为骨子里她战胜不了王琦瑶。这至少说明了王安忆相信小资化的城市，它并不完全按照革命的逻辑在摧枯拉朽中得到重新改造。而恰恰是像王琦瑶这样的生性最为柔软的女性成为上海繁华旧梦、腥风血雨之后的"芯子"，从而构成了一个女人与一座城市的关系史。当历史翻转之后，什么改变了，什么留了下来，这是一个有意味的话题。

需要注意的是，21世纪以来，无论是世界范围内的女权运动，还是女性文学与妇女解放思潮的互动关系，女权、女性主义不再是女性与男性争得平等权利，以彰显性别自足的不二法宝。也就是说，21世纪以前的女性文学，更多关注的是女性与启蒙、女性与革命、女性与解放等急切的社会问题，甚至可以说，女性的话题就是"如何讲述中国"的问题。而到21世纪之后，与社会变革直接相关的问题开始置换，甚至软化，女性主义开始退潮，女权主义雷厉风行的社会效应也逐渐被淡忘。女性解放、女性革命、女性独立等主题也悄悄置换为女性与空间、女性与自我、女性与消费、女性与日常生活等关系。

当然，"女性意识"的内涵并不是一成不变的，它主要是要通过女性的性别视角来判断。这种性别视角主要表现在对什么事发言，站在什么价值立场发言，为谁而发言等。比如21世纪女性作家的"进城"叙事，关注更多的是性别与道德，女性与土地，女性与乡村记忆，女性与精神家园的关系。即女性开始通过自己的眼光以及男性之外的"他者"来实现自我的确证。荣荣、郑小琼、蓝蓝等女诗人的写作，真诚而且清醒地凸显出社会性别意识开始有意突破个体性别认同的焦虑，表现出女性"社会人"这一价值立场和角色意识。荣荣的诗歌《钟点工张喜瓶的又一个春天》中首先确认的不是男性视野中女性的温情与爱情，而是将大工业时代下小人物的生存状态进行了具象化的抒情——"温情和爱情一样遥远/未来如同疾病/让人心惊肉跳"。另如郑小琼的《三十七岁的女工》

《火车》等诗歌,她们没有刻意表达女性的性别立场,也"不刻意想象'血与泪',而更多描写现代机器生产'拉'(线)上沉重的叹息,在闷罐车里焦急的乡思……他们能用笔墨写出自己的思念、孤独,甚至仇恨。那个'无声的世界'终于发出了自己的声音"。① 这种看似不经意之间的抽象词(温情、爱情、漂泊、思乡等)的选择与措置,恰恰成为读者感受城市缝隙空间、城市工业拉线上沉重叹息的一个独特的视角。女诗人们用自己的切身感知来映照这个时代,从而通过"女性意识的外化"完成对自己"社会人"角色的认知和价值的确认。

这种"女性意识的外化"在小说中的表现则显得更加突出,这种外化具体而言就是社会化。就文学表述而言,文学叙述和想象的女性书写与政策的引导并不完全同步,但作为女性作家关注的是具体社会角色中女性的日常生活,而不是抽象的性别意识,这是 21 世纪以来作家女性观照的重心,也是 21 世纪女性文学的悄然转向。那些在 20 世纪 90 年代尽情挥洒过女性本体性别特征的"私人化写作"者们,在进入 21 世纪之后,纷纷走上了"女性意识的外化"写作,林白也走出了"一个人的战争"的私语时代,进入《万物花开》(2003 年)、《妇女闲聊录》(2004年)和《致一九七五》(2007 年)所标示的中国社会现代化转型中诸如王榨这样的村落的风风雨雨,切切实实地实践着与历史及现实的贴近和对话,喻指着作者走出了内心走进了广阔的世界。就连对男性失望憎恨达到极致的张洁也在 21 世纪创作的长篇《知在》中开始了对世界以及两性关系新的哲理性的思考。而铁凝的《笨花》更是女性对宏阔辽远的社会历史的一种回审,迟子建的《额尔古纳河右岸》是对民族心灵史的一次直接抵达……这些非常具有创造力和影响力的女性力作,在 21 世纪强有力地奏响了女性和世界交流的对话之新声。

方方《出门寻死》(2004 年)中的下岗女工何汉晴不堪忍受婆婆公公、小姑以及丈夫的冤枉气,想出门寻死,但小说以"延宕"的表达方式来呈现女主人公在若无其事的日常生活中面临的无意义感。作者试图在何汉晴的日常生活叙述中显现水滴石穿的韧性和作为世俗女性对凡俗

---

① 张继红:《论新世纪文学与新文学传统》,《当代文坛》2015 年第 1 期。

生活的绝望。何汉晴的日常处境就是如何面对，如何确认。这里何汉晴的寻死过程，事实上是不断地确认自己存在感的过程。整个过程里，丈夫的形象是不完整的，作者甚至选择有意屏蔽男性观看的视角，即女性不再是男性的"欲望化"对象。所以，作者将更多的笔墨赋予女主人公在倾听、给予、帮扶、救助过程中的自我确认，那就是在日常生活中寻找性别意义上的、凡俗女性活着的意义。与新写实主义思潮时期的方方、池莉相比，21 世纪的方方的这种写法，更多的是将"颇烦"放置到"女性意识的外化"中完成的。

事实上这种在日常生活中寻找性别意义上的、凡俗女性活着的意义的"女性意识的外化"式表达，在 21 世纪新锐女性作家的写作中更成为一种自觉。

比如马金莲的短篇《山中行》（2017 年）更是改写了以往女性主义意识浓厚的文本中的男性形象，有意建构一个性别意识观照下的两性和谐发展世界。从人物外在的直观表面形象来看，男性主人公蒜头似乎具备了铁凝的《玫瑰门》，张洁的《无字》等小说中承袭的对男性鄙俗丑陋卑污形象的描绘传统，承接了 20 世纪 90 年代女性对男性的审视和批判的视角，但在作者层层悬念套叠的渲染之后，在女主人公秀女心中逐渐迭起的疑虑恐惧之中，蒜头的人物格局和形象特征似乎要跌入"恶男"营垒中时，结局却来了个大翻转，蒜头把自己的鞋换给双脚因走山路而磨烂的秀女穿，陪伴秀女平安抵达要去的花儿岔。在这样的书写中，已经看不见有意凸显的女性视角和女性意识，更多的是对两性和谐的一种有意建构，更接近对现实生存中"人"的普遍性观照，传达出新时代妇女解放的新图景：男性和女性终究要和谐相处。

郑小琼的新作《双城记》（2020 年）秉持其一贯的"向下看"视角，聚焦那些在"周末团聚，周日或周一各自回到工作的城市"的"双城夫妻"生存的状态。从中既可以看到她的诗歌中惯有的"工业时代的繁荣"，又有打工者的"爱，恨，青春，忧伤"，更是一曲对女性"失去自我"的警戒和救赎。安宇红在一家公司做财务会计，南下打工 16 年来她恋爱、结婚、生孩子、买房并扎下了根，过上了心满意足的生活，她为维护完整的家庭辛苦地奔波于双城（广州与深圳）之间，但是半年前家里床上发现的那"几根黄色长发"像生活中突然冒出来的几根刺，使她陷入无边的苦恼和疑惑之中。而她的心结在忆及早于她南下打工漂泊的好朋友罗敏的惨淡过往中逐渐打开。她的好朋友罗敏虽然经历了一场无名无分的婚姻，生下两个孩子后还被抛弃；虽然她为自己错误的选择陷入无边黑暗的困境，把自己掩藏在往事与伤痕结成的硬壳之中，但是她终究敞开自己接纳了外在的世界，与伤害过自己的男人和解，并且重新宽容地接纳爱自己的人，在工作之余"他们经常一起去参加昆山公益组织的社会活动，自信而富有同情心的群体活动，让她渐渐找回自我存在的意义"。① 罗敏救助云南打工男子的事件使自我觉悟，并与爱人一起找回了快乐与自信，找回了自我存在的意义，且活出了精彩。罗敏的故事和她目前的状态引发安宇红静下来考量自我，再一次开始深沉"思索着人活着的意义"。尽管"全球化的时代，生活与家庭已被现实切割得四分五裂……像一只只来去匆匆的蚂蚁在苍穹之下活着"，女性们不仅要拥有自己与家庭的狭小世界，还要持续发展自我并拥抱世界。

可以说，女性走出"欲望对象"是新文学诞生以来女性文学急切的表达愿望，首先完成的是性别自省，追问我是谁；其次是试图进行性别批判，回答我就是一个女性（人）；再次是身体叙事，书写具体而切身的身体经验；最后是平等与性别自足叙事。这是一个漫长的话语寻求与建构历程。目前有一种思想和观念的误区，那就是认为女性主义或者女权运动是社会历史文化发展的必然产物——在具备了社会政治相对公平的条件下，女性意识对自我身体属性的对抗使她们不断克服自身机能的先天不足，从而共享与男性均等的社会作业或游戏竞争，比如采矿、建筑、摔跤、散打、举重，甚至战争中的特种兵，都有女性的身影，② 但这绝不是女性走出男性王国的理想之途，因为以体力的强健来对抗男性身体的入侵或暴力，本身就是承认了男女的不平等。这种由主体意志支配的女性自我对抗在女性社会功能的广泛化过程中得以存在。所以，这种身体

---

① 郑小琼：《双城记》，《青年文学》2020 年第 8 期。
② 2017 年，印度电影《摔跤吧，爸爸》引入中国后，引起了反响，甚至有人将其作为男女平等的范本来解读，这是一个不小的误区。

的对抗获得的存在地位并没有从根本上凸显女性意识，甚至因性别特征的消弭而跌入了男性建构的角逐体制与行为规范之中。即使是"上帝让女人有了子宫，但女人可以选择不受孕"，就是说，女人的身体由女性自己定，而不需要男性的某种家族意愿或者个人欲望来决定，这的确具有某种女性身体意识的自觉。不过需要注意的是，男女既然有性别差异，自然就不能简单地承认"男女都一样"，甚至只有认识到了"男女不一样"才有可能实现男女在性别意识和性别文化的平等。女性的品质是温和、敏感、反对暴力，具有博大的容纳性，而男性可能向另一个向度发展。在这个漫长的发展历程中，女性经济的独立是在家庭、社会中获得被尊重的必要前提。确如鲁迅先生所言："一切女子，倘不得到和男子同等的经济权，我以为所有好名目，就都是空话。在生理和心理上，男女是有差别的；即在同性中，彼此也都不免有些差别，然而地位却应该同等。必须地位同等之后，才会有真的女人和男人，才会消失了叹息和苦痛"。① 而前面述及新锐女性作家书写中的"秀女与蒜头""罗敏与爱人"即是 21 世纪涌现出的"真的女人和男人"的缩影。

总之，在百年现代女性写作中，女性立场的最大成就是以文本的方式完成了女性从"欲望对象"向"欲望主体"的革命性的转变。但问题是，即成为"欲望主体"却没有作为"社会关系总合"的"人"的平等实践，女性获得性别平等的实践何以完成？在此历史思辨和现实参与中，铁凝作为公共知识人的女性意识、作家定位及其产生的社会效应就值得我们仔细考量。

第三节　个案研究：由"幽暗"到"敞亮"的女性表达——铁凝

21 世纪以来，诸多知识女性充当着各个领域不容忽视的角色，大到政府官员，小到街道办或村委主任等，女性用她们的知识、智慧、技能改变了自身的生存状况，她们逐渐从依附性的身份转向自主、自足的社

---

① 鲁迅：《关于妇女解放》，《鲁迅全集》第 4 卷，人民文学出版社 1981 年版，第 598 页。

会公共角色。作为人文知识分子的女性作家,也以自己独特的敏感气质回应、表述着自己独特的价值判断和对妇女解放思想的理解。在 21 世纪女性作家群体中,铁凝的社会角色、文学书写、社会效应无疑成为 21 世纪初期最为鲜亮的个案。

一　新时期铁凝的女性观照

新时期初期的铁凝是以单纯、清新的文艺女青年的姿态出现在读者面前的。这一时期她的作品显示了新时期初期女性纯净、可爱、阳光、美丽的女性气质,比如《哦,香雪》《没有纽扣的红衬衫》《村路带我回家》等,在当时引起较大反响,并被改编拍摄成电影。① 可以说,几乎每个女性形象都成为那一个时代的"代言符号"。后来随着阅历的丰富以及对生活观察的深入,铁凝逐渐走出了以一个纯情可爱少女来映照社会转型的构思方式,并从篇幅和结构,主题和意蕴等方面向人物、历史、文化纵深处探寻。

如果说,铁凝早期的女性观照是以城与乡、新与旧,以及男性与女性、开放与保守等互相对立的主题来表现女性对时代新变的感应,而这种对立关系相对比较单一,甚至其中的叙事空间仅仅是作为人物出场的背景的话,那么 20 世纪 80 年代中后期的铁凝开始思考传统文化与女性社会角色、女性精神处境、女性文化人格的内在关系。与 80 年代中后期的王安忆、张洁、张抗抗等新时期女性作家一样,她们开始并不满足于将女性观照置于一个简单对比的现实故事格局中,而是试图将人物,特别是女性放置于深厚的传统文化当中,以此寻求作为社会人的女性何以负载沉重的精神包袱。这种立意一方面与"伤痕文学""反思文学"之后寻找"文学的'根'"的文学思潮紧密相连,但另一方面,也显现出走出旧的意识形态规约之后的新时期女性作家的历史意识和当下情怀。她们并不满足于把女性从男性世界中剥离出来,生硬地塑造"女强人"形象,

---

① 其中《哦,香雪》和《村路带我回家》被改编为同名电影,而《没有纽扣的红衬衫》被改编为《红衣少女》,与同时期的《街上流行红裙子》都通过服饰的变化表现女性身体自觉与女性思想解放。

或者写男性眼中的表面叛逆实则娇气的"弱女子"的形象。可以说，她们不再满足于将女性作为"独数"，而是将其作为一个"集合"，即马克思所说的"社会关系的总和"中的个体。这就是写完《麦秸垛》《棉花垛》《青草垛》之后，又写了《玫瑰门》《大浴女》的铁凝的独特性所在。

走出少女时代的清纯写作路线后，铁凝的写作开始带有鲜明的"身体写作"的私人化倾向。在《大浴女》中，被众多研究者引用的一段话是这样的：

> 他一跃而起，双手托起浑身发抖的她，将她平放在床上，就着朦胧的光线他捧住了她的脸。他开始亲她，亲她的头发，亲她的耳朵，亲她的眉毛眼睛亲她滚烫的脸颊。亲她的下巴颏儿亲她的锁骨窝儿，亲她那并不肥硕却筋筋道道的小奶。他还亲了什么？亲她的腰髋衔接的美妙曲线，亲她的膝盖……那时她的脸也一定是狰狞的，就像所有好到极致的人脸一样。那就是美，是人所不愿承认的美。①

在这种歇斯底里的欲望表达中，的确有超越呻吟的嚎叫，有"雌性动物那没有装饰过的欢呼和叫好"，在冲决道德的枷锁、被动的服从等意义上，这种无所顾忌的、浓墨重彩的、欲望蓬勃的描写和抒情中的确不乏"人类所不愿意承认的美"。但是，当我们读到那个阅男人无数，也被男人玩弄无数却没有任何亲人的唐菲，临死前她给唯一可信的朋友尹小跳说："我的嘴是干净的，这是我身上惟一还拿得出手的东西。让我亲亲你吧，让我亲亲你"。② 这一情节的设计不禁令人震惊。使前文中尹小跳坠入爱河时的欢愉从情欲书写瞬间上升到对女性精神的关注。在文本中，唐菲的意义已经超出了尹小跳与陈在"在床上的嚎叫"，因为尹小跳的歇斯底里中隐含着心理创伤，隐藏一个由童年经验带来的秘密："我曾经想把这一切解释成我被吓蒙了，人在吓蒙时是有可能没有行为没有动作的，

---

① 铁凝：《大浴女》，春风文艺出版社2000年版，第284页。
② 铁凝：《大浴女》，春风文艺出版社2000年版，第301页。

但只有我心里知道我没有吓蒙，我当时的思维就像此时此刻这么清醒。我不喜欢尹小荃……我是个凶手，是个可以公开逃避惩罚的罪犯"。[1] 尹小跳最初想通过投入、忘情、歇斯底里来忘记过去，但作为交际花的好友唐菲在临死前对她纯洁的一吻，唤醒了她被尘土覆盖的良知——因为她自己的隐私远比唐菲藏得深。原来表面幸福的尹小跳才是灵魂需要拯救的人！铁凝对女性的身心及其命运的深切关注可见一斑。《大浴女》表面上看的确有 20 世纪 90 年代身体叙事，甚至有鲜明的欲望叙事痕迹，但这种判断不免肤浅。事实上，铁凝表面关注的是女性及女性欲望，但真正表达的则是对"大浴女"——想通过遗忘（做爱和沐浴）免去罪责，由欲到浴，并通过讲述对进行忏悔的"人"的精神，以及灵魂的深切关怀，她们期望被救赎，同时也在极力做自我拯救。这样的作品读来着实令人唏嘘感喟！有论者认为，"《大浴女》是《玫瑰门》后的又一长篇力作，是对《玫瑰门》中女性、家族历史等叙事的延伸。《玫瑰门》是对'文革'及'文革'前历史的追忆，《大浴女》是对'文革'及'文革'后历史的展开，是在更为现代的时空中对现代人进行的人性追问，是现代版的罪与罚与精神救赎"。[2] 如果拉开一定距离，撑开一定的空间，从铁凝创作的历史长度来读解，这种判断应当是准确的。

当然，这种写作很容易被误读，特别是在欲望化和私人化写作盛行的"无名时代"。铁凝的《大浴女》，包括 20 世纪 90 年代以来将性经验作为焦点的私人化写作潮流的先锋性解读中——有更多误读。与同一时期陈染、林白、伊蕾，以及紧跟其后的卫慧、棉棉、九丹、木子美等作家相比，[3] 后者一面在误读中自己走向了误区，一面又以女性作家展示生命经验的自觉，展示着对女性身体和心理的关注。不无可惜的是，欲望化、个人化的女性主义作家的性别意识最终被放置于一个既封闭又孤立的文本世界，并没有像铁凝一样向女性、人性的更深处挖掘。她们通过

---

[1]　铁凝：《大浴女》，春风文艺出版社 2000 年版，第 305—306 页。

[2]　此观点出自周雪花谈论"铁凝"的章节，见雷达主编《新世纪小说概观》，北岳文艺出版社 2014 年版，第 280 页。

[3]　后者作品比如有卫慧的《水中的处女》《上海宝贝》，棉棉的《啦啦啦》《糖》，九丹的《乌鸦》《大使先生》，木子美的《遗情书》《男女内参》等。

镜子、蚊帐、浴缸、卧室、窗口等封闭的意象组成一个封闭的想象空间，这种封闭与独立是女性将自我隔离于"第一性"的世界之外，甚至悬浮于男性与女性共同组建的人的社会之上。在封闭空间和自我暴露中，没有男性，只有女性。但是，在文本敞开的过程（阅读）中，女性完全暴露在男性（读者）眼中，从而满足了男性世界的"偷窥欲"。所以，看似独立的文学革命、决绝的性别意识，最终都跌入男性世界的欲望陷阱，这与反抗男权意识、彰显女性独立精神的女性自足意识的初衷相背离，女性文学与妇女解放社会思潮的互动并没有完全按照理想的"男女平等"的预期方向发展。

所以，女性主义文学在经历了自觉的性别文化反思、性别文化批判，甚至性别话语狂欢之后，显现出一种绚烂至极之后的冷清与消沉。而这种冷清在大众文化狂欢的 20 世纪 90 年代，很容易再一次被大众文化的油彩包装，也可能被消费时代的资本运作裹挟，性别自觉将沦落为色情写作，女性主体意识和生命经验表达最终被符号化为"被看"的肉体。

二 21 世纪以来铁凝的书写转型

21 世纪以来，在网络文化、大众文化以及后现代文化背景下，女性作家有意放弃了 20 世纪 90 年代以来的性别对立的女性主义话语，自觉回归到电视文化、网络民间所营造的日常生活文化语境中。持女性主义立场的作家似乎也意识到，单纯的性别宣言和身体写作，尽管冲击了旧道德，但对于新时代的男性权力格局并没有形成根本的冲击。于是，随着大众文化，特别是电视和网络新媒体的风生水起，通过文学表达来宣称性别特征的女性主义写作从高潮开始回落。那些"我是我自己的，他们谁也没有干涉我的权利""我如果爱你——绝不像攀援的凌霄花，借你的高枝炫耀自己"的宣言①被悄悄置换成了"一个女人，物质上不依赖你，精神上不依赖你，那么请问你，要你干什么？"② 这种看似表述明确的女

① 上述句子分别出自鲁迅的《伤逝》与舒婷的《致橡树》。
② 这是目前大众文化语境和网络民间流行甚广的所谓"名言"，其转发率和评论数蔚为壮观。与此观念联姻的观念就是"干得好不如长得好""长得好不如嫁得好"，等等。

性"独立宣言"是女性独一无二的选择,但是细究起来,这仍然是旧式
"弱女子"与"强女人"的"联合宣言"。她们表面上要求男性必须对女
性有用,否则"她们"会"放弃他们",因为自称这是"爱情至上"!

事实上,这种看上去颇有现代主义色彩的"女性独立宣言",仅从表
面上看,是以女性的眼光挑选男性,以女性的标准衡量男性,但实质上
仍然是对"环肥燕瘦""玩偶花瓶"时代男权主义的臣服(依赖)。因为
在这种自觉中,发言人并没有精神强大的女性自足,而是将自己预设为
一种被观看、被关心、被关注的女性,一是没有意识到经济独立的绝对
性,二是没有表达精神诉求的平等性。所以,这种呼吁甚至是被大众文
化意识形态引导的、被规约的"女性撒娇",表面上是女性地位凸显,是
独立的性别表达,其实仍然是依附人格的外化。不无惋惜的是,对大众
文化中出现的女性"撒娇派"和男性"权力迷",文学,特别是对社会现
实有所揭示和建构,并对未来有所预设和想象的长篇小说的回应似乎是
"无声"的。文学与妇女解放思潮的互动在性别意识和男女平等问题上表
现出某种退缩,诚如米兰·昆德拉所说:"现代主义在近代的含义是不墨
守成规,反对既定思维模式,绝不媚俗取宠。今日之现代主义(通俗的
用法称为'新潮')已经融会于大众传媒的洪流之中"。① 从这个背景下
看,21 世纪以来铁凝的社会角色的转变及其"岗位意识"便成为非常有
意义的话题。

21 世纪以来,铁凝主要是作为公共领域文化发言人的身份出现的。②
从知青到地方作协工作人员,从《哦,香雪》《没有纽扣的红衬衫》的清
纯梦想到《大浴女》《笨花》的深沉持重,从作协到文联……她始终将自
己(作家和作协主席)定位为一个现实生活中活生生的个体,更没有放
弃写作,也没有忘记作家应有和本有的个人角色和社会职责。也就是说,
铁凝能在众多著作等身的老作家中脱颖而出当上作协主席并非偶然。她

---

① [捷]米兰·昆德拉:《人们一思索,上帝就发笑》,《生活在别处》,安丽娜译,青海人
民出版社 1998 年版,第 5—6 页。

② 除了公众人物,铁凝也于 2007 年 50 岁时结束了单身生涯,以低调的姿态与经济学家华
生结婚,成为文学界不事张扬,但引人关注的事件。见蒲荔子、吴培锋《中国作家协会主席铁
凝 50 岁嫁人　丈夫是经济学家》,《南方日报》2007 年 5 月 19 日。

"从梦想出发"，又非常接地气地履行着自己的职责。一方面，她始终能给自己和作协一个较为准确的定位，坚持发挥中国作协的功能，即以理论武装作家、以情感团结作家；另一方面与作协同人协同努力，立足多办好事、服务作家本位，逐渐让作协走出了"作协养作家"的传统运行机制。这对铁凝来说实属不易，但她仍然做到了。铁凝曾坦诚地说自己从没有忘记自己是一个作家！

在这里我们看到，作为作协主席的铁凝，并没有因工作而废弃作家的灵感和作协主席的职责。"2015 年 5 月 16 日，铁凝在北京被授予法国艺术与文学骑士勋章，以表彰她在文坛作出的杰出贡献，是中国文坛首位获此殊荣的女性。"① 这一荣誉既是表彰铁凝的文学才情，更是对她为中国文学与世界文学的沟通所做努力的肯定。2017 年 10 月，铁凝当选为中国共产党第十九届中央委员会委员，中国文学艺术界联合会主席（简称文联主席），② 从此成为中国唯一集作协主席与中国文联主席于一身的女性。应当说，进入行政行列的作家，要保持作家的眼光、才情和气质是有很大难度的，但是，铁凝仍然做到了。

与新时期的"三垛"（《麦秸垛》《棉花垛》《青草垛》）和《玫瑰门》《大浴女》相比，③ 铁凝于 2006 年发表的《笨花》应该是创作的又一次进步，这样的成就足以令人刮目相看。如果说《笨花》之前的铁凝更多地将艺术的审美天平偏向女性世界，表现出人性之恶的合理性的话，那么，在《笨花》中她将艺术的判断更多地朝向向善的人性的世界。这种善，不是道德的劝善，而是基于具体的社会、历史下普通人在日常生活中、生死伦常下的生命状态，其笔调是暖色的，情感是温热的。与《哦，香雪》、"三垛"、《孕妇和牛》等作品相比，铁凝所关注的仍然是中国乡土生活。其中"笨花"的第一层意思就是冀中平原上一个叫"笨

---

① 搜狗百科·铁凝：http：//baike. sogou. com/v40104. htm？fromTitle＝％E9％93％81％E5％87％9D。

② 搜狗百科·铁凝：http：//baike. sogou. com/v40104. htm？fromTitle＝％E9％93％81％E5％87％9D。

③ 事实上，《大浴女》创作于 1999 年，作品出版于 2000 年，可算作铁凝的"跨世纪之作"，在铁凝的创作史上具有典型的转折意义。

花"的村子,这个村子不是以家族为中心,而是以民间伦理维系,世世代代繁衍不息;第二层意思当是作者的一种隐喻和象征,这里包含着作者对中国乡土及其地理文化空间、历史传统的深入思考。《笨花》题记解读说:"笨花、洋花都是棉花。笨花产自本土,洋花由外域传来"。① 这也是作者再一次将审美价值立足于传统的一种立意。笨花人的凡俗日常生活平静如水,无波无澜,既有掩映于孙传芳等军阀盛名之下的男性向喜、向文成们,也有一直以卑微的存在方式释放着人性光辉的女性同艾、西贝梅阁等。前者不是大起大落、搅动历史波澜的非凡人物,后者也不是心思缜密、知书达理的大家闺秀,他们都是隐藏于家族和历史褶皱中的小角色、小人物。不过,他们角色虽小,但其身上蕴含着人性的非凡力量,当民族灾难降临,从向文成到向取灯,从西贝时令到佟继臣——虽然迈出扛枪上阵的第一步尤其艰难,但整个笨花人几乎本能地投入保卫民族的斗争中,不做亡国奴。

铁凝在这里并没有刻意将男性与女性、性别与权力作为重要的开掘点,而是将他们同时放置于人性之善、人性之美的审美天平,成为21世纪以来她的审美立场和角色转型的过渡空间。批评家王春林说:"与铁凝既往的长篇小说相比较,《笨花》确实发生了一种堪称脱胎换骨式的变化"。② 在我们看来这种脱胎换骨就是铁凝逐渐超越了通过女性身体秘密、幽暗的精神花园来展示人性复杂的审美范式,逐渐构筑一个"两性和谐"的、作为人的"男性与女性"理想村庄。这种转变,在女性文学、女性主义、女性意识的外化等领域产生了不可低估的社会效应。

三 21世纪以来铁凝的社会效应

从文学作家到作家领导,铁凝做得更多的是如何服务作家。从她的工作作风来看,她持重、大方,热情、真诚。在一个争逐学历和学位的时代,她始终以自己保定第十一中学的"高中学历"身份关注着现实生活和时代沧桑。

---

① 铁凝:《笨花·题记》,人民文学出版社2006年版,第1页。
② 王春林:《新世纪长篇小说地图》,北岳文艺出版社2014年版,第503页。

　　至于以怎样的姿态进入 21 世纪，铁凝似乎是有准备的，但也不无某种焦虑感。在《我的 1999》中，铁凝曾有这样的表达："被时代抛弃是容易的。被读者抛弃是容易的。我唯有仔细打点我心灵和意志的储备看是否够我所用；我唯有奉献更加敏锐、明净的内心和更加勤奋、老实地写作"。① 1999 年是铁凝产量较大的一年，这一年铁凝创作了一部中篇小说《永远有多远》，四部短篇小说，包括《省长日记》《B 城夫妻》《小格拉西莫夫》和《树下》。从作协主席到文联主席，她的自我确认仍然是一个"老老实实"创作的作家。令人深思的是，铁凝不论处在地方作协领导，还是中国作协主席、中国文联主席的职位，她并没有因此宣扬作为女性地位的独特性。也就是说，铁凝并没有因自己职位的上升而有意强调女性的性别身份，更没有就此宣扬女性主义，而是更进一步去确认自己的作家身份。

　　非常有意思的是，铁凝从一个短篇小说作家到作协、文联主席，不是因为她的性别优势，而是因为她是"最合适"的作家人选，因为她不强势，但稳重；她少有小女人气，但她有富足的女性气质；她不彰显女性主义，但她尊重、理解千百年来的女性生存。她是知性女人，也是感性女人。她深知女性，特别是在重要行政岗位的女性的职责和担当，那就是做好自己的本职工作，即用"文学点亮人生的幽暗"，用"谦逊照亮内心"世界。② 可以说，她给予大众文化和后现代思维一个健康而生动的大写的女性形象。这或许是在很多以男性为主导的岗位领域，她能够连任中国作协主席的重要原因。20 世纪 90 年代中期以来，中国女性的"身体写作"逐渐在消费主义盛行的时代式微，最终女权主义并没有在"争权夺利"中分得一份美羹，甚至女性主义、女权主义在一声叹息中溃败的时候，她仍然坚守了"女人的本质意义是人"的女性观，她既没有高喊"男女都一样""妇女能顶半边天"，更没有高举"女性革命进行到底"，而是"我们应该首先用谦逊把自己的内心照亮"，③ 因为"文学最

---

① 铁凝：《我的 1999》，《怪异是美丽的》，作家出版社 2009 年版，第 192 页。
② 铁凝：《文学是灯——东西文学经典与我的文学经历》，《人民文学》2009 年第 1 期。
③ 铁凝：《文学是灯——东西文学经典与我的文学经历》，《人民文学》2009 年第 1 期。

终是一件与人为善的事情"。① 这里的"我们"是所有的作家,更是内心不无愁绪、犹豫的女性。正如鲁迅在 1923 年的"娜拉走后怎样"的论题里谈及挪威作家易卜生对于女性解放的贡献时所肯定的那样,易卜生"就如黄莺一样,因为他自己要唱,所以他歌唱,不是要唱给人们听得有趣,有益"。② 像易卜生一样,铁凝并没有张扬自己的存在价值,但她对乡村女性的关怀就在作品中,铁凝用自己的行为和方式证明了"作为人的女人""作为人的作家""作为人的组织领导"的本色。可以说,"回归岗位意识""回归作家身份""回归生活"的女性铁凝,一方面在自足中获得自觉,另一方面在对家庭和社会的奉献和参与中确立了自我价值。③ 这才是作为女性知识分子、作为作家的铁凝得到更多读者理解并尊重的原因,诚如铁凝所言,"文学对人类最终的贡献也并非体裁长、短之纠缠,而是不断唤起生命的生机",④ 即使是女性主义立场,也是作为人的一员的平等表达,最终达到性别差异背景下的理解与同情,也如学者戴锦华说的:"许多人认为女权主义者都张牙舞爪,与男人为敌,不是的。女性主义让我懂得社会规范是压制着女人和男人,男人在这种规范中受益,也受伤害,看清楚这些,是战胜男权的开始,取而代之的是理解与同情"。⑤

总之,在 21 世纪全球化语境中观察中国妇女解放思潮与女性文学的互动关系,我们看到的不是轰轰烈烈的女权运动,也不是 20 世纪末出现的女性自我欣赏、自我封闭、自我抚摸甚至自我堕落,而是更多知性、

---

① 铁凝:《文学最终是一件与人为善的事情》,《文艺报》2017 年 9 月 1 日。

② 鲁迅:《娜拉走后怎样——一九二三年十二月二十六日在北京女子高等师范学校文艺会讲》,《鲁迅全集》第 1 卷,人民文学出版社 1981 年版,第 159 页。

③ 事实上,女性岗位意识的互动不只在文学领域,在其他学科领域的显现也相当突出,比如 2018 年 1 月 12 日,第十四届中国青年女科学家奖颁奖典礼在北京举行,其中,河海大学环境学院院长、教授王沛芳,四川农业大学玉米研究所所长、研究员卢艳丽等十位女性当选为女科学家,哈尔滨工业大学(深圳)博士张楠(蒙古族)、北京大学博士后林丽利等四位女性被选为"未来女科学家"。这十四届女科学家评选中近一百多名女性当选,她们在各自的科研领域引领科研潮流,对社会公平健康发展做出了卓越贡献。见中国科学技术协会网:http://www.cast.org.cn/,2018 年 1 月 12 日。

④ 铁凝:《文学最终是一件与人为善的事情》,《文艺报》2017 年 9 月 1 日。

⑤ http://www.zhiyin.cn/people/2010/0428/article_528.html。

自足、自立的女性出现。她们不相信天花乱坠的权力话语和性别说辞，而是有意识地回归于个人经验和岗位意识。作为"作家型领导"的铁凝无疑是这种现代女性角色的实践者，她的感性经验、知性思考以及她的个体实践都为新的时代注入了活力。由此我们可以看出，所谓的性别意义上的男女平等，绝不是一番思维严密的逻辑表述，也不是摧枯拉朽的独立宣言，而是以人为前提、以人为前缀的、有性别差异的理解与尊重。如果说，社会文明大厦是由全体社会公民支撑的，那么，这个全体公民就是男性与女性。

第 八 章

尾声:总结与反思

一 中国现当代女性文学和妇女解放思潮互动关系研究内容总结

本书聚焦 19 世纪末至 21 世纪初（1895—2020 年）120 多年来中国妇女解放思潮与中国现当代女性文学的互动关系，通过对女性文学文本中显性、隐性女性意识和妇女解放思想叙事的解读，发现女性文本话语运作中由于男性话语的介入产生的雄性化、去性化以及错位、悖逆、无意识缺漏等，发掘文本中潜藏的女性视角、声音和妇女解放诉求，进而阐述女性对自身得到解放的渴望、对理想人格的追求、对未来生活的憧憬，以及女性在国家现代化转型过程中所做的贡献，缘此，从研究对象本身的内在逻辑和我们的研究思路出发，本书把近现代妇女解放思潮影响下的女性文学划分为七个阶段，进行历时性的分段式梳理、共时性的质性考量和纵横比对研究。

第一，从本源上考察 1895—1916 年晚清民初维新背景中的妇女解放思想的内涵，认为维新派以救国新民诉求为本位的妇女解放思想与西方妇女解放思想相比较，同样具有振聋发聩的历史作用。维新话语中女性的文学表达争妍斗放，古体诗词、弹词、新文体、小说等各种文体兼备，女性文学文本中把争做"女豪杰""女英雄"作为妇女解放的最高"范型"。最后，选择这一时期妇女解放典范书写者秋瑾为个案，对其不同体式的文本进行了细致解读，探析了秋瑾的家国情怀和女权诉求。

第二，研究 1917—1927 年"五四"启蒙语境中的中国现代女性文学与妇女解放思潮的互动关系，反观"五四"前后西学东渐的历史现场，发现站在时代潮头的思想先驱者几乎不约而同地提出了妇女解放的思想命题。他们以从未有过的强烈而又密集的批评话语，聚焦千年以来牢固束缚女性的纲常名教作为批判的突破口，以此展开对妇女解放思想的理论倡导。故而采取了两种路向，一是国家民族言说中对妇女阶级性的强调，二是高扬女性独立人格和主体精神。这一时期女性文学着力塑造多姿多彩的女性形象，她们有淑女、叛女和怨女。而文学文本关注女性生存境遇和命运，大胆礼赞反叛家庭，追求自由解放的女性，可以肯定女性作为"人"的主体意识正在觉醒。本章把冯沅君的文本作为女性决绝反叛与犹疑退缩的个案来解读，可以发现她一方面表现了"五四"新女性勇敢地冲出封建牢笼，追求自由与自主爱情的勇毅和果决；另一方面，她们与传统之间又有着血肉交融的联结，使"五四"知识女性在妇女解放的征程中具有传统与现代、反叛与犹疑相纠结的矛盾特质。

第三，以1927—1937年的女性文学和妇女解放思想为观照对象，分析了"革命"语境中占有主导位置的无产阶级妇女解放思潮和成果丰硕的自由主义妇女解放思潮。"革命"语境中妇女解放从属于无产阶级的解放事业，女作家置身复杂激变的时代风潮和两相对垒的文学思潮中，经受着革命浪潮的风雨洗礼，以自己的文学活动和创作成果促进了革命的深入发展和社会历史的前进，女性文学也打上了无产阶级的鲜明印记。女性参加革命的风尚虽然适应时代背景符合社会潮流，但二者被动的重合使妇女群体和个人的利益常被漠视和牺牲，这又是对真正意义上妇女解放的某种偏离。这一时期的女性文学顺应时代特征，尤其是无产阶级文学特征，弥漫着浓重的政治意识和阶级意识。"左翼"女性书写主要将妇女解放与现代民族国家的前途、命运相结合，呈现女性艰难困苦中"打出幽灵塔"的"绝叫"与挣扎，而自由主义思潮中的女性写作也由追求审美蕴含的"女性味"蜕变为顺应时代潮流的"向社会"路径，"性"以及"性爱"书写成为一个新的表现领域，反思女性自身劣根性的书写也初见端倪。通过对丁玲创作个案的研究发现，女性叙事时而抒写时代重大题材，消弭了女性主体意识，时而贴近女性处境和女性问题，表现出与宏大主题的若即若离、时隐时显，以及女性主体意识被遮蔽的问题。

第四，通过对1937—1945年中国现代女性文学与妇女解放思潮互动关系的考察发现，抗战使女性的遭际和人生发生了翻转，也使她们的解放诉求发生了翻天覆地的变化,妇女解放从属于民族解放的宏大潮流中。女性文学在民族意识逐渐高涨的氛围中,主动服务、服从于国家利益这一主流意识形态,以正负两种价值倾向呈现出时代洪流中的女性解放话语。或者正面展示我们民族中坚强、隐忍、富于牺牲精神的伟大女性,从而宣告女性应有的解放范型;或者站在人性的角度对人和女人进行本体性的思考,深入体察女性不幸的命运,探究妇女解放的道路。本章以萧红的创作为个案,探析了民族与性别双重磨难中的女性对贫苦无辜百姓的深情悲悯和同情,对侵略者的无情鞭挞和控诉,在生与死的两极之间,女性承受着无法言说的生之艰难和死之残酷。

第五,分析1945—1978年在浓重的政治意识形态日益加剧的氛围中,"阶级斗争话语"一步步变成主流话语。中华人民共和国成立后妇女解放融入社会主义建设的伟大事业之中,使女性解放呈现出跌宕起伏的趋势,女性政治上经济上的翻身解放并不一定带来人格上精神上的重塑。女性性别的被忽视乃至"雄性化""无性化"似乎成为一种时代特征。由于对女性出路的探索同革命和阶级斗争连接在一起,出现了对妇女解放的误读,使"五四"启蒙思潮下形成的女性解放路径发生崩裂。"阶级斗争话语"中的女性依然被规约进男性以"革命"来命名的强大权力场域中,妇女并未获得真正的解放。"十七年"的女性写作在重大题材的书写中更多的是在公共领域探索女人和人的命运;而"文化大革命"时期公开的女性写作非常有限,作品屈指可数。而以杨沫的女性书写为个案,探讨了女性在大时代中女性意识被压抑,女性被动地深陷集体与个人之间的两难抉择,而林道静的选择最终完成了由一个小资产阶级的"被启蒙者"到一个共产主义战士的身份转换与"新生"。

第六,以1978—2000年新时期女性文学和妇女解放思想为研究对象,梳理了新时期意识形态、文学精神复苏、女性解放的新启蒙历史现场,分析女性话语经历了从国家意识到个体自觉的历史必然,女性文学的历史走向经由了从倾诉到反叛,从政治热情到性别表述的变化。如果说20世纪80年代的女性书写寻找和发现了"女人"以及"女人的世界"的话,那么90年代的写作则突破了男性话语禁忌,透视女性困境和呈现"女性经验",直达妇女解放的主题。本章以张洁的小说创作为个案进行研究，发现她对当代女性命运怀有历史的悲悯，对男性中心社会的颠覆和解构不断地强化、演进，女性疏离了对男性叙事的屈从与迎合，凸显出知识女性在婚恋、事业等问题上崭新的价值观和妇女解放观。

第七，进入21世纪（2000—2020年）的女性不得不面临性别身份的认同问题，文学与社会的互动形成一种联动效应和交响效果。21世纪以来社会贫富差距拉大，妇女又成了社会贫困人口的主要构成群体，"男主外女主内"的传统观念又开始抬头。但党的十八大以来，脱贫攻坚力度不断加大，"乡村振兴"战略持续稳步推进，妇女的生活境况得到极大改善。妇女在推动性别平等，推动国家文明、进步、富强的征程上"建功立业"，展现出新时代的女性风采。但多元媒体众声喧哗的时代，纯文学作品对时代的轰动效应大大削减，文学和影视联合起来宣扬女性主义，对抗传统的女性家庭伦理，具有女性立场的文学和艺术作品立足于新时代条件下何以让女性成为人格意义上的"女人"值得肯定。但遗憾的是，无论小说还是影视剧作，工于细碎而乏于细腻，工于视觉而乏于挖掘，最终仍然落入视觉消费和大众文化的俗套。女性文学最大的成就是完成了女性从"欲望对象"向"欲望主体"的革命性转变，至于转变之后是"更女人"还是"更社会"仍是一个未完成的历史性课题。而铁凝的社会角色、文学书写、社会效应无疑成为21世纪初期最为鲜亮的个案。21世纪以来她的书写构筑了一个"两性和谐"的、作为人的"男性与女性"的理想村庄。

总之，本书以文学的研究为支点，在梳理妇女解放思潮源流的基础上，对每一阶段文学表述中与妇女解放思想相关联的文本进行了文化学和社会学的解读与研究，旨在对中国现当代女性文学在整个中国妇女解放发展史上的价值形成较为准确的评价及定位，进而对文学视域下妇女解放思潮的路径和困境进行了细致的反思和研究，希望借此寻找21世纪女性写作的思想根基和可资借鉴的文学依据。

二　对中国现当代女性文学和妇女解放思潮互动关系研究的反思

从中国女性文学发展的历史来看，妇女解放思潮和女性文学紧密相连，女性文学的发生和发展依赖于妇女解放思潮，妇女解放思潮反过来影响和制约着女性文学的发展，也是女性文学发展的前提和基础。中国妇女解放史上重大的历史事件和重要的解放思潮，以及中国女性社会地位的变化等，几乎都在女性文学中有所表现。在近现代女性文学中，记录了妇女解放的艰难历程，铭刻着中国女性为妇女解放所做出的探索和牺牲，真实地再现着女性自身的社会地位、生存状况、特殊需求，记载着中国妇女对祖国前途、民族命运的关注，以及作为人类"半边天"的女性是如何以其实践活动，参与并推动着中国向现代化的转型发展。所以，站在历史的交汇点，蓦然回首，中国女性文学与妇女解放思潮之互动的经验及其疏漏更是值得当下女性文学研究者记取和反思。

第一，中国的妇女解放一开始就不是独立的政治文化运动。自风雨飘摇的清末，至1949年中华人民共和国成立之前，中国经历了漫长而又屈辱的外侮内乱和政局蜕变。裹挟在阶级仇、民族恨这样特殊而复杂的历史阶段中，中国妇女解放不会像西方的女权运动一样，有促其产生的丰腴的经济基础和社会基础，因而无法形成一种独立存在的运动，加之，父权文化在人们意识中根深蒂固，"中庸"之道、"附属意识"比比皆是，注定了中国的妇女解放从属于社会主流运动，只能以社会思潮的方式存在。中国的女性只能"以介入文学文本书写的行为本身，展示了她们对历史进程与创造的介入。同时，也在书写中展示她们在历史中的进程与创造"。① 显然，文学书写就成为女性自我展示和参与历史的一种隐喻。所以女性从文学的角度聚焦社会历史演进中凸显的女性解放问题，如女性与社会革命问题、女性与历史主体问题、女性与欲望表达问题、真解放与"假"解放问题、"被解放"与解放问题、② 两性冲突与两性和谐问题等，就成了特殊国情中的不二选择。而在社会学层面上展开的对妇女运动史的研究又多采用政治历史视野，就必然形成过度意识形态化而缺少感性光泽的流弊；研究者大多关注在女性解放进程中女性社会地位、价值和意义建构这些高蹈而悠邈的论题，而较少关注这种进程中女性主

---

① 林丹娅：《当代中国女性文学史论》，厦门大学出版社2003年版，第122页。

② 王绯：《空前之迹——1851—1930：中国妇女思想与文学发展史论》，商务印书馆2004年版，第11页。

体性的被动缺失和女性本体"存在"这些本质而切近的问题。所以在对
女性文学观照时有必要对妇女的存在真相、生命本质、生存价值、精神
归属进行冷静的考辨、质疑、反省与思索。

第二，考量中国妇女解放思潮的发生发展，同期的女性文学是不能
逾越的重要参照。父权意识浓厚的中国，早期引领实践妇女解放的只能
是男性精英和个别女性。晚清妇女解放思想发轫期，由于妇女地位低下，
拘囿在闺阁之中，受教育有限，这就意味着只能由少数维新求变的男性
社会精英充当拯救者和启蒙者的角色，引领并发起妇女解放运动。妇女
只能处在被启蒙、被解放和被设计的边缘地带，那些先觉者，如秋瑾、
吕碧城、庐隐、丁玲等也概莫能外。而且就当时男性有关妇女解放策略
性的阐述中，诸如如何解放妇女？将妇女解放到何种程度？妇女个人身
份与国民身份如何确立？妇女问题如何关联国家兴衰存亡的建构？……
男性几乎掌握了全部的设计权。另外，值得关注的是男性的妇女解放思
想有一个从政治的觉悟转变到学术的觉悟的互动过程，他们的学术思想
可视为其政治主张的支撑和延伸。故而他们对妇女解放的论述多聚焦在
强调妇女的国民身份和责任上。而诸如秋瑾等女性的妇女解放思想一开
始就针对性很强，在男性的拯救与启发之下，她们把获取权利、改良社
会和改变自身的命运相结合，很自然在政治性和文学性的表述里会凸显
出她们的诉求。于是就明显使近现代妇女解放思潮和女性文学之间存在
着不言自明的关联性，二者之间同构相生、互为表里，甚至呈现出你中
有我、我中有你的特质，形成了互联互动，表里统一的传统。因此，要
考量中国妇女解放思潮的发生发展，与这一时期妇女运动同代同期的女
性文学就变成了不能逾越的重要参照。

第三，女性文学与历史和社会发展进程同步。在晚清特殊的历史情
境中，中国现代女性主义文学发生并渐进发展，在"五四"启蒙语境中，
更凭借社会政治革命和思想文化革命的历史际遇逐步成熟，加入20世纪
中国文学传统之中，成为最具风采的后起之秀。由于妇女解放思潮直接
促生了女性文学，这就使女性文学从诞生之日起，就注定与历史和社会
发展进程同步，而奠定了其必然将长期从属于民主的、阶级的社会革命
运动和复杂的社会时代。女性文学虽然从萌芽到发展，势态蓬勃强劲，

相较古代文学男性独占鳌头的局面有天壤之别，但仍然处在文学的边缘，直至冰心等"五四"女作家出现，这样的局面才稍有改观。虽然"五四"新文化运动和社会变革，促使女性可以走出家庭接受教育、参加工作，甚至参政议政等，但"五四"女作家的创作还仅仅停留在"人的解放"上，还停留在为求取与男子同等的平等权利和责任而呐喊的层面，不能被指认为真正意义上的女性解放的表达。因而"五四"时期女性写作和男性写作一样，是面对外在世界而不是面向自身，他们在同一条轨道上运行，少数蕴含女性意识的写作中，触及女性从身体到精神解放举措的书写，仅处在发轫期。这一本土化特色为中国女性文学提供了一定的便利，带来了异质性的元素，同时也给它带来某种局限。只有将女性文学置于特定的历史语境中，才能客观考量其所表现出来的开拓意识及其所取得的建设性成就。

第四，女性文学参与构建两性和谐关系的新书写仍然是路漫漫修远。尽管中国女性的境况20世纪以来发生了天翻地覆的变化，她们从奴隶到主人，从"物体"变成主体，从男性的"他者"变成自己，尤其是新中国成立以后，中国妇女争得经济权利和社会地位，获得主体主动意识，在历史的舞台上扮演着前所未有的角色。但在意识层面，女性解放仍然是不充分的，中国更多依靠行政法规的组织方式助推女性直接进入解放目标。女性要完全彻底地摆脱传统文化沉淀于自身的劣根因素，完善自己的品格，张扬自己的个性与追求，确立自己独立的人格，从精神层面以本能的独立姿态站立起来，进入冈本重雄所言说的"人类应该有的生活"，即"充分发挥出个性、生产性地、创造性地、前进性地投身于社会的历史的现实变革（世界史的变革）中去"①，使"妇女全面发展"，与男性一起"共建共享美好世界"，这仍将是一个比较艰巨的历史过程，面临着尖锐的矛盾与痛苦。因为这不仅反映在社会生活中各个层面的性别歧视仍有相当的市场，而且更深层次的女性的精神解放由必然王国向自由王国的迈进仍然漫长艰难。女性文学关注社会人生、与时代密切相关，互为因果，呈现出同构性的同时更要回到性别本身，挣脱附庸属性，透

---

① ［日］冈本重雄：《家庭心理学》，朝仓书店1965年版，第1—2页。

视女性的现实处境，关注女性人格独立、生命价值、生存尊严和精神的高原，参与到构建两性和谐的新书写中而显得任重道远。

综上所述，正是由于现代妇女解放思潮和中国女性文学之间，呈现出一种互为因果、互相依傍、互动发展的紧密关系和趋势。中国妇女解放运动，既铺展开以妇女为创作主体的历史，又构成女性文学演进的重要背景和书写内容。因此，我们可以反过来以女性文学为窗口，回顾120多年来中国妇女解放思潮的发生、发展和影响，反思妇女解放思潮对中国女性文学的感召、导引和促进。所以，考察妇女解放叙事在中国现当代女性文学叙事中几个时间节点的递次演进，探寻女性创作的足迹，可以触摸到历史演进过程中非常感性的那一面，也可透视出妇女解放的艰难历程有着丰富的历史文化意涵，从中折射出社会、世道、人心的文化变迁，女性在主流话语以及各种文化权力规训之下被塑形、被赋予各种隐喻的过程。

主要参考文献

一　专著

曹新伟、顾玮、张宗蓝：《20世纪中国女性文学史》，北京大学出版社2012年版。

陈东原：《中国妇女生活史》，上海书店出版社1990年版。

陈顺馨、戴锦华选编：《妇女、民族与女性主义》，中央编译出版社2004年版。

陈志红：《反抗与困境——女性主义文学批评在中国》，中国美术学院出版社2002年版。

戴锦华：《涉渡之舟：新时期中国女性写作与女性文化》，北京大学出版社2007年版。

丁娟：《中国女性发展研究》，红旗出版社1996年版。

[法]西蒙娜·德·波伏娃：《第二性》，郑克鲁译，上海译文出版社2011年版。

范烟桥：《民国旧派小说史略》，上海文艺出版社1984年版。

顾秀莲主编：《20世纪中国妇女运动史》，中国妇女出版社2008年版。

郭延礼选注：《秋瑾选集》，人民文学出版社2004年版。

河南省妇女联合会等编：《当代妇女问题研究》，河南人民出版社1989年版。

贺桂梅：《女性文学与性别政治的变迁》，北京大学出版社2014年版。

胡绳主编：《中国共产党的七十年》，中共党史出版社1991年版。

荒林、苏红军主编：《中国女性文学读本（上、下）》，广西师范大学出版社 2013 年版。

皇甫晓涛：《萧红现象》，天津人民出版社 2002 年版。

黄心村：《乱世书写——张爱玲与沦陷时期上海文学及通俗文化》，胡静
　　译，上海三联书店 2010 年版。

揭爱花：《国家、组织与妇女——中国妇女解放实践的运行机制研究》，
　　学林出版社 2012 年版。

康正果：《女权主义与文学》，中国社会科学出版社 1994 年版。

雷达主编：《新世纪文学概观》，北岳文艺出版社 2014 年版。

李静之、张心绪、丁娟：《马克思主义妇女观》，中国人民大学出版社
　　1992 年版。

李俊国：《方方论》，湖北人民出版社 2000 年版。

李玲：《中国现代文学的性别意识》，人民文学出版社 2002 年版。

李欧梵：《苍凉与世故》，人民文学出版社 2010 年版。

李欧梵：《现代性的追求》，生活·读书·新知三联书店 2000 年版。

李小江、张抗抗：《你是先锋吗：女性身体写作及其他——张抗抗访谈
　　录》，文汇出版社 2002 年版。

李银河：《女性主义》，山东人民出版社 2005 年版。

林丹娅：《当代中国女性文学史论》，厦门大学出版社 2003 年版。

林树明：《多维视野中的女性主义文学批评》，中国社会科学出版社 2004
　　年版。

刘慧英：《走出男权传统的樊篱——文学中男权意识的批判》，生活·读
　　书·新知三联书店 1995 年版。

刘思谦：《"娜拉"言说：中国现代女作家心路历程》，上海文艺出版社
　　1993 年版。

马超：《二十世纪中国女作家述论》，作家出版社 1998 年版。

［美］贝蒂·弗里丹：《女性的奥秘》，程锡麟等译，江苏人民出版社
　　1988 年版。

［美］汉娜·阿伦特：《人的境况》，王寅丽译，上海人民出版社 2017
　　年版。

［美］卡伦·霍尔奈：《女性心理学》，窦卫霖译，上海文艺出版社 2000

年版。

［美］凯特·米利特：《性的政治》，钟良明译，社会科学文献出版社
　　1999 年版。

［美］罗斯玛丽·伯特南·童：《女性主义思潮导论》，艾晓明译，华中师
　　范大学出版社 2002 年版。

［美］苏珊·S. 兰瑟：《虚构的权威》，黄必康译，北京大学出版社 2002
　　年版。

［美］颜海平：《中国现代女性作家与中国革命（1905—1948）》，李剑青
　　译，北京大学出版社 2011 年版。

孟悦、戴锦华：《浮出历史地表》，河南人民出版社 1989 年版。

乔以钢、林丹娅主编：《女性文学教程》，高等教育出版社 2017 年版。

乔以钢：《性别视角下的中国文学与文化》，经济科学出版社 2017 年版。

全国妇联妇女研究所编著：《当代中国妇女运动简史（1949~2000）》，中
　　国妇女出版社 2017 年版。

盛英主编：《20 世纪中国女性文学史》（上、下），天津人民出版社 1995
　　年版。

孙瑞珍、王忠忱编：《丁玲研究在国外》，湖南人民出版社 1985 年版。

孙晓梅：《中外妇女研究透视》，中国妇女出版社 1998 年版。

陶春芳：《马克思主义妇女观概论》，中国妇女出版社 1991 年版。

王春林：《新世纪长篇小说地图》，北岳文艺出版社 2014 年版。

王纯菲：《中国性别理论与女性文学批评》，社会科学文献出版社 2014
　　年版。

王绯：《空前之迹——1851—1930：中国妇女思想与文学发展史论》，商
　　务印书馆 2004 年版。

王红旗主编：《21 世纪中国女性文学批评理论与实践文选集成 2001—
　　2012》，现代出版社 2014 年版。

王涛：《世界社会主义运动视域下的中国妇女解放》，中国社会科学出版
　　社 2015 年版。

王政、陈雁主编：《百年中国女权思潮研究》，复旦大学出版社 2005
　　年版。

吴义勤主编:《名家讲女性文学》,河北教育出版社 2015 年版。

夏晓虹:《晚清女性与近代中国》,北京大学出版社 2004 年版。

阎纯德:《20 世纪中国女作家研究》,北京语言大学文化出版社 2000 年版。

杨联芬:《浪漫的中国　性别视角下激进主义思潮与文学 1890—1940》,人民文学出版社 2016 年版。

杨联芬:《晚清至五四:中国文学现代性的发生》,北京大学出版社 2003 年版。

杨曼芬:《矛盾的愉悦——张爱玲上海关键十年揭秘》,上海大学出版社 2019 年版。

姚玳玫:《想像女性——海派小说(1892—1949)的叙事》,中国社会科学出版社 2004 年版。

[英]玛丽·沃斯通克拉夫特:《女权辩护》,陶鑫译,中国对外翻译出版有限公司 2012 年版。

张京媛主编:《当代女性主义文学批评》,北京大学出版社 1992 年版。

张莉:《浮出历史地表之前——中国现代女性写作的发生》,南开大学出版社 2001 年版。

中华全国妇女联合会妇女运动历史研究室编:《五四时期妇女问题文选》,生活·读书·新知三联书店 1981 年版。

中华全国妇女联合会、妇女运动历史研究室编:《中国妇女运动历史资料(1945.10—1949.9)》,中国妇女出版社 1991 年版。

中华全国妇女联合会妇女运动历史研究室编:《中国妇女运动史(新民主主义时期)》,春秋出版社 1989 年版。

中华全国妇女联合会妇女运动历史研究室编:《中国共产党妇女运动历史资料(1921—1927)》,人民出版社 1986 年版。

中华全国妇女联合会妇女运动历史研究室编:《中国共产党妇女运动历史资料(1937—1945)》,中国妇女出版社 1991 年版。

中华全国妇女联合会妇女运动历史研究室编:《中国近代妇女运动历史资料(1840—1918)》,中国妇女出版社 1991 年版。

朱栋霖、朱晓进、龙泉明:《中国现代文学史》(上、下),北京大学出版社 2007 年版。

二 文章

陈慧芬：《女性的生存困境》，《上海文论》1990 年第 3 期。

陈骏涛：《沉潜中的行进——2003—2008 女性文学理论批评若干著作的笔记》，《南方文坛》2010 年第 7 期。

陈染：《超性别意识与我的创造》，《钟山》1994 年第 6 期。

陈少华：《论中国现代文学父子关系中的"篡弑"主题》，《文学评论》2005 年第 3 期。

陈晓明：《新人文写作：叩问当下生活的价值》，《小说评论》2019 年第 2 期。

迟子建：《我只想写自己的东西》，《小说评论》2001 年第 2 期。

崔涛：《"五四"女性文学同性爱之反叛与反思》，《求索》2013 年第 9 期。

邓芳：《论当代女性文学"身体叙事"的价值》，《文学评论》2012 年第 3 期。

董婕、张学敏：《"生死场"上的隐喻和洞见——萧红抗战小说研究》，《当代文坛》2020 年第 6 期。

杜芳琴：《邓颖超对中国妇女运动理论与实践的贡献——以苏区和解放区争取农村妇女土地权和婚姻自主权为中心的考察》，《山东女子学院学报》2015 年第 4 期。

郜元宝：《〈人到中年〉简评》，《当代作家评论》1995 年第 3 期。

光梅红：《20 世纪 50 年代"劳动光荣"话语的建构与中国妇女解放》，《妇女研究论丛》2014 年第 2 期。

郭冰茹：《当代中国女性主义批评的路径反思与理论建设——基于女性主义批评与女性写作互动关系的考察》，《文艺争鸣》2020 年第 8 期。

郭延礼：《20 世纪初中国女性文学四大作家群体考论》，《文史哲》2009 年第 4 期。

韩贺南：《整体化、自省与特别关注——中国共产党的妇女工作理念与方法（1927—1937）》，《妇女研究论丛》2004 年第 5 期。

韩贺南:《中国妇女运动实践对妇女解放基本概念的建构——"五·四"时期"女子解放"的含义及其理论背景》,《妇女研究论丛》2003年第2期。

[韩]金庆惠:《晚清早期维新派的妇女解放思想》,《北京师范大学学报》2003年第3期。

贺桂梅:《个体的生存经验与写作——陈染创作特点评析》,《当代作家评论》1996年第3期。

贺桂梅:《"可见的女性"如何可能:以〈青春之歌〉为中心》,《中国现代文学研究丛刊》2010年第3期。

洪秀英:《巾帼风范今犹在——试论老一辈女革命家为中央苏区妇女解放运动所作的贡献》,《党史文苑》1991年第5期。

胡锦涛:《胡锦涛同志在中国妇女第八次全国代表大会上的祝词:在实现我国跨世纪发展的历史进程中充分发挥妇女的半边天作用》,《人民日报》1998年9月1日。

荒林、张洁:《存在与性别——张洁访谈录》,《文艺争鸣》2005年第5期。

江泽民:《全党全社会都要树立马克思主义妇女观》,《人民日报》1990年3月8日。

揭爱花:《现代中国妇女解放话语体系的转型与重构》,《江苏行政学院学报》2013年第3期。

金黎:《战火中的妇女之路——〈新华日报〉副刊与战时女性形象建构》,硕士学位论文,西南大学,2015年4月。

金一虹:《抗日烽火中的知识女性———以"金女大人"为例》,《妇女研究论丛》2015年第4期。

雷水莲:《试论重建女性文学传统的意义》,《学术界》2013年第3期。

李玲:《女性文学主体性论纲》,《南开学报》2007年第4期。

李玲:《直面封建父权、夫权时的勇敢与怯惧——冯沅君小说论》,《江苏社会科学》2000年第6期。

李小江:《改革与中国女性群体意识的觉醒——兼论社会主义初级阶段的妇女问题及妇女理论问题》,《社会科学战线》1998年第4期。

李跃力:《论"革命话语"对情爱伦理的重构及其本质》,《中国现代文学研究丛刊》2010 年第 2 期。

李云雷:《新世纪文学中的"底层文学"论纲》,《文艺争鸣》2010 年第 6 期。

林丹娅:《解读所指:从"身体"到"宝贝"——一次讨论会记录》,《南京师范大学文学院学报》2004 年第 4 期。

林丹娅、周文晓:《大革命时期的女性形象与文学创作》,《厦门大学学报》2013 年第 6 期。

刘传霞:《1931—1945:性别视野中的抗战叙事》,《贵州大学学报》2004 年第 5 期。

刘思谦:《女性文学这个概念》,《南开大学学报》2005 年第 2 期。

刘思谦:《徘徊于家门内外——冯沅君小说解读》,《中州学刊》1991 年第 4 期。

刘思谦:《性别:女性文学研究的关键词》,《洛阳师范学院学报》2005 年第 6 期。

刘钊:《中国女性文学理论建构的范畴与方法》,《社会科学战线》2015 年第 12 期。

吕文浩:《个性解放与种族职责之间的张力——对潘光旦妇女观形成过程的考察》,《清华大学学报》2016 年第 1 期。

罗麒:《21 世纪诗歌:女性诗歌的热潮与性别认同》,《当代作家评论》2017 年第 2 期。

罗蔚:《当代伦理学的新发展:女性主义伦理学评介》,《伦理学研究》2005 年第 3 期

马超、薛世昌:《再论赵丽华的诗为什么被恶搞》,《当代文坛》2015 年第 3 期。

毛泽东:《在延安文艺座谈会上的讲话》,《解放日报》1943 年 10 月 19 日。

聂国心:《"五四"新文学关于女性解放的一个悖论性主题》,《天津大学学报》2009 年第 1 期。

乔以钢、姜瑀:《多重视角下的乱伦叙事——以〈父亲〉〈打出幽灵塔〉

为中心》,《南开学报》2016 年第 2 期。

乔以钢:《女性写作与文化生存》,《甘肃社会科学》2002 年第 1 期。

乔以钢:《世纪之交中国女性文学研究的新进展》,《中国现代文学研究丛刊》2005 年第 5 期。

乔以钢:《在实践和反思中探索前行——近 20 年中国女性文学研究简论》,《妇女研究论丛》2015 年第 6 期。

邱田:《近四十年来抗战时期沦陷区女性文学研究述评》,《兰州大学学报》2018 年第 2 期。

屈菲:《当代女性文学的现实主义创作路径》,《社会科学家》2015 年第 9 期。

盛英:《转型期:女性文学中的女性自我》,《南开大学学报》2012 年第 2 期。

施津菊:《女性文学的主体性建构与社会认同》,《文艺争鸣》2004 年第 6 期。

宋剑华:《错位的对话:论"娜拉"现象的中国言说》,《文学评论》2011 年第 1 期。

谭梅:《"可见"的婚制变革与"不可见"的女性解放——"五四"女作家婚恋小说再解读》,《成都大学学报》2015 年第 2 期。

汤水清:《从社会解放到自我解放:60 年来中国妇女解放的历程》,《江苏社会科学》2009 年第 10 期。

唐晴川:《延安时期女作家的革命认同与性别写作——论陈学昭的〈工作着是美丽的〉》,《当代文坛》2012 年第 5 期。

田珊檑:《纪念北京世妇会 25 周年暨全球妇女峰会 5 周年座谈会在京举行》,《中国妇女报》2020 年 9 月 18 日。

铁凝:《文学最终是一件与人为善的事情》,《文艺报》2017 年 9 月 1 日。

汪淳玉、叶敬忠:《乡村振兴视野下农村留守妇女的新特点与突出问题》,《妇女研究论丛》2020 年第 1 期。

汪政、晓华:《论王安忆》,《钟山》2000 年第 4 期。

王安忆:《男人和女人 女人和城市》,《当代作家评论》1986 年第 5 期。

王春林:《荡涤那复杂而幽深的灵魂——评铁凝长篇小说〈大浴女〉》,

《小说评论》2003 年第 3 期。

王绯：《"中国妇女思想与文学发展史论"述略》，《文艺研究》2003 年第 1 期。

王富仁：《一个男性眼中的中国当代女性文学研究》，《文艺争鸣》2007 年第 9 期。

王红旗：《历史重构与"自我"超越——21 世纪女性写作十年回顾》，《山西师大学报》2009 年第 6 期。

王一川：《探访人的隐秘心灵——杜铁凝的长篇小说〈大浴女〉》，《文学评论》2000 年第 6 期。

韦清琦：《中国视角下的生态女性主义》，《江苏大学学报》2006 年第 3 期。

习近平：《促进妇女全面发展　共建共享美好世界——在全球妇女峰会上的讲话》，《人民日报》2015 年 9 月 28 日。

夏春涛：《太平天国妇女地位问题再研究》，《清史研究》2004 年第 2 期。

肖淑芬：《女性文学研究大观》，《扬州大学学报》2011 年第 2 期。

肖巍：《伦理学中的女性视角》，《中国人民大学学报》1995 年第 6 期。

徐仲佳：《性觉醒与中国现代女性文学的兴起》，《文学评论》2012 年第 2 期。

杨莉馨：《试论西方女权主义理论走向》，《南京师范大学学报》2000 年第 4 期。

杨联芬：《解放的困厄与反思——以 20 世纪上半期知识女性的经验与表达为对象》，《南开学报》2016 年第 4 期。

张光芒：《论八十年代"新启蒙"的科学观念》，《江汉论坛》2007 年第 10 期。

张继红：《论新世纪文学与新文学传统》，《当代文坛》2015 年第 1 期。

张继红、张学敏：《新文学传统与当代中国文学的女性话语》，《当代文坛》2018 年第 6 期。

张莉：《当代六十七位新锐女作家的女性写作观调查》，《南方文坛》2019 年第 2 期。

张清华：《从〈青春之歌〉到〈长恨歌〉》，《当代作家评论》2003 年第

2 期。

张泉：《构建沦陷区文学记忆的方法——以女作家梅娘的当代际遇为中心》，《山东社会科学》2013 年第 10 期。

张学敏、马超：《梳理与反思：20 世纪中国妇女解放思潮与女性文学之互动》，《当代文坛》2016 年第 1 期。

赵稀方：《中国女性主义的困境》，《文艺争鸣》2001 年第 4 期。

赵勇：《怀疑与追问：中国的女性主义文学能否成为可能》，《文艺争鸣》1997 年第 5 期。

郑敏：《女性诗歌研讨会后想到的问题》，《诗探索》1995 年第 3 期。

钟日兴：《"政权主导"模式下的中央苏区妇女解放运动考察》，《党史研究与教学》2016 年第 5 期。

祝学剑：《论二十世纪四十年代迁徙视阈中的解放区文学与沦陷区文学的互动》，《前沿》2016 年第 11 期。

祝学剑：《论 20 世纪 40 年代国统区与沦陷区文学的互动——从作家迁徙角度分析》，《重庆三峡学院学报》2017 年第 2 期。

后　　记

　　本课题延宕数年，总算画上了一个句号。不圆满，有思考，有发见，但也有缺漏和遗憾。

　　当初论题的选定，很是让我们兴奋了一阵子。百年来民族国家由"衰"而"兴"的历史进程中，中国女性是如何觉醒而奋发的，中国女性在打量"千年未有之大变局"的世界时又是如何深刻地认识并发现"女性自我"的，在长期的压抑、磨砺和"沉默"中，是如何逐渐确证自己的价值，并发出自己的声音的，这一切的确大有文章可做。百年来中国女性由"双足"的解放，到"头脑"的解放，再到心灵的放飞与自由翱翔，其历程可谓波澜壮阔，对民族国家复兴所做出的功绩，真乃无愧于"半边天"的角色。本书试图记录晚清以来中国女性与中国文学一起成长的"历史足音"。从论题的选定，分期的划分，纲目及其主要观点，每个章节的论述，到书稿形成后的反复打磨，我们课题组都进行过反复的研讨与商定，做了大量的工作。对于涉及的问题，我们都进行了认真的梳理与阐发。然而由于学力不逮，理论素养的欠缺，这些梳理和阐发还不够深入，特别是在许多章节中"互动关系"的学术亮色还未得以显著的呈现，还有这样那样的缺憾和疏漏。这是完稿之后还引以为憾的。

　　本课题在进行过程中，我的研究搭档张学敏默默地做了很多工作，投入了很大精力。从文献的检索、辨析到文学文本的研读，再到每一章节的学术爬梳，可谓处处尽心，处处用力。如果说，本书在前贤同行相关研究的基础上，有一定的学术贡献的话，学敏功莫大焉。

　　此外，要特别感谢我们曾经的同事张继红博士，在自己繁忙的教学与科研工作之余，参与了撰写与审定工作，付出了很多心血。感谢同事叶毓的参与和对该书的付出。感谢王贵禄院长，以及从天水师范学院走出去的学生董婕博士，在课题进行过程中给予我们无私的帮助与支持。还要感谢学校主要领导，分管科研的领导，科研处的同志，以及文学与文化传播学院曾任与现任领导对该课题研究的关心与支持。更要感谢天水师范学院对该书出版的资金支持。还要感谢前贤同人高水平的研究成果，是它们铺就了我们研究的基础。最后，感谢本书的责任编辑张林，为本书的出版用心尽力，她的敏锐、耐心、认真和细致为本书增色，让我动容。没有这些，书稿永远只是书稿而已。

　　此为记。

马　超

2021 年 3 月 28 日